Incesto

Anaïs Nin

Incesto
Diario no expurgado, 1932-1934

Traducción de Daniel Zadunaisky

emecé
lingua franca

Nin, Anaïs
　　Incesto.- 1ª ed. – Buenos Aires : Emecé Editores, 2006.
　　388 p. ; 23x15 cm.

　　Traducido por: Daniel Zadunaisky

　　ISBN 950-04-2801-6

　　1. Narrativa Francesa I. Zadunaisky, Daniel, trad.
II. Título
　　CDD 843

Título original: *Incest. From a Journal of Love*

© 1992, Rupert Pole administrador legal de la última voluntad
y testamento de Anaïs Nin
Notas biográficas: © 1992, Gunther Stuhlmann
*Publicado por convenio con Gunther Stuhlmann representante
de la autora*

Derechos exclusivos de edición en castellano
reservados para Latinoamérica
© 1995, 2006, Emecé Editores S.A.
Independencia 1668, C 1100 ABQ, Buenos Aires, Argentina
www.editorialplaneta.com.ar

Diseño de cubierta: *Departamento de Arte de Editorial Planeta*
4ª edición: setiembre de 2006
(1ª edición en este formato)
Impreso en Grafinor S. A.,
Lamadrid 1576, Villa Ballester,
en el mes de agosto de 2006.

Queda rigurosamente prohibida, sin la autorización escrita de los titulares
del "Copyright", bajo las sanciones establecidas en las leyes, la reproducción
parcial o total de esta obra por cualquier medio o procedimiento, incluidos
la reprografía y el tratamiento informático.

IMPRESO EN LA ARGENTINA / PRINTED IN ARGENTINA
Queda hecho el depósito que previene la ley 11.723
ISBN-13: 978-950-04-2801-9
ISBN-10: 950-04-2801-6

Introducción

Incesto continúa la historia de Anaïs Nin, que comenzó con *Henry y June* (1986); cubre el turbulento período de su vida desde octubre de 1932 hasta noviembre de 1934, y complementa el primer volumen (1966) del *Diario de Anaïs Nin*, del cual —por razones personales y legales— Anaïs excluyó gran parte de su vida amorosa. Ahora que —cabe suponer— todas las personas mencionadas en *Incesto* han muerto, no hay razón que impida publicar el diario tal como Anaïs lo deseó: en su totalidad. El material ha sido editado con el fin de obtener un libro de extensión razonable para el lector, con el debido cuidado de no omitir nada pertinente al desarrollo emocional de Anaïs.

Anaïs consideró a su diario como su último confidente, y escribió en él de 1914 a 1977 sin interrupción. El período de 1914 a 1931 transcurrió sin profundas emociones amorosas. Hasta que en 1932, en París, encontró al escritor-amante que había estado buscando durante tanto tiempo: Henry Miller. Este amor, cuya etapa inicial aparece descrita en *Henry y June*, provocó en Anaïs un doble despertar, el de la mujer y el de la escritora. La escritura a menudo salvaje de la versión original del diario —una prosa que algunos lectores encontrarán, sin duda, asombrosamente distinta de la prolija poesía de la versión censurada—, da cuenta de este apasionado descubrimiento. Es preciso recordar, sin embargo, que Anaïs escribía su diario bajo la fuerte emoción de los hechos que protagonizaba.

En *Incesto* la relación amorosa con Henry Miller continúa, aunque ya no con la misma intensidad. La experiencia de convertirse en mujer ha sido dolorosa, y ahora sus «ojos están abiertos a la realidad —al egoísmo de Henry».

Es otra relación crucial la que explora el presente volumen, la de Anaïs y su padre, un famoso pianista y donjuán que, tras el divorcio de la madre de Anaïs y siendo ésta casi una niña, se casó con una rica heredera. Es entonces, a los once años, que Anaïs comienza su diario bajo la forma de cartas a su padre que buscaban convencerlo de volver. A diferencia de su madre y hermanos, Anaïs se niega a juzgarlo, a verlo sólo en blanco y negro. Se ha propuesto «descubrirlo». La relación es en cierto modo tragicómica: el padre trata de seducir a la hija creyendo coronar así su carrera donjuanesca; pero Anaïs actúa bajo el consejo de su psiquiatra (y amante), doctor Otto Rank, que consiste en seducir a su padre y luego dejarlo como castigo por haberla abandonado de niña.

Al igual que el primer volumen de la versión abreviada de los diarios, éste termina con la ya famosa historia del nacimiento de Anaïs, que aparece aquí en un nuevo contexto —bajo una nueva luz que ilumina las relaciones de Anaïs con Henry Miller y con su padre en su totalidad.

Con todas las series de la versión completa de los diarios de Anaïs, tendremos un extraordinario registro que cubre toda la vida y el desarrollo emocional de una excepcional artista, una escritora que encontró la técnica necesaria para describir sus más profundas emociones, y el coraje para entregarlas al mundo.

RUPERT POLE
Albacea de Anaïs Nin

Los Ángeles, febrero de 1992

Nota

El texto de *Incesto* ha sido extraído de los libros treinta y siete al cuarenta y seis del diario de Anaïs Nin, según la numeración de la autora. Los títulos correspondientes a dichos libros eran: «La Folle Lucide», «Équilibre», «Uranus», «Schizoidie and Paranoia», «The Triumph of Magic —White and Black Magic», «Flagellation», «"And on the Seventh Day He Rested from His Work", Quoted Negligently from a Book I Never Read», «Audace», «The Definite Appearance of the Demon», y «Flow-Childhood-Rebirth».

A pesar de haber sido escrito casi enteramente en inglés, *Incesto* posee numerosos fragmentos en francés y en español. Agradezco a Jean Steward por la feliz traducción de dichos pasajes, que han sido debidamente anotados.

R.P.

23 de octubre de 1932

Siempre creí que era la artista en mí la que hechizaba. Creía que era mi casa esotérica, los olores, las luces, mi vestimenta, mi trabajo. Siempre estaba *adentro* de la gran venera artista activa, tímida, inconsciente de mi poder. ¿Qué hizo el doctor Allendy? Desechó al *artista*, manipuló mi esencia, sin historia, sin mi creación. Incluso me ha preocupado su desapego del artista: me ha sorprendido que me tomara así, tan *dépouillée* de artificios, de mis redes, encantos, elixires. Y esta noche, sola, mientras espero a los invitados, contemplo esta esencia recién nacida y pienso en lo que le han aportado Hugh, Allendy, Henry y June. Recuerdo el día que le regalé joyas a Ethel, la hermana de Hugh; hoy, la prima Ana María me regala piedras para el acuario y un pez con graciosas alas verdes y dice: «Quiero ir a Londres contigo. Quiero salvarte de June». Entonces me tiendo de espaldas y lloro con infinita gratitud.

Me voy a Londres. Renacen mis fuerzas y debo aplacar el dolor recurrente. Necesito muchos días para aplacar un poco mi vida o moverme en mi diario, mi historia. No puedo deshacerme de la locura en un día. Todavía tengo horas en las que me revuelco en mi dolor como en un horno, y sucede cuando Henry me dice por teléfono: «¿Te sientes bien?», y yo respondo: «Sí». O cuando cae la chinche de una esquina de la fotografía de «H. V. Miller, escritor gángster», y entonces comprendo cuánto me he distanciado del lesbianismo, y cómo es que sólo la artista en mí, la energía dominante, se abre para fecundar a las mujeres hermosas en un plano que es difícil de aprehender y que no tiene la menor relación con la actividad sexual corriente. ¿Quién creerá la dimensión y la magnitud de mis ambiciones cuando perfumo la belleza de Ana María con mi sabiduría, mi experiencia, cuando la domino y la seduzco para enriquecerla y crearla? ¿Quién creerá que dejé de amar a June cuando descubrí que destruye en lugar de amar? ¿Por qué no conocí la dicha cuando June, esa mujer espléndida, se hizo pequeña entre mis brazos, me mostró sus temores, su miedo de mí y de la experiencia?

El *simún* esta noche. Torbellinos. Es de noche, he sido fuerte todo el día. No debo debilitarme tanto sólo porque es de noche y estoy cansada.

Cuando advierto que June está intensamente celosa de mí debido a lo que hice por Henry, le digo: «Todo lo hice pensando en ti».
También ella miente: dice que quería verme a mí antes que a Henry.
Pero después de la mentira digo una verdad: recuerdo la pena que me embargó cuando leí en las notas de Henry que ella trabajaba para él y Jean (Kronski) y que una vez, frenética de cansancio y rebeldía, exclamó: «¡Los dos dicen que me aman, pero no hacen nada por mí!». Se lo recuerdo y siento ganas de hacer algo por ella. Pero apenas lo digo mi deseo se desvanece, porque soy consciente de que es un deseo autodestructivo, que me falta vitalidad, que he trabajado bastante para Henry y no quiero hacer más sacrificios. Así muere mi espontaneidad, mi generosidad se vuelve una mentira cuya frialdad me deja atónita, y ojalá los tres pudiéramos reconocer que estamos hartos de los sacrificios, hartos de los sufrimientos inútiles.
Con todo, soy yo la que trabaja para Henry y June, pero con espíritu rebelde. Consciente de que no tengo motivos para reprocharme ni castigarme, de que por fin estoy absuelta de culpa y merezco la felicidad.

June espera que yo decida qué haremos mañana a la noche; June cuenta con mi imaginación; June permitirá que yo revele mi inexperiencia en la vida misma. Ahora que es mía por una noche, ¿qué haré con esta noche y con ella? Soy una escritora de páginas fabulosas, pero no sé vivirlas.

René Lalou es exuberante, dominante, locuaz, ingenioso. Se sintió fuertemente atraído por mí a pesar suyo, porque su gran equilibrio quiere alejarse de mis tinieblas. Pero su exuberancia física lo arrastró. Por primera vez adquirí conciencia de mi poder sobre el hombre sensato: su frivolidad y su ingenio se suavizaron gradualmente. Contemplé el derrumbe de su lucidez, el ascenso de su apasionamiento. Al final de la velada era René Lalou, el hombre con sangre española en las venas.

Reí mucho, pero eché de menos mi amor, la cualidad más densa, más tenebrosa de Henry. El fulgor de Lalou, su pasión por la abstracción me interesaron, pero eché de menos a Henry... lo eché de menos.

Lalou fustigó el surrealismo y luego imploró que le mostrara mis páginas sobre June. Se mofó de la obra de la minoría y después expresó su deseo de que me publicaran en algo más difundido que *Transition*.

Esta mañana recibo una hermosa carta de Allendy con la despedida «*le plus dévoué, peut-être*», y advierto hasta dónde ha penetrado su extraña devoción, con cuánta sutileza me rodea, sin tragedia ni sensacionalismo. Me siento como una persona que ha sido drogada, demente, que despierta una mañana en medio de una claridad idílica, recién nacida.

¡Qué esfuerzo para liberarme de la oscuridad y el ahogo, de un gran dolor asfixiante, de la inquisición autolacerante! La mirada de Allendy con su doble amor: sus ojos extraños, manos y boca cálidas. Ya no quiero dar *más*; quiero tenderme de espaldas y recibir regalos. June tiene mi capa negra, pero se la regalé con mi primer fragmento de odio. No estoy en su poder.

Cada uno ha encontrado en mí una imagen intacta de sí mismo, de su yo potencial: Henry vio al gran hombre que podía ser, June la extraordinaria personalidad. Cada uno se aferra a la imagen de sí mismo en mí para tener *vida*, fuerza.

June carece de seguridad esencial, por eso sólo puede afirmar su grandeza por medio de su poder de destrucción. Hasta que me conoció, Henry sólo podía afirmar su grandeza destruyendo a June. Se devoraron mutuamente: él la caricaturizó, ella lo debilitó al protegerlo. Y cuando lograron destruirse, matarse mutuamente, Henry lloró la muerte de June y June lloró porque Henry ya no era un dios y ella necesitaba vivir para un dios.

June quiere que Henry sea un Dostoievsky, pero se lo impide, inconsciente e instintivamente. No quiere que escriba un gran libro sino que cante alabanzas a ella. Es destructiva sin culpa. Su aliento, su afirmación vital, cada movimiento de su yo confunden, empequeñecen, quiebran a los demás. Es sincera, intachable, inocente.

He magnificado a Henry. Puedo hacer de él un Dostoievsky. Puedo insuflarle fuerzas. Soy consciente de mi poder, pero mi poder es *femenino; exige un enfrentamiento, no una victoria.* Mi poder es asimismo el del artista, de manera que no necesito la obra de Henry para magnificarme yo. No necesito sus alabanzas, y puesto que soy ante todo una artista, puedo conservar mi yo, mi yo de mujer, detrás de la escena. No impide su trabajo. Apuntalo al artista que hay en él. Además del artista, June quiere un amante esclavo.

Puedo renunciar a las exigencias de mi yo, capitular ante el arte, ante la creación… sobre todo ante la creación.

Es lo que hago en este momento: creo a June y Henry. Los alimento, les doy mi fe. En mi fragilidad está el simbolismo de la frágil realización que los acosa. June ve en mí a la mujer que ha conocido el infierno pero permanece intacta: que quiere permanecer intacta. No perderá su yo, *su sí mismo ideal.*

Y Henry aspira al ideal dostoievskiano. El artista. Encuentra la imagen de ese yo artista en mí. Íntegro, poderoso, ilimitado.

No necesito que su arte me glorifique. También yo soy creadora. June debería haber sido artista para ser menos egoísta.

Gracias a Allendy, puedo renunciar a una mera victoria. Amo. Amo a los dos, a Henry y June.

June, que me ama ciegamente, también trata de destruirme. Mis páginas sobre ella, que son una obra de arte, no la satisfacen. Pasa por alto su fuerza y su belleza, se queja de que lo que digo no es cierto. Pero no me aflige ni por un instante. Conocía el valor exacto de esas páginas, independientemente de June.

Entonces, primero mi obra. Conmovido mi poder de artista, y entonces, ¿qué otro poder me queda? Mi estímulo natural, mi vitalidad, mi verdadera imaginación, mi salud, mi vívida creatividad. ¿Qué les hará June? Drogas. June me ofrece muerte y destrucción. June me hechiza: habla con su cara, sus caricias, me atrae con señuelos, usa mi amor por ella para destruirme. Doble muerte. Se ha de destruir la lozanía de mi cuerpo para que sea como el suyo. Me dijo: «¡Tu cuerpo es tan lozano, el mío está tan marchito!». Así, ciega, intachable, inocentemente, destruirá mi lozanía, esa frescura que ama. Matará todo lo que ama.

¿De dónde viene esta negra sabiduría? De la bruma, la locura, el champagne, la intoxicación de las caricias, los besos, la exaltación. Estamos en el Poisson d'Or, las rodillas entrelazadas debajo de la mesa, borrachas la una de la otra; June está borracha de sí misma. Le ha dicho a Henry que es nada, que ha fallado en el intento de ser un dios y un Dostoievsky: que ella es un dios, su propio dios. Entonces, el milagro. La fantasía. Henry ha muerto. June ha aniquilado nuevamente a su par.

«Henry es un niño», dice. Protesto, digo que creo en Henry como artista, luego confieso que lo amo como hombre.

Fue cuando me preguntó: «Amas a Henry, ¿verdad?», que *le di a Henry mi mayor don*. Mis ojos se nublaron de dolor. Sabía que mi confesión había salvado a Henry. Nuevamente era un dios: sólo un dios podía ser amado por ella o por mí, dijo. De modo que Henry es un dios. Y con toda la inocencia de su automagnificación, June pregunta: «¿Estás celosa de Henry?».

Dios mío... ¿celosa del amor de Henry por June o del amor de June por Henry?

Entonces me disuelvo, me vuelvo fluida, *fuyante*. Huyo de la tortura que me aguarda como un gigantesco exprimidor de sangre, que comprime mi carne entre June y Henry. Escapo por medio de un esfuerzo sobrehumano... para evitar la autodestrucción y la locura. Por un instante quedo atrapada. June advierte el gran dolor en mis ojos. Les he dado mi ofrenda mayor: entrego el uno al otro al dar a cada uno la imagen más bella de sí mismo. Soy sólo la *reveladora*, la armonizadora. Y al aproximarse el uno al otro, doy a June un Dostoievsky, a Henry una June convertida en creadora. Sólo mi humanidad está aniquilada. Los dos me han amado.

Amo a June y Henry menos en comparación con mi rebelión contra el sufrimiento. Siento que los amo en una vivencia que no puede destruirme —a la que no me entrego íntegramente— porque tengo la intención de *vivir*.

Noche. Vino Henry y conversamos, al principio tensos. Entonces quiso besarme y no se lo permití. No, no podía soportarlo. No, no debía tocarme; me haría mal. Estaba perplejo. Lo rechacé. Dijo que me deseaba más que nunca, que June se ha vuelto una extraña, que las dos primeras noches con ella no sintió la menor pasión. Que desde entonces era como salir con una puta. Que me amaba, que sólo conmigo sentía una conexión entre su imagen mental y su deseo, que era imposible amar a dos mujeres, que yo había *desplazado a June*. Antes de que terminara de decir todo eso yo había capitulado —la intimidad parecía terriblemente natural—, nada había *cambiado*. Tanto no había cambiado que me sentí aturdida. Y yo había pensado que nuestro vínculo parecería irreal y que se renovaría la conexión natural entre Henry y June. Él ni siquiera se acostumbra a su cuerpo; seguramente porque no hay intimidad.

Contemplé todo eso como un fenómeno. Después de escuchar eso de Henry se puede creer en la fidelidad del amor. Leo sus últimas páginas sobre el regreso de ella y las encuentro vacías de emoción. Ella ha agotado las emociones de Henry, se ha *excedido* con ellas.

Entonces todo el asunto se vuelve irreal para mí y me parece que Henry es el más sincero de todos, que June y yo, tal vez sólo yo, lo engañamos.

No hay más tragedia. ¡Henry y yo nos reímos de las múltiples complicaciones de nuestras relaciones!

Esto que me está sucediendo me da miedo. Temo mi propia frialdad. ¿Acaso Henry ha agotado mis emociones con su angustia involuntaria ante las amenazas constantes de June a nuestra felicidad?

¿O es que una alegría muy esperada, *demasiado* deseada, suele dejarlo a uno aturdido y disminuido cuando tiene lugar?

June le cuenta a Henry que yo he dicho que lo amo. Parece sorprendido. Piensa que tal vez yo estaba borracha.

—¿Cómo? ¿Qué quieres decir, June?

—Nada, sólo que te ama, no que quiere acostarse contigo.

Reímos los tres. Pero me trastorna pensar que June está tan segura de mi amor que por eso me preguntó: «¿Estás celosa de Henry?», que yo debería querer eliminar a Henry, odiarlo a causa de mi amor por ella. Recuerdo nuestra caricia de anoche en el taxi, mi cabeza echada hacia atrás para recibir el beso de June, su palidez, mi mano sobre su seno. Y ella ni por un instante imaginó la escena de hoy. Y ahora es ella la engañada, y es Henry y soy yo.

Y en este momento los únicos hombres sinceros del mundo, Allendy y Hugo, conversan, celosos, sobre mí. Hugo está triste.

Henry no está celoso de June sino de mí; celoso, teme que yo ame a June o a Allendy.

Esta noche siento que quiero abarcar *todas las vivencias*, que puedo hacerlo sin peligro, que Allendy me ha salvado. Que entro con June en todo y en todas partes.

Carta a Henry: Me gustó tanto que pudiéramos reír juntos, Henry. Todo lo que existe entre June y yo pone de relieve mi amor tan profundo por ti. Es como si sometiera mi amor por ti a la más rigurosa de las pruebas: el *examen* más riguroso de toda mi vida. Y descubro que puedo estar borracha, drogada, hechizada —cualquier cosa que me haga perderme— pero que siempre, siempre está *Henry*... No volveré a hacerte mal al hablar de otros. No debes estar celoso, Henry; soy tuya...

Pero mi amor por Henry es un eco profundo, una profunda prolongación de un yo interior eternamente bifronte. Soy una doble personalidad. Existe mi amor profundo, abnegado, por Henry, pero ya puede transmutarse fácilmente en otro amor. Percibo su *terminación*, como percibo también que el amor de Henry por mí terminará cuando él sea suficientemente fuerte para arreglárselas sin mí.

He realizado el trabajo de un analista: una obra viva de clarificación y orientación. Por consiguiente, es verdad lo que dice la astrología sobre mi extraña influencia sobre la vida interior de los demás.

Je prends conscience de mon pouvoir: de la fuerza de mis sueños. En verdad, June no tiene imaginación; si no, no necesitaría tomar drogas; tiene hambre de imaginación. Henry también tiene hambre. Me han enriquecido con sus *vivencias*. Los dos me han dado tanto. Vida. Me dieron vida.

Allendy me despertó por medio de la inteligencia cuando los sentimientos y la vida me ahogaban. Me dio la fuerza que me permitirá vivir mis pasiones y mis instintos sin morir como antes.

A veces me duele el haber trocado los sentimientos por inteligencia. Antes me creía más sincera. Pero si ser sincero significa arrojarse por la borda, era la sinceridad de la derrota. Suicidarse es fácil. Vivir sin un dios es más difícil. La borrachera del triunfo es mayor que la del sacrificio.

Ya no necesito *hacer* tanto para encubrir la insuficiencia de mis transmutaciones interiores, para *sustituir* la falta de entendimiento. Necesito hacer poco, pero con mucha fuerza.

Noche. Allendy espera que yo *rompa* relaciones con Henry. Advierto la tendencia de sus preguntas. Su espera es ansiosa. Hoy me conmueven sus caricias. Son maravillosas.

Le digo cuánto le debo. No cree en la dualidad. ¿Creería si leyera mis diarios? ¿No son algunas frases que escribo más frías de lo que él imagina?

Me parece que esta vez estoy jugando con Allendy. ¿Por qué? *Siento que es más sincero que yo*. Me conmueve y me asusta. ¿Es *él* el hombre a quien debo hacer *daño* —el primer hombre— y por qué? ¿Acaso me defiendo de su poder? Sentada aquí esta noche, recuerdo sus manos. Son fuertes, pero las yemas son idealistas. ¡Cómo seguían los contornos de mi cuerpo, cómo enterró su cara entre mis senos y aspiró el perfume de mi pelo! Cómo nos paramos y nos besamos hasta que quedé mareada. Henry me habría alzado el vestido —habría perdido la cabeza— mucho antes.

Entonces llego a casa de excelente humor y Hugo, frenético de celos, me arroja sobre la cama y me coge como un demente, me rasga el vestido para moverme los hombros. Y yo finjo placer, mientras pienso en la tragedia de los estados de ánimo que ya no coinciden. La pasión de Hugo llega demasiado tarde. Quiero los brazos de Henry —intimidad— o los de Allendy: lo *desconocido*. *¡Y siempre quise que me rasgaran el vestido*!

Siento demasiado marcadamente las partidas, los encuentros, las prolongaciones, las chispas nuevas. En mi cabeza hay un centro de integridad adamantina, de control... pero contemplo mis emociones, que parten en direcciones diferentes. Hay una tensión de sobreactividad, sobreexpansión, un deseo de alcanzar esa cumbre de júbilo adonde llegué con Henry. ¿Podré fundirme en Allendy? No lo creo, y *la mayor alegría*, como sabe Henry ahora, es *intimidad, integridad, absolutismo en la pasión*.

¿Cuántas *intimidades* existen en el mundo para una mujer como yo? ¿Soy una unidad? ¿Un monstruo? ¿Soy *una* mujer?

¿Qué busco en Allendy? La pasión por la abstracción, la *sabiduría*, el equilibrio, la *fuerza*.

¿En Henry? La pasión... viva, imprudente y ardiente, la falta de equilibrio propia del artista, la ductilidad y maleabilidad de los creadores.

Siempre dos hombres: el *devenido* y el *que deviene*, siempre el momento alcanzado y el siguiente anticipado antes de tiempo. *Demasiada lucidez*.

Los celos de Hugh hacen eclosión. Celos de Allendy. Mañana irá a decirle a Allendy que le ha *quitado* su esposa: que Allendy está derrotado, que me comprende muy bien, como puede hacerlo un científico, pero que él, Hugh, me *posee*. Hugh sabe que Allendy quería que despertaran sus celos, de una vez por todas, para demostrar agresividad hacia el hombre en lugar de complacencia y amor: para salvarse de la pasividad homosexual mediante la cual permitía que otros hombres amaran a su esposa. *Sabe* que todo esto debería ser un *juego* psicoanalítico con un fin determinado, pero que en este caso no es un juego porque se trata de los sentimientos de Allendy. ¡Por eso, sus palabras crueles lastimarán a Allendy! ¡Y Hugh lastimará al hombre que más quiere para afirmar su virilidad y su amor por mí!

Y mientras Hugh, con su nueva lucidez, me dice todo esto, escucho en silencio, temerosa de que haga sufrir a Allendy. Hago planes para atenuar el impacto de las palabras de Hugh: su historia del vestido roto. Pero sé que no puede hacerle mal a Allendy, protegido por una terrible lucidez. Está tan *seguro* de que no amo a Hugh; y con toda seguridad me está esperando. ¡Y cómo admiro su tremendo dominio de sí mismo, de la vida y el dolor!

Fin de la velada. La música orquestal invade todo; la habitación y yo estallamos. Me paro, me cubro la cara con los brazos y río —una risotada como nunca se me había escapado— y la risa se quiebra en un sollozo, fuerte y lastimero. Por un instante estoy loca... absolutamente loca. Hugh está asustado. Viene a mí, tierno y perplejo: «Mi pobre gatita, has sido demasiado feliz. ¡Te he hecho feliz!»

June es mi aventura y mi pasión, pero Henry es mi amor. No puedo ir a Clichy a enfrentarlos a los dos. Le digo a June que temo no poder ocultar frente a Henry lo que siento por ella, y a Henry que temo no saber fingir en presencia de June. La verdad es que miro a Henry con ojos de pasión y a June con éxtasis. La verdad es que ver a June junto a Henry —donde yo quiero estar— me haría sufrir humanamente, porque la intimidad entre él y yo es más fuerte que cualquier aventura.

Allendy es el amor de mañana. Mañana puede estar a años de distancia. No quiero escudriñar espacios ni distancias. Me dejo vivir. Hoy mis nervios están destrozados. Pero soy indómita.

Noche. Indómita. Gardenia blanca de June. Ambre de Delhi para June. June. June en mis brazos en el taxi. Es mi brazo el que se siente fuerte, es su cabeza la que se echa atrás, soy yo quien besa su cuello. June se derrite como un gran pétalo. Me mira como una niña: «Soy torpe, Anaïs. Me siento pequeña entre tus brazos».

Al partir, veo su cara borrosa detrás de la ventanilla del taxi. Una niña angustiada, hambrienta, ávida e insegura del amor, asustada, que se esfuerza desesperadamente por ejercer su poder mediante el misterio y la mistificación.

Cree de veras que Henry ha estado muerto, que no puede vivir sin ella. Viene y chapucea, crea complicaciones artificiales, hace que las personas se enemisten entre sí, enfurece a Henry hasta sacarlo de quicio y siente que vive, que da vida a los demás, que esto es drama, vida. Es todo tan infantil.

No puede creer, salvo en los momentos febriles. Cree cuando la tomo entre mis brazos. Entonces me abandona y se esfuerza por ser objetiva: ella y Henry conversan con cautela, tratan de evaluarme objetivamente, aparte de los momentos de éxtasis y vértigo.

El perpetuo clamor de June de que no se puede confiar la verdad a Henry. En los ojos de cada uno veo un cuadro deformado del otro. Debo hacer esfuerzos terribles para conservar a mi Henry y a mi June. Y ellos quieren introducirme en el conflicto, utilizarme en su pelea con el otro. June busca esta escena porque es otra manifestación de la atención que le prestamos; quiere que Henry y yo nos la disputemos. Eso sí le daría esos momentos de odio o pasión en los que nadie cree sino ella. No puede vivir en notas blancas, en sugerencias, en la verdad.

Dios mío, ¿tengo fuerzas para ayudarla?

Allendy dice que he transmutado mi gran necesidad de ayudar y crear a los demás en una especie de psicoanálisis. *Tengo* que asistir, dar, crear, inmiscuirme. Pero no debo entregarme a mí misma. Debo aprender a reprimirme. Y ahora comprendo que uno sólo *da* al reprimirse, porque al eclipsar su yo, elimina el egoísmo y la posesividad. Entonces doy, y al contener en parte mis sentimientos desgarradores, soy *más fuerte*, no me pierdo, conservo la lucidez, verdaderamente *doy*.

¿Qué puedo darles a June y Henry? ¿Puedo devolver el uno al otro? No me parece justo para conmigo.

June cree que Henry está exaltado cuando se enfurece, tartamudea y desvaría; piensa que ahora está vivo, mientras que antes de conocerla a ella estaba vivo pero sólo en lo más profundo. En todo su amor por mí campea este sentimiento de celos: quiere impedir la ya inexorable aparición de su libro porque se debe a mí. Ataca a Henry porque ha dejado de aceptar sus consejos. Debo estar atenta a todo esto en el momento de mayor exaltación. Cuando no puede vendarme los ojos, me ofrece su cuerpo.

Mi única salvación es que la desarmo, la penetro casi sin palabras, me basta mirarla para anular su poder.

No puedo dejar de advertir que siempre se antepone a sí misma, su yo, a su amor por Henry.

Noche. Henry estuvo aquí. Dice que algo está claro: nos necesitamos más que nunca y debemos ser buenos con los niños, June y Hugh.

Me asombra verlo envejecer, demostrar tanta protección. Para él, June es una niña patológica: como tal, es interesante, pero estúpida y vacua.

Bruscamente surgió entre nosotros una fuerte sensación de alianza: un Henry distinto, un Henry ofendido porque la gente lo cree capaz sólo de escribir «retratos vaginales». Le dije cuánto le debo. Me ha hecho feliz como mujer, me ha salvado de la disolución de June y por todo eso no quiero morir. Soy demasiado feliz.

Es una conversación tan extraña: cómo utiliza nuestro amor como base para lanzarnos en otras direcciones sin importancia, aventuras superficiales. Entonces le dije que June tiene razón, que él la ha sacrificado en aras de su trabajo, la ha usado como un personaje que quería crear, pero que yo no actuaré para él ni crearé misterio alguno porque necesitamos la intimidad, que no se puede crear con mentiras.

Conversamos en profunda coincidencia y nos preguntamos por qué no hay discrepancias entre nosotros. No. Conocemos el motivo. Es la intimidad entre nosotros, que estamos tejidos con la misma trama. June ha muerto para él porque sólo era una cara y un cuerpo.

Henry dice que, para él, mi interés por June sólo puede ser lesbiano: me atraen la cara y el cuerpo de June, nada más. Sabe que no puedo entregarle a June mi mente ni mi alma. Dice orgulloso que sabe explicar mis páginas de Mona-Alraune a June, mientras que a ella la desconciertan y confunden.[1] June interpreta mi párrafo sobre la habitación del hotel de manera literal —como si describiera una experiencia con un hombre—, es decir, sin imaginación. ¡Y es Henry, el alemán lerdo, quien descubre el significado simbólico!

Ana María es sabia antes de haber conocido la vida.

Es curiosa. Quiere conocer a June. Trata de colocarse en el lugar de Eduardo, imaginar lo que siente por mí: ponerse en el lugar de un hombre. Comienzo a explicarle delicada y algo distraídamente la *actitud mas-*

---

[1]. Las páginas sobre «Mona-Alraune», basadas en la relación de A. N. con June Miller, pasaron luego a formar parte de *House of Incest* (1936) y del relato «Djuna», que apareció en la primera edición de *The Winter of Artifice* (1939).

culina en la mujer: su significado y su valor. No quiero asustarla. Quiero que sepa.

Cuando le hablé a Allendy sobre ella, dijo: «Quieres pervertirla». En realidad, me hacía la acusación estúpida que se suele dirigir a los psicoanalistas: que desencadenan los instintos de la gente. Sabe que el proceso de desenfreno es sólo una etapa de la liberación, que la re-creación consolida el ser en un nuevo plano de idealismo y sinceridad.

Mientras conversábamos, veía cómo la mente fresca de Ana María se abría y escapaba de su ambiente vulgar. Me regocijé al ver cómo en pocas horas su mente se *abría*, jugaba con los hechos y las imágenes que yo le daba, el cuadro de vida que pintaba para ella. «Jamás había hablado con nadie como tú. Jamás había hablado de esta manera», dijo.

Cuando llegué con las violetas para tía Anaïs, Ana María comprendió que eran para ella. Me encantó su exclamación de placer al verme vestida con mi ropa más sencilla: un impermeable negro con botones plateados y un sombrero masculino de fieltro negro como el de June. Tía Anaïs sólo vio en ello una capitulación ante el convencionalismo. Yo sabía que era el desarme profundo de mi excentricidad, la misma que yo llevaba como una máscara para sorprender, intimidar, inquietar y molestar a los que me asustaban.

En el taxi con Ana María, contemplé su joven rostro y me pregunté, ¿qué es lo mejor que puedo darle, que le ilumine la vida o que *haga estremecer el mundo* para ella? El momento en que se estremece el mundo y la cabeza de June cae como una gran flor separada de su tallo: el arte trata una y otra vez de alcanzar ese momento, y los sabios conspiran para diluir su esencia. Y detesté la sabiduría de Allendy y prometí secretamente: Ana María, ¡haré lo que pueda para que se estremezca el mundo para ti!

Hugh se ha convertido en astrólogo. Estudia en mi escritorio y estoy en paz con él. La nueva pasión despierta sus mejores dones. Su nuevo amor, violento y posesivo, le da fuerzas. Lo amo por los esfuerzos que hace para disipar la vaguedad y la melancolía: es la cualidad esencialmente *pasiva* de su naturaleza lo que me ha atormentado. Henry dice que Hugh me ha aplicado el *jiu jitsu*: ha utilizado mi propia fuerza para destruirme, me ha dejado estrellar mi cabeza contra el piso cuando quise estrellarme contra él. Con inteligencia, ha evadido mi peso y mi presión, ha evitado toda resistencia: he sentido el vacío, la disciplina, la ausencia de encuentros. Su misma *fidelidad* lo vuelve inmutable, taciturno, reprimido. Pero estoy serena. No volveré a causarle dolor. Tengo miedo de que *conozca* mi trabajo. Quiero hacerlo humanamente feliz. *Humanamente es un ser perfecto.* Sólo su perfección me contiene. Su *existencia* es una restricción. Tal vez es mi salvación, porque la vida a la que renuncio constantemente por el bien de Hugh es la única gran disciplina que he conocido. El hecho de ser arrojada constantemente contra los muros que me encierran ha sido el único elemento que me obliga a sublimar. Dios mío, ¿por cuánto tiempo podré hacerlo feliz? Temo y tiemblo cada vez que Henry habla de la aparición de su libro y de nuestro viaje a España. Casi deseo que alguna catástrofe impida a Henry decirme: «Ahora, sígueme».

Eduardo remoto: ofendido y despreciado —según él— por la vida. Enamorado de Allendy y consciente de la futilidad de ese sentimiento. Jamás resignado a no haber podido dominarme. Incapaz de entregarse, como André Gide, a una homosexualidad fecunda y jubilosa.

Conversación rencorosa y cruel con él y Hugh en la que revelo que mi compasión y ternura por Eduardo se han agotado. Detesto esa «cualidad espiritual» de la que se jacta. La detesto porque me ha herido.

Tiene la impresión de que su avance de la psicología a la astrología significa que está vivo, pero yo sé que Allendy lo interpreta como un retroceso, y aunque signifique un ascenso en su desarrollo mental, éste permanece en estado de racionalización.

Ahora comprendo que su fracaso personal, aparte de la imposibilidad de amar, radica en *la breve duración de su fe*. No brinda suficiente fe para alcanzar el milagro. No hay milagro posible sin fe.

Sé que la conversación no lo ayudó en absoluto. Simplemente nos sacamos de encima una hostilidad que nos ahoga a los dos. Detesta mi influencia sobre su hermana Ana María y yo detesto pensar que desperdicié tantos años en infundirle fe.

Si Allendy y yo juntos no pudimos salvar a Eduardo, nadie más lo podrá.

Anoche hice mi último intento. Y no lo hice por amor sino resentida y amargada porque *éste* fue uno de los hombres que amé, un hombre al que jamás podría borrar totalmente de mi vida. Es justamente lo que quiero hacer: borrarlo de mi vida juntamente con todo mi pasado doloroso y vacío. La vida empieza *hoy*. España con Henry, tal vez; el sabio amor de Allendy; ¡la influencia dominante de la Luna, que me vuelve sensual y susceptible! Sabiduría y sensualidad serán mis grandes alas, las últimas que me salvarán de la influencia nebulosa, mediúmnica, visionaria de Neptuno, el planeta de mi ascendiente.

Sueño: Asisto a la boda de alguien. Llamo la atención de un hombre alto, canoso. Me invita a cenar. Habla sobre su amor. Algunas mujeres imitan mi manera de vestir. Las maravillosas caricias del hombre. Despierto con palpitaciones, bañada en sudor.

En el horóscopo de Hugh encuentro lo que nos separa: es sobre todo mercurial o «mental», *no está sujeto a la Luna*. Su gran influencia es el poder; es un hombre rey: ¡la pasión es secundaria!

Me enardecen las manifestaciones de Élie Faure (en *The Dance over Fire and Water*): «La imaginación provoca las aventuras del hombre, y el amor ocupa el primer lugar. La moral reprueba la pasión, la curiosidad, la experiencia, tres etapas sangrientas que ascienden hacia la creación».

Allendy es el hombre que cristaliza, equilibra, detiene: inmóvil, pura sabiduría. Henry es el hombre que conoce la «obediencia al ritmo». «El ritmo», dice Faure, «es la concordia secreta del latido de nuestras venas, las demandas periódicas de nuestros apetitos, la alternancia regular de sueño y vigilia... La obediencia al ritmo eleva la exaltación lírica, que permite al hombre acceder a la moral más elevada al embargar su corazón con la vertiginosa sensación de que, suspendido en la noche y la confusión de una génesis eterna, está solo bajo la luz y desea, busca la libertad.»

30 DE OCTUBRE DE 1932

A Henry: Representas todo lo que Faure atribuye al gran artista; esas líneas estaban dirigidas a ti. Algunas de esas palabras son tuyas, por eso te enardecieron y me enardecen. Comprendo más claramente que nunca la razón y la riqueza de las guerras que libras; comprendo por qué me he entregado a tu supremacía... Todo esto es una explicación de ti como destrozador de moldes, revolucionario, el hombre al que describes y afirmas en las primeras páginas de *Trópico de Cáncer*. Yo usaría algunas de esas líneas para defender tu libro...

Me gustaría que uniéramos nuestras fuerzas para enfrentar guerras y dramas más grandes, inmensos, para trabajar juntos en ese arte que *sigue* al drama y domina los «elementos desencadenados» y *domina sólo para proceder, para continuar,* lanzarse nuevamente, no reposar ni cristalizarse... Nos necesitamos para alimentarnos mutuamente. Lo que June llamó tu «período muerto» fue el de tu reconstrucción por medio del pensamiento y el trabajo entre el derramamiento de sangre. El período fecundo que sigue a la guerra. El período de florecimiento lírico. Y tal vez cuando hayas agotado todas las guerras iniciarás una contra mí y yo contra ti, la más terrible de todas, contra nosotros mismos, para hacer un drama de nuestro último baluarte, nuestro éxtasis y romance...

A Eduardo: Echemos una mirada objetiva sobre nuestra nueva relación: hay guerra entre nosotros. Nos odiamos profundamente. Nos odiamos porque nuestras emociones y actitudes son diametralmente opuestas. Hasta ahora nuestra necesidad de amor nos había llevado a cometer el error de demostrarnos ternura. Me faltaban fuerzas para borrarte de mi vida tal como indicaban la biología, los planetas, las emociones, la metafísica y el psicoanálisis. Y a ti te faltaban fuerzas para odiarme, que era lo mejor que podías hacer. Deberías odiar mi positivismo, mi absolutismo, mi sensualidad, tal como yo odio tu pasividad, tu espiritualidad y tu negativismo. Somos más sanos y fuertes como adversarios honrados, como antítesis, que como amigos. Quiero que me borres de tu vida. Anoche fue mi última interferencia y no se debió al afecto sino al odio: deseo que el hombre que amé hubiera sido diferente. Eso no es amor sino egoísmo. Es la señal de que el amor ha muerto. Los dos somos lo suficientemente fuertes para vivir sin habituarnos a la ternura del otro. La significación de esa ternura murió hace mucho. La otra noche fuimos lo suficientemente valientes para reconocerlo. Vi el odio en tus ojos cuando presenciaste una nueva manifestación de mi poder (Ana María), y tú viste mi desdén cuando hablaste de la «sociedad» para insultar a mis extraordinarios amigos (por Dios, qué insulto mezquino; ¿no se te ocurrió otro más digno?). ¿Te habrías opuesto a que Ana María conociera a D.H. Lawrence por ser hijo de un minero? Algún día tal vez te sorprendas al encontrarme casada con el hijo de un sastre que tiene genio y coraje.

Hoy Marte está en ascenso. Para ti, ésta es otra expresión de mi bruma mental; para mí, es una continuación de una vivencia de pasión, sea amor u odio.

La gente como Eduardo, que no se *mueve* ni *vive*, se convierte en los grandes esterilizadores, los que paralizan la vida ajena. Eduardo quiere paralizar a Ana María. Está frenético porque no puede ejercer su *protección negativa*, mientras yo ejerzo alguna clase de influencia positiva.

La otra noche pude escuchar *Sweet and Lovely* sin parpadear. ¡Estaba en el Poisson d'Or con June! Mi susceptibilidad prolonga las repercusiones de otros amores más de lo necesario y a veces las confundo con un impulso verdadero, como durante las infrecuentes reapariciones de John Erskine durante mi vida con Henry.

Y ahora comprendo esto: John era el hombre contra el que yo estaba en *guerra* (a diferencia de la comprensión de Henry) y temo que estaré en guerra con la supersabiduría de Allendy. Bloquea mi gran deseo de avanzar, de dispersarme en la pasión, disgregarme por la pérdida de mí misma; bloquea las aventuras deseadas por mi imaginación, los peligros. Sin embargo, sé que estoy atada a él. En cada punto de equilibrio amaré a Allendy. Pero la pasión me alejará de él hacia el caos y la confusión fecundos de Henry. Henry me *inspirará*, como June a él.

Estoy extraordinariamente feliz. El libro de Henry está por aparecer; está escribiendo sobre Lawrence y Joyce. Me manda llamar, me pide que me arremangue, lo ayude y lo critique. June es un «estorbo», y bruscamente lo es para mí también. Henry y yo y nuestro trabajo. «Ojalá June se fuera a Nueva York. ¡Necesito mi libertad!», exclama Henry.

Quiero huir de mi casa para ir a su encuentro. Es feriado. Hugh está en casa. Debo esperar. Jamás un día me ha parecido tan largo. Ardo en deseos. Con rapidez cinematográfica veo sus libros, su ternura, veo al peligroso y volcánico Henry, nos veo a los dos en España… y todo está borroso, distorsionado, magnificado por el gran demonio interior que nos impulsa, el demonio de la literatura. June es un personaje, material, aventura, pero esta cópula de un hombre y una mujer en la fragua de la creatividad es una nueva monstruosidad de un nuevo milagro. Trastornará las órbitas de los planetas, alterará el ritmo del mundo y «dejará una cicatriz en el mundo».

Si Neptuno me vuelve mediúmnica y excesivamente susceptible (¡peligro en las pasiones, los sentimientos lo arrastran a uno, se abandona la voluntad!), comprendo que las influencias planetarias me afectan de manera muy particular y que estoy totalmente sintonizada con ellas. Por eso no puedo resistir a Allendy, que mentalmente es más fuerte que yo; pero elijo ser hipnotizada por Allendy en lugar de June.

Si no tuviera sentimientos podría convertirme en la mujer más inteligente del mundo. Cuando me sereno, mi mirada se vuelve ácida y mordaz. Hoy, escuchando hablar a June durante dos horas hasta alcanzar un pico de aburrimiento exasperado, de manera que ni su cara ni su cuerpo podían afectarme.

Entonces me convierto en la mujer peligrosa que ella teme. Podría escribir sobre ella más destructivamente que Henry. Sobre su inteligencia, que es nula, y la hipertrofia de su yo. Las vi, implacable. Frases de Henry que hieren su vanidad y producen esa catarata de palabras, ataques mezquinos, salpicados aquí y allá con esos toques de lucidez que despiertan las esperanzas de Henry. Esta noche mi imaginación se despliega en el cielo y no soy un ser humano. Soy una serpiente que sisea revelaciones sobre la fatuidad y la vacuidad de June, diosa y cortesana. Devolvería los regalos que le hice al vacío, la nada.

Sin embargo, estaba borracha. Y los ojos de June ardían y su robusto cuello estaba pálido y sus rodillas se apretaban contra las mías, pero había en mí una dureza y una claridad inmensas. Y aún escuchaba la voz de Henry, que anoche dijo: «Soy un muro de acero».

Cuando encontré a Henry en el café (antes que llegara le escribí una nota frenética para expresar mi amor por su trabajo, preguntarle qué más podía hacer por él, comprender su estado de ánimo extraño, abstraído, su descaro), su mirada era tétrica y dura. Era la consumación del *egoísta supremo*, puro artista, que necesitaba mi aliento, mi ayuda... cómo lo comprendí. No había sentimentalismo. Sólo su trabajo, que devoraba todo. Un escalofrío recorrió mi espalda. Y sus palabras sobre June. La había descartado, rechazado por inservible: lo mismo me sucederá a mí el día que aparezca otra necesidad. Todo el mundo sometido a la ley del movimiento, aniquilado. Todo eso lo comprendía y lo amaba, porque me parecía que hago lo mismo en escala menor y que el dolor que causo a Hugo es trágico pero inevitable en toda progresión viva.

June carece de la sutileza para comprender que, cuando cedo ante una opinión de Henry, soy como una víbora que ya ha picado. Me retiro de la batalla frontal, consciente del efecto lento del veneno. Por sucesivas capitulaciones y vías indirectas accedo al raciocinio de Henry. No lo contrarío, no lo hago erizarse y perder la razón. Y le permito pensar: disentir o coincidir con su yo verdadero, sereno.

June es directa y chillona. Su manera de «discutir» es sólo un descargar lo que lleva en las tripas. El resultado es la hostilidad y la ineficacia.

Al mismo tiempo, modifica su conducta para imitar la mía. Anoche, en lugar de pasar la noche afuera, vuelve sumisa a la casa para decirle a Henry que ahora lo comprende. ¿Por qué? Para poder al día siguiente hablar de una reconciliación, una victoria: «Tengo a Henry en casa, trabajando feliz». Sus instintos de mujer son certeros... pero insuficientes. Es incapaz de advertir que Henry ya no la desea. No le cree cuando dice, «Vete de aquí, vuelve a Nueva York, déjame en paz».

No quiero que mi relación con June degenere en una de esas guerras que tanto la complacen. La pasión y la compasión me complacían. No es suficientemente fuerte ni peligrosa para ser mi enemiga. Me temo que sólo obligaría a Henry, como a mí, a revelar el disgusto que le provoca el absolutismo. Ni él ni yo tenemos coraje para liberarnos. Ni Henry ni yo podemos herir a June. Lo único que yo quería descubrir es: ¿Ama June a Henry?

Recordé la noche que le dije a Henry que si alguna vez descubriera que June no lo amaba, yo cometería un crimen para liberarlo.

Pero las mentiras de June no me permiten descubrirlo. Sus celos son egocéntricos (un problema de poder, el suyo contra el mío). Su amor por el artista Henry es puramente egoísta (el deseo de autoglorificación).

La otra noche pude por primera vez respirar su mundo brutal. June se había sentido muy mal y se despertó durante la noche, temblorosa. Pidió a Henry que la abrazara. Esa visión de June me derritió. «Sé por qué se sentía mal», dijo Henry. «Sentí pena por ella, pero nada más. Sentí más fastidio que otra cosa.»

Y cuando miro a June me pregunto cómo es posible no sentir pena por ella: es demasiado fuerte. Tiene momentos de debilidad, pero a la mañana siguiente vuelve a ser déspota, sana, invicta, maravillosamente asertiva.

La fuerza de su insensibilidad recíproca es nueva y admirable. Me gusta estar ahí en medio del toma y daca, para medir mi propia fuerza.

Comprendo la hostilidad de Allendy. Él es la civilización; Henry es la barbarie, la guerra. Lo que siente por Henry es más que celos: detesta su fuerza destructiva. No podría haber dos hombres más opuestos. Y sé que Allendy *espera que rompa con Henry.* ¿Por qué me ama?

Otra vez estoy fuera de quicio. La confusión es tan intensa que la música me hace llorar. He leído a Gauguin, *Avant et après.* Me recordó a Henry.

Hugh estudia impasible la astrología. Bella serenidad... inasequible. Le regalé un compás. Trazo círculos para agradarle. Me encanta mostrarme maravillada por sus conocimientos, insondables para mí.

En el tren, cinco pares de ojos masculinos me miraban, obsesivos.

Hay una fisura en mi visión, mi cuerpo, mis deseos, una fisura para siempre jamás, y la locura puja, puja, puja. Los libros están sumergidos, las páginas arrugadas; la cama gime; la arremetida de la sangre quema cada perfección piramidal.

Mis intentos de perfilar, cincelar, demarcar, separar, simplificar son idiotas. Debo dejarme *fluir multilateralmente.* Por lo menos he aprendido una gran lección: debo pensar pero no demasiado, de manera que pueda aflojar y que, cuando vengan los acontecimientos, no haya erigido una barrera intelectual frente a ellos ni interfiera con el movimiento de la vida mediante la preparación crítica. Pienso apenas lo suficiente para mantener con vida apenas un estrato superior de inteligencia vigilante mientras me cepillo el pelo, maquillo mi cara, pinto mis uñas y escribo mi diario: nada más. El resto del tiempo trabajo, copio, trabajo. Me dejo arrastrar por el impulso. Canturreo; acoso a los conductores de taxis conduciendo contra la corriente del tránsito; media hora después de despedirme de Henry, le escribo una esquela, convenzo con halagos a Hugh que vaya a medianoche hasta el centro de París a entregarla a Fred Perlès para Henry: ¡una carta de amor a su trabajo!

Es este divino fluir lo que le permite a Henry echarme sobre la cama de June y arrojar nuestra conversación sobre Lawrence y Joyce como un anzuelo al espacio mientras nos revolcamos sobre la tierra.

Hugh me abraza con fuerza como una gran pepita de oro, y su horizonte es de una esperanza celestial porque le he comprado un compás.

J'ai présagé des cercles. El motivo circular de mi novela sobre John. La fascinación de la astrología. El círculo marca la rotación de la Tierra y lo único que me importa es el júbilo supremo de girar con la Tierra y borracha, morir *girando* en lugar de morir en retiro, mirando girar la Tierra como uno de esos globos terráqueos de cartón que venden en Printemps por ciento veinte francos. Iluminada, no. Es más caro. Quiero ser la iluminación del globo y la dinamita que estalla en la máquina del impresor justo antes de ponerle precio a la página. Cuando gira la Tierra, mis piernas se abren al flujo de lava y mi cerebro se congela en el ártico —o viceversa— pero debo girar y mis piernas siempre se abrirán, incluso en el país del sol de medianoche, porque no espero la noche —no puedo esperarla—, no quiero perder un solo ritmo de su camino, una sola pulsación de su ritmo.

Sueño: Hugh y yo paseamos en la noche brumosa. Juntos. Lo abandono. Entro en la casa y me tiendo en la cama. Soy consciente de que me busca, que está frenético, que corre enloquecido en medio de la bruma, nada en ella. Estoy inerte. Sé que estoy en casa. Su desesperación no me roza. Al mismo tiempo, soy la bruma. Soy la noche que rodea a Hugh; mi cuerpo está tendido sobre la cama. Soy el espacio en torno de Hugh. En este espacio, corre y me busca.

Mañana. Mi amor más tierno es para Hugh —inalterable, inmutable, siempre presente—: el niño. Tiene el lugar más seguro, más *muelle*.

Quería darle a June todo lo que Henry ama en mí, sumarme a ella. No puedo creer que le he quitado al único hombre que la amó de verdad.

Siento una compasión abrumadora por el sufrimiento primitivo, histérico de June, por la gran confusión en su mente. Pero nunca es un sufrimiento como el mío, su dolor no se debe a la pérdida de Henry sino al fracaso.

Fue una experiencia terrible comprender mi fuerza mientras recordaba cuán leal fui en todo momento mientras interpretaba a June para Henry.

¡Es tan vulnerable, mi pobrecita June! No tengo nada para darle sino mi amor, que ella necesita. Por eso invento un amor para regalarle. Le doy vida mediante una simulación de amor, que es compasión. Escucho sus incoherencias, busco con paciencia los destellos de verdad, con la esperanza de que se encuentre a sí misma y a la fuerza que hay en mí, pero al mismo tiempo me siento la mayor traidora del mundo. Confía en mí, que la he despojado de Henry.

Al mismo tiempo, no comprende lo que hago por ella para expiar mi culpa. Le prohíbo a Henry que le diga nada, ¡que le pida la libertad para casarse conmigo! Ayer, media hora antes de la cita con June, estoy en un café con Henry:

—Apenas aparezca el libro —dice—, rompemos con todo: se acabaron los compromisos. Arreglo la situación con June y tú y yo nos casamos.

Lo tomo a risa:

—Jamás volveré a casarme. —Y agrego: —Sería horrible que la despojáramos de la última fe que le queda en dos seres humanos.

June me presentó a Dick, un escritor homosexual que habla como escribe Aldous Huxley y tiene ojos de niño extraviado. Visitamos al escultor Ossip Zadkine (un personaje de *Trópico de Cáncer*).

Dick y yo vacilamos ante la prueba de conocer a alguien, cada uno a su manera: él con ligereza, yo con mi silencio. Pero nos gustamos. Él estaba preparado para detestarme porque soy amiga de Henry, a quien aborrece.

Henry convirtió a June en un monstruo porque su mente crea monstruos. Es un loco. Padeció en June las torturas que él mismo creó porque el amor de ella por él no era monstruoso sino probablemente tan simple como el mío por ella. Es verdad que di por cierta la monstruosidad de June. Ahora veo sufrir al ser humano June; descubro que no han sabido comprenderse, pero que June es más débil porque el contenido de la mente de Henry la ha vuelto loca. El contenido de la mente de Henry no me confunde: despierta mi interés como hecho objetivo. Mi inteligencia, mi imaginación, están fascinadas.

Vi el proceso de deformación cuando Henry explicó mis páginas sobre June y me invistió de gran misterio y monstruosidad. Su imaginación es implacable y fértil; aprehende a un ser humano, lo deforma, lo enaltece, magnifica, mata. Es un demonio suelto en el mundo, laberíntico, que arrastra a la locura. Henry podría enloquecer a cualquiera.

Hasta ahora no he perdido el dominio de mí; he sido más fuerte que June. Estoy loca cuando lo deseo, como cuando uno se emborracha, para poder trabajar. Así como Henry se excita por medio del odio y la crueldad, yo me excito y me estimulo al liberarme de la garra astringente de una lógica implacable. Me hago girar como un trompo para volverme menos lúcida y más alucinada, para escuchar mis *intuiciones.*

Me encanta jugar con Henry a este juego peligroso de la *imaginación deformante.* Somos adversarios dignos ahora que Allendy me ha integrado y revelado mis pautas fundamentales.

Despójenme de exteriorizaciones, teatralidad, masoquismo y hallarán un meollo, un centro, una artista, una mujer. Despojen a June de sus adornos y hallarán una mujer hermosa corriente capaz de comprender la ilusión, el sacrificio, los ideales, los cuentos de hadas... pero sin sustancia.

Debe seguir siendo un personaje, una curiosidad, un prodigio, una forma ilusoria de la personalidad.

Pero cuando llora, pienso que debería dársele la felicidad humana corriente.

Después de todo, mi imaginación también ha jugado fantásticamente con Henry y June. La diferencia es que yo necesito la verdad y cedo a la compasión. La verdad me impide distorsionar porque *comprendo.* Apenas comprendo a Henry, dejo de hacer de él un «personaje» (el matón del hampa de mi *segunda* concepción de él, exacerbada por sus libros). Mi *primera concepción* es invariablemente la verdadera: mi *primera* descripción de Henry en el diario es la que le cabe hoy, y mi *primera* descripción de June es más verdadera que mi composición literaria. Basta que yo comience a amar como ser humano para que cese el juego.

Para un escritor, el *personaje* es un ser al que no está atado por los sentimientos. El verdadero amor destruye la «literatura». Es por eso que Henry no puede escribir sobre mí y tal vez nunca lo hará: al menos, hasta que se acabe nuestro amor y yo me convierta en un «personaje», una personalidad distinta, no *unida* a él.

Me entristece mirar la fotografía de Allendy: siempre estoy en conflicto entre dos deseos. Pertenezco a Henry y June y Allendy. A veces siento deseos de *descansar,* estar en paz, elegir un refugio, un amor, hundirme en él: hacer una elección final. No puedo. Ciertas noches como esta, a la hora de la melancolía, me gustaría sentirme *íntegra.*

Es fácil definir el carácter de mi lealtad hacia Hugh: consiste en *no herirlo.* Incluso en asuntos relacionados con Henry (podría obligar a Hugh a ayudarlo), sigo siendo leal a Hugh, hasta el punto de que no le impediré alcanzar su *virilidad* interfiriendo con su nueva agresividad, avaricia, cautela, celos y posesividad.

Es extraño contemplar el amor de otro por uno y permanecer intacto. Los bellos sueños de Hugh conmigo. Los escucho, pero ni por un instante pienso en ellos cuando Henry me acaricia. Es absolutamente cierto que no pienso en Hugh cuando estoy con Allendy o Henry, ni en Henry cuando estoy con Allendy. En ese momento se produce una especie de división —una *integridad* temporaria— que impide cualquier vacilación o parálisis. Sólo después florece la mezcla y se produce el conflicto. No tengo la menor sensación de hacer mal cuando me acuesto con Henry en la cama de Hugh, ni la tendría al entregarme a Allendy en la misma cama. No tengo moral. Sé que el mundo se horroriza: yo no. No hay moral mientras el daño que se hace no se manifiesta. Mi moral se afirma frente al dolor de un ser humano: devolvería a June su Henry si ella me lo suplicara. Al mismo tiempo, soy consciente de lo estúpido de mi capitulación, porque June puede arreglárselas sin Henry mucho mejor que yo, y es perjudicial para Henry. También sería infinitamente estúpido de mi parte si por amor a Hugh volviera a mi vida vacua, inquieta y neurótica de los años antes de conocer a Henry.

Ahora experimento una *plenitud* constante que puedo transmitir a Hugh. Ojalá Hugh pudiera *creer, comprender, perdonarme*. Él percibe mi satisfacción, mi salud, mi fecundidad. Su felicidad me interesa más que la de nadie.

9 DE NOVIEMBRE DE 1932

En el bar Side-car. June se explaya alegremente sobre las debilidades de Henry: su infantilismo, su incapacidad para responder inmediatamente a los sucesos de la vida, su ansia de que lo dominen despóticamente. Estoy harta de decir para mis adentros que Henry es distinto conmigo; y no puedo olvidar que alguna vez dije lo mismo, aunque encontré en Henry al *líder* que June jamás hallará porque tengo al artista líder —el gran escritor capaz de aniquilarme— y el sensualista.

10 DE NOVIEMBRE DE 1932

Hugh toca su guitarra y canta. *Il chante faux*. ¿Debería molestarme que desentone? Sabe amar. Desentona; toca torpemente; sabe amar. Bostezo. Acabo de descubrir el tema central de mi libro: las mil y una noches de Montparnasse: un par de páginas por noche para mantener a June alejada de las drogas. Y le diré todo, incluso le hablaré de mi amor por Henry: esto puede esperar a la última noche.

Hugh ha confesado que estaba *celoso* de mi actividad literaria: ¡no podía soportarla, no podía soportar mi actividad, compensada ahora por su astrología! Eduardo también. Mientras yo trabajaba desesperadamente para terminar mi libro sobre Lawrence, no se le ocurría nada mejor que quejarse de que yo lo tenía abandonado. Una mujer.

De *esto* me liberó Henry. A él no podía fastidiarlo: ¡a él no! Pero con todo, he debido actuar con *tacto*. Ah, la ironía: esta noche bailo sobre mi ironía como en las sonoras chispas de una estrella loca.

Uno de los relatos de las mil y una noches habla de besos en taxis, una ciudad alarmada por un psicoanalista, las esculturas de madera de Zadkine, una mujer asesinada que clama socorro. Así, en mi diario anoto las cuentas de la casa, los menús, la opinión de la *femme de ménage* (Emilia comenta que todos los amigos de la señorita son calvos) y entrego al mundo una gardenia envuelta en papel plateado. Para mí la fantasía es una forma de disimulo. El mundo me obligó a introducirme en la fantasía, y ni yo misma quería ver la cara matutina de mis actos. No son sólo June y Henry los que están aquí *en plus beau*.

Veo el cálculo en los ojos de Hugh y ahora debo apuntar que su manera de coger es maravillosamente vehemente y magistral: de una calidad que satisfará a cualquier mujer normal, pero yo no soy una mujer normal. Talla especial en cerebro, en sexo. Colección de fenómenos. Soy la única escritora que no se limita a la literatura erótica —vivo con el mismo frenesí con que escribo—, hay una extraña coherencia. Es maravilloso cómo me liberé de Eduardo, cómo lo borré. Jamás había tenido valor para desdeñar. Las otras noches, cuando vino a cenar, pude mirarlo con acerada indiferencia: fresca y vivificante como un paseo por el bosque. A medida que pierdo susceptibilidad, crezco en *embonpoint*. Nadie echa de menos mi susceptibilidad. Todos disfrutan de mi salud, como un ramo de flores en un florero. Una se vuelve cínica cuando la admiran porque se vuelve alegremente invulnerable.

Síncopa: lento, lento el tarareo sincopado. Es el *único tono ligero* en los dieciocho años que lleva este diario cuyos *accents graves*, tintes sombríos y perfume de lágrimas salobres asombrarán al mundo como obra maestra de la autoflagelación y el alacranismo. Mientras corto las páginas de los libros de astrología de Hugh, juro para mis adentros que jamás trataré de dominar esta ciencia, porque quiero que sólo Hugh pueda jactarse de ella.

June dijo ayer que buscaba a alguien ante quien mostrarse mansa, porque entre los dos, Henry era el más sumiso (reservaba su derecho para la literatura, el derecho a difamar retrospectivamente). El autor es como un duelista que jamás se presenta a la hora señalada, que recoge el insulto como un dato curioso, lo despliega sobre su escritorio y se bate *a solas*. Algunos lo llaman debilidad. Yo lo llamo postergación. Lo que en el hombre es debilidad, constituye la gloria del artista, su calidad. Lo que derramo en lo dicho o lo hecho, rara vez lo restituyo en la página escrita. Lo que conservo y reúno es lo que estalla luego en la soledad propicia. Por eso el artista es el hombre más solitario del mundo: porque vive, lucha, guerrea, muere, renace *a solas, siempre a solas*.

Hugh dice que el arte nace de la fermentación, cualquiera que sea la materia que fermenta. No puedo negar que mis mejores páginas son las *presentes*, ahora que fermentan en mí la victoria y el poder.

Lo que me ha gustado en la música no es la austeridad sino la *inflación* del sonido, la amplitud de las notas que aumentan hasta la extravagancia y rompen todas las proporciones, el hechizo de la repercusión, la distensión, el flujo y el efluvio, la mayólica, el copón, la caída de agujas de hielo a puntos estelares, de cítaras a sarcófagos, de cera de abejas a culebras.

(Transcribo inmediatamente este pasaje en el libro. Mi libro y mi diario se pisan los pies. No puedo divorciarlos ni conciliarlos. Soy desleal a ambos. Con todo, soy más leal a mi diario. Incluyo páginas del diario en el libro, pero jamás pasajes del libro en el diario: ¡así demuestro mi fidelidad humana a la autenticidad humana del diario!)

Esta noche, el jazz me ha excitado hasta el borde del orgasmo.

¡*Partir!* ¡Basta de pausas en la plenitud de vivir, basta de lapsos muertos!

¡Cómo he de quedarme *esta noche* en Louveciennes! Maldita sea la sublimación. Me he volcado en la literatura... pero estoy más llena de vida que nunca.

Hugh ve en esto un recrudecimiento del amor, un reanudamiento. Tal como suponía Allendy, ha ensayado en mí, no en otra, la victoria sobre una mujer que necesitaba para consumar su aserción. Ha afirmado su agresividad sexual. También ha volcado en mí su necesidad de aventura. Quiere salir conmigo. Vamos al cine y luego a bailar. Jugamos a que no nos conocíamos.

—Soy astrólogo —dice Hugh.
—¿Volveremos a vernos *aquí*?
—Aquí no. Quiero viajar con usted. ¿Irá conmigo a Egipto?

No puedo seguir el juego. Quiero llorar. Su actitud me conmueve y me hiere. En el auto, acaricia mis piernas como un amante locamente enamorado. Conduce con descuido. Despierta toda mi ternura... nada más. Pero alimento su ilusión, le estoy *agradecida* por la vida. La dulzura empalagosa, el idealismo empalagoso de la situación; mientras, a sus espaldas, me sumerjo en el salvajismo, la aspereza, el odio, la vida cáustica con Henry y June.

Henry me prueba hasta el límite. Es inhumano con June y conmigo: duro, egocéntrico. A medida que sus páginas llegan a mí, mi interés intelectual flaquea. Quiero caricias. Soy mujer. En lo más profundo de mí, soy tan mujer como June. No soporto esta austeridad estoica de vivir. En este momento permitiría que *cualquiera* me acariciara.

Esta noche saldré con June. Me hundiré en una atmósfera femenina: *el anhelo constante de amor*, la dependencia perpetua de un hombre. Señales de amor, atención, llamadas, regalitos, efusividad, ningún *trabajo que rivalice*. El amor que me da Henry (el libro es secundario, es para mí; también la astrología es *para* mí, una ofrenda que no deseo, aunque hago esfuerzos sobrehumanos para demostrar interés). La distancia entre los dos cae como un ciborio diabólico, la distancia carcome todo lo que nos une. Temo mi libertad. Hugo es el hombre a quien debo la vida. Le debo todo lo más bello que poseo; su abnegación me ha servido de puente a *todo* lo que tengo hoy: trabajo, salud, seguridad, felicidad, amistades. Ha sido mi verdadero dios generoso. Estoy eternamente endeudada con él: con su conmovedora y magnífica fidelidad. Sólo podría liberarme si él fuera cruel, frío, mezquino...

pero ahora no tengo la menor justificación. Es el hombre más extraordinario del mundo, el único capaz de demostrar *amor* y *generosidad*. *Il est facile pour les autres à donner*. Es tan fácil para mí, tan fecunda en ideas, creatividad, arte, emociones; pero él, un hombre sencillo, a quien no se ha dotado con generosidad para el arte, deriva sus dones de una fuente inagotable de ternura y lealtad, de amor puro: ¡no de amor propio!

12 DE NOVIEMBRE DE 1932

Hay una divergencia de tiempo, una dislocación del ritmo entre la sabiduría de la mente y el ímpetu de los instintos con la inevitabilidad de su consumación. Estoy en paz con el hombre, con todos los hombres que me han herido con su debilidad. Mi padre, Eduardo, Hugo, John, hasta cierto punto Henry (si Henry fuera fuerte, June ya estaría en Nueva York) han expiado sus culpas con creces, se me ha brindado más amor del que se me ha negado. Estoy en paz conmigo, y mi comprensión me dice que el sufrimiento que me causaron la partida de mi padre y la homosexualidad de Eduardo y el puritanismo de John no venía de ellos sino de la composición interior de mi ser, que se negaba a comprender las causas naturales de esas debilidades y *a no sufrir*.

Pero en otro plano, el instinto de odio y vengatividad sigue su curso hasta agotar el veneno que segrega.

June y yo *«déversent»* nuestro odio hacia el hombre en el mundo, insultamos los convencionalismos, la sociedad, los hombres. Nos aliamos para descargar nuestra gran desilusión, no sobre aquellos a quienes amamos sino sobre los extraños, sobre símbolos.

Ahora advierto que algunas páginas mías sobre June, sencillas, humanamente lúcidas, son artísticamente superiores a las deformaciones de Henry porque indagan en heridas más profundas que la monstruosidad. Sobre June y Henry he sido más *humana*, comprensiva, veraz; tal vez, en definitiva, sea más artística.

June: la mandrágora, una planta eurasiática (*Mandragora*) de hojas púrpuras y raíz ramificada que se asemeja al cuerpo humano, de la cual se destilaba un narcótico. Se creía —aún se cree— que la mandrágora del Génesis poseía propiedades mágicas.

Mientras bailábamos, June me decía cuánto le gustaba el nombre de la mandrágora en alemán, que será el nombre con que la llamaré: *Alraune*.

Cuando June describe el momento en que nos presentaron, su timidez, su temor de conocer a la mujer «bella y brillante» (según me habían descrito), o cuando Dick comenta mi belleza y «rareza», me asalta el pánico. Veo mi imagen en los ojos de esta gente (Osborn, Henry, June, Dick) y me asusto como de una sombra gigantesca. La primera noche, cuando June esperaba que yo revelara mis defectos, cometí una sola torpeza: una observación ligera —«qué norteamericana»— cuando estaba harta de su idealismo. Pero lo que me asombra es que al salir de mi gran soledad, inexperiencia, vida fantasiosa, pude afrontar la experiencia de Henry y June sin torpezas, supe fascinarlos, despojarlos de sus corazas, amarlos y recibir su amor como su par en poder y experiencia mientras maduraba día a día a la vez que disimulaba mi enorme ignorancia e ingenuidad. Ni torpezas ante los continuos exámenes ni pérdida de la integridad. Adaptabilidad sin concesiones. ¡Pero esta integridad la debo a Allendy!

Cuando elogio la humanidad de Hugh, él responde que no quiere ser un ser humano —*el único entre nosotros*— ¡teme la soledad! (Escrito a pedido, porque su observación me hizo reír a carcajadas.)

Observen cómo engatuso a Hugh cuando le leo páginas de mi diario: Advierto lo que viene y lo sustituyo por un pasaje improvisado en el momento o, por ejemplo, leo «Hugh» donde dice «Henry», y él lo asume; ¡o altero una frase en el momento de leerla!

Mientras Hugh estudia astrología, contemplo la bella seriedad de su boca y sé que mi amor por él es profundo. Es mi niño, mi hijo. *Noble*. No quiero herirlo jamás. Cuando estoy con él, me atrae su pura nobleza. Se ha entregado en cuerpo y alma. Es el más vulnerable de nosotros al *dolor mortal. Lo oí decirle a Allendy que se mataría si me perdiera.*

Debo envolverlo en seguridad, en amor. Debo protegerlo y abrigarlo. Los demás, Henry, June y yo, ¡tenemos un núcleo egocéntrico tan duro! Nos entregamos, pero el gran yo central sabe recuperarse. Hugh no sabe hacerlo. No es un yo; es *el* amor: la esencia y el símbolo de un gran amor.

16 DE NOVIEMBRE DE 1932

La otra noche, June estaba rebelde porque Henry había pagado una deuda a la antigua amante de Osborn con el dinero que yo había reunido con tanta ansiedad. Eso le había sucedido y era lo que llama la satisfacción de su estúpida conciencia masoquista con un sacrificio que le había arrancado a ella, lo cual la enfurecía, y con razón. Es sadismo liso y llano. «June debería empeñar su ropa, fregar pisos para devolver el dinero a Osborn: ¡esa deuda pesaba sobre mi conciencia!»

A mí también me enfurecía esa *lógica* monstruosa: su *conciencia* con respecto a una deuda.

Si se introduce la moral en este asunto, ¿qué hay de su deuda protectiva con las mujeres que ama? No. Primero, la satisfacción de una necesidad puramente egoísta, el *élan* inmediato de la generosidad y la honestidad, con el dinero tomado sin reparar en los medios: de su hembra, no de su trabajo.

A esta altura de mi vida traté de extender mi tolerancia y mi comprensión hasta sus *límites*. Me dije, siempre le he dado a Henry lo que *debía* darle a Hugh sólo porque en ese momento me causaba a *mí* mayor placer darle a Henry. Con frecuencia di a otros el dinero ganado con el sudor de Hugh, y de no haberlo hecho le hubiera ahorrado a Hugh algunas preocupaciones. Porque había algo que yo *quería*. Compré el acuario en lugar de comprarle corbatas a Hugh. Porque era una necesidad mía.

Estos actos son similares a los de Henry, aunque los suyos son menos justificados, menos lógicos, *más* egocéntricos. Y no he herido a Hugh, mientras que Henry permitiría que June o yo sufriéramos *hambre* con tal de satisfacer sus deseos.

Très bien. Que sacrifique a la gente a su voracidad, su propio desarrollo y expansión. Que sacrifique a los seres inferiores. Que devore a Fred, cuyo único valor en el mundo es su servicio, que sólo puede realizarse a través de los demás. Pero a June y a mí, no.

Mi propia rebelión me asombró. Al principio fue pesar, dolor, la sensación de que Henry no podía hacerme eso a *mí*, que lo hacía incitado por su odio hacia June, que la torpeza de ella despierta sus instintos combativos y más mezquinos. La primera vez que lo oí, recordé el par de medias nuevas que había regalado a Paulette[1] mientras yo usaba unas remendadas... y los ojos se me llenaron de lágrimas. Me parecía que la generosidad inmediata y ostentosa era un aspecto débil —superficial, no profundo— y que la generosidad más profunda era más amplia, más *abnegada*. Que Henry demostraba su incapacidad de amar profundamente, que la ausencia de profundidad generaba en el otro una gran *dureza autoprotectora*, que por la acumulación de tanto egoísmo Henry había paralizado mi fe, que el incidente minúsculo del dinero entregado a la chica de Osborne había abierto una fisura en mi confianza, que el espectro de su superficialidad se había revelado en sus movimientos, sus dotes. Recordé una descripción de June: «Hablaba conmigo y parecía una marioneta remota que hacía gestos extraños, ridículos, que no me conmovían».

Dios, ¿por qué siempre me entrego a los que son incapaces de amar? Porque soporto demasiado dentro de mí. Es mi último gemido.

Me siento tan cansada, tan vacía; me siento tan vacía como June.
Leo las estupendas páginas de Henry y sé que están hechas de la carne tierna de June y la mía.

Dice a June que su sacrificio la ha engrandecido y por lo tanto no hay deuda. No, no hay deuda; sólo amor, que Henry desconoce por completo. Lo que le he dado a Henry también me ha engrandecido —no hay deuda—, sólo falta el amor, hay *ausencia de amor*.

Me rectifico. Esto no es *matrimonio*, no es verdadera interpenetración. Es canibalismo.

Desde el comienzo *comprendí* o acepté *la santidad individual de los deseos individuales*. La primera vez que di a Henry y June una suma importante de dinero y la gastaron en una sola noche en *alcohol*, me sentí herida en mi humanidad, pero mi comprensión fue disciplinada. Di porque quise dar, pero al mismo tiempo les di *libertad*. De lo contrario no les habría dado sino *tomado*. (Te doy quinientos francos, pero paga la comida y el alquiler, compra una máquina de escribir.) Era la *objetividad* perfecta; inhumana, divina. Luego le di amor. Haz lo que quieras:

---

1. En julio de 1932, Alfred Perlès llevó una jovencita francesa al apartamento que compartía con Miller. Paulette vivió allí durante varios meses. Después de su partida, Miller se enteró de que tenía apenas quince años. (Véase *A Literate Passion*, pág. 109.)

úsame. Te amo. Quiero servirte, alimentarte. Henry usó bien mi amor, maravillosamente. Lo usó para erigir libros. Fue hermoso, creativo. Me dio alegría y, con el éxtasis, la fuerza para dar más amor, más alimento. Pero cuando el amor y el dinero se usan de manera mezquina, ruin, se disipan la ilusión, la fuerza, el éxtasis. Sí, perdí el éxtasis.

Envío un telegrama a June para decirle que hace *bien* en defenderse de Henry, el enemigo, para decirle que la considero muy superior a mí porque tiene más amor y más fe y porque yo, debido a mi maldita inteligencia, descubro todo demasiado rápidamente. Lo que a June le toma años comprender, yo lo comprendo en un año, pero no por experiencia sino por instinto.

En verdad, Hugo es el único hombre a quien he tallado hasta sacarlo de su caos negro: también a Henry como artista (y tal vez como hombre se *acercó* al amor como nunca volverá a hacerlo en su vida). Eduardo y John fueron mis fracasos. Aunque el otro día Eduardo y yo decidimos que nuestro odio era un capricho infantil, lo depusimos y logramos una bellísima reconciliación, basada en la absoluta franqueza mutua. Apenas vuelve la comprensión, desaparece el conflicto. Dijo que después de atravesar mi vida de sensaciones (Henry y June) y alcanzar mi esfera neptuniana —que significa vivir la pasión, la intuición y el amor en otro plano—, ¡seré una mujer notable, llena de un extraño magnetismo!

Mi bello viaje terminó en un mar de vómito. Por primera vez en mi vida comprendí la sublimidad de la moderación, que hasta entonces yo despreciaba: ser capaz de llegar al borde de la borrachera sin beber tanto como para vomitar, beber lo suficiente para disfrutar de la borrachera. No fui yo quien vomitó; June lo hizo por mí.

Comenzó con la ebriedad de la conversación, de las ocurrencias, de los duelos verbales —*la plus belle des ivresses*—, de la que June no participó. Al ver a Henry y a mí batirnos con sustancias embriagantes abstractas, ingirió sustancias embriagantes concretas, su única vía para llegar al vértigo. Yo llegué al vértigo mientras conversábamos sobre Gide y Lalou y yo defendía mi idioma; June lo alcanzó al quedar tendida en el piso y revolcarse en su propio vómito. Mi embriaguez con las ideas, mi efervescencia, mi fermentación se agudizaban mientras Henry caía en estupor y el cuerpo de June se volvía una cosa fofa y obscena, tan claramente que incluso mis ojos ciegos lo vieron. Henry cabeceó y se durmió; June se volvió puta y yo *femme de ménage*. Como último, triste insulto, les di mi compasión. Conservé lo que me queda hoy, un gran divorcio del mundo animal, que no puede vivir en el espacio y debe desplomarse sobre la tierra. Me desplomaré sobre la tierra para ganar fuerzas, pero en otros momentos me alejo.

Dios mío, ¿por qué de repente *vi* todo, por qué no pasé nada por alto, absolutamente nada? Visión inexorable. Vómito hasta el último límite del vacío.

Quiero mi soledad, mi paz, mi suspensión en el aire, el equilibrio que despreciaba; quiero recuperar mi levedad y mi alegría —canción, expansión, *éxtasis*—, un éxtasis sin vómito, un éxtasis continuo, que no llene mi cuerpo de un veneno que luego debo expulsar sobre el lugar donde he bailado y cantado.

El día anterior le había dicho a Allendy una mentira, que sólo lo era debido a una discrepancia en el tiempo. Quiero decir que fue mentira en el momento que la dije y dejó de serlo anoche.

Fui a verlo en lugar de Hugo, quien viajó a Berlín. Le dije (era tan dulce hacerlo mientras yacía entre sus brazos) que me había peleado con Henry; que lo amaba a él, a Allendy, su vida; que aceptaba y comprendía su sensatez; que anhelaba su fuerza; que comprendía la puerilidad de todo lo que había perseguido. No cabía en sí de felicidad, como hombre y como analista. Afloró su odio por Henry, ahora que se sentía en condiciones de expresarlo: demostró una gran hostilidad, desdén, celos, cólera. Dijo que si alguna vez Henry me hacía mal (al escribir sobre mí o utilizar mis cartas), ¡lo golpearía con un látigo!

¡Qué hermoso ver a este sabio en un arranque de temperamento! Agresividad, celos, desprecio. Reí con placer, un placer femenino.

Suelo esfumarme sin dejar rastros. Me voy de Clichy: desaparezco. Llevo en mi cartera una carta de amor de Fred, quien me suplica que no lo considere un tipo superficial: «Eres la única mujer que amo». Recuerdo las mentiras que les dije sobre la velada en lo de Lalou. «Gide suele venir de visita», dijo Lalou durante la cena, y traté de imaginar una visita de Gide. Reuní los detalles sobre Gide revelados por los Lalou y los exhibí en la cocina de Clichy como productos de una entrevista auténtica. Pinté sin falsedades un retrato de Gide que me siento capacitada para elaborar. Nuevamente, es una mentira premonitoria, porque *sí* habrá entrevista más adelante.

La verdad es que fui sin Hugh a casa de los Lalou, donde experimenté los frescos deleites de la inteligencia chispeante y algo más. Además de la conversación, que fue un ramo de cohetes, se estableció una corriente entre Lalou y yo. Mi cuerpo aún palpitaba sensualmente luego de las caricias de Allendy cuando ingresé en esa sencilla vida de hogar: libros, niños, una carne asada que madame Lalou tomaba del hueso para cortarla. En lugar de Hugh, deseábamos que Joaquín estuviera presente. Sugerí tomar un taxi para salir en su búsqueda y Lalou, siempre sentado en la cima de un volcán, aplaudió la idea porque le permitiría salir conmigo.

De manera que Lalou y yo salimos y henos aquí atravesando la ciudad en auto. Nuestra conversación es intrincada y diestra. Cuando volvemos, los hilos están tendidos entre los dos. Uno de esos hilos es que su energía, su *fougue*, su vitalidad, ha rozado mi carne lánguida y turgente: el menor roce, la menor sugerencia de contacto, de proximidad, es como un abrazo absoluto al borde del estallido. Lalou estuvo a punto de besarme y yo a punto de recibirlo con júbilo. La inteligencia nos evitó una cohabitación prematura, pero ya sucederá.

Fue humanamente cruel de mi parte no volver esa noche a Clichy. June se mofó de mi supuesto cansancio, de mi falta de resistencia. Los dejé sumidos en su estancamiento melancólico, sórdido, consciente de que Henry imaginaría que yo me iba a acostar con Allendy. Los dejé sumidos en su sensación de inferioridad impotente. Fue una crueldad. Tal vez me estoy vengando; tal vez no soy más que una escritora, porque durante el desayuno ya había perdido todo interés en ellos, anhelaba volver a Louveciennes y a mi diario. Después de dormir un par de horas volví a casa, me acosté y escribí. Almorcé, dormí como un soldado, me masturbé y me puse a escribir otra vez.

¿Catarsis? Necesidad de vaciarme. Atiborrada de escenas. Molesta sólo porque olvidé registrar la escena en lo de los Vilmorin. Perseguida obsesivamente por retazos de frases. En verdad, incapaz de *seguir viviendo*. Aprisionada. En definitiva, sólo volví a casa a escribir, aunque sé que mi ausencia de Clichy sigue siendo enigmática, despreciativa.

Sólo pienso en la enorme casa feudal de los Vilmorin —laberíntica, antigua, un universo en sí misma—, la familia soberbia, el amor incestuoso, el sabor particular de la conversación entre los dos hermanos y la hermana: un incesto nacido de intelectos armoniosos, indisolublemente entrelazados por las gemelaridades de la inteligencia y el ingenio. Y ella —el centro de esta adoración, a punto de caer en la locura—, una artista empeñada como yo en la exteriorización, la expresión.

Me obligo a ir a Clichy, donde Henry y June se emborrachan porque ya saben que huyo de ellos. Saben que aunque nada me impide quedarme, llega el momento en que abordaré un tren por propia voluntad. Los abandono. Los dos se aferran a mí, suplican, se mofan: puedo enfrentar su odio, su rabia, su juicio (jamás toleré que nadie me juzgara); deben venir a mí, a Louveciennes, a vivir mi vida: no quiero la suya, sus éxtasis; los míos son como el pedernal, cuyo filo de cristal corta como el de un hacha.

June tiene razón en considerarse un personaje dostoievskiano puro —un Stavrogin, que provocaba el mal, los crímenes, aunque rara vez actuaba— y en pensar que Henry, en medio de su obra laboriosa, jamás supo aprehenderla.

Sus intentos de explicarse, clarificarse, fracasaron porque es un ser inconsciente y, hasta ahora, incapaz de analizar y sintetizar. Anoche sucedió un milagro. Debido a una extraña influencia de mi mente sobre la suya, durante *cinco horas* habló lúcida y sintéticamente: afloraron todas las pautas de su vida. Comprendo la desconfianza de Henry en el intelecto de June debida a sus eclipses afectivos. Yo misma la he experimentado. Henry comprende que en ocasiones he sabido traducirlos, que mi ductilidad lingüística me permite hablar un idioma con él y otro con June. El detonante de la confesión fue una conversación con Henry en la cual June reconoció mi agudeza en lo que concierne a él, el *mayor alcance* de mi razón. Analicé su falta de conocimiento de sí mismo (la base de su falta de comprensión del mundo). Apliqué uno de los conceptos fundamentales de Allendy con una claridad, un énfasis, incluso una perfección de lenguaje sorprendentes incluso para mí. «Ahora sí me dices algo nuevo», dijo Henry. June sabía que le decía todo. Aplaudía, inflamada de entusiasmo. Yo había sufrido al escuchar a Allendy decirle a Hugh —de manera más efectiva— todo lo que *yo* le había *dicho a él* con torpeza, llevándolo a percepciones que yo había tratado vagamente de despertar, clarificando todas esas características de Hugh que yo había combatido sin comprender: su excesiva lealtad al Banco, la administración masoquista de su propio dinero, su miedo femenino a los déspotas, su sumisión y coquetería ante los hombres, su forzada rigidez frente a su departamento, su vaguedad, su falta de aprehensión de la vida mental y espiritual, su insensibilidad a mi trabajo. Y por eso, en el momento en que yo era Allendy para Henry —es decir, más clara, enérgica, sabia y efectiva—, me volví varias veces hacia June para darle la alegría de reconocer que repetía casi todo lo que ya había dicho ella. El golpe afectó a Henry porque fue dirigido directamente a su egocentrismo, excesiva afirmación de sí mismo en sus libros, la ausencia de un núcleo interior que lo obliga a vivir guiado siempre por su reacción *contra* las actitudes, jamás por una autoorientación profunda; vive negativamente, dije, y siempre se sobreestima o subestima, y más aún: el conocimiento de sí mismo es la raíz de la lucidez y la sabiduría. Ataqué en todos los frentes: su dependencia de la crítica y la opinión ajena (reflejada en mí); su necesidad de estar rodeado de grandes intelectos (para compararse, no desde el interior sino contra algo); su necesidad de mucha experiencia, mucho estímulo, mucha conversación en reemplazo de la lucha obstinada con la significación (Keyserling, Proust).

Entonces June y yo quedamos solas. Me dijo que había estado maravillosa, espléndida, que por primera vez había oído a alguien hablarle a Henry sin errar, sin apuntar demasiado alto ni demasiado bajo. También había sido maravilloso para ella, todos los fragmentos de nuestras conversaciones, de nuestros encuentros breves fusionados en un monólogo tal como yo soñaba que ella alcanzaría: una June ni histérica ni desbordada sino serena, dúctil, flexible, consciente, lúcida y sabia.

Era extraño estar ahí sentada en la cama de Henry, escuchando sus reiteraciones de lo que era, en qué se había convertido, del mal que le había hecho Henry, y de una especie de testamento que estaba escribiendo y que me dejó perpleja, en el que me decía qué debía hacer por Henry y qué no. Una abdicación: ¿por qué? Capitulación sin causa aparente. Todo basado en su conocimiento de Henry muerto.

Sus observaciones fueron una mezcla de perfidia y generosidad, siempre con el fin de destruir al hombre y al artista, para mí como para ella. ¿Es el espíritu de protección lo que la impulsa a decir, «Hoy fuiste más fuerte que Henry. No permitas que destruya tu mente y tu trabajo. Recuerda que lo más importante es tu trabajo»? ¿Es lealtad femenina, envidia de mi *fe*... o ambas? ¿Por qué mientras mi intelecto desconfía de las distorsiones de su mente mis sentimientos creen en los suyos? Creo que durante esa noche que jamás podré describir totalmente, June y yo nos brindamos las apreciaciones más *generosas* una de otra. Me parecía que June había accedido a una eliminación de los celos primitivos y que la prueba suprema de su comprensión sería que permitiera el amor de Henry por mí y el mío por Henry.

Amanecía cuando sobrevino una pausa, una suspensión de la conversación. June se tendió sobre la cama sin quitarse el vestido. Empezó a besarme, mientras me decía: «Eres tan pequeña, tan pequeña... quiero ser como tú. ¿Por qué soy tan torpe, tan desgarbada? Podría partirte en dos». Nos besamos con pasión. Adapté mi cuerpo contra cada curva del cuerpo de June, como si me fundiera en ella. Gimió. Me abrazó y fue como si me rodeara una multitud de brazos; embriagada, me dejé llevar. Perdí toda conciencia en ese lecho de carne. Nuestras piernas desnudas se entrelazaron. Rodamos y nos alzamos juntas. Yo debajo de June, ella debajo de mí. Sus besos me rozaban, suaves como mariposas, los míos la mordían.

—En este momento eres tan bella —dijo.

—Muéstrame tu cuerpo —supliqué—. Quiero besar tu cuerpo.

Entonces fui vagamente consciente de una interrupción. June dijo lo que no debía:

—Todavía no, no es suficientemente bello. ¡Las mujeres son tan críticas!

Me sentí aturdida. «Las mujeres son tan críticas»... *en ese momento*. ¿A qué se debía esa súbita conciencia en un momento de tanta voluptuosidad? Conciencia. Me desperté.

Me disculpé:

—Perdí la cabeza... estaba borracha, June.

Me miraba:

—No te preocupes. Ojalá yo me hubiera emborrachado. Es maravilloso... cómo pierdes la cabeza. —Parecía triste, llena de remordimientos. —Ojalá nos hubiéramos emborrachado antes. Soy torpe, Anaïs. Estoy asustada.

Se tendió sobre mí:

—Además, te quiero sólo para mí. No quiero compartirte. Vámonos juntas... a un lugar donde haya nieve. ¿Lo harás...?

Su voz se desvaneció. Me besó con violencia, pero yo me había serenado. Había recuperado la conciencia. Más calma, se puso a jugar con mi pelo.

—Debería estrangularte. —Yo era sumisa, inocente, en una forma que ella no era. Intuí que había dos corrientes en ella: una ausencia parcial, consciente, del momento. Alguna idea la perturbaba.

Mientras desayunábamos, June confesó esa conciencia perenne de sí, la envidia que le causaba que yo pudiera perder la cabeza. Confesó que siempre sabía lo que decía cuando estaba borracha, cada palabra que pronunciaba en un momento de fantasía o exaltación… siempre. Volvimos a la habitación, nos tendimos en la cama y empezó a pedirme confesiones. ¿Amaba yo a Allendy? A esa altura empecé a desconfiar. Cuando advertí que su intuición le indicaba que yo no amaba totalmente a Allendy, decidí contar una verdad a medias porque sabía que mi voz, mi tono y mi cara serían más convincentes. Describí la cualidad de mi amor por Henry, a la vez que deformaba los hechos sobre él. Para guiarme pensaba en John. Era un escritor que vivía en Nueva York y era muy conocido. Por eso, confesé, había querido volver a Nueva York con June. Los hechos eran falsos, pero sabía que si pensaba en Henry, mi cara, mi voz y mis ojos dejarían traslucir una pasión, una veracidad que convencería a June, a diferencia de la ausencia de pasión que se había revelado cuando hablaba de Allendy, porque cuando digo que lo amo es casi lo mismo que cuando digo que amo a Hugo. Es como la confesión de una necesidad ideal, no una surgente de instinto cristalino. Y June era perfectamente capaz de distinguir. Callaba. Para dar visos de la mayor naturalidad a mi confesión, pedí su consejo: ¿debía abandonar todo por ese amor, como ella por amor a Henry? Le dije que con frecuencia comparaba mi amor con el de ella por Henry, que deseaba imitar su manera de arriesgar todo por mi mayor fe, mi única fe total. Al conservar la imagen de Henry y utilizar los hechos sólo como una barrera, podía hablar con naturalidad, preguntar, pedirle consejos, hacer de ella un árbitro.

Cuando me fui, me acompañó hasta la escalera, donde nos besamos otra vez. Olvidé su pulsera.

Esa mañana, cuando Henry despertó, June le dijo: «Estoy al tanto de todo. Sé que amas a Anaïs y que ella te ama. ¿Pero por qué representaron semejante comedia?» Y él lo negó, negó todo.

Ese día, June se fue de Clichy. Henry corrió a Louveciennes. Yo dormía y la casa estaba a oscuras. Creyó que yo había salido. Tuvo toda una tarde a solas para preguntarse si iría en busca de June. Se durmió. Pasó un día y dos noches en la casa. Horas extrañas. Dos veces lloró por el pasado, pero fuimos felices juntos. Nos sumergimos en el trabajo, tuvimos dos conversaciones brillantes sobre su trabajo, Spengler, el psicoanálisis. A la mañana siguiente, cantaba. Nos embargó ese matrimonio instantáneo que hace tan penosa la separación. El regreso de Hugo puso fin a un clímax delirante de conversación y fusión.

June dijo que había «jugado a ser lesbiana» para descubrir lo que quería descubrir, pero que mis mentiras le causaban asco. Yo dije que mi intención al «jugar a la lesbiana» era descubrir si June amaba a Henry. Pero si bien nuestro amor por Henry era el remate de todas nuestras conversaciones, nuestros sentimientos recíprocos paliaban un duelo que, de tratarse de otras dos mujeres, habría podido significar la muerte. No nos matamos mutuamente, individualmente ni en Henry. Ni June ni yo luchamos por eliminar a la otra del ser de Henry. June es dueña de ocho años de vivencias de Henry y yo del autor que elabora esas vivencias. Cada una ha reconocido la necesidad histórica de la otra y ambas nos hemos entregado a un destino.

Lo que me pregunto ahora es quién puso más, o menos, sentimiento en su papel. Por un instante pareció que June envidiaba mi integridad y estaba furiosa por su momento de conciencia en aquella última noche, pero en otros momentos (cuando lloraba mientras caminábamos sobre las hojas muertas), ella sentía mientras yo era el sujeto consciente y despojado de emociones. Tenemos los momentos de frialdad de Henry, cuando le interesa su trabajo más que June o yo. Yo tuve los míos cuando tiré las violetas de June y besé a Allendy para sacudirme el yugo de la importancia primordial de Henry para mí: un intento de mostrarme desafiante e independiente, algo similar al de June cuando pasó dos años con su amante en Nueva York.

Relatividad. Henry visualiza la escena de mi conversación con él en presencia de June como un intento final inconsciente, pero no obstante instintivo, de definir y revelar mi victoria. Dice que demostré el júbilo y la energía de quien es consciente de su *victoria*, que June no pudo dejar de advertirlo. Sin el menor histrionismo revelé mi comprensión de Henry, mi devoción por él, mi tendencia a interferir en su vida, a la vez que desplazaba a June en un plano de «influencia», una exhibición que seguramente influyó sobre su conciencia gradualmente mayor del vínculo entre Henry y yo, de manera que *a pesar* de *nuestra* alianza, nuestra admiración (entre June y yo), mi preocupación por ella, nuestras confidencias, y a pesar de la confianza de June en Henry y en mí, esa mañana su intuición se hizo clara, nítida y se cristalizó. Jamás sabré si June resolvió renunciar totalmente a Henry inspirada por algún sentimiento hacia mí. O si nuestros sentimientos mutuos son una extensión de nuestro tremendo amor por Henry. Amo a June porque ha sido parte de Henry. No: nos amamos mutuamente como mujeres que reconocen cada una los valores de la otra. Sí hay semejanzas entre las dos.

En lo más hondo, la profunda alegría de tener a Henry todo para mí no fue el júbilo de la victoria, porque vi *en él* la evolución que lo había acercado a mí, las nuevas necesidades. Pero June, June no *comprende* la impersonalidad de esto. June no se coloca por *encima* de todo esto. Temo que se considera herida, estafada. Cree que mi amor por ella sólo ha sido una traición, que he conquistado a Henry con astucia, no con amor. Lo que me hiere es su negación de este *destino*. Al día siguiente, cuando volvió, Henry encontró mis regalos a June —anillo, aros, pulsera— envueltos en *mi* carta de amor a ella; en el mismo papel había escrito: «Por favor, pide el divorcio inmediatamente». La última mañana, le dijo a Henry: «La carta de Anaïs a mí no me engañó». Y también: «Jugué a ser lesbiana».

Cuando Henry y yo imaginábamos qué sucedería cuando volviera June, jamás pensamos que ocurriría *eso*.

Me gustaría que June *supiera*.

Pero el deseo de June de ver una derrota, una herida, en un suceso tan profundamente inevitable, de raíces tan profundas, es como el deseo de Henry de imaginar a una June supremamente cruel. Es masoquismo, el deseo latente de *sufrir*, de ser humillado; la obsesión con la herida más *temida*, como June teme la crueldad, el abandono. Este miedo profundo, terrible, *ahora ha sido materializado por su deseo de sufrirlo*. Probablemente ha logrado la mayor autolaceración, mientras yo he accedido a la *mayor conquista de exactamente el mismo miedo*. He trascendido el miedo por mí, pero me preocupa June; ella, cuyos tormentos son como fantasmas de los míos. Mi pequeña June, tú no crees. Imaginas que hay odio y crueldad donde sólo intervino el destino. Te castigas, te castigas por haber amado a tu padre. Para castigarte, destruyes el amor que más deseabas.

26 DE NOVIEMBRE DE 1932

Henry, mi amor, mi amor, Henry, he luchado y combatido para ser digna de ti, para ser mujer, ser fuerte e intrépida. Henry, mi amor, mi amor, merezco la profunda felicidad de esta noche. Te he amado *contra* el miedo y sin esperanza de felicidad; me he arriesgado a sufrir la mayor herida, la rivalidad más peligrosa. No era coraje sino amor, amor. Te amaba tanto que corrí el riesgo de perderte. Me olvidé del mañana, no tenía fe en la victoria, no la *deseaba*, pero mi necesidad era desgarradora. *¡Pedí tan poco y se me ha dado todo!*

Hablo con Henry sobre todo esto y sugiero que escribamos una carta a June, pero él dice que esto es precisamente lo que June no comprenderá; y ahora me doy cuenta de que si lo comprendiera en un arranque de inspiración, no lo relacionaría con su vida por más de un instante. No existe la menor conexión entre su percepción y su vida. De lo contrario, no me habría repudiado por embustera.

Juntos percibimos claramente un contraste: con su gran vitalidad física, June *absorbe* poco, por eso la tragedia no la *mata*; yo soy pura vitalidad mental, de manera que puedo acompañar la actividad creativa de Henry.

El hecho extraño es la muerte de la actividad sexual de June. Henry revela un descubrimiento asombroso: la sensación de que June *fingía* la excitación, como una puta. Al mismo tiempo, era ella quien lo provocaba, tal vez para tener una prueba de amor o con la esperanza de demostrarse a sí misma que estaba viva.

Esto corrobora las palabras de June: «Estoy sexualmente muerta». Pero se equivoca al decir que Henry la mató. ¿Fue siempre *frígida* (como sospecha Allendy) o se mató con sus excesos y con la masturbación? Qué extraño que justamente ahora me asalte la idea del onanismo de June.

Ahora también salta a la vista el rasgo *maléfico* de June: «Si estoy sexualmente muerta, entonces debo *matar* sexualmente a Henry. Le haré sentir que está perdiendo la virilidad (la duda… ¡golpe mortal!)». Afortunadamente, la virilidad de Henry adquiere una vida vigorosa conmigo. ¡Él lo sabe!

Otro acto maléfico: June deja mi carta de amor donde Henry pueda leerla, convencida de que esto destruirá su fe en mí. No sabe que Henry me conoce demasiado bien, no comprende que él conoce la causa de esa carta, que fue la prueba de un amor protector que June debía ser capaz de reconocer y en el cual debía confiar.

Con todo, mientras desentrañamos la perversidad de June, nuestra vida continúa. Cuando llego a Clichy, encuentro a Henry trabajando en una síntesis magnífica, *Form and Language*, y leo las hojas a medida que salen de la máquina de escribir. Hablamos interminablemente sobre su trabajo, siempre de la misma manera, Henry es un chorro caudaloso que desborda e inunda todo, yo soy una tejedora tenaz. Finalmente mi tenacidad le hace reír.

Para Henry era incomprensible que a los once años yo lamentara tan intensamente la vida brillante que había perdido con la partida de mi padre. ¿Cómo podía *comprender* el valor de esa vida? ¿Cómo podía aferrarme obstinadamente a ella (páginas anhelantes, llenas de lamentos en los primeros diarios)?

La obstinación del niño no se basa en hechos sino en intuiciones; jamás vi a mi padre vivir y hablar como un intelectual brillante... jamás oí las vigorosas blasfemias y obscenidades que deploraba mi madre; pero era suficiente vislumbrar la cara de mi padre al pasar, cuando salía de la casa o entraba en la sala, ese rostro despierto, alerta, vital; bastaba haber saboreado los libros que revestían las paredes, haber escuchado desde lejos las reverberaciones de conversaciones animadas y de música, suficientes para crear una atmósfera que desde entonces he tratado ansiosamente de recuperar: una atmósfera de *vigor*, de medulosidad (mental, intelectual, artística), perdida en la vida con mi madre y mi hermano en un páramo espiritual norteamericano, perdida en mi matrimonio de tonos atenuados, buscada en el combate con John (*voz* y *apariencia* exteriores de plenitud), hallada en Henry, en Clichy.

Había incesto, acentuado por una convergencia de intelecto y arte; y una vez que los «cofres profundos de la reflexión» (páginas sobre June) lo han absorbido, la profundidad de la impresión crea esta perdurabilidad, así como soy incapaz de descartar los pequeños intercambios entre June y yo (plenas de importancia perdurable para mí, apenas de una efímera impresión sensorial para ella). Devolvió mis regalos como quien se quita un saco, con un gesto incisivo que corresponde a un área de impresiones, no de espacio y volumen, que inevitablemente crea una honda correlación. La necesidad que no se entierra no echa raíces. Así, June es un ser desarraigado, movimiento puro sin penetración; y es por eso que el *conjunto* no se eleva como un edificio de cimientos profundos sino que estalla como fuegos artificiales y lo que cae al suelo son cenizas, las de su ser sexual, sus emociones, sus amores.

El estado continuo y cotidiano de Henry, de sensibilidad ante la vida —su actividad sexual—, que antes me parecía un obstáculo a la creación, ahora creo que es una cualidad que lo distingue de Proust, Joyce y

Lawrence, si es que puede alcanzarse a sí mismo, completar la evocación del pasado (June) y la continuidad del presente, tal como hago yo en escala menor en mi diario.

Es al estar tendida en el sofá con Henry, al oír el chasquido de la cuerda de guitarra al romperse, que experimento afectivamente la comprensión del fin de mi amor por Hugh, y no mediante una recopilación de meditaciones sobre sus cartas amarillentas o las arrugas de la manga de su saco. Es al cocinar en Clichy cuando comprendo el significado de mi infancia, no al leer el prefacio de Freud al diario íntimo de una niña. La abdicación de vida que se le exige al artista sólo se ha de realizar en parte. La mayoría de los artistas *se retiran* de manera demasiado absoluta; se oxidan, se vuelven inflexibles al flujo de las corrientes (como Allendy, que jamás se deja *bañar* por ellas como Henry).

27 DE NOVIEMBRE DE 1932

Anoche Henry y yo nos casamos. ¡Me refiero a una ceremonia particular que une a dos personas hasta que se divorcian! Le permití leer casi todo mi diario (incluso la mitad de lo referido a los besos de June, etcétera). Fue un terremoto para ambos. Reveló la tolerancia más tierna y atenta, me *absolvió* de todo, pero condenó a June. Está seguro de que June *me embaucó*. Que si bien estaba excitada sexualmente (la humedad que sentí con mis piernas), no obstante cumplió su papel *íntegro*; es decir, entregó su cuerpo a cambio de algo que deseaba: indagar en la traición de Henry.

Henry se enfureció al pensar en los sufrimientos inútiles que había experimentado, al comprender que la *verdad* (aunque no dejaba de ser misteriosa) le proporcionaba un profundo *alivio* luego de años de sufrir a ciegas. Comprendió con claridad aterradora que las vivencias que June le había arrojado no se las había *dado* en el verdadero sentido de la palabra porque con *sus mentiras* lo había *estafado* del conocimiento. Henry se debatía desesperado, *bafoué, cocu* en medio de un laberinto de deformaciones, perdido como hombre y artista; y ayer, una *mujer se le entregó por primera vez por medio de la verdad*. Fue un matrimonio. Un hombre que le entrega a una mujer su fuerza y su visión, la mujer que le entrega al hombre su fuerza y su visión.

En ese momento, Henry me *conmovió tan profundamente*, llegó a tales reconditeces secretas de mi ser, que las entregas anteriores parecían incompletas; y esa noche, entre sus brazos, casi lloré debido a ese *quebrantamiento absoluto de mi ser*, esta disolución absoluta de mi ser en el suyo.

Estaba tan inmersa en el amor que no advertí la reacción atenuada de Henry. Más tarde evoqué su quietud, pero no bajo la forma de una duda de su amor, sino como una percepción melancólicamente resignada de que era lento para expresarse (instintivamente, doy por sentado que me ama), de que había derrochado un cúmulo de amor extravagante en June, de que el pasado, amargo, odioso, monstruoso, aún lo absorbía de manera más vehemente que su vida presente (llamarada de amargura ante la actitud de June, más poderosa que los celos suscitados por Allendy). En mi extraño espíritu de abnegación, llegué a pensar que esa llamarada de odio era benéfica porque lo haría interesarse nuevamente en su novela, ¡como un acicate para escribir sobre ese pasado!

Al volver, me sorprendió la preocupación de Henry por la desproporción de las emociones de la noche anterior... y que yo lo reconfortara. Sí, sabía de la lentitud de sus reacciones, de su falta de expresividad, que estaba atónito por las revelaciones de mi diario (la resolución definitiva de sus dudas sobre June). Pero cuando dice que la conversación conmigo lo fascina tanto que casi se olvida de cogerme, siento una extraña punzada de resignación: la aceptación de que la mente que hay en mí eclipsa a la mujer y relega la pasión a un puesto secundario. Detrás de esta declaración aparecen los rasgos del amor más profundo de Henry —preocupación, protección, adoración— y me inclino ante la fatalidad. Mis ojos se llenan de lágrimas.

Henry habla de la honda serenidad que siente conmigo, que anhelaba y necesitaba. Le digo que en el fondo todas las mujeres son putas y quieren que se las trate como putas. «¡Mezclado con un poco de adoración!»

Entonces ríe. Acababa de decirme: «Eres una gran mujer, temo que empezaré a adorarte».

No hay derrota. Nada de dolor suicida. Sólo la tristeza de saber, comprender, aceptar. *Les feux d'artifice ne sont pas pour moi* y, como una niña, me he dejado fascinar por todo lo que brilla. A June se le ha dado todo lo que brilla, a mí las almas de los hombres, ¡las dos nos sentimos estafadas!

Pero ahora soy tan vieja que en lugar de la rebelión hay una suerte de sumisión irónica, seria, impersonal. Río otra vez. «No haré una escena al estilo de June para obligarte a reconocer que me amas y cuánto me amas, para arrancarte alguna afirmación y demostración extravagantes. Todavía no pido nada: ¡consigo lo que quiero!»

Bromeamos. Momentos después, Henry se siente trastornado por su preocupación por mí, por mi vida, mi relación con Hugh, mi encierro. Paseamos juntos, nuestro estado de ánimo es lúgubre, dice que somos dos niños descarriados y que detesta la idea de entregarme a Hugh esta noche. Hay algo trágico en los dos, un elemento de derrota ante las curiosas injusticias y la dislocación de la vida. Tanto amor entregado a la cara y el cuerpo de June, que debería haber sido entregado a la cara y el cuerpo de mis sentimientos, mi mente, mi amor, mi ser. ¿Pero acaso en Henry no está echando raíces un nuevo amor por estas cosas que hay en mí? ¿Por qué aspirar a repeticiones y semejanzas en lugar de una experiencia nueva?

Escucho sus planes: «Ahora soy libre, algún día todo se arreglará para que tú también lo seas. Trato de visualizar nuestra vida. Quiero *cuidarte*, no rebajarte. El otro día me disgustó ver cómo tomabas la bolsa para salir de compras; quiero que seas reina, como en Louveciennes».

(¿Qué diría Allendy si pudiera oírlo?)

Siempre debe haber alguien que da y alguien que recibe. June recibía de Henry y daba a Jean; Henry recibe de mí; yo recibo de Hugh y doy a Henry... *L'important est d'aimer, d'aimer grandement, profondément, souvent, de se donner...* La respuesta, la reacción, es sólo júbilo humano; la desproporción es sólo una prueba divina de la veracidad del amor... *donner sans compter et sans mesurer*. Henry me enseñó a amar. ¡Por Dios, que soy una mujer afortunada!

Y Allendy... yo recibo de Allendy. Y Eduardo recibía de mí. La reciprocidad es equilibrio. El equilibrio es antihumano. El reconocimiento de las discrepancias, las paradojas, las injusticias es lo que me envejece. Anoche fui tan vieja que hoy estoy cansada. Me siento débil y quebrantada. Cuando dejo de correr y sangrar, me siento sobre una montaña de diarios, otro desborde del mismo maldito amor.

¿Qué me ha hecho June para que la odie? Es de las personas que *exigen* con voz tan atronadora, que el mundo entero queda ciego y sordo. Por mi parte, escribo discretamente: ¡tal vez es otra manera de exigir! El mundo entero llorará y me amará cuando advierta que mi renuncia olímpica a amores semejantes a los míos encubre una gran derrota humana.

¡Demasiada seriedad, como siempre! Arrojarse a la tragedia con el menor pretexto. Conozco el motivo. El pretexto es intrascendente, pero la necesidad de tragedia es profunda. Es el descenso a la mina de carbón, la exploración. Me dejo ahogar sólo para llegar a la Atlántida. Viejos hábitos. Mis pesas de plomo. Mi bola y mi cadena. Mi brújula. Mi barómetro.

Me da risa.

Henry está asustado por su liberación de June, no termina de comprender la vida sin el dolor de siempre.

Ahora me burlo de mi *miedo* del análisis. El *conocimiento* priva a la mayoría de la gente de la capacidad de maravillarse, pero la sensación de maravilla y misterio es como el miedo del salvaje al misterioso *fuego*, hasta que descubre el principio y la manera de dominarlo. Afirmo que después de saber todo lo que hay que saber, persiste un misterio y enigma más profundo. Un ejemplo: la monstruosa concepción de Henry del lesbianismo de June. *Déroute de l'imagination*. La cualidad física y limitada de lo que imagino; las chupadas y los gestos similares a los que se hacen durante el acto de coger. A través de mi diario descubre que sin chupar, sin esos gestos, existe un *mundo suspendido de sensaciones* sin culminación fáctica, que es más misterioso y profundo del que existía, según él suponía, entre June y Jean y June y yo.

Tarde. Hablamos. Adquiero conciencia de que Henry sólo está perdido en un laberinto de pensamiento y autoconciencia; que el pensar demasiado lo ha paralizado, tal como me sucedía a mí. Pero que mi instinto es certero, y ahora *me toca a mí* devolverle movimiento y vida. Río, y nos explicamos todo.

Henry dice algo que revela su *susceptibilidad*: piensa que yo imagino una conexión sexual tan poderosa entre él y June que no he sabido comprender que era más fuerte (o más *continua*, como dijo una vez durante la semana estival que pasamos juntos) conmigo: que así como jamás había conocido una mujer con la que disfrutara horas de conversación, temía que yo lo tomara como un insulto a la *mujer*, y por eso tomaba conciencia. Qué intuición la de Henry al percibir mis miedos más oscuros, los que, con todo, últimamente se habían desvanecido por completo. Este Henry intelectual y tímido me asombró. Rechacé sus caricias, pero advirtió que yo estaba a punto de reír.

Lo que me desconcierta es lo siguiente: según Allendy, un miedo en uno crea un cierto equivalente psíquico en el otro. Sin embargo, estoy segura de que me he mostrado absolutamente natural —he disfrutado nuestras conversaciones sin conciencia de que se pasaba por alto mi ser mujer—, en fin, completamente satisfecha. Pero tal vez Henry ha adquirido conciencia de mi susceptibilidad fundamental —en términos generales—, de mi convicción de que soy más valiosa como intelecto, talento, artista, que como *animal*. Pero todo esto es viejo, es historia antigua. El último eco de una duda.

Qué lucha para *renacer*, para no tropezar otra vez y siempre con el *mismo obstáculo*.

La victoria siempre es triste. Siempre revela la deformación de la imaginación que había creado un monstruo con el deseo perverso de *asustarse a sí misma*. Muerto el monstruo, uno descubre una montaña de cartón y plumas de pollo, *colle fer*, calabazas rotas, sábanas, cadenas.

Se agregan más páginas al diario, pero son como el paseo de un preso, ida y vuelta sobre los dos metros de espacio que se le asignan.

Creo que ahora es Henry quien busca lo que más teme: mi crueldad, abandono, engaño; que en el momento en que estoy más entregada a él, siente el impulso diabólico de crear una enajenación. Creo que estoy bien y que realizo los actos normales de un amor confiado, me niego a dudar, me niego a creer que Henry quiere que actúe como June. Pero cuánto peligro hay en su ambivalencia. ¡Tanto más, por cuanto mi propia fe es *nueva* y delicada!

Sueño: soy Henry. Toco mis ojos y siento su pequeñez, la sensación exacta (como cuando los besé). Mis manos palpan los contornos de la cara de Henry: los rasgos de gnomo, incluso la edad. Soy Henry y advierto que alguien quiere arrojarme —a mí, a Henry— al mar para hacer una broma. Ya me lo hace. Digo: «Vea, no me empuje. Estoy cansado. Tal vez no vuelva a salir a flote». Siento una tristeza desgarradora.

Asociación: El otro día sentí una gran compasión debido al cansancio de Henry, que me desarmó. Ayer, deseo violento de tenerlo aquí, protegerlo, amarlo. Conciencia de que me siento demasiado posesiva, que apenas me voy quiero vivir muy cerca de él, envolverlo y servirle. Miedo de esto. Identificación total con Henry. Es parte de mi propio ser. Sufro porque sufre.

Sueño: estoy en una gran clínica. Han operado a Joaquín. Quiero ver al médico. Llego a la puerta por una vía aérea, como un funicular suspendido sobre una montaña (segunda vez que sueño con ascensores suspendidos de cables). Me dicen que el médico sólo puede recibirme a las siete y que mucha gente ya lo espera. Gran decepción. Veo una lista de médicos: veo los nombres... pero no los recuerdo. Veo un nombre que empieza con *H* y dos *n*. Digo: «Éste no, es demasiado caro». Hay pulgas en la cama. Una clínica como el hotel en la playa de Mallorca.

Asociación: ninguna, salvo que he temido perder a Allendy, que se enojará cuando se entere de que amo a Henry.

Escribo mientras me visto, me baño, etcétera, y al mismo tiempo leo *Le Problème de la destinée* de Allendy, un gran libro.

La última palabra sobre Hugh: es el hombre que *entiende todo*, pero pasivamente. Henry es esencialmente activo. No es lo mismo comprender que *responder*. Anhelo respuestas y resistencia. Los ataques de Henry fortalecen mi defensa del psicoanálisis y esta noche, gracias a él, empiezo a escribir un libro sobre el artista y el psicoanálisis. Quiero ser el psicoanalista de los artistas.

Anoche, gracias a L.V., el esquema de mi libro lírico se cristalizó bruscamente. Muerte. Desintegración. Perversión. Las profecías de Spengler develadas: lesbianismo, June (temas menores relacionados con June de mentiras, aborto, primitivismo, psiquismo), incesto —los de los Vilmorin-Eduardo y la homosexualidad y la parálisis, mi muerte, holocaustos. Un libro totalmente neurótico que incluye todos los síntomas, fenómenos, estados de ánimo, sueños, locuras, fobias, manías, alucinaciones —cuadro de desintegración, *más franco* que la homosexualidad en Lawrence, que el lesbianismo en Radclyffe Hall debido a esta concepción mía que es un reflejo de la actitud de Jung contra Freud— si pudiéramos comprender la significación del símbolo sexual tendríamos la clave de vastos embarazos y abortos, fecundaciones e impotencias *desde* la raíz sexual, el mundo imaginario —tal como, por ejemplo, el incesto no es sólo la posesión de la hermana o la madre, útero de mujer, sino también de la Iglesia, la tierra, la naturaleza. El hecho sexual es sólo la plomada: el *drama* está en el espacio. El gesto es sólo un símbolo de enorme significación (puedes encontrar el sabor de la muerte hasta en la cópula). Todas las neurosis magnifican los miedos de Eduardo, los míos (mi mayor placer es hacer el amor medio dormida, en la mitad de la noche), ¡los de Henry!, ¡los de June! Acentuar los desatinos de cada uno (el miedo de June en el subte, la sordera de Louise, mi ceguera). Personajes como drogadictos de Gran Guiñol, *délire de persécution*, complejo de inferioridad, tema de los John recurrentes (mujer en Suiza), odio, guerra entre los sexos. Un librote.

¡Y liberación! Henry como figura rabelesiana —un gigante—, Allendy el salvador —destino, proyección, imagen—, mi lucha por la vida. La escena del vómito. Hacer el amor como si fuera la mitad de la curación. Pero tampoco absoluta. Natasha. La cojera de Louise.

¿Qué significa esto? Ayer a las cinco estaba muy ocupada, ayudaba a Emilia a preparar la cena de los De Vilmorin. Al mismo tiempo me peinaba, me vestía, etcétera. Frente al espejo del baño, bruscamente sentí una tremenda *ansiedad* por Henry. Estaba desesperada por traerlo a Louveciennes, encerrarlo en el estudio, pedirle que trabaje aquí. Se me ocurrió ir a París en taxi, llamarlo, traerlo conmigo. Tenía una hora. Era un desatino. Entonces le envié un telefonograma: «Llámame antes de las seis o bien mañana».

Ahora bien, Henry no recibió mi telegrama porque había salido. Pero a las siete me llamó porque sentía la misma ansiedad por *mí*.

Hoy tenía que verlo… cuando me llamó concertamos apresuradamente un encuentro, descubrimos que los dos estábamos bien y escribíamos. Sugerí que tal vez a esa hora de anoche June manifestaba un enorme odio o planificaba una venganza. Henry y yo corríamos peligro, sin duda. Pero él rió de mi ocultismo.

¿Es por mero hábito que imaginamos el peligro, lo percibimos y lo atraemos sobre nosotros, como diría Allendy?

Je suis affreusement inquiète.

Repito una y otra vez: la conciencia, la inteligencia no son peligrosas si uno posee la suficiente emoción y sexualidad para seguir en marcha. Los que mueren son los seres afectiva y sexualmente débiles (como Eduardo). Henry puede soportar el no ser ciego; su sangre es bastante espesa. Yo también.

En résumé: Soy la mujer que da ilusión y a quien es dada la imaginación del hombre. Una situación que envidia la puta. Si estuviera *bien conmigo misma*, como lo estoy día a día cada vez más, estaría sumamente satisfecha, ya que nadie puede reinar en dos reinos a la vez, y la puta reina en la realidad: ella entrega realidad. La mujer que hay en mí recibe abundante adoración y era sólo mi falta de fe (que se destacara constantemente mi valor), era sólo mi duda la que creaba la necesidad de esas demostraciones anormales, de obscenidad y de violencia, para *destruir* el elemento legendario, siempre demasiado potente. ¡Como June, cuando dijo que quiso destruir la actitud de adoración de Henry la primera noche y se alzó el vestido!

Veo que persiste el aspecto legendario, veo a los hombres en la adoración eterna, suprema de la ilusión. ¡Qué herida para Henry si yo me sentara sobre el bidé y tomara mi «gatita» entre mis manos como un ramo de flores! La sabiduría es ser justo con cada ser humano y que cada uno cumpla su papel con gracia, sin remordimientos, porque uno no puede sino realizar su propio karma, ¡y probablemente yo sería una puta lamentable!

Habré sabido experimentar en mí las dos clases de actitudes: la introvertida y ahora la extrovertida, la «tierna» y la «severa» (releo dos ensayos de psicología analítica de Jung). Debo incluir ambas porque «no podemos permitir siempre que una parte de nuestra personalidad sea atendida simbióticamente por otra» (mi dependencia de Henry).

Comprensión de la fantasía de la propia singularidad cuando uno observa el patrón habitual de las propias reacciones. Descubro que es habitual que el paciente invista al médico de poderes misteriosos algo similares a los de un mago o un criminal diabólico, o vea en él la encarnación correspondiente de la bondad, de un salvador.

Noche jubilosa con Henry. Ha escrito sobre putas para disolver su ataque de timidez. Cuando se negó a hablar me sometí a su estado de ánimo y fuimos a la cama para tranquilizarlo. Pero mi ilusión de Henry como hombre carente de conciencia sexual está conmovida y trastornada. Recuerdo las palabras de Allendy: «No elegiste un verdadero campesino tosco: está contaminado de literatura, de intelectualidad».

Bueno, no quiero un Mellors porque estoy *demasiado contaminada*; necesitaba un igual y lo hallé, y por eso padeceré *sus* neurosis, complejo de inferioridad, timidez, masoquismo. Mejor dicho, lo padecí, pero eso se acabó debido a todo lo que *sé*. Anoche percibí su terror de que

June llamara a la puerta, su ansiedad debida al ataque de timidez justamente cuando yo decía, «Henry puede soportar la conciencia».

Temo que Henry y yo tratamos de castigarnos por haber engañado a June echando a perder nuestras alegrías. Anoche soñé con un castigo: June volvía y llamaba a Henry tal como hizo la noche de su borrachera. Él respondía al instante y la besaba.

A él en cambio lo afecta la forma obsesiva en que June repite: «Ha perdido su virilidad». Tiene dudas.

Creo que una súbita vida introspectiva excesivamente intensiva ha perturbado la salud de Henry, su torrencialidad.

Esta mañana casi provoqué una catástrofe. Excitada a medias por mi sueño con Henry y June, pensé que era Henry, no Hugh, quien estaba tendido a mi lado. Estuve a punto de decir, «Henry, acabo de tener un sueño espantoso». Cuando volví a mis cabales, me di cuenta de que murmuraba a Hugh sobre mi sueño y apenas tuve el tino de colocarlo en la perspectiva justa. Con frecuencia, cuando estoy adormecida, siento que el hombre tendido a mi lado no es Hugh sino Henry.

Ahora lo comprendo. Henry *toujours*, como amante o amigo: una fuente de desasosiego, creación, dolor, fermentación. Le pertenezco por todas las corrientes que fuerzan mi destino hacia la tragedia, pero no me dejaré *derrotar* por mi destino. Hoy mi alegría fue profunda y grave, asumida con madurez.

Parada bajo la ventana del altillo, contemplé las estrellas y los ojos de Allendy, que para mí son el firmamento.

Y Hugh y yo reímos a carcajadas. «Me siento celestialmente feliz», dice Hugh.

Entonces me encuentro en la situación irónica de ayudar a otros en medio de sus miedos y sus dudas: ¡yo, que apenas estoy curada! Henry canta y trabaja, es un torrente; yo agoto mis fuerzas nuevas en él. *¿Quién es la fuente de mi fuerza?* Allendy. Esta noche lo necesito. Necesito su fuerza. Es mi padre, mi dios… todo en uno. Es lo único que sé: que en mis momentos tétricos lo necesito.

La lectura de Jung me permitió comprender que mis primeras sensaciones de poder y confianza pueden haber sido en parte infladas. Mi fe en Allendy era tan exaltada que me dio un gran *élan* —el suficiente para combatir a June, a Henry y a mí misma—, pero esta noche estoy profundamente cansada y tan nerviosa que comprendo el esfuerzo sobrehumano de voluntad que debí hacer para mostrarme fuerte. Allendy fue tan sabio al sospechar de mi confianza. ¡Tanta voluntad, tanto deseo no sólo de ser fuerte sino de fortalecer a los demás!

Debería haber actuado con serenidad, introversión, alimentar cuidadosamente mi nuevo yo en lugar de exponerlo inmediatamente a toda clase de pruebas, tensiones, trabajos. Precipitación. Bruscamente me derrumbo y vuelvo a ser niña. Allendy, Allendy.

Un sueño que reveló mi *actividad*: Estoy en una finca de animales salvajes. Algunos viven en la casa. No les temo. Abro la puerta para que entre una pantera domesticada, mansa como mis perros. Los dueños me piden una suma —doscientos cincuenta mil— y yo me niego con firmeza porque sé que su intención es estafarme. Entonces me dedico a vender vino. Me pongo mi impermeable sencillo y mi sombrero negro. Decido entrar en la imponente mansión de los Vanderbilt. Me recibe el *maître d'hôtel*. Es muy amable y me pide sesenta y dos botellas. Anoto la orden. Una mujer se muestra muy interesada en mí. Habla, me hace confidencias, me muestra sus fotografías (recuerdo una de ellas: pose erótica en vestido largo, irreconocible). Nos hacemos amigas y salimos a pasear. Le confío que vendo vino, pero en realidad me interesa escribir, y le hablo sobre mi libro.

Asociaciones: la suma de dinero es la que Hugh decía que era necesaria para retirarse. Quería ayudarlo, pero el otro día le di a Henry el primer cheque que recibí por mi libro (sobre Lawrence) para que lo gastara en todo lo que necesitara. A la vez recordé con sensación de culpa mi viejo deseo de ayudar a Hugh.

La casa de los Vanderbilt parecía una de las casas de los Vilmorin, lo cual no me intimidó como habría sucedido antes de mi análisis.

Sé que el vino es la *Vida*.

No comprendo la amistad con la mujer, salvo que la otra noche sentí que interesaba a Louise V. debido a la riqueza de mi trabajo.

¡Tal vez toda esta «crisis» es un pretexto para ver a Allendy!

Encrucijada: Llego a París abrumada por el deseo de ver a Henry, preocupada también por la severidad de Allendy al hablar por teléfono... porque ha deseado que yo cediera y fuera a verlo a pesar de mi promesa (de esperar hasta que Hugh esté curado). Indecisión total, tan rara en mí. Tomo un taxi y le indico que vaya a Clichy; pero cambio de idea y voy a American Express, donde me entero de que June todavía está en París, lo cual me angustia. Tomo otro taxi a Clichy, pero siento que no quiero seguir amando a Henry más *activamente* que él a mí (después de comprender que nadie me amará con esa desmesura, superexpresividad, supergentileza y excesiva humanidad con que yo amo a la gente), de manera que esperaré. Pido al conductor que me deje en las Galeries Lafayette, donde busco un sombrero nuevo y empiezo las compras de Navidad. ¿Orgullo? No lo sé. Una especie de retirada sabia. *Necesito demasiado a la gente.* Por eso entierro mi defecto colosal, mi amor desmesurado, bajo una montaña de trivialidades, como un niño. Me entretengo con un sombrero nuevo.

Ya no es cuestión de amor sino de actividad y pasividad. Mi actividad induce la pasividad en los demás. Quiero ver a Henry, y al actuar en consecuencia lo despojo del liderazgo *agresivo; y siempre elijo esa clase de hombre.* El hombre pasivo. Pero lo irónico es que Henry también es sexualmente pasivo: lo que lo desconcierta, comprendí, es que estaba habituado a que June lo «montara», June y las putas, y que yo, por ser latina en todo y *sexualmente pasiva*, jamás tomo la delantera; siempre me someto a sus deseos. Henry no está habituado a esto, a tomar la responsabilidad por su deseo.

Este descubrimiento (sumado a sus relatos de las mujeres que lo perseguían y cortejaban, su seducción por June) significó un golpe rudo para mí. Aquí hay algo casi tan femenino como Hugh o como Eduardo; me engañaba la sensualidad de Henry, pero ahora comprendo tanto: el hecho de insistir en que lo cojan, de enseñarme a mí a «atacar», a tomar la delantera.

Todo eso hizo que se sublevara mi *feminidad*. Maldije mi ceguera. Comprendí que en verdad no me había alejado de mi «tipo» de hombre, el hombre débil cuya debilidad me mata. ¡Hice todo lo posible por hallar a un líder! Nuevamente me han engañado. Tal vez Henry y yo podamos «reajustar», llegar a un acuerdo. Si puedo ser más agresiva. Pero ahí está la falla, la fisura. Y no me someteré. No amaré a un hombre débil, me niego a hacerlo. Esa sensación, tan conocida por mí, de ser invicta ha vuelto, terrible y sobrecogedora. Voy a derrotar a mi destino. Voy a escapar de esta fatalidad.

Todo el día fui consciente de la fisura, de la fisura en nuestra armonía, las dudas. Las dudas. Un gran deseo de huir. Cada una de las acusaciones de June sobre la pasividad de Henry es cierta. Pero yo había contado con que frente a una verdadera mujer —una hembra realmente *pasiva*—, Henry se haría hombre. Y está perplejo, mi sumisión lo desconcierta. La había anhelado, pero ahora está desorientado, perdido. Y yo sufro porque lo amo, sólo a él, pero debo abandonarlo.

Desafiante, debo abandonarlo como amante. No quiero dominar. Me niego a hacerlo. Quiero vivir mórbida y exquisitamente mi feminidad. Quiero al hombre tendido *sobre* mí, siempre *sobre* mí. Que *su* voluntad, *su* placer, *su* deseo, *su* vida, *su* trabajo, *su* sexualidad sean la piedra de toque, el mandamiento, mi eje. No me importa trabajar, afirmarme intelectual y artísticamente; pero como mujer, Dios mío, quiero que me dominen. No me importa que me digan que debo pararme sobre mis propios pies sin aferrarme a nadie —soy perfectamente capaz de hacerlo—, pero quiero que la voluntad del macho me persiga, me coja, me posea cuando *él* quiera y le parezca oportuno.

Je suis effroyablement triste.

Y pensar que en cualquier momento podría encontrar lo que deseo en un *hombre de mi propia raza*, pero no lo deseo porque mi mente no puede inclinarse ante ellos. Cualquier español me trataría sexualmente como yo lo deseo... *C'est stupide.*

7 DE DICIEMBRE DE 1932

Siempre Henry. Ayer, alrededor de las cuatro, cuando me atormentaba el deseo de ir a Clichy, él me llamaba por teléfono, frenético de ansias de verme. ¿Por qué no obedecí a mi instinto?

Ahora estoy aquí esperándolo, esperando a mi amado.

Había creído enloquecer con sueños de muerte, ruidos aterradores, miedo de cruzar la calle. Soñó conmigo: «Estabas acá en Louveciennes, vestida con mucha elegancia, como una princesa, y la casa estaba atestada de gente. Eras muy altiva. Comí mucho y me emborraché. Me sentí muy mal, como si tú me despreciaras. Vi a Haridas (un hermoso hindú, conocido de Henry) revoloteando a tu alrededor. Entonces viene y me dice: "Se acabó para ti, Henry. Te la he quitado"». Gran angustia. «¿Me engañaste el lunes por la noche?», pregunta Henry. «¿Qué pasó el lunes por la noche?»

Entonces hablamos de todo, de lo que he escrito, de mi deseo de abandonarlo. Pero antes de que termine de hablar, ya está besándome, abriendo mi vestido. Y nos perdemos el uno en el otro. Y nada importa sino nuestra mutua avidez. Dicha. Leo el testamento formal que redactó y reímos juntos. ¡Me deja todo! ¡Estaba seguro de que iba a morir! Estoy arrodillada delante de él y decidimos que cuando yo viaje a Londres para Navidad, él irá conmigo. Quiere estar cerca de mí. Y necesita unos días de descanso.

Sus delirios de los últimos días me conmueven más que el poder y el equilibrio de Allendy. Sin embargo, necesito a Allendy.

Sueño: Hugh y yo recorremos un bello camino oscuro. Visto mi camisón negro. «Cuando nadie nos vea», digo, «alzaré mi camisón para que veas mis muslos mientras camino.» Veo la palidez de mi cuerpo en la noche. Viene un perro lobo, muerde mi mano y no puedo soltarla. Hugh le corta la cola y entonces el perro me suelta. Caminamos un poco más y caemos entre unos médanos —una sensación maravillosa, de deslizarse en el aire— de arena anaranjada, vaporosa. Caemos en la orilla de un mar seco. Un lugar de aspecto árido, prehistórico. Pero al alzar la vista me encuentro con una ciudad hermosa, llena de minaretes, cúpulas, torres doradas. Conduzco a Hugh hasta allá. Vegetación exuberante. Me sale al encuentro un palanquín estilo Luis XVI llevado por hombres. Me presentan a una mujer que me besa sensualmente. Es hermosa, pero no me gusta. Al escrutarla, observo que sus ojos son como los de Paulette, muy estrechos en las comisuras. Entonces comprendo por qué me disgusta.

No estoy segura de quién era mi acompañante, porque la sensación de caída entre los médanos era similar a la sensación de jubilosa delicuescencia y de caída que experimento en los brazos de Henry. El mismo *glissement* vaporoso, tibiamente anaranjado. Jamás había sentido una suavidad como la de Henry; me recuerda una descripción de Lawrence.

Me entrego a Henry, me hundo totalmente en su húmeda suavidad, hasta el punto de que sólo queda la mujer y el pene, como si estuviéramos los dos encerrados en el útero, nadando en la carne fofa y la humedad que crea esa sensación aterciopelada que es el clímax de todo lo que una experimenta al nadar desnuda, al rozar la seda, al vibrar en el orgasmo. Es la desnudez, la oscuridad, esa deslumbrante sensación de carne y humedad que *es* el sexo, del que me levanto como de un baño mágico. Y *no* tiene fin: durante días vivo en la percepción de la carne; durante días la vida no penetra en mi cabeza, me acaricia y me rodea como él;

la vida es una prolongación de sus caricias. Deja la impresión del roce de su carne en mi piel, en mi vientre, y durante días no soy consciente sino de mis piernas. No hay un mundo en mi cabeza... el mundo entre las piernas... el mundo oscuro, húmedo, vivo.

19:30. En el salón de Allendy, esperando a Hugh. Ya no sé qué hago. Sólo sé que no quiero perder a Allendy, por eso no puedo hablarle de Henry. Debo decirle que he roto mis relaciones con Henry, porque apenas Allendy me estrecha entre sus brazos, es a él a quien deseo. Hoy nos besamos perdidamente, con locura. Él estaba frenético, repetía una y otra vez que debía curar a Hugh rápidamente, lo antes posible, para poder verme y estar conmigo. Y durante el resto de la tarde, cada vez que recordaba su intimidad, me daba vértigo.

Una hora después, fui de la casa de Allendy a ver a Henry en su trabajo; mi buen Henry, mi buen Allendy... y yo que me siento como un demonio. Un demonio. Henry en su trabajo. Allendy en su trabajo. Mi Henry aterido con su saco de primavera. Allendy serio, Allendy me ama más que yo a él, ahora es menos prudente, impetuoso, le encantó todo lo que dije, pero yo sabía que coqueteaba con él. Por Dios, me detesto. Sin embargo, soy feliz, estoy sana; ayer Henry dijo que se puso a cantar después de dejarme, y yo también cantaba. Sigo cantando, me siento extraordinariamente feliz. Allendy. René Allendy.

En el Café Terminus. Ayer estaba borracha, y recuerdo la hora que pasé en la Sorbona escuchando una conferencia sobre «La metamorfosis de la poesía» (¡Allendy presentó al conferencista!), ¡como mi gran divorcio del mundo intelectual a través de la sensualidad! Divertido. Increíble. La hora de embriaguez entre los brazos de Allendy, la magnitud, la firmeza, el poder que hay en él, la intoxicación de sus caricias, su mano sobre mis piernas, mis senos; y lo que quedó más profundamente grabado en mi memoria sensorial fue la ausencia de pausa, de discontinuidad, de retorno a la realidad. Me aparté al oír la campana que anunciaba una nueva visita, pero en la puerta, cuando salía, Allendy todavía me besaba los ojos, las comisuras de los labios, las orejas, de modo que lo dejé cuando estábamos en la cumbre del torbellino, y éste sigue girando en mi interior toda la tarde, toda la noche y aun todo el día de hoy.

En la Sorbona. La atmósfera del aula, casta, seria. Aparece Allendy. Nunca lo había visto desde lejos. Es más furtivo, más huidizo que en su consultorio. Está encorvado. La barba oculta su boca victoriosa y sensual. No oigo lo que dice. Además está farfullando, como médico, profesor, científico. Qué distinto de mi Allendy, el que descarta la realidad en busca de un *sueño*, el sueño de la isla exótica, *le grand, le sérieux, le beau* Allendy, el más viejo de la telaraña Eduardo-Hugh, porque *ellos* son hermanos, *todos* neptunianos, fundamentalmente el mismo tipo, la misma imagen, reflexividad, actividad mental, misticismo, romanticismo, idealización, cultura.

Mi cuerpo está golpeado... siempre un poco derrotado. Noche febril, fatiga, pero me basta llevar mis felicidades a la cama, donde el calor del fuego de leña, la bolsa de agua caliente y el cubrecama me reaniman lo suficiente para relatar mi historia. Todo está bien. ¡Pero si tuviera que dormirme sin confidencias! Un peso muy grande. Tirité todo el día (Henry, Henry mi amor, debo comprarle un saco para el invierno) y me arropé en mis éxtasis para preservarlos gota a gota, palabra por palabra, en el diario.

Si he conservado mi amor por Henry, esto significa que no es una victoria deseada sino un hombre amado por mí.

June no tuvo la dignidad, la generosidad y la inteligencia de abandonarnos después de la escena de su partida. Tuvo que volver, actuar y hablar como una vulgar mujerzuela de Broadway. ¡June! Cada una de sus frases me consternó. *Realidad*. Ahora resulta que soy «esa banquera». Le dice a Henry: «Ahora que encontraste a tu mujer, tu compañera, sabrás lo que es una araña: te devorará. Es mucho más astuta que tú. Y busca un nuevo Guiler. Sólo le importa su propio bienestar. No quiere ser pobre contigo, pero vendrá a ti cuando seas rico. Claro que yo lo sabía desde hace mucho. Por eso me fui a Nueva York. Todo era fingido. Y qué pasada tan sucia que me jugó... hizo un hazmerreír de mí. ¿Crees que alguna vez usé sus joyas? ¿Su pañuelo color coral? Los guardaba en el baño. Y el día que bailamos yo temblaba de odio. La habría matado. La odio. Es astuta y diabólica. La última noche... me dio asco con sus mentiras. Asco. Es vieja, ya lo verás. Ahora la ves con tus nuevas ilusiones. Es una vieja a la que tú has rejuvenecido. Mírala bien. No creo que haya conocido a Gide».

Y así sucesivamente. No sólo es neurótica, anormal y delirante sino también vulgar y maligna, estúpida y destructiva. Puede haber belleza hasta en los crímenes y las neurosis. Pero los de June revelan una judía mezquina, suspicaz, ávida de dinero. ¡June el colador: así la apodé cuando Henry me preguntó cómo era capaz de partir sonriente después de doce hora de conversación!

Fred está preocupado, piensa que todo esto me afecta. Tiene razón. Estoy asqueada y furiosa por haber embellecido, confiado una vez más. La sucia mujerzuela y buscadora de oro. No. Eso es producto de la furia. Apenas una mala perdedora.

Percibí el humor de la situación cuando sospechó que yo no conocía a Gide. Pero contra mi única mentira inventa cien para impresionar a Henry. ¡No tengo la menor sensación de culpa! Sólo risa. Y más aún, cuando Henry empezó a contar en presencia de Fred que Jean había abandonado a June, tan decepcionada por ella que quería suicidarse. Había escrito una hermosa carta a June que Henry leyó, en la que decía que había apretado dos veces el gatillo, pero el revólver no funcionaba. Esto perturba a Fred:

—¿Eso escribió Jean? ¿Eso dijo?

Había amado a Jean y depositado muchas ilusiones en ella. Henry repitió todo.

—Bueno, eso es el colmo —dijo Fred—. Fui yo quien trató de suicidarse. Yo apreté dos veces el gatillo. Había cargado el revólver con cinco balas, sin saber que llevaba siete. No sabía que había que hacer girar el tambor. Y Jean, ¡Jean escribe a June que ella lo hizo!

Estaba abrumado. Y yo estaba muerta de risa... convulsionada. Henry también. ¡Ay, la falsía, la falsía, los niños, los niños, los niños mentirosos que acaban por creer sus propias mentiras!

¡Como yo creía las mías, como mi padre creía las suyas!

Henry, el pobre Henry, no podía contrarrestar la marea de los parlamentos de June. Pero anoche fue un amante fervoroso y yo estaba feliz: cuando descansamos me acurruqué entre sus brazos. Estábamos soñolientos, distendidos, felices, tiernos, cálidos. Por primera vez me dormí en ese momento, sin pensar, sin pensar, confiada. Y en lo más profundo había tristeza y asco por June y felicidad porque Henry se hubiera liberado de ella... de que estuviera a salvo. No me importa lo que pueda suceder. *Él* está a salvo.

Henry *sabe* que me ha resucitado —me ha dado vida— porque es verdad que yo agonizaba: la vida me presentaba un vacío intelectual y físico. Pero esto no es un reproche para mí, y cuando Henry me revivió, volví a la vida para darle un amor como pocos hombres han recibido.

13 DE DICIEMBRE DE 1932

Tarde. June habla otra vez con Henry, hace un *esfuerzo desesperado por destruir sus ilusiones en mí*. Qué *ponzoña* femenina. ¡Es la verdadera prueba del amor de Henry!

Pasamos una tarde extraña, Henry y yo. Los *golpes bajos* de June nos despojan de la sabiduría, las cualidades prudentes. Uno está tentado de rebajarse a su nivel, de combatirla con sus palabras, sus armas. Pero hoy estoy más serena. Empezamos por coger maravillosamente, al unísono, y casi nos dormimos. Entonces me doy cuenta de que las palabras de June giran en su cabeza, quitándole el sosiego. Lo primero que me dice es que June lo llamó a él homosexual y a mí lesbiana.

Las palabras de June rondan por su cabeza. Quiere contarme porque no puede dejar de decirme todo. Vacila. Me tiendo sobre él y suplico. Entonces dice: —Lo peor que dijo June es que estás muerta, tan muerta que *cualquiera* te hubiera deslumbrado, y resulta que aparecí yo. Buscabas sensaciones nuevas a toda costa. Estás tan muerta que tu cuerpo no despide olores... ningún olor. Que yo me había vuelto homosexual si era capaz de amar a una mujer sin senos.

Había esperado algo terrible y eso no me afectó. Sé por qué. Dije a Henry:

—Escucha, esto no me duele porque no tiene nada que ver con la verdad. No me preocupa mi vitalidad, ni la búsqueda de sensaciones, una caricatura hiere cuando se aproxima a la verdad. Lo que me duele es el ataque de June a mis limitaciones físicas, porque sí es una verdad parcial. Yo no podía hacer lo mismo que ella. No soy fuerte como un caballo. *Eso* es verdad. En cuanto a mi vitalidad... bueno, la conoces mejor que nadie. Y mi olor... sí, sé que lo has advertido, supongo que tiene que ver con mi fragilidad, la ligereza de mi composición, el hecho de que, por no ser gorda, no transpiro. En cuanto a mis senos, ya que tengo, como tú dices, el cuerpo de una jovencita, están proporcionados a él.

A esa altura yo reía con los ojos llenos de lágrimas. Bruscamente, con gran seriedad, Henry respondió:

—Sabes, en este momento, cuando hablamos de lo peor que June dijo sobre ti, *jamás* he sido tan consciente de tu *cualidad ilusoria*. Siento lo mismo que el día que llegué a Louveciennes, como si no te conociera, no te hubiera poseído ni penetrado en tu intimidad. Mientras hablábamos sobre estas cosas y me preguntaba si soy ciego, siento que eres una mujer *real, corpórea*, sentada ahí. Al mismo tiempo, como si pasaran superpuestos los rollos de una película cinematográfica, veo tus distintas caras, infinitamente, tu variedad, la mutabilidad de nuestros papeles, pero percibo focalizadas la ilusión y la realidad juntas, porque en realidad siento que te conozco bien, íntimamente, que no me equivoco...

Tuve una extraña sensación de magia... como un momento de una obra de Barry: una sensación nítida del viento que pasa, de un mundo invisible suspendido sobre nosotros, velos, cortinas, hechizo. Permanecí sentada como en un trance, mirando a Henry, escuchándolo.

—En el centro del foco estás tú —dije.

Mis ojos estaban húmedos, mi visión era borrosa, pero *todo mi ser* lo miraba.

Recordé las crueles palabras de Allendy sobre Henry, cuándo me afectaban (si eran parcialmente ciertas), cuándo no; y comprendí que los dos habíamos tratado de ver con los ojos del otro, *vernos mutuamente sin nuestras ilusiones*. Y en ese momento, consolidar el año y remontarnos al día de nuestro primer encuentro, nuestra primera ilusión, el primer sueño. Con todo, entre nosotros hay un año de *intimidad*, de intimidad humana. Test. No puedo escribir. Debo volver sobre esto. Todavía estoy flotando.

Henry y yo nos despedimos en la puerta y no nos conocemos. Nuevos amantes. La realidad ha pasado sobre nosotros sin sumergirnos. Tratamos de abrir los ojos y mirarnos: ¿Quién eres? ¿Eres el hombre que escribe porquerías? ¿Eres la mujer muerta, inodora, sin senos?

Trato de alzarme para enfrentar el flujo de la corriente... el trance. ¿Qué me pasó? Cuando desperté de la posesión de Henry era tan etérea, tan ligera. Todo el dolor humano, falible, se fue, la ira, los sentimientos humanos —el rencor, el deseo de defenderme, de atacar a June— todo se apartó de mí, se disolvió. *La Ascensión*, la sobrecogedora separación de la vida humana, ¡un pináculo! Santidad. Mi cuerpo tan ligero, el cuerpo que por un instante se había sentido humillado, derrotado... ahora transparente, y todo mi ser ascendiendo, ascendiendo exaltado, intangible, como después de la Crucifixión. Después del dolor, la divina partida, la trascendencia. Me aterra. Se rompen todos los vínculos, las conexiones con la Tierra, el odio y el rencor, la realidad. Siento este paso del viento, esta expectación en el aire, esta suspensión de otras presencias. Siento que me rodean oídos y ojos, figuras, música, crujir de hojas, rompiente de olas; siento cielos y cortinas. Floto. Me elevo. Me paro. Camino. Sigo todo esto que me rodea. Estoy poseída. Ascención vertiginosa.

Fui a la cama. Caí. Caí en la oscuridad. Le dije a Hugh: «me muero». Me parecía que mi corazón había dejado de latir. Y esta mañana he estado exhausta. No sé qué significa todo esto.

Soy tan feliz porque mañana veré a Allendy. Amo su fuerza. A Henry y a mí nos abruma la vida, la realidad. Cómo lo hirió June al llamarlo homosexual.

Qué tonta de remate fui al creer a June, al desvestirme delante de ella. Me miraba tan fríamente. ¡No sabe que Henry me amaría aunque yo fuera fea! Mi visión es borrosa, como si estuviera borracha. Hablo en el auto como si galopara a caballo y el mundo se tambalea.

Con este estado de ánimo llego a lo de Allendy y sus besos no me despiertan del todo. Le hablo de mi preocupación con la realidad, de mi sensación de que siempre me la pierdo. Sueños o sensualidad. Ninguna vida intermedia. Sueños o sensualidad. Como en mis escritos. Sólo los tonos muy altos o muy bajos.

Lo que uno pueda decir sobre Allendy siempre es una suposición. Tiene una manera extraña de permanecer en silencio, suspendido, de no responder en forma directa. ¿Hasta dónde llega su imaginación?, me pregunto. A veces tengo la impresión de que no me comprende cuando dice que quiero tomar drogas por esnobismo, que debo recordar las ventajas materiales de mi matrimonio o que tal vez me gusta salir por el solo hecho de hacerlo. Hay en él la tenue demarcatoria del convencionalismo burgués: si conociera alguna de mis extravagancias, generosidades e indignidades yo le parecería un personaje más dostoievskiano que latino.

Hoy le brindo a Henry la experiencia de la seguridad, la magnanimidad. Lo regocija la experiencia inédita de tener dinero, ropa, libros. Esta mañana se va a Londres para escapar de June. Iré a verlo el lunes después de Navidad, la noche de su cumpleaños. También él está viajando; estaba ausente ayer, al imaginar Londres. «Imagíname mañana»,

dijo, «tendido en la cama de un cuarto de hotel, pensando en las cosas que debí decirte pero no te dije.»
Pero las dice.
Nos besamos en la puerta del apartamento de mi madre. Entonces siento el terrible desgarramiento de su partida. Siento su ausencia. Hoy el mundo está alterado para mí porque Henry está en un tren, Henry, la mitad de mí.

Puedo apartarme de mí misma y verme en mi «papel» frente a Allendy. Para tenerlo, le dejo creer que el análisis ha puesto fin a mi devoción masoquista por Henry. He elaborado la historia de este fin tan cuidadosa, tan acabadamente. La primera vez que me preguntó ansiosamente y yo respondí que sí, que había roto relaciones con Henry, disfruté su arrebato de rencor. Tres niveles de mi mente se pusieron a trabajar al unísono. El primero armó el relato de mi ruptura de Henry; el segundo registró el hecho de que Allendy jamás había comprendido a Henry porque veía en él un enemigo; el tercero era la plena conciencia de mi perfidia y a la vez de que mis mentiras eran capaces de engañar a Allendy, el psicólogo. Fue un descubrimiento científico que me afectó humanamente. Allendy es incapaz de pensar objetivamente. Lo estoy engañando. Y todo porque me faltó coraje para decir: «Siempre amaré a Henry... y puedo amar a otros hombres. Pero Henry es el centro de mi vida. ¿Eres capaz de compartirme?»
Ante las expresiones y la sinceridad de Allendy suelo tener la misma sensación que ante la cara de Hugh: una oscura humildad y adoración por una integridad que no poseo. Por eso, la cobardía me lleva a mentir. Allendy, el psicólogo, cree que soy sencilla y pura. ¿Cómo interpretaría mis mentiras? La ruptura con Henry se volvió un conflicto tan vívido en mi interior que en ciertos momentos sentí que había ocurrido, ¡y mi pesar era tan hondo que demostraba la imposibilidad de separarme de él! Para hablar de ello con Allendy, di rienda suelta a mi imaginación. En dos ocasiones, trastornada por June, transferí mi agitación y la atribuí a escenas con Henry. Con un Henry que actuaba como en el sueño que me relató: quebrado, abrumado. Y le comunico a Allendy un hecho que es verídico en todo, menos en el tiempo: jamás tendría el coraje de abandonar a nadie porque conozco demasiado bien el dolor de ser abandonada. Lo he hecho, pero me faltan fuerzas para sostener la decisión.
La «fuerza» viene de los ruegos de Allendy: «Fue sólo tu neurosis lo que te hizo amar a Henry, tú, que eres una mujer tan extraordinaria, tan fuera de lo común».

Al recordar esto, su único valor está en la sincera devoción de Allendy; pero a mí me parece ridículo a la luz de mi mayor conocimiento de Henry. Tal vez dentro de algunos años deba inclinarme ante la sabiduría de Allendy y reconocer que mis ilusiones me enceguecen por completo. Pero nada de lo que haga Henry ahora puede sorprenderme, ni siquiera el mayor crimen. Lo *conozco*. Le perdonaría lo que fuera.

Sí le dije ayer a Allendy que en la sesión de análisis uno no puede revelar todos los detalles que restan veracidad a una afirmación. Sus frases son demasiado sencillas, demasiado literales.

Mientras escribo, bruscamente mi vida se derrumba ante la revelación de la debilidad de Henry.

Al darle el dinero para ir a Londres, seguramente supe que era una prueba para él. Sabía que si June lo interceptara, se lo quitaría. O que lo gastaría en una puta y en bebida. ¿Por qué lo hice? Precisamente para saber. De manera que June lo encuentra la víspera de la partida y, como perfecta buscadora de oro y extorsionista, lo asusta y aterra y vacía su billetera.

Estaría muy bien si fuera un acto de caridad inteligente... pero Henry sabe, y me dijo el otro día, que le asqueaba la manera que June derrochaba estúpidamente el dinero. Por eso es consciente de la estupidez de su gesto, la debilidad que revela. June está *extorsionándome*, nada más.

Su carta a mí es tan débil. Afirmaciones de furia, coraje para enfrentar lo peor. Nada. Es debilidad... nada más. Debilidad. ¡Y éste es el hombre que amo!

Le había suplicado que fuera a Londres porque la imagen de Henry, el cobarde, escuchando a June insultarme era insoportable.

Le rogué que viniera a Louveciennes y lo esperé, muy abrumada. Llamó por teléfono: «Estoy furioso conmigo mismo. Claro que te sientes ofendida. Me siento muy mal por eso. Odio a June. Esta noche me voy a Londres. Fred me ayudó. Me voy para que no vuelva a suceder. Lo único que puedo decir es que en ese momento me pareció lo correcto. Olvídalo. No te preocupes, Anaïs.»

En su carta: Después de una conversación rencorosa y nauseabunda, me siento humillado, profundamente avergonzado. Te embarró. No sabes lo que sufrí. Y no sé por qué lo toleré, salvo que fuera por una sensación de culpa. June ya no razona. Se ha vuelto loca. Las amenazas y recriminaciones más viles. Sólo pienso en ti. Fuiste estafada, tuvo que usarme a mí para estafarte. Por eso no lo soporté, y lloré. Es capaz de todo… Te amo, es lo único que importa.

Debería comprender todo esto… esperarlo. *Yo* soy débil. Mi amor por Henry me debilita. Es una debilidad en mí amar a Henry. Lo perdono inmediatamente. Ojalá pudiera estar con él en Londres.

Yo hubiera sabido detener a June. Dios mío, soy débil en el amor, pero en todo lo demás tengo coraje. June no me asustaría con sus amenazas. Mi pobre Henry, cuánto me necesita, es incapaz de protegerse a sí mismo y a mí. Ahora comprendo que no puede afrontar la vida, que no puedo abandonarlo. Sé que Allendy sería muy duro conmigo si se enterase. Piensa que Henry usa toda clase de recursos sucios para ablandarme y desarmarme. Allendy, un hombre fuerte, deplora que yo derroche tanto amor en Henry, y yo sufro porque Henry derrochó tanto amor en June.

La impotencia de la persona fuerte cuando trata de ayudar al débil. Anoche, cuando besé a Henry y me despedí de él después de nuestra conversación, debía de tener fuerza suficiente para vencer a un dragón. Es verdad que la violencia y la pasión de June suelen ser aterradoras, pero Henry no tiene agallas ni espíritu combativo. No puede pelear, sólo sabe huir. Ahora está en Londres y yo me siento capaz de pelear con cualquiera. Mientras Henry, mi amor, esté a salvo… lejos. A partir de ahora todo es sencillo. Debo ser el líder. No debo contar con Henry. Mi amor es protector. Acepto la desilusión, la derrota: jamás tendré un hombre íntegro. Henry es lo más cercano a ello que está a mi alcance. ¡Me ha dado tanto! Es lo más cercano al *amor absoluto* que puedo alcanzar. Exigir todo, exigir la perfección, es prueba de ignorancia. ¡No exijo más!

Rendiré a la fuerza de Allendy el amor que merece: pagaré mi tributo. Estoy dispuesta a tratar de amar a un hombre fuerte. Dispuesta a no destruirme con Henry. Necesito a los dos. Necesito la fuerza de Allendy. Cada vez que la vida me aterra, pienso en él… lo necesito. La femineidad que hay en mí lo necesita. Necesito un hombre. Los hombres me han protegido tanto, han sido tan buenos incluso cuando eran débiles, que los necesito eternamente, que confieso esta necesidad, esta dependencia del hombre, que retribuyo con el único don de la mujer: amor, amor, amor.

En medio de esta fiebre de vivir, es asombroso lo atenta y tierna que soy con Hugh: jamás lo «paso por alto», siempre estoy al tanto de sus pequeñas victorias, sus pequeños avances en el dominio de sí mismo, sus despertares, cada uno de sus sentimientos y pensamientos. Vive con la sensación de ser amado, comprendido. *Il y a assez pour tout le monde*. Cariño. Cariño. Comprensión. Regalos. Esté triste o feliz, jamás olvido nada. Con ese cambio de papeles a veces me siento enloquecer. Esta noche quería ir a despedir a Henry, pero debo esperar a Hugh, que vuelve temprano porque está cansado. Visto la ropa que a él le gusta, temerosa y consciente de que últimamente me ha deseado y que ya no puedo eludirlo. Compro un ejemplar de Spengler para Allendy y le escribo cartas sobre sus propios libros.

Dios mío, no puedo hacerme feliz. Como si quisiera compensar mis anhelos eternos, pienso en detalles extraordinarios para embellecer las vidas de los demás. ¡Mierda! ¿Por qué hablo de estas cosas? ¡En este momento, cuando estoy tan indescriptiblemente consentida por el amor! ¡Simplemente porque me parece injusto que Henry, mi Henry, sea un hombre débil. Y bien. Después, ¿qué? La trama fundamental de la vida se basa en injusticias irónicas. O tal vez en la justicia. También podría decir que todo conspira para gratificar el amor de Hugh —el mayor de todos— ¡y conservarme para él al impedirme descubrir a mi verdadero esposo!

Le pregunté a Henry si mi diario lo perturba. «No», respondió, «porque en general soy yo el que convierte a los demás en personajes, disfruto que hagan un personaje de mí. ¡Claro que tal vez se debe a que hasta ahora ha sido generalmente halagüeño!»

He sido absolutamente sincera con Henry (le permití leer el diario rojo, casi todos los negros y una buena parte de éste). Qué sensación de entrega. ¡Arriesgo tanto! Mientras lee, sufro tormentos. Transpiro y tiemblo. Es una prueba sobrecogedora. Mi diario es mi único misterio.

¿Qué haría Allendy si supiera la verdad? Siempre dice que uno percibe las mentiras. Sin embargo, no es capaz de percibir que aún soy la amante de Henry. No comprende que amo a Henry. O bien me considera una persona más superficial de lo que soy. O espera que lo ame más. No tengo escrúpulos porque hasta ahora soy la aventura de Allendy. No corre un peligro mortal. Soy el drama, el exotismo, la isla que no conoció. Soy lo desconocido. Es lo que se podría llamar una aventura de categoría. Pero es una aventura. En el fondo, no nos conocemos. ¡La cualidad superficial del atractivo que ejerzo sobre él no es tan distinta del que él ejerce sobre mí! Ahora, cuando le hablo, casi me interrumpe para besarme. ¡No me escucha! *Voilà.* Yo me lo busqué; es lo que obtuve. ¡Y después estoy furiosa porque siento que no comprende lo profunda que soy!

Claro que cuando hablo de la calidad del amor de Allendy, tal vez subestimo neuróticamente un amor que no tiene extravagancias ni depresiones. Tiene dominio de sí. Pero ahora sé lo suficiente. Tengo la suficiente seguridad para creer. Apenas estoy segura de los demás, empiezo a perder seguridad en mí misma. ¿Amo a Allendy tanto como él a mí? Una inversión graciosa. Sana.

¿Por qué no puedo figurarme su vida, o si lo hago, no me gusta, tal como me negaba a figurarme la vida de John, que me disgustaba? Mi vida es igualmente extraña para él.

¿Por qué tengo la obsesión de interpenetrarme con las personas? ¿Por qué no puedo vivir más cerca de la superficie, aceptar a Allendy sin esa lucha minuciosa por comprenderlo todo? Todo lo que hace Henry me es comprensible. Para mí, la comprensión y el amor están indisolublemente ligados. La comprensión es amor. Por eso dudo de que alguna vez tendré una *expérience de passage*, una aventura de una sola noche.

En última instancia, June no es demasiado astuta. ¡Al partir, deja una impresión que no es precisamente hermosa! Revela una fealdad que pondrá al descubierto el sentimentalismo ingenuo de Henry. El egoísmo de ella. Dinero. El deseo de explotarme... todo esto disgusta a Henry. Su insensibilidad. (Uno sólo puede imaginar aquello de lo que uno mismo es capaz.)

Uno no puede compadecer a June porque es perfectamente capaz de valerse por sí misma, es agresiva y exigente. ¡Ahora *exige* que yo le dé dinero para volver a Estados Unidos!

18 DE DICIEMBRE DE 1932

Fred le dio a Henry el dinero para ir a Londres porque después de la partida de June, éste comprendió que no se había liberado de ella, que la escena se repetiría hasta culminar en la violencia. Esa noche querían matarse. June tuvo la astucia de asustarlo con amenazas a mí: de echarme vitriolo en la cara, matarme, aplastarme, pisotear mi cara, extorsionarme.

El sábado por la mañana corrí a Clichy y me enteré con alivio de que Henry estaba lejos y a salvo. Me pareció que la vida ya no podría asustarme. Puedo enfrentar a June. Espero su jugada. Retiré todas mis cartas de Clichy después que un hombre me advirtió por teléfono que cuidara los documentos incriminatorios. Y que trabara las puertas. *Très bien*. Fred y yo desayunamos juntos. Me gustó que obligara a Henry a partir inmediatamente a Londres. Ahora June no puede hacerme daño si no puede alcanzar a Henry. Pienso constantemente en él, espero su carta, vendo cosas para poder enviarle dinero.

En la superficie de todo esto, la mayor frivolidad: el casino, el Cabaret Montmartre, cenas, cine, el Café Colisée: la vida chic, la aristocracia, conversaciones con Louise, escenas con la modista. Todo irreal para mí. June envuelta en su capa negra, buscando tal vez la mayor sensación de venganza por todas las humillaciones de su raza y su vida, incapaz de comprender, de trascender el significado y la causa de su derrota. Y yo aguijoneada de vez en cuando, no por la sensación de culpa, no —porque soy consciente de que he salvado a Henry, el único a quien valía la pena salvar—, sino por la *compasión*. Sí, es increíble, ¡puedo compadecer a June, que quiere destruirme! Sé que es maligna y criminal; sé también que no es *totalmente* mala... ojalá pudiera odiarla. Sólo la odio cuando se trata de defender a Henry. Sé que su dolor es puro egocentrismo, que no desea a Henry sino la victoria (si recuperara a Henry, no se quedaría a vivir con él). Y cuando yo hablaba de aceptar a June y Henry, lo deseaba tanto a él que estaba dispuesta a aceptar cualquier tortura, la peor tortura para una mujer, que es la de cumplir un papel secundario. Entonces no sabía que llegaría a ser la favorita y luego la única mujer, porque ahora Henry sólo puede ser sexualmente infiel, nada más.

Me asalta la impresión de haber tenido muchos hijos: Joaquín, Thorvald, Eduardo, Hugh, Henry, y sólo alguno que otro marido.

Esta noche me siento sola. Allendy es el marido del momento, el hombre en quien me apoyo. Pero me parece que esto también es ilusión, porque, bueno, ¡porque no le interesa Henry, mi hijo preferido!

Sentada en la caverna, pienso en cuánta poesía hay en Henry cuando sus ojos celestes de Fausto me miran y él dice: «Manos como música...» ¿Dónde está esta noche, en qué piensa?

Hugh dice: «Conseguí buenos asientos en el tren. Quiero que este viaje (a Londres) sea como una luna de miel. Vendrás conmigo. Es maravilloso que pueda llevarte conmigo. Quiero que estés muy cómoda».

Se niega a economizar. Y pienso cuánto me gustaría darle ese dinero a Henry.

Estoy resuelta a ganar dinero para poder darle siempre a Henry, para protegerlo siempre.

Qué consentida soy, qué consentida. Cuánta compensación por la esterilidad de mi vida anterior. Rica en amor, rica en amigos, rica en hogar y cosas bellas, rica... viviendo en plenitud, llena de planes, libros, ideas. Cuando miro mi máquina de escribir, soy consciente de que no tengo tiempo para escribir todo.

21 DE DICIEMBRE DE 1932

Henry, mi amor, acaba de abandonarme. Incandescente. ¡Lo detuvieron en la frontera inglesa por llevar poco dinero! Interrogado. Severamente interrogado. Deportado. ¡Vestía su ropa más raída!

El lunes, al enterarme de que está en Louveciennes, voy corriendo a casa. Le suplico que pase la noche conmigo para calmar mi ansiedad. Y entonces sucede lo de siempre: nos fundimos el uno en el otro hasta quedar imbricados. Esta noche debo convertirme en una actriz fantástica para calmar los celos de Hugh. Los tres leemos a Rank: *Art and Artist*, ¡el libro que yo hubiera querido escribir! Aunque Hugh está en uno de sus mejores momentos —lúcido, atento, comprensivo—, hay tantas corrientes entre la mente de Henry y la mía. Lo que leemos, Henry ya me lo ha dicho o escrito. ¡A veces lo he dicho y escrito yo!

A la mañana siguiente el saludo de Henry consiste en introducir su mano bajo mi bata de satén azul y nos abrazamos de pie en la sala mientras Emilia sirve el desayuno.

Un día más de conversación, de conversación y lectura con Hugh. «¿Cuándo se va a ir este tipo Henry?», pregunta Hugh. Me regaña, me persigue. Pero estoy transportada de felicidad. Cuando se trata de hacerlo por Henry, hasta la cocina es el paraíso. A medianoche me alzo el ruedo de la bata y preparo café con sándwiches. La gravedad de nuestras conversaciones fermenta en mi cabeza. Si pudiera volcar en el diario las interpretaciones y los dichos de Henry, finalmente sería un simposio de metafísica moderna, psicología, arte, ciencia, biología. Colosal.

La mañana trae buenas noticias. No tengo que ir a Londres. Hugh irá solo. Henry se quedará en Louveciennes. Trabajaremos juntos.

Henry y yo tenemos una conversación extraña y fría sobre Hugh. Para Henry, Hugh en su mejor momento es un hombre con limitaciones. Para los ojos que nos miran desde afuera, parece que soy una entre las posesiones mundanas, terrenas, de Hugh: que él es esencialmente el hombre poderoso, cuyo planeta dominante es el *sol* (el éxito). Yo soy una adquisición. Soy un instrumento de su *ascenso*. Ha elegido una artista, una mujer capaz de fascinar. Me usa (demasiada vida social, que invade mis horas de trabajo). A cambio de ello me protege, ama, consiente. Al mismo tiempo, me enjaula. Soy una artista, pero no llevo una vida de artista. Soy esposa, mujer de sociedad; tengo mil deberes. Debo luchar para poder ver a los poquísimos amigos *elegidos* por mí (June y Henry, mis estimulantes). Según Henry, ésta es la explicación de mis rebeliones (siempre estoy echando pestes contra la vida social), la experiencia de mi diario como excrecencia de la frustración (ah, los años de frustraciones), y también de mi fría determinación de viajar, de tomar la libertad que necesito, porque debo vivir como artista y he servido humanamente a Hugh, lo he compensado con toda justicia en la medida de mis posibilidades. Está orgulloso de mí, transita el camino hacia el éxito y el poder. Yo no quiero poder sino arte, arte y pasión. La prueba es que si hubiera aspirado al poder, a la vida social y el lujo, me habría casado con un cubano rico. Me casé con Hugh porque creí que era un poeta, un intelectual, un artista. Al pensar que el Banco ahogaba al artista, traté de separar a Hugh del Banco. Fue un error. A Hugh le interesa el arte, incluso lo apasiona, pero no es un artista. Yo soy la justificación ideal de su amor por el poder. Soy el objeto, la receptora ideal de este tributo. Pero él se expresa por medio del poder. Es la sensación que tengo cuando me dice: «Eres una gran inversión. Me ayudas mucho en mi trabajo. Me gusta que todos te conozcan. De esa manera me respetan más. Estoy sumamente orgulloso de ti».

Sería lo mismo con cualquier otra mujer atractiva. Pero Henry dice que no es así, que Hugh tiene sentido del valor y por eso eligió una mujer valiosa, una mujer que lleva la impronta del genio, un *article de luxe*. Claro que nada de esto obedeció a un plan. Simplemente sucedió. Los instintos nos arrastran. Toda clase de instintos egoístas. Es muy posible que mi instinto me dijera que ninguno de mis pretendientes cubanos hubiera sido un protector tan leal como Hugh porque carecían de la comprensión sutil del artista.

Uno realiza ciertos actos que parecen inocentes, pero revelan una autoprotección oculta. Henry parece creer que estoy atrapada en una vida desfavorable para mi desarrollo como artista: una vida común. ¡Atrapada, engañada! Le preocupa que mis escritos estén ahí ociosos mientras hago compras para la familia de Hugh, atiendo los clientes de Hugh, mientras él y Allendy discuten cómo apartarme de la gente de Montparnasse. ¡Allendy cree que Henry es un bohemio de Montparnasse! Al menos, Hugh defiende el intelecto de Henry. Yo me sublevo interiormente contra el mundo estrecho de Allendy. La artista se rebela. Y Henry me salva. Henry me alimenta, fortalece a la artista con bella solicitud. Es tan considerado conmigo y con mi trabajo. Su fe en mí es increíble.

—Nadie está escribiendo nada semejante. Extático. Maravilloso. Jolas y los otros desearían escribir así. Tu defecto, Anaïs, es que dedicas demasiado tiempo a ayudar a los demás. Y con frecuencia sin sentido crítico. La sola idea de que Hugh pudiera ser un gran intelectual, un escritor...

—¡Como tus expectativas sobre June! —respondo burlona.

Très bien. Pero apenas Hugh vuelve a casa, cae el telón sobre mi lucidez y encuentro que mi juicio objetivo es injusto: me siento culpable, como Henry con respecto a June, porque los dos somos soñadores excesivamente tiernos, blandos. Cuanto mayores las similitudes que encuentro entre Henry y yo, cuanto mayor es nuestra mutua comprensión, más crece mi viejo temor de que me quiten a Henry. A veces parece tan angustiado, tan profundo, tan pensativo y bueno que siento ganas de llorar. Entonces lo adoro... y en otros momentos es tan sensual, todo carne, color de vino, expansivo, húmedo, que me excita hasta el frenesí. El estudioso, el filósofo, el sensual: en todo me encuentro con él, lo amo, me fundo en él.

Ha descubierto con asombro una faceta que desconocía en mí. Mi faceta burlona, aviesa, bribona. Hugh descubrió que los radiadores estaban demasiado calientes, y habló muy seriamente de la estupidez de Emilia. Bajó al sótano, muy, pero muy serio. Me paré y dije a Henry con voz burlona: «Henry, los radiadores están demasiado calientes. Es un asunto serio, muy, pero muy serio». Me doblé en dos como un duende risueño y burlón. Henry respondió con su propia diablura. Rió y me acarició la entrepierna.

Me entrego por completo a la tarea de poner cómodo a Hugh para su despedida. He dedicado horas a pensar, planificar, comprar los regalos que le granjearán la amistad de la gente del Banco. Me ocupo a conciencia de mil detalles prácticos. Ni un cabo suelto, ni una carta sin contestar. Y puedo hacerlo porque Henry y yo pasaremos diez días juntos, ¡diez días, diez días!

Henry, libros, nuestro trabajo, nuestro trabajo, nuestras conversaciones y la cama oriental, enorme y muelle. Todo está bien.

Pero me siento triste, porque todo está relativamente bien: por ejemplo, Hugh. Después de una semana de mucho trabajo, debe abandonarme para pasar unos días con su familia, donde no es feliz. Hugh, que sólo quiere estar conmigo. Entonces hago tres actos de contrición con regalitos, mimos, un poco de actuación. *Mon Dieu!* Me pondré el vestido de satén que tanto le gusta, seré cariñosa, tan cariñosa, en expiación de lo que sucederá mañana. Henry llama todos los días, temeroso de un cambio de planes. Me divierte su aire de propietario al tomar posesión de Louveciennes y de mí. ¡Le dirá a Emilia cómo debe prepararle el bistec!

Mucho de lo que leo en Rank iluminará mis intuiciones sobre el artista. ¡Me esfuerzo tanto por comprender! A veces durante la conversación de Henry me siento verdaderamente cansada, en verdad, como una mujer que trata de alcanzar las conocimientos más difíciles. Tiemblo porque me pregunto cuándo fallará mi mente, cuándo resultará insuficiente. Pero, como Louise, tengo la sensación de que puedo llegar a comprenderlo todo, que a la edad de Rank podré escribir un libro como el de Rank; pero soy mujer, lo sé, y la mente de la mujer es imperfecta… o diría mejor, insuficiente. No debería ser tan ambiciosa. Mi ambición me cansa. Quiero que Rank, Henry y Allendy realicen las grandes tareas. Yo cumpliré mis tareas de mujer. Aprenderé, comprenderé lo suficiente para que Henry pueda conversar conmigo.

El *pendant* a la observación de June sobre mi falta de olor. Después de mi baño Emilia entra a limpiar y dice: «Me encanta entrar en el baño después que la señora lo ha usado; huele bien, a perfume… Antes detestaba entrar en los baños de las señoras para las que trabajaba; olían tan mal...».

Emilia me adora porque soy tan «buena», tan «extraña» y «hermosa». Le encanta acariciar mi cabello porque es sedoso, admira mi elegancia, mis ideas, mi estatura. Reúne fotos mías que he descartado y las guarda en su habitación. Quiere a Henry y le gusta ver cómo nos disfrutamos. Miente por mí, me atiende, me protege, hará cualquier cosa por mí, trabajaría gratis.

La noche de Navidad. Apenas un cambio de tono. Un cambio de atmósfera, de vida. Sentado a mi escritorio, Henry clasifica diversos apuntes para encuadernar. Mi escritorio está cubierto de manuscritos. Ha ordenado sus libros de consulta. Está en mangas de camisa. Esas notas que me impresionaron tanto cuando las leí por primera vez, en el revés de sus cartas de Dijon. Notas sobre sus aventuras, su bohemia, su vida de *Bubu*, que vivió con una plenitud rara vez experimentada por un solo hombre.

Estoy tendida en el diván con la edición de la revista *This Quarter* dedicada a los surrealistas.

Es la primera vez que escribo mi diario en presencia de Henry. Me siento tímida y torpe. Al mismo tiempo quiero escribir, así como un borracho quiere beber. Hay un centelleo en mi interior, como si alguien presionara con los dedos sobre mis párpados cerrados. Centelleo. Cuatro o cinco imágenes superpuestas: Hugh en Londres con su familia. Allendy en la Sorbona. Mamá sola, triste debido a los cambios en su hija. No hay más deberes. La Navidad se acabó. Sólo existimos Henry y yo, trabajando en la quietud de Louveciennes. El tañido de las campanas de la iglesia. La serenidad de conocer la verdad suprema y divina. Por fin el mundo está en foco. Éste es el centro. Y es extraño: el centro sólo puede ser un círculo completo, que desde luego yo desconocía porque era apenas una luna creciente, un semicírculo curvo, abierto en un anhelo ávido y doloroso, arqueado en torno del vacío, con los brazos extendidos al encuentro de nada, una línea inconclusa, una vida no consumada, una curva no consumada, suspendida sobre el mundo, pálida de inconsumación, ahora redonda y deslumbrante, redondeada, acabada en su esplendor geométrico, en su totalidad, en su plena magnificencia. La noche de Navidad hubo Luna llena, y eso de por sí es santo; por eso sólo deben doblar las campanas, la música debe elevarse y la gente debe subir con paso afelpado la escalinata de la catedral; por el milagro de la redondeada plenitud de hombre y mujer, por el milagro de la totalidad.

A veces, cuando quiere decir algo absurdo, Henry exclama: «¡No lo escribas en el diario!»
Henry y yo ponemos manos a la obra. Escribo tres páginas de material onírico. Él elabora su folleto. Llueve. Preparo el índice del diario. Sueño. Sueño. No puedo habituarme a la plenitud. Nado en ella, la exploro. Contemplo atónita la exuberancia. Él hace cabriolas en mi cuarto, desnudo. Hablamos hasta marearnos. Me vienen ideas en dosis fantásticas. Ideas sobre un lecho blando de carne. Es maravilloso. Me hundo en mis placeres con dulzura oriental.

26 DE DICIEMBRE DE 1932

Donde mis pensamientos corrían paralelos a los de Rank: «La homosexualidad griega: el maestro, fuera filósofo o escultor, dicho de otra manera, artista de la vida o de la forma, no se limitaba a transmitir a su discípulo o protegido sus doctrinas o conocimientos. *Sentía el verdadero impulso artístico de transformarlo a su propia imagen, de crear*».

He aquí lo que escribí sobre Ana María: «Comprendo cuánto me he apartado del verdadero lesbianismo, y que es sólo la artista que hay en mí, la energía dominante, la que se expande para fecundar bellas mujeres en un plano que es difícil de aprehender y que no tiene la menor relación con la actividad sexual corriente. ¿Quién creerá la magnitud y envergadura de mis ambiciones cuando perfumo la belleza de Ana María con mis conocimientos y experiencia, cuando la domino y seduzco para enriquecerla y crearla?»

Henry escribe con frenesí. Se detiene a deslumbrarme con sus palabras. Horas y horas de conversación, de trabajo. Henry es tan sabio en lo que se refiere a mí y mi trabajo —*es bueno con el artista*—, está preocupado porque cree que soy demasiado femenina, dedico demasiado tiempo a la casa, a él, a otros, que evado la gran tarea definitiva de mi arte, que la evito por medio del diario; que no sería bueno obligarme a poner fin al diario, pero que un problema desplaza al otro y el arte debería eclipsar el diario. El diario me permite escapar del problema de mi arte, me proporciona lo que me falta en cuanto a comunicación con los demás, compañerismo, pero ahora he sentido la necesidad de hacerlo más artístico, o un cuaderno de creatividad.

Con todo, cuando tengo media hora libre, la dedico al diario. Pero es una vía indirecta hacia el libro. La página del diario es mi *punto de partida*. Henry quiere verme *volar* en libertad, producir más *arte* y menos *diario*. Creo que tiendo hacia ello.

En este momento, como mujer, estoy en el paraíso: me ocupo de la casa, subordino todo al trabajo de Henry. Está escribiendo extraordinariamente bien, con amplitud y profundidad. Qué felicidad contemplar ese escritorio atestado. Qué bueno que por fin tenga la seguridad y todo lo que necesita para trabajar, sin preocupaciones ni interrupciones.

No creo que la artista que hay en mí corra peligro, porque Henry devuelve mil veces todo lo que le doy.

Desde luego, no he trabajado. Me he sumergido en mi satisfacción de mujer. Peligro, peligro, sí. Pero Henry vigila. Y además, *como mujer*, exclusivamente como mujer, pocas veces he sido tan feliz con esta sensación de plenitud.

«Llevamos una vida plena», dice Henry mientras habla sobre Jung, Ulises, Rank. Me hace leer a Spengler en voz alta mientras descansa la vista después de trabajar. Siempre me mantiene alerta. Se me ha expulsado de mi minúsculo universo de mujer, que siempre gira en torno de *personas*—Joaquín, Hugo, Eduardo, June, Henry, Allendy, Ana María— para arrojarme a mundos nuevos, extraordinarios.

1° DE ENERO DE 1933

Dejé a Henry en la caverna con mi diario y me fui a la cama porque quería descansar para recibir a Hugh. Henry bebió una botella de Anjou y escribió lo siguiente:

Es Año Nuevo, doy los toques finales a mi cuaderno parisiense, la crónica de los primeros tres años, en la tranquilidad de Louveciennes. Anaïs se pinta los ojos, su peine sobre mis hojas sueltas y sobres del Tirol y fragmentos del cuarto de (Howell) Cresswell en el Hotel Odessa. Todo esto me hace evocar las estampas caleidoscópicas de mis aventuras en París, de manera que cuando termino de unir los fragmentos siento la tentación de sentarme y escribir un libro inmediatamente. El paisaje campestre del viaje en tren a Louveciennes está grabado indeleblemente en mi memoria: conozco cada metro de terreno, cada cartel, cada señal, cada casa o camino o cine en ruinas, hasta un corral de gallinas, un cementerio o baldío, todo es un torbellino de asociaciones. Y por eso, cuando a Anaïs le parece extraño que nunca haya tomado apuntes de mis vivencias en Louveciennes, creo que se debe a que cada cosa es tan vívida, tan significativa, que lo he explotado todo inconscientemente. Cuando recopilo mis notas para el primer libro sobre París, me embarga la sensación tierna, sentimental, pesarosa de entregar a la imprenta lo que alguna vez fue una vida plena, palpitante, que la literatura jamás podrá, en verdad, jamás deberá reproducir. Pero al reunir estas notas tomadas al azar, qué felicidad sentí al descubrir que podía introducir pequeños recuerdos de Louveciennes en esa masa caótica de hechos, sucesos, incidentes, fenómenos —acentos discretos de vida concentrada, digamos—, incluso una tontería como el programa de mano del *cinéma* de Louveciennes, que siempre evocará en mí las caminatas hasta el *tabac* de la aldea, o a la *épicerie* a comprar una botella de *buen* vino: Châteauneuf, Barsac, Meursault, etcétera. No, si no he escrito sobre Louveciennes es porque no estoy escribiendo la historia sino que la estoy viviendo. Soy tan consciente del carácter fatídico, predestinado de este Louveciennes.

Por ejemplo, al pasar frente a la finca Coty durante la noche, escucho ávidamente el relato de Anaïs sobre Madame du Barry, la cabeza del amante arrojada sobre el muro del jardín, su silueta delicada, los pastores y las pastoras de Watteau. En Louveciennes se ha forjado una unidad y un propósito tremendos, significativos. Aquí he madurado. Una discusión, así sea sobre una foto obscena del *Frou-Frou*, conduce a cosas mayores.

Aquí, en el gran salón de billares donde antes correteaban las ratas, Anaïs y yo nos sentamos, o bien yo me paseo mientras le explico con gestos ampulosos la bancarrota de la ciencia o la crisis metaantropológica. Sobre su escritorio atestado de materiales pasmosos para el futuro, forjo mis pensamientos e imágenes impetuosos. Aquí se da rienda suelta a las imágenes que nos aferran e invaden, y se establecen nuevas fronteras cosmológicas.

Mis notas: esta noche se me ocurre que, de alguna manera, las estoy embalsamando, y entonces comprendo la insuficiencia de la expresión humana. Ningún artista es capaz de mantenerse al paso de su propia vida. Aquí mil pensamientos se arremolinan en mi mente ante una sola frase. Jamás se puede terminar nada. Lo importante, pensaba yo esta noche, es que Louveciennes queda *grabado* históricamente en la crónica biográfica de mi vida, porque hasta allí se remonta la época más importante de mi vida. Y en el tren me asaltó la idea de que era extraño que últimamente empezara a preocuparme por la crónica de mi vida.

La filosofía spengleriana de la Atención, que ya conocían los chinos y los egipcios: ¡todos los pueblos históricos! Aquí en Louveciennes todo se «categoriza», «rotula», «archiva», «anota», «encuaderna». He aquí el alma de un «yo» histórico romántico, consciente de su gran destino, que atrae a los espíritus afines, sí, e incluso a sus futuros cronistas y biógrafos, como si su voluminoso diario no fuera suficiente. Aquí basta dar vuelta la fotografía y el esposo se ve a sí mismo, el amante se ve a sí mismo igual que el amigo. Aquí se te permite el lujo de contemplarte a ti mismo mientras un millar de ojos te contemplan, te estudian, te registran. Aquí el ojo mira al ojo que mira al ojo... *ad libitum, ad infinitum.* Aquí se desenredan, se enredan, se anudan, se sueltan todos los grandes procesos cosmológicos. Aquí se enmarañan artísticamente todas las cosas, los grandes procesos cosmológicos: un caos que se ha de ordenar nuevamente a la mañana siguiente.

—¿Dormiste bien anoche?

—No, me perturbó la naturaleza prelunar de mis sueños.

—¿Qué dijiste que dice Rank sobre la práctica del tatuaje?

Y así comienza durante el desayuno —del tatuaje al tabú, a través de las disquisiciones sobre la prohibición del incesto, a través de todos los estratos del «yo» geológico para disolverse finalmente en tinta— páginas 50-99 del diario de mi vida. Sin embargo, esta actividad garabateada, esta geometría dubarrística de los *novecentisti,* es el aliento vital de los artistas sedientos. Mientras uno medita, las palabras danzan fuera de las paredes, se fijan los argumentos, se destilan perfumes sobre bellas hojas de papel perfumadas y tal vez la misma Madame de Staël clava una alfombra desgarrada o instala un nuevo inodoro en el baño. Y cuando vuelve, Madame de Staël tal vez está llena de esas grandes imágenes primordiales que Salvador Dalí quiere que evoquemos: excremento, masturbación, amor. Los peces de colores, que corrían a noventa kilómetros por hora en el estanque de cemento del patio, son reemplazados por monstruos de vidrio que nadan en una pecera eléctrica: peces psicológicos que no tienen problemas aparte del Tiempo y el Espacio. Peces del fallecido hombre urbano que jamás fueron atraídos con señuelos, enganchados y limpiados. Peces que nadan inmóviles... sustitutos de la vida. Vidas de vidrio traslúcido, encendidas desde abajo por el deslumbrante cuarzo y el cristal de roca.

Pues bien, Louveciennes asoma sobre mi horizonte mental como un laboratorio del alma. No es casual que aquí se discutan ciertos problemas y no otros. Aquí lo más importante es el alma: lo demás es secundario. Y por eso la vida se expande hasta alcanzar su máxima riqueza, unos pocos días adquieren la magnitud del tiempo y el suceso más trivial se vuelve significativo.

Una breve interrupción: Anaïs lee estas líneas sobre mi hombro y la asalta el temor de que si se va, yo volveré atrás las páginas para contemplar sus pensamientos secretos. ¡Jamás se me ha ocurrido hacerlo! Sin embargo, si me detengo un instante a reflexionar, se me ocurre que tal vez en la página anterior a éstas subyace una catástrofe. ¿Será que no me importa? No es así. Pero en un sentido es verdad: en un sentido no me importa demasiado conocer lo que está por fuera de esos vínculos que hemos forjado juntos. Preocuparse demasiado sería un desastre. Este mundo no está erigido solamente sobre el amor, la fe, la esperanza, etcétera. Este mundo refleja una dualidad eterna en el pensamiento y la acción. A veces las cosas más viles se inspiran en el bien. Es vano tratar de controlar las vidas, los pensamientos, los acontecimientos. Libertad: esto es lo máximo que se puede pedir. Y quien sienta el gran deseo de ser libre respetará ese deseo en los demás. ¿Y qué decir de los grandes dramas afectivos humanos? No se pueden negar. Ocurren una y otra vez. Pero ocurren en la medida en que uno capitula ante su yo biológico. Aunque mañana este mundo rico de Louveciennes, que todo mi ser anhela perpetuar, se derrumbe a mi alrededor, me niego a preocuparme. Si algo aprendí de mis múltiples vivencias, es que la mayor victoria del hombre es la conquista del miedo. Pocos nos detenemos a pensar en la fuerza poderosa, dominante, que es el miedo. Es el miedo —principalmente el miedo de sí mismo— lo que introduce el drama en nuestras vidas. A esta clase de miedo, o al miedo, innominado, indescriptible, inclasificable, debo el panorama terrible de mi vida con June. Miedo de perderla, miedo de estar solo, miedo de pelear contra el mundo: miedo de todo. Y el día que comprendí que ella había perdido el poder de aterrorizarme, me convertí en un hombre libre, un individuo por derecho propio, aunque sucedió que en ese momento, a los ojos del mundo, yo era el ejemplar de hombre más lamentable que se pudiera imaginar. ¿Pero quién advirtió la fuerza que residía en mis huesos? ¿Quién podía advertir que bajo mi exterior andrajoso y desaliñado residía un alma majestuosa? ¿Fue la aguda conciencia de que ninguna cadena era capaz de atarme lo que me hizo provocar tanta destrucción a mi alrededor? La gente solía decir que yo era un sujeto peligroso. Yo emanaba peligro (mal dicho). La gente percibía en mí una cualidad agresiva, destructiva, aunque yo hablaba poco... o tal vez esto es mentira. Tal vez me escuchaban a *mí* justamente cuando me parecía que yo escuchaba a los demás. Tal vez cuando hablaba conmigo mismo tenía el mayor auditorio. Tal vez aquí, en este período, cuando descubrí, por cierto, el significado de la palabra «salvación», hacía eso que advierte Jung: establecía contacto con la «psiquis colectiva». ¿Y cuál es ahora mi mayor deseo? Que cuando por fin me encuentre ante un psicoanalista eminente, pueda desentrañar de una vez por todas este asunto de los valores falsos, de la «inflación», como la llaman ahora. «Ver la vida equilibrada y verla íntegra»: ésta es la frase que irrumpe en mi mente. Y con ella, otro pensamiento curioso y fugaz: ¿habrá un psicólogo lo suficientemente firme, paciente, profundo y sabio para escucharme cuando rompa las barreras de la comunicación? ¿Habrá plumas suficientes para anotar todo lo que quiero decir? Porque, ¿quién conoce mejor que yo el compromiso mezquino, insignificante, que significa el arte para mí? ¿A qué se debe mi lamento constante de que no puedo «mantenerme a la par de la vida»? Se debe a mi aguda conciencia de lo que significa vivir, los mundos que recorro en instantes, el torrente que sale de mí en un momento de éxtasis. Y para mí es como si el resto de la vida fuera materia prima y preparación para esos momentos, sin otro valor ni significación. Esos momentos de inspiración son eternos e inconmensurables. No se los puede ponderar, juzgar o visualizar e interpretar psicológicamente. Es en esos momentos que nacen cosas que recrean el mundo, que perturban y destruyen psicologías. Así como Spengler describió maravillosamente la evolución o aparición de la ciencia física como un «episodio» en la era diluviana de la corteza terrestre, yo considero que la psicología tal como la conocemos hoy es un fenómeno transitorio, inmanente entre las otras ciencias que el artista puede destruir con su aliento si sopla con fuerza suficiente.

Porque el gran problema eterno es el de la personalidad: poder, valor individual, fuerza. El resto es esquematización, explicación, sistema, causa y efecto, interpretación. Algunos poseen el sentido del destino, y ellos, que son uno con el destino, no tienen necesidad de la psicología... ni de ningún ismo, culto, teoría, etcétera. Son los que *hacen* el mundo.

Dios, cómo se desenreda la madeja: veo un vidrio roto en el piso con una gran mancha de Anjou, Anjou en mi vestido de satén negro y en mis piernas blancas que se separan. Henry sentado como un patriarca en un sillón delante del hogar, rozando mi cara con besos suaves como mariposas. Coso un botón de sus pantalones. Tendido sobre mi cama majestuosa, copia pasajes de Spengler: su color es el azul de China. Es romántico con las mujeres, pero al levantarse a la mañana escribe a su amigo Emil Schnellock que ocupa la mayor parte de su tiempo en «bajarse los pantalones». Una noche contempla mi cara y jura que en ese momento parezco egipcia, oscura, invulnerable, implacable, con ojos vidriosos. Otra vez, durante la cena, dice que jamás ha conocido una experiencia tan maravillosa con una mujer como la vida que llevamos. Lleva a Banco a pasear. Defiendo el psicoanálisis y le proporciono nuevas resistencias, nuevas ideas para combatir; a veces me plagia, como yo a él. Quiere hacerse analista para ganarse la vida.

Una noche vino Fred; los días con Henry habían sido tan intensos que no supimos qué decirle. Fue una velada aburrida. Absortos en nosotros mismos, en nuestras ideas y nuestro trabajo, habíamos perdido contacto con el mundo. Fred nos instó a que nos casáramos. Quiere que vivamos con él en Clichy. Esa conversación sobre nuestro matrimonio me pareció increíble. En ese punto flaquea mi imaginación. No quiero afrontar ese problema. Henry pensó que era un problema puramente financiero: dijo a Fred que debíamos esperar a que publicaran sus libros. Pero entonces dije que ése era sólo parte del problema: tengo un problema *humano*, insoluble, que Henry comprende. Él no hubiera abandonado a June y sabe que no puedo abandonar a Hugh; como él, debo esperar que el otro haga algo, que algo suceda. No importa cuánto haya en juego, no puedo darle ese golpe mortal a Hugh; y ahora sé que está en juego mi vida entera, porque deseo vivir con Henry a cualquier costo en sufrimientos, precariedad o inestabilidad. Estos días vividos en plenitud me lo han revelado. He sentido hambre por la riqueza de Henry como artista y hombre, como intelecto y sensualidad, tanta hambre que los veinte o treinta años anteriores de mi vida (¡desde que nací!) me parecen años de hambruna. ¿Apetito anormal? ¡Tal vez!

Y así llegamos al cabo de los diez días. Tendida en la cama, me preparo para mañana. El viaje de Hugh se ha demorado un día, lo cual me da una noche y un día para asumir mi nuevo papel. En otras ocasiones la transición ha sido demasiado violenta. Hoy tengo la sensación de ser un viajero. Viajo, estoy viajando, por tierra y por mar, me alejo de Henry hacia Hugh. Cierro las puertas a Henry. Debe alejarse. Está en Clichy. Y a medida que mi escritura crea esta distancia, esta noche negra entre kilómetros de tierra y kilómetros de agua, mi *déchirement* se vuelve más y más terrible, como si Henry fuera mi savia que se pierde poco a poco: pienso en un bosque con tajos abiertos en los árboles, y la savia cae en unas tazas. ¡Traed mil tazas! Páginas: las páginas recogen mi anhelo de Henry. Mis recuerdos. No puedo *visualizar el futuro*. Miro el rostro hostil de mañana. ¡Hugh! El extraño, el extraño que desposé cuando era tan joven, el hermano. Y puesto que soy uno de esos «románticos históricos» conscientes del destino, del pasado, el pasado es más *potente* y no puedo moverme, no puedo destruir, ¡aunque se trate de destruir un ser humano por amor a dos artistas! Esta noche me aterra mi *inexorable bondad*. *No vivo para mí.* Estoy paralizada, dispuesta a sacrificarme —siempre, siempre parada en el umbral— y es sólo el *ideal* lo que me ahoga.

Lo que me asusta es que Henry necesita un hogar, una esposa, una mujer siempre presente. En lo más profundo de su ser, Henry también necesita un mundo privado, íntimo, secreto, poblado por dos seres, del cual derivar fuerzas para crear y vivir. Esta noche soy una gran Madre —matriz, hogar y cama; resplandor, calidez, luz y fuego; coraje y pasión; y comida—, soy todo eso. No puedo soportar que Henry vuelva solo a Clichy.

Trabajo y a cada instante imagino la vida con Henry como un repudio de todo menos el arte y la pasión: clase, vida social, comodidades, sofisticación, infierno, infierno, infierno. Todo es vano: *todo* menos estos diez días, un escritorio, libros, una máquina de escribir, una cama, comida común. Detesto la mentira, la doble vida, la falta constante de sinceridad, el disimulo, la transición, los engaños. Quiero la integridad, ¡la integridad con Henry! Necesito el absolutismo. Detesto este divagar intelectual sobre la vida, este estar pendiente de un hilo, llevar muchas vidas y amores, vivir en tres o cuatro niveles.

5 DE ENERO DE 1933

Llega Hugh con (su hermana) Ethel. Me sumerjo en una vida nueva... al principio estoy *dépaysée*. Escena de amor con Hugh como en una obra de teatro. El contacto renovado, mejor dicho, el nuevo contacto con Ethel es interesante. Pero el interés inicial que sentía por ella ha quedado atrás. Al verla comprendí cuántas cosas sucedieron este año; fueron siglos. Me siento vieja.

Velada en lo de los Millner, admiradores de mi libro. Lluvia de elogios. Son rusos. Creen que parezco rusa, con ojos profundos, tristes: rusos. Que me parezco a George Sand. Él está escribiendo tres tomos sobre Spinoza. Cena en el Majestic, Boule Blanche, La Coupole. Al llegar a casa vomito: rechazo los elogios recibidos porque no quería brillar en presencia de Ethel, quería eclipsarme para permitir que triunfara. ¡Sensación de culpa!

También me avergüenza ver a Allendy. No sé qué decirle ni qué hacer. La vida con Henry ha sido un sueño. Me siento fragmentada, borrosa... flotante. Quiero reintegrarme por medio del trabajo. Me perturba la sensación de que viajo demasiado, de que la gente cambia rápidamente ante mis ojos como los paisajes que se deslizan al pasar de un tren expreso: que me deslizo velozmente sobre las superficies, que anhelo las profundidades. No soy una buena extrovertida. Estoy *dépaysée* en la vida extrovertida: pierdo mi alma, mis sueños. Me gustaría yacer en el fondo del mar, vivir ahí *au fond des choses, toujours au fond.*

Anoche eché de menos a June. June es la única mujer a la que amaré como la amé a ella, fantástica, erótica, literaria, imaginativamente, la única mujer que me ha conmovido profundamente como artista, a cuyo lado las demás son pálidas y estériles. La echo de menos. La echo de menos.

6 DE ENERO DE 1933

Henry, Henry. Lo echo de menos. Cuando me llama, el deseo me derrite. Ha estado enfermo. Sólo puedo verlo unas horas el domingo. «¿No puedes quedarte a pasar la noche?», dice. «Ha pasado tanto tiempo.» Seis días. Es la primera vez que Henry *pide*, exige. Entonces sé que correría cualquier riesgo para satisfacer su *pedido.*

Ethel y yo podemos hablar con franqueza sobre el pasado: John, June, nada más. Me detengo cuando llego a Henry. Hablo mucho con ella porque necesita comprenderse a sí misma. Inconscientemente trata de seducirme. Pero no me interesa Ethel. Y mi nuevo yo se ha vuelto demasiado exigente con las personas: ¡ya no se entrega sin discriminar! Esto se lo debo a Allendy.

Cuando me tiendo impulsivamente junto a Hugh y le digo que lo amo, es porque me mueve el remordimiento y una oscura sensación de culpa: compasión. Me gustaría encontrar defectos en él, poder odiarlo, pero no tiene defectos. Me retiene por medio de mi sensación de culpa, de responsabilidad, mi incapacidad para causar dolor. ¿Por qué Allendy no comprendió que debía aceptar, condonar mi separación de Hugh? ¿Por qué no ha comprendido que Henry es mi esposo? El interés personal lo enceguece.

Una noche fui a ver a Henry y al recibirme me arrojó sobre la cama. Al *visitarlo*, tuve una impresión de tristeza, de sentirme despojada de la gran felicidad de la fusión, angustiada por el contacto efímero. Entonces Henry se fue de viaje con Fred y yo fui a ver a Allendy.

Allendy pensaba que no tenía suficiente para darme —que una mujer como yo necesita absolutos—, que estaba encerrado en su propia vida y le faltaba libertad para darme lo suficiente. Al mismo tiempo, con mi habitual falta de confianza, ¡empezaba a pensar que él no me amaba lo suficiente! Allendy combate desesperadamente esta falta de fe. Piensa que ha fallado como analista al ceder a la atracción que ejerzo sobre él antes del fin del análisis (antes de destetarme de él).

En ese momento comprendí que la victoria me había causado un placer maligno, ¡al derrotar al analista y perturbar al hombre de quien depende mi felicidad! Con todo, jamás utilizo mi victoria para cometer una crueldad. La vulnerabilidad de Allendy me conmueve tanto.

Por un instante siento temor de esta vida nueva de triunfos sobre los hombres que empiezo a descartar, abandonar, traicionar, herir. Primero abandoné a Hugh y Eduardo, ahora a Allendy. Dios mío, no lo puedo soportar. El noble, heroico Allendy. Un hombre demasiado civilizado. ¿Por qué, cuando yo estaba bajo su embrujo, no me tomó en sus brazos, mandó la sabiduría a la mierda, me poseyó y me conoció, aunque todo terminara en una tragedia?

Vuelve Henry y tenemos una escena apasionada en la cocina; está tan excitado. Y yo todavía estoy tan borracha, tan llena de maldad, que Henry advierte la diferencia y dice, «Estás más natural».

Me parece que si puedo dejar a Allendy, será el último de los idealistas, de los héroes que he amado; que de ahora en adelante soy un ser sin cadenas: ¡será mi salvación o mi muerte!

Henry y yo poseemos el don aterrador de sumergirnos en una atmósfera hasta el punto de olvidarnos de nosotros mismos y de nuestro amor. En el Tirol, donde Henry se volvió irreal para mí, y cuando él estaba en Luxemburgo yo me volví «irreal», increíble, no podía creer que conocía a una mujer llamada Anaïs. Anoche, cuando llegué, me miró tal como yo lo miré a él después de pasar una hora con Allendy: ¿es ésta la máxima inconstancia, la susceptibilidad al momento que se llama debilidad?

17 DE ENERO DE 1933

Anoche me puse a hablar febrilmente de mi deseo de tener hijos: una creación *humana*. Últimamente he soñado que llevo *la cabeza de Henry en mi seno*. La hija mayor de Louise (cinco años) me echó los brazos al cuello, lo cual despertó sentimientos caóticos en mí. El instinto maternal fuertemente *protector* que hay en mí está frustrado. Estallé en llanto. Hugh estaba atónito.

Cuando Henry llama, expresa su deseo de verme, el mundo vuelve a cantar, el caos se cristaliza en un deseo único: los esfuerzos, los ardores, las constelaciones, todo lo consolida su voz profunda.

Corro a la planta alta en quimono y agrego cinco páginas a mi libro de sueños. Sólo obedezco al instinto, a los sentidos, subyugados por Henry. Otra vez estoy a flote. Hijos. ¿Qué son los hijos? La capitulación ante la vida. Aquí, pequeño, te transmito una vida de la que hice un soberano fracaso. No. No. ¡Qué femenina soy! Niños, nada menos. Debía de estar cansada anoche. *Allons donc.* Serénate un poco, artista falsa.

Aunque poseo *todo* —amor, devoción, matrimonio, Henry, Hugh, Allendy— me siento poseída por el gran demonio del desasosiego que me obliga a correr. Sigo adelante, voy a causar sufrimientos, nadie puede atarme, soy una fuerza y todo el día siento que me empujan, me empujan. La fiebre, la superabundancia de éxtasis, me hace llenar hojas y hojas, pero no es suficiente. Me paseo por la caverna. Tengo a Henry, pero estoy hambrienta, busco, me muevo... no puedo dejar de moverme. Allendy tendrá mucha suerte si escapa al verdadero dolor causado por mí. Su sabiduría le ha salvado *de una mujer a quien no conoce*: la mujer de bruscos impulsos destructivos, de arrebatos repentinos. Conoce a la bella que soy, no a la peligrosa. Sólo Henry intuye el monstruo, porque también él está poseído. Dejaré una cicatriz en el mundo.

El análisis sólo me ha despertado, ha despertado a un monstruo poseedor de un poder peligroso, inestable. Es apenas el comienzo: soy como una rueda que apenas empieza a girar. ¡Mi propia fuerza me mata! ¡Me asfixia!

Nota a Henry: ¡Respuesta al enigma! Hugh se muestra hostil o ansioso porque no confía en mí: por eso sospecha de mi actividad de escritora. Sería capaz de destruir esta *felicidad* porque sospecha su origen. Como tú destruirías la felicidad de June por sospechar de su origen. Tú y yo somos igualmente celosos, pero *confiamos* más en nosotros, somos conscientes de nuestra mutua posesión. ¡Esa conciencia nos permite ser muy generosos, muy tolerantes, muy indulgentes! Confiamos en el meollo. Cuando uno pelea, ataca sus propios miedos y molinos de viento, como tú atacabas las mentiras aparentemente inofensivas de June, como Hugh sospecha de mis escritos y mis mentiras...

Ya que hablamos sobre Hugh y cómo desalienta mi actividad literaria. Henry desalentaba a June cuando inventaba historias sobre sus hazañas cotidianas. ¿Por qué Henry y yo jamás nos lo hacemos, jamás reñimos? Hice una broma sobre su nombre, *Henry*. Le dije que debía llamarse Otto. Le conté que los aristócratas utilizan diminutivos tontos como Lulu, Pompon, Lolo, para *fingir* informalidad y sencillez en el trato.

Anoche, cuando leí unos pasajes de mi libro de sueños, Hugh quiso descubrir si me había acostado con June: eso le interesaba más que el tono o el lirismo de mi *obra*.

Hace unos días, Hugh me llevó a un hotel a cogerme: era como vivir una aventura. «Eres una puta, una puta.» Le fascinó lo extraño de la situación y por un instante, al acariciar su cuerpo, me pareció el de un desconocido, pero no me gustó el juego. Henry me obsesiona físicamente. ¡Parece que en definitiva soy una hembra fiel!

¡Qué mala soy! Le suplico a Hugh: «Haz el horóscopo de Henry para que se vea que no armoniza con el mío». Todavía estoy húmeda de las caricias de Henry. Río. También río cuando Henry dice: «Hugh es tan tenaz que en sus manos todo se vuelve aburrido. Es inteligente, pero le falta flexibilidad, no es sensible ni dúctil. Basta que Hugh aborde un tema para que pierda fluidez, vitalidad». Es verdad. Hay en Henry y en mí una cierta astucia: una agilidad de movimientos, conciencia de los sentimientos ajenos. A veces advierto la tenacidad de Hugh y cómo los demás pierden interés, y entonces lo interrumpo. *«J'ai été méchante souvent; je ne m'en repens pas.»* Creo que de ahora en adelante, mi diario será más interesante. Siento que Henry me da el margen necesario.

Sospecho que paso la mayor parte del tiempo en un *estado onírico*. Que lo que veo en la vida, durante el día, son los personajes compuestos de los que habla Freud. El hombre de voz semejante a la de John, el pintor ruso de ojos soñolientos como los de John, para mí dejan de ser ellos mismos y me veo sumergida en un estado hipnótico en el que trato de experimentar nuevamente las sensaciones que me embargaban cuando oía la voz de John o veía que sus ojos se posaban en mí. No trato la semejanza como una mera semejanza sino que me someto al personaje compuesto que se agita en mi vida onírica. Sin embargo, en verdad, John ha dejado de existir para mí. Por eso, evidentemente, una serie de sensaciones se prolongan como en sueños, absurdas, fantásticas, incongruentes —transportando regiones serenas de profunda susceptibilidad a impresiones y emociones superadas hace tiempo— con la sensibilidad particular de las regiones del cuerpo que llevan cicatrices. Así, cuando Henry me acaricia las nalgas, experimento vívidamente mis primeras impresiones de placer sexual: tenía nueve años y con cuatro o cinco niños, vecinitos de Uccle, estábamos encerrados en una galería oscura cuando decidimos mostrarnos los traseros. La mano de un niño en el mío: el primer estremecimiento del misterio sexual.

André de Vilmorin dice por teléfono, rígido como un marqués: *«Je vous présente mes hommages, madame».* Entonces echo de menos Clichy, la cocina, Henry en mangas de camisa... y comprendo que ante cada persona nueva, ante cada mundo nuevo, aparezco vacilante, insegura, detesto el paso de una persona a otra, detesto la aventura por la que clamo en noches de desasosiego, todo por falta de coraje.

El miedo, la falta de confianza han estrechado mi mundo, limitado la gente que conozco íntimamente: dificultad para comunicarme. ¿Quién es él? ¿Qué es? La cortesía es como un escudo. La cultura es un escudo. Amamos nuestro amor porque es *nuestro* amor, porque es nuestro.

Ilusión de renovar el proceso psicoanalítico —tal vez con Rank— para ver si puedo completar mi confianza nacida a medias. En este momento la sublimación me es imposible. Estoy en movimiento, voraz, desesperada, íntegra, y no puedo sublimar. No puedo recibir más orientación analítica de Allendy. Sólo quiero sus besos. He pensado en él durante todo el día, he querido escribirle, llamarlo por teléfono. Pasé la noche en vela: ¡escribiendo cartas, planificando escenas, mentiras!

Sueño: mi pelo se vuelve blanco.

19 DE ENERO DE 1933

Alegría anoche en el Poisson d'Or: incontenible, exuberante. Alegría; gran regocijo. Borracha debido a la impresión singular que suelo causar. El jefe de los gitanos advierte mi presencia y me pide que baile.

En la mitad de la noche me despertaron los sollozos de Hugh. Soñaba. Lo besé, lo desperté con ternura: «¡Soñaba que el gitano te había raptado!»

Ojalá pudiera eliminar mi preocupación con mis triunfos: ¡mis placeres infantiles! Me abruman; ¡me marean después de tanto dolor y soledad!

Sábado por la noche. Anoche Hugh descubrió que astrológicamente sólo nos unen lazos místicos, neptunianos, ¡pero que me une a Henry el signo más fuerte que puede existir entre marido y mujer! Río ante la novedad, pero estoy abrumada. Conocía mi destino.

¿Qué sentirá Allendy esta noche cuando se entere de que estoy astrológicamente unida a Henry por los lazos más fuertes: mi luna en su séptima casa?

El enigma del destino. «Buscas hombres débiles», me dijo una vez Allendy. Su intención era curarme para que amara la fuerza. Ahora está escrito en el cielo que soy la esposa de Henry. Recuerdo las noches desconsoladas en las que meditaba sobre las debilidades de Henry y me sublevaba contra ellas. *Ce soir j'ai peur —je me sens faible— j'ai besoin de protection.* Si Allendy me abrazara con fuerza y me ayudara a luchar contra mi destino hasta vencerlo, escapar de él. Mi destino.

Esta noche veo una vida perturbada, peligro, dolor con Henry. Siento que la tierra tiembla… todo se derrumba. ¡Yo clamé por la aventura! *La voici.*

Henry fuerte: ¡ah, qué vida sería, qué esplendor! ¡Qué fuego!

Allendy dice que soy la mujer más maravillosa que ha conocido. ¡Usó superlativos! Explicó mi horóscopo mientras con un brazo me rodeaba la cintura y con la otra mano acariciaba mis rodillas debajo del vestido. Y nos besábamos mientras conversábamos y yo me maravillaba ante los miedos de los seres humanos, sus debilidades misteriosas. Allendy jamás fue feliz con una mujer. Confesó que cuando estaba conmigo se sentía trastornado, desequilibrado, no podía hablar como quería. Le faltaba coraje para abandonarme, aunque como analista conocía sus insuficiencias, las deficiencias de su naturaleza que me harían daño. «Tal vez es una enfermedad en mí, pero jamás fui un hombre apasionado, jamás sentí otra cosa que ternura por las mujeres.»

Es casi gracioso. Eduardo y Hugh consultan a Allendy para curarse de su pasividad. ¿No he sospechado varias veces de Allendy? ¿De los sentimientos entre Eduardo y Allendy?

Con todo, voy a reunir los fragmentos de mi Osiris cada vez que los encuentre. No quiero a Allendy como un trofeo sino como un hombre que despierta en mí una atracción ciega, fuerte, el tipo de hombre que me ha perseguido toda la vida, el que anhela mi costado masculino: mitad hombre. Tengo una extraña fe en Allendy. Creo en su sensualidad (ay, ¿pero no creía también en la sensualidad de John?).

No quería que pusiera todas mis esperanzas en él. Él pensaba que yo hacía depender de él toda la felicidad de mi vida. No. He aprendido que soy dos personas separadas: una de ellas está enamorada de hombres místicos, la otra de hombres toscos, fogosos, marciales. Y así esta noche acepto nuevamente la separación, el desgarramiento y dejo fluir las dos corrientes. En Allendy amo fraternalmente a Eduardo y Hugh; en Henry al amante, el fecundador y amante insaciable.

Acepto esta división interior porque no defraudaré a nadie: ¡tengo amor suficiente para todos!

Allendy dice que *no* estoy conectada astrológicamernte con Henry.

Anoche oculté a Henry en el cuarto para huéspedes. A medianoche, cuando Hugh llegó a casa, yo escribía mi diario. Esta mañana Henry duerme y yo pienso en Allendy. Estos hombres cuya feminidad los vuelve pasivos y esquivos me excitan hasta el delirio. He asumido que debo cumplir el papel más fuerte. Allendy quiere que lo llame, le escriba, que sea activa, tal como me quieren Hugo, Eduardo y Henry. Cuando no tomo la delantera, Henry se siente angustiado. Muy bien. Acepto este papel que mi feminidad detesta. Lo que hay de timorato y delicado y sumiso en ellos despierta mis fuerzas, me excita. Mi destino es ser el *amante*: qué sino trágico.

Allendy habló sobre el velo que lo separaba de la realidad... y el placer. Jamás pudo disfrutar de la vida —todo era borroso— hasta hace unos años, cuando empezó a ver los colores.

Sentado a la mesa china negra, Henry trabaja, corrige su novela. Veo tan claramente el objeto, el ánimo, el temperamento de su obra que puedo ayudarlo a alterar, suprimir, cambiar el orden de los capítulos, y constantemente creamos juntos.

Henry sólo piensa en su trabajo y en mí. Basta de putas y de vagabundear. Dice que el hecho de que yo le doy plena libertad, jamás me inmiscuyo en ella, jamás me opongo a las putitas, jamás impongo nada, ni siquiera pregunto, lo vuelve absolutamente fiel, consciente de una profunda responsabilidad, feliz de encontrar un ancla en nuestro amor —demasiado fácil rebelarse— y ahora disfruta de lo más profundo de su vida. La primera mitad de su novela es una suma de incidentes (antes de nuestro amor). La segunda es pura exaltación, éxtasis, penetración, significación.

Jamás podré exagerar nuestra influencia recíproca: yo sobre la elaboración artística de su obra, él sobre la materia, la sustancia, la vitalidad de la mía. Me ha dado impulso, yo le he dado profundidad. Y qué obstinada soy: implacable con sus desvaríos infantiles.

Vivo aterrada de que descubran mi diario. Henry aún está aquí (Hugh salió anteanoche y anoche —cuando llega a casa Henry está encerrado en el cuarto de huéspedes— y hemos pasado dos días juntos).

Anoche, cuando llegó Hugh, yo dormía y él trató de despertarme con su deseo. En estado de semiconciencia, lo rechacé violentamente. Por la mañana, ofendido, pidió explicaciones (¡Henry! ¡Henry! ¡Mi amor, mi pasión, Henry!). ¡Inventé una pesadilla! Dije que soñaba que él introducía un cuchillo entre mis piernas; que lo rechacé debido al dolor que sentía; que ojalá me hubiera despertado, porque estaba sufriendo.

Desde entonces he tratado de borrar el efecto doloroso de esa escena, pero anoche, cuando trató otra vez de abrazarme, reí histéricamente y lo ofendí. Mis simulaciones tienen un límite: ¡en cierto momento me traicionan los nervios! Dios mío, ¿qué será de él? Henry piensa constantemente en el día en que su libro se venda bien para que podamos casarnos.

No me asusta pensar que Henry inevitablemente será infiel a causa de su sensualidad. Es sólo un desvío, un incidente, una etapa. No tengo miedo, aunque sufro de celos, porque sé que es mío, ¿y acaso yo no lo engaño? ¿No comprendo que lo que siento por Allendy es apenas *un petit détour*? ¿Que pertenezco a Henry como nunca pertenecí a nadie, por vínculos vitales, fogosos, además de creativos e intelectuales?

Es Henry quien ha vertido sangre, músculos, órganos, glándulas en mi legendario yo, quien ha cogido al ídolo hasta volverlo humano. En otros diarios soy *linotte*, fantasma, fauno, princesa, espíritu, creador, pero hasta que la sangre de Henry surcó generosa mis venas no fui humana. Hugh solía disertar sobre el ser humano, me suplicaba que echara raíces, pero sólo la sangre y la alegría lograron el milagro.

De Allendy recibí una anhelada absolución religiosa por mi pasado. Siento que ahora me encuentro allí donde me atrevo a vivir mi propia vida (fidelidad a Henry) a pesar de su sabiduría, advertencias, ruegos, lecciones y poder sobre mí. Me niego a creer que mi pasión por Henry es apenas pasión física y deseo. Pero me estremezco, siento que la proximidad del odio y el espíritu belicoso de Henry ha despertado resonancias en mí, que bruscamente me embarga un gran odio por los idealistas, un gran deseo de destruir el idealismo, de herir al mundo que nos ha herido: de aliarme con Henry para desatar las fuerzas instintivas, pasionales del mundo contra el místico que las ha destilado y controlado, no tanto a causa de su idealismo como de la composición de su ser, que lo ha preparado para la sublimación. No me siento adecuada a este misticismo total. Estoy entre dos mundos, siempre entre dos mundos.

¡Basta, basta de maldiciones egoístas! «Uno sólo empieza a amar cuando se libera de su propio yo», le escribí a Allendy. ¡Basta de dolores egoístas!

Comprendo plenamente y con cruel lucidez que mi análisis no está consumado, que estoy tratando de sanarme por medio de un gran esfuerzo de mi *voluntad* y una suerte de amor por Allendy que me hace desear desesperadamente su victoria como analista y como hombre, porque comprendo que si fracasa conmigo, su vida afectiva se verá destruida por el miedo y su orgullo de médico se verá herido por su propia debilidad. Lo amo por su debilidad ante mí, como mujer: no quiero que tenga que arrepentirse de su entusiasmo, de haberse dejado llevar por sus sentimientos. Quiero darle confianza y una felicidad que no ha conocido. Pero ay, en ciertos momentos siento la precariedad de mi equilibrio, su fragilidad, cuando mi hipersensibilidad parece insoportable, cuando oscilo entre el deseo de ser una anarquista sangrienta o una santa, cuando sé que me será concedida muy poca felicidad en el amor. ¡Esas cartas terribles de Eduardo y mi lucha contra mi naturaleza excesivamente ardiente en 1921! ¡Las crueles vacilaciones de Hugo: «Siento que todavía no te amo lo suficiente», la noche de nuestro primer beso! Las viejas dudas de Henry: «Este sentimiento vivaz que esperas, ¡jamás podría dárselo a una mujer!» Pero me aman, durante años, celosa, tenazmente. Y yo, que echo denuestos, rabio, cometo varias formas de suicidio en cada circunstancia, ¡los engaño a todos! A la vez. Al final me estoy convenciendo de que todos me han amado sinceramente, cada uno a su manera. Eduardo había caído en uno de sus períodos de abnegación y pensaba que yo lloraba por él, pero yo ya estaba enamorada de Hugo. Cuando Hugo me escribía cartas tardías pero ardientes desde Europa, yo estaba galvanizada por Ramiro Collazo. En cuanto a John, bueno, traté de reemplazarlo por Eduardo, y cuando el amor de Eduardo llegó a su clímax yo era la amante devota de Henry. Cuando Henry está absolutamente seguro de que no puede vivir sin mí, estoy seduciendo a Allendy, cuyo amor deseo totalmente, aunque lo engaño con Henry. Tal vez todos han sido un poco lerdos y los estoy castigando por eso.

Pienso demasiado. En el fondo, estoy muy confundida y perdida debido a la diversidad y la multiplicidad de mis sentimientos.

Me divierte pensar que la única manera de poner fin a las meditaciones neuróticas sobre mis amores es preguntarme hasta qué punto amo bien (¡fielmente!) y reflexionar sobre mis simulaciones. ¡Así puedo reír un poco y liberarme de mis ataques suicidas!

El momento más magnífico es la marcha hacia la catástrofe: la lenta acumulación de detalles y sucesos y gente que engrosa la procesión, el avance bajo una luz vívida y espeluznante, la marcha de un fatalismo imperioso, inexorable. Veo toda mi vida desplazarse en esa dirección: sólo un pequeño incidente impide el incendio. Si no hubiera amado a Henry verdadera y profundamente, si hubiera sido apenas una aventura, si Allendy hubiera logrado separarnos, si hubiera volcado toda la fuerza de mi amor, mis esperanzas, sueños y aspiraciones hacia él —con ese impacto terrorífico que poseen mis entusiasmos, esos impulsos fuertes que me quiebran y destruyen—, ¡qué catástrofe habría sido! ¡El peligro de la integridad! ¡Veo que he aprendido a ser cauta! ¡La medida despreciable! Me niego a morir otra vez como morí por John, por eso me cuido del absolutismo. Siempre dejo una salida, una vía para escapar de la tragedia.

Detesto sentir que mi incapacidad para afrontar los dolores mayores del amor me hace temer el absolutismo. Es verdad que no temía a mi amor absoluto por Henry, pero aun entonces yo contaba con los cuidados *paternales* de Allendy y me volví hacia él el día que regresó June, embargada por el pánico.

Dios mío, qué morbosa vulnerabilidad. La astucia y los engaños constituyen mi defensa frente a una vida traicionera, demasiado trágica y destructiva y aterradora.

Y lo irónico es que este conocimiento de cómo atenuar los peligros, eludir el suicidio y escapar de la tragedia se lo debo a Allendy.

El efecto de la timidez sexual de Allendy sobre mí es mayor que el de mi felicidad con Henry porque se relaciona con el dolor primero e imborrable, el abandono de mi padre, del que aún no me he liberado. Siento que las raíces de este dolor se agitan en mí cada vez que sucede algo que siquiera remotamente me lo recuerde. Por forzada que parezca la relación entre la observación de Allendy, «No puedo expresarme libremente con la mujer que amo de manera ideal», y la partida de mi padre a pesar de mi histeria de ese día, para mí existe una relación entre los dos sentimientos: *la détresse est la même*. Sin embargo, ahora sé que todas las dudas sobre el amor de mi padre y los demás amores se basan erróneamente en mi miedo distorsionado, morboso y neurótico. Por eso estoy atrapada otra vez en la fijación dolorosa con el pasado.

Creí que la poeta que hay en mí ocultaba una realista feroz. El realismo es sobre todo sexual. Esta noche siento el sabor de la tierra más desesperadamente que nunca, como venganza por las altas esferas a las que me arrastra Allendy: no me entiendo. Creo que los hombres como Eduardo, Hugo, John y Allendy impulsan a las mujeres normalmente sexuadas al suicidio. Cuando pienso en la plenitud de mi vida con Henry, me pregunto qué me impide seguirlo a todas partes.

A mi odio por haber destruido la seguridad de mamá, la felicidad de Hugo y el amor de Joaquín, se suma el miedo de herir a Allendy. Dios, hablo como una estúpida. ¿Qué merece Henry? Allendy ha vuelto a hacer de mí una cristiana. *C'est impardonnable!*

Anoche, voy corriendo a Henry, mi pasión, y nos sumergimos en una orgía de coger de la que no quiero despertar. Y reímos juntos: él dice palabras obscenas que yo repito. Después, tendidos en la cama, analizamos seriamente el libro de Dandieu sobre Proust.

Entonces hoy, aquí en Louveciennes: astrología, la obra de Huysman *À Rebours, Le Théâtre de la cruauté d'Artaud* (un artículo de Huysman que me dio Allendy) y besos, besos. Henry se sienta en la silla, yo sobre sus rodillas y ahora soy yo la que lo coge salvajemente y él está en el paraíso. Me alza mientras seguimos unidos y yo estoy frenética.

Después de un breve descanso despertamos y no estoy cansada. Debo ser la supermujer sexual de la que habla Rank, a quien la vida sexual no cansa sino estimula. Mi mente arde. Cuando Hugo vuelve a casa, hablo sin cesar, lúcidamente. Escribo cuatro páginas de mi libro. Comprendo todo: filosofía, historia, metafísica, psicología, Rank, Dandieu, Proust. Ahora veo claramente que no trato de embaucar a los hombres sino a la vida, que no responde a mis exigencias y por eso acepto estos malabarismos, esta manipulación traicionera: estoy resentida con la vida debido a su falta de perfección, de plenitud, de absolución. Viviré mis mentiras valiente e irónicamente además de doble, triplemente. Sólo así podré desagotarme de todo el amor que llevo en mí.

Río con tristeza de los engaños, de cuánto he debido mentirle a la vida para descubrir sus tesoros y retenerlos después de tantos, tantos años de hambruna. ¡Cuánta hambre, Dios mío, cuánta voracidad! Una vez me despojaron del amor de mi padre, no quiero que me engañen otra vez. ¡Siempre he tenido mucho para dar! Nadie querría todo lo que poseo exclusivamente para sí porque sería incapaz de devolver tanto.

Quiero viajar por todo el mundo para satisfacer los sueños de todos, mágica y cuidadosamente, darles la atención minuciosa y tiernamente apasionada que brindo a mis amores en la vida cotidiana.

Sueño: Thorvald y yo miramos una obra de teatro. El escenario es un acuario, una gran reproducción del mío: las actrices se deslizan al agua. Se zambulle Dorothy, muy hermosa en su vestido blanco. En el acuario parecen frágiles como Kay, translúcidas y transparentes, fluidas. Thorvald y yo (o tal vez Joaquín) queremos comprar una bebida alcohólica. Y copas. Las estudio. Quiero que me las den gratis, pero obligan a Thorvald a pagar ciento ochenta francos por dos vasos grandes, ordinarios. Estoy escandalizada y furiosa.

Sueño esencialmente con agua y vidrio —me siento como un pez en el agua, con sensaciones muy placenteras—, o que colecciono bellas botellas de vidrio.

¡Al diablo, al diablo con el equilibrio! Quiero romper vidrios; quiero *arder* aunque me quiebre. Sólo vivo para el éxtasis. Es lo único que me afecta. Las pequeñas dosis, los amores moderados, todas las *demiteintes*: nada de esto me conmueve. Me gusta la extravagancia, el calor... ¡la sexualidad que hace saltar el termómetro! Soy neurótica, perversa, destructiva, fogosa, peligrosa: lava, inflamable, desenfrenada. Me siento como un animal salvaje que escapa del cautiverio. También soy consciente de que esta sensación es afín al *délire de persécution* de June.

Allendy me pide que lo ayude con una investigación en la Bibliothèque Nationale.

Al volver a casa en el auto, me recuesto sobre el pecho encantado de Hugo, con el sombrero volcado sobre una oreja, y hablo como si estuviera borracha. Observo los cambios en el cielo desde que era niña: el progreso de la publicidad eléctrica; las estrellas son luces rojas titilantes de emisoras de radio; las estrellas auténticas, las de cobre, se usan como faros de automóvil. Adónde iremos a parar, Dios mío, ¡qué tiempos vivimos!

4 DE FEBRERO DE 1933

Por primera vez en mi vida, mi enfermedad mensual no afecta mi estado de ánimo, no me arrastra al pozo ni me deprime. Es como si por fin hubiera conquistado mi cuerpo. Pero la felicidad de anoche me asustó. Cuando Hugo y yo fuimos a acostarnos, me tendí sobre el cubrecama y me puse a hablar como una delirante, a fantasear de que saldría al mundo a realizar singularmente los sueños de todos; me sentía poseída por poderes mágicos, por una potencia mágica.

Cuando fui a ver a Allendy, estaba en la cima de mi euforia. Y comprendí que no lo amo en absoluto, que es otra carga grande, inerte, inextática para soportar: de color gris, vitalidad escasa, temeridad temerosa. Mi entusiasmo desapareció por completo. Me pregunté por qué estaba sentada sobre sus rodillas, por qué me aprestaba a ayudarlo a escribir sus libros... mientras él buscaba caricias a las que yo me sometía en silencio.

El hombre pasivo busca poseer a la mujer apartándola de la vida. Eduardo, con sus celos enormes, hubiera querido matar a todos los hombres que me rodeaban. Hugo también me retiene. Allendy destruiría a Henry, el único hombre capaz de apartarme de él.

Neurótico es aquel que interpreta todos los sucesos en su propia *contra*. Por ejemplo, June creía que Henry y yo le habíamos ocultado nuestras relaciones para convertirla en el hazmerreír de todos: no comprendió que lo hicimos para no herirla. Allendy cree que elegí a Henry (su antítesis) para reprocharle su vida sublimada. Henry está más que celoso de Allendy porque los logros de éste lastiman su orgullo (le obsesiona la comparación de sus respectivas producciones, cantidad de libros, etcétera).

Hoy por fin he comprendido a estos hombres cerebrales, pacientes, controlados, saturninos, fríos a los que he amado tan apasionada y consecuentemente. Comprendo su manera de amar. Con ellos puedo mantener una relación afectuosa, fraternal, con los otros una relación apasionada. *Tout va bien*. He aceptado la vida, la relatividad del amor.

¡Al anochecer beberé whisky! Pero estoy feliz.

Se hace tarde para la cita con Allendy. Me paro de un salto como una putita alegre y le pregunto a Henry, tendido en la cama, qué magia negra practica conmigo (¡está celosos de la magia de Allendy!). Cuando salgo el tiempo está suave, primaveral, como la primera vez que salí del Hôtel Cronstad a comprar pan y vino a la vuelta de la esquina. Ahora mi vida es tan vertiginosa que las estaciones me sorprenden. La primavera cae sobre mí, inesperada, embriagadora. Antes me sentaba a esperarla, ahora me penetra; me sorprende con el vestido desabrochado, el pelo suelto, ¡corriendo a buscar un taxi porque llego tarde a una cita! En el taxi estoy tan atolondrada que imagino que me rodean los brazos de Henry, y mi imaginación es tan ardiente que me viene otro orgasmo y me recuesto en el asiento, jadeando, mientras el taxi se hunde en la primavera.

Al llegar a casa di a Hugo un beso que lo regocijó: un beso de gratitud.

Ahora advierto claramente la influencia crepuscular, asfixiante de Saturno (sobre Hugo, Eduardo, un poco sobre Henry, no sobre mí). Mi gran luminosidad y alegría derrotan a Saturno. Éste es el *libro de la alegría*, de una *luminosidad* que quiero verter sin límites: los títulos que escribí, los subtítulos de «Esquizoidia» y «Paranoia» se refieren a mi sensación de que la vida me ha jugado algunas bromas (una afirmación metafísicamente errónea porque creo en la *fatalité intérieure*) y a mi cuadruplicidad en el amor. Decir que la vida me hace bromas es como la esposa que enumera los defectos del marido para justificar sus amantes: ¡Soy yo la que hace bromas a la vida y a los hombres!

No creo haber *nacido* melancólica, sino que llegué a serlo por accidente, que por el momento soy fecunda y abundante, una Venus jubilosa.

Despierto con la palabra Guerra en los labios. Guerra. Me parece que el Marte de Henry ha despertado al mío, que esa ignición causará explosiones, incendios, terremotos.

Para no destruir, resuelvo abandonar mi hogar y a Hugo durante una semana. Digo que iré a Holanda con Natasha y dentro de una semana estaré con Henry.

Inconscientemente estoy —mejor dicho, mi inconsciente está— en medio de una gran rebelión. Es el significado de que haya roto vidrios. Anoche, mientras Hugh se dedicaba a la astrología, me emborraché con whisky, que tomé para aliviar una neuralgia insoportable. Caí del sofá al piso, como June; deliré, pedí a Hugo que me *devolviera el corazón*, reí y lloré, sollocé. En lo más profundo de mí era consciente de mi embriaguez. No podía controlar mis gestos, mi equilibrio ni mis palabras, pero sabía que en ese momento era June. Gesticulaba como una loca, sabía que el llanto y la risa eran como las de June. Hugo me dejó tenderme sobre la alfombra negra frente al hogar. Estaba enojado; siente un gran miedo de lo que llama mi exaltación. Tenía la sensación de que estaba cayendo, pero quería caer, hundirme en la difamación y la degradación... quería desesperadamente ahogarme, insultar, escupir, vomitar el idealismo que me mata. Quería destruir el alma que me acosa por las noches, ¡el alma maldita que me hace amar a esos hombres sentimentales de sexualidad débil!

Afortunadamente, con ayuda de Allendy pude volverle la espalda a ese tipo de hombre. Pero aún me acosa una gigantesca insatisfacción. Porque soy consciente de que los demás siempre me perturbarán, me angustiarán como si hubiera herido mi propia alma, una mitad de mí misma.

Esta imperfección, este enigma, esta oscilación en la vida es lo que suscita en mí una gran amargura, una estupenda rebelión, una cólera negra. Furia conmigo misma por dejarme atraer, retener, hechizar por hombres que no tienen poder físico sobre mí, poder físico para conquistarme.

14 DE FEBRERO DE 1933

La estupenda victoria final de Allendy, el triunfo del analista. Con toda mi *voluntad*, mi mente, quería entender, pero sólo lo conseguí hoy. Es tan sencillo. Una frase suya hizo la luz: «*Pour moi les gestes ne comptent pas*». Una frase sencilla. Gestos.

Los *gestos* no cuentan.

El gesto sexual que exigí a Eduardo como prueba de su amor. Mi necesidad de gestos. Cómo me regocijaron las ardientes demostraciones de June. Mi tormenta de rebeldía cuando Allendy, a pesar de su amor, se negó a hacer el gesto final. Mi rencor hacia John. Mi necesidad, mi necesidad de gestos. Situación agravada por el hecho de que soy un ser singularmente expresivo y demostrativo, que exteriorizo constantemente, que cada uno de mis sentimientos se corporiza, se expresa al instante, de modo que, en comparación conmigo, Eduardo, Hugo y Allendy parecen inertes. Pero la necesidad de los gestos provenía de la falta de confianza. Si hubiera podido comprender a tiempo que Eduardo me amaba, Hugo me amaba y también Allendy —que en realidad todos me amaban más de lo que Henry ha amado jamás—, no me habría ofendido la ausencia de gestos. Henry me bendijo con gestos... aunque yo siempre supe que su amor era menos profundo. Consciente de que esto es *justamente lo que no estaba dispuesta a aceptar*—que para estar satisfecha debía poseer al hombre en cuerpo y alma, que no aceptaría ninguna razón, compromiso, deficiencia o neurosis que imposibilitara la fusión, que mi *posesividad* era tremenda en comparación con mi miedo al abandono—, Allendy se esforzó por hacérmelo comprender a fin de que pudiera liberarme por fin del *dolor*.

Comprendí que había tratado con desesperación de *poseer* a Allendy *totalmente*, como un trofeo, cuando lo que quiero en realidad es un padre, un amigo. Cómo lo intuyó, lo combatió, cómo se eclipsó para curarme. Hoy el poder de su voluntad y la agudeza de su intuición me asombraron: porque lo seduje, lo fasciné. Tembló en mi presencia, vaciló al hablar... y obtuvo un triunfo soberbio.

Después de dejarlo comprendí todo, mientras caminaba por las calles, perdida, hablando sola. ¡Gestos! Por cierto que había ganado en confianza, pero todavía deseaba gestos, trofeos, victorias.

Ahora repaso mi vida entera, elijo los hechos salientes y descubro sucesos que jamás había comprendido: el día que mi padre iba a azotarme después de azotar a mis dos hermanos, y debido a mi mirada de dolor histérico, insoportable, humillado, se conmovió y me dejó en paz; el día que me regaló una brújula cuando yo estaba enferma y fui a trabajar en su cuarto. Sus cartas desde Francia cuando yo estaba en Nueva York: «*Ma jolie!*» Frente a esto ya no me aterran su frialdad, su sadismo, su inenarrable crueldad, su cinismo.

La devoción constante de Eduardo, tímida, rara, difícil... sus cartas.

Las palabras de Allendy: «Quiero darte más de lo que te dieron Eduardo y Hugo. Eduardo sufre esas frías crisis narcisistas. Hugo... bueno, a Hugo no lo conozco tanto. Tú y yo lo hemos ayudado a salir de su caos y su vaguedad... pero veo que él no es suficiente».

Cuando Allendy pronuncia la palabra *culpa*, río al venir a mi mente una escena de la noche anterior. Hugo trajo a dos «magnates» a cenar en casa. Me dio un fuerte ataque de tos histérica que me sirvió de pretexto para no salir con ellos. Apenas se habían alejado, abrí la puerta para que entrara Henry. Me dio un regalo que me quitó la tos, le serví un poco de pollo que había sobrado de la cena, nuestro mejor vino, mientras danzaba a su alrededor, mofándome de los magnates, le di uno de los cigarros caros: disfruté, disfruté de verlo comer y fumar como si lo hiciera yo. ¡Toma, toma todo! Una fiesta jubilosa.

A medianoche instalo a Henry en el cuarto para huéspedes y mientras espero a Hugo me tiendo en la cama junto a Henry, que está escandalizado por mi temeridad. Cuando oigo que Hugo abre la puerta, dejo a Henry no sin antes darle un beso, lo cual lo asusta tanto que sueña que Hugo nos descubre y me asfixia y me azota, y aunque él acude a ayudarme, ¡es consciente de que Hugo hace algo moralmente *justo*! Mi temeridad despierta en Henry al honrado protestante alemán del que solía quejarse June. A la mañana, cuando me contó su sueño, reí.

Así como los celos obsesionaban a Proust, mi obsesión son las *potencialidades*, los misterios de las vidas no florecidas, de las oscuridades secretas y el peso colosal, inerte, de Saturno. Y así como el dolor eternamente recurrente de los celos despertaba en Proust paroxismos de iluminación, análisis, investigación, el dolor de la dificultad recurrente de sacar a mis hombres semivivos de sus cavernas suscita en mí paroxismos de furia, desesperación y tenacidad. El deseo de iluminar el caos; de crear a partir del caos; de sublevar a las masas; de abordar los misterios, lo esquivo, la inercia; de levantarme y conquistar la *pasividad*: todo esto me ha causado el mayor dolor y las mayores alegrías. Me ha matado a la vez que fascinado mi inteligencia e imaginación. ¡Las potencialidades en John! ¡En Eduardo! También en Henry, que en gran medida es mi creación. Amor, creación y pasión surgen simultáneamente de mí. Debo perfumar la boca que beso; debo ser deslumbrada por el hombre al que adoro; ¡soy Pigmalión siempre a la espera de milagros! Las misteriosas desapariciones narcisistas de Eduardo; los silencios misteriosos de Hugo; la misteriosa evasión de las profundidades en John; las promesas de sensualidad, la sensualidad cubierta y atenuada, en Allendy. Camino como una farolera; arrastro los barcos hacia el mar, desentierro objetos preciosos; quito la pátina que cubre las pinturas oscuras; entono, afino, produzco, moldeo, resalto, enciendo, apoyo, sostengo, inspiro; planto semillas; exploro cavernas; descifro jeroglíficos; leo los ojos de la gente, sola, sola en mi actividad. Marte con vestido rojo sangre, pulsera y collar de acero.

18 DE FEBRERO DE 1933

Una cena suntuosa en lo de los Allendy: la señora Allendy, pesada, tosca, activa, inteligente, marcial, imperiosa. Allendy con su risa, secreta y perlada como la de Eduardo, encorvado, la cabeza hundida entre los hombros como un toro. *No soporto mirarlo a los ojos.* Estoy deslumbrada. Temo que se descubra cuánto lo amo. Ha recordado que fumo cigarrillos Sultane. Tiene los ojos de un niño a quien cuentan cuentos de hadas. No habla mucho. Está nervioso. La señora Allendy habla bien, lo mismo que el señor Bernard Steele, el editor. Hugo parece el viejo Hugo, inerte, aplastado: una regresión a su estado anterior. Sin éxtasis. Sin éxtasis. Tampoco lo hay en Allendy. Ni nervios ni ira ni levitación, ni locura.

Me sorprende mi propio ingenio, malicia, lucidez. Pero no puedo conversar con Allendy porque siento el impulso irresistible de besar sus ojos de largas pestañas y su boca de mujer.

Es como si estuviera con mis hermanos y les contara historias. Lo alejo de su vida organizada, encarrilada. Mis ojos le dan miedo. Su mano tiembla al encender mi cigarrillo y me alcanza un cenicero como si yo fuera una reina imperiosa e impaciente. Tengo tanto miedo de mi amor por él que me vuelvo hacia la señora Allendy y la hechizo al demostrar mi comprensión por su gran aporte al ascenso de Allendy, su aporte secreto sin resplandor ni forma ni belleza (¡la tiranía de un mecanismo doméstico!), sin rostro ni ilusión: el mero alimento, el que yo quisiera ser para Henry.

Escribí a Eduardo la primera carta verdaderamente magnánima: «*Mon petit frère chéri...*»

¡Me siento incansable! Esta noche amaré a mi Henry. Quisiera ser su esposa, formar un hogar con él, hacerlo supremamente feliz; nos perdonaríamos nuestros amoríos pasajeros con otros; trabajaríamos y leeríamos juntos, haríamos banquetes informales, bohemios, pero exquisitos, rodeados por Eugène Jolas, Otto Rank, las putitas. Trabajar, trabajar, con ese éxtasis que ambos poseemos y que es capaz de destrozar el mundo.

Veo en la cara roja de mi madre y en la pícara Louise caricaturas de mi propia fuerza, y olvido que la mía se oculta con delicadeza y tacto y se disimula con placidez, hasta el punto de que obtiene el efecto contrario de la combatividad de mamá y el despotismo de Louise: en lugar de contrariar, seduzco; en lugar de enfurecer, hechizo a los demás. Este miedo a mis poderes siempre me impide lucirme, brillar, salvo en momentos especiales. Anoche estaba inquieta, temerosa de eclipsar a la señora A. Comprobé con satisfacción que ella dominaba la escena. Temí que Hugo se sintiera inferior (como desgraciadamente sucedió; lo trataron como el «financista»). Temía hablar con Steele sobre libros que Allendy desconocía.

Hugo me analizó generosamente esta mañana, dijo que mi entusiasmo y descaro eran inesperados; encantadores y divertidos como los de un niño.

Estamos tendidos plácidamente juntos y le cuento a Henry que quería ser para él lo que la señora Allendy ha sido para René.

—Cuando dices esas cosas, me haces llorar, Anaïs —dice. Está sumamente conmovido. Más tarde agrega: —Eres una mujer maravillosa, maravillosa. ¡Esta noche me siento alborozado!

En el taxi, cuando iba a encontrarme con Hugo, estaba sumida en el éxtasis. Lo encontré estudiando astrología y decepcionado por su visita al museo apache y al salón de baile del Moulin Rouge.

Allendy estaba muy satisfecho con la velada... y celoso de la admiración de la señora Allendy por mí. Le encanta el acuario que le regalé. Lo colocará junto a su cama, para que sea lo último que vea antes de dormir. He visto su cama —un sobrio diván estilo Imperio colocado en un hueco— y me encanta imaginar que posa sus ojos en esa bella Atlántida centelleante de cristales multicolores.

Es fácil oscilar entre Henry y René, permanecer receptiva y sensible, pasiva, dejarme arrastrar por las mareas. No desear a Allendy —hombres, objetos— sino recibir: paciente, femenina, incondicional, serena, no perturbada por fijaciones neuróticas, el tenso aferrarse a la vida, el bregar con las dificultades, el intento de forzar el destino, las rabias impotentes, las ocupaciones estériles, masoquistas.

Serenidad. Alegría. Satisfacción de comprender. *Je ne veux plus rien.* Sonrío levemente, como una madre cansada por las travesuras de sus muchos hijos. Me siento la madre total: ¡matriz y tierra con enormes alas protectoras! La fusión de la pasión con la maternidad: la madre como noche que cubre el mundo, lo arropa, calma sus dolores. Y como la noche, vuelvo a ser solitaria: activa, independiente, inquieta. Hugo duerme envuelto en su seguridad, Henry trabaja en la hamaca de mi pasión; Allendy duerme sobre el colchón mullido de matrimonios oníricos; Eduardo duerme arropado por mi carta. *Je suis suprêmement heureuse.* Soy la noche que los contempla con los ojos muy abiertos a través de las cortinas de los ventanales.

A la mañana me despierto cantando porque sé que todos han dormido profundamente, arrullados por las mentiras que les he contado, mentiras siempre bellas, ¡cuentos de hadas necesarios, creativos!

Mentiras: explicarle a Henry por qué no pude pasar la semana con él. Inventos. Color. Drama. Explicarle a Allendy por qué salgo una noche a la semana. Mentiras a Fred para atenuar el efecto de las furiosas crueldades de Henry porque de vez en cuando roba un beso. «Te quiero como un hermano», lo cual no es verdad. La susceptibilidad de Fred es como un barómetro, pero tiene la levedad de una pluma.

Mentiras para ocultarle al mundo mis contiendas con la mala salud. Como a veces estoy demasiado cansada para soportar el día entero, invento actividades mientras corro a casa a tomar un baño de sol. Mentiras sobre el origen del dinero que doy a Henry con el mayor de los sacrificios, porque trabajar me atrae más que ahorrar. Y no tengo fuerzas para trabajar. Mentiras a Hugo para no alterar su seguridad. Mentiras a Emilia. Mentiras a Joaquín para calmar sus celos. Mentiras de enfermeras nocturnas, de médicos y utópicos.

La única persona a la que no le miento es a mi diario. Sin embargo, llevada por el afecto hacia él, a veces miento por omisión. ¡Todavía hay muchas omisiones!

¡A veces me preocupan mis pequeñas pero abundantes infidelidades! Dorothy, serenada por Allendy y tan ansiosa de caricias, me excita y su beso me conmueve. Los homosexuales, los lindos jovencitos del Smith's Tea Room, atraen mi atención. Veo una cara en la calle y la sigo varias cuadras. Los hombres me siguen y eso me divierte. El escultor Zadkine dice: «Reunámonos alguna noche. Me gustaría verte más seguido». En lugar de trabajar, como debería, pienso en el amor como una chiquilla que empieza a vivir.

¡Porque empiezo a vivir! Con qué impaciencia juvenil espero que llegue mañana, cuando debo visitar a Allendy. Cuando pienso en él, mi sangre se agita.

Cuando tenía diecisiete años y escribía tanto, sentada junto a una ventana y mirando caer la nieve, ¿por qué no acudieron Nietzsche, Henry, June, Allendy, Rank, Spengler —todos los titanes—, cuando yo los merecía tanto?

21 DE FEBRERO DE 1933

Mi trigésimo cumpleaños comenzó con un regalo de Henry, una página desopilante de mensajes a sí mismo tales como «Robar libros buenos de la Biblioteca Americana. Ser taurino. Los días de frío, pintar paredes del dormitorio *con furia*. Conseguir *À Rebours* para Anaïs. Invitar a Zadkine a cenar».

Paso una hora deliciosa con Allendy.

Los últimos dos días he estado sobria, algo agobiada por las tareas que me he impuesto. *Algo avejentada por mi amor de lo avejentado.* Ya era vieja a los trece, cuando experimenté los primeros horrores de la vida y empecé a criar a mis hermanos. Allendy ha entregado su vida totalmente a los demás: es un punto de semejanza entre los dos. Hasta ahora, en lo fundamental no he vivido para mí. En verdad, lo que quiero es abandonar a Hugo, mamá, Joaquín, Allendy y Eduardo para irme con Henry a vivir aventuras. Jamás lo haré. ¡Nunca, jamás, haré a los demás lo que me hicieron a mí!

Hay una gran continuidad en mis relaciones con la gente; mejor dicho, en mis afectos. Rechazo los contactos breves, fortuitos, irreflexivos. No hay en ello el menor rastro de Marte, ni amor a la interrupción, la guerra, la acción, sino un esfuerzo paciente, subterráneo, delicado por destruir la soledad de los seres humanos, un interés por los detalles, por la integridad. Me entrego a esta obra creativa como a ninguna otra. No es casual que mis amores y amistades ocupen un lugar tan inalterablemente importante en mi vida.

Todo esto que relato, *todos* los lugares, la gente, los incidentes, son como una aventura o un viaje cuando estoy tendida en la cama de Henry con su cabeza reposando sobre mis senos. Duerme profunda, serenamente, con mi mano en la suya, y yo me maravillo de mi propia satisfacción, mi sensación de haber llegado a tierra, al fin y el objeto de mis actividades. Me parece que he llegado a mi hogar y tengo miedo. Tal vez Henry no advierte esta *finalidad*, este matrimonio. Tal vez es sólo una fase de su vida. Pero despierta, y veo cómo se aferra a mí. Sin embargo, la vida me asusta. Comprendo los temores de Allendy. Amo demasiado, me aferro demasiado. A pesar de la dispersión, mi amor no pierde su intensidad.

Otro pináculo, el último de mi vida: ¡descubro cuánto ha sufrido mi padre a raíz de que lo he abandonado! Por consiguiente, me ama. Gustavo Durán me habla de él:

—Es muy susceptible, muy afeminado y, por supuesto, extremadamente egoísta. Necesita que lo amen y lo mimen. Un día me habló durante varias horas sobre el dolor de haber perdido a sus hijos... dijo que a veces relee tus cartas, a las que adora... no comprende por qué lo abandonaste... ha sufrido mucho.

—Escríbele que lo veré cuando venga a París —respondo.

Cuando llegué a casa contemplé el fuego en el hogar y tuve alucinaciones. Me embargó la sensación de una alegría *insoportable*, de que había llegado al *fin* de la vida, de que el exceso de dolor y de expectativas imaginadas habían hecho de la felicidad humana un clímax al que no podría sobrevivir. Al cabo de veintiún años de hambre, sueños, renunciamiento y distanciamiento, la realización se vuelve una consumación abrumadora y peligrosa. *Todos mis deseos se realizan*. Al contemplar todo lo que se me ha dado, siento una felicidad tan grande que *me siento preparada para la muerte*. Le dije a Hugo que era como una mujer en su lecho de muerte, rodeada de sus seres queridos. Amo a todos. El amor de mi padre, mi madre, Allendy, Eduardo, Henry, Hugo, Joaquín. ¡Demasiado, demasiado para que lo soporte un ser humano! Estoy demasiado habituada a desear, no estoy habituada a la realización. Me mata. ¡La felicidad me mata!

Gustavo Durán: físicamente, hermano de Eduardo por edad y rubicundez. Pero Gustavo es resuelto, activo, pasional, voluptuoso, tosco. Era el joven mimado, festejado, querido, cuyo atractivo alguna vez comenté. Me atraía su carácter juvenil, vigoroso y dinámico. A él le atraía ese fenómeno extraño, una mujer de aspecto agradable capaz de *pensar*. Joaquín le prestó mi primer diario... ¡y quedó atrapado! Recuerda páginas enteras. Las otras noches lo invitamos para que conociera a Dorothy, pero sólo tuvo atenciones para mí. Pidió verme a solas. Lo visité hoy. Me leyó páginas de su diario: desasosiego, insatisfacción, oscilaciones entre el misticismo y la sexualidad. Lee a Bergson. Antes el prosaísmo de Gustavo me asustaba. Ahora veo el hambre, la melancolía. Mantuvimos una buena conversación durante un banquete aburrido en casa de los Godoy. Es un gran conversador, brillante, egoísta, magnético. Dice que en mi primer diario siempre llegaba al borde del sentimentalismo sin caer jamás en él. El vuelo del artista.

La otra noche, mientras leía sobre Escorpio, dije: «Qué lástima que no conocemos a nadie nacido bajo ese signo tan fascinante». Cuando Hugo advirtió la admiración de Gustavo por mí, trazó su horóscopo. ¡Nació bajo el signo de Escorpio!

He visto los cuadros de Néstor de la Torre. Es el primer pintor moderno que me entusiasma y me conmueve profundamente.

Siempre debo convencerme de que me sacrifico por alguien. Me curé para que Allendy fuera feliz. No muero cuando quiero para no herir a Hugo. No abandono a Hugo por la misma razón. Los motivos humanos me lo impiden. No creo que mis deseos sean malos (entregarme a Henry), sé que no lo son. Pero me guío por el dolor que podría causar a otros.

Al mismo tiempo, comprendo que por medio de infinitos engaños obtengo relativamente todo lo que quiero sin herir a nadie. Quería encontrarme a solas con Gustavo, él también lo deseaba, por eso recurrí a engaños y mentiras. Cuando pareció que mi mentira saldría a la luz, inventé otra mejor. Todo funciona. Utilizo el ingenio, la astucia. Recurro a la mentira a medias, la mejor de todas porque aleja las suspicacias. Me muestro franca y confiada, nunca reservada. La convicción de que mis mentiras jamás son maléficas me da una sensación de seguridad e inocencia que resplandece en mi cara.

25 DE FEBRERO DE 1933

Cierro suavemente la puerta para aislarme del mundo. Corro un largo cerrojo místico. Cierro las celosías inoxidables. Silencio. Me he encerrado en la admiración luminosa y obstinada de Eduardo; en la música stravinskiana, de ritmo sanguíneo; en el rostro casto de Joaquín al piano; en una nueva comprensión de Thorvald, mi hermano recuperado; ¡idea de un padre «femenino»!

Qué extraña inocencia siento al lavarme delante de Henry, vestirme rápidamente, empolvarme otra vez, salir corriendo y tomar un taxi a casa de mamá, donde me espera Hugo. ¡Llevo mi alegría como un ramo de flores a todos!
Los taxis son mis alas. Soy incapaz de *esperar*. Me encanta bajar del tren a las 03:25 de la tarde, bajar las escaleras, atravesar soñando la ciudad y llegar a lo de Allendy a las 03:35, cuando está a punto de bajar la cortina negra. Correr al café a encontrarme con Henry. *Ningún arte puede igualar la vida*. Cuando calumnio la vida, es porque siento miedo de mi pasión por ella, de su fragilidad.

Atardecer. Horas de ensueño con Henry. Trabajo. Conversación. Una prolongada sesión sensual. Sueña con seguirme a Nueva York cuando vaya con Hugo. Quiere ver a sus viejos «amigotes», sobre todo a Emil Schnellock. Apenas *quiere* algo, siento ganas de dedicar mi vida entera a conseguírselo. Con frecuencia es algo que yo no quiero... porque Nueva York tal vez significa June, escenas con June. Pero me encanta ver el entusiasmo de Henry, su sonrisa de oreja a oreja, su nostalgia y avidez. Eso para mí es de importancia suprema.

Ayer vi a Eduardo, que se fue para escapar del dolor: el dolor de su vida negativa; capaz de llevar una vida extrovertida lejos de mí, pero al verme vuelve a sufrir el dolor; recae en su servidumbre al dolor.
Soy yo quien, por haber aprendido bien la lección, señalo las dos interpretaciones posibles de que Allendy no haya respondido a su carta. La del neurótico: Allendy desdeña su caso. Demuestro que es falsa. La segunda, normal: al comprender que no ha sabido curar a Eduardo, Allendy se siente herido e inconscientemente trata de castigarlo. La segunda explicación, la *humana*, es intelectualmente aceptable para Eduardo. Pero afectivamente se siente ofendido y despreciado. Mi intuición resulta acertada, como lo demuestra el júbilo que expresa Allendy al ver a Eduardo: una alegría que incluso me ofende un poco.

Eduardo, asombrado por mi impensado *conocimiento* de la astrología.

Anoche una reanimación de mi amor por Hugo porque parece un poco golpeado por la vida, muy *humano*, humanamente apasionado conmigo (como Allendy)... y en este momento lo amo: las arrugas de su cara, el sudor en su frente, la mirada ardiente, los vivos celos de Eduardo, su palpitante sexualidad.

Veo en Eduardo al demonio verde del dolor que dormita en su vida inglesa, vegetativa, superficial; mi presencia despierta al demonio verde, y soy consciente de la guerra, las conmociones, el dolor que traigo *juntamente con la vida*.

Henry sigue siendo el centro de mi vida y de mi ser: inmutable, la pasión de mi vida. Tengo *miedo de la integridad de mi amor* por él: tengo miedo de encerrarlo en él. Por eso me disperso en amores menores, decididamente menores, como constelaciones. El eje es Henry, siempre Henry. Esta noche traté de crear literatura con las páginas dedicadas a él, pero no pude: eran cosas demasiado *vivas*, demasiado humanas. No soportaba la idea de manipularlas. Me conmovía hasta pensar en él, recordar que el 8 de marzo se cumple el primer aniversario de mi primera visita a su cuarto: *año increíble*. Mi pasión por Henry es como un sol que arroja sus *rayos* sobre los demás: Allendy, Hugo, Eduardo, Joaquín, papá.

Llama Henry: la entrevista con Otto Rank fue ciento por ciento positiva. Rank lo ha hecho *su amigo*. Me recuesto en el sillón, absolutamente contenta. La ascensión de Henry.

Eduardo dijo que el mote que apliqué a los De Vilmorin se refiere a mí: ¡soy una *decadente entusiasta*! ¡No hay un solo signo de *tierra* en mi horóscopo! Casi todo es agua.

Henry pasó una velada con el poeta Walter Lowenfels. Con respecto a Lawrence, Lowenfels dijo: «El único libro sobre él que vale la pena leer es el de una mujer de nombre extraño, Anaïs. Es fragmentario, pero muy esclarecedor».

Aturdida, en medio del estudio, pienso en Henry y en Rank: me siento una visionaria, siento con cuánta fuerza, cuánto fanatismo he deseado la ascensión de Henry. Recuerdo sus palabras: «Eres demasiado rápida, Anaïs», el día que le dije, exultante: «Este Rank sabrá apreciarte. Debes consultarlo». Un poco preocupado por mi «exaltación», pero *confía* en mí; confió incluso cuando le presenté a su agente y su editor. Lo amo por su *fe*: sabe *cuándo* y *dónde* debe ceder. Entonces asciende en su obra, glorioso, magnífico. Dios, qué feliz soy de haber conocido a Henry, un genio a quien servir, a quien adorar. Alguien lo suficientemente grande como para *usar* mi fuerza, someterla a sus necesidades. Dios, Dios, un matrimonio *matrimonio*, un matrimonio *fecundo*. Mi matrimonio con Hugo es infecundo. No *creamos* nada. Debería haber tenido hijos, pero no soy una madre sino una artista.

Hugo dice en broma que tengo un harén. A cada uno le digo: «Eres el favorito». El verdadero rey es Henry. Mi harén me da mucho trabajo: mantener felices a todos. Soy feliz, feliz, feliz. Es primavera. No piso la tierra: vuelo, vuelo por toda la casa, amada, adorada por mi harén. Hoy Allendy, Eduardo, Henry: me encanta ver a todos el mismo día. Me hace sentir rica. ¡Estoy repleta!

Atardecer. Mi estupenda felicidad humana a raíz de la felicidad de Henry. Anoche me había escrito una carta sobre su conversación con Rank, que leí en su presencia en el café, con los ojos llenos de lágrimas:

Si esto contiene alguna revelación, sabiduría, verdadera visión, acéptalo como una ofrenda que sólo tú has hecho posible que hiciera... *Tú* has sido el maestro... no Rank, ni siquiera Nietzsche o Spengler. Desgraciadamente, el reconocimiento será para ellos, que sólo contienen el esqueleto inerte de la idea. En ti estaba la vitalización, el ejemplo vivo, el guía que me condujo por el laberinto del yo para desentrañar el enigma de mí mismo, hasta llegar a los misterios. Ése es el significado de la travesía del laberinto, de la llamada exploración del yo. No es el yo sino el borde del misterio, el no-yo por el cual se permite saber, si es que se trata de saber, que sé. Lo mejor es una mera adivinación, la breve mirada extática a lo remoto y exaltado, el relámpago en la oscuridad que mantiene viva la ilusión. Con frecuencia, cuando deplorabas tu incapacidad para actuar como analista, vislumbré lo que ahora advierto claramente. Fracasas en la ruta corta de la curación vulgar, simplemente porque el premio es demasiado innoble. Quien te siga hasta el final del camino, quien *pueda* hacerlo, será gratificado con algo completamente distinto, absolutamente no pragmático, algo que me complace llamar *irreal*. Al final, uno tiene el privilegio de beber la sabiduría. ¡Lo digo en un sentido muy romántico! Hoy es romanticismo puro hablar del valor de la sabiduría, porque es un valor que ya nadie desea. No tiene eficacia en el mundo de la realidad que se ha creado, porque este mundo de la realidad es un mundo de muerte. Me has conducido a la amarga irrealidad, al mundo más allá de la pluma del psicólogo, al mundo al que nunca deberíamos adaptarnos del todo.[1]

9 DE MARZO DE 1933

Predicciones astrológicas para marzo: depresión pasajera. Hastío. El mes comenzó con una neuralgia paralizante.

Debacle financiera del mundo. Grandes preocupaciones. Escenas con Hugo semejantes a las de la Crisis. Debo ser dura, fuerte, para impedir que se ahogue. Hoy los únicos ricos son los artistas. Hasta anoche, Hugo era pobre, pobrísimo en valores verdaderos. Lágrimas, discusiones, ira. Lo abofeteé, castigué su terquedad y obstinación escocesas que lo hacen despreciar mi guía intuitiva. Ahora debo acompañarlo, apuntalarlo en su *eterna depresión*, la *eterna oscuridad* de su ser, su *peso*, el ser pesado, ¡el que al perder dinero siente que pierde su poder y la razón de su existencia! Cómo luché para liberarlo del *miedo*. Es extraño que yo, obsesionada por un millón de miedos, sea capaz de rehacerme en el momento de la crisis y perder todos los temores. Mi pobre amor. Esta noche estamos en paz. Está feliz porque lo liberé de la humillación, de la sensación de fracaso. Ahora, que suceda lo peor: ¡estamos resignados!

Qué desorden reina en el mundo. En lo posible, trato de no mirarlo. Es una porquería. Jamás leo los diarios. Me niego a pensar en los políticos. El día que la guerra llegue a mi puerta, decidiré qué hacer. Sólo me interesa ayudar, sanar, actuar, amar, servir. ¡Mis amados! ¡Mis adorados!

Hugo se salvó de la debacle. Todo está bien. Correteo como una ar-

1. Véase el relato completo de la visita de Henry Miller al doctor Otto Rank en Miller: *Letters to Anaïs Nin*, págs. 80-86.

dilla por todo París y me río de las predicciones astrológicas. La máquina que hay en mí, que funciona íntegramente, dirige los grandes elementos al unísono, esta mano tenaz sobre el timón, atrae a los vacilantes: Gustavo, en busca de sí mismo; Louise, con su miedo a la locura. Aquellos cuyas vidas se fragmentan por carecer de una visión suprema, invencible, se reúnen alrededor de mí —el *catalyseur*— y así sublimo mi vanidad femenina, que es muy grande, al reducir el júbilo desenfrenado que me embarga cuando me rodea el amor.

Las personas extraordinarias que gravitan hacia mí —todas me parecen *très grands*— necesitan ver de alguna manera su agrandamiento en la lupa de mi idealismo, mi vitalidad.

Eduardo, encantado con mi libro de sueños, piensa que he hallado mi estilo, que mi literatura erótica, crapulosa, decadente, es lo contrario de mi colosal inocencia rimbaudiana (cuántos creen en mi inocencia... ¿los engañaría este diario?), que proyecto imaginativamente más allá de mi horóscopo.

Pido a Henry que sea muy severo conmigo, que tengo miedo de tanta adulación. Era mejor para mí estar sola.

¡Qué extraño que no haya nacido bajo ningún signo de tierra!

12 DE MARZO DE 1933

En casa de los Allendy: Artaud... la cara de mis alucinaciones. Los ojos alucinados. Los rasgos angulosos, tallados por el dolor. El hombre soñador, diabólico e inocente, frágil, nervioso, potente. Cada vez que se cruzan nuestras miradas, me sumerjo en mi mundo imaginario. Realmente, es un hombre alucinado y alucinante.

Temía conocerlo porque, unos días antes, había leído algunos de sus escritos y descubierto una afinidad extraordinaria. Henry dijo que parecían páginas escritas por mí. Sabía que conocería a mi hermano en imaginación y estilos. No esperaba esa cara. *«Je suis le plus malade de tous les surréalistes.»* Nos leyó el bosquejo de su obra. Es un decadente quebrantado y tembloroso, otro «decadente entusiasta»... opio, quizá.

Sus ojos trascienden lo que miran. La cara demacrada, la malicia, la pasión, la violencia. Hipnotizada, temía hablarle. Pero fue amable y también él estaba hechizado. «Pareces una sacerdotisa incaica», dijo. Sus ojos observaban todos mis gestos. Yo estaba tan absorta que olvidé a todos los demás. Nuestras miradas se cruzaban constantemente.

Hoy me sumergí en las páginas de Artaud y traté de escribirle.

Durante la semana pasada me di cuenta de que no eché de menos a Allendy, que el impulso que me atraía hacia él era efímero, que con su sabiduría había refrenado mis ímpetus. ¿Qué puedo decirle *ahora*, que ha empezado a sufrir de celos y mostrarse exigente? Qué ansioso estaba anoche.

En un sentido, he terminado con Gustavo. No me gusta. Es dogmático, déspota, excesivamente *cuerdo* y equilibrado, demasiado sencillo, intelectual y lúcido. Bastó una conversación. También es literal, aunque inteligente, excesivamente realista. Le gustan las pautas, las perfecciones, la minuciosidad... como a mí antes de conocer a Henry. Ahora me siento más despreocupada, más bohemia —más artista y menos dama—, menos *lógica*, menos prolija. He atravesado el cascarón formal que ahogó a mi padre: la elegancia y la forma de cristalización que producen aridez.

No me *opongo* a nada porque a mi manera puedo aprovechar todo, transformar todo en alimento. ¡Si hasta nuestras veladas con vicepresidentes de Bancos han producido hojas de creación literaria!

Últimamente escribo páginas sobre Louise, sobre los «ojos», los relojes. El caos me ha enriquecido y nutrido... es todo lo que sé.

Me gustaría reunir todas mis experiencias y entregárselas a Henry. *Él comprendería todo*. Pero lo amo demasiado para intranquilizarlo. Dudaría de la *solidez* de mi amor por él, que sin embargo es el centro de mi vida. Hay humor en esto: él también es impresionable, a veces infiel; en la actualidad es maravillosamente fiel porque está en busca de ideas, no de experiencias, mientras que yo estoy viviendo una experiencia: Artaud (el personaje dramático del actor Artaud, el creador de un teatro surrealista), Nellie, Allendy. Es la contraparte de la vida activa, exuberante, multifacética de Henry con June, la contraparte de sus días plenos, esa vida plena que antes me maravillaba.

Los invitados se han ido. Estoy sola en el estudio. Una timidez pesada, sofocante, arruinó mi velada porque la ocasión era demasiado importante para mí, la expectativa era demasiado intensa. No hay progreso, ningún progreso. ¡Tener juntos a René y Artaud! En parte fue como un sueño en el que permití que la casa hablara por mí, el jardín, los cristales. Artaud estaba singularmente conmovido: «La casa es mágica; el jardín es mágico. Todo es un cuento de hadas.»

Pero estoy sola y triste: otra vez desconectada, mi ánimo asfixiado. ¡Ay, el esfuerzo, el esfuerzo por conectarme! El esfuerzo desgarrador.

Artaud habla con fervor sobre leyendas, mitos, la cábala, la magia. ¡Lo ofenden las explicaciones psicoanalíticas de René! Es verdad que pusimos a Marie Bonaparte en la picota. Los ojos de Artaud, hastiados, maliciosos, la cara demacrada tan ávida.

Bruscamente tengo la gran sensación de ser *sólo la víctima de un estado de ánimo*, que se han ido satisfechos, llevando imágenes; que tal vez también ellos estaban desconcertados por encontrarse en un ambiente exótico. Al entrar, René dijo: «Me siento como si hubiera llegado a un país remoto».

A solas, me largo a reír porque recuerdo las cosas buenas.

¡La *infidelidad* de los artistas! Como predije, Henry es estimulado por Walter Lowenfels mientras yo soy estimulada por Artaud, ¡y *sólo* porque también yo llevo una vida multilateral, puedo comprender la nueva idolatría de Henry! Sus páginas extravagantes sobre Lowenfels son la contraparte de mis páginas extravagantes sobre Artaud.

Por eso, esta noche estoy dispuesta no sólo a participar de su entusiasmo (en lugar de reprimirlo o arruinarlo con mis celos), sino también a asimilar a Lowenfels, aprender, dejarle un espacio, desarrollarme y a la vez *permitir* que Henry se desarrolle. ¡Quien vive *deja vivir*!

El inglés de Lowenfels es totalmente excéntrico. Henry lo acepta, pero lo criticaría en mí (porque no son lo mismo «los dibujos deformes de quien no sabe dibujar que las deformaciones introducidas por el artista que sí sabe»). ¡El mundo debe saber que el inglés no es mi lengua natal! Río al escribirlo.

Dije que la poesía de Lowenfels es como la mirada de un bizco. No es que me disguste. Es original, pero borrosa. Es justamente en la falta de nitidez de Lowenfels que Henry encuentra el caos nutricio, así como yo me alimenté del caos de Henry.

En casa. Otra vez en el paraíso. Henry en mi escritorio, luchando con Lawrence, hurgando entre sus apuntes, suspirando, fumando, maldiciendo, mecanografiando, bebiendo.

Es tan dulce experimentar su ternura: sus manos siempre dispuestas a la caricia, incluso cuando habla sobre el significado del arte, el ascenso de la esquizofrenia, el universo de la muerte, el ciclo Hamlet-Fausto, el Destino, el Alma, el macro/microcosmos, la civilización megalopolitana, la sumisión a la biología.

Aprovecha todo, incluso lo que le dije sobre los celos de Eduardo, que él relaciona con los de Proust.

16 DE MARZO DE 1933

Esta mañana, al despertar, recibí un libro de Artaud, *L'Art et la mort*. También una nota lamentable de Eduardo. Jamás comprenderá la «tiranía» desinteresada del creador. Es miope. Su visión es femenina y miope.

Cuando Henry y yo vivimos juntos, sopla constantemente un poderoso viento de creatividad. Anoche, entusiasmadísimos, buscamos una interpretación definitiva de la pintura de Lawrence y luego nos abrazamos, felices por las ideas elaboradas. Henry, que tiende a sobreestimar todo, dice: «tú escribes este libro». Pero son sólo las chispas de la fricción, del esfuerzo compartido. Él crea el gran fresco, el fresco cósmico. Yo, hormiga incansable, traigo las migas que él usa, bebe, fecunda, come, ¡con la misma despreocupación con la que comparte sus ideas y su sabiduría!

Eduardo me enfurece cuando habla sobre las «clases» y la incongruencia de mi alianza con Henry. Entonces reacciono con asco porque no creo en las *clases* sino en la sensibilidad y el talento, y creo que Henry es más sensible y talentoso que Eduardo, que debajo de su aspecto de patán se oculta un ser más gentil, tierno y delicado que el mismo Eduardo.

Artaud preocupa a Henry. Pero no se opone a su presencia ni dice cosas mezquinas sobre él. Ambos aceptamos los entusiasmos del otro. Henry anda a la *ventura* como yo, se pierde, explora, disuelve, me olvida superficialmente, en un gran movimiento imperioso que yo comprendo. Cada uno posee su propia alma, respeta el yo del otro; aunque como seres humanos, sufrimos tormentos.

Ayer, gran tristeza al despedirme de Allendy. Un Allendy torturado por los celos y, por eso, apasionado. Abrumada, no pude hablar. Su intuición es notable, mis mentiras son inútiles.

A medida que aumentan las complicaciones («La otra noche todos te amaban», dijo René) me preocupan cada vez más los celos del otro, porque conozco ese horror. Y es cada vez más difícil hacer felices a cuatro hombres.

Me despedí de René para esperar a Henry en la estación y volver a *casa* con él: el estremecimiento de alegría y ternura en el encuentro. Pero estoy melancólica y pienso en René, en cuánto lo deseo y en lo imprudente de ese impulso, porque René es casi Eduardo, un frenador del movimiento, un hombre muerto.

18 DE MARZO DE 1933

El fin de cuatro días de vida con Henry. También él ha conocido *por primera vez* la *satisfacción* total, la plena *felicidad* conmigo (¡mi sensación tendida en su cama en Clichy!). Tendido en mi cama, él experimenta el fin del desasosiego.

Tristesse inouïe: después de extraordinarios días de trabajo y conversación. Y la insoportable dulzura de la plenitud, de la realización, para dos seres tan inquietos e insatisfechos.

Cuando llega el telegrama de Hugo (desde Londres), la mirada de Henry se vuelve glacial. Por la mañana, nuestro sentimentalismo está encerrado.

Me sumerjo en mis investigaciones con la mente despierta sólo a medias, hundida en el sustrato biológico del instinto, mientras la sangre sigue hirviendo. Robo el libro sobre la peste de la Biblioteca Americana para Henry porque él robó el de Élie Faure. Porque siento la frase de Rabelais: *«Fay ce que vouldras».* Porque me siento libre. Crédula. Amoral. Porque la vida de Henry —aunque no es necesaria en su *totalidad* para mí, para vivir— *es* la vida, *porque* simplemente pasa y fluye... *sans accrochage.* Porque, como dijo sabiamente Rank, ¡no es lo mismo la privación que el renunciamiento!

Pero ese bello concepto sufrió una leve conmoción cuando descubrí que el libro de Rank, que presté a Henry antes de leerlo yo misma, ¡él lo prestó a Lowenfels!

Henry y yo no podemos casarnos debido a Hugo y a que juntos nos moriríamos de hambre. Cuando enfrento esta verdad incontrovertible suelo caer en una desesperación infantil, porque ser sabio significa aceptar la felicidad relativa. Pero lo absoluto, lo absoluto me acosa.

Y esta noche me refugio en la belleza. Tendida en la cama, espero a Hugo y contemplo como una estúpida la hermosura de la habitación, registro tanto los detalles como la ambientación... su aspecto legendario. Las sandalias diminutas junto a la cama. El camisón de satén color siena, los senos visibles a través del encaje negro. La botella árabe junto a la cama. La caja de laca abierta, de la cual desbordan pulseras y collares de acero y coral. La mente en blanco. Pero oigo la voz de Henry, su sordo murmullo animal, ronco y suave, veo su cuerpo magro, de hombros anchos, musculoso, vigoroso, a ratos frágil. Suena el timbre. Hugo está en la puerta.

Dios mío, a veces mi sinceridad y mi integridad me matan... ¡no puedo seguir *actuando*! ¡No quiero seguir actuando!

20 DE MARZO DE 1933

El fin de Allendy. Rebelión contra su falta de imaginación, su prosaísmo, sus celos paralizantes, asfixiantes, su manera de traducir mis hechos poéticos en *datos,* su cientificismo, su punto de vista médico. Ya no tengo deseos de darle nada, sólo de huir defensivamente de aquello que me desconcierta, porque soy una visionaria que quiere transformar a un médico en poeta, a un muerto en un hombre vivo, *siempre tentada por lo inalcanzable y lo difícil*. Y recibo heridas en el proceso de la *creación humana*: cada vez que trato de crear seres humanos, sufro heridas humanas. Cuando creo artísticamente, nunca recibo heridas. Me ha herido el no nacimiento de Eduardo, la inercia y el peso de Hugo, que no conoce el éxtasis. Sólo Henry nació plenamente. Hugo nació hasta el punto de satisfacerse a sí mismo, pero no a mí.

Basta, basta de masoquismo y de tareas sobrehumanas. Hoy vi tan claramente cómo Allendy trataba de dominarme por medio de su poder de «juez», siempre *contra* Henry... sólo para disfrutarme de manera no humana, como Eduardo. Su cháchara sobre la «pureza» me dio náuseas. Lo he trascendido. Estoy fuera de su alcance. Estoy hechizada por la imaginación de Artaud y la vitalidad de Henry. No me gusta (jamás me gustó) el lenguaje tan descarnado de Allendy, el *vacío* que crea.

Quiero utilizar esta energía humana que me arrastra a relaciones humanas frustrantes para el arte, el cual satisface plenamente. En el arte encuentro lo absoluto: en todo lo que *creo yo misma*.

Por eso, después de perder mucho, pero mucho tiempo, vuelvo a trabajar.

Siempre porque la vida me ha *herido*.

Fugas. *Todas las relaciones humanas* son relativas e inseguras e inconstantes. Sólo puedo decir que Henry y yo somos más valientes que Eduardo, quien titubea ante la vida, e incluso que Allendy, quien ha optado por la sublimación y la muerte. La fuga de Eduardo a Londres —la fuga de Allendy hacia el análisis y la objetividad, la mía hacia el arte—, viajes más o menos extensos entre seres humanos, de acuerdo con la resistencia y el coraje de cada uno.

Miedos. Cuando Hugo volvió de Holanda y encontró la casa a oscuras (yo estaba dormida), pensó que lo había abandonado y que encontraría una nota en la puerta.

Escribo a Artaud:[1] En las pocas líneas que leí antes había adivinado el tono y ahora en *L'Art et la mort* he descubierto la envergadura y la plenitud de tu arte. Nunca he leído nada tan eléctrico, tan fluido, tan rec-

---

1. Las cartas de y a Artaud están reproducidas en francés en el diario original.

tilíneo. Me parece que has cubierto todas las vivencias de la ficción, que has visitado regiones cuya existencia apenas sospechábamos, como esos planetas desconocidos para nuestros ojos. Tengo una impresión casi dolorosa de la plenitud de tu expresión, como las afirmaciones definitivas, un absolutismo de la visión. No puedo decir sencillamente «me encanta tu libro» porque la multiplicidad de intención y percepción en cada una de tus palabras produce vértigo (como tú deseas); también miedo, como el que provocan los mitos. Uno ve demasiado. Una visión implacable, casi intolerablemente penetrante...

Por el momento no puedo hacer más que esto: abdicar como escritora y devolverte tus propias líneas, recordarte que lo que escribiste sobre las drogas es válido para el efecto que produce tu obra, lo describe; que cuando salga de este esplendor, tal vez pueda decir más.

Post scriptum: Te di «Alraune» porque hablo a través de mis escritos, pero olvidé decirte que no está terminado; las tres mujeres que son proyecciones de una emergen de la muerte a través del hombre y la liberación del yo. Una trilogía de narcisismo.

25 DE MARZO DE 1933

Vino Henry y me hizo reír hasta disipar mi depresión. Dijo que se sentía *inocente* de deslealtad.

—Tú eres fiel al impulso del momento —dije—. Yo hago trampas y disimulo, pero tú ocupas el *centro*... inamovible.

Se mostró tierno y verdaderamente irresponsable. Rió porque dijo que yo comprendo las grandes libertades, pero tropiezo con los pequeños obstáculos (haber prestado mi libro de Rank a Lowenfels). ¡Comprendí que tenía razón sobre su *inocencia*! Me había enviado una copia de su carta a Lowenfels, ¡pero yo no le envié una copia de mi carta a Artaud! Pero eso se debe al deseo de no herir a Henry con mis divagaciones y fantasías. Yo soy *consciente*, él es inconsciente. Llámalo irresponsabilidad si quieres, pero se mostró tan contrito y tierno. Me sana tan profundamente.

—No puedo ser desleal contigo —declaró—, porque vivo *en ti*. ¡Eres mi obsesión! No puedo olvidarte. El resto es literatura. Voy a terminar con Lowenfels. Sé muy bien que su poesía no justifica lo que escribí.

—Ya que estamos —señalé (se impuso la escritora)—, lo que escribiste fue muy bueno.

Reímos. Nos tendemos, cogemos lentamente, con ternura, retozando, y por primera vez me viene el orgasmo sin que lo busque, casi pacíficamente, como un lento amanecer, un lento florecer a partir de la relajación y la flexibilidad y el no ser. Nada de buscarlo. Cae como una lluvia, florece, ahoga la mente.

Sueño: Estoy en una lujosa *grande maison de couture*. Descubro que la vendedora es la Comtesse de Vogüé. Me parece que no sé cómo tratarla, porque no quiero que vea mi incomodidad ante el hecho de que ella trabaje. Me esfuerzo por parecer serena. Las modelos son muy feas. Al mismo tiempo el salón de desfiles es la sala de Nellie y hay visitas. En el sueño, tengo la sensación de que Nellie es muy disoluta y decadente. Muestra descaradamente las rodillas y los senos. Una gran ventana, como la de Mélisande, con vista al mar, el espacio. Entonces Nellie me acusa de haber robado unas piezas raras de oro. Estoy furiosa. «No me importa que me llames ladrona; yo robo. Robé un libro de la Biblioteca Americana. Pero el oro... ¿por qué me acusas de robar oro?» Un anciano caballero confiesa ser el ladrón. Por la ventana veo a varios hombres en un campo sembrado de brezo y arbustos, que se preparan a asustar a una mujer con una víbora de juguete que alzan como si fuera una vara. La mujer es muy valiente, golpea la víbora con un palo, pero cae en manos de los hombres, que la muerden. Ambiente de catástrofe, color azufrado. Estoy ansiosa. Compadezco a la mujer. Vacío mi monedero en sus manos. Sé que no tendré dinero para volver a casa, pero no me importa. Caminaré. Me cruzo con Nellie y su familia en una especie de salón de masajes al aire libre: cubículos, camillas, etcétera. El padre de Nellie va a exhibir una película. Nellie se sienta en una camilla como si fuera un palco. «Debes ver esta película antes que yo la venda», dice él. Momentos antes, Nellie y yo veíamos por la ventana, perfilada contra el cielo, una mano gigantesca que señalaba hacia nuestra izquierda, amenazante. Pero sé que es de cartón y la accionan con hilos, como las sombras en el teatro de Bali. Ahora la mano se desplaza sobre el horizonte, detrás de las crestas de las montañas y otros accidentes. No se desliza como el Sol sino a los saltos, como un títere del guiñol. No me impresiona, pero a Nellie sí. Me siento como en el teatro.

Cuando despierto, la mano que apunta persiste en mi mente, supersticiosa, como si fuera la mano de Dios o algo por el estilo. Hugh dice que percibo la caída de los aristócratas y yo me río del fatalismo, de los aspectos catastróficos de nuestra época.

Disfruto al contarle a Henry un relato fantástico sobre los preparativos de Hugo para viajar a Sudamérica a administrar una hacienda maderera (una idea sobre la que suele volver los días que está deprimido porque un cubano rico le ha ofrecido la administración). Detalles realistas: Hugo ha informado al dueño de la casa porque el contrato vence en octubre (en realidad, Hugo le pidió que redujera el alquiler). Me gustó la cara de pánico de Henry, su voz al decir: «No puedes ir... no puedo vivir sin ti. Cuando estoy en Louveciennes, comprendo que sólo vivo plenamente cuando estoy contigo... Cuando estamos juntos, todo está bien. Le dirás la verdad a Hugo... y que se desate el infierno. Quiero que se desate».

Al mismo tiempo, advierto que le encanta hacerme decir (¡cuántas veces me ha preguntado lo mismo!) que no puedo vivir sin él, que si me viera forzada a tomar esa decisión, me iría con él. ¡Cómo disfruta de mis palabras, mis promesas! Humano, humano; y por lo que veo, Dios mío, es un mundo *dominado* por los *celos*: los celos, el tema dominante del dolor en todos nosotros. ¡Seguir a Henry significaría exponerme al *mayor dolor* y a mi mayor *miedo*! Cada vez que lo pienso, tiemblo aterrada, sumida en la cobardía más abyecta.

Sé que mi mayor defecto es la *hipersensibilidad... incurable.*

Henry cree que está atravesando una gran transición, desde el interés romántico por la vida al *interés por las ideas.* Se ha convertido en un sabio, un filósofo, un metafísico. Su mente funciona sin cesar. Nos sentamos en un café y él bebe, pero sin dejar de hablar sobre Spengler. Lo escucho con placer, ¡pero a la vez siento que me han robado la *aventura!* ¡El submundo de las penas vistosas! El placer. ¡Los valores inferiores pero románticos!

Por eso, el sábado a la tarde, en lo de Zadkine, acepto los cumplidos y la invitación de un pintor inglés: a ver, escuchar, explorar.

En el fondo, ¡soy feliz, feliz de haber encontrado un absoluto relativo! Ojalá pudiera someterme a la prueba de vivir con Henry, para ver si poseo la suficiente madurez, el coraje.

Henry. Henry. *Sólo vivo plenamente cuando estoy contigo.* Estoy frustrada, vivo a medias, como dices tú. ¿Cuánto tiempo podré soportarlo?

Hugo me encontró callada, reservada, mientras todo mi ser clamaba mi adoración de Henry. Henry. Mi ser resuena, soy sorda al mundo. Cuando Henry se fue, quise correr detrás de él, *quedarme con él*. ¡Al diablo con el dolor!

Trazo planes astutos para que pueda ponerse a salvo si estalla la guerra. Despierto de mi mundo onírico sólo para *actuar* con alguna confianza. Luego olvido otra vez la realidad y me hundo nuevamente en *mi* mundo. Henry necesita mi coraje, mi sentido práctico, mi resolución. Se apoya en ellos. Su impotencia frente a la realidad despierta en mí el ansia de pelear ferozmente por él. La idea de la «guerra» lo perturba. Sólo ha vivido dentro de su libro. En cambio, los grandes miedos despiertan mi valentía y mi astucia. Henry está cansado de la lucha y la inseguridad, de las guerras y el dolor.

Sigo siendo una niña, la vida me desconcierta. Me parece que nací sabia y me he vuelto romántica. Que me encuentro en el pináculo lírico y pasional de mi vida, que sólo lo absoluto (Henry) me satisface, que rechazo fragmentos, juegos, diversiones, bocados. No lo sé. Allendy ha dicho: «Quiero enseñarte a jugar con el amor, a que te diviertas». Es justamente lo que no puedo aprender. No puedo cambiar mi yo fundamental.

Henry escribe groserías que repugnarían a Allendy pero me hacen sentir ilusionada, en tanto la elegancia de Allendy despierta en mí una sensación de prosaísmo.

Trato de buscar una explicación lógica a mi *no*. Detesto decir no.

Tengo la sensación de que no comprendo la vida común… que hay una deformación en mi visión que ninguna inteligencia es capaz de curar.

Podría «*faire l'amour*» en un momento de euforia. No puedo hacerlo sabiamente, ligeramente, en dosis justas. Henry es el único hombre que arrancó el fruto en el momento preciso; *conoce* la fiebre, conoce el abandono, conoce el éxtasis. No estoy hecha para unirme a hombres sabios.

Día de autocrítica por mis mentiras, porque me encanta poner a prueba mi *puissance*, avergonzada por la sinceridad de Allendy. Culpable de jugar. Desde el momento en que comprendí que no amaba a Allendy debí abandonar el juego.

Debo vivir este caos.

Henry considera que mi *obediencia* a su deseo sexual —jamás tomo la iniciativa, sólo lo tiento con coqueterías cuando comprendo que *quiere* que lo provoque— es la actitud que corresponde a la mujer. En ese sentido es amo y señor. Yo siempre espero. Y ahora se siente *libre*, libre del amor de mujer: exigencia, *voluntad*, apetito. Florece como *hombre*, un hombre que es amo y señor en cosas del sexo, como debe ser. Pero al mismo tiempo, esta obediencia sólo es posible si el amo y señor *satisface* a la mujer. *Sé* que no deberé esperar demasiado; ¡puedo *contar* con el pene, siempre inquieto, siempre fogoso!

¡Anoche! ¡Qué noche! El aula de la Sorbona. Artaud y Allendy en la tribuna. Allendy críptico, directo, fáctico. Artaud el poeta esencial: tenso, reconcentrado, dramático. El auditorio en parte hostil, en parte risueño, burlón, desconcertado.

Me rodeaban Henry, Hugo, Boussie, Davidson, Lalou, madame Lalou. Todos se mofan, menos Henry y Hugo. Protestas, insultos. Gente que abandona la sala ruidosa, ostensiblemente.

Cuando todo termina, Artaud viene derecho a mí, besa mi mano. Pide que lo acompañe a un café.

Hugo no pudo acompañarnos porque atendía a Davidson, quien no habla francés. Por eso me quedé con Artaud hasta que los demás se fueron.

Caminamos, caminamos, recorremos las calles oscuras. Está lastimado, herido, desconcertado por el público. Hablamos. Nos sentamos en el Coupole y conversamos. Olvida la conferencia. Relee mi carta a él mientras yo traduzco. Le gusta lo que escribí. Dice que fue adicto al opio durante quince años. Describe sus sensaciones, sus miedos, sus esfuerzos para trabajar. Recita poesías. Dice que mis ojos a veces son verdes, a veces violetas. Hablamos sobre la forma, el sueño, su obra, el teatro. Mi extrema timidez me infunde una serenidad total para escucharlo. Nos comprendemos, caminamos y conversamos durante horas.

Hoy, Henry. Confieso a Henry el golpe rudo que significó para mí ver al artista susceptible frente a un auditorio hostil: qué *brutalidad* la del público, qué desagradable al no comprender que se halla frente a un artista sincero y no respetar su sinceridad.

Henry admira a Artaud... estaba conmovido por lo que dije. Henry es el *hombre menos mezquino que conozco*. Su generosidad me conmovió porque, me confesó, iba acompañada por otra sensación: apenas entró en el salón, Henry reconoció al poeta, advirtió y comprendió bruscamente que tal vez yo amaría a Artaud. Con qué voz tan tierna y conmovedora lo dijo.

¡Pasamos una velada verdaderamente sentimental! A media tarde me llegó la carta de papá —tierna, hermosa—, que me hizo llorar. Arranqué a Henry la promesa de que algún día escribiría a su hija. Traduje la carta para él. Su belleza era sobrecogedora.

Entonces conversamos sobre los celos y él expresó su gratitud porque yo no trataba de emplearlos para dominarlo. Me esfuerzo tanto para brindarle seguridad porque en ella trabaja, florece, encuentra el equilibrio y a sí mismo. Eso era importante. Se ha encontrado a sí mismo porque no lo he esclavizado. He respetado su entidad: siente que jamás he coartado su libertad. De ahí nació su fuerza. Con esa fuerza me ama plenamente, sin guerras ni odios ni reservas. Es extraño que haya podido hacerle a Henry el más valioso de los regalos: el de *no retenerlo*, el de conservar nuestras almas independientes y a la vez unidas. El gran milagro del amor *sabio*. Y esto es lo que él me da también.

Esto es lo que Allendy no supo darme. Anoche sus celos lo llevaron a mostrarse mezquino y déspota. Yo me había tomado la molestia de llamarlo por teléfono para decirle: «Recuerda que esta noche, a pesar de toda la gente que estará conmigo, sólo pensaré en ti». Pero al ver que Henry encendía mi cigarrillo, se acercó con la expresión severa de un policía para decirme que estaba prohibido fumar. Me sonrojé como una niña. No me gusta la mezquindad de sus celos.

Henry dice: «Ves, no soportaría lo que tuvo que soportar Lawrence. Escapé de eso gracias a ti. ¡No permití que me destruyera una mujer!»

Rechacé el papel de la mujer torturadora que martiriza a Henry y así lo liberé. He sido la mujer creativa. No necesité sus celos para satisfacer o demostrar mi *puissance*. Creo en su amor, ¡lo que él llama su gran amor egoísta! Mi gran egoísta me satisface.

Por primera vez, en medio de la conversación nos besamos castamente, ¡con tristeza! Luego, relajados, nos tendimos juntos, él y yo, ¡los extraños decadentes vigorosos! Henry y yo somos los únicos en nuestro mundo moderno que poseemos una imaginación deforme, hipersensibilidad, neurosis, todos los estigmas de la época, y a la vez *salud* —la salud que nos da la vitalidad sexual— en extraño contraste con los demás. ¡Un cuerpo sano y fuerte y una mente adecuadamente enferma!

La carta de papá, la visita inminente de papá, como flores entre las páginas de un libro. En el centro de mi libro, mi diario, mi vida. Mi primer ídolo.

Mi vida, el torrente, los remolinos...

Me entristece pensar que Allendy me dio la vida y no supe retribuirle. Se me ha dado más de lo que puedo dar. Me disgusta abandonarlo en su mundo estrecho, mezquino, sumido en el dolor. Hubiera querido que conociera la alegría.

Anoche su magia tembló, vaciló, pálida, sombría. Los celos, los celos, su única expresión, lo ensombrecieron, lo alienaron.

Adventure ha muerto.

Il reste l'amitié.

Los ojos de Artaud. Antes que bajen los párpados, las pupilas se deslizan hacia arriba y sólo quedan los blancos. Los párpados caen sobre los blancos, un lento gesto carnal, y uno se pregunta dónde están sus ojos. Él, el hombre que ha inventado nuevas dimensiones del sentimiento, el pensamiento, el lenguaje.

Ojos celestes de languidez, negros de dolor, de rebelión. Suaves anoche, al final, canturreando mientras conversábamos. Un manojo retorcido de nervios.

Me fascina el misterio de los seres humanos. Tuve que resolver el enigma de Allendy. Me entusiasmó descubrirlo. Y ahora tengo la clara impresión de seguir mi camino arrollador...

Henry y yo somos tan *conscientes* de los movimientos de la vida, del fatalismo, de la necesidad de la traición; tan triste y sabiamente conscientes de curarnos mutuamente las heridas por el gran milagro de nuestra *unidad* fundamental.

Río al detectar en la carta de papá las verdaderas emociones, dos mentiras y una frase teatral. ¡Mi amado papá! Qué *sursaut* de alegría siento al leer, «*Anaïs, ma fille! Ma chérie...*»

Me resulta difícil soportar otra vez mi soledad. Había permitido a Allendy guiar mi vida, juzgarla, equilibrarla. Ese período de sumisión fue dulce.

Pero al volverse humano, hizo un uso mezquino y erróneo de su poder. Sus celos se convirtieron en negra tiranía.

Esta noche su voz por el teléfono es fría, furiosa.

De manera que Allendy, mi dios, actúa como Eduardo: qué desilusión. Debería sentirme *humanamente* complacida, halagada; pero no, lamento haber perdido un conductor.

No puedo depositar *esta* fe en Henry porque sé que es un ser tan apasionado, imaginativo e ingenuo como yo. Allendy era la sabiduría. Deploro su transformación en *hombre*.

Me entristece haberme convertido otra vez en un ser independiente. Qué profunda alegría, depender de su intuición, de su divina guía.

Hélas!

¡Qué demonio hay en mí!

Hoy vino Bernard Steele, el joven editor de Artaud.

La noche en casa de los Allendy fue tan irónica. No soporto que sus ojos se posen en mí. Tan abiertos, abiertos, húmedos, vivos; tres veces siento una especie de temblor... un terror sensual.

¡Ya no sé si es mi poder sobre él lo que me perturba! Me parece estar flotando de un éxtasis a otro. Steele es para mí un Eduardo *viviente*, un joven John, apuesto, robusto, de rasgos fuertes.

Cesa nuestra guerra de ideas. A solas un instante en el jardín, concordamos sobre la palabra *vitalidad*.

Estoy furiosa conmigo.

¡La mujer, la maldita *mujer* que hay en mí! Su cabeza gira. Sólo el artista es valioso. El artista debe salvarme. Intensidades. Valores. Los conservo en primer plano para combatir mi sensualidad, mi susceptibilidad.

Steele tocando delicadamente la guitarra. La inteligencia de Steele. La admiración de Steele por Rank, también por Allendy. La raza de Steele. Un hombre de elementos múltiples, contradictorio. Un músico. Un hombre de conflictos —emociones— Tauro y Leo. Aristocracia.

Y río.

Todavía no me ha sucedido entregarme a un hombre a quien no amo. He sido fiel al amor.

Pero la coquetería, la gran coquetería. Sin embargo, nunca el *juego*. Y porque Allendy redujo mi enamoramiento a proporciones sabias, instituyó un *diapason* humano, una *liaison* francesa, moderación, le vuelvo la espalda.

Desprecio las proporciones, las medidas, el ritmo del mundo vulgar. Me niego a vivir en el mundo vulgar como una mujer vulgar. Entablar relaciones vulgares.

Quiero el éxtasis.
Soy neurótica... en el sentido en que vivo en *mi* mundo.
No me adaptaré *al* mundo. Estoy adaptada a mí misma.

Hace unos días, Henry dijo: «En la conferencia miré a Allendy, a otros hombres de mi edad y me sentí tan joven, tan vital. Me sentí tan joven. ¡Parecían muertos!» Henry es joven.

11 DE ABRIL DE 1933

Un demonio. Hay un demonio en mí.
Allendy se niega a morir. Sus celos agitan su furia y su pasión. Reprocha mi coquetería; reprocha el que no haya reparado en él durante la conferencia. Me vio partir con Artaud. Vio a Henry sentado junto a mí. Me reprocha por no jugar con él. Por dejar de desearlo cuando se convirtió en mi esclavo. Me muerde, me acaricia con frenesí. Me derriba. Estamos tendidos sobre el piso. Y está nervioso, muy nervioso, asustado. Y yo soy tierna y comprensiva, le hago reír, lo tranquilizo. ¡Estoy tan tranquila! Me río de todo. No siento nada. Él no entiende nada. Todo lo que dice está mal. Tanto mejor. Placer. Nada de comprensión. Ira. Celos. Confrontación. Nada de poesía. Un hombre grandote, apuesto, vital, estremecido de pasión. Mi coquetería, nada más. Todo en miniatura. Me siento cínica, comprendo que estoy enfrentando la realidad, que Allendy ha despojado toda ilusión. Para él soy la más encantadora y seductora de las mujeres, *petite fille littéraire*. Exploro un nuevo mundo, juego con él. Frío. No me entrego. Despojo la sexualidad de su excesiva importancia. Mi esencia está intacta.

Conozco a Henry y me entrego a él. Adoración. Nuestro encuentro en un cuarto de hotel lo maravilla. Quiere *vivir* conmigo, *vivir* conmigo. Dice que la animalidad palidece en comparación con sus sentimientos por mí, que por primera vez se ha entregado a una mujer más que sexualmente. Si yo soy narcisista, Henry es egoísta.

Hablamos mucho sobre June. Cómo los narcisistas conciben la sacralidad de sus cuerpos. June, Louise, yo.

Entonces los derrochan con cualquiera. ¿Por qué?

Porque, por conocerse a sí mismos, temen entregarse, por eso arrojan sus cuerpos a alguien cargado de un tremendo orgullo... una forma de engañarse. Se esfuerzan por entregarse, pero inconscientemente realizan el gesto que preserva la esencia... como June.

June *quería* entregar su esencia a Henry. Henry quería entregarse por completo a June. Y ninguno de los dos lo quería. Él rechazaba sus esfuerzos por poseerlo por completo; ella rechazaba su amor sexual, que *desdeñaba* su esencia. Ella hubiera dado la vida con tal de obtener lo que Henry me dio. Yo hubiera dado la vida porque me amara como a una puta. Ahora no. Ahora comprendo el valor de lo que se me ha dado. Es lo que quiero.

Una vez dije que tenía hambre, tanta que quería *todos* los amores. No es verdad.

Voy a encontrarme con Allendy porque me falta coraje para decir: «mi ilusión está quebrada. Muerta. Detrás del dios en ti hay un francés incapaz de lo absurdo, la exaltación, la locura, lo fantástico, lo inmenso, lo peligroso, lo devastador, lo abrasador, las llamas, la fiebre, el éxtasis».

Métro Cadet. Me tomo del brazo de Allendy.

—Ten cuidado —advierte—, podrían reconocernos.

Río. Conversamos. He bebido para reunir fuerzas. Rue de la Boule Rouge.

—He reservado una habitación por teléfono —dice Allendy—. Monsieur «Heden». Es un lugar tranquilo; no nos molestarán. No hay nadie aquí... nadie nos verá. Entremos.

Oscuridad. Afuera el día es sombrío. Oscuridad. Rez-de-chaussée. Una habitación decorada de rojo. La cama en un hueco. Ah, me gusta, me encanta, Cortinas, tapices, celosías cerradas. Francés. Francés. Francés. Allendy me besa con pasión.

—Te desvestiré —dice. Experiencia. Aventura. Curiosidad. Lo desconocido. Miedo. Los sueños que corren de aquí para allá, dispersos, asustados. Cuerpos desnudos. Allendy parece el hombre de cierto cuadro de Lawrence. Tanta carne. Suave, blanca. Sin nervios. Sus nervios. Tensos, alarmados por la experiencia. Descubrimiento de los cuerpos. Besos que no encienden. Piel sin chispas. Chispas de destreza en mí. Los gestos, necesarios; el conocimiento. Sereno sus nervios y lo excito. Es una sexualidad fláccida y sedante. ¿Es todo? ¿Es todo? Tanta gordura y flaccidez —infantil—, la comedia, la comedia. Represento la comedia de la crispación y el placer. Para enfrentar la vida, el desafío de la vida. Allendy está satisfecho. Terminó. Sólo me importa su satisfacción. Reímos y conversamos.

—Después de hacer el amor, siempre siento que tengo el don de la profecía —dice—. La próxima vez... pero no habrá próxima vez... lo dijiste tú. Una vez, dijimos. Una sola vez.

Celos:

—Estuviste con Henry. Lo percibo. ¿Cuándo te acostaste con Henry por última vez? Te lo diré. Lo sé. Fue el martes.

—¡Exactamente!

—Mientes... siempre mientes. Me fascinan tus mentiras. Son tan delicadas. Pero yo sé. Percibo la presencia de Henry.

Lo niego.

—Tienes un cuerpo tan bello —nota luego—. No lo había visto con suficiente claridad. Siempre es así. Me suceden cosas y yo las veo como a través de una puerta de vidrio... borrosas. Después recuerdo... me encanta.

Eso me conmueve. No sé por qué. La congoja de los moribundos y los muertos, los timoratos, los remotos. Una frase del hombre que me conmueve. Soy sincera cuando salimos y veo cómo sus ojos se empañan. El día se ha vuelto hermoso, bañado de luz. Allendy desborda de júbilo.

—Me siento bien, tan bien. Fue hermoso, lo he deseado desde el día que te conocí. —En el taxi nos tomamos de la mano, y él es tan dulce y sentimental.

Cuando lo dejo, mi sinceridad crece, se expande. Sentada en un café con Hugo, revivo el contacto de su cuerpo y me embarga la ternura. Nada más. Una especie de lástima. Recuerdo sus historias. La mujer que se enfureció porque él se negó a cogerla al instante y dijo que jamás volvería a verlo. Es tan distinta mi vivencia de la angustia y la falta de confianza del hombre. Me río de ella, la conquisto. Y hago feliz al hombre. Eso es todo. Un regalo. Le hago ese regalo a cambio del tributo de su amor. Y me siento libre de deudas. Me alejo jubilosa, sin deudas, independiente, libre. Un poco irónica. ¿Escribiré todos mis pensamientos? Sí que fui diabólica. Él, más cauto, más realista, más temerario; yo, más irónica. Entonces mi ironía cae como una pelota pinchada porque Allendy está ansioso y lo perdono: a él, el mundo, la realidad, los delirios de insuficiencia sexual. Armada por la ironía, desarmada por la comprensión, porque advierto que detrás de las insuficiencias de

Allendy hay una gran inexperiencia con las mujeres, un terror de la realidad, inseguridad, angustia. Oigo sus preguntas:

—¿Quedaste satisfecha? ¿Fui mejor que Eduardo? ¿Fui tan bueno como Henry?

Quería pegarme; así se excitaba con otra mujer. Me pegó en las nalgas, chas-chas, y me hizo reír. Pero bruscamente se sintió conmovido. Y dejó de hacerlo, embargado por esos sentimientos, porque vio las marcas de sus manos en mi «piel tan, tan sedosa».

—¿No escribirás esto en tu diario?

—No. No. Además, te he usado como el astrólogo (en el «Alraune»). Y no puedo decir que me he acostado con el astrólogo. No suena bien.

Al ver mis senos dijo que los había visto antes. Reímos de mi coquetería.

Allendy *goza* por medio de los celos. Ayer lo más destacado para él fueron los celos, más importantes que la posesión. Cuando ve a Artaud, Steele, Henry, Lalou revoloteando a mi alrededor se siente excitado.

Sólo alcanzaré mi salvación sexual cuando pueda aproximarme sexualmente a los hombres que no me brindarán ternura. Después de todo, me atrae la dulzura porque temo la brutalidad, ¡y después me siento decepcionada por la dulzura, la hipersensibilidad, el sentimentalismo, la devoción, la adoración!

El otro día, Henry vino con William A. Bradley, agente literario y amigo de muchos escritores.

Simpatía instantánea.

Bradley se entusiasmó hasta la locura conmigo. Estaba encantado. ¡Seguro de que mis escritos eran interesantes!

Hoy me llama por teléfono. Ha leído mi diario de infancia. Dice que es notable. Qué tanto él como su esposa han reído y llorado al leerlo. Tragedia. Eso es. Dice que tiene un tono trágico... tonos profundos, difíciles de hallar en un niño.

Veo otra vez a Millner, el ruso que escribe sobre Spinoza. Millner es el hombre que admiró mi libro sobre Lawrence antes de conocerme y lo elogió en presencia de Hugo, sin saber que yo era su esposa. Dice que debería haber escrito una síntesis final. En cambio, iluminé el camino para los demás. Piensa que me falta confianza, egoísmo. Quiere que por un tiempo saque a pasear mi *moi*. Quiere guiarme, enseñarme, formarme. Dice que poseo todos los elementos y desconozco mi propio valor.

Su esposa dice: «Siempre exige que la mujer tenga alma y cerebro».

Al leer mi diario de infancia, él comenta: «Es ruso. Absolutamente ruso. Esa *tristesse*, esa precocidad. Me parece que la conozco desde hace siglos. Me parece conocerla por completo. Tal vez me equivoco».

No sé. Miro a este hombre intensamente inquieto, clarividente, intelectual, y me pregunto. Su admiración me desconcertó desde el primer momento. Anoche percibí la intuición, la inmensa admiración. Mi nuevo papel de *receptora* es extraño y desconcertante. Estoy aturdida. Exceso de admiración. ¡Debo escribir aquí para conservar mi lucidez, mi cordura!

Tengo la impresión de que me sobreestiman.

19 DE ABRIL DE 1933

Henry trabaja mi cuento «Alraune» con una *exhaustividad* que yo no poseo, me elogia, se vuelve histérico con las últimas páginas que describen una orgía sexual frenética, se apasiona con ellas; nos sumergimos en un mundo que sólo existe entre Henry y yo. Es tan bello entrar en su habitación, despertarlo y que me arrastre hacia él... tenderme a su lado durante la siesta y sentir sus manos que encienden otra hoguera algunas horas después. ¡Trabajo en los *intervalos*!

Advierte las extrañas zonas muertas de Hugo, cómo responde de a ratos, muestra una pátina de cultura, se aferra obstinada y tenazmente a la vida y luego se disipa en la vaguedad, en la nada, de manera que el ardor de Henry también se desvanece y el entusiasmo desaparece. Me alegro de no ser injusta con Hugo, de que mis sentimientos sean sinceros. El fuerte amor fraternal que me une a él se dirige a su inmensa bondad, su comprensión pasiva, su lealtad de discípulo, cualidades de sentimiento y sinceridad, de nobleza; pero, Dios mío, *necesito* a Henry. Henry es mi alimento. Henry es la vida.

Dice que ninguna mujer ha escrito jamás como yo ahora. Mis páginas sobre el lesbianismo le dan fiebre y escalofríos.

Y al terminar este libro de cien páginas densas, comprimidas, esenciales, no me siento agotada: la plenitud es mayor que nunca, me acosan las ideas. Ya escribo nuevas páginas.

Sólo puedo *introducirme* en la realidad impulsada por una gran exaltación. Si no, no puedo moverme. En los momentos fríos me atrapa nuevamente la red de mis sensibilidades, timideces, como si me moviera en una atmósfera extraña.
Confieso mi anormalidad.

Hoy Henry me entrega unas páginas asombrosas en las que ha reelaborado mi prólogo de «Alraune», lo ha extendido, mejorado, dicho todo lo que yo quería decir, ha penetrado no sólo en el significado sino también en las intenciones, un verdadero matrimonio de creatividad, una creación de *nuestra* sangre y *nuestra* carne como lo sería un niño. Estoy atónita.

Extraño. Al analizarme, siento un aflojamiento de los nervios, una rotura de diamantes. Se disuelve la sensación de la sacralidad de los gestos. ¿Los gestos son sagrados? Quiero desacralizarlos. Yo, que soy tan trascendentalista, soy derrotada por los gestos. Les atribuyo importancia. Los gestos son mi duelo singular con la vida. Reino en el plano de la imaginación. *Tiemblo* en el plano de la vivencia.
Una sacralidad terrible. El momento en el cuarto rojo cuando *detesté* mi desnudez y la de Allendy, que se lavaba la barba. La realidad es como una violación. En mi lucha por abrazar la realidad, he cometido violencia contra una esencia de mí que no comprendo. Sólo Henry... Pero recuerdo ciertos momentos difíciles, ciertas parálisis.
¡El esfuerzo por vivir!
¡Si Allendy me comprendiera!
Quiero enfrentar la vida.
Mi mayor defecto es que soy crítica. Crítica. ¿Acaso busco pretextos porque no me divierto libremente en lo sexual? Allendy es literal: ¿y qué? Steele no piensa como yo: ¿y qué? El sexo... quiero bañarme en el sexo como Henry, sin reparos. Al escribir la palabra, pienso en Steele. ¿Remordimientos?
Soy un demonio. ¡Cuántas contradicciones y puerilidades!

La mujer jamás habla al hombre sobre la calidad de su vigor sexual. La mentira definitiva. El objeto de mis divagaciones sobre Allendy es en gran medida ocultarme a mí misma que me he conseguido un amante de lo más blandengue. ¿Quién querría acostarse con un mago? Los profetas son asexuados. Lawrence. Jesús. Y las mujeres los adoran. Las mujeres son masoquistas. ¡La verdad!

¿Qué soy yo? ¿No se difunde una gran parte de mi sensualidad en los éxtasis de escribir, de la belleza, de las sensaciones sin culminación? ¿Acaso la mayor parte de mi vida no transcurre suspendida sobre el mundo o en las márgenes? ¿No soy acaso un nuevo Rimbaud, que podía ser inocente u obsceno, sin matices humanos?

Henry sobre «Alraune»: Es difícil para mí expresar las sutilezas que vuelven tan enigmática tu obra. He llegado a una conclusión extraña sobre tus escritos. Creo que no eres tan Piscis como crees sino, por el contrario, bastante contenida, enmarañada, reprimida. A veces escapas y entonces avanzas con una fuerza y una elocuencia convincentes. Pero es como si primero tuvieras que quebrar los diamantes que hay en ti, pulverizarlos y licuarlos, en una horrible operación de alquimia. Nuevamente, me parece que uno de los motivos para atrincherarte en el diario íntimo es tu miedo a someter a prueba tu ser tangible en el mundo; seguramente, si lo que ya escribiste fuera ofrecido al mundo, ya habrías modificado tu estilo. Te has vuelto introvertida, cada vez más protegida, cada vez más susceptible, y esto genera venenos y gérmenes, la fantasmagoría coagulada, tachonada de la neurosis.

Qué lucidez, qué intuición la de Henry. Jamás le hablé sobre mi neurosis. Es tan intuitivo.

Esta noche comprendo que el diario es un esfuerzo por aprehender a la persona más inaprehensible de la Tierra. Esquivo mi propia detección. No cuento todas mis mentiras: me llevaría demasiado tiempo. No puedo agotarme en la escritura. Mi pensamiento corre en cien direcciones distintas. Anoche, tres horas de conversación con Henry. Y comprendo que mi amor por él es el más *intrépido* de todos los amores y actos de mi vida, porque todo en Henry lastima: sus fugas, entusiasmos, impresionabilidad, fantasías crédulas, sexualidades, contradicciones, marcialidad, lenguaje brutal, franquezas. Pero comprendo y acepto todo. Por él quiero vencer mi susceptibilidad.

Cada día debo decirme: «Coraje, *audace*, madurez, *enfrenta* la vida, *enfrenta* el público como mujer, como artista. Debes templarte. Hacerte dura».

Cuando Allendy se vestía y su escena de celos de Henry ya había estallado, tuvo la ocurrencia de mentirme. Vi cómo inventaba la mentira.

Consciente de que puedo sentir celos, me dijo: «Tengo una amante que estaría furiosa si supiera».

Ahora bien, en las confidencias de Allendy jamás había aparecido una amante. Me dijo que su vida era hueca, que estaba asustado por su última experiencia con una mujer neurótica. *Sentí* e *intuí* que era libre, ya que la relación con su esposa es fraternal. ¡Sabía también que estaba totalmente absorto en mí!

Yo me calzaba las medias, e hice una observación jocosa. Reía para mis adentros.

Más adelante su mentira me fue útil.

La verdad es que cuando Allendy inventó una «amante legítima», aunque yo sabía que era mentira esa mujer de fantasía era una provocación y yo sentí el impulso de reemplazarla, aniquilarla. Es decir, aunque no deseaba a Allendy, sentía celos siquiera de imaginar que otra mujer pudiera poseerlo. Como siempre, el mecanismo de los celos funcionaba como un fenómeno aparte y distinto del amor.

Cuando empecé a urdir el plan para liberarme del encuentro del jueves con Allendy, tenía algunas ideas en mente, pero cuando llegó el momento de hablar con él me puse a imaginar qué sentiría si lo amara y descubriera que él repartía su amor entre otra mujer y yo; entonces, profundamente conmovida, decidí ser sincera.

En ese momento advertí que Allendy poseía una clara comprensión de esa neurosis inexistente: cómo, al enterarme de que había otra mujer, yo deseaba retirarme para no exponerme al dolor ni —un detalle maravilloso— herirlo por medio de una brusca acción neurótica de mi parte, porque le dije:

—Sabes cómo actúo siempre yo: conquisto al hombre como conquisté a Eduardo y luego lo castigo de la manera más sádica, como ese día en el hotel. No quiero actuar así contigo. Quiero salvarte de mi propia neurosis, que es peligrosa para ti. Te lo advierto con anticipación. Quiero conservar nuestra amistad.

Vi cómo Allendy comprendía, cómo sus bellos ojos se suavizaban al responder:

—Te comprendo demasiado bien. Necesitas el absolutismo, la pureza, la integridad. Eres susceptible.

Sentí una gran admiración por su bondad, su ternura, su abnegación y magnanimidad.

—Todo esto yo ya lo sabía —continuó—. Sabía que eras una mujer incapaz de jugar con el amor... pero perdí mi intuición, perdí la cabeza, me volví loco. No puedes reprochármelo. Haré lo que digas. Seré tu amigo para toda la vida. Abandonaré el placer que conocí contigo. Te amo. Te entiendo.

Entonces comprendí que lo había conmovido con una actitud absolutamente falsa en la que yo misma empezaba a creer. ¡A esta altura es cada vez más difícil recordar que él no tiene amante porque me conmueve mi propio invento y la sublime interpretación de Allendy!

Emocionada por su sabiduría y su ternura, permití que me besara; lo hizo con pasión, suplicó que cumpliéramos la cita de despedida del jueves, prometió una *gran escena*, un drama, ¡prometió mostrarse violento porque a mí me gusta el drama! Su *humor* era magnífico. Por un instante fue el Allendy glorioso, jubiloso de las sesiones de análisis (porque acepté la cita del jueves). Radiante y burlón, dijo con mirada extraña e *inquiétante*:

—Te *azotaré* como mereces. Lo disfrutarás. Te azotaré con fuerza, por coqueta.

Ahora bien, el tema de los «azotes» aparece con tanta frecuencia en las conversaciones de Allendy (recuerdo que cuando nos besábamos casi por primera vez, él me preguntó, «¿Henry te azotó alguna vez?»), que los destellos en sus ojos me impresionaron. ¿Acaso Allendy alcanzaba una mayor expresividad sexual al infligir dolor, aniquilando así su exceso de ternura por la mujer? Mi curiosidad estaba excitada al mayor grado. Hablaba sobre la voluptuosidad suprema... como si *supiera*. Ahora recuerdo que también hablaba sobre una mujer a la que le encantaban los azotes y que a él le gustaba azotar. De pie, era otro Allendy, vital, risueño, demoníaco. Yo estaba excitada. Nos besamos con violencia y sentí su deseo.

Reí durante todo el camino a casa. ¡El jueves promete ser una velada interesante!

Me doy cuenta de que en mi inconsciente hay un cúmulo de crueldad y miedo que me impulsa a castigar y abandonar al hombre.

Henry se paseaba por el estudio, criticaba el «Alraune», hacía sugerencias. Estaba sumamente impresionado por las páginas sobre el astrólogo, aunque la idea no estaba plenamente desarrollada. Inspirado, habló sobre la leyenda de Alraune: debía elaborar el astrólogo como el alquimista que creó a Alraune a partir de una puta y el semen de un criminal —*una creación*— así como yo era una creación espiritual de

Allendy. El alquimista se enamora de su creación: Alraune trata de destruirlo. La idea: quien manosea la naturaleza sufre un castigo. Allendy me manoseó. Creó y generó una fuerza... para bien o para mal. Y al despertarme se enamora de mí, no como un padre, como corresponde, sino *carnalmente*; entonces comprendo que no es el vínculo del verdadero matrimonio y vuelvo a la Tierra, al hombre, a Henry.

Pues bien, a medida que Henry elaboraba la historia, la leyenda, mi libro, sin conocer el conflicto verdadero entre Allendy y yo (era verdad que me había creado, luego amado, luego deseado y que yo sólo quería conquistar a mi padre para destruirlo, para afirmar mi poder), mi cara revelaba claramente la medida de mi perturbación. Estaba entusiasmadísima. «Es la pura verdad.» Bruscamente, Henry tuvo una intuición. Se puso histérico. Empezó a delirar sobre el interés literario de la escena, se mostró dolorido y a continuación cayó en tremendas exageraciones, bruscamente me creyó capaz de *cualquier* cosa, llegó a las conclusiones más fantasiosas y realistas y en definitiva se equivocó en todo por exceso de imaginación y realismo. Realismo significa que me he acostado con Allendy y que eso no ha *significado absolutamente nada* para mí. Imaginación significa... bueno, la verdad es que caí en un automatismo psicológico —una transferencia con todo lo mecánico, *pero* que imbuí de sentimientos— porque en todo lo que hago hay sentimiento. *Ni amor ni traición.*

Llegamos al problema de las mentiras. Creí comprender por qué June y yo mentíamos:

1 – porque al carecer de confianza, tememos revelar algo que no sea admirable. Como narcisistas, detestamos revelar lo que consideramos defectos o debilidades;

2 – por miedo al dolor.

Ahora bien, June no pudo superar esta encrucijada.

Yo lo haré, porque la *verdad* no le duele tanto a Henry como su propia imaginación. La verdad no presenta ese aspecto monstruoso, aterrador.

En cuanto a la confianza: sin duda, carezco de ella. Henry y yo estamos seguros de que mi literatura es una trama de disfraces, como lo son las mentiras múltiples de June. Sus dobleces y mis palabras enigmáticas, simbólicas, jeroglíficas. Sus inventos y mis locas fantasías que impiden rastrear los hechos.

Mis negativas y explicaciones afectaron a Henry de manera terrible. *Soy su esclava.* No sólo deploré el pasado sino que sentí un odio violento por Allendy y aun mayor por mí. No causarle dolor a Henry: me parece que a partir de ahora, ésta es la ley más sagrada. Al mismo tiempo, el valor literario de nuestra discusión, los descubrimientos, el drama y las revelaciones, todo esto nos fascinó, como si reviviera para Henry cada paso de los enredos de June para que los desenredáramos juntos —yo con mi experiencia, Henry con su pasión intelectual por los problemas—, porque June sigue siendo para ambos un enigma psicológico.

¿Cómo lo haré sin herir humanamente a Henry, cómo he de llevarle la verdad y la fidelidad absoluta?

El desgano con que vivo las experiencias demuestra la medida de mi devoción por Henry, pero me tientan las curiosidades, las debilidades, la compasión.

Esta noche sólo deseaba recuperar nuestra seguridad. Incluso me parecía que las «infidelidades» eran causadas por el valor inapreciable de nuestro amor. Me he preguntado si debería templarme, adquirir más experiencia para Henry. Debería engañarlo para poder soportar sus engaños y darle libertad. Todo se revierte sobre Henry y viene de él. ¿Lo comprendería?

Esta noche estoy disuelta, triste. Se ha ido con sus putas (¡apenas la segunda vez!) y yo no puedo ir a ninguna parte porque no puedo jugar con putas y las consecuencias de mis excursiones son más graves.

Tantas mentiras que quisiera borrar. Nuestra única gracia salvadora, el humor y las ironías de la *literatura*, el interés alejado de lo demasiado humano.

Lo que más me conmovió cuando discutíamos nuestros planes para junio (Hugo tal vez viaje a Nueva York) fue que Henry no quiso viajar ni vagabundear: sólo Louveciennes y yo y el trabajo y los libros. Perfectamente satisfecho. Soñando con eso. Por eso acordamos que si debe viajar, lo hará solo porque yo quiero que sea libre: libre de mí, para correr en libertad. Quiero darle todo y dejarlo en libertad. Para él tengo todo el coraje y la sabiduría. Ayer repitió: «Crees que me entregué a June más que a ti... pero es a ti... a quien di cosas que June siempre quiso, pero nunca tuvo». Sé que es verdad.

Ahora se ríe de sí mismo, de su timidez frente a Louveciennes. Cuando se sentía como un patán y quería patear las cosas porque lo asustaban. Ahora Louveciennes es su propiedad, su amor. Ha conquistado un miedo... un mundo. Aristocracia. Belleza. Todo lo que anhela profundamente y parecía aborrecer.

Artaud es uno de los personajes de mi vida, como June o Louise. Posee cualidades dramáticas, teatrales.
Reconocemos la diferencia.
—Desdeño la realidad, soy feliz cuando duermo y sueño. Me encanta mi pesadilla.
—Sí —dijo Artaud—. Me di cuenta de que estás satisfecha en tu mundo. No es frecuente.
Bruscamente comprendí que mi satisfacción no provenía de mi mundo onírico sino de Henry: Henry *en* mi mundo onírico y Henry la realidad. Casi me avergoncé de mi júbilo en presencia de Artaud.
Se despide para ir a cenar, como todos los miércoles, en casa de los Allendy.

Ahora, cuando pienso en Allendy, ya no tengo la imagen de un analista bien vestido, imponente, enigmático, sino que veo un cuerpo: un cuerpo que no deseo. Lo que deseo con ansiedad es el mes con Henry.

Métro Cadet. Llego tarde, Allendy pensaba que no vendría. Experiencia, curiosidad, comedia. Pero quiero un whisky. A Allendy le disgusta que quiera un whisky. Él jamás bebe a la tarde y no lo hará hoy porque trastornaría sus hábitos. Cuando lo dice, bebo más ostensiblemente. Es cómico. *Allons donc.* El salón francés, esta vez revestido de azul. Celosías cerradas. Lúgubre. Linternas y terciopelo. El nicho. ¡Como en los grabados del siglo XVIII! ¡La barba y el francés y todo lo demás! El nicho.
Allendy no me besa. Se sienta en el borde de la cama y dice:
—Ahora pagarás por todo, por esclavizarme y abandonarme. *Petite garce!*
¡Y saca un látigo del bolsillo!
Ahora bien, ni se me había ocurrido que traería un látigo. No sabía qué pensar. Disfrutaba la fiereza de Allendy: la mirada de fanático, la furia, la voluntad.
Me ordenó que me desvistiera. Lo hice lentamente.
—Quieres jugar con los hombres... torturarlos. Muy bien. Me has conquistado, pero sólo podré poseerte un par de veces. Créeme, te acordarás de esto. Ninguno hará lo que yo te haré. Ninguno se atreverá. Henry jamás te azotó, ¿no? Te poseeré como nunca te han poseído. Eres un demonio.

Al escribirlo, advierto su cursilería de novela barata. Si hubiera leído novelas populares, tal vez lo habría reconocido antes, pero sólo las conozco de oídas.

Experiencia. Curiosidad. Frío. Todavía no sé cómo actuar frente al látigo. Cuando Allendy ensaya un par de azotes preliminares, lo único que siento es furia y el deseo de devolver los golpes. No veo la menor «voluptuosidad» en esto. La verdad es que me río. Mi dignidad ha sufrido una ofensa grave. Es como si me pegara mi padre. Tal vez debería mostrarme cariñosa y encantadora para desarmarlo.

Había rechazado algunos azotes de Allendy cuando decidí quitarme la enagua para conmoverlo. Al mismo tiempo lo enfurecí al decir:

—No quiero. No puedes hacerlo.

—Te reduciré a una piltrafa —declaró—. Te arrastrarás y harás todo lo que yo ordene. Quiero que te sometas, que olvides tu orgullo... que olvides todo.

—No lo haré.

—No puedes evitarlo. Grita, si quieres. En esta casa nadie presta atención a los gritos.

—No quiero porque me dejarás marcas. ¡No quiero que las vea Hugo ni tampoco Henry!

En ese momento, Allendy me arrojó sobre la cama y me golpeó las nalgas con fuerza.

Pero advertí lo siguiente: su pene, en medio de tanta excitación de su parte —azotes, forcejeos, caricias furiosas, besos en los senos— seguía fláccido. Henry habría sido un fuego devorador. Allendy atrajo mi cabeza hacia él, como la primera vez, y luego, en medio de la excitación y las amenazas, no supo coger mejor que antes, su pene era corto y débil. ¡Voluptuoso! Lo encontró. Seguí la comedia. Allendy dijo que había llegado al colmo del júbilo. Jadeaba, satisfecho.

Yo pensaba: escribiré la pura verdad en mi diario porque la realidad merece ser descrita con los términos más viles.

Faute de mieux, mi cuerpo estaba cálido y ardía a causa de los azotes. Me había causado una sensación en lugar de otra.

Lo más gracioso era cómo había podido engañar a Allendy: ¡psicólogo!, ¡intuición!, ¡astrólogo! El hombre que antes del encuentro dijo esta frase terrible: «Mi trabajo se vuelve monótono. Es triste ver cómo se parecen los seres humanos... todos reaccionan en el mismo momento de la misma manera. Las pautas siempre son las mismas».

Sólo ve semejanzas: no advierte las maravillosas variaciones. ¡Po-

bre Allendy! Esa es la muerte. El conocimiento en lugar de la fe. ¡Yo tengo fe!
—Me siento bien —repetía una y otra vez—. Es maravilloso. Sabía que te gustaría. Despierta el salvaje que hay en mí.
Qué salvaje... *un sauvage à faire rire.* ¡Y porque él no fue verdadera y profundamente salvaje, mis descripciones sí lo son! La mujer, la puta. ¡Sí, el hombre evolucionó! El sabio asexuado que necesita azotar para despertar al salvaje. Después de todo, me gustó el látigo. ¡El látigo fue viril, salvaje, doloroso, vital! ¡Todavía me arden los golpes!

Me pregunto si Allendy sabe hasta qué punto he sido inaprehensible. Qué comedia es para mí dejarme besar y coger sin estar presente. Me siento intacta aquí esta noche, con mi diario y una carta de Henry. La realidad no puede atraparme cuando es estúpida o ridícula o fea o débil.
Qué bien actué, hasta el punto que en el taxi resurgió su «pasión» (hablo en términos relativos) y estaba jubiloso.
Disfruta la ilusión del «misterio». Dice que cuando los dos seamos célebres, nadie podrá imaginar semejante escena. Nadie. Me hace reír. ¡No, nadie podría imaginarla!
—Artaud no podría —dijo con rencor, porque está celoso de él.
—¡Yo misma jamás la habría imaginado!
Allendy no ha comprendido que yo anhelo solamente los azotes de la pasión y ser esclavizada por un salvaje auténtico.
La obra de cada hombre es la *justificación* de una insuficiencia, una compensación. La sabiduría de Allendy, su evolución, su aniquilación mística en la totalidad, su deseo de muerte: todo es comprensible.
—De esta manera alcanzas una suerte de vértigo —señaló.
Yo alcanzo el vértigo cuando Henry abre la boca para besarme.

Si uno se salva de los terrores de la vida mediante el conocimiento, de los peligros mediante la sabiduría, de las catástrofes mediante la objetividad, y a la vez descubre que toda la vida es irreal y una comedia, entonces yo digo, por Dios, que es mejor morir, sufrir. Lo que detesté hoy, con Allendy, fue comprender que la vida es un drama que se puede manejar, dominar, manipular; que conocer las fuentes de la vida significa destruir la esencia de la vida, que es fe, terror, misterio. Hoy conocí el horror de la sabiduría. ¡El precio mortal que se paga por ella!
La pregunta es: ¿Hoy han muerto hombres por manosear las fuen-

tes de la vida, o manosearon las fuentes de la vida porque estaban muertos y de esa manera tenían la ilusión de la vitalidad?
Esta noche estoy aterrada.
He atravesado el universo de la muerte. ¡Me cogió la muerte!

1º DE MAYO DE 1933

Hugo se va dos días a Londres. Henry viene inmediatamente. Conversaciones fabulosas, pasión fabulosa. Tengo razón sobre Henry. Sensualmente es tan sano. Tan vital que es un hombre sencillo, no le interesan el vicio, la perversión, los estímulos artificiales. Vigoroso... como yo. Fundamentalmente sano, encuentra placer en la mera vitalidad. Sólo su imaginación es deforme, titánica.

Sin embargo, dice: «El día que te conocí, sentí y creí que eras perversa, decadente. Y aparte de *nuestra* experiencia, que no es perversa ni decadente, encuentro en ti una inmensa plasticidad, de manera que uno siente que no hay *límite* en ti, en lo que eres o podrías hacer; la decadencia es eso, una ausencia de límites, una plasticidad perversa, de experiencia ilimitada».

Es extraño cómo Allendy se ha convertido para mí en un ser dividido: el hombre del látigo es desconcertante, como un fantasma. En momentos de calma, el fantasma es el analista sabio, idealista, comprensivo, que ronda por ese nicho, esa escena de gran guiñol o de novela francesa sin grandeza ni sinceridad. Veo al sabio flotar, incorpóreo, con ojos de firmamento. ¡Mi sueño! ¡Veo el cuerpo, el cuerpo asexuado, expresar con un látigo la rabia de su propia frustración!

Todo en una luz crepuscular.

Si no le explico a Henry el esquema de mi neurosis, es porque me siento como un criminal que quiere la oportunidad de vivir en un país nuevo, entre desconocidos. Es una manera de derrotar el pasado. Es verdad que a veces, para tratar de encontrar la clave de June, hablamos sobre el origen de su excentricidad en la manera de vestir, que es como la mía. La perversidad de June en el sexo (como Frieda en la vida de Lawrence).

¡Hablamos todo el día! Henry vierte todo lo que sabe, lee, piensa. Habla para hallarse a sí mismo y sus ideas. Lawrence... sexo... su infancia... un millón de temas, indagaciones, descubrimientos. Si no hubiera sexo entre los dos, al menos habría multitudes de intereses que apasionan a ambos, desarrollo mutuo.

Esta noche es la que elijo entre todas para decir mi última palabra sobre Hugo: ahora que ya no hay en mí el menor sentimiento de reproche o rencor. *Todo se debió a la necesidad de justificar mi pasión por Henry*. Lamento haber atribuido ciertos defectos a Hugo. *No tiene*. Es el más perfecto de los seres. Yo tenía grandes carencias; lo acosaba con requerimientos injustos; mis expectativas eran inhumanas. Hugo me ha brindado una adoración divina e inmerecida. Se ha perdido en mí. Me ha servido, comprendido y salvado. Le debo diez años de dones que pocos hombres han hecho a las mujeres. Esta noche siento una suerte de devoción inmaculada. Mis regaños y acusaciones eran monstruosos, injustos, revelaban una falta de comprensión, porque comprender significa aceptar. He torturado, martirizado y acosado a Hugo. Él me ha dado lo máximo. Asimismo he torturado a Eduardo con requerimientos injustos: *exigí lo imposible*.

Jamás amé fraternalmente a Hugo de manera tan profunda y constante como anoche. Puede parecer un sacrilegio. Se debe a que por fin mi satisfacción me hace verdaderamente sabia y humana. Puedo decir que esta noche por fin comprendí el gran valor particular de Hugo, independientemente de mis necesidades.

Noche: la guerra contra la fragilidad. Si escribo demasiado, durante todo el día, mis ojos se cansan, se vuelven turbios e inútiles. De noche, no puedo leer después de escribir.

No puedo prescindir del sueño. Debo calcular y ahorrar mi energía. Sé que mi energía se rebela contra el impulso de mi voluntad... una rebelión feroz. Trato de vivir sin oponerme a ella. Cedo a la marea de la fatiga. Acepto que el día es demasiado largo para mi resistencia. Duermo siestas para mantenerme lúcida hasta las diez o las once de la noche. Sin embargo, después del segundo día tuve que echar a Henry... para ocultarle mi fatiga. Es verdad que exagero mis defectos. Pero es humillante tener que combatir la fragilidad, no una verdadera enfermedad mortal. No puedo beber. Una noche de excesos me afecta durante una semana.

Al menos, en medio de las crisis puedo contar con mi voluntad.

Con frecuencia caigo en una profunda tristeza. Me digo que si Hugo no existiera, igual no podría seguir a Henry porque sería un peso para él.

Soy físicamente inepta para una vida muy activa; debo dosificarme: espaciar mis orgías, mis éxtasis, buscar fuerzas en el jardín, condenada a un ocio y descanso que no deseo (¡detesto las siestas!). Mi actividad mental, imaginativa y afectiva me devora, no tiene proporción con mi vitalidad física.

Debo darme ímpetus. Río al pensar que debo recordarme: «Mañana viene Artaud. Por consiguiente, hoy no puedo acostarme tarde. ¡Debo acumular energías!» Patético y ridículo. Me exaspera. Si se me hubiera dotado de una cantidad de energía normal, hoy sería una gran mujer.

Los azotes han dejado marcas color malva.

A Boussie no le gusta «Alraune». Al principio me dolió, pero después mi *confianza* me dijo que tengo razón y Boussie está envejeciendo. No llegará hasta donde llego yo. Se vuelve francesa: pide lógica, secuencia, lo posible, traduce las páginas pero inconscientemente se subleva. Cuando los amigos empiezan a distanciarse, significa que una hace cosas, va a alguna parte. La oposición es buena. Debo aprender a enfrentarla.

Vuelve Hugo y me aboco a hacerlo celestialmente feliz. ¡Basta de expectativas, incluso de que escriba cartas y traiga el pan a casa!

5 DE MAYO DE 1933

He hallado a mi padre, el dios, sólo para descubrir que no lo necesito. Cuando llega a mí, él, que ha dejado una huella tan profunda en mi infancia, yo ya soy mujer, libre de la necesidad de un padre y un dios. Soy tan absolutamente mujer que *comprendo* a mi padre el *ser humano*: vuelve a ser el hombre que también es niño.

Henry rompió las cadenas. Enfrenté mi amor maduro. El encuentro con mi padre al cabo de veinte años no es una reunión sino una comprensión de que no hay encuentro posible en la Tierra salvo como hombre y mujer, en la plenitud del sexo. El padre que imaginé fuerte, cruel, heroico, imperioso, es suave, femenino, vulnerable. Con él, también Dios se vuelve humano, vulnerable, imperfecto. Se disipan mis terrores, mi dolor, la pasión sacrílega. Encuentro a un padre que es sagrado. Encuentro lo sagrado. Tal vez, como dice Henry, me «reconcilie» con Dios porque soy libre.

El amor de Henry fue la prueba suprema de mi *feminidad*. En esa prueba demostré mi fuerza. Soy fuerte en el encuentro con mi padre. Posee mi alma, mi integridad, mi plenitud.

Mi padre llega cuando ya he superado el instinto cruel y ciego de castigar; llega cuando ya lo he sobrepasado; me es dado cuando ya no lo necesito, cuando me he liberado de él. Mi padre llega a mí cuando ya no es el guía intelectual que anhelaba (ahora es Henry), el guía por quien lloraba (Allendy), el protector en el cual se apoyaba la niña que hay en mí (Hugo). Creó una niña y sólo supo inspirar en ella el terror y el dolor de la vida, como Dios, y he superado el terror y el dolor. Hoy me dispongo a liberar a mi padre del dolor y el terror de la vida.

Mi vida ha sido un largo *esfuerzo*, una labor hercúlea, una batalla para crecer, superarme en todo, forjarme un gran carácter, crear, perfeccionar, desarrollar: un ascenso desesperado y ansioso para borrar y destruir el acoso de esa inseguridad sobre mi propio valor. Siempre apunto más alto, acumulo amores para compensar el shock inicial y el terror de la primera pérdida. ¡Amores, libros, creaciones, ascensos! Frenética. Siempre intento hazañas mayores y más profundas, me propongo ideales, imágenes, descarto la mujer de ayer en busca de una nueva visión. Cuando conocí a June, absorbí y me convertí en todo lo que admiro. Me volví June. Ahora siento otra vez el comienzo de una nueva ambición. Me olvido de disfrutar todo lo que poseo: ¡tesoros increíbles! Olvido que el lunes viene Bradley; el martes, Artaud, fascinado por mí; el miércoles, papá; el jueves, Allendy; el viernes, Henry; el sábado, Steele. ¡No alcanzan los días de la semana! Tengo una lista de espera: Millner, Gustavo, Néstor, André de Vilmorin. Pero para anular mi placer basta la imagen de la madre de Louise, que tiene innumerables amantes y es drogadicta. Esto excita mi inconmensurable ambición. Otra vez siento el impulso de viajar, perseguir nuevas dificultades, buscar nuevas alturas. Inquieta mientras haya tierras que explorar, vidas que vivir. ¡Qué locura! Es un *veneno, una maldición*. Quiero disfrutar: detenerme y disfrutar.

Algunos han advertido la tensión, la dirección inexorable y el propósito que hay en mí. Se acabó. Debe acabarse, si no, me matará. Siempre lo mismo: ¡quiero! ¡Yo *quiero*! Nunca: tengo, *tengo*. Insaciable. Pero hoy me pongo un freno y *éste será el diario de mi placer*.

La tarde. Pienso en la carne pulposa de Allendy y su pose femenina cuando dice la palabra *puro*, con cierta gracia complaciente, oblicua. Pienso en Allendy, el burgués furtivo, esperando en la estación del Métro, saturnino, esquivo, con su boca de mujer y los dientes lustrosos que resplandecen en medio de la barba, femenino y la extraña, tétrica sensación de los azotes. *Lo odio*. Me repugna, pero en el sentido que lo hace la realidad, como una noticia asquerosa en el diario, una escena de Gran Guiñol, repugnante como ciertas escenas de *Voyage au bout de la nuit* que atrapan la atención. Una cierta curiosidad literaria y morbosa vela en mí. Pienso en June azotando al masoquista que se suicidó. Experimento la voluptuosa alegría de Allendy al azotar mi fragilidad, la terrible alucinación del vértigo que conduce a un coito casi lesbiano, un pene como el dedo o la boca de una mujer —frustración— y detesto a Allendy con todo el asco que se puede sentir por la senilidad y la impotencia cuando se pervierten con desviaciones, sustituciones. El engaño que sufrieron mis sentidos al sustituir el falo por el látigo me enfurece y fascina.

¡*No voy a encontrarme con Allendy*! ¡No voy a encontrarme con Allendy! Ahora estoy segura.

Me fascina la mera contemplación de un acto de crueldad. Río al pensar en Allendy que llega a Métro Cadet con el látigo en el bolsillo y no me encuentra.

Al mismo tiempo, no puedo dejar de recordar que me mostró su yo, sus secretos, su carne, sus dudas, sus miedos y no puedo hacerle mal. Veo su cabeza gacha al decir: «El primer abandono me marcó para toda la vida.» Lo escucho decir: «Todas las mujeres que conocí antes de ti *étaient des garces*. Perras.» Siento un gran deseo de herirlo y al mismo tiempo, humanamente, no puedo hacerlo. Me derrito y endurezco al mismo tiempo. «Tu único defecto —dice Henry— es que eres incapaz de ser cruel.»

Bradley no me imagina «sociable», sino solitaria, protegida, desconocida. ¡Su ilusión! Le desilusiona saber que llevo una vida activa. Me imaginaba solitaria (tal vez le regocijaba haberme descubierto).

Siempre me angustia la sensación de jugar con los sentimientos de la gente. Todos se ablandan. Algo despierta su compasión y a veces me siento como Henry. Cuídate del hombre al que compadeces: Henry, que también ablanda a todo el mundo. Y June, la actriz, le reprocha el *rôle du martyr*. Con frecuencia me he preguntado si June no era la mentirosa menos hábil de los tres: ¡era tan fácil descubrirla!

¡Este esfuerzo constante por ser sincera siempre me desvía hacia la falta de sinceridad!

Había anticipado al hombre de las fotografías, una cara menos arrugada, menos angulosa, más transparente. Me pareció tan tallada, pétrea, y al mismo tiempo me gustó la cara nueva, las arrugas profundas, las mandíbulas poderosas, la feminidad de la sonrisa destacada sobre la piel curtida, casi apergaminada, ¡una sonrisa con un hoyuelo seductor! La prolijidad de la figura, gracia enjuta, gestos enérgicos, gracia juvenil. Una ráfaga de encanto imponderable, encanto falso. Un egoísmo supremo, franco. Marañas de mentiras, de defensas contra acusaciones tácitas; preocupación por las opiniones ajenas, miedo de la crítica; susceptibilidad; distorsiones continuas, inevitables; ingenio, facilidad lingüística; imágenes violentas; puerilidad; encanto seductor. Siempre el encanto. El predominio del encanto. Las corrientes subyacentes de falsedad, puerilidad, irrealidad. Un hombre que se ha mimado, que se ha envuelto en algodones para defenderse de los dolores reales, profundos, de la vida profunda, pero obsesionado por mi problema esencial: la expansión, la explosividad, el miedo de la destructividad. Pasión por la creatividad y en ciertos momentos una crueldad profunda, inevitable. Nada de psicología: «Es Nin», dice, los repentinos dardos de crueldad, las bruscas explosiones.

Fuentes de sentimiento agotadas por la sobreactuación, la timidez, el egoísmo. ¡Mi Doble! ¡Mi Doble maligno! ¡Encarna mis miedos, mi falta de confianza, mis defectos! Es la caricatura de mis inclinaciones. Hay algo humano en mí que pelea, rechaza su frialdad. Busco las *diferencias*. Veo que le importa el dinero, es interesado. Suspiro aliviada. No es un rasgo mío. También me comprendo. Soy sincera. Sé en qué no soy sincera. He descartado cualquier imagen ideal de mí misma. Papá conserva esa imagen. Debe considerarse bueno, caritativo, generoso, altruista. No lo es: ¿por qué teme confesarlo, reconocerlo?

Miro a mi Doble y veo en un espejo: mi puntualidad, una característica profunda, marcada. Exijo la puntualidad. La necesidad de orden como una coraza contra la posibilidad de desorden, destrucción, autodestrucción.

Los fragmentos de mi vida que no se ajustaban a la imagen deseada, los descarté implacablemente.

La necesidad de actuar, de fingir.

Su poder. El poder de crear una ilusión de sinceridad engañándose a sí mismo. La necesidad desesperada de ilusionar a los demás, fruto de la inseguridad sobre el verdadero valor del propio yo. Cuando lo miro, mis propias mentiras me enferman, me pregunto si son transparentes como las suyas. Una larga explicación de cómo y por qué se enfermó y debió ir al sur durante cuatro meses. La sensación incómoda que le obliga a extenderse en explicaciones antes de que el otro haya expresado la menor duda sobre la necesidad del viaje ni le haya pedido una justificación. La necesidad de demostrar que trabaja sin cesar en algo absolutamente necesario, porque no está demasiado seguro de que el trabajo, o él mismo, sea necesario, vital, valioso.

Orgullo. Un orgullo inmenso en conflicto con su necesidad del otro, su necesidad de amor.

Cuando se acerca, locuaz y risueño, me perturba, porque no parece mi padre sino un hombre, un joven de infinito encanto e infidelidad fascinante, laberíntico, fluido, inaprehensible como el agua.

Nos mostramos alegres, juguetones. Coqueteamos como amantes. Le recuerdo que he dejado rastros de carmín en sus mejillas, que María Luisa los verá. Me muestro seductora.

—Nunca luciste tan decididamente española como en este momento —dice.

Ha cedido a su naturaleza excesivamente crítica. Olvida los sentimientos, el placer. Sus pasiones son bruscas, egocéntricas, pueriles; o bien violentas, crueles, vengativas.

Sólo me asusta cuando recuerdo que durante mi infancia siempre me parecía severo, disgustado, descontento, tan crítico e inflexible que me aterraba.

Ahora, para escapar del terror, vuelvo las críticas en su contra. Mientras habla, me ocupo de detectar sus defectos, descubrir sus mentiras, sus vanidades, las poses de un hombre siempre temeroso de que lo descubran y condenen. Siempre erige defensas antes de que lo ataquen.

Mi Doble, de quien siempre he huido aterrada, *deseando ser distinta*.

—¿Soy egoísta? —pregunto, temerosa, a Hugo.

He vivido para no ser mi padre. Su existencia es una caricatura, un fantasma de mi falta de confianza, mi autocrítica, mi mal. Ayer retornó mi mal. *La pérdida de mí misma.* La tortura de las reflexiones tangenciales, las semejanzas. «Trabajas en el jardín, pero con guantes, claro. Como yo.» Entonces, si los dos nos ponemos guantes para trabajar en el jardín, tal vez nos repugna la pobreza. Nos aterra la miseria, nos afecta como la mugre, luchamos desesperadamente para escapar de ella, buscamos seguridad, protección. ¡Cobardes! Pero yo he sido valiente en la pobreza, la he enfrentado sin vacilar, tal vez con una secreta alegría al vencer el miedo de mi padre. Hice grandes sacrificios. Me casé con un hombre pobre. Jamás calculé que viviría durante un tiempo con Henry. La verdad es que he sido intrépida, capaz de una gran devoción. Pero la minuciosidad con que me he empeñado en destruir en mí el apego excesivo a la riqueza, a la belleza, los interminables remordimientos de conciencia, las dudas, la necesidad de hacer sacrificios máximos como para expiar una culpa posible y aún inexistente... todo eso es un mal, un mal. Vivo en oposición a mi Doble. Vivo con una caricatura de mis defectos para sentir asco por ellos.

Anoche soñé que mi padre me acariciaba como un amante y sentí una gran alegría. Al despertar, descubrí que era Hugo. Durante la noche también pensé en las muchas semejanzas entre mi padre y Henry. Pero Henry ha roto las cadenas de la servidumbre y la devoción a mi padre al ser superior a él en su propio terreno.

10 DE MAYO DE 1933

La visita de Artaud ha perdido claridad, pero en el momento me absorbió poderosamente. Hablamos con pasión sobre los hábitos de condensación, de examen riguroso, nuestra búsqueda de lo esencial, nuestro amor incansable de la quintaesencia en la vida y la literatura. Discutimos el análisis, al principio de manera agresiva. Dice con amargura que su empleo pragmático sólo sirve para liberar sexualmente a las personas, cuando en realidad se lo debería emplear como una disciplina metafísica para alcanzar la Totalidad. Descubrimos que en un sentido, él no lo necesitó tanto como yo, porque jamás perdió el equilibrio en el mismo grado. Sigue siendo lúcido, objetivo, sobre sí mismo. Yo soy más ingenua o emotiva, no lo sé. Le encantó descubrir que yo había nacido bajo signos principalmente acuáticos. Dijo que se ajustaba perfectamente a mí, que yo no carecía de sustancia, ¡pero era escurridiza como un pez, al que es difícil atrapar aunque uno lo palpe! Tal vez ése es el verdadero significado del título del primer cuento, «La mujer que ningún hombre podía retener». ¡Sólo Henry puede retenerme!

Como Henry, empiezo a disfrutar cuando las cosas salen mal, no soy tan obsesiva en la búsqueda de la armonía, dejo que las catástrofes y los malentendidos se acumulen hasta explotar.

Pero no me decido a dejar plantado a Allendy en el Métro Cadet. Su tono es muy frío cuando le digo que iré a verlo a Passy en lugar del Métro Cadet. La farsa y el juego de los azotes se vuelve cada vez más repugnante para mí a medida que descubro conflictos y tormentos *reales* y más profundos.

Atardecer. Allendy pone orden en mi caos al decir que todavía siento una gran culpa debido a la naturaleza de los sentimientos hacia mi padre, que desplazo el terreno del castigo y me castigo a mí misma, expreso mi sentimiento de culpa sólo en relación con mis mentiras, faltas menores y otros defectos, con todas menos *ésa*, ¡como si quisiera eludir el crimen o pecado verdadero mediante una larga enumeración de crímenes y pecados menores, externos! *Très bien.* Pero la verdad es que he resuelto usar la sensación de culpa para liberarme de mis relaciones con Allendy. Lo subrayo, lo acentúo, invento una escena con mi padre en la que me suplica que no tenga amantes y le digo a Allendy que he jurado no tenerlos porque amo a mi padre y su tiranía. Le hago creer que soy una masoquista de una sexualidad obstinada y tenaz.

¿Me cree?

Cómo le molestan mis mentiras, mis verdades, mis aflicciones convincentes. Me besa los brazos y el cuello, me acaricia las piernas. Veo que lo excito, que otra vez está fuera de sí. Y estoy triste. Porque no puedo decirle brutalmente, «No te quiero como amante».

Está jubiloso porque cree que mi padre al menos ha desplazado a Henry. Casi siente amistad por mi padre. «Me siento como el español que le predica la moral a su hija», dice.

Cuando advierto que es tan intensamente vulnerable, cuando escucho el tono ansioso de sus dudas ocasionales, me siento cada vez menos capaz de decirle la verdad a cualquier ser humano. Nadie puede soportar una derrota; todos, hasta un analista objetivo, se sienten mortalmente ofendidos, heridos.

Aún conservaba el calor de dos horas en un café con Henry, quien con tal de estar conmigo me había acompañado casi hasta la puerta de Allendy. Mientras caminábamos, resolvimos que el viernes a la noche Henry vendría a Louveciennes, una hora después de la partida de Hugo hacia Suiza y de mi padre a España.

Allendy confirma mi intuición de que Artaud es homosexual, e inmediatamente comprendí por qué se sentía atraído por Hugo, lo que al principio me desconcertaba. Y me río para mis adentros: ¡siempre hay un homosexual en la vecindad!

Espero sentada a mi padre, plenamente consciente de su superficialidad.

La cadena que me ataba a él está rota. Tal vez Allendy me ayudó. Pero quien verdaderamente rompió las cadenas fue Henry, con ser como es. Esas reservas de sensibilidad tan, tan profundas de Henry, la gravedad, el peso de sus fervores, tan ricos y profundos.

Estoy soñando. Esto no es vivir. Mi padre llega con los brazos cargados de flores y un delicado florero Lalique. De ánimo sincero porque ya no está intranquilo. Confiado y amable. Y conversamos durante horas para descubrir nuestra semejanza. Yo había adivinado todo, como él. María es Hugo. Adoramos su bondad, esta perfección. Creamos armonía, seguridad, un refugio, un hogar y luego nos impacientamos. Como tigres, dice papá. Inquietos, vitales, temerosos de causar dolor, de destruir, pero ávidos de vida, de renovación, de evolución. Cobardes ante la lealtad, la bondad de Hugo y María. ¡Nuestros discípulos y adoradores! Los dos que tienen poder sobre nosotros. El mundo pensará que nosotros somos los tiranos. Papá y yo sabemos cómo nos someten, nos encadenan, la ternura, la compasión, la bondad ajenas. ¡Cómo deseamos que María y Hugo fueran crueles para que nosotros también pudiéramos serlo!

«No tenemos motivos para mentirnos el uno al otro», decimos. Pero lo hacemos, claro. Debo mentirle sobre la visita de Henry de esta noche porque mi padre no quiere que lo vea. Él también miente, pero no sobre lo esencial.

—Te has vuelto hermosa —dice—. Tan bella con ese pelo negro, esos ojos verdes, esos labios rojos. Y se ve que has sufrido, pero tu rostro es plácido. El sufrimiento lo ha vuelto hermoso.

Estoy de pie, apoyada en la repisa del hogar. Él mira mis manos. Con un brusco gesto del brazo estrello el jarrón de cristal contra la pared. El jarrón se rompe, el agua cae al piso. No sé qué significa.

En ese momento, él decía: —En junio, cuando Hugo se vaya de viaje, debes venir conmigo a la Riviera. Todos pensarán que eres mi amante. Será divertido.

Habla de las enfermedades de los Nin con orgullo, como si fueran propiedades de la familia. El hígado Nin, el reumatismo Nin, la palidez Nin. Inyecta orgullo incluso en nuestras humillaciones. Orgullo. Orgullo. Bruscamente, comprendo la magnitud del mismo orgullo en mí. Pero yo prefiero expresarlo por medio de la humildad. Soy humilde, pero cuanto más humilde soy, más soberbio es el núcleo, ese duro núcleo de los Nin, desdeñoso del mundo que lo agrede. La pobreza, las humillaciones me provocan un hondo sufrimiento, tan hondo que sólo un gran orgullo explica las heridas, la profundidad de las heridas. Si no fuera orgullosa, no me sentiría mortalmente ofendida. Perdono las ofensas, pero también eso expresa mi desprecio del mundo. Perdono y me siento superior. Me humillo porque conozco mi soberbia. Soy demasiado orgullosa para entregarme, confiar, revelarme; prefiero la escritura esotérica, un diario íntimo, una sola pasión. Demasiado orgullosa para establecer vínculos vulgares. Noble. Todo debe ser amplio, noble.

Cuando veo a mi padre, siento el despertar agresivo de este orgullo, como una serpiente. ¡Soy una fiera! Bajo la bondad, los sacrificios, la compasión, arde la soberbia. ¡Me siento inmensamente orgullosa de mi padre!

Advierto en él, como en Henry, al artista en su búsqueda egoísta de una mujer que lo proteja (semejante, como dije una vez, a la mujer parturienta que busca apoyo en el macho protector). Veo la sinceridad debajo del gesto aparentemente calculador. Advierto en él, como en Henry, la necesidad de independencia, de estimulantes, de putas. Me parece que intuí cómo debía interpretar a Henry y adiviné sus necesidades a partir de mi conocimiento de sangre de un padre a quien conscientemente desconocía, de quien sólo conocía distorsiones, porque es evidente que nadie lo ha comprendido, salvo María, que lo adora.

Henry y yo nos dormimos jubilosa, serenamente en la cama árabe. Lo primero que hice a la mañana fue llamar a mi padre:

—*Bonjour, mon très, très vieux chêne.*

—*Farceuse, va* —respondió alegremente.

Cree que mamá vive conmigo mientras Hugo se va de viaje. Un mentiroso contra otro mentiroso. Es Henry quien baja a desayunar mientras hablo con mi padre por teléfono.

Cuando rompí el jarrón de cristal y corrió el agua, ¿destruía una vida artificial, irreal, contenida, para permitir que la vida fluyera en libertad? Catástrofe y flujo.

—No me preocupa la vejez —dijo papá—. Sé que no soy viejo. Pero me preocupaba que llegaras demasiado tarde, cuando yo fuera viejo. Estaba ansioso de que no me hallaras vital y risueño, capaz de hacerte reír...
¡Bruscamente me embarga un sentimiento de admiración por mi Doble! Lamenté los años que no lo conocí, que no aprendí de él. Era orgullosa, cuando volví de Nueva York sufría al no estar a la altura de su ideal. Temía no estar preparada. Temía decepcionarlo. Además del perdón, sentía la necesidad de darle a mi padre lo mejor de mí. Cuando me sentí fuerte, comprendí que había llegado el momento. Pero si hubiera sido humilde, quizás hubiera aprendido de él.
Ahora he llegado a ser lo que soy por mis propios medios y sólo entonces le entrego mi ser. Sin embargo, todavía tengo mucho que aprender de mi padre. Como aprendí mucho de Henry.

Henry. Henry pinta retratos de mí a la acuarela. Conversando y cogiendo. Disfrutando de la paz conmigo. Pero a veces llegamos al borde de una riña. En su estado de ánimo belicoso, Henry ataca mi impermeabilidad aristocrática, tiene ganas de abatir esta superioridad definitiva. Mi porte siempre ha desconcertado un poco a Henry. Dice que la primera noche que vino con June, yo era majestuosamente distante, impresionante. Cuanto más tímida soy, más majestuoso es mi porte.

Bromeamos y reímos. —Podrás abatir cualquier cosa menos ésa —dije—. Siempre seré amable con la gente, pero nunca íntima...

Estoy sentada junto al hogar sobre almohadones anaranjados. Henry pinta. Hay acuarelas en el piso, libros abiertos sobre la mesa y el escritorio, notas, manuscritos. Con Henry siempre estoy en el paraíso.

De una carta de Henry: Ahora comprendo que puedo terminar algo. Antes, todo se abortaba por tal o cual motivo... es decir, por culpa mía. Ahora, ni siquiera un terremoto me impediría llevar a cabo mis planes... No estoy forjando una posición para Lawrence sino para mí mismo... Alzaré a Lawrence muy por encima de esos enterradores llorones que escriben sobre él. Si lo he enterrado, al menos lo enterré vivo.

14 DE MAYO DE 1933

Esta mañana, Henry y yo dormíamos profundamente cuando oímos el timbre. Henry despertó al instante, temeroso, como animado por una extraña intuición. Iba a decirle, como en otras ocasiones, «no te preocupes, es el lechero o el panadero», cuando oí la voz de Hugo que hablaba con Emilia. Subía rápidamente. Henry se paró de un salto y tomó su ropa. Me precipité al encuentro de Hugo en la escalera para detenerlo y darle tiempo a Henry para llegar al cuarto de huéspedes. Nos salvó la curva de la escalera. Detuve a Hugo en la escalera y lo besé para ganar tiempo. Habría bastado que subiera dos escalones más para que sorprendiera a Henry en el dormitorio.

Luego subimos. Pero Hugo había visto el saco y el sombrero de Henry en la entrada. Su mirada era dura y suspicaz. Jamás le había visto esa expresión de *comprensión total*.

—¿Quién está? —preguntó—. ¿Es Henry?

—Henry vino a verme ayer —dije—. Y como Emilia había salido yo tenía miedo y él se quedó porque yo tenía miedo.

Y entonces me fui a la cama, temblorosa, y me puse a hablar sin parar. Tuve la lucidez de hablar sobre mi padre, de comentar embelesada su fascinación y nuestras semejanzas, hasta que Hugo, que está celoso de él, empezó a sentirse ansioso.

—Cuando vino papá el sábado, me ofreció quedarse a hacerme compañía. ¿Te habría gustado más? Henry es una perspectiva menos peligrosa.

—Pero me pareció oír que Henry salía de tu cuarto.

—¡Tienes una gran imaginación! ¿Crees que si te engañara lo haría de manera tan flagrante?

Pobre Hugo, necesitaba creerme. Quería consuelo, apoyo, protección, seguridad, porque está cansado y preocupado por asuntos de dinero. Le di una gran ternura. Calmé sus miedos, dudas, celos. Cuando se fue a trabajar, estaba casi alegre. Agité la mano desde la ventana. Después fui al cuarto de Henry.

Henry y yo reanudamos nuestro trabajo, nuestra lectura. Entonces llamó papá:
—Debo verte, aunque sea por una hora. —Tuve que apresurarme para prepararle el almuerzo a Henry.
Me disgustó tener que despedir a Henry. Le di un beso y me disculpé porque debía cambiarme de ropa.
—Tu vida es como un teatro —comentó—. Ahora comienza el próximo acto. Debes ir a cambiarte sin demora…
Mientras me tomo un respiro de diez minutos, viene a mi habitación. Se había sentado junto al fuego a meditar con una copa de licor. Ahora entra y se pasea inquieto:
—Escucha, Anaïs, si todo se viene abajo, déjalo. No trates de emparchar la situación. No te preocupes por mí. Puedes venir a Clichy y de alguna manera nos arreglaremos. No te angusties ni te asustes. Me alegra que todo se derrumbe. Así debe ser.

Esta afirmación de su falta de miedo a las consecuencias fue una gran ofrenda de su parte, ya que por primera vez disfruta de una seguridad que le permite trabajar. Fue una oferta abnegada. Me conmovió. Lo tranquilicé. Le aseguré que no estaba asustada. Pero me encantó que lo dijera. Se acercó a la cama y nos besamos. En ese momento parecía tan hombre y responsable.

Sentía pena por mí. Lo último que le dije fue:
—No estoy angustiada por nada. Sólo cansada.
Y llega papá, resplandeciente, y nos comprendemos tan bien que es un milagro. Veo el equilibrio que es la base de nuestras naturalezas. ¿Impedirá que me libere? Me parece que cuando estamos juntos los dos somos *más fuertes*, como cuando estamos juntos Henry y yo.

Papá también siente celos del diario. «Mi único rival», dice.

Henry observa una vez más que en mi casa ningún objeto, por bello que sea, es inútil. Me ha visto usar el martillo, reparar la máquina de escribir, colocar una lámpara, ponerlo cómodo. «Eres tan inteligente», dice. Ayer le manifesté bruscamente que ahora no me molestaría no ser creativa en el arte, que me doy por satisfecha al poner mi talento de vida a su servicio, al ser útil para su trabajo. No me mueve la gran ambición de dejar una «obra», sino la de vivir y someter esta vida a mi amor, al creador Henry.

Anaïs Nin vestida
de bailarina española,
circa 1930.

La casa de Louveciennes,
en los suburbios de París,
donde vivió la familia
de Anaïs a principios
de los años 30.

Henry Miller
en Louveciennes.

June Miller.

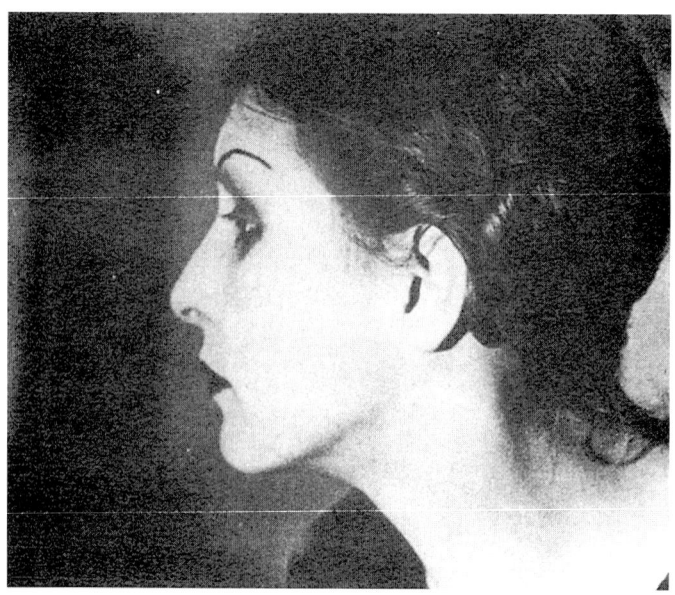

Retrato de Anaïs con sombrero de piel, por Henry Miller.

Hugh (Hugo) Guiler, marido de Anaïs Nin.

Dr. Otto Rank.

Antonin Artaud, tal como aparece en el filme *La pasión de Juana de Arco*, 1928.

Dr. René Allendy.

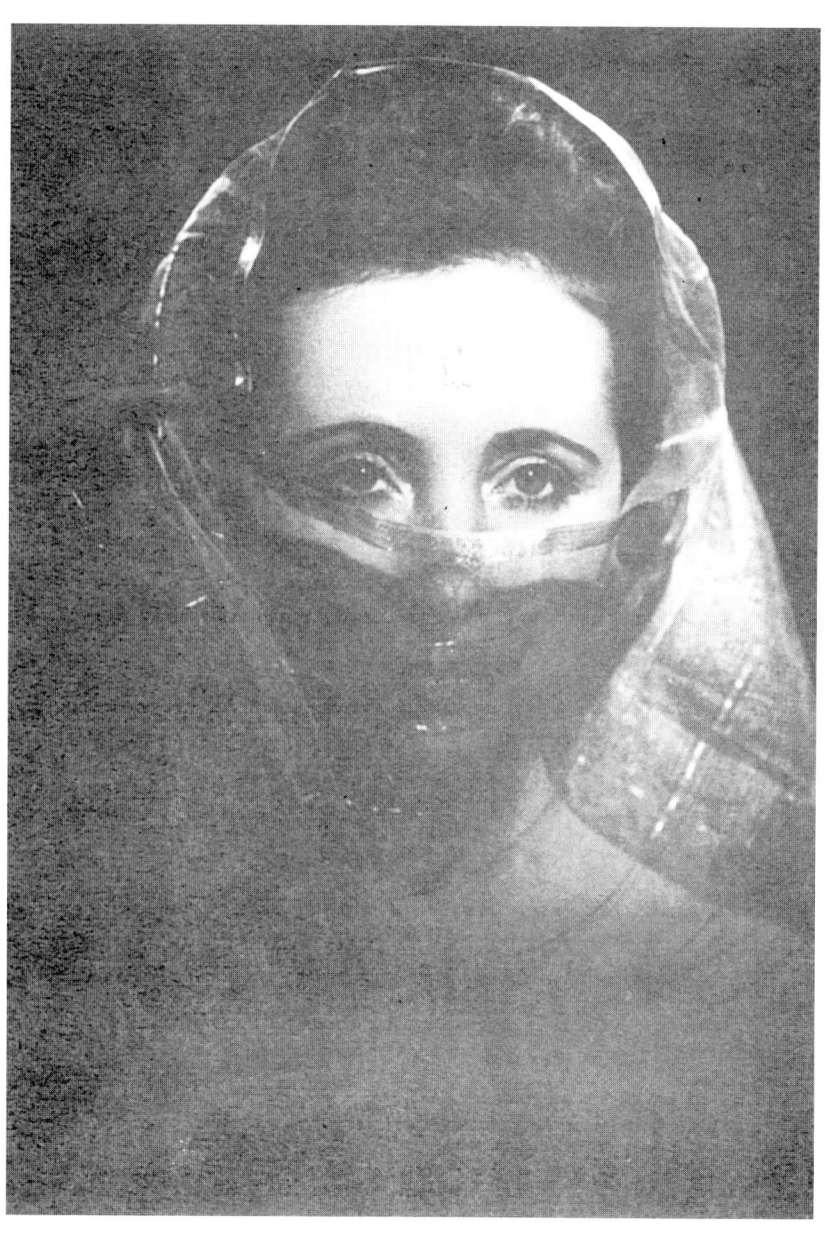

Anaïs Nin con el chal mencionado en el diario. Presumiblemente, ella envió esta foto de 1934 al Dr. Rank, cuando éste estaba en Nueva York.

Joaquin Nin, padre de Anaïs, aproximadamente en 1908; pocos años antes de que abandonara a su mujer, a Anaïs y a sus dos jóvenes hijos.

Joaquin Nin, al final de los años 20 o principios de los 30.

Eduardo Sánchez, primo de Anaïs, en París al principio de los años 30. Esta instantánea fue hallada en uno de los diarios originales de Anaïs.

Portada del diario número 42.

La confianza de Hugh no volverá a ser la misma. Ahora en su inconsciente hay una duda. No puedo olvidar su expresión de esa mañana. He perdido la sensación de seguridad. *Sabe.* Tenía la misma mirada que Henry Hunt la noche que Louise se encontró con su amante en el cabaré: una mirada verde, furiosa, llena de odio. Me aterra. Escribo a Henry: «No hubo derrumbe, pero no habrá más confianza. No quiero ser una carga para ti, jamás. Estoy resuelta a que siempre tengas tu seguridad y tu independencia. Mi vida está sujeta a tus necesidades. Gira alrededor de tus necesidades».

Escribo una carta a Artaud y le envío un poco de dinero.

Comprendí que no puedo apreciar los *placeres* del amor sin todo lo que lo rodea. No hay placer para mí en las «dos horas en el hotel». Lo cual liquida definitivamente a Allendy y los demás juegos. Se acabó. En mi sueño humillé a Allendy por concebir la vida como un juego.

El placer reside en otra parte. Placer en aliviar a Artaud de la sujeción a las necesidades materiales y sobre todo de la sensación de que todo el mundo está contra él.

Recuerdo el chiste de Allendy: «No juegues con Artaud. Es un perdedor, es demasiado desvalido».

Siempre tan brutal y tan franco, cree que mi padre quiere acostarse conmigo, siempre se precipita a la conclusión y salta las *étapes,* como Henry pasó por alto las constelaciones del lesbianismo. Encamarse es lo menos importante y lo más obvio, la forma menos satisfactoria y más estúpida de figurarse la vida.

Pienso que soy cruel y mezquina con Hugh. Pienso en su lealtad y me siento una miserable. Pienso en su vida y siento que la estoy sacrificando para mi propio desarrollo. Me preparo para amarlo. Durante toda la tarde medito sobre sus cualidades. Lo veo estudiar astrología, como un verdadero santo. Oigo el auto, sus pasos, su voz. Salgo a su encuentro y sonrío. Es joven, pacífico. Pero su deseo es demasiado ávido y sumiso. Me someto a sus caricias. Mi cuerpo las recibe con indiferencia. Pero me sublevo ante su deseo. Detesto sentir su boca sobre la mía. Y el dolor, los manoseos torpes, siempre como una violación. Mi cara se crispa de dolor. Debo ocultar mi cara; finjo que los suspiros y gritos de dolor son suspiros y gritos de placer. Afortunadamente es rápido, como un ave de grandes garras, y yo estoy erizada de hostilidad y disgusto. En este momento lo odio. Todo mi deseo de demostrar ternura está aniquilado. Quisiera herirlo. Debo repetirme una y otra vez: «Él no sabe, no conoce esta tortura». Pero lo odio. Y después, si extravía algo o me pide un favor, siento un enorme fastidio por sus pequeños defectos, furiosa de que sea distraído, lerdo, negligente, olvidadizo. Sus pequeños defectos me parecen insoportables porque no lo amo. Siento ganas de escupir fuego. Me lavo rápida, furiosamente. Estoy amargada. Estoy harta de obligarme a hacer el amor. Cansada de fingir. ¿No siente la frialdad de mi cuerpo contra el suyo? ¿Por qué me desea tan ciega, tan obstinadamente? No advierte nada. Es ridículo y a la vez conmovedor.

Nuestra vida en común es una tumba. Cuando escucho música imagino que estallo violentamente. Estallo, nada más. Lloro, grito, vocifero mi verdad, me vuelvo loca.

Sentado pacíficamente bajo la lámpara, Hugh traza horóscopos. Inocente. Irreprochable. Ciego. Vacío. Hay en él algunas islas de vida, regiones palpitantes. Pero enormes espacios de indiferencias vacuas, letargos. Ceguera y sordera parciales. Tal vez lo elegí como antídoto a mi hiperconciencia. Pero ya superé la necesidad de los algodones, la paz pasiva, la lealtad, todo. No debo permitir que mi sacrificio sexual y mi odio me lleven a ser injusta. Pero no es de extrañarse que desee una guerra, un terremoto que desgarre nuestra unión.

16 DE MAYO DE 1933

Hablo con Joaquín, mientras paseamos ciegamente y muy agitados alrededor del lago. Palabras. Sin ver nada, absorta en el dolor. Suplicando a Joaquín que no juzgue a su padre, porque en ese caso me juzga y me condena a mí. Joaquín, furioso, dice que no hay semejanza en lo esencial, sólo en los detalles. Papá vive en un mundo inhumano. ¡Yo también! Pero entonces recuerdo a Henry y me conmuevo.

—¡Lo ves, eres humana! —dice Joaquín.

Joaquín habló sobre los remordimientos de conciencia de papá (que todavía trata de justificarse ante todo el mundo por haber abandonado a mamá). ¿A qué fecha se remonta el crimen? ¿Cuál fue el crimen? Sé que cuando me reprocho con escrúpulos morbosos por mi conducta hacia Hugh, no se trata de tal o cual acto sino de una sensación fundamental de culpa que está en la raíz de nuestra inquietud y exceso de escrúpulos. Una autocrítica morbosa, en verdad. Como, por ejemplo, cuando le hablo a Henry sobre nuestros problemas financieros y a continuación gasto diecinueve francos en una reproducción de cristal del castillo Les Ruines.[1] Mi conciencia me remuerde tanto que cuando él lo ve, le digo que alguien me lo regaló. Soy consciente de la violencia con que deseaba ese objeto, esa chuchería, de que cuando la compré sólo pensaba en mi deseo, de que mi imaginación estaba hechizada, y cuando volví en mí no me causó placer el haber cedido a la tentación.

Pero en otros días he cargado bolsas pesadas llenas de libros para vender a fin de comprar los que necesita Henry para su trabajo. Mis sandalias están gastadas, tengo sólo dos camisones, pero envío doscientos francos a Artaud y con ello provoco la ira de Hugh. Creo que la historia de la chuchería de diecinueve francos explica muchas de las mentiras de papá. Teme que lo juzguen, no a causa de los detalles de su vida sino debido a una sensación de culpa profunda y secreta que tiñe e impregna toda su vida.

—No puedes ir a la Riviera con tu padre —dice Hugh—. Eres mía.
Después del sexo, pasada la posesividad sexual, puedo ser tierna otra vez. Pienso en los gastos y estoy dispuesta a abandonar la idea del viaje.

Creo que en lugar de ser criminales honrados, papá y yo hemos sido demasiado cobardes para vivir nuestras vidas resuelta y valientemente. Hay en nosotros, como en Henry, un núcleo traicionero, inhumano. Pero no nos atrevemos a mostrarlo, a vivir de acuerdo con él. Siempre transamos con la vida humana. Papá soportó a mamá durante once años. Henry fue obligado por June a abandonar a su esposa y su hija, y más o menos por mí a abandonar a June.

18 DE MAYO DE 1933

A la mañana siguiente de mi conversación con Joaquín, me desperté con vómitos y durante todo un día me atormentaron la fiebre, el letargo, los escalofríos, la sensación de estar envenenada; estaba tan dé-

---

1. Les Ruines era el nombre de la casa en Arcachon, Francia, donde Anaïs Nin vio a su padre por última vez antes de la separación de la familia.

bil que lloré cuando Hugh me besó. Henry ofreció venir, pero no quise verlo. Henry sólo es para los días valientes. El amor de Henry es egoísta, como el mío por Hugh: no por lo que soy sino por lo que le doy. Cuando estoy enferma, me parece que no puedo enfrentar a Henry: que mis debilidades le causarían fastidio. Porque junto con la enfermedad sufro una crisis de hipersusceptibilidad: dudo del mundo, temo al mundo, salvo a Hugh. Joaquín me llama porque ha estado pensando mucho en mí. Mamá *hace* cosas por mí, teje y hace recados porque siente remordimientos y el deseo inconsciente de compensar su falta de comprensión. Siempre estoy en deuda con ella, por las *cosas* que hace. Pero ya no soy esclava de mis deudas.

Allendy no me ayudó en absoluto a superar mi hipersusceptibilidad. Ahí estaba yo, tendida, escuchando música, abatida por todo, terriblemente *vulnerable*, llorando de gratitud por tener a Hugh, una casa, una cama, estar protegida. En medio de la fiebre imaginé que estaba en la calle, Hugh me había echado a causa de Henry y todos estaban contra mí. Allendy furioso e implacable. Henry ocupado con una puta. Todos crueles. Eduardo frío y esquivo; mamá vituperante, viperina, implacable, moralista; papá crítico, temeroso de que arruine mi vida. Hugh y María infinitamente superiores a todos, porque *sólo ellos han amado*.

21 DE MAYO DE 1933

Lenta recuperación y despertar al júbilo y la vitalidad después de llegar a lo más profundo de la debilidad y el delirio interior. ¡El sol! ¡Tibieza! Largas horas de somnolencia. La voz austral de Henry en el teléfono. Euforia. Baño. La felicidad del agua, de la frescura. El cuerpo sano y ligero. Se me ocurre que Henry debe de necesitar dinero. Henry. Escribo una carta a mi padre. El sosiego de la otomana en un día estival. Mi padre, mi padre. Polvo, perfume, el vestido italiano (terciopelo negro con la parte superior de terciopelo verde azulado y lunares dorados). ¿Quién está ahí? ¡Abran las puertas! La casa está alegre, cantarina, impregnada de olor a flores de celinda. *¡Ole, Anaïs!* Gustavo, radiante; Nés-

tor con su cara negroide, bellamente bestial, ojos prominentes, negros como la pez, el gran pintor del agua y la tierra.
¡Cuánta alegría traen consigo!
—Tu padre, un hombre que jamás se había entregado, no es el que era —dice Gustavo—. En verdad, eres la primera *aventure sentimentale* de tu padre. Lo has vuelto loco, Anaïs.
Estoy absolutamente sosegada, inundada, temblorosa, exultante, casi muerta de felicidad. ¡Por fin puedo dar! ¡Todo lo que hay en mí es deseado! ¡Y nadie sabe todo lo que tengo para dar! ¡Cuanto más amo a Henry, mayor es mi plenitud! Inagotable. Y puedo amar a mi padre. Me necesita; no se *enfrenta a sí mismo*. Tengo para darle sabiduría, alegrías, una nueva experiencia, estimulante. ¡La vida! Tengo dones para mi padre y él los anhela. «Nadie, nadie», ha dicho en presencia de todos, «ni siquiera María me ha brindado sentimientos como los de Anaïs.» Pobre papá. En un momento comprendí tanto, tanto, que estaba abrumada. Quería que volviera inmediatamente. Fui extravagante con Gustavo y Néstor al hablar sobre la *fe*, la fe que hace milagros. Milagros. ¡Creo en la magia, en los milagros! Todo es extrañamente bello, sobrecogedor. La vida me quita el aliento.

Vino Joaquín y nos sorprendió. Hurgó en mi escritorio, leyó las cartas de papá, miró su fotografía. Recordé las palabras de Gustavo: «Esos dos congeniarían. Cualquier intento de *rapprochement* tendría un fin trágico. Es a ti a quien ama. Con Joaquín es cuestión de un compositor que tiene un hijo que también es compositor. Joaquín jamás amará a su padre».
Teme la influencia de papá en mí, que mi padre lo aleje de él.

A papá:[1] Todo lo que he descubierto sobre tu vida y sobre ti se corresponde con lo que yo anhelaba que fuera verdad. Comprendo que buscaba vagamente lo mismo en otros, pero tú, sólo tú, llenas el gran vacío que encontré en el mundo. ¿Sabes qué significó el cristal roto? Representaba el mundo irreal en que vivía. El bote, el mar. Siempre quise alejarme, dejar el mundo atrás. Cuando volviste, la realidad se volvió hermosa, completamente gratificante. Rompí la imitación, el sueño: el mundo artificial, congelado, muerto. Como escribiste tú: «¡Resucité!».

---

1. En francés en el original.

Pienso constantemente en mi padre. No volveré a reprimirme. ¡Basta de interrupciones! Comprendí que abrí su carta con la misma avidez que la de Henry:[1]

Sobre todo, cuéntame los planes de Hugh, porque sueño con nuestra fuga hacia el sol y de tenerte sólo para mí por unos días. Los dos merecemos esa felicidad celestial. Nuestros corazones, quemados por todos los fuegos, florecerán jubilosos. La buena semilla dará brotes fuertes, sanos, bajo la tibieza ardiente de nuestras almas resucitadas. Fugitivos de un pasado doloroso, nos unimos para volver a forjar nuestra unidad desgarrada... Pero esa comunión extraordinaria necesitará horas y horas de entrega ininterrumpida, en soledad, entre el cielo y la tierra. Los dioses no conocen felicidad mayor. Bendita seas por siempre, Anaïs.

Esta noche estoy triste. *Las dolorosas ironías de la vida. Di a Henry todo lo que desea mi padre.* Dislocaciones. No puedo darle a mi padre la misma plenitud de pasión. Estoy dividida. Pero es verdad que en Henry amé las semejanzas con mi padre.
La respuesta, la reacción, viene cuando estoy agotada de desear.
Pero aún estoy más plena que la mayoría de los seres. ¡Como para devolverle amor a mi padre en la misma medida que el suyo, o aun mayor!
Sueño con darle vida, sentimientos, para que pueda liberarse, conocer el júbilo, el entusiasmo, la plenitud de dar, porque yo conozco la alegría de dar.
Mi gratitud desborda. Suave, suavemente aparto a Allendy de mí. Dijo que temía que su mente sucumbiera, ¡que todo se volvía vertiginoso y oscuro! Le devolví la seguridad, la serenidad que tanto valora. Pero le di momentos de vértigo. Una «amante deliciosa» dijo al suplicar que no lo abandonara del todo. Comprendí que las mujeres no deben exigir sensualidad a los Cristos y los creadores. La ternura de Allendy era hermosa, una suavidad asexuada, pura caridad. Me regala un gato de albañal al que ama pero no puede conservar. Allendy es una mujer.

Para animarme mientras estuve enferma, Henry me envió una copia de su carta a Emil en la que describió en detalle su exuberancia, su bienestar, su júbilo, sus paseos en bicicleta.

---

1. En francés en el original.

Le oculté mi quebranto. Lo llamé cuando me sentí *bien*.
Cuando le hablé se mostró insensible, frío: como un hombre interesado solamente en su propia vida, en su trabajo. Vi su cara y me interrumpí.
—Estás en uno de tus días insensibles —señalé.
Lo vi tan vacío, tan absorto en sí mismo. Dejé de hablar. Me encerré en mí misma. Traté de olvidar. Algo había muerto en mí. Tan total y absolutamente egoísta. Bajó la cabeza. Lo lamentaba, pero en una forma tan insulsa, tan meramente consciente. No le importaba. Bruscamente, me agobiaron los egoísmos acumulados. Comprendí todo en un instante, así como un hombre que se ahoga pasa revista a su vida entera. El amor del egoísta total por la mujer a la que puede usar.
Empecé a temblar violentamente. Tuve que correr a la casa. Se quedó en el jardín, confundido, ciego. Le pedí que se fuera.
—Acabas de conocer mi aspecto más feo —dijo.
Me sentía aplastada por lo que acababa de ver.
Le escribí una carta acusadora. Una rebelión terrible, tanto más por cuanto siempre disculpaba su egoísmo: ¡El artista! ¡El artista! ¡El monstruo!
No sé qué me pasó. Algo se derrumbó, mi fe, mi ceguera. Estoy cansada, harta del dolor. Quiero el amor que merezco. Nada menos. Estoy cansada de dar, de vaciarme. La devoción constante por Henry. Su bienestar, mi meta perpetua.
Estaba en un período creativo de su vida y tomó la mujer que pedía poco: ¡un día de humanidad por semana!
En el fondo, la calidez física puede ser tan fría: las caricias de Henry, nada. Cenizas. Recuerdo las palabras de June: «Me entregué totalmente y él me hirió, me traicionó. Por eso me refugié en Jean».
Todo se derrumba a mi alrededor. Sus cartas a los amigos después de los días que pasó en Louveciennes: ni una palabra sobre *mí*, sólo sobre lo que *recibió*, lo que *ganó*, lo que aprendió o descubrió. Louveciennes es un alimento. Yo soy un alimento. Mi amor es un alimento. ¡Estoy cansada, harta de todo!
La ternura o compasión o solicitud, cuando la hay, es *momentánea*. Naturalmente, todo eso florece en mi *presencia* y yo creo. Creía en sus frases. Bastaba que dijera, «quiero darte cosas».
Pero en todo caso es sincero. Todo esto lo sabe. Sabe que no *retiene* nada. Que el centro siempre es *él*. Por eso detesta a las mujeres norteamericanas: porque son egoístas, frías, resueltas, defensivas. No se puede esclavizarlas. Yo he sido una esclava.

Hoy estoy rebelde. Claro que tal vez lo perdone. Siempre *perdono*. Pero quiero que se acabe la farsa: la farsa del amor. He tenido una visión demasiado clara del costado feo de Henry, de sus limitaciones. Tengo que liberarme, salvarme. ¡Dios mío, quiero amar, quiero amor!

Hugh está en Londres. Vi a Steele. Acepté una invitación a su casa. Tuve la debilidad de ir a casa de Henry a decirle: «Se acabó... se acabó». No lo encontré. Me llamó por teléfono. Pero me llamó alrededor de las tres, probablemente después de una buena siesta.

Me llamó otra vez:

—No entiendo qué pasa. Ayer me echaste como si fuera el jardinero. Tu voz es tan fría e imperiosa. ¡Me asustas!

Torpeza. Inocencia. Su respuesta es siempre la misma: «No sabía... no quise decir... no pensé». Él, tan susceptible, que se siente humillado por nada, es *insensible* a los sentimientos ajenos. Hay mucho de insensible en él, en sus relaciones con los demás. *Jamás logra comprender al otro*.

27 DE MAYO DE 1933

Vino Henry. Sentada en el sofá, en voz muy baja, hice una larga serie de acusaciones y reproches. No con furia sino con mucha tristeza. Cada vez que yo decía «no me amas», casi parecía que él iba a reír.

Pero al final quedó aplastado. Bajó la cabeza:

—No sabía que era tan malo.

Lo dijo en tono grave, con la cabeza gacha, las venas hinchadas bajo la delicada piel. No pude soportarlo. Fui hacia él y me arrodillé. Oculté la cabeza entre sus rodillas y sollocé. Henry me besó la nuca.

—Anaïs, no sé qué decir sobre mi egoísmo. No sabía que era tan malo. Pero en cuanto a mi amor por ti, debes *creer*, nada más.

Nos paramos y me besó con tanto fervor, tanto fervor, que volví a creer.

Me tendió sobre el sofá y me poseyó con avidez y ternura, mientras me decía:

—Dios mío, Anaïs, ¿no sabes cuánto te amo?

Sí, lo sabía. También sabía que mis dudas y acusaciones eran exageradas. Durante un día se había mostrado insensible, pero en el fondo tenía sentimientos, como los puede tener un hombre. Era normal que él fuera la preocupación de mi vida, pero la de la suya debía ser su trabajo y él mismo, él mismo como autor de su obra. Yo había sido demasiado mujer. Había querido una prueba de intimidad, porque la mayor parte del tiempo mantenemos una relación independiente, valiente y madura.

¡Pobre Henry! La escena lo abrumó. Había sufrido. Y el martes yo lo había irritado. Celoso de mi padre y de Joaquín, celoso de mi depresión, se había endurecido, se había negado a sentir.

Atinadamente, defendió su actitud en una carta: «Sabes que te precipitaste. En general, mi disfrute egoísta de la vida no te habría ofendido. Lo habrías apreciado».

Sospechaba que yo le ocultaba la causa verdadera de mi depresión, que era otra.

¡Estaba celoso del diario! Le temía:

Sé que debe de haber sombras en torno de esas imágenes luminosas que me lees. Debe de haber crueldades en el diario, cosas mucho más crueles de las que yo podría reconocer. Lamento profundamente haberte cogido ayer. Te digo que todavía todo es confuso e incomprensible para mí. Vine de lo más alegre, con toda la intención de abrazarte y amarte hasta la muerte. Y entonces, como siempre —esto no es nuevo— al entrar en la casa veo claramente que soy un invitado, aunque muy especial. Ni es mi casa ni tú eres mi esposa. Cuando apareces en la puerta, siempre veo a una princesa que por algún capricho secreto condesciende a darme su amor. Me siento como un don nadie. Podría ser X. Todo es un obsequio. Y me embarga una delicadeza absurda y me quedo parado, te estrecho la mano, hablo de cosas intrascendentes y pienso que todo es tan maravilloso y que nada es real, todo es sueño. Lo digo porque aunque sé que merezco algo de vida, no merezco todo lo que me das. Y aunque hable tanto sobre mí mismo, lo cual te aburre mortalmente, creo que lo hago para tratar de introducirme en la realidad de todo esto que me das cuando abres la puerta y me saludas. No sabes qué importante es para mí ese momento. Entonces me vuelvo tan humano que me embarga la delicadeza. Así sucedió ayer. Mi insensibilidad era delicadeza. Tenía hambre de ti. Cuando me llevaste a la hamaca, te habría arrancado la ropa; te habría devorado. Pero me senté frente a ti y hablé. Hice un desvío y me perdí para llegar cinco minutos antes. Pero ayer parecías tan débil; como si estuvieras enferma. Y mi hambre devoradora habría parecido falta de delicadeza. Quería que tuvieras lo mejor de mí. Entonces conversamos, y en verdad te ofendiste porque no te abracé. Bueno, me lo impidió una extraña insensibilidad. No la que tú imaginaste. Pensé que mi «salud» disiparía todo rastro de enfermedad. Pensé —me parece que esto es romanticismo— que con el solo hecho de estar contigo te haría sentir muy bien. En realidad quería tenderte sobre la hierba y poseerte. Todavía soy *naïf* y torpe. Me fui un poco aturdido, casi encantado de que me echaras así: ¡también me gustas en esa pose de gran dama española! (¡El escritor Henry contempla la gran escena! Qué divertido: él en traje de ciclista, y yo en camisón de encaje, envuelta en una capa, le ordeno que se retire.)

Al bajar la cuesta me sentía feliz al imaginar que subirías a escribir más páginas para «Alraune». Y si despedirme de esa manera te ayuda a escribir, Anaïs, entonces estoy a tus órdenes. Cuando quieras, úsame como un felpudo humano... *para tu arte.* Creo que eso te gustará, Anaïs. Porque pienso que eres una gran artista. Y en cuanto a tu personalidad... tienes una gran personalidad. Aunque no escribieras un diario... hay días, como ayer, cuando no sabes qué eres, si artista, ser humano, personalidad o autorretrato, y entonces martirizas a los demás. Pero eso está bien. Lo apruebo. *Debes* martirizar a los demás de vez en cuando. Tienes tus malos ratos, como todo el mundo... y cuando escribí esa carta exultante a Emil en la que dije que el Espíritu Santo está en mí, pensé qué extraño era atribuir todo al Espíritu Santo. Tú eres el Espíritu Santo en mí. Creas mi primavera.

Su simpatía, sencillez y humor me conmueven. Después reímos al recordar la escena. Citó a Lawrence: «No debemos mimarnos. Debemos pararnos sin ayuda».

Me presenté inesperadamente en la puerta de Henry el sábado a medianoche, después de la cena en lo de Steele, en la que abandoné a Steele y Artaud, y esperé sentada sobre el felpudo. Llegó Henry con un resfrío. Y aunque se hizo el duro, lentamente se *fundió* en mí, se volvió suave y tierno, exageró su resfrío porque *quería* que lo amaran, que lo mimaran. Y reímos y cogimos y nos burlamos uno del otro. Y el sábado fue un día mágico. Yo tenía que hacer una diligencia y Henry inició su juego de seguirme a todas partes hasta el regreso de Hugh. Vagamos por la ciudad como dos sureños, como convalecientes, dijo, muy íntimos, muy tiernos, muy sentimentales. Cuando sentimos hambre comimos en un pequeño *bistrot* de la rue de l'Abbé Groult —jamón, ensalada y queso— y yo me emborraché con un solo vaso de vino blanco. Veía la luz del Sol radiante iluminar el arco tembloroso formado por las copas de los árboles, aunque en realidad era un día gris. Sentía y veía luz, tibieza. Quería regalarle algo a Henry a causa de su resfrío y él confesó que deseaba un fonógrafo. Fuimos juntos de compras. Llevamos el fonógrafo a la casa en un taxi. Llovía y viajábamos arrullados en la tibieza del taxi, satisfechos, tiernos, muy juntos. Con los brazos entrelazados. Fuimos a la cama y dormimos serenamente en la tibieza del seno mágico que nos contenía y arrullaba. Un seno de tibieza, como un hechizo tropical. La ensalada, el jamón, el vino, las calles, el fonógrafo, las vueltas en taxi, la cama, todo desbordante de contenido mágico: todo magnificado porque disfrutamos juntos. Henry florece, feliz, exuberante, hermoso en su arrebol. Me hace saborear el presente. En ningún otro lugar encuentro esta magia, este presente hermoso, pleno. Juntos, el momento se vuelve infinito.

—Jamás me siento así cuando estoy con Fred —dice Henry—. Él gasta todo su dinero y no lo disfrutamos. Me aburre.

Entonces Henry disfruta más al verme disfrutar. Me expando, separo las piernas, siento el banco del *bistrot* y jamás he visto una mayonesa tan dorada. Jamás sentí que todo era tan bueno. La gente que habla como en *Voyage au bout de la nuit* de Céline. La voz y la boca de Henry. Borrachera. Este momento de saborear totalmente la comida, el color, el aliento humano absoluto, la plenitud. Porque estoy plenamente presente en el *bistrot* junto a Henry. Es el fin de todo desasosiego. No hay, como en todo otro momento y lugar, un fragmento errante, inconexo, trágicamente rebelde de mí, como una pieza que no encaja en el rompecabezas. Durante un día estoy con Henry: una imagen íntegra, sin remordimientos, sin pasado ni futuro. Alrededor no hay espacios oscuros, horizontes ni sombras. La vida abarcada por un día, y el único pensamiento en mi mente es el día, la hora, Henry, el taxi, la comida, y no quisiera estar en *ninguna otra parte* y con *nadie* sino con Henry. No quiero tener un centavo más de lo que tenemos porque es suficiente para las necesidades del día, que son las únicas necesidades que tenemos. Es tan sencillo realizar los deseos de toda la vida. Ayer fue la realización de los apetitos oscuros: el simple ayer, que terminó con nuestro sueño profundo y tibio mientras afuera llovía copiosamente. La ternura sencilla y extrema de Henry —despojada de todo adorno y literatura—, cuando hace unos días se había despertado en él la antigua furia automática y el odio porque alguien le escribió que June hablaba sobre él con amargura y él escribió una carta melodramática que veinticuatro horas después le dio náuseas porque la escribió *sin pensar* y comprendió que experimentaba los últimos *sursauts* de un odio que es un «lazo más fuerte que el amor», pero que suscita frases y literatura y epílogos con náuseas.

Siento tanta pena por Artaud porque siempre sufre. Comprendo que son tan *extremadamente raros los momentos de bienestar físico que he conocido, tanto como los momentos de felicidad absoluta*, y quiero crear esos momentos para los demás. Sé que he mitigado los nervios y la sensibilidad de Artaud: recuerdo cómo era Henry cuando lo conocí, y ahora es un ser exultante, jubiloso, creativo. Lo que quiero sanar es la melancolía y amargura de Artaud. Físicamente, me negaría a tocarlo. Pero amo la llama y el dolor que hay en él.

29 DE MAYO DE 1933

En estos días me siento constante y profundamente sincera. Más seria que nunca, más satisfecha, más humana. No escribo. Mi imaginación está adormecida. Constantemente me acosan los fantasmas, sí, pero conservo el control. Estados de ánimo. Mis estados de ánimo se vuelven más fuertes y déspotas. Me sujetan más. Salen a la superficie; estallan. Menos control. Pero un flujo maravilloso. En fin, tanto lo normal como lo anormal son fuertes. Siento la vida y siento el sueño, los dos, absolutamente.

Ciclos de neurosis; pero la conciencia me mantiene a flote. Qué lucha para seguir a flote y alegre. Henry me da una carta y mis dedos tiemblan porque temo que contenga una de esas frases que me sofocan: una herida trivial, un golpe leve, para mí inmenso. Temo este vidrio de aumento. Soy tan feliz cuando ha pasado la tarde y no me ha lastimado. Entonces me pregunto si no lo he lastimado yo. Lo hice al anunciar que me voy con mi padre. Una palabra basta para ensombrecer el universo. Por eso soy tan tierna ante el estado de ánimo de Artaud, ante su autodesdén.

31 DE MAYO DE 1933

Paso el día haciendo compras: me lleva tiempo porque no tengo dinero, entonces debo buscar y caminar durante horas. Pero tengo que ver a Henry todos los días. Tengo que hacerlo. Me siento más próxima a él que a mi pasado. Me gusta más comprarle discos que comprar los guantes y las medias que me hacen tanta falta. Me conmueve hasta los pies ver ese cuarto gris de Clichy, la ropa escasa, la cama desvencijada. Siento en mi propio pecho el resfrío y la tos de Henry. No puedo disfrutar la fuga a la Riviera. Pienso menos en el viaje, en la nueva aventura, que en la cara de Henry cuando dijo que el café era doblemente delicioso porque lo había preparado yo. Las raíces humanas en mí se agitan como algas. Tengo tanto amor por su cuerpo, incluso cuando está enfermo; y Dios sabe cuánto detesto la enfermedad. La sensación de sus estados de ánimo, de sus estados inconscientes: su humillación, su hipersensibilidad, sus depresiones. Veo en él un ser atormentado como Lawrence, un ser al que doy la paz, el mínimo dolor. Soy feliz al sentir este tormento constante que me da tanta conciencia, tanta lucidez. Creo que si poseo algún genio, es el genio para amar. Este diario podría ser un manual del amor, el amor apasionado, el amor carnal, el amor comprensivo, compasivo, maternal, intelectual, artístico, creativo, no humano, como mi amor por la obra de Henry.

Lawrence tiene razón: «Sólo la mujer insatisfecha necesita lujos. La mujer satisfecha es capaz de dormir sobre el piso».

Hacemos bromas sobre esto. Cuando Henry me compra los panecillos delicados que me gustan, yo protesto: «No me mimes porque *estoy satisfecha*». Y es verdad que he sido muy feliz con mis zapatos gastados.

Esta noche, como en tantas otras noches, estoy llena de Henry y sonrío al pensar que al principio adoraba a Lawrence y ahora adoro a un hombre tan parecido a él, a Mellors, a Somers, en verdad un hombrecito poderoso, intenso, honesto, amargado, marcial, instintivo, profundamente humano. Sólo que Henry es más *hombre*.

1° DE JUNIO DE 1933

Recibo una visita de Bradley, que entiende mucho y dice muchas cosas interesantes. Sabe que el artista debe ser egoísta, inhumano. Dice que Lawrence fue débil; se dejó matar por Frieda porque fue débil... excesivamente humano. Debería haber huido para salvarse. Henry también: permaneció demasiado tiempo con June. Yo fui demasiado humana con mi madre y demasiado humana con Hugo.

Mientras Bradley hablaba, recordé vívidamente cuántas veces he abordado el mismo problema: el diario, el arte, qué debo incluir, qué debo relatar y cómo.

—Olvida el diario —dice Bradley—. Escribe tal como hablas conmigo.

¡Es verdad que me hace hablar! Sus preguntas son interminables. Siente un interés intenso, conmovedor, por mí y por mi trabajo. Me gustaría conservar todo. Me siento orgullosa, reservada, como si estuviera ante el público. Me duele profundamente entregarme, revelar mis diarios. Me siento desnuda en medio de una multitud. Es una tortura. Cuando hablo, me doy cuenta de que miento imperceptiblemente para cubrirme. Me disfrazo. Detesto mostrarme como soy. Las mentiras parecen disfraces, mentiritas, la mayoría distorsiones, porque temo que no me comprendan y temo el dolor. Después, lo que no he dicho lo escribo en el diario. Me irrito porque la gente no comprende, y la culpa es mía. La verdad es que sólo presento fragmentos de mí ante los seres humanos. Henry, que recibe la porción más grande, Hugh, Allendy, Joaquín, papá. Siempre es necesaria la *mensonge vital*: la mentira que me separa de cada persona. ¿Será solamente papá quien tendrá la totalidad, como el diario? ¿Qué deberé ocultarle a papá? Siempre algún secreto, y este secreto crea el diario. Y entonces viene William Aspenwall Bradley y en nombre del mundo me ordena que entregue todos mis secretos.

Antes de su llegada empecé a abrir las cajas de hierro en las que guardo mis diarios. No pude abrir dos de ellas. Una llave se rompió y la otra giró en falso dentro de la cerradura. ¡Símbolos!

2 DE JUNIO DE 1933

Un ser normal alcanza la felicidad y *cree* en ella, la retiene hasta que es destruida, pero un ser anormal alcanza apenas una felicidad relativa que fluctúa constantemente.

Comienzo el día con un estado de ánimo dorado que llevo a todas partes como un huevo. Pero en vez de sentarme sobre él lo llevo sobre el pecho, a la vista. Corro a despertar a Henry para presentarle mi huevo, decirle que es un día tropical, sacarlo al sol. Le ofrezco mi estado de ánimo como un regalo más. Pero Henry está deprimido a causa de su resfrío y porque alguien ha llamado insistentemente a la puerta. No quiso abrir porque yo estaba ahí y cada vez que alguien llama a la puerta, Henry piensa que vienen a buscarlo, perseguirlo, atraparlo. Tiene miedo. Durante toda su vida lo han acosado esos golpes en la puerta, la sensación de que lo persiguen. Le arruinan el día. Lo vuelven furtivo, inquieto, temeroso. No pudo dominarse.

Nos sentamos al sol y Henry empieza a desvariar. Me pide que nos vayamos de vacaciones sin llevar mi diario. Quisiera matarlo. Sí, porque el diario es un *personaje*. Por celos (está sobre la mesa del café) se niega a leerlo. Cuando escribo en él es como si me confesara con otro, ¡una infidelidad! Y me pregunto cuántas veces he dicho que viviré sin el diario, saldré de mi refugio. Pero no lo hago. Porque es verdad, como le digo a Henry, que he confiado en él; pero también es verdad que sólo le digo lo que *quiere* oír, que hay mucho que no quiere oír, ¿y *quién* quiere oírlo?

Por eso Henry dice, «ven conmigo sin el diario», que está sobre la mesa del café como una persona: el máximo rival. Estoy desconcertada, porque estoy dispuesta a confiar totalmente en otro ser humano, salvo que en determinados momentos los seres humanos están preocupados, hoscos, ocupados, desatentos y dejan de interesarse, ¡cosa que jamás sucede con el diario!

El mismo Henry dijo hoy:

—Cuando nos vayamos, nunca nos aburriremos, lo sé. Si llueve nos encerraremos en el hotel y yo te distraeré. Me parece que no he sabido hacerlo. Siempre estoy tan preocupado. Nunca nos relajamos y nos divertimos. A veces lo lamento.

Al mismo tiempo, después de una tarde larga, le pregunto a Henry la hora y sólo piensa que estoy aburrida de él... ¡sólo porque debo partir! Entonces me acompaña al subte con la misma sensación de angustia que me embarga cuando pienso que he decepcionado a alguien y quiero arreglar la situación antes de partir porque sé que la disonancia resonará en mí tal vez durante varios días.

Sueño de anoche: Entro en una casa donde me han tomado como sirvienta. La mujer es desconocida. Al principio es cortante conmigo, dice que sólo le disgusta mi aspecto de *poule* y me suplica que me maquille menos para no llamar la atención de su esposo. Muy atenta, le digo que me pondré apenas un poco de polvo y carmín. Me enseña a hacer un postre de naranja. Primero quita la parte blanca de la cáscara y la recorta dándole forma de alga. La coloca en un acuario, donde se mece como una anémona de mar, se hincha y suspira y cae y se mece. También arroja las semillas, que parecen joyas. Sigue preparando la naranja y me enseña a cocinar la cáscara. Aprendo rápidamente y estoy tan encantada que enseguida nos hacemos amigas. Me manda a hacer las compras y yo disfruto tanto el paseo que me olvido de comprar las naranjas. En un bar hay naranjas en un canasto, pero el barman se niega a venderlas. Atraigo la atención de dos hombres parecidos a los dos españoles que se interesaron en mí ayer en el café cuando Henry fue al baño. Les vuelvo la espalda, pero cuando me alejo, un apache me ofrece doscientos cincuenta francos para ir con él a un hotel. Se parece mucho a Carco.

Miro el dinero que me parece extraño, pero enseguida pienso que probablemente es la nueva moneda que están acuñando.

—¿Me darás tanto dinero? —pregunto extrañada.

—Te daré más si vienes conmigo —promete el apache. Pero se me ocurre que si me da tanto dinero debe de estar enfermo, sifilítico, y lo rechazo.

3 DE JUNIO DE 1933

Artaud y yo estábamos sentados en el jardín. Posó su mano sobre mi rodilla. Su calidez me sorprendió. Nos miramos franca e intensamente. Los dos nos sentimos perturbados.

Esa misma tarde, mientras estábamos inclinados sobre un libro, puso su mano sobre mi hombro. Me gustó. Parece mucho más humano de lo que había sospechado.

Ahora percibo en mí esa cálida espontaneidad que también demostré con Henry. El primer día que vino a casa, señalé el estudio imaginario encima de la cochera y dije que «podríamos arreglar este lugar para que trabajaras aquí». Y mi telegrama cuando me escribió que su trabajo en Dijon era intolerable: «Vuelve a casa, a Louveciennes».

En ambos casos, mi sencillez y franqueza conmovió a estos dos hombres que han vivido y son cínicos en la superficie. Mi hospitalidad los sorprendió. Si su cinismo y experiencia los llevó a ver en mi actitud una invitación sexual, al mismo tiempo mi tono les impuso una cierta interpretación más romántica y profunda. Lo que me impulsó a buscarlos es una rápida percepción de su timidez y una intuición extrañamente acertada que hay en mí. Confío en esos impulsos.

Cada vez que Henry recuerda un sueño en el que posee a una mujer imaginaria, a una puta o a June, siento celos. ¿Pero qué diría Henry si supiera que en mis sueños me acuesto con todo el mundo? Me acosté con Artaud después de su visita. En mis sueños se revela la puta cariñosa que soy. Después de vernos, Henry y yo difícilmente soñamos el uno con el otro, o sólo soñamos con nuestras crueldades recíprocas. Hay momentos de la vida en los que siento esta pérdida de voluntad y de inhibición moral. Henry y yo lo sentimos cuando nos dejamos llevar por la corriente de nuestras sensaciones, nuestra susceptibilidad. El otro día le dije que deberíamos ser capaces de aprehender la atmósfera de los sueños mejor que nadie porque con frecuencia vivimos en ellos; me refiero a esa disposición absoluta, esa sujeción a un deseo que sólo experimentamos nosotros.

Para nosotros es fácil ceder. En el fondo me encantaría ser poseída por Artaud, Steele y Néstor, como revelan mis sueños. Esa es mi verdadera amoralidad femenina inconsciente; la gran voluntad inexorable que me impide hacerlo es falsa.

¿Qué hubiera sido de esta velada en manos de Henry? Hugh y yo fuimos a un teatro pequeño, obsceno. El público era escaso. Nos sentamos en el bar a esperar el comienzo del espectáculo. La chica del guardarropa sonrió al verme. Fue una hermosa sonrisa, que le devolví. Se acercó y me dijo:

—Al pararse tenga cuidado de no enganchar su vestido en el clavo. Esa silla tiene un clavo, y su vestido es tan bonito.

Le agradecí. Nos pusimos a conversar. Me contó la historia de su vida. Comparamos los precios de nuestros vestidos. El barman me dio una rosa. Cuando estábamos sentados en la platea, la chica vino y me tocó la muñeca:

—Vengan, los sentaré en la tercera fila.

Le pedí a Hugo que le diera diez francos. Lo hizo muy serio.

—Deberías haber sonreído —observé—. Dale diez más, pero sonríe.

—¿Tengo que sonreír? —dijo él—. Sólo lo hice para complacerte.

Últimamente Henry no quiere estar enterado. ¿Un amor más prudente? Con June era implacable. Conmigo es más confiado. Al principio me desconcertaba. Cuando papá empezó a demostrar una intensa curiosidad, un gran deseo de *saber todo*, empecé a desear que Henry demostrara la misma curiosidad, pero un sentimiento más profundo me dice que quiere evitar el dolor. Está cansado del dolor, los tormentos, de retener, aferrar. Ha aprendido a aceptar la vida; se resigna más que antes. Es mayor. En un sentido más profundo, ha dejado atrás el amor romántico demostrativo. Y yo no estoy totalmente preparada para prescindir de él. Lo busco. Una Anaïs prudente atrae un amor prudente. Y la neurótica, desconfiada de mí anhela un amor imprudente.

Le pregunto a Henry sobre todo esto. Dice que es como una confianza, que cree en nuestra relación esencial: él no creía en June (ni June en el amor fundamental de él). Y si crees, que lo demás se vaya al diablo. No es del todo así, dice Henry, que se ha colocado un extraño caparazón para escucharme hablar sobre Artaud: el mismo que me pongo yo cuando él habla sobre otras mujeres y trato de que no me importe.

Siento que mis excursiones son una defensa. Sólo siento alivio de mi amor excesivamente humano por Henry, sólo soy la clase de mujer independiente y valiente que él necesita cuando estoy ocupada con uno de mis amores inferiores. En caso contrario, caigo en el sentimentalismo; quiero envolver a Henry, y él necesita que lo dejen en paz. Es lo que quieren todos los hombres. Mantente ocupada, lleva una vida plena, amplia, rica. ¡Es lo mejor para Henry! ¡La absolución! Yo misma me la doy. Sin embargo, si hubiera sido posible, habría preferido vivir sólo para él, ser todo para él: esposa, amante, sirvienta, compañera; entonces, Henry se habría cansado de una mujer totalmente entregada a él, perdida para sí misma. No puedo aceptarlo, resignarme a la vida tal como es. Siempre me rebelo, escupo fuego: ¿Por qué Allendy, el taurino, la Voluntad que yo siempre busqué, es tan débil? ¿Por qué Artaud es drogadicto?

8 DE JUNIO DE 1933

Hugh se va de prisa a Londres. Henry viene a Louveciennes. Dejo a Henry para ver a Artaud, que me recibe con cara atormentada:

—Soy clarividente. Veo que no hablabas en serio el otro día. Inmediatamente después de nuestra conversación en el jardín, te volviste fría y distante; tu rostro se volvió impenetrable. Escapabas al roce de mi mano. Huías. Ah, eres peligrosa, siempre lo supe...

—Pero no se trataba de un amor humano.

—¡Pero somos seres humanos! ¡Es monstruoso lo que esperas de un hombre!

Sabía que Artaud era un loco enfermo y atormentado, sentía interés por él, pero no un interés humano; y él, tan morboso e hipersensible, quería el trofeo que, sabía, reclamaban Allendy, Henry y Eduardo, y lo quería todo para sí... no sé por qué. Sentados en el Coupole, nos besamos y traté de demostrarle que era sincera, que era un ser dividido, que eso no era un juego sino una tragedia... porque no podía amar imaginativamente y a la vez humanamente. Y poco a poco la historia de mi «locura», tan semejante a la suya, lo conmovió... Porque los seres humanos le parecen espectrales y él teme la vida, duda de ella. Dice que lo fascinaban mis deslizamientos, mi lucidez, mi vitalidad... que era la serpiente emplumada... víbora y ave...

Me agité, pero sólo como una hoja en el viento, nada más; y cuanto más suplicaba Artaud y me decía que sabía de mis muchos amantes, más extrañamente engañosa me volvía yo; y cuanto más perseguía el engaño, más actuaba yo; sentada a su lado, tan tibia, tan loca, tan distinta de las demás mujeres y tan trágica... y los besos no me causaban placer... eran como telarañas para envolver a Artaud, despojada de sentimientos e impulsada por una fuerza diabólica a provocarlo, actuar, crear una ilusión de intimidad.

Sé que me veo arrastrada a esta *impasse* una y otra vez, y que enfrento el mismo desenlace, la posesión física; y que no me interesa la posesión física sino el juego, como le sucedía a don Juan, *el juego de la seducción, de enloquecer al otro, de poseer a los hombres, no sólo físicamente sino también sus almas*; soy más absorbente que las putas.

Hoy ya sentí un placer satánico cuando Artaud dijo:

—He adivinado que Allendy te ama. ¿Todavía lo amas?

Me negué a responder a su pregunta. Hoy sentí decididamente que me clasificaban, categorizaban, como una especie de seductora que se encuentra con escasa frecuencia. Juego con el sexo, pero también con las almas, las imaginaciones. Una puta es una puta honrada. Yo seduzco los cuerpos y las almas de los hombres, juego con cosas serias, sagradas. Como dijo Henry, amo el sacrilegio. Soy una nueva clase de hechicera. Los hombres de vida seria, profunda, los que no caen en las redes de la puta, los hombres menos sometidos a la voluntad femenina: he ahí los hombres que poseo. Soy un veneno que no se limita a atacar la carne, sino que penetra hasta fuentes más profundas. Vi a Artaud apresado por la sacerdotisa inca, por la serpiente emplumada, por las plumas y la fluidez, la astucia y la ternura.

—Tan suave y frágil —dijo. Y me miró con ojos absolutamente trastornados. Absolutamente trastornados.
—La gente cree que estoy loco —añadió.
En ese momento sus ojos me dijeron que efectivamente lo estaba, y amé esa locura. Al mirar esa boca de bordes ennegrecidos por el láudano, una boca que yo no quería besar, por un extraño efecto de superposición recordé la absoluta frescura de la boca y el cuerpo de Allendy, la boca rosada de Henry, sana y frutal, y supe que otra vez me atraía la muerte, siempre me atraía la muerte, hasta el fin, las culminaciones, las locuras. Ser besada por Artaud era ser envenenada; conocía esos estremecimientos de una vida espectral y me sorprendía que Artaud me considerara tibia y carnal, y que buscara inmediatamente dar forma, una forma definida, a nuestra relación. Me desilusionó que fuera tan concreto. Había deseado un amor como el de Eduardo, sin exigencias corporales. Pedí a Artaud que no me exigiera nada.
—No esperaba encontrar mi locura en ti —declaró.
Hablaba como un poeta y yo reía al pensar en mi avidez de poesía. ¿Estaba ahí con Artaud porque vertía poesía; porque creía en la magia; porque se identificaba con Heliogábalo, el emperador romano demente; porque su teatro, sus obras y su ser estaban entrelazados; porque en el taxi hablaba como un Hamlet y se apartaba el pelo de la cara aterradoramente mojada y demacrada? Ha atrapado mi imaginación. La domina; camina, habla, lee, evoca momias, decadencia romana, drogas, locura, muerte. Y yo trataba nuevamente de entrar en una experiencia, atravesarla sin entregar mi yo, y era cada vez más difícil. Entré en la vida de Allendy; tomé un bocado; la saboreé, apenas la toqué. Lo rocé y seguí mi camino. Ay, la amargura del hombre burlado por mí, la inaprehensible. Y ahora penetro con cautela en las regiones fantásticas de Artaud, y él también pone sus manazas torpes sobre mí, sobre mi cuerpo y, como la mandrágora al roce de la mano humana, doy *alaridos*.

Vuelvo a casa y me asombro de mi profundo amor por la carne de Henry, mi amor por su boca, sus dedos, sus venas, su cuello, su estómago blanco, su pene, cada parte de su cuerpo. Jamás un momento de frialdad ni retracción. Mis entrañas se conmueven. Todo lo demás es un sueño, una fantasía, un juego, incluso el impulso, la pauta rígida y fatalista que me impulsa a vengarme de todos los hombres menos Henry y Hugh, como la puta que ama a un solo hombre y saca dinero a los demás, fría e inescrupulosamente.

Sin embargo, le dije a Artaud que no era calculadora en absoluto, lo cual es cierto. Lo que escribo hoy es una explicación de actitudes, acciones, palabras dichas en su momento con toda honestidad. Mi conversación con Artaud en el jardín fue real. ¿Oculto mis motivos a mí misma? ¿Quise jugar con Artaud, o no es cierto que ha hechizado mi imaginación pero no mi cuerpo?

Al llegar a casa me miré en el espejo y vi la tigra. Vi la tigra burlona de ojos verdes. Además, fría. Fría. «Una cara de piedra», dijo Artaud.

Cuando miré mi cara y vi la tigra, dejé de descreer de ella. La acepté. Miré mi cara y sonreí a la tigra, seductoramente, con indulgencia.

—¿Por qué, por qué le dijiste a Steele que bailarías para él? —preguntó Artaud.

—Porque dijo que le encanta la danza.

—No, porque sabes que te ama, quieres complacerlo para después hacerle mal.

La cara en el espejo, de rasgos fríamente claros y ojos transparentes, dijo: «Sí». Quiero reconocer una verdad. No quiero disimular la tigra. «*Bonjour!* Hoy has salido a cazar sigilosamente, ¿eh? Furtiva!» A la noche bajo a beber en la jungla. Selváticamente esquiva.

No tengo sentimientos. Artaud me martiriza, Allendy me conmueve. Pero Artaud dijo: «La mínima cosa me lastima profundamente. El tono de tu nota, su frialdad, me lastiman. Me deprimo tan fácilmente».

Fue un gran día para Henry y para mí. Durante el desayuno en el jardín planificamos la instalación de una imprenta en el espacio sobre la cochera para imprimir sus libros. Henry expresó la idea, que estaba latente en mí y que alguna vez habíamos analizado vagamente. Pero los editores lo han bloqueado de manera tan lamentable —lo han humillado, desalentado— que estoy resuelta a llevarlo a cabo. Hacemos planes.

Henry escribe su *Self-Portrait* (Autorretrato). Está bronceado. Quiere venir a vivir cerca de mí y de la imprenta. Su trabajo lo absorbe. Trabaja y también me mima, y yo me siento aquí a hacer planes y soñar. Necesita independencia, libertad de expresión para desarrollarse. También yo hago planes para lograr una mayor independencia. Henry y yo haremos viajes largos. Queremos ir a la India. Él me alienta a hacer todo lo que quiero: ¡qué sería yo si pudiera desarrollarme sin límites! Me alienta a escapar de Hugh y de él mismo, a correr en libertad. Habla impersonalmente, se exalta al pensar en mi potencialidad. Yo sonrío. Jamás podría huir de mis sentimientos, mi sentimiento de que la vida no es libertad sino amor y que el amor es servidumbre, que ningún desarrollo vale la pena si exige sacrificar a tres o cuatro seres humanos. Yo creo los lazos, los muros, los amores, las devociones que me circundan. Yo encauzo mi vida para someterme a Hugh, a Henry, a Joaquín, a amores menores.

Una mujer que no veía a Henry desde hacía cinco años, cuando vivía con June, dice que ha rejuvenecido diez años.

Cuando lo conocí, estaba sumergido en el último abismo de la salud, el pesimismo y la amargura, era débil para un hombre de su constitución excelente, estaba perdido, quebrado. Evocamos esa época. El cuarto al que fui por primera vez: miseria, pobreza, hambre, angustias desgastantes. Dijo que estaba harto de la miseria, la guerra, la pobreza. Estaba harto de vagabundear, del desarraigo. Quería crear. Anhelaba serenidad, tiempo seguridad. Recibió todo eso y también un gran amor.

Y yo recibí todo lo que necesitaba: yo también estaba famélica.

La velada con Henry en el estudio culminó con una conversación infernal. Henry leyó la carta que me había escrito Hugh y la sometió a un análisis feroz, por su tono inanimado, convencional, aburrido. «Mi amor... pienso que eres maravillosa», etcétera. Siempre he disculpado su incapacidad de expresión. Pero Henry atacó implacablemente su vacuidad; su aire espectral; su asentimiento, que yo confundo con comprensión; sus frases trilladas, dóciles, deslucidas, automáticas; la conciencia borrosa; la falta de atención. Y cualquiera que sea la naturaleza de las deficiencias de Hugh, Henry subrayó la verdad: estoy enjaulada. Hugh no me da la libertad, la tolerancia que necesito. Me aferra humanamente. No hace lo que debería hacer si fuera verdad que vive sólo para mí. Irreal, todo es irreal, joven, brumoso. Sólo cuando le causo un gran dolor despierta su vitalidad, furia, pasión (el incidente con John en el barco, su arribo inesperado el otro día... jamás olvidaré la expresión de su cara).

Todo lo que dijo Henry me escandalizó. Me pareció dudoso. Pero sé que fue justo, porque a él le conviene que yo siga atada a Hugh.

En ese momento fui fría, inhumana. Comprendí lo que sería mi vida sin Hugh: espléndida. Tuve una visión infernal de mi libertad: una relación flexible con Henry. Me di cuenta de hasta qué punto me retenían las consideraciones humanas.

—Escucha —le dije—, cuando publiques tu libro y puedas pararte sobre tus propios pies, entonces escaparé; Joaquín podrá ocuparse de mamá.

Cuando bajé a dormir comprendí que todo era inútil, que era incapaz de hacerlo, simplemente porque Hugh podría despertarse a medianoche, como suele suceder, en un estado de ánimo lúgubre y yo no estaría allí para hablarle, para devolverle la serenidad y el sueño con mis caricias.

Al día siguiente, Henry dijo algo así: «En toda la literatura no hay una sola de las tragedias o luchas de la vida. Eso la hace palidecer». En ese momento la literatura nos parecía remota, deficiente, y la vida humana insoportablemente vívida.

La conversación de anoche nos permitió llegar a una conclusión. Realizaré viajes largos, de varios meses, con Henry. Hablamos del misterio de nuestra intimidad, la riqueza de lo que vivimos juntos, y lo deseamos. Deseamos todo eso y nuestra libertad. Si pudiera casarme hoy con Henry, no lo haría. Lo quiero libre; él lo necesita, junto con la intimidad. Yo nací para comprender las necesidades del artista... ¡probablemente porque son las mías!

¡Incluso la ironía del artista que elabora la historia de su viejo amor cuando lo estimula el nuevo! Henry está trastornado porque nuestro amor lo impulsa a escribir sobre June y Bertha. Y más tarde, cuando viva con otras mujeres, escribirá sobre mí.

Le escandaliza que pregunte:

—Si yo viviera contigo, ¿traerías tu puta a casa?

—Dios mío, Anaïs.

—Pero lo hacías, se lo hacías a tu primera esposa.

—Pero no podría hacértelo a ti.

Está asombrado por su fidelidad a mí.

12 DE JUNIO DE 1933

Se han producido muchos cambios irrevocables en mí desde nuestra conversación sobre Hugo, aunque la conversación en sí fue deforme, mentirosa. Pero suscitó en mí un «fervor criminal blanco». Nuevamente siento rechazo por una compasión sumisa que deforma el rumbo de mi vida. Los sentimientos me trastornan, me demoran, pero en última instancia no tienen poder sobre mí. Vi todo clara, fríamente, con una sabiduría pura, una ausencia total de sentimentalismo. La necesidad de desarrollarme y fluir en toda la extensión y profundidad que soy capaz de alcanzar.

Henry y yo contemplamos nuestra vida con ojos desapasionados, y lo que vi fue nuevamente un aislamiento absoluto.

Ha escrito veinticinco páginas magistrales. Ha leído diez páginas de mi diario, las analizó durante una hora, quería interesarse, se interesó durante una hora, pero en definitiva le interesaron más las acuarelas y la lectura en voz alta del *Satiricón*. Y todo está muy bien. No significa que no me ama. Percibo mi presencia en su cuerpo, en su mente, impregnando su vida. Hablamos sobre los viajes que haríamos juntos y le dije todo lo que sabía sobre la necesidad del artista de vagabundear, de devorar nuevas experiencias: lo comprendía bien porque lo sentía. Y ayer, después de una semana en Louveciennes, percibí su desasosiego y lo insté a que fuera a París. Tuve razón. Sólo quería estar en movimiento caminar, ser libre, pasear, y tuve razón. No me molestó. Tantas veces había sentido yo el deseo de alejarme de Louveciennes sólo porque sí.

Por eso anoche despedí a Henry y no me importa adónde fue. Me quedé sola, feliz, haciendo planes para mi trabajo, llena de ideas, convencida de que he escrito páginas extraordinarias en mi diario y escribiré otras aun mejores el día que pueda dejar de ocultar mis emociones detrás de los velos de hipocresías ideales, de desear que sean nobles las cosas que son diabólicas. ¡Más verdad! Este vagabundo, Henry, es el hombre que amo; ¿qué sería de él si lo domesticara?

Irónicamente, sucede que hoy veré a Artaud. ¿Quién sabe si anoche Henry no se fue con el mismo miedo a la intimidad y su consecuencia (el dolor) que yo experimenté? Me dejó después de leer el diario sobre mi padre y de que yo le dijera que no podía ayudarme a copiarlo porque leería cosas que le harían mal.

13 DE JUNIO DE 1933

Locura. Cuando me presento ante Artaud, él se para noble, orgullosamente, los ojos locos de felicidad... he venido vestida de negro, rojo y acero, como Marte, belicosa, en guerra para que Artaud no me toque. Percibo su tenso deseo, tenaz, obsesivo. Contemplo su cuarto: gris, desnudo como una celda. Miro las fotografías de su asombrosa cara, una cara de actor, amarga, tétrica, expresiva... Conversamos, repito lo que dije antes, que sólo quiero la relación entre nuestras mentes, el intercambio entre nuestras mentes, y él me agrede con palabras oscuras. No recuerdo la conversación. Todo giraba a mi alrededor y en mi interior. Se arrodilló. Se arrodilló frente a mí y habló con violencia, aprisionándome con los ojos, y he olvidado sus palabras. Sólo recuerdo que me alejó de mí misma, de mi resistencia. Yo estaba hipnotizada y mi sangre le obedecía. Me sometió con sus besos famélicos, feroces. Mordió mi boca, mis senos, mi garganta, mis piernas.

Pero era impotente. Sobrevino una pausa mortal, pesada. Su cara se crispó y después se petrificó.

—Vete —dijo—. Vete. —Duro, frío, brutal.

Lo miré:

—No. ¿Por qué habría de irme? No me voy. —Le sequé la cara húmeda con mi pañuelo y me paré.

—Vete ahora o cuando quieras. No importa. Igual me despreciarás. Ya no valgo nada para ti. Fumo demasiado opio.

—No te desprecio. Y esto no tiene importancia, no tiene la menor importancia.

—Tiene una importancia terrible para todas las mujeres.

—Para mí, no. —Mi voz era suave. Como si conociera la escena de memoria. El segundo que pasó entre la orden de Artaud de dejarlo y su «igual me despreciarás», en ese instante floreció mi sabiduría en el amor, nacida del mayor dolor. Jamás pensé que la impotencia de Artaud era falta de amor. Sabía que debía salvarlo inmediatamente de su humillación. Tendida serenamente después del derrame inútil de miel, estuve a punto de sonreír.

—Tus reacciones no son como las de otras mujeres —dijo Artaud. Su humillación se había disipado. Se paró, hizo un gesto de desesperación.

—Estoy absolutamente satisfecha, Artaud. No quería el contacto humano. Le temo. He sufrido demasiado. Olvidemos lo que pasó. No significa nada. Los gestos no significan nada.

18 DE JUNIO DE 1933

Volví a casa, donde me esperaba Henry. Describí los gestos dramáticos y las cualidades de Artaud. Inventé mucho, dije que había tratado de obligarme a tomar drogas. Divertí y excité a Henry. Yo estaba agitada y él, celoso.
—Tus ojos tienen un brillo apagado —dijo—. Como si hubieras hecho el amor.
No podía dormir. Artaud me obsesionaba; debía verlo otra vez. La noche que llegó Hugo, despedí a Henry y me reuní con Artaud en el Viking, en la misma mesa donde Henry y yo nos habíamos cambiado nuestra primera mirada de amor. Yo temblaba. Entonces comenzó una noche de éxtasis. Nos fuimos del café porque los estudiantes del Quatz Art Ball estaban bulliciosos y eso afectaba nuestra exaltación (la última vez que los vi, ¡estaba con Henry en un cuarto de hotel y yo tenía ganas de unirme a ellos!). Caminamos como en sueños, frenéticos, Artaud se torturaba a sí mismo y a mí con dudas, desvaríos sobre la eternidad, sobre Dios, quería que lo sintiera físicamente y yo estaba transportada, enternecida, fuera de mí, tanto que nos detuvimos en los muelles y nos besamos con violencia, en un éxtasis como el que había conocido con June, distinto, ascendente, en aumento frenético.
—Estoy viviendo el momento más extraordinario de mi vida. ¡Es demasiado, demasiado! —Artaud se tambaleaba, loco de felicidad.— Qué divino placer crucificar a un ser como tú, evanescente y esquivo. ¡Qué éxtasis poseerte por completo, a ti que nunca te entregas! *Mon amour, mon grand amour!*
Nos sentamos en un café y él me arrulló con frases de infinita ternura, con un fervor que me asustaba. Dijo:
—*Entre nous il pourrait y avoir un meurtre.*

Carta a Artaud (enviada desde Valescure-St. Raphael):[1] Nanaqui, ojalá pudiera volver a vivir mil veces ese momento en los muelles y cada hora de esa noche. Quiero sentir otra vez tu violencia y tu dulzura, tus amenazas, tu despótico poder espiritual... el miedo que me provocas y las alegrías punzantes. Miedo porque esperas tanto de mí... eternidad, lo eterno, Dios... esas palabras... todas tus preguntas.

---

1. En francés en el original.

Quisiera responderlas con ternura. Si te parecí esquiva, fue sólo porque tenía mucho que decir. Siento que la vida es un ciclo, una larga serie de sucesos, un círculo, y no puedo separar un fragmento porque me parece que los fragmentos no significan nada. Pero todo parece resolverse, fundirse en un abrazo, en la confianza en los instintos, en la tibieza y fusión de los cuerpos. Creo totalmente en lo que sentimos cuando estamos juntos. Creo en ese momento en que perdemos toda noción de la realidad, en la separación y enajenación de nuestros seres. Cuando cayeron los libros, sentí alivio. Después, todo se volvió tan sencillo... sencillo y hermoso y dulce. El *tú* que casi causa dolor, porque el lazo es tan apretado... el *tú* y todo lo que me dijiste... olvidé las palabras. Recuerdo la ternura y recuerdo que estabas feliz. El resto es sólo la tortura de nuestras mentes, fantasmas que creamos... porque, para nosotros, el amor tiene repercusiones inmensas. Debe crear; tiene un significado profundo; contiene y dirige todo. Para nosotros tiene la importancia de estar mezclado y unido con todos nuestros impulsos, nuestras aspiraciones... ¡Es demasiado importante para nosotros! Lo confundimos con la religión, con la magia.

Cuando nos sentamos en el café, ¿por qué pensaste que me distanciaba de ti? ¿Sólo porque por un instante estaba alegre, jubilosa, sonriente? ¿Jamás aceptarás esos movimientos, esas corrientes subterráneas? Nanaqui, debes creer en el eje de mi vida; la expansión de mi yo es inmensa, engañosa, pero sólo en la forma. Ojalá pudieras leer mi diario de infancia para que supieras cómo he sido fiel a ciertos valores. Me parece que siempre reconozco los valores auténticos... por ejemplo, cuando descubrí en ti a un ser majestuoso en un reino que me ha perseguido durante toda la vida.

Nanaqui, esta noche no quiero agitar ciertas ideas... sólo quiero tu presencia. ¿No te sucede lo mismo, esto de elegir un momento amado (nuestro abrazo en los muelles) y aferrarte a él? Cierro los ojos y lo evoco intensamente, como en trance, cuando ya no percibo la vida presente, nada, nada sino ese momento. Y después la noche, la sucesión de tus gestos, la fiebre, el desasosiego, la necesidad de volver a verte, una gran impaciencia...

Segunda carta:[1] ¿Puedes aceptar mi espiritualidad, tan diferente de la tuya, porque consigue ascender aunque está cargada de vida y alegría?

---

1. En francés en el original.

¿No te torturarás a causa de mis raíces humanas? No conozco la felicidad a la manera común, pero un día de sol, de tibieza, como ese cuando me esperaste en la estación de ferrocarril, me causa una gran alegría, y ese día hablabas como si te debatieras contra la luz porque amenazaba disolverte. «Sólo experimento sensaciones dolorosas», dijiste. Esas alegrías no alteran en absoluto el centro de mi vida, y el centro es *el sentimiento trágico de la vida* que nos une.

Leo solamente tu libro. Dices que hago daño. Me parece que soy cruel involuntariamente, debido a una gran fatalidad. Hago daño sin querer, y sólo a aquellos que me han causado una gran decepción. No, tal vez no es cierto. Quisiera decirte siempre la verdad, Nanaqui, sin tratar de justificarme.

Bueno, esto no tiene la menor importancia porque, como sabes, jamás se viven dos experiencias idénticas. Cada contacto nuevo crea una nueva experiencia. Jamás me conocerás por mi pasado sino solamente por lo que soy para ti y contigo. Y esto es así porque tú y lo que tú eres suscitan lo mejor de mí; exorcizas y evocas un *mí* que otros no han conocido. Con ello no quiero decir que dejaré de ser lo que soy, porque tengo mucho para darte. Nuestros «opuestos se atraen», nuestra cualidad complementaria es buena. Me parece que te daré el sabor maravilloso de las cosas materiales, una fusión nacida de la ternura y de mi facilidad para fluir como un río. Me parece que conmigo te sentirás alienado con menos frecuencia que antes. Te unirás a la vida porque te la ofreceré saturada de espíritu, y ése es un abrazo que también obra grandes milagros. Habrá menos niebla, menos interrupciones, menos angustias: la unión entre tú y yo se prolongará en una fusión simbólica de todos los elementos. El agua es movimiento, ¡en el agua uno crea! Te amo.

19 DE JUNIO DE 1933

Estoy sola en Niza. Me escapé de la madre de Hugo, de Artaud, de Henry para ocultar el quebranto de mi cuerpo. Escribo cartas de amor a Henry, a papá, a Hugo. No a Allendy porque actúa rencorosamente, como una mujer. No acepta su derrota como un sabio. Y Artaud me preguntó: «¿Qué le hiciste a Allendy? Le hiciste mal». Y: «¿Por qué causas esa impresión horrible, de maldad, de crueldad, de seducción, astucia, superficialidad? ¿Es una apariencia? Al principio te odiaba como se odia a una mujer fatal. Te odiaba como se odia el mal».

Me siento supremamente inocente, pero he cometido maldades. He cometido todo los sacrilegios. Y ahora mi maldad debe de ser aun mayor, porque estoy libre de remordimientos. No siento remordimientos hacia Hugo, Artaud o Henry. Y empiezo a adquirir conciencia de que me estoy tomando una suerte de venganza de los hombres, de que una fuerza satánica me impulsa a conquistarlos y abandonarlos. No sé cuál es la verdad. ¿Abandoné a Allendy porque sólo deseaba el placer de conquistarlo o porque me desilusionó? Es verdad que me decepcionó y desilusionó. La vida, o mi propio ingenio, me proveen de bellas justificaciones. Cualquiera que supiera de las torturas sexuales que he sufrido desde el comienzo me exoneraría de culpa por traicionar a Hugh. Hasta mi madre sabe de mis consultas desesperadas a los médicos cuando creía que algo andaba mal en mí.

Soledad. Trato de estar dividida: busco esta tensión y el flujo multilateral. Es la verdadera expresión de mi yo. Mientras paseo a solas durante horas, me acepto a mí misma, acepto lo que soy. Ya no me censuro ni permito que otros lo hagan. Obediencia al misterio, que el diario trata de describir, ya no explicar.

Henry duerme en mí como mi propia carne y sangre, duerme y se agita. Artaud se apodera de mi imaginación, me provoca fiebre, despierta el florecimiento sobrenatural que se tensa en el espacio y aspira a ascender.

Henry ha observado que cuando paso unos días con él me vuelvo más lerda, soñolienta, oriental, más gruesa; mi cuerpo se expande, desciende la exaltación en gruesos círculos perfectos, mareas y reflujos.

Aquí, a solas, camino con cuerpo pesado y conciencia ligera.

Sé que algo se endurecía en mi núcleo, que yo estaba resuelta a llevar la vida además del dolor a los demás, que sólo se puede dar vida cuando también se causa dolor. Escribe Henry: «Ese día bailabas a mi alrededor como el viento. No sabes cuánto echo de menos el fuego y la luz que emites. Me parece que todo está muerto desde que me fui de Louveciennes».

Vida y dolor. Agua, tierra, fuego, mal.

El rumbo está trazado. No puedo detenerme. Ahora recuerdo vívidamente la leyenda de Alraune, que creaba e impulsaba a la destrucción como una posesa. ¡Dios mío!

Entonces recordé varias escenas triviales: Hugo volvía de Londres al cabo de diez días de ausencia y yo me sentía como si volviera Joaquín. Y aún llevaba en mí la fiebre de las palabras de Artaud. Hugo y yo en nuestro dormitorio —su cuerpo, tan bello, desnudo— y yo tan fría, tan fría, tan fría que busco un pretexto para reñir, para demorar el abrazo. Y Hugo abre con tristeza un paquete mientras yo inicio una pelea sin advertir su gesto. Está atónito porque, dice, jamás lo he recibido así: algo se ha interpuesto entre los dos. Bruscamente embargada por la compasión, me disculpo, finjo que estaba celosa, furiosa, debido a la visita de su madre; acepto su abrazo, su regalo.

Y hoy dije: «Tiene que haber sufrimiento». El sufrimiento también es vida. Pero me atormenta mil veces atormentar a los demás. Esta noche estoy loca de compasión.

También Henry está sentado en un café y llora porque me he alejado por dos semanas.

Toda mi alegría se ha desvanecido. Me siento a escribir cartas a Hugo, que me recuerdan las palabras de Henry sobre las cartas de June: «Una carta como ésta borra todo».

20 DE JUNIO DE 1933

Ofendo a Allendy al escribirle impersonalmente. Ofendo a Eduardo al escribirle sobre Artaud.

Escribo a Artaud:[1] Nanaqui, mi amor, te amo tanto que no quiero hacerte mal. He venido a decirte la verdad, en la medida que la conozco. He venido a pedirte que me olvides, que me olvides, que me borres de tu vida, porque esa apariencia sobre la que hablaste es cierta. Hago daño, causo mucho dolor y sólo sé que sufro más que nadie, más que aquellos a quienes hago mal. Para mí es un misterio, terrible y aterrador, que Allendy no ha sabido explicar.

Escúchame. He llevado vida, luz y tibieza a aquellos a quienes he amado, pero también les he causado dolor. Allendy, en quien confié, creyó que

---

1. En francés en el original.

era una santa y también le hice mal. ¿Ahora comprendes por qué he escrito tanto sobre la leyenda de Alraune, la mujer creada por un alquimista? Fórmulas científicas envenenan las fuerzas naturales y surge Alraune, creada para destruir. Las dos fuerzas chocan en mi seno. Allendy cree que me estoy vengando por los terribles sufrimientos que padecí.

Escucha, Nanaqui. Cuando era niña, adoraba a mi padre en cuerpo y alma (el cuerpo siempre obedecía al alma). Cuando yo tenía diez años, mi padre abandonó a mi madre y la hizo sufrir. Pero yo pensaba que me había abandonado a mí. Ya entonces era extraña, había dejado de ser niña y tenía una premonición de que nos abandonaría. En el momento de la partida me aferré a él. Mi madre no comprendía mi desesperación.

No volví a verlo hasta hace un mes. ¡Veinte años! Me volví muy seria, lloré durante años. Desconfiaba totalmente de la vida. Me encerré en mí misma e inicié una vida secreta en mi diario. Me aparté de la vida real.

En Estados Unidos éramos sumamente pobres. Yo era modelo de pintores. Cuando tenía dieciséis años, Eduardo, un poeta y actor, se enamoró de mí. Como te dije, hasta hace un año mi vida física y sensual fue un largo martirio porque mi alma no participaba. Los impulsos de mi cuerpo obedecen a los de mi espíritu. Con todo, Eduardo era homosexual, su amor era incompleto. En esa época yo aspiraba a un amor absoluto.

A los diecinueve me enamoré de Hugo, sobre todo por su carácter bondadoso, honrado. No puedo explicarlo, pero nuestro matrimonio era y es un martirio físico para mí; sin embargo, durante siete años le fui fiel. Hace un año, una explosión de angustia y pasión me quitó el equilibrio, me arrojó a los brazos de una mujer y luego a los del hombre de quien te he hablado. Abandoné la lucha estéril por el ideal.

En esa época empecé a consultar a Allendy. Y empecé a hacer el mal, a cometer todos los sacrilegios. «Aprende a disociar», me dijo Allendy. Me desalentó de mi búsqueda de lo absoluto, porque ese anhelo siempre me ha conducido a la catástrofe. Me sentía profundamente decepcionada. Tantos ajustes, tantas adaptaciones a la vida normal me asqueaban. Siento que soy peor de lo que cree la gente y poseo mayores poderes de sublimación de lo que parece.

Éstos son los hechos, lisos y llanos. Cuando te digo que en mi opinión pocas mujeres han sido tan duras consigo mismas como yo, creo que es la verdad, sobre todo porque siempre he sido tan solicitada y lisonjeada. También es verdad que le he pedido demasiado a la vida y he sufrido decepciones crueles. He padecido momentos de gran amargura. Es verdad que el primer golpe doloroso, que me obsesionó durante veinte años, me volvió introvertida, esquiva, hipersensible, narcisista. Porque para mí cada contacto, cada vivencia humana, está impregnado de tristeza. Sólo soy feliz en mi imaginación. O en una vida como la que he llevado este año, una vida elemental de sol, tierra, fuego, no una vida intelectual, o muy poco intelectual.

Cuando te conocí, te dije que no quería que estuviéramos juntos físicamente. En verdad he dividido mi vida; la he desgarrado voluntariamente. Estoy harta de sufrir, de ser tan terriblemente completa en mí misma. Tengo miedo, mejor dicho, estoy aterrada de desilusionarte, Nanaqui, de hacerte mal, y lo más triste de todo es que poseo las debilidades de una mujer, pero soy capaz de demostrar una gran abnegación: soy una mezcla de todo, soy capaz de todo. Pero a ti, un ser triste y dolorosamente susceptible, no quiero hacerte mal.

Tiemblo... hoy... demasiada gente es infeliz por culpa mía. Es horrible, Nanaqui... He hecho sufrir a Hugo. Lo peor, lo peor que pensaste de mí ese primer día es cierto. Tenías razón al odiarme, al huir de mí. Haces bien en odiarme, en creerme una coqueta, una mujer frívola y cruel. Huye. Dijiste que eras capaz de olvidar, de borrar una imagen... Entonces debes creer que te mentí, que en este momento estoy mintiendo. Que me entregué totalmente cuando era niña, tanto que las heridas aún perduran. Que desde entonces la vida me ha parecido llena de terror y crueldad y que todo el amor que se me ha ofrecido no puede reconstruir, recrear ni devolverme la confianza.

Y sin embargo he sabido aprovecharlo muy bien; he sublimado tanto y utilizado mis experiencias para comprender a los demás. Me gusta utilizar las lecciones de mi propio sufrimiento para dar y proteger a los demás. Amo la compasión, Nanaqui, porque cuando no estoy poseída por mi propio demonio, siento una compasión ilimitada, una lástima tan grande que me acobarda. Hubiera podido hacerte mucho bien, porque para una persona como tú la ternura y la bondad deben estar impregnadas de inteligencia. Uno debe aprender a amar con comprensión. El mayor bien y el mayor daño. Si no fueras tan parecido a mí, si no esperaras todo de mí: ¡la totalidad, lo absoluto! Reconozco en ti mi propia falta de términos medios. Ay, Artaud, los que brindan la vida y la luz también hacen daño... Dime que comprendes. Olvídame. ¡Te estoy dando pruebas de un gran amor!

21 DE JUNIO DE 1933

Envío la carta a Artaud, llena de remordimientos por haber entrado en su vida. Entonces me llama mi padre, que acaba de llegar a París desde España.

Entonces me escribe Henry: Espero ansioso tu carta. ¿Qué voy a hacer? Me siento tan desgraciado. Hubiera tomado un tren hacia el sur sólo para estar más cerca de ti. Lamento decirte que me siento desdichado, pero es la verdad. Tal vez sólo quiero recibir noticias tuyas. Me parece que hace tanto que me fui de Louveciennes. Escríbeme ya. Me parece que todo está podrido. *Detesto* París. Detesto el mundo. Jesús. No sé qué me pasa. Te amo... terriblemente. No podría hacer un carajo sin ti. Acabo de darme cuenta de que eres el mundo para mí. Y cuando hablaba con tanta soltura sobre mi autosuficiencia, todo era fanfarronería y mentiras. Estoy totalmente desorientado...

Días extraños. Mal tiempo, así que creé mi propio clima. No presté atención al lugar ni al hotel. Vivía dentro de mí, escribía cartas, soñaba, satisfecha.

Cuando llegué, me esperaba un telegrama de papá. Hoy, sabiendo que estaba enfermo, lo llamé por teléfono. Lujos que no podemos darnos. Son las cosas que suelo negarme violenta, furiosamente, con la mayor severidad.

22 DE JUNIO DE 1933

Hoy me desperté y me sentí inocente: sentí que mi carta a Artaud era fruto de un exceso de escrúpulos. Que exagero al pensar que hago tanto mal. Que me falta coraje para hacer el mal... ¡Estoy sumida en la confusión!

A Artaud:[1] Creo que habrás advertido un exceso de escrúpulos en mi última carta. Soy muy dura conmigo misma, Nanaqui, y siento so-

---

1. En francés en el original.

bre mí todo el peso de la severidad de tu alma. El odio inicial de una persona tan intuitiva como tú me trastornó y me dolió profundamente. Por amor a ti he tratado de mirarme derecho a la cara. Si uno tiene alma, ésta se revela en formas extrañas, no en los actos. ¿Qué ves ahora? Creo en tu intuición.

Me preocupa tu felicidad. Es el único fin de todas mis cartas a ti. Anhelo tu absolución. ¿Sabes lo que significa pedir perdón? Allendy me perdonó todo. ¿Y tú? Tus dudas suscitaron temores nuevos y horribles en mí.

¿Recuerdas la novela *Los poseídos* de Dostoievsky, en la que un personaje dice: «Siento tanta alegría al hacer el mal como al hacer el bien»? No es lo que yo siento. Sólo siento alegría cuando estoy creando. ¡Mi mayor alegría de la noche que pasamos juntos fue cuando hablaste de tu felicidad!

Sí. Ninguna alegría el día que Eduardo llamó a la puerta en Louveciennes cuando Henry y yo estábamos en la cama. Ninguna alegría cuando le dije a Allendy: «Te amaba» (en pretérito) y él me corrigió. Ninguna alegría cuando dejé a Eduardo en la habitación del hotel. Ninguna alegría cuando herí a Hugo. El demonio que me posee, que me impulsa a ejercer mi poder y conquistar a los hombres no me permite sentir alegría al destruir. ¿Eso demuestra algo?

Con mis poderes podría hacer mucho mal con sólo decirle a Eduardo la verdad sobre sí mismo, Henry, Hugo y Artaud, y es el mal que hago en mi diario. Mi mal será póstumo: ¡las verdades implacables!

Sí, no ejerzo el mal: lo escribo.

Donc, soy una fuerza destructiva y a la vez creadora. *Assez*. Estoy cansada de mis malestares.

No pienso en Artaud como un cuerpo. De su cuerpo sólo conozco los ojos. Me gusta su delgadez, sus gestos. Cuando lo vi en la conferencia de la Sorbona, de lejos parecía un poeta... lo cual no es una descripción corporal. No quiero estar cerca de su cuerpo. ¿Por qué desea esta proximidad? Le miento sobre ella. No siento deseo de él. Estoy enamorada de su mente, de esa inteligencia sutil como ninguna, de las manifestaciones sobrenaturales. Quisiera escribirle, pero no estar con él. Es el genio de las abstracciones. Reina sobre lo abstracto. Allí me tiene fascinada. «Mi único blanco es la relojería del alma. Sólo transcribo el dolor de un ajuste abortado. *Je suis un abîme complet*.»

Me he arrojado a ese abismo de abstracciones.

Henry no puede soportar su soledad y parte en bicicleta para estar más cerca de mí.

Pienso en él por los caminos, comiendo con placer en un restorán barato, conversando amigablemente con los mozos y los trabajadores.

Pensamientos demasiado laberínticos... melancólicos. Espero a mi padre con profunda alegría e impaciencia. Mi Doble. Cuántos atajos hubiera descubierto con él. Sin embargo, también es una alegría enfrentarnos ya creados, viejos. Aunque él y yo somos seres que jamás cristalizarán. Siempre en movimiento.

Mañana, ¡mañana empieza un nuevo romance!

23 DE JUNIO DE 1933

Primer día de la historia con papá.[1] El rey papá llega después de superar un lumbago paralizante. Pálido. Dolorido. Impaciente por llegar. Me parece frío y formal, pero después me enteraré de que está triste porque debemos encontrarnos formalmente en la estación. Oculta sus sentimientos. Su cara es una máscara.

Inmediatamente salimos a caminar. Habla del «sistema» que hemos construido para nuestras vidas. Propio. Pero no hemos encontrado a alguien con quien vivirlo. A nosotros nos sirve. Es un mundo. Estamos solos en él. Contemplamos las cosas con una perspectiva propia. De acuerdo con las pautas corrientes, somos amorales. No hemos sido fieles a otros seres humanos sino a nosotros mismos. A un desarrollo interior. Somos bárbaros y subliminales. Hemos vivido como bárbaros civilizados. Los más bárbaros y sublimados.

No conversamos. Nos limitamos a certificar mutuamente nuestras teorías. Nuestras frases se imbrican. No hay una sola palabra tangencial. Enfocados... en la misma actitud. «Exactamente», dice. «Siempre he querido ser completo; es decir, civilizado pero también bárbaro, fuerte

---

1. En el original, esta parte es precedida por la nota: «Chamonix, 8 de julio de 1933. Hôtel du Fin Bec. *Chambre* 208». Siguen varias páginas de anotaciones breves que aparentemente sirvieron de base para este relato coherente del encuentro de A. N. con su padre en Valescure.

pero sensible.» Ha realizado este objetivo como ningún otro hombre en el mundo. Toda su vida es una obra maestra de equilibrio, donde se reúnen los mayores elementos de desequilibrio. Un equilibrio de extraordinaria delicadeza sobre el abismo más profundo. Reconozco en él al rey: el líder del mundo mental creado por mí en el que Henry triunfó con su fuerza, su vitalidad, Allendy por medio de sus abstracciones. Pero las similitudes, la síntesis definitiva total, está en mi padre. En él veo la totalidad, el todo acabado, creado. Estoy deslumbrada.

Nos habíamos elevado durante una hora. En el almuerzo estuvo sobrio y «doctoral». Nuevamente, la apariencia de frialdad. Comprendí cuánto me había aterrado esa máscara. La tensa voluntad, el espíritu crítico, la severidad. De niña percibía con oscuro terror que a ese hombre jamás se lo podía satisfacer. Me pregunto cómo esta sensación de la rigurosidad de mi padre contribuyó a mi búsqueda obsesiva de la perfección. Me pregunto qué conciencia oscura, borrosa, de sus exigencias y expectativas en la vida me impulsó a realizar esfuerzos tan grandes.

No permitió que lo ayudara a deshacer la maleta. Se sentía humillado por la rigidez de su espalda. Me trataba como a una novia. (A María le había dicho: «Debo reunirme con mi novia». Solía llamarme su prometida después que le envié mi fotografía de los dieciséis años.) También observé su orgullo, su vanidad, el disgusto de aparecer débil, enfermo, en desventaja. Y al mismo tiempo que advertí esos rasgos en mi padre, los descubrí claramente en mí misma. La coquetería. El miedo de la intimidad. El respeto desmesurado por la ilusión. Sin embargo, durante todos los días de su enfermedad no hubo un momento de desilusión. Los sobrellevó con enorme paciencia y dignidad. Aunque cada movimiento le causaba dolor, se bañaba y afeitaba; su pelo estaba perfumado, sus uñas, impecables.

No insistí. Sabía que poco a poco lo conquistarían mi intimidad, mis cuidados, mi ternura.

Descansó un rato. Cuando nos encontramos estaba descansado, impecable, vestido con una elegancia sutil. Con paso rígido pero erguido, bromeaba sobre su estado. Todo el hotel estaba a sus pies, lo adoraba, corría a satisfacer sus caprichos.

Me llevó a pasear en su hermoso auto. Y vi que el auto era para él, como para mí, un juguete que da una sensación de poder. Lo exhibía con orgullo. Ante todo, nos ocupamos de ciertas cosas de las cuales no podía prescindir: ciertos bizcochos, avena Quaker para el desayuno, miel, etcétera. En esto, su mundo observaba una serie de normas inexorables.

Orden. Orden en los detalles. La necesidad de obtener esas cosas a toda costa. Todo lógico, parte de una vasta red. Los bizcochos, una necesidad para su salud. Un universo estructurado en el que la lucha contra la mala salud es incesante. La única deficiencia trágica de los dos. La salud que no puede someterse a la tiranía de nuestras aspiraciones.

Descubrí en él un patrón más rígido. En ciertos momentos puedo resignarme y prescindir de todo. Su vida está más estructurada que la mía. A mí me encantan ciertas cosas como el desayuno en la cama, los cigarrillos Sultane, los taxis, los perfumes, pero puedo prescindir de ellos en cualquier momento.

Pues bien, en el auto papá organizó los detalles de su vida. Y luego tomó la ruta junto al mar, se deleitó con las luces y los colores. Nos sentamos sobre una roca de cara al mar.

Él había imaginado, visualizado ese momento, y se dedicó a realizarlo. Y allí habló sobre sus aventuras como lo hago yo, mezclando el placer con la creatividad, interesado en la creación de un ser humano por medio del amor. Jugando con las almas. Y yo lo miraba, miraba su cara. Y sabía que decía la verdad, que hablaba conmigo como yo con mi diario. Que me entregaba su yo. Ese yo era generoso, imaginativo, creativo. Y en ciertos momentos, inevitablemente, mentía. Abandonaba a la mujer cuando ella dejaba de significar algo para él, cuando dejaba de amarla, así como yo no amaba a Allendy ni a Artaud.

Atardecer. En su habitación. Me relata su vida con mamá. Es una revelación y sé que todo es verdad porque reconozco los rasgos de mi madre que hicieron posible semejante vida. Es profundamente chocante. Primero, porque es extraño descubrir la vida sexual de los propios padres, de la madre. Segundo, porque mamá siempre me había parecido una puritana. Tan discreta, tan distante, tan reservada en todo lo relacionado con el sexo. Religión. Moral. Burguesía.

Y ahora se me revelaba una guerra, una guerra sexual, como la que existía entre Lawrence y Frieda, entre June y Henry. Papá que trataba de desarrollarse como artista; mamá, la araña, voraz, bestial, ascética, naturalista, prosaica. Destructora de ilusiones. Desaliñada, sucia, carente de coquetería y buen gusto. Era capaz de quitarse la peluca delante de mi padre y pasarse el día en bata. Una lista terrible de detalles crudos. Olor a transpiración, fuerte olor del sexo no higienizado. Esas cosas atormentaban al aristócrata de mi padre, aquejado de un agudo sentido del olfato: pasión por los perfumes y el buen gusto. Las toallas higiénicas olvidadas sobre la mesa de luz, la ropa interior no cambiada diariamente. Voraz, sexualmente excitada hasta el frenesí por la lascivia de mi padre (y esa noche descubrí su lascivia, que ya había percibido), porque era capaz de poseer a mamá varias veces al día, todos los días, después de un duro trabajo y después de una visita a su amante... para calmar sus sospechas. Mamá *no comprendía nada*, no entendía razones, era primitiva en sus celos, malhumorada, déspota. Estallaban peleas terribles. Escenas violentas en las que mi padre agotaba la energía que necesitaba para otros fines. Finalmente, en aras de la paz, acababa por ceder. Leía durante las comidas con tal de no reñir (un detalle que yo había interpretado como una muestra de indiferencia hacia nosotros).

Lo que le impedía abandonar a mamá eran los niños. Como buen español, papá tiene un fuerte espíritu de clan, sentido de la paternidad, de la sacralidad de la familia.

No puedo escribir toda la historia de la vida de mi padre como él me la relató. Lo que quiero es aprehender su figura, la del rey, el visionario solitario y obstinado, el visionario del equilibrio, la ecuanimidad, la lógica, el trascendentalismo.

Ese matrimonio despertó en mí una sensación de lástima reemplazada bruscamente por una chispa de regocijo irónico. Hablábamos sobre nuestras aficiones diabólicas. Le dije que me gustaba ir con Henry y Eduardo al mismo cuarto del hotel (¡no con los dos al mismo tiempo!), ¿y por qué?, le pregunté. Esa sencilla confesión le reveló todo un mundo:

—Yo también lo he hecho —dijo sonriendo. Mi confesión repercutía en él, revelaba secretos. Un pacto secreto, irónico, de semejanza entre los dos.

Me despedí de él con un beso filial, pero mis sentimientos no eran los de una hija. Bruscamente inclinó la cabeza y me besó en el cuello.

Me alejé por el pasillo hacia mi habitación sin saber que él me miraba. Antes de entrar, me volví, segura de que lo vería. Estaba en un rincón oscuro y no lo vi. Pero él sí me vio darme vuelta.

A la mañana siguiente no podía levantarse de la cama. Estaba desesperado. Lo envolví con mi alegría y mi ternura. Por fin deshice sus maletas mientras él hablaba. Y prosiguió con la historia de su vida. Trajeron las comidas a la habitación. Yo estaba en salto de cama de satén. Las horas pasaban velozmente. Yo también hablaba. Conté la historia de los azotes. Cuando describí cómo me distancié para ver la ordinariez de la escena, papá quedó atónito. Nuevamente, el suceso parecía tocar un re-

sorte interior de su propia naturaleza. Por un instante me pareció que no escuchaba, que estaba absorto en el sueño de lo que había descubierto, como suele sucederme a mí. Pero entonces dijo:
—Eres la síntesis de todas las mujeres que he amado.
Me miraba constantemente.
—Cuando eras una niña tus formas eran tan bellas. Tenías una *dos cambré*. Me encantaba fotografiarte.
Permanecí todo el día sentada al pie de su cama. Me acariciaba el pie. Entonces preguntó:
—¿Crees en los sueños?
—Sí.
—Tuve uno que me asustó. Soñé que tú me masturbabas con dedos enjoyados y que yo te besaba como un amante. Sentí terror por primera vez en mi vida. Fue después de la visita a Louveciennes.
—Yo también soñé contigo.
—Mis sentimientos hacia ti no son los de un padre.
—Ni los míos los de una hija.
—Qué tragedia. ¿Qué haremos? Acabo de conocer a *la* mujer de mi vida, mi ideal, ¡y resulta que es mi hija! Ni siquiera puedo besarte como quisiera. ¡Estoy enamorado de mi propia hija!
—Todo lo que sientes, lo siento yo.
Después de cada frase, sobrevenía un largo silencio. Un silencio espeso. Frases tan sencillas. No nos movíamos. Nos mirábamos como en un sueño y yo le respondía con extraña ingenuidad y franqueza.
—Cuando te vi en Louveciennes, me sentí hondamente perturbado. ¿Lo observaste?
—Yo también me sentí perturbada por ti.
—Que vengan Freud y todos los psicólogos. ¿Qué dirían si lo supieran?
Otra pausa.
—Yo también he tenido mucho miedo.
—No permitamos que el miedo nos vuelva reservados el uno con el otro. Y mi miedo era mayor, Anaïs, desde que me di cuenta de que eres una mujer liberada, una *affranchie*.
—Yo ya estaba poniendo los frenos.
—He sentido enormes celos de Hugo.
Papá me pidió que me acercara. Estaba tendido de espaldas y no podía moverse.
—Déjame besar tu boca.
Sus brazos me rodearon. Vacilé. Me atormentaba un torbellino de

sentimientos, deseaba su boca pero tenía miedo, sentía que estaba por besar a un hermano, pero estaba tentada... aterrada y excitada. Estaba tensa. Sonrió y abrió la boca. Nos besamos, y ese beso desató en mí una ola de deseo. Estaba tendida a través de su cuerpo y con mi pecho sentí su deseo, duro, palpitante. Otro beso. Más terror que placer. El placer de algo innombrable, oscuro. Él, tan hermoso: divino y femenino, seductor y cincelado, duro y suave. Una pasión dura.

—Debemos evitar la posesión —dijo—. Pero ay, deja que te bese.

Acarició mis pechos y los pezones se endurecieron. Yo resistía, me negaba, pero mis pezones se endurecieron. Y cuando su mano me acarició —ah, la sabiduría de esas caricias— me derretí. Pero una parte de mí seguía estando dura y aterrada. Mi cuerpo cedía a la penetración de su mano, pero yo resistía, resistía el placer. Me resistía a mostrar mi cuerpo. Sólo descubrí mis pechos. Tímida y renuente, a la vez estaba trastornada de pasión.

—Quiero que goces —declaró—. Goza. Goza.

Sus caricias eran tan hábiles, tan sutiles; pero yo no podía, y para escapar, fingí que sentía. Nuevamente me tendí sobre él y sentí la dureza del pene. Se destapó. Lo acaricié con la mano. Se estremeció de deseo.

Con extraña violencia me quité la bata y me tendí sobre él.

—*Toi, Anaïs! Je n'ai plus de Dieu!*

Su cara estaba en éxtasis y yo, frenética de deseo de unirme a él... me retorcía, lo acariciaba, me aferraba a él. Su espasmo fue tremendo, de todo su ser. Se vació por completo en mí... y mi entrega fue inmensa, con todo mi ser, aunque con un miedo en el centro que reprimió el espasmo supremo.

Entonces quise dejarlo. En alguna región remota de mi ser aleteaba un sentimiento de repugnancia. Y él temía esa reacción en mí. Quería escapar. Quería dejarlo. Pero lo vi tan vulnerable. Me parecía terrible verlo tendido de espaldas, crucificado y a la vez tan potente... irresistiblemente atractivo. Y recordé que en todos mis amores ha habido una reacción de rechazo... que siempre he tenido miedo. No lo ofendería con mi fuga. No lo haría después de los años de dolor que le había provocado mi rechazo anterior. Pero en ese momento, después de la pasión, tenía que ir a mi habitación, estar sola. Esa unión me había envenenado. No era libre para disfrutar su esplendor, su magnificencia. Una sensación de culpa pesaba sobre mi placer, me agobiaba, pero no podía revelárselo. Él era libre —apasionadamente libre—, mayor y más valiente que yo. Podía aprender de él. ¡Al fin sería humilde y aprendería algo de mi padre!

Fui a mi habitación, envenenada. Soplaba un mistral seco y cálido. Soplaba desde hacía varios días, desde el momento de mi llegada. Me exasperaba. No podía pensar. Estaba desgarrada y me sentía morir: el esfuerzo por llegar al placer y la inaccesibilidad del placer. La irrealidad obsesiva. La vida que retrocedía, se me escapaba. Tenía al hombre que mi mente amaba; lo tenía entre mis brazos, en mi cuerpo. Tenía la esencia de su sangre en mi cuerpo. El hombre que busqué por todo el mundo, que marcó mi infancia y me obsesionaba. Había amado fragmentos de él en otros hombres: la genialidad de John, la compasión de Allendy, las abstracciones de Artaud, la fuerza creadora y el dinamismo de Henry: aquí estaba la *totalidad*, con un cuerpo y una cara tan hermosos, tan apasionados, todo unido, sintetizado, más genio, más abstracciones, y más fuerza y más sensualidad.

Debido a las similitudes entre los dos y a la relación de sangre, el amor de ese hombre atrofiaba mi placer. Y así la vida me gastaba su vieja broma de disolverse, de perder su tangibilidad, su normalidad. Soplaba el mistral y se perdía la forma, los sabores. El esperma era un veneno, un amor que era veneno...

A la mañana siguiente le dije que había querido escapar, que sentía represiones, vacilaciones.

—No puedes —contestó directamente—. Debes ser más fuerte. Debes ser valiente. Estamos viviendo algo tremendo, fantástico, único...

—¿Y si me resisto?

—Te seduciré —afirmó con una sonrisa.

—¿No te arrepientes de nada?

—¡De nada! Anoche fue la festividad de San Juan. Una hermosa noche para nuestra unión. Acabamos con todos los prejuicios. Nuestra pasión fue una llama. Jamás, jamás he sentido nada tan absoluto. ¡Cómo me entregué a ti! Ahora comprendo que todos los momentos de amor fueron incompletos... un juego. Anoche supe qué es el amor. Vertí todo mi ser en ti.

Parecía demasiado maravilloso para destruirlo.

Pasamos un día más en su habitación. Se movía con gran dificultad y dolor, pero se bañó y se afeitó. Sentado en un sillón, me leyó su manuscrito sobre opiniones y esbozos musicales. También incluía bocetos autobiográficos y poemas románticos. El libro era romántico, idealista, no tan fuerte ni dinámico como su propia vida. Su vida es su obra maestra.

A la noche… caricias. Me suplica que me desvista y me tienda a su lado. Su flexibilidad acariciante y la mía, las sensaciones de la cabeza hasta los dedos de los pies: vibración de todos los sentidos, mil vibraciones nuevas… una nueva unión, el unísono de delicadezas, sutilezas, exaltaciones, conciencia aguda y percepción y tentáculos. Un placer que se abre en vastos círculos, un placer para mí sin clímax debido a esa profunda represión interior. Pero esa ausencia es reveladora de la intensidad que él y yo podíamos aportar a la envoltura, al radio y los arcos iris del clímax.

Conversamos hasta las dos o tres de la mañana.

—Qué tragedia que te haya encontrado y no pueda casarme contigo. —Era a él a quien le preocupaba embrujarme. Era él quien hablaba, se mostraba ansioso y desplegaba todos sus poderes de seducción. Yo era la cortejada, espléndidamente. —Qué bueno es cortejarte. Las mujeres siempre me han buscado, cortejado. Yo sólo he sido galante.

Historias interminables sobre mujeres. Hazañas. Al mismo tiempo, me enseña lo máximo en el arte de amar: juegos, sutilezas, caricias nuevas. En cierto momento tuve la sensación de que era el auténtico Don Juan, aquel que había poseído más de mil mujeres, y él me enseñaba a la vez que elogiaba mi talento, mi asombrosa habilidad amatoria, mi extraordinaria afinación y sensibilidad. Estaba asombrado por la riqueza de mis mieles.

—Caminas como una cortesana griega. Pareces ofrecer tu sexo cuando caminas.

Cuando volví por el pasillo oscuro hasta mi habitación —con un pañuelo entre las piernas porque su esperma es sobreabundante— soplaba el mistral y sentí que se interponía un velo entre la vida y yo, entre el placer y yo. Todo se desarrollaba espléndidamente, como correspondía, pero sin la chispa final de placer porque en ciertos momentos era el amante desconocido, el español encantador experto en seducciones, amante enamorado con su mente, espíritu y alma, en otras ocasiones demasiado íntimo, demasiado parecido a mí, con las mismas contracciones de miedo y desconfianza, el mismo *survoltage*, la misma susceptibilidad exacerbada. Ciertas observaciones me preocuparon:

—Ojalá pudiera reemplazar a todos tus amantes. Sé que podría hacerlo si tuviera cuarenta años en lugar de cincuenta y cuatro. Tal vez en algunos años no habrá más *riquette*, y entonces me abandonarás.

Era insoportable semejante inseguridad en él, el león, el rey de la selva, el hombre más viril que he conocido. Porque me asombra encontrar una fuerza sensual mayor que la de Henry; verlo todo el día en estado de erección, y su *riquette*, su pene, tan duro, tan ágil, tan pesado.

A la noche siguiente, cuando tenía un poco más de libertad de movimiento, se tendió sobre mí y fue una orgía, me penetró tres o cuatro veces sin pausa, sin retirarse: sus fuerzas, su deseo siempre renovados y cada eyaculación seguía a la otra como una sucesión de olas. Me hundí en el placer vago, velado, sin clímax, en la bruma de las caricias y la languidez, en la excitación continua y por fin experimenté profundamente la pasión por ese hombre, una pasión asentada sobre la veneración y la admiración. La culminación de mi propio placer dejó de preocuparme. Me sumergí en la culminación del suyo. Le dije que había vivido las noches más bellas de mi vida, y al decirlo advertí que él deseaba fervientemente saber si era verdad. Derramé amor, adoración, conciencia. La cuarta noche también fue distinta. Él no creía en los excesos, en seguir hasta quedar agotado. Quería conservar la exaltación. Le hablé sobre el cuadro de Lot con sus hijas. Me dijo que yo era una niña aún. Pero recordé su exclamación de la primera noche: «*Je n'ai plus de Dieu!* He perdido a Dios».

Cesó el mistral. Reímos sobre el consumo de pañuelos. Reímos cuando le enseñé palabras obscenas en inglés. Me contó un largo relato fantástico, lleno de juegos de palabras, sobre lo que le diría a mamá: «*Tu m'a pris souvent, mais tu ne savais pas comment me prendre. Anaïs sait. Je voudrais l'épouser*».[1] Reímos al pensar en la cara que pondría cierta gente si se enterara.

Gracias a su fuerza de voluntad, iba mejorando. El primer día que pudo bajar a almorzar se vistió a la perfección y con su piel de alabastro, su ropa, su figura atractiva (sus manos y pies son pequeños), su sombrero blando, parecía tan grandioso, tan aristocrático, tan irreal: un grande de España, un rey; paseando lentamente bajo el sol tropical, me daba lecciones sobre los insectos, los nombres de los pájaros y las diferencias entre sus trinos, de manera que el mundo se pobló de sonidos nuevos y, dondequiera que voy, no puedo oír el canto de la golondrina sin recordar su manera de caminar y su cara bajo el sol. *Le Roi Soleil.*

---

1. «Me has poseído con frecuencia, pero no sabías poseerme. Anaïs lo sabía. Me gustaría casarme con ella.»

Una vez estábamos solos en el jardín bajo el sol ardiente. Se había sentado frente a mí. Observó que una de mis medias estaba arrugada. Me ajusté la liga. Eso lo excitó. Me mostró su pene, que estaba tenso. Me pidió que me alzara el vestido. Lo hice con un movimiento ondulante, como a la espera de una penetración. Cuando ya no podíamos soportar la tensión, fuimos a su cuarto, me arrojó sobre la cama y me penetró desde atrás.

—Qué pícara —comentó—. ¡Tan pícara como su padre! ¿A quién sales, pequeño demonio? A mí, no.

Una noche paseamos por la terraza a la luz de la Luna. Parecía tener veinticinco años, como Joaquín.

—Tu estatura es la que yo siempre soñé —dijo—. Siempre quise una mujer cuyos ojos estuvieran a la misma altura que los míos. Y apareciste tú. Alta, majestuosa. Un sol. Eres un sol. ¡No sólo estás a la altura de mis pensamientos sino que a veces te anticipas! ¡Mi igual! He hallado a mi igual.

»Un equilibrio tan precario —continuó—. Podríamos perder el equilibrio fácilmente. Nuestro equilibrio pende del hilo más sutil. Tanto mejor si podemos conservarlo. Busca la *luz*, la claridad. ¡Sé cada vez más latina!

Cuando vino el sirviente con la correspondencia y papá vio que había cartas para mí, dijo:

—¿Estaré celoso hasta de tus cartas?

Nuestra última noche. Él no quería subir a la habitación. Nos quedamos abajo y conversamos con otras personas. Cuando estábamos en la cama, desnudos y abrazados, estalló en llanto. Yo estaba conmovida y atónita. Nada me había sorprendido tanto. *Él, él* lloraba debido a nuestra inminente separación.

—Ahora me ves débil como una mujer —dijo.

Otro hombre. El hombre sensible, sentimental. Y yo, sumida en la irrealidad, comprendí bruscamente que en el amor siempre está el que da y el que recibe. Qué extraño e inquietante es para mí ser la que recibe. Me siento torpe. Sí, él era el que daba, se entregaba a sí mismo. No podía dormir. Me sentía mezquina. Él había llorado. Me desperté temprano. Corrí a su habitación. Sentía agudos remordimientos. Estaba asombrada de mí misma, del hecho de ser yo quien partía... pero sólo él lo habría comprendido. Miedo de la desilusión, miedo al quebranto físico, a ser menos hermosa, menos de lo que él esperaba. Huir siempre de la experiencia más preciosa. *Trop pleine*. Como él, quería que todos los éxtasis estuvieran suspendidos: nunca llegar a la saciedad en el amor. Miedo de la saciedad. Sentir que nuestro éxtasis había llegado en el momento preciso, que él era como yo, que también desearía la pausa.

Para lograr esa fuga, que también significaba cumplir mi promesa a Henry, debí mentir a todo el mundo. Una trama de mentiras. Papá debía creer que yo volvía a París. Hugo comprendería que no podía volver por razones de salud. Pero si volvía a París, debía visitar a la esposa de papá. Por eso debía fingir que viajaba a Londres con la familia de Hugo. Hugo debía pensar que yo estaba en las montañas. Pero Henry me esperaba en Avignon. Jamás había detestado tanto mis mentiras. Estaba atrapada en todos mis engaños. No quería que papá supiera que podía reunirme con Henry después de pasar nueve días con él. No quería que Henry supiera que no quería estar con él.

Después que papá desapareció en la estación, me embargó una gran desdicha y frialdad. Me senté, inmóvil, a recordar obsesivamente. Ahogada. Lúgubre. Tumulto, nerviosismo, caos. Dejo a un hombre al que temía amar... un amor antinatural. A partir de ese momento la realidad se hundió en el mar. Vivía en un sueño. Iba al encuentro de un hombre al que amaba humanamente, un amor natural. Aspiraba a la luz, la integridad y la nitidez, y todas me eludían. Durante cinco horas mis pensamientos se dirigieron a mi *padre-amante*... borrosos... desconcertados.

2 DE JULIO DE 1933

Cuando me encontré con Henry en la estación, me gustó su boca gruesa y suave. Pero su abrazo en la habitación del hotel no me conmovió. Estaba aterrada. Éramos extraños. Él no había cambiado, pero estaba más pálido. Yo estaba obsesionada con mi otro amor. Demasiado tarde. Ahora estaba con Henry. Y por primera vez lo miré sin ilusiones. Vi que habíamos consumado nuestra unión gracias a mi adaptabilidad. Me había ajustado a Henry. Había cerrado muchas regiones de mi mente. Había entrado en su mundo. Había amado con pasión. Pero bruscamente me pareció que su pensamiento era muy distinto. Ese pensamiento tan impreciso, borroso, indisciplinado, torpe, yo lo había aceptado, comprendido, amado.

Ese descubrimiento me abrumó. Traté de olvidarlo. Pensé que papá me había hechizado, que alguna mañana al despertar descubriría a Henry, la *totalidad, íntegro.*

Paseamos por Avignon. Finjo alegría, ternura. Tiene tantas necesidades; inspira lástima. Compramos ropa para él. Está en su elemento, paseando y viviendo en las calles.

Mientras tanto, estoy obsesionada, deprimida, atónita. Mi pasión por Henry agoniza, agoniza. Física y sensualmente está disminuido. ¿Soy yo la que ha cambiado? ¿Es mi padre quien me obsesiona, quien oscurece y eclipsa a los demás?

Y ahora el esfuerzo por engañar a Henry. Me agota.

Mientras estoy con él, debo escribir cartas a mi padre que un amigo enviará desde Londres. Oculto mi diario y mis cartas en el elástico de nuestra cama, en cuya funda de lino he abierto un tajo con una navaja. Quiero darle a Henry su viaje jubiloso. Oculto mis sentimientos.

Dos días en Avignon. Me enfermo en Chambery. Ataque de bilis. ¡No quiero que Henry me vea enferma! No lo quiero desilusionado, molesto, decepcionado. Lo mando a pasear. Sufro mi enfermedad sola, en secreto. Cuando vuelva, me encontrará vestida, empolvada y perfumada. Grenoble. Chamonix. Vértigo. Hambre. El esfuerzo de la voluntad para poetizar la enfermedad por su bien. Y lo consigo. Ha sido libre. No ha estado deprimido ni encerrado. Ha salido. Cada vez que volvía, me encontraba alegre, vestida.

Y el tormento de aparecer enferma e impotente en presencia de Henry pasó espléndidamente. Estaba asombrado. Jamás había visto una mujer enferma. Se mostró tierno, muy tierno y solícito. Yo repetía la «enfermedad» que ya le había visto a mi padre. Siempre sobrellevaba así la enfermedad: siempre la polvera y el espejo y el baño a pesar del vértigo.

Entonces quise sentirme bien para ir con él al cine. Fui al cine con fiebre. Luego paseé en bicicleta con él, caminé con él y la última noche incluso bebí con él. Para su alegría. Y su alegría me causó una gran alegría. Era como la de un niño. La modesta habitación le parecía lujosa; el baño, suntuoso; Chamonix, paradisíaco. Lo abrumé con regalos, lo envolví en mi ternura... mientras mi estado de ánimo, la desesperación que me envenenaba, pasaron inadvertidos.

¡Henry!

No me pondré en tela de juicio. No me disecaré. Dejaré que las cosas sucedan.

Mientras paseábamos en bicicleta, Henry llevaba en el bolsillo las frenéticas cartas de amor de Hugo. Él mismo envió mis cartas de amor a mi padre.

Yo había deseado que el diario muriera al no recibir esta confesión de amor. Había querido que siquiera mi amor incestuoso no quedara registrado. Había prometido a papá que jamás violaría el secreto.

Pero una noche, aquí en el hotel, al comprender que no había *nadie* a quien pudiera hablarle sobre mi padre, sentí que me ahogaba. Empecé a escribir otra vez con Henry a mi lado. Era inevitable. No podía matar a mi diario justamente en el clímax de mi vida, en el preciso instante en que más necesitaba aferrarme a él, confesarme con él, por grande que fuera el crimen de mi franqueza.

Todo me ahoga. Necesito aire, necesito libertad. Debo liberarme, esta vez a solas. Nadie puede enseñarme a gozar de mi trágico amor incestuoso, a sacudirme las últimas cadenas de la culpa. Y mi diario me protege de la demencia. Necesito este orden. Estoy más enferma, más neurótica que nunca y debo conservar el equilibrio.

Al partir Henry... me pareció que se me iba la vida, la alegría, la realidad, la sencillez. Me da lo que mi padre no puede darme, porque mi padre es yo misma y Henry es el *otro*: el único otro con el que me he conectado. ¿Fue una ilusión?

Seguir el ritmo de Henry me agota. Hoy debo permanecer en la cama para recuperarme. Qué pena, ser tan frágil. Y estoy triste. Escribir me hace bien. Es una especie de orden. Ahora llega el momento de brindar una gran felicidad a Hugo... como expiación. Acaba de pasar tres semanas tensas y desesperadas con su madre. Se ha torturado tanto. Y me escribe con pasión. Soy su única alegría. Busco por todas partes una habitación que le agrade. Me preparo para él. Él y Maruca... Papá dijo en broma que son nuestros «garajes». Pero los dos sabemos que debemos nuestras vidas a su protección. Qué ironías. Gracias a la protección de Hugo puedo cumplir el papel de madre de Henry y Artaud. No sería nada sin él. «Princesita, te serviré y amaré y cuidaré hasta mi último aliento.»

Henry, indefenso e irresponsable como un niño, me deja exhausta. «Cada vez que deseo algo, tú lo consigues», dice el muy ingenuo. «Sin embargo, vi cómo mirabas los frascos de perfumes, y aunque pudiera no te los compraría. A June siempre le decía que no. No comprendía sus necesidades.»

Es irresponsable, abúlico. A veces tiene un pensamiento o sentimiento no egoísta, pero no pasa a la acción. Vuelve de su paseo en bicicleta: «Se me ocurrió que debía haberme quedado contigo para leerte en voz alta». Pero lo conozco bien. Río y lo echo de la habitación.

Es absolutamente indefenso, no puede hacer nada por sí mismo. Sólo puede escribir y coger.

Me quedo en la cama y trazo planes para protegerlo. Pero no lo deseo. Recuerdo un día que salí del baño y él dijo que yo era como la Venus de Botticelli, o como una griega. Y entonces lo miré y su fealdad me ofendió: me ofendió esa fealdad brutal, esa fealdad bestial que he amado. Anhelaba la belleza de mi padre, el griego.

Siempre el eterno desplazamiento: el amante que se vuelve niño y el nuevo rey del amor: *le Roi Soleil*.

Le Roi Soleil, que dijo que cuando yo era niña se enojaba conmigo porque mentía como un árabe, porque uno sentía que yo tenía pensamientos secretos que no podía o no quería expresar. ¡Y era una *enfant terrible*, déspota, imperiosa!

«Para nosotros», dijo, «nuestro descubrimiento mutuo significa una especie de paz porque nos trae la certeza de que tenemos razón. Juntos somos más fuertes. Tendremos menos dudas.»

Me parecía profundamente cierto. Intelectualmente, yo estaba en reposo. Vi en él adónde conduciría la ruta elegida. También vi que era un incomprendido, como yo. Que ese control, esa dirección, se podía considerar excesivamente consciente. Pero era instintiva, ya que en mí iba *contra* el medio y la educación. Es verdad, como dijo mi padre, que somos unos genios para orientarnos. Yo sola encontré el camino para salir del catolicismo, la burguesía de mi madre, el ambiente idiota de la vida norteamericana en Richmond Hill. Yo sola descubrí a D. H. Lawrence y lo situé críticamente. Descubrí a Henry. Descubrí mis decorados, mi ropa, mi forma de vida.

Papá dijo (como Gide) que leemos para confirmar nuestros pensamientos.

Nuestra gran tragedia es que tenemos muchos adoradores, pero ningún igual. Siempre tenemos la sensación de estar adelantados. Hace veinte años mi padre hacía cosas que apenas hoy empiezan a ser habituales. Yo me anticipé a modas y estilos; sé que en «Alraune» hay una cualidad que sólo se apreciará dentro de muchos años. Incluso en el amor sólo se nos comprende mucho después. Sé que algún día Henry sentirá remordimientos atroces, porque me ha amado en la medida de su capacidad, pero no es suficiente. Percibe borrosamente que soy la llama de su vida, pero no sabe hasta qué punto habría podido nutrirlo si hubiera estado preparado para recibirlo. Ha llegado a sus cumbres mentales... pero el aire está demasiado enrarecido. No puede quedarse allá. Henry tiene innumerables puntos ciegos, y el mayor de todos es su falta de comprensión. Hizo sus esfuerzos más nobles con Lawrence y conmigo. Cuando llegué a Avignon, incandescente, hablando febrilmente, hizo lo mismo que Hugo: echó un balde de agua sobre mi llama. Pero comprendí que actuaba llevado por los celos. «Debo de parecerte lerdo en comparación con tu padre.» Me conmovió, e inmediatamente bajé el diapasón, pero me ofendió que Henry no hiciera el menor esfuerzo por comprender, que me obligara a demostrar interés en el café, el licor benedictino, la música barata, los transeúntes, puerilidades, caras, superficialidad, comida, cuando había tanta materia fecunda en mí. Apagó mi llama. El extrovertido. Cafés por todas partes. Bebida. Comida. Transeúntes. Siempre. Yo lo había disfrutado cuando era novedoso para mí. Calles. Putas. El cine. Conversaciones idiotas. Sí, sobre gente idiota. Fred es un imbécil, pero Henry lo soporta. Interesado en todo, sin discernimiento. Idiota, carente de espíritu crítico. Todo esto se atenuaba cuando Henry se ponía a trabajar. Basta de cafés. No me importaba nada. Yo no había sabido jugar, hacer tonterías. Me hacía bien. Las payasadas y las idioteces de Henry. Su irresponsabilidad. En Avignon perdí el interés por todo eso. Yo tenía grandes necesidades y él no podía satisfacerlas.

Después de vivir así durante varios días, reanudé mi diario.

¿De qué serviría decírselo a Henry? He aprendido a no luchar contra las limitaciones de la gente, a dejarla en paz. A no torturarla. «Así es Henry», me dije. Lo acepté. Traté de recuperar la alegría de nuestras primeras salidas a los cafés —júbilo, júbilo por nada— y me aburrí. Estaba harta. El interés de Henry por el chaleco verde de un guía, el color rosado de una casa, la camisa roja de un hombre, el andar de un niño, la nada, acabó por aburrirme. Él, el hombre que no ofrecía resistencia a la vida, que sólo quería disfrutar, gozar. Entonces comprendí que había llegado al fondo de ese placer y que tenía hambre. Que sólo encontraba placer en las fugas con mi padre, un placer más austero, más creativo. La realidad, las calles, la gente y todo lo que formaba parte del mundo de Henry no me alimentaba.

El diario siempre ha compensado las deficiencias de los seres humanos.

Henry se sorprendió al verme escribir. Me miró desconcertado. Ojos celestes desconcertados. Yo me había jactado entre risas de la muerte de mi diario. No vinculó su resurrección con su propia incapacidad para recibir mis confidencias (la escena en el jardín, cuando lo eché de Louveciennes, significó el comienzo de su incomprensión). Cuando caigo en una de mis depresiones —escasas y distantes unas de otras— me pregunta si estoy enferma.

Soy yo la que cambia otra vez, no es Henry. Él mismo me había dicho: «Tu único defecto es que te das por satisfecha con demasiada facilidad». Cuando me dio lo que yo creía era la mayor fusión posible entre seres humanos, no esperaba encontrar una unión mayor ni un ser humano a quien pudiera hablarle como a mi diario.

Este unísono mayor pone de relieve las deficiencias del otro. Creé a Henry en la medida que lo necesité. ¡También *inventé* a Henry! Amé al Henry que hubiera existido si tuviera mayores *resortes*, más fuerza, mayor voluntad.

Ayer, cuando el tren se lo llevó, ¿comprendió por qué yo lo miraba con tanta tristeza...?

Lo que lo vuelve tan conmovedoramente perdonable es su humildad. No hay reproches... sólo tristeza. Fui yo quien hizo todo el esfuerzo por comprender.

11 DE JULIO DE 1933

Anoche tuve palpitaciones y sentí una gran angustia. Pensé que moriría, sola en ese cuarto de hotel, y me pregunté si no debía quemar el diario. Si tendría tiempo de quemar todos los tomos antes de morir... Esta mañana comprobé sorprendida que estaba viva.

Quiero hablar con Rank, que me dé su absolución por sentir semejante pasión por mi padre.

Cuando le dije a Henry *toda* la verdad (cuando le permití leer mis diarios), no pudo comprender *todo*. Por consiguiente, la plena *comprensión* sólo existe en las relaciones *carnales*. «No supiste comprender a June, pero sabrás comprenderme a mí porque sé explicarme.» Entrené a Henry para que comprendiera.

Hoy me explayo sobre los fracasos. Es injusto. Tal vez para justificar los cambios en mí.

La comprensión *significa* amor. Cuanto más comprendo a Henry, más lo abarco y amo. Son interdependientes. Henry ama... pero defectuosamente. Su amor por el mundo, su pasión de artista por el mundo, también está deformada por la falta de conciencia.

Sin embargo, sentados en un café en Avignon le dije: «Me das cosas que nadie me ha dado». Me había llevado a pasear por la calle de los burdeles de Avignon: un paisaje singular, fantástico, como en (la película) *Maya*, aterrador, abyecto, dramático, increíble, ennegrecido por el humo, denso, grosero, pintoresco.

Su misma humildad es imprecisa. Se disculpa cuando no debería hacerlo. En verdad, es el genio de la imprecisión. Una mente ingurgitada de sangre. Me enriqueció. No me comprendió, pero me alimentó.

¿Por qué uso el pretérito?

Henry no ha muerto. Está en la calle, con los pantalones que le remendé, el cepillo que yo lavé, el manubrio de bicicleta que yo observé que necesitaba, porque lo amo humanamente y quiero que sea feliz, y así protegido, sus mínimas necesidades satisfechas, anticipadas, necesidades humanas y no humanas, no imagina que esta noche lamento escribir mi diario porque no pude hablar con él. Y que pienso en mi *Roi Soleil*, que ha sobrellevado su soledad durante cincuenta y cuatro años. Qué tarea me aguarda, la de explorar la vida de mi rey, los laberintos de su mente. Me embarga un terror frío. ¿Es la vida o la muerte? ¿El amor por mi Doble es el amor propio? ¿Es falta de resistencia ante las dificultades y los dolores de la vida con el Otro-el Tú-el *Toi*? ¿Es siempre el *moi*: mi padre, mi mitad masculina?

16 DE JULIO DE 1933

Annecy. Hugo, tan apasionado, y yo conmovida por tanta adoración. Me entrego por completo a sus necesidades. Y bruscamente comprendo que su actitud es protectora. Para él soy tímida, pequeña, delicada. Y yo lo protejo espiritualmente. Tengo *entretien*, soy alegre, ingeniosa, divertida. Él es lerdo y adusto. Cuando me toma entre sus brazos me siento segura. Es grandote, es mío, conozco todos sus pensamientos y sólo existo yo. Vive para mí. Todo es extremadamente sencillo.

Contemplo asombrada nuestra vida, todo es cariño y armonía. Ternura, regalos, protección. Y él me trata como a una amante. Vive un romance. Me mima. Y necesita que alivien su tristeza. Le doy sosiego. Lo hago feliz. Su inmensa adoración me conmueve. Tengo amor para dar a su boca (que todavía es la más hermosa que conozco) y me encanta dormir entre sus brazos. Y su fragilidad se corresponde con la mía. Tiene dolores, problemas. La altura le provoca insomnio. Afecta mi corazón. Nos fuimos. Aquí en Annecy la humedad le da neuralgia facial, dolor de oídos y dolor de muelas. A mí me da neuritis. Nos vamos a Aix-les-Bains. Pero no estoy feliz. Nunca lo estoy. La salud de Henry me cansa y la depresión de Hugo me agota. Anhelo la risa de Henry. Con él me siento bien, pero cuando estaba enferma me sentía sola, porque Henry no conoce la enfermedad. Y no puede mostrarse comprensivo con lo que no conoce: lo intenta, pero no puede.

Mi vida parece estar detenida. Nunca estoy donde quiero estar en ese momento. Tengo remordimientos porque no viví plenamente los días con mi padre. Estaba cubierta por un velo, como durante los días con Henry. Estoy inquieta. Quiero irme. Sin embargo, quiero descansar en alguna parte. Sé que soy neurótica... tremendamente neurótica. Durante el viaje pensé que iba a morir. Lloraba cada vez que el ómnibus se acercaba al borde de los precipicios. Mi corazón se sobresaltaba. Sueño constantemente. He perdido mi alegría. Por el camino olvidé a Artaud y Allendy.

Aix-les-Bains. Lentamente, Henry empezó a llenar otra vez mi ser, como algo suave, humano, y el *Roi Soleil* se replegó hacia zonas más enrarecidas, irreales, perfectas. El velo se alzó el día que llegamos a Aix-les-Bains y pude mudar mi estado de ánimo. Por alguna razón desconocida, todo empezó a marchar bien. Se disipó la depresión de Hugo. Vimos el solarium desde la ventana del hotel. Inmediatamente tuve una visión de salud. Creí en ella, en esa máquina de acero, semejante a un avión, que regula los baños de sol para curar la neuralgia. Aunque estaba muy cansada, pude subir una tremenda cuesta para ver al médico. Esta mañana estaba ansiosa por llegar allá. ¡El sol! ¡Mi fe en el sol! Fe ilimitada. Tendida al sol, pensé en Henry, lo sentí. No siento a mi padre: lo *pienso*. Me domina mentalmente. Mis sentimientos son ciegos. Tal vez temo encontrarme con él. No lo sé. No quiero saberlo. Recordé la concepción de Jung de la sabiduría: dejar que las cosas sucedan.

Pues bien, dejo que sucedan. Me entrego al sol. Soy feliz. Escribo a Henry. Duermo profundamente. Después de cenar vamos al casino, y con ochenta y cinco francos gano quinientos veinticinco. Me voy inmediatamente. Hugo y yo estamos alegres, divertidos. La multitud le parece vulgar, pero yo estoy feliz. Detesto a los presumidos.

Una carta de papá en el correo me agita... de una manera no humana. La leo y me pregunto si es posible que mi padre me ame más que yo a él. ¿Siempre tiene que haber alguna desigualdad? Nuestro amor —el de papá y mío— es antinatural. ¿O es que le tengo miedo?

21 DE JULIO DE 1933

Ojalá hubiera copiado la primera carta a mi *Roi*, escrita en el hotelito de Avignon, en la pobre terraza donde tomábamos café, mientras Henry iba a comprarse una camisa y un par de zapatos... escrita en un impulso tremendo, de un tirón, cuatro carillas en las que le decía cuánto lo amaba, hojas apasionadas que lo hicieron sumamente feliz.

Cada carta que intercambiamos es una búsqueda de lo superlativo, lo extremo; las suyas, sentimentales y románticas; las mías exaltadas.

Al mismo tiempo recibo una de Henry, que se parece a Lawrence por lo fastidioso y petulante; tan contradictorio. Y siempre tan egoísta. Estoy cansada de hacer tanto para aumentar su alegría: harta de inventar viajes, sugerir, dar, anticipar, realizar todos sus deseos. Y por primera vez me atrevo a lo que yo llamo «mostrarme dura» con él: «Henry, no había nada de malo en Touraine y Carcassonne. Todo se debió a tu estado de ánimo. No lamentes los lugares donde no estuviste». (Fue al cine y a otros lugares y se lamentó de haber «apenas rozado los lugares que quería conocer».) «También hubieras encontrado defectos en ellos.»

En su primera carta había dicho: «La cumbre del viaje: tú, tus mimos, la paz de Chamonix». Tal vez su descontento y mal humor se deben a mi ausencia. Pero siempre anhela mi presencia porque lo hago feliz, me desea por lo que le doy... no por lo que soy. ¡Los mimos! Morbosidad.

No puedo dejar de comparar las dos cartas. Mi *Roi Soleil* escribe: «*Hay momentos en que siento una nostalgia de ti, toda, tan intensa que hace daño*».[1]

Pero hoy recibo dos libros de Henry. ¿Y ahora? ¡Necesito amor! Flujo. Evolución. Movimiento. Estoy hambrienta, hambrienta.

Mi nueva pasión es el juego. Me vestí de fiesta todas las noches. Hugo me dio cincuenta francos y en un par de tiros gané quinientos treinta. La segunda noche, con treinta gané trescientos. Las cabriolas de la bolilla en la rueda me agitan y me dan escalofríos. Durante la noche desperté a Hugo para decirle: «Mañana jugaré al cuatro». ¡Y lo hice y gané con el primer tiro!

El sol. El cuerpo al sol en un torbellino deslumbrante de luz argentina y dorada disuelta en el calor. Una siesta para disfrutar. El correo. Paseos en bicicleta. El lago de Bourget, que inspiró a Lamartine. Café en el alegre café modernista. Y la *boule*.

Sueños. Sueño que Henry me abandona y corro por el bosque, llorando. Sueño que chupo el pene de Artaud: está abierto en la punta como una bolsa de caramelos, hay apenas unas gotas de esperma y son saladas. Ensueños: septiembre con mi padre.

Finalmente reproché a Henry que me desairara en Avignon porque se ofendió cuando reanudé mi diario. Antes de recibir su carta petulante, le había escrito con mucha ternura que lo echaba de menos. Septiembre con mi padre, pero no sola. Agosto, imprimir el libro de Henry, alimentar a Henry, encenderlo. Amarlo, pero sin la gran fe, la satisfacción suprema. Enfrentamiento desagradable con Allendy. ¿Con qué mentiras disimular y atenuar mi indiferencia? ¿Qué mentiras para Artaud?

Gente que se zambulle en el lago. Cuerpos bronceados. Radios.

---

[1]. En castellano en el original.

Carta de Hugo a papá:[1] Anaïs ha vuelto de Valescure, radiante porque ha recuperado a su padre: un padre nuevo, muy joven, que existe para ella por primera vez en su vida. Un padre recién nacido si se quiere, pero a la vez el padre de sus sueños. Siempre ha soñado con un padre del cual enorgullecerse, capaz de responder al punto a las mil y una preguntas que hace todos los días; preguntas que sólo podría responder alguien como usted, que ha vivido tanto y posee un verdadero genio para la vida. Siento que yo también acabo de adquirir un padre y a la vez un hermano, y estoy feliz...

Lui. Le Roi Soleil.
En los momentos de amor, sin los anteojos, con el pelo revuelto, me asustaba ver a una mujer. Una griega. Los ojos miopes fuera de foco, como los de una mujer casi desvanecida por la emoción. Esa impresión extraña me obsesionaba. Cerré los ojos.

Escribe Henry: Estamos en el mundo para pertenecerle, ser parte de él, nutrir y ser nutridos... Es el deseo lawrenciano de alterar a los hombres que causa más caos que bien. Es ciegamente egoísta y neurótico. Observo que el deseo de reformar al hombre aleja a éste de su prójimo en lugar de acercarlo. Conduce al aislamiento. A ocuparse cada cual de su yo. Cuando uno está harto de ayudar al hombre, vuelve al rebaño y es entonces cuando ayuda de verdad: con su sola presencia, porque entonces la suma de vivencias, de sufrimientos, de autoanálisis y de lucha interior han moderado al individuo, que está en condiciones de ayudar porque habla y actúa desde una sabiduría madura y consciente, no a partir de preceptos, ideas y fórmulas. Se me ocurre que tal vez la raíz de los disensos entre «amigos» (un tema que apasiona a Lawrence y Duhamel) es la cualidad idealista que contiene.

Me gustó todo eso, lo festejé.

Agrega Henry: Nuevamente, es algo demasiado sagrado, demasiado íntimo, demasiado aislado. El amor puro, la amistad pura... ideales. Pueden existir aquí y allá, y son hermosos de ver. Pero no son fines. Son fenomenales y accidentales. Cuando (esos) dos hombres (en *Salavin*, de Duhamel) hacen un pacto eterno, cometen el pecado de alienarse del

---

1. En francés en el original.

resto de la humanidad. Marido y mujer hacen lo mismo cuando se aman hasta la muerte. Se chupan mutuamente hasta quedar exprimidos. Al cabo de un tiempo se encuentran frente a frente como cáscaras huecas.

Hugo y yo cometimos el error de los idealistas. Pensamos que habíamos hallado el ideal y nos aislamos. Contra el mundo. Solos, los dos, durante años. Nos hizo mal. Yo, la más ávida, empecé a exigir, a exigir más, a devorar a Hugo. Desde que lo dejo en paz y estoy con otras personas, todos somos más felices.

Apenas volví a poner orden en mis emociones, recuperé la paz. Henry quedó situado como el amor humano; *le Roi Soleil* como el ideal, el no humano, el enrarecido. Vi nuevamente a Henry en sus mejores momentos, los más tiernos: toda la calidez que compensa la falta de sutileza, toda la ternura humana que compensa la falta de comprensión.

Volví a la vida. Nada me hacía mal, ni siquiera perder en el casino. Y la sensación, la divina sensación de ser libre del único amor, con el cual jamás puedo contar, la sensación de *seguridad en la multiplicidad.*

Una noche (papá y yo) hablamos sobre nuestras vidas: cómo sabía que yo tendría nuevos amantes porque era joven y fogosa y él no podía casarse conmigo; cómo comprendería y eso no afectaría nuestro amor; y yo estaba perturbada porque sabía que era verdad. Y le di la misma libertad. Desde el principio asumí la idea de su vida donjuanesca; me separé de las demás mujeres, consciente de mi situación singular. «Qué hermoso final para mi carrera amorosa, si pudiera dedicarme enteramente a ti», dijo. «Si me hubiera casado con una mujer como tú, que tiene todo, habría sido fiel.»

Me doy cuenta de que ya no creo en el ideal de la fidelidad. Es inmaduro. Doy por sentado de que él seguirá con su vida, así como yo con la mía.

Todo este amor incestuoso sigue velado, como en un sueño. Quiero realizarlo y me elude.

Sentimiento de culpa, diría Allendy. Necesito a Rank. Necesito una mente más poderosa que la de Allendy. Quiero hablar con Rank. Sobre el arte, la creación, el incesto. Quiero estar libre de culpa. Quiero confrontar un gran intelecto e indagar en el tema. Sondearlo.

Descubrimiento asombroso. Astrología. La astrología revela que la luna (de papá) es mi sol, la atracción más fuerte entre hombre y mujer. Cuando Hugo me lo mostró, el fatalismo ahogó los últimos vestigios del sentimiento de culpa. Me sentí sobrecogida. En lugar del gran terror ciego, sentí veneración. Menos enceguecedora. Empiezo a mirar osadamente a la cara de mi amor incestuoso.

Estaba decretado. Yo sólo obedecí mi destino. Ese destino dispuso un gran matrimonio irónico, imposible en la Tierra. No comprendía todo el alcance de las palabras de papá: «Es una tragedia». Qué matrimonio tremendo. *Beau à faire peur.* Estoy deslumbrada. Lo he estado en todo momento. Volver a Henry era recuperar lo humano, lo conocido, después de la atmósfera enrarecida, el sueño, el aire irrespirable.

Estados de ánimo pasajeros. Lástima. Amor. Mi rebelión contra el gusto de Henry por la suciedad. Cuántas veces, al abrirme de piernas, me he preguntado si no me traía la sífilis. Rencor por su irracionalidad. Ganas de pelear. Luego remordimiento por amar a mi padre... y devoción.

Él mismo dice que es un cobarde. Necesitaba el coraje de June para experimentar, para vivir. A mí me necesitaba para pensar. Y debido a su dependencia, siempre será un hombre humillado que se venga a través de la literatura, así como yo vengo mis sacrificios, mis mentiras heroicas, mis compasiones, mis indulgencias, con este documento tan cruel.

Detestaría entablar la guerra contra Henry. Sería fatal. Pero a medida que disminuye mi pasión, despierta el antagonismo. Solía creer que encontraría la vida, la sensualidad, sólo en la corrupción, el hampa, el peligro, la mugre. Acepté el mundo de Henry debido a la vitalidad de Henry. Ahora descubro mi error. Hay hombres sensuales que no se arriesgan a contraer sífilis: ¡hay libertinos limpios! ¡Mi Padre! Detestaba todo lo que acompañaba el vigor de Henry, y que yo aceptaba; abrazaba ingenuamente la sífilis y la mugre junto con la sensualidad porque el mundo parecía dividido en hombres puros —Allendy, Eduardo, Artaud— y Henry. Y de todos ellos, sólo Henry estaba vivo.

Pagué tributo a la vida humana. Abracé la vida, las putas y el peligro porque amaba. Amaba vigorosa, humanamente. Nada me repugnaba. En nueve días, todo cambió.

¿Por qué esperaba cambiar la vida de Henry, que es tan miserable? ¿Acaso no hice nada por él? ¿Lo dejaré tal como lo encontré? Todavía exalta la muerte, la destrucción, el fuego, la lepra y la sífilis. Todavía está retorcido de furia, deformado por los rencores, ingurgitado de humillaciones; y ha recibido todo lo que un hombre puede humanamente desear de una mujer. Fe, pasión, aliento, aprecio, comprensión, adoración, paz, seguridad, armonía... nada lo cura.

Mi monstruosa enemiga, la melancolía. Después del casino y el café, volví durante la tibia noche y me quité el vestido vaporoso. Supe que había vuelto a mis cavilaciones, de las que había conseguido escapar durante algunas horas. Debo conseguir que publiquen el libro de Henry. Debo hacer eso por él. Debo coronarlo con seguridad antes de abandonarlo. Darle fuerzas.

A papá:[1] ¡Tu horóscopo confirma que hice bien en coronarte rey! A veces vuelvo sobre frases o palabras que dijiste y las exploro, pienso en ellas. Una frase tuya tiene grandes repercusiones para mí; está llena de significado.

Mientras tanto, he brindado una gran intimidad a Hugo y dos o tres conversaciones «teóricas» —muy profundas— en las que confieso todo menos las relaciones sexuales, ¡y analizamos por qué cada hombre no supo satisfacerme! Todo tan sereno e intelectual y sabio. Hugo dice que he nutrido espiritualmente a Henry. Sin embargo, sus celos son ciegos. No es celoso de papá (su mayor rival); cree que Henry agoniza (esto sí se aproxima a la verdad; Henry se muere por mí; está moribundo, moribundo). Teme a Artaud. Sí, yo arrojo cortinas de humo, como dice Henry. El resultado es que Hugo está feliz y satisfecho con su porción de amor: verdaderamente inalterable, un amor que corre por su surco junto con una especie de milagrosa fidelidad hacia mí.

Pero es verdad, como le dije a Hugo, que su amor es el único en el que creo y confío. El de papá me asusta. Exige coraje. Este es el secreto de mi matrimonio: confianza, poder confiar. Cuando amé a John me sometí al dolor: morí. Ahora he aprendido a rechazarlo. Henry me hizo sufrir. No quiero más sufrimientos.

---

1. Ésta y todas las cartas de Anaïs Nin a su padre, así como las de él a ella, citadas aquí están en francés en el original.

Último día en Aix-les-Bains. Gané salud y varias victorias menores: un Adonis en Chamonix, el príncipe Nicolás de Rumania, un *gigolo*, el médico del solarium, el ayudante, camareras por todas partes, *garçons* en los cafés. Una lluvia de regalos de Hugo para expiar su inexpresividad anterior.

Predicciones astrológicas para los próximos meses: viajes, trabajo, éxito en el amor. Buen pronóstico para 1933 y mejor para 1934.

La salud de Hugo es mejor que nunca, lo cual me alivia de una ansiedad constante.

Astucia. Hugo me dejó en Munich sin un centavo porque había pagado el boleto de tren, la propina del changador y el telegrama para que Natasha me esperara en la estación; apenas me volvió la espalda, pedí al empleado que me devolviera el telegrama para corregir un error, lo reescribí y lo envié a Henry.

A solas en la cocina de Henry, echando una mirada en derredor como si fuera la última vez. Miro atentamente la pintura humorística de Fred de una pareja haciendo el amor en un banco frente al *urinoir*, junto a *Maladies des voies urinaires* y *Chocolat Meunier*. Leo el menú fantasioso colgado de un clavo: *bouchées à la reine, pâté de foie gras truffé, dinde aux champignons*. Contemplo la vida bohemia, el Quatz Art Ball, el canasto rodeado por un corsé, el panfleto sobre «instintivismo», como si fuera una despedida. Miro el saco de Henry abrazado a la silla, veo la forma de sus hombros y sus costillas, siento su cuerpo, pero no siento el dolor atenazante y desgarrador de los celos sofocantes. No abandono a Henry sino el dolor inmenso, inconmensurable de los celos. Sólo tomo las alegrías que me da. Separo todo el desgarro, la oscura dependencia, la pasión torturadora a fin de que pueda hablar de June o de sus putas sin lastimarme.

Quiero disfrutar a Henry.

No abandoné el pasado sino el dolor pasado. Sólo el humor de los bocetos en la pared y el surco profundo de un amor maduro, sin exigencias ni ilusiones, el surco en el que me deslicé apenas vi a Henry en el andén y olvidé las exigencias, las exaltaciones críticas que matan las alegrías.

Henry está feliz: «Ahora vuelvo a funcionar. Soy como una gran rueda que no puede girar hasta que llegas tú, con tu aparato tan pequeño y

prolijo. Basta un mínimo roce tuyo, y empiezo a funcionar. Debo reconocer que, como Lawrence, no puedo hacer nada sin una mujer detrás».
Lo más irónico es que ha sido milagrosamente fiel.
Para disfrutar, disfrutar y amar, uno no debe ser crítico. Debe cerrar los ojos a las benditas imperfecciones humanas.

A papá: Casi lloré al recibir tu carta en Aix-les-Bains cuando preparaba las maletas. La idea de enviarme una carta para mi partida fue tan delicada, tan increíblemente sutil. Yo lo he hecho para otros y he soñado que alguien lo hiciera por mí, pero los demás aman de otras maneras. Uno debe aprender a amar, a ser atento en el amor, como bien sabes. Estoy más conmovida de lo que puedo expresar por lo que representa tu gesto, ese detalle tan significativo. En el momento que llegó tu carta, me pareció que se me recompensaba por haber vertido tanto arte e ingenio en el amor durante toda mi vida. Es dulce recibir, es dulce recibir algo que llega de manera tan sutil, con tanta ternura, un gesto atento que me envuelve de manera tan hábil, una de tus cualidades singulares. Te beso hoy con gratitud por existir, no agradezco a dios alguno sino a ti, por tu gran esfuerzo creador.

Atardecer. Entrar en la casa es entrar en el alba, los colores del amanecer, los tonos del atardecer, la música, la esencia del exotismo, una matriz dulce, un palanquín de algodón, piel, seda, armonía.
Al cruzar el umbral, experimenté el milagro. Olvidé que yo había decorado la casa. Estaba embrujada, como si fuera un trabajo ajeno. Una caricia de colores y tramas, una hamaca.
Mi júbilo y mi energía estallaron en llamas. Me aboqué a poner orden en el reino, a organizar, administrar, encerrarme en la estrecha trama de la actividad. Prodigué mis fuerzas. Me zambullí en un Mar de los Sargazos de papel. El teléfono vibraba. Múltiples hilos. Expansión. El cuerpo tan fuerte, fosforescencia de mente y cuerpo.
Papeles. Trabajo. Compromisos. Cartas. Me encanta. Me fascina vivir, estar en movimiento. Intoxicación. Estoy intoxicada. Mañana, el copista y Allendy. El jueves, Artaud. El viernes, Henry. Mentiras piadosas a todos. A Henry, para atenuar sus celos de mi padre. A cada uno le doy la ilusión de ser el elegido. Si se juntaran todas mis cartas, aparecerían algunas contradicciones flagrantes. A Henry le digo: «Hablo mucho sobre mi padre, pero para mí, él no significa tanto como tú». Porque imagino que la gente necesita estas mentiras, mensonges vitaux! La verdad

es grosera e infecunda. Le digo a Allendy: «Acabo de llegar. ¿Cuándo te veré?». Como si fuera el primero a quien llamé, aunque ya estuve en la cama con Henry.

Humor. Cuando papá dice mentiras piadosas tales como: «Es la primera vez en mi vida que deseo tener mucho dinero» (para estar conmigo, hacerme regalos), descubro la falta de sinceridad. Papá ha deseado siempre tener mucho dinero, como yo. Incluso es posible que haya escrito lo mismo a otras mujeres. Y yo sonrío. Exudación. El viento me devuelve todo el incienso que he dado a los demás. Me paga con mis propios recursos y mentiras... como si no pudiera detectarlos. Mientras me escribe, probablemente Delia u otra mujer está tendida o sentada a menos de un metro de él. Casi siento su perfume. Traición, ay, la ilusión es tan traicionera. Crea ilusión y engaño. ¿Quién ha de arrancar la verdad a los demás? ¿Debemos mentirnos mutuamente? No lo quiero. Ante todo diré la verdad. Toda la verdad. Mi viaje, mis mentiras, Henry. Entonces sonreirá y contará la suya. Papá, ahórrame las mentiras que debemos contar a seres más débiles que nosotros, esa deformación de nuestra naturaleza para ilusionar a los demás. Seamos valientes, tal como tú me pediste. ¡Expulsemos los celos de nuestro amor!

Este diario demuestra mi anhelo por la verdad, tremendo y devorador, ya que al escribirlo corro el riesgo de destruir todos los artificios de mis ilusiones, todos los dones que brindé, todo lo que he creado, la vida de Hugo, la vida de Henry; ¡aquí destruyo a todos los que salvé de la verdad!

2 DE AGOSTO DE 1933

Comienza el trabajo. La señorita Green está mecanografiando el original sobre June, si no, yo estaría como un perro que trata de morderse la cola. Trabajo el texto.
Apuntaré algunos temas para retomar, para repetir. Como el del teatro chino y ver la ilusión detrás de las bambalinas. Comparar con el proceso de psicoanálisis. Ir entre las bambalinas es penetrar en la ilusión. Su efecto sobre mí.

Destacar las semejanzas entre mis amantes y mi padre. Continuidad de la imagen de papá a pesar de algunas manchas aparentes.

¿Moraleja del diario? ¿Qué necesita el mundo: la ilusión que creé en la vida o la verdad que puse por escrito?
Cuando soñaba con satisfacer los sueños de la gente —satisfacer el hambre de ilusiones—, ¿no sabía que ése era el hambre más doloroso e insaciable? ¿Qué me lleva ahora a ofrecer la veracidad en lugar de la ilusión?

Escena con Artaud:
—Antes que digas nada, debo decirte que al leer tu carta percibí que habías dejado de amarme, mejor dicho, que nunca me habías amado, que otro amor te había aferrado. Sí, lo sé. Es tu padre, lo adivino. De manera que todas mis dudas sobre ti se justifican. Tus sentimientos son inestables, variables. Y debo decir que tu amor es abominable.

Un Artaud malévolo, amargado, los labios apretados en una mueca horrible, todo furia y rencor. Repugnante. Lo había recibido con tristeza. Dijo que había observado la tristeza, pero no lo conmovía. Momentos después, me puse furiosa e implacable. Reprochaba mi crueldad, cuando en realidad sólo era sincera. Mi compasión se desvaneció por completo. Lo observé con frialdad. Dios mío, éste es el hombre a quien besé, que esperaba ser el destinatario exclusivo de mi amor. Mascullando su rencor.

—A todos les das la ilusión de ser tu máximo amor. Además, me parece que no soy el único engañado. Percibo que no sólo sientes esa pasión repugnante por tu padre, sino que hay uno o dos hombres más en tu vida. Me parece que hay algo entre tú y Allendy e incluso con otro hombre. Y créeme, no he oído chismes...

Era tan intuitivo, tan clarividente, que no negué nada, pero me sublevé ante la palabra *abominable*:

—No, es un amor puro. Y si no crees en mi pureza, no me conoces.
—Efectivamente, no creo. Creo en tu absoluta impureza.

Escuchándolo hablar, un veredicto terrible tomó cuerpo en mí. Me disgustaban su rigidez, su mezquindad. La actitud de Henry hubiera sido completamente distinta. La de Hugo también. Recordé que Allendy se había mostrado tan bellamente moderado... Me disgustaba la sentenciosidad medieval de Artaud, su falta de imaginación. Como un Savonarola, con sus dioses, eternidades e impurezas. Comprobé con placer que no lograba conmoverme. La verdadera crueldad era el desdén que empezaba a sentir por él. Trataba de herirme, de vengarse, pero de una manera mezquina. Como una mujer. Incluso como un niño. Qué desilusión. No podía compadecerlo... o sí, era sincero y esperaba todo de mí. Lo había hecho caer desde una gran altura. Pero no podía quitarme la impresión de que actuaba como una amante vulgar y chillona con un revólver. Su dolor no tenía belleza.

También Allendy sabía. No negué nada. Creí sentir placer al confesar mi amor, pero sólo Allendy supo de su consumación física, porque me hacía falta un confesor. Mi antigua dependencia había vuelto. Fue tan compasivo, tan noble y generoso. Confié en él. Es leal y discreto.

Me asombró mi propia actitud de negarme terminantemente a darle otra cita a Allendy y el haber sido tan categórica con Artaud. Antes jamás llegaba a decir que no. Como si el amor por mi padre me hubiera dado el coraje para vivir mi vida sin miedos. Nadie volverá a sufrir a causa de lo que Artaud llama mis «oscilaciones tenebrosas». No habrá más excusas ni justificaciones. Si a los ojos de cierta gente soy perversa y monstruosa, *tant pis*. Sólo me importa mi propio juicio. Soy lo que soy.

Artaud... el problema de Artaud es que me pareció lamentable y débil. Estoy harta de los hombres que inspiran compasión. Mi padre no inspira compasión. Se defiende bien; es valiente, noble.

Ahora que Artaud ha lanzado su anatema (la furia de un monje castrado) y me ha declarado un ser peligroso y maléfico... ¿qué pasa?

Me acusó de vivir «literariamente», de llevar una vida romántica. ¿Qué tiene de malo vivir literariamente, si es mejor que la realidad?

A medida que aumentan nuestras fuerzas, nos volvemos más malignos. El débil sufre. Me parece que experimenté cierto placer al torturar a Artaud. Fui irónica y devolví los golpes. No permití que me acusaran.

5 DE AGOSTO DE 1933

Una conversación con Henry sobre mis mentiras. Y hago el siguiente discurso, que bulle en mi cabeza desde hace días: «No volveré a mentir. Nadie agradece mis mentiras. Ahora todos sabrán la verdad.

¿Crees que Hugo se sentirá más complacido por lo que escribí que por lo que le he dicho o le he dado a entender por medio de mis evasivas? ¿Crees que Eduardo prefiere saber lo que pienso de él en lugar de lo que le he dicho? Jamás podría decir a nadie, "No te amo". Mi error fue abarcar demasiado. No podía alimentar cinco llamas. Tenía que desilusionar a algunos de los hombres, y ellos me odian por eso. Sobreestimé mis fuerzas. Cada vez que mentí, dije un *mensonge vital*, una mentira que daba vida.»

En ese momento, Henry y yo volvimos a mirarnos como en los viejos tiempos, en maravillosa plenitud. Habíamos pasado todo un día de encuentro. Primero, yo lo esperaba con entusiasmo y fui hacia él en la estación.

—Tuve la premonición de que lo harías —dijo. Me tomó del brazo y caminamos bajo el sol. Apenas llegamos a la casa, nos embargó el deseo y pasamos un rato feliz, muy íntimo, en el diván. Henry se mostraba tan ávido, tan apasionado.

—He estado de muy buen humor desde que volviste —dijo en el jardín—. Basta que vuelvas para que todo se arregle.

—A mí me sucede lo mismo —aseguré, feliz de haber recuperado nuestra armonía, nuestra estimulante interacción.

Papá y Henry en hermoso equilibrio, como la muy eterna dualidad de mi propio ser. Uno, el ideal absoluto, no humano; el otro, humano.

Y también es cierto que la fe de Henry en mí, su amor, me ha dado vida e inspiración, toda la fuerza, todas las alegrías, cuando sólo tenía la tierna seguridad de mi matrimonio.

Esta noche, mi amor por Henry está tan profundamente arraigado que no hay necesidad de desplazamiento sino de expansión. Hay en mí una fuente inmensa, inagotable, amplia, para amores ideales y humanos, un *foyer immense*. Me parece que durante los escasos días que amé a Artaud, lo amé mejor —con más talento— del que otras mujeres son capaces de brindar en toda su vida. Le di un momento de exaltación, aunque sólo fuera un espejismo. Y durante unos meses le di a Allendy una comprensión, una atención y una ternura poco comunes. Los dos han vivido una experiencia irrepetible. ¡Yo condenso mis dones en lugar de extenderlos en el tiempo!

Un rasgo cobarde. Me desprecio cuando pongo de relieve los defectos o las deficiencias ajenas para tratar de justificar mi cambio de sentimientos, disculparme. Cobarde. Cobarde.

Hoy Henry dijo algo tan sabio: «En lugar de acentuar el idealismo y la necesidad de ilusión de los demás, ¿por qué no los ayudas, no engañándolos sino enseñándoles a no tener tantas expectativas?»

7 DE AGOSTO DE 1933

Con Henry todo vuelve a ser como antes. No hay cambios en nuestra pasión ni en nuestras conversaciones. Viene a ayudarme... o con esa intención. Entonces confiesa que preferiría no hacerlo... y nos reímos de su franco egoísmo. Prefiere sentarse a copiar un pasaje de la carta de mi padre sobre Lawrence porque tiene que ver con su trabajo. Río, porque cuando un hombre es tan honesto, sólo se puede reír.

Con tanta concordia y alegría, los pensamientos de Henry vuelven sobre nuestra inseparabilidad. Nuevamente, me interrogó. Si yo pudiera, ¿me iría a vivir con él? Le encanta escucharme decir que sí. Ríe con histérica alegría.

Carta a papá: Quiero tu consejo, tu opinión, sobre el asunto de mi diario. Necesito tu juicio, pero para ello debería mostrarte algunas páginas recientes. Últimamente siento deseos de capitular como escritora. Me parece escandaloso revelar los sentimientos, aunque sean remotos o hayan muerto. Sacrilegio. Anhelo convertirme en una mujer sencilla cuya vida es secreta incluso para ella misma.

Es curioso que haya vivido toda mi vida bajo una gran influencia: la tuya. Es como si quisiera volver a empezar. Empecé con una franqueza nueva en mí, tal vez porque veo con mayor claridad el rumbo que quiero tomar. Sí, es extraño: me hablaste de construir, como si tuvieras conocimiento de la construcción que estaba a punto de emprender. No hablamos del futuro sino sólo del pasado, pero eso provocó una renovación en mí.

Lo que pasa es que mi trabajo, aparte del diario, carece de la autenticidad de éste. Una página del diario es más conmovedora que todas mis páginas de creación artística. Por eso, a veces tengo ganas de darlo a la imprenta —anónimamente— tal como es, terriblemente humano, sencillo y directo, como un esfuerzo sobrehumano para equilibrar las mentiras en los cuentos de hadas que pensé que debía entregar al mundo. Fue un error criarnos con cuentos de hadas. He tratado de hacerlos realidad para otro, y eso es peligroso. Uno pierde su propia alma.

8 DE AGOSTO DE 1933

Bradley es un crítico lúcido, un pensador muy honesto, valiente y leal. Realmente se ha «abocado» a mi trabajo: para ayudar, inflamar, impulsar, exigir. Me estimula e interesa. Su visión es clara y pragmática. Hablamos y nos olvidamos del tiempo. Me ayuda a clarificar y me gusta hacerle confidencias. La conversación con él me ayudó a comprender esto: he llegado al fin de un ciclo. Mi vida, que comenzó con la pasión por mi padre, termina con la misma pasión. Y *termina*. El ciclo de vivir ha llegado a su fin. Ahora empieza el de la paz y el trabajo (como Henry).

Desde mi regreso, me obsesiona el trabajo. Estoy agotada. Siento la cabeza inmensa.

Artísticamente, algo se ha cerrado: al menos, el tema de mi vida, la novela de mi vida. Sólo queda redondear y pulir y esmaltar.

Fui honesta con Bradley y él comprendió muy bien lo que dije sobre mis mentiras.

Ahora, dijo, el círculo extendido de mi inventiva vital, mi vida, roza el círculo de mi obra y ambos se deben fundir en uno. Ahora viviré tal como escribo en el diario y escribiré tal como vivo. He terminado con ciertas ilusiones, ciertas mentiras. Como le digo a Henry, soy una artista dedicada a su trabajo porque estoy en paz. Cuando uno está en paz, escribe. Mi gran tema ha llegado a su fin, o al fin de un ciclo.

Mientras escribo a Henry una carta para consolarlo por las vacilaciones del editor, él me llama por teléfono para decir nada. Sólo para llamar. Pensaba en mí. ¿Cuándo iré? Sí, está trabajando.

Mientras me visto, recuerdo un tema sobre el que jamás he escrito: los celos. Cuando Henry dice: «el lunes por la noche fui a lo de los Lowenfels y conocí a varias personas», mi corazón se detiene un instante. Espero. Imagino que me dirá: «Había una mujer... una mujer hermosa. Parecida a June». Es un momento de suspenso agudo, sobrecogedor.

Cuando dice finalmente: «Conversé con e.e. cummings», es como si se aflojara un nudo alrededor de mi cuello. Cuando lo encuentro leyendo el poema de Lowenfels, me siento herida a pesar mío. Cuando lo escucho citar la opinión tan deficiente de Lowenfels sobre su obra... pero Henry está feliz.

Por eso escruto los rostros de los demás en busca de señales de celos. En la cara de Allendy, el temblor de la voz, la menor señal de perturbación, me ponen en guardia. Me aparto. Esta conciencia desbarata mi honestidad. «Estoy libre el jueves», dice Allendy. «Salgamos juntos, aunque sea a tomar el té, ya que no quieres otra cosa.» El jueves me encontraba con Artaud. Sé cómo se sentiría Allendy si lo supiera... entonces miento. Y una mentira lleva a la otra.

Hoy, cuando fui a ver a Allendy, estaba de humor honesto. Le dije lo que le había hecho a Artaud y por qué. Que la compasión fue el comienzo de todo. Que el amor no tenía nada que ver. Es demasiado noble para dejarse atormentar por sospechas de Artaud. No quiero que se engañe. Por eso le digo todo. Quiero que todo quede claro y sólido. ¿Le duele menos? Lo miro a la cara. Antes era esquiva, tortuosa; ahora me muestro tal como soy. ¿Qué sucede? Allendy está perturbado y aliviado a la vez. Tiene algo de qué aferrarse. Me revela la mente montparnasiana de Artaud, cómo le mostró a Allendy mi primera carta, se jactó, se refirió cínicamente a su calidez. Fue Allendy, que no es poeta, quien dijo: «Tu interpretación de las cosas es demasiado grosera». ¡Artaud y su mundo abstracto y sutil! En la vida es un puritano, un provinciano, un montparnasiano. *Une vieille fille.* Y así se aclara la escena con Artaud. Es tan literal, incluso ese día en el jardín tomó mi simpatía por amor. Y yo tan idealista. ¡Ridículo!

Ahí es donde mi fe se extravió. Y me asusta, porque todavía no juego con lucidez. Pero pensé que siempre lo sabría. Al creer en Artaud, todavía creía en la *literatura*. Aún creo que la mente que sigue determinadas frases no puede pensar de otra manera en la vida.

En ese sentido, soy asombrosamente sincera.

A papá (en respuesta a la carta en la que me pide que me reúna con él en Evaux): ¿Qué es lo que quiero? Verte lo antes posible, estar contigo otra vez. Anoche me preguntaba cómo podría esperar hasta octubre. Y aunque podría escribirte en secreto, me reservo todo para los momentos vivos. No necesitamos cartas sino la vida. Ya no pienso. Siento. Siento tu proximidad, humana y palpitante. Espero volver a vivir los momentos de Valescure, sentir otra vez tu dulzura y tu fuerza, los miedos y las agudas alegrías, espero resolver todo, dejar que todo se funda en tu abrazo, en la confianza, la ternura, la fusión viva.

Hace unas noches, cené con Henry en Clichy. Vino, música, libros.
—Tengo tantas cosas en este cuarto —dijo él—. Podría vivir aquí.
—Para eso es un hogar —señalé—. Para contener las cosas preciosas que necesitamos, nada más.
—Para mí jamás lo fue. Sabes, Anaïs, he estado en muchos hogares, pero jamás he visto uno parecido al tuyo. Ninguno me causó la misma sensación. Tú sabes lo que es un hogar.

Cuando le dije que tal vez me alejaría durante una semana, se sintió herido.
—Esto es demasiado, es demasiado —se quejó—. Deberías preguntarme si te lo permitiré.
—Abrázame, Henry, abrázame. Sí. Pídeme que me quede.
Percibí su amor, su ternura. Sentí dolor.
Pero escribí a papá que iría a verlo.
No me martirizo con preguntas. Me entrego al flujo eternamente doble.

Le digo a Hugo que tengo la extraña sensación de que el amor de papá es en parte como el deseo narcisista del artista de sobrevivirse. Ha volcado su genio a su vida, no ha sabido dejar una expresión de su vida, y soy yo, la calígrafa, quien lo hará sobrevivir.
—Yo tengo la misma sensación —dijo Hugo—, de que viviré a través de ti.

Me parece que se me escapan tantas cosas dignas del amor que brindo al escribir. Hoy recordé a papá en la estación de Valescure, cuando yo partía. Estaba parado bajo el sol, en ropa holgada, la camisa blanca abierta en el cuello, las piernas separadas, los brazos sueltos, livianos. Soñador. Remoto. En otro mundo. Alejado de la vida, como estoy yo cuando la vida es demasiado punzante, absorbiendo, inspirando, secreta, misteriosa, aquello que sólo florecerá más tarde, como una flor de papel japonesa en el agua, que se abre lentamente, sola, más tarde.

Me pregunto si mi ansia de preservar no se debe a que dudo de mi memoria. Sigo adelante. Olvido.
Como las anotaciones de Proust, prueba de mala memoria.
No. Recuerdo minuciosamente ciertas cosas que me atormentan hasta que las escribo. Una vez que he escrito algo, ya no temo perderlo. Es un amor demente por la vida, por la vida humana.

Me duele recordar, en la mitad del día, la tibia tarde en mi habitación cuando Henry estaba tendido en el sofá mientras yo me vestía y perfumaba para salir a cenar. La textura del día, los colores, la temperatura. Todo está en el diario. Pero con frecuencia me he preguntado angustiada: ¿Supe capturarlo? ¿Se desvanecerá? ¿Caerá hecho trizas, se enturbiará? ¿Lo buscaré en el diario y sólo hallaré palabras pálidas, sin sentido? Es un dolor agudo. La esencia, la esencia humana, siempre se evapora. No puedo soportar el paso de las horas.

Henry dice: «Todo lo que Lawrence escribió sobre el matrimonio, nosotros lo tenemos; entre nosotros existe ese equilibrio delicado...» Sí. Aire. Espacio. Movimiento. Frutos de la sabiduría. Somos viejos, él después de June, yo después de Hugo. June y Henry querían devorarse, aprisionarse mutuamente. Hugo y yo, inseparables. Hugo decía anoche: «Quisiera comerte, estar seguro de ti». No hay otra manera de estar seguro de mí.

18 DE AGOSTO DE 1933

Funciono como una orquesta: todos los instrumentos al unísono. Los tambores son telegramas de papá. Está enfermo otra vez, me suplica que vaya inmediatamente, entonces debo volver mi vida patas arriba para correr a su lado. Papá. Papá. Las palpitaciones de mi corazón y mi sangre. Las protestas débiles, tristes de Hugo. Dejo la belleza de Ana María, a Henry de un humor luminoso, inspirado, mareado por la realidad, envuelto en sus visiones. Allendy, enamorado y profesional, mascullando maquinalmente los lugares comunes del psicoanálisis: sentido de culpa, odio de tu madre. Casi me duermo. Las fórmulas y el análisis han perdido toda realidad. Mi vida es demasiado veloz; los frutos caen, los árboles no pueden sostener su peso. Al volver a casa con Hugo, miro el cielo, las nubes apiladas horizontalmente, y más allá veo la infinita liberación de mis sentimientos y mi expansión.

Mantengo una conversación juguetona con Eduardo, en la cual prometo controlar mi Marte, sentarme en una hamaca y abanicarme como una criolla a la espera de que él actúe, escriba, viva. Ante mi nueva honestidad, confiesa que está cansado de la suya y quiere iniciar una vida de mentiroso. Parece enamorado de mi honestidad. Sopla un viento fuerte, valiente. Digo con orgullo: «Mi padre y yo somos amantes...»

Estoy desbordando. Hablo demasiado. Amo demasiado. Quiero trabajar. Me gusta la confusión en mi cabeza porque un torbellino de sentimientos confunde la mente y destruye su control. Quiero vivir de acuerdo con mis sentimientos. Son de mejor calidad artística y humana que mi análisis.

No hagas comentarios. El análisis es la muerte.

Al copiar mi diario para Bradley, fui consciente de que mis *sentimientos* eran los más inteligentes. Soy más sabia cuando fluyo. Cuando medito o analizo no soy tan buena como Gide o Proust. Como dijo Fraenkel: «Todos somos capaces de pensar. Lo que cuenta es la singularidad de las ideas. Tú, Henry, no tienes una manera singular, individual, de pensar o de sentir».

Mis ojos están cerrados. Los ojos de mi cabeza caprichosa, fresca, intelectual.

Sentir y fluir, sin que la disección destruya la frescura de los sucesos. El rocío. La noche. La humedad de las cosas y los seres humanos.

Y pienso en la inconsciencia de Henry. Cuántas veces he deseado con tristeza que fuera consciente: pasaba una hermosa hora, sin impresionar otra cosa que sus sentidos... y él parecía no tener conciencia. No extendía la mano. Con frecuencia yo esperaba en secreto una carta en la que analizara esa hora, la aprehendiera... Esperaba la segunda degustación, que nunca llegaba. Siempre que saboreaba por segunda vez, lo hacía a solas. Reconstruía la conversación, el momento, manipulaba los colores y los olores, me aferraba a ellos.

25 DE AGOSTO DE 1933

Un beso en mi habitación en Valescure. Mi padre recoge un escarabajo de la calle para que no lo pisen. Habla de fracasos, de música desde un punto de vista filosófico. Durante el viaje, deja de lado sus hábitos. Despreocupación y tolerancia. St. Canna y el calor. Se *maravilla* de todo, como yo.

Cada noche lo amo por una razón distinta. El ingenio. Las historias fantásticas. La tristeza por la injusticia de mamá para con él. Morbosos escrúpulos con el dinero. El baño que me prepara en Alès.

Su reserva y su espíritu crítico me asustaban. Me inquietaban. Paseo jubiloso. Bromas constantes. Me pregunta si me he acostado con Henry. Mi primera mentira. No. No, la tercera. Codos sobre la mesa. Caminando con la cabeza gacha. Le gusta expresar sentimientos, cumplidos, sólo por escrito. Pero ahora sé que cuando dice *«C'est bien»*, está perfecto.

Su juicio sobre Henry sobre la base de nuestras conversaciones, aunque jamás lo critiqué: «Es un debilucho que se alimenta de tu virilidad».
Eso fue un golpe duro para mí.
Cordura, cordura, exclama. Me quiere sana, fuerte, con amantes que estén a mi altura.

Mi desesperación al despedirme. Su tristeza en la víspera. Sus ojos soñadores. La potencia. Sus palabras sobre Maruca, que imita nuestra media legua infantil. *«Suis facée. Meddé.»* (Cansada. Ayúdame.) Como yo, cuando era niña.

Dice que no sobreviviría si se conociera nuestra relación física. Que Maruca se moriría. Que tenemos edad suficiente para recordar. No es necesario escribirlo. Pero sé que no es verdad. Cuando releo el diario me llevo muchas sorpresas. La fidelidad a los matices de la continuidad y la progresión sólo se conserva en la memoria escrita. Es una necesidad imperiosa. Es una suerte de traición suprema. Porque papá me ha suplicado que no escriba. La fidelidad al diario me obliga cada vez a escribir a pesar de los débiles reproches de Eduardo, la ansiedad de Hugo, los temores de Henry, los ruegos de Joaquín y, por último, mi promesa a mi padre.

Louveciennes. Atardecer. Estoy triste, triste, triste. No puedo soportar la separación. Estoy obsesionada con él... sólo con él. No quiero nada más, a nadie más.

No lo he amado lo suficiente. Ha caído sobre mí como un gran misterio. He quedado mareada... deslumbrada.

30 DE AGOSTO DE 1933

Viene Henry y, misteriosamente, la continuidad de nuestro amor está intacta. Fluye instintivamente, como un río. En mi mente puedo romper con Henry, con el Henry que otros ven. No puedo romper con el Henry cuya voz desde el jardín me agita el útero.

Después que partió, recordé las palabras de papá: «Somos sólo tú y yo. Nadie más. Concéntrate. Nada de Henrys».

«¿Qué más puedes desear», dijo papá, «que un marido caballeresco y un amante fogoso?»

Nadie conoce al Henry que habla tan sabiamente conmigo como torpe y entrecortadamente con los demás, como si la temperatura y el clima de mi fe hicieran florecer todo lo bueno que hay en él. Lo miro y está íntegro, con la voz de su trabajo, el tono de su seguridad, sus certezas. Está pálido, sereno y a la vez excitado, concentrado.

Lo veo en presencia de Fraenkel y está colorado, agitado, farfulla, parece estar disperso, perdido. Se lo ve vacilante y confundido. Sí, perdido. Está en su mejor momento frente a su trabajo y a mí. Loewenfels tiene que decirle: «Cállate, sabes que no estás hablando en serio».

Carta a papá: No pude escribirte anoche. Pienso constantemente en ti. Al despertar estoy envuelta en sueños de ti. Tu retrato está a mi lado y sólo la mitad de mi mente se concentra en mi trabajo. Todo, todo lo demás se ha desvanecido. Mi trabajo es para ti. Ojalá fuera más hermoso. Mi diario es para ti. Por ti quiero redoblar, y voy a redoblar todos los esfuerzos... todo lo que te cause placer. A veces siento que el absoluto que me brindas me colma, que desbordo. Por eso no debe sorprenderte que te ame a cada hora del día: no ciegamente sino porque eres hermoso y eres tú mismo en cada momento, siempre, incluso en esos momentos que te avergüenzan. ¿No sabes aún lo que significa ser amado por tu yo íntegro, por ese misterioso *tú* que aparece cuando te crees menos hermoso y adorable? Con trabajo infinito y valiente has embellecido tu ser; pero si hoy te despojaras de ellos como de un manto de brocado, quedaría el tú esencial que es el eje, la fragua de tantas aspiraciones, de tantas creaciones. Tu ser incandescente como lo veo yo, mi gran, gran amor. Así puedo pensar en ti cuando estás tendido, cuando más te sientes derrotado... ¡y cuando estás menos derrotado! Me gustaría que recibieras esta carta en ese momento, porque lo que te distingue de otros hombres es tu interés constante por los sueños ajenos. Sin embargo, no eres consciente de los sueños que tú mismo impartes y es por eso que quiero revelártelos. No sabes que demuestras cómo atravesar los momentos más desalentadores de la vida con una rara dignidad y constancia. Los sucesos externos distorsionarían a cualquier otro, o al menos distorsionarían su imagen. Jamás le sucede a la tuya. Transformas todo, sea enfermedad o fatiga; a todo das siempre otro color, otra belleza.

Me dijiste: «Cuando pienses en mí sentirás remordimientos». Y esta noche pienso que daría cualquier cosa con tal de estar contigo en cualquier momento de tu vida, porque todos son hermosos. ¡Es maravilloso poder admirar a aquel que amas! A plena luz del día, con toda lucidez. Así como se mira el Sol. Así vendré a verte durante la mañana y, por la manera de mirarte, sabrás que te amo, que me conmueven tu voz y tus ojos, tu sonrisa deslumbrante y el ruido de tus pasos. Voy a verte y soy feliz, temerosamente feliz, porque estoy cerca de ti.

Quiero que nuestro amor sea también un gran descanso. Nuestras vidas están llenas de esfuerzos, de labores hercúleas para ascender, superarnos en todo, engrandecer nuestras almas, perfeccionar, abarcar, evolucionar... ascensos casi dolorosamente difíciles, mirando siempre hacia lo alto, siempre en pos de nuevas visiones, rechazando lo que éramos ayer.

Olvidamos estar alegres, disfrutar lo que hemos conquistado. Quisiera descansar en ti, contigo. Amo nuestras horas serenas y cómo me haces reír. ¡Cómo ríes! Será nuestro sabat: no un domingo sino un séptimo día inventado por nosotros. En el alba de nuestro séptimo día, mientras comemos avena Quaker, dirás: «es bueno». Y entonces sabré que puedo ser feliz, porque espero tu juicio definitivo. Y tú, por cortesía (eres divinamente amable) debes aceptar que yo diga: «es bueno». No debes contestar irrespetuosamente: «no sabes nada, sólo estás enamorada». Digo que eres grande, que no hay nadie en el mundo como tú. Me sentaré sobre tu cama y desplegaremos todo lo que tenemos, todo lo que poseemos, en lugar del eterno, «yo quiero, yo deseo». Basta de remordimientos, basta de pensar, por ejemplo, que no has hecho o creado o dado bastante. Serán los días de nuestro júbilo. El júbilo será nuestro alimento. Y entonces, gracias a ese maravilloso séptimo día, en seis días crearás música tan milagrosamente bella que te premiaré con un nuevo séptimo día y una forma de contemplarte que será inconfundible. Pero por ahora, date por satisfecho. Descansa. Para recrearte, contempla al hombre que amo. Mira que no es fácil complacerme, ya que tardé veinte años en encontrarte. Tenemos debilidad por los fantasmas; nos basta ver pasar una nueva perfección para que nos vayamos en pos de ella, abandonemos el almuerzo y la cena.

Durmamos un poco, alegremente, mientras sigues en Evaux. Me acusarás de cantar canciones de cuna. Pero eso es porque creo que los dos hemos partido «hacia las incertidumbres».

Te beso suavemente los ojos, cuya mirada me hizo llorar al partir. Siento que tu mirada penetra en mi vida entera. Mira: en todas partes sólo está tu imagen.

31 DE AGOSTO DE 1933

Hugo se va a Ginebra, y la primera noche no mando llamar a Henry. Ahora me parece que mi padre lo sabrá, lo percibirá. Toda mi atención está concentrada en escribirle cartas todos los días, cartas de amor para ocupar e iluminar sus grises días de enfermedad, su soledad. Quiero verter en él el amor que brindé a Henry, pero sé que no es el mismo amor. Busco palabras nuevas, regiones y sentimientos nuevos. Es tan absolutamente distinto.

4 DE SEPTIEMBRE DE 1933

Cada día acrecienta la distancia entre Henry y yo debido a su gran falta de comprensión. No comprendió a June; a mí me comprende por ráfagas; no comprende a Lowenfels ni a sí mismo. Vive constantemente en un mundo deformado: inspiraciones, creaciones, invenciones, mentiras, locura.

Nuestra velada en lo de los Lowenfels me aburrió: no me dio nada, me dejó con las manos vacías y terriblemente desilusionada.

Miré a la esposa de Lowenfels y pensé, si Henry la amara, no me importaría. Ahora no piensa en ella, pero ella lo desea, lo cual significa que tal vez lo tendrá más adelante (si yo lo abandono) debido a su enorme elasticidad. Estaba celosa de mí, toda erizada. Yo estaba cansada. Me gustó, me gustó su tipo, su dureza, su carácter dominante. Estaba demasiado cansada para hacer nada al respecto salvo escribirle a Henry.

Veo en papá la imagen de mis años de expectativa, mis años solitarios, una imagen severa de soledad aliviada por la comprensión de la consanguinidad. Papá, el creador, debía concebir a la mujer a la que entregaría su alma, y sólo podía entregar su alma a su propia imagen, o al reflejo de ésta, la niña concebida por él.

Responde a mi carta: Ni siquiera trataré de contestar a la bella y conmovedora carta de esta mañana. Dudo mucho de que posea todos los tesoros que me atribuye tu amor. Pero aunque no soy como me ves, lo cierto es que durante toda mi vida he querido ser algo muy parecido, una aproximación. Si durante toda mi vida, con un esfuerzo sobrehumano y constante, sin miedo ni vacilaciones, en lucha contra todo y contra todos, forjé mi alma, cincelé mi espíritu, sublimé mi corazón y armonicé todos los temblores de mi ser, ese era el blanco borroso al que apuntaba, temeroso de reconocerlo siquiera en mi fuero interno. Pero después de cada etapa me preguntaba, ¿por qué hago este esfuerzo y para quién? Porque los que me rodeaban interpretaban extrañamente mis objetivos, mis intenciones y mis deseos; los interpretaban mal o los tergiversaban. Sufrí horrores, pero jamás cedí ni pensé por un instante en buscar otro camino. Una fuerza secreta me alentaba y guiaba, así como una necesidad innata de belleza, orden, ritmo, amor y poesía. Mi vida era dolorosa porque requería un esfuerzo constante, pero por eso mismo era hermosa.

Con todo, ¿por qué y para quién? Pasaban los años, pacíficos o trágicos, brillantes o pálidos, breves o penosamente largos, sin que me desviara por un instante de mi voluntad de ascender y desarrollarme: trepaba, ampliaba el círculo a mi alrededor, pero cada día estaba más solo. ¿Estaba solo? No: en verdad, llevaba conmigo un mundo de maravillas, más ricas, numerosas y diversas que las multitudes de personas, y por cierto más leales. Entonces, bruscamente, cuando menos lo esperaba, viniste a mí y por medio del amor adivinaste todo, aprehendiste todo, comprendiste hasta lo más profundo de mi ser. Cada una de mis fibras reverberaba ante tu voz y exhalaba su música, cada una, incluso aquellas que yo creí que estaban dormidas para siempre. ¿Un milagro? No. Tenía que suceder así. Era la consumación del «por qué» y el «para quién». Alguien comprendió la parte más bella de mi partitura, la que jamás había compuesto ni escrito: mi sinfonía, la sinfonía de mi alma, ¡la sinfonía de toda mi vida! Bruscamente, todos los sufrimientos, la fealdad, las desilusiones, se desvanecieron, transformadas en belleza generosa y palpitante. Todo está corregido, gratificado, iluminado; la misma muerte, al cabo de la carrera, será ennoblecida. Gracias, Anaïs, mi amor.

A pesar del tono juguetón de papá, me estremezco. Temo ver una cara vieja, pero no, no, parece más joven que Henry. Después de nuestras orgías, Henry está demacrado y tiene bolsas debajo de los ojos. Papá, no. Apenas algunas arrugas, una arruga de ansiedad en el entrecejo. Algunos surcos en la frente, pero su cuerpo es hermoso, tan hermoso, con un cutis de mujer y los poderosos músculos secretos, que sólo aparecen cuando él quiere, y el indomable resplandor. No, no puede envejecer ante mi vista.

Cuando llegué a Valescure, vino solo a mi encuentro, pero era imposible descifrar sus sentimientos en su rostro. Siempre la máscara impenetrable, la frialdad. A veces sus ojos muestran una mirada nostálgica, anhelante. Y en el momento del amor su cara se transforma totalmente, resplandece, se vuelve femenina y jubilosa (aunque jamás se deforma) de erotismo, toda júbilo luminoso, éxtasis, con la boca abierta.

Más tarde me entero de que no pudo dormir la noche anterior ni tampoco la víspera de nuestra partida a Evaux-les-Bains.

En el auto me acaricia suavemente, pero nos reprime la perspectiva de que próximamente nos encontraremos con Maruca. Maruca, tan gordita y bellamente formada, una Tanagra, una Tanagra con cara de varoncito, nariz respingada, voz de niña, franca y directa. Inmediatamente me gusta, ¡como un hermano! Me recuerda a Thorvald. Gestos rápidos y decididos, sencillez. Es cordial conmigo y yo con ella.

Me acompaña a mi habitación. Estamos un poco cohibidas. Me mira mientras me saco el sombrero, no críticamente, a la manera de las mujeres, sino con afectuosa curiosidad, para ver qué se ha hecho de la niña que ella conoció en Arcachon y que dormía en su cama.

Le doy el perfume que le he comprado, con la esperanza de que me quiera. Los tres nos sentamos a conversar en su dormitorio.

Cuando voy al mío a buscar una fotografía, papá me sigue y nos abrazamos —sin atrevernos a besarnos, sólo cuerpo contra cuerpo— y Toby, sí, Toby advierte mi presencia y se agita. Toby, que levanta la cabeza cuando le hablo. Entonces papá tiene que esperar hasta que cesa el torbellino de Toby.

Mientras papá duerme, Maruca y yo conversamos. Una conversación amable, cordial, natural, femenina.

Maruca, Delia y yo estamos en la habitación de papá. Maruca y yo preparamos las valijas. Él estudia las hojas de ruta.

—Esta noche no podré dormir —dice.

—¡Papito, no seas como tu hija! —respondo.

Delia, que al escucharlo hablar sobre su primera visita a mí le dijo, «Te enamorarás de tu hija. ¡Ten cuidado!»... Delia me mira. En sus ojos brillantes se trasluce la niña dentro de esa mujer cincuentona. Esa tarde me parece que todas las mujeres son juveniles e inocentes, que sólo yo llevo en mí una pasión que les parecería monstruosa, que me ilumina, que me deslizo entre Maruca y papá con ojos claros, ingenuos.

Me duermo con las piernas separadas, deseando a papá.

A la mañana, Maruca dice:

—Te daré una manta para que tu padre duerma la siesta después del almuerzo en el césped. Dile que se acueste, Anaïs; debe descansar.

La siesta después del almuerzo en el hotel de St. Canna. Calor. Hambre e impaciencia. Él resplandece como el acero al rojo vivo.

Pernoctamos en Alès y reímos porque bajo nuestras ventanas se celebra una feria bulliciosa y escuchamos la *Habanera*. Intensidad. Inmensa intensidad interior.

A la mañana me prepara el baño.

Conversa sobre generalidades. Más tarde apunta directamente a Henry, y por un instante me pregunto si está celoso. Pero los celos jamás lo llevan a ser injusto.

—¿No te basto? —pregunta.

Veo sus dos aspectos: la severidad, la repentina ternura. Hermoso cuando se maravilla por lo que nos ha sucedido. Pura maravilla. En ese momento es joven, tan joven. Y los dos soñamos con ojos claros, visionarios, exaltados.

El orgullo lo hace callar. A veces escucha con una máscara impenetrable. Horas o días más tarde, aún recuerda: «Al principio no te lo dije, pero me estremecí al enterarme de los azotes. Has evitado peligros muy grandes».

O dice muy poco sobre el horóscopo hasta que, bruscamente: «La astrología ha trastornado mi concepto del destino. Me hace creer en las fuerzas cósmicas».

En Issoire, voy a su cuartito. En la oscuridad. Dice como Henry: «Siempre estás húmeda. Pronto seré *cocu*». En la oscuridad, cuenta historias sobre su correspondencia con el pintor Seriex. Siempre en ese hermoso tono humorístico.

En Alès, cuando se sentó en el borde de la cama en el cuarto amplio, luminoso, del hotel y se quitó las medias descubrí la belleza de sus pies. Pequeños y delgados, delicados como los de una mujer.

Un atardecer, sentada a su lado mientras él leía, sentí la fusión liberadora de mi sensualidad. Desde que comenzó nuestro vínculo sensual, era la primera vez que yo tomaba la iniciativa, porque hasta entonces siempre había cedido a la suya. Mi amor era entrega y sumisión, con una mezcla de miedo y alegría. Un *élan* reprimido por obstáculos misteriosos. Alguna deficiencia en mi confianza. Ahora me acercaba a él por propia voluntad. Lentamente, con esa ternura, lo único que mi amor necesitaba para volverse audaz.

Sentía un temor reverencial por mi padre. Cuando vi sus pies, se convirtió en un ser humano. Al verlo traspirar en Evaux, me encantó secar el sudor humano de su cara. La perfección posee una incandescencia diamantina que aterra. Henry sentía ese terror de mí.

Intimidad. En Evaux busqué la intimidad con este hombre que jamás se ha entregado por miedo al dolor y debido al amor propio.

Cada noche lo amaba por una razón distinta. Su fabuloso sentido del humor. Su alegría de cuentista e improvisador.

Despertó mi conciencia racial. Recuerdo haber dicho a Eduardo: «En el amor, ningún idioma me excita como el castellano. Sin embargo, nunca he oído palabras de amor en castellano».

Cuando papá me dice: «*Ven, ven, mi alma*», o «*¿Me quieres de amor?*», tiemblan las raíces de mi sangre. Tiembla mi sangre. «*¡Ven, ven!*»

En el centro de la fe, la sabiduría, la sabiduría de la edad. Río. Sólo tengo fe. Sólo temo en él la actitud crítica, fría y mortal. La mayor belleza de mi amor por Henry era la fe y la ausencia de actitud crítica en los dos.

La última noche, poco después de nuestra unión, la tristeza cae sobre su cara como un telón. Repentina y absoluta. Lo miro; y yo, que lo interpreto a través de los tentáculos del conocimiento de mí misma, soy consciente de que debajo de la superficie de este hombre hay misterios, profundidades insondables, regiones desconocidas que se extienden al infinito. Inaprehensibles. Contemplo su tristeza. La conozco. Es la conciencia inmediata, instantánea de que lo que sucede es lo que con tanta frecuencia ha envenenado mis alegrías.

La llama sensual. Anhelo una noche con Henry, una noche entera. Para conseguirla, tengo que recurrir a algunos ardides.
En Clichy, leo sus últimas páginas.
—Estás agotando tus superlativos con estas páginas —dice Henry—. ¿Qué dirás sobre mi próximo libro? —No espera mi respuesta. Está besándome.
—Vamos despacio —le digo. Pero estamos tan excitados que es imposible.
Nos dormimos juntos. Durante toda la noche siento su cuerpo junto al mío. No duermo bien, pero me siento feliz de estar ahí. No estoy cansada. A la mañana siguiente, muy temprano, atravieso toda la ciudad para llegar a Louveciennes antes del desayuno de Hugo.
—Una velada interesante con Henry y Lowenfels. Dormí en lo de Natasha. Conversamos hasta las dos de la mañana. Tú te habrías cansado —le digo a Hugo.
Hugo está feliz porque dejé una nota tan cariñosa prendida con un alfiler a su almohada: «Hubiera preferido quedarme contigo. Lamento haber prometido que iría. Buenas noches».
Corro a mi máquina y le escribo una carta a papá.
Bailo.
Viene Eduardo. No estoy cansada. Salimos a caminar. Nos sentamos en el muro del foso del castillo. Como niños felices, puros, jugamos con nuestra fantasía.
—Mira esas fresas blancas —dice Eduardo—. Así deberían ser tus ojos.

—Pero mira, esas fresas tienen flores. Si mis ojos fueran así, con flores, tú los arrancarías, y entonces Hugo preguntaría: «¿Quién le arrancó los ojos a mi mujer?»

Allendy, Eduardo, Henry, todos comentan mi aspecto tan saludable. Esta mañana, Henry dijo sorprendido: «No pareces una persona que no ha dormido en toda la noche».

Nunca me he sentido tan bien. Dios, es increíble. Tan fuerte. Escribo durante horas. En una semana habré terminado de copiar diez tomos. Trato de terminar la copia para guardar los diarios bajo llave para siempre.

Días inmejorables.

Sensual, creativa. Mi sexo está en llamas, mi mente está en llamas, siento las llamas de mis sueños. La vida como una fragua. Poder. Pensamientos que aletean en el aire, lo cortan con alas de acero. El deseo que flota con el ritmo de las algas. Sueños y fantasías al capricho del viento, y risas.

—Eduardo, mi amor, hemos probado de todo. Ahora tengamos una relación homosexual.

Qué hay en su mente: sólo un hombre como su padre, cuyo horóscopo dice que es fogosamente sensual, podría satisfacerla.

Durante la *nuit blanche* pienso: Henry, mi amor, puedo amarte más ahora que no puedes hacerme mal. Puedo amarte más alegremente. Más libremente. Puedo soportar el espacio y la distancia y las traiciones. Sólo el mejor, el mejor y más fuerte. Henry, mi amor, el vagabundo, el artista, el desleal que me ha amado tanto. Créeme, nada ha cambiado en mi actitud hacia ti salvo mi coraje. No puedo caminar siempre con un amor. Mi cabeza es fuerte, mi cabeza, pero para caminar, caminar hacia el amor, necesito milagros, los milagros de la desmesura y el rojo vivo y la parejidad.

Acuéstate aquí, respira sobre mi pelo, mi cuello. Nada en mí te hará mal. No soy crítica, no juzgo. Te llevo en mi seno. Jamás madre alguna juzgó la vida que se agitaba en su seno. Tú, que escribiste estas palabras: «Por un accidente insondable, te encuentras fuera de los muros del útero y nunca podrás volver a entrar, jamás, por pequeño que sea el objeto en que intentes comprimirte. Se te ha expulsado y permaneces afuera y te envían tu equipaje, una bolsita sanguinolenta que contiene cosas sin importancia. Te sientas en el umbral del útero de tu madre».

9 DE SEPTIEMBRE DE 1933

A Henry: Anoche, una pequeña pregunta quedó rondando en mi cabeza cuando leí que tú crees que June se sacrificó por ti al confiarte a mis cuidados. Henry, ¿crees realmente que yo, por ejemplo, dejaría de ayudarte y te confiaría a los cuidados de otra mujer mientras me restaran fuerzas para hacerlo yo misma y mientras te amara? ¿Y por qué June dejó de cuidarte antes que apareciera yo?

Papá solía llamarme en broma *«petite poire»*. «Pelele», en argot. Sí. A veces me digo: La gente cree que soy un pelele de Henry, de su franqueza, su aparente inocencia, su irresponsabilidad. Cuando confiesa, yo lo disculpo. Cuando pide perdón, yo olvido. Tal vez estoy tan engatusada por Henry como él por June. Nuestra fe es incombustible e impermeable.

Su tristeza ante mi partida a Valescure en octubre en lugar de pasar ese mes con él como habíamos planificado durante todo el año es auténtica, es imposible no atribuirla al amor. Sin embargo, su amor por mí no le hace gastar menos en discos cuando yo estoy desesperada por conseguir dinero. Su pasión por la música me parece hermosa e inmediatamente justifica todo. Está encuadernando todos sus apuntes, mientras que yo no puedo conservar a la dactilógrafa que copiaba mis diarios para Bradley. Pero todo su trabajo glorifica, es más importante que el mío; estoy absolutamente segura de su genio. Y en los momentos en que leemos, esas páginas vierten su perfección sobre todo lo demás. Cualquier otra consideración queda atenuada; palidece. Los discos lo alimentan, como el cine y los cafés. Todo está sumergido en el océano de su obra, que justifica al hombre por centuplicado.

10 DE SEPTIEMBRE DE 1933

Sueño: Estoy en un tren. Mis diarios están en una valija negra. Viene Hugo a decirme que desapareció la valija con los diarios. Terrible angustia. Dicen que un hombre ha quemado los diarios. Estoy furiosa, se ha cometido una gran injusticia. Pido que lleven el caso a los tribunales; el hombre que los quemó está presente. Se parece a Joaquín. Espero que el abogado me defienda, que los jueces comprendan que el hombre ha cometido un crimen, no tenía derecho a quemar los diarios. Pero los abogados no hablan. Los jueces se muestran indiferentes. Nadie dice nada. Tengo la sensación de que el mundo está contra mí, que debo defenderme yo misma. Me paro y pronuncio un alegato elocuente y apasionado: «En estos diarios se ve que me criaron cono católica española, que mis acciones posteriores no son malas, sino una reacción contra una cárcel». Hablo y hablo. Advierto que todos admiran mi elocuencia, pero nadie dice nada. Un juez me interrumpe para corregir un error del lenguaje. «Desde luego», digo, «soy consciente de mi desconocimiento del francés jurídico. Ruego que disculpen las imprecisiones.» Pero esto no me impide pronunciarme en mi defensa y acusar con pasión. Todos me escuchan indiferentes. En el colmo de la desesperación, me despierto.

Otro sueño la misma noche. Henry me dice: «Sabes que un escritor lo necesita; esta semana estuve con cinco putas y con una mujer que no era puta, que era bastante inteligente, parecida a ti». Lo dice con cara de niño travieso, como cuando confiesa: «Estoy endeudado porque compré más discos». Lloré con desesperación, me llevé las manos a las sienes y exclamé: «Denme drogas, por favor denme drogas, no aguanto más».

14 DE SEPTIEMBRE DE 1933

Respuesta de Henry a mi nota sobre June: «Tienes razón, carajo, tienes toda la razón. Pero para escribir mi historia tengo que dejarme engañar. Es la historia de un idiota total».

Hugo dice que hago cosas que la gente no entiende… demasiado complicadas, dice con sorna. Debido a mi exceso de escrúpulos con respecto a mí misma, doy a mis enemigos las armas que les permiten atacarme: las bromas sobre mis propios celos, la confesión a su hermana en la que cometí errores sobre Hugh y Eduardo. Nadie se pone a merced de los demás como yo. Nadie es más veraz que yo cuando confieso que soy mentirosa. Pero quien usa estas revelaciones en mi contra pierde todo valor a mis ojos.

Maruca me llevó a casa de papá. Allí vi una fotografía de él tomada poco después que nos abandonara. Tenía treinta y cuatro años. Me enamoré de esa imagen de su yo interior. La cara antes de que se afirmara la VOLUNTAD. La cara de su éxtasis, de su momento de amor.

Me sentí golpeada y triste.

Puse la fotografía sobre mi escritorio. Es una cara que sólo veo cuando lo tomo entre mis brazos, la *mujer* que tanto me sobresaltó en Valescure.

Entonces caí en la cuenta de que me estaba enamorando de un reflejo, una sombra, una cara que desaparece, y todo el horror del envejecimiento de papá cayó sobre mí como agua helada. Su edad. Sentí nostalgia por una suavidad, una cara que pertenece al pasado y que apenas alcancé a vislumbrar en el momento de nuestras caricias. A los treinta y cuatro años, mi padre era el amante de mis sueños. Hoy, hoy veo la cristalización, la amo y también la odio; la amo como se ama la sabiduría. Odio su proximidad a la muerte, como la objetividad de Allendy y el hartazgo de experiencia de Henry. ¡Siempre soy demasiado joven, siempre!

Lo que me permite darle a Henry la indulgencia, la libertad y la indiferencia que necesita es mi propia infidelidad. Entre todas sus amigas y amantes soy la única que no esperaba con desesperación un retrato justo de sí misma, ¡simplemente porque el autorretrato que estoy pintando es mucho mejor que cualquiera que pudiera hacer él! Soy la compañera más adecuada porque puedo reírme de él: es decir, humanamente no dependo de él. Por eso puedo remedar sus travesuras y ser graciosa. Empiezo a querer herir a los hombres. Me alegra haber herido a Eduardo. Me alegra poder herir a Henry en cualquier momento.

Lowenfels se siente ofendido por la manera en que Henry lo retrató. Los elogios son falsos. Las caricaturas también lo son. En un sentido muy profundo, Henry está verdaderamente loco.

Esta noche lo castigaré por su costumbre de deformar mi imagen ante sus amigos, como hacía con June. Nunca puede decir la verdad, y cuando está celoso jamás reconocerá su admiración ni su amor. Está celoso de la admiración que Lowenfels siente por mí, por eso finge que no me admira. No iré a Clichy como había prometido. Y quiero disfrutarlo, quiero empezar a torturar a Henry. Le escribe a Lowenfels, «una copia en carbónico para mi mecenas» (que soy yo). Después me explica que «incluí esa frase odiosa, insensible, sobre mi "mecenas" a propósi-

to, para no caer en las garras de él». Esto significa: *En caso contrario, Lowenfels se daría cuenta de que te amo y podría torturarme. De esta manera, finjo que no me importa.*
Aunque lo comprendo, quiero hacerlo sufrir un poco.

17 DE SEPTIEMBRE DE 1933

Lo disfruté. Anoche, a las nueve, pensé, ahora Henry empieza a inquietarse. A las diez, ahora Henry estará preocupado.
Esta mañana me reía. Ya no estoy enojada. No sé de dónde sale la inagotable tolerancia que demuestro a Henry. Creo que está un poco loco. Escribe muy bellas páginas. Siempre hará las cosas más inexplicables, necias, canallescas, vulgares e innobles. Su vida misma es la negación de la lógica, la nobleza, la moral, la humanidad, el afecto. Me hace reír. Dios mío, qué absurdo. Qué niño perverso, irresponsable. Es gracioso. Es apenas excéntrico, contradictorio. Tiene que decir lo contrario de lo que siente y piensa. Pura terquedad. No vale la pena enojarse por eso. Es absurdo. Mi pobre Henry, ¿por qué no puedo enojarme contigo por más de un día?

Llama por teléfono:
—¿Qué pasó, Anaïs? Estaba tan preocupado.
—Nada. Salí con otro.
—No comprendo. —No podía imaginar que yo me enfadara con él.
—¿Puedo ir a que me castiguen?
Lo esperé con alegría. Yo sabía que no estaba enojada, que comprendía demasiado a Henry como para enfadarme con él... pero me gustaba el juego. Lo vi entrar en la casa. Apenas apareció en la puerta, supe que siempre lo perdonaría, siempre.
Bruscamente comprendí que si dejara de creer en mi Henry, él se perdería y jamás volvería a encontrarse. No sabría qué es. Ahora cuenta con mi fe. Si digo que sus observaciones crueles son absurdas, que sus mentiras no me engañan, permanece íntegro. El escepticismo de los otros lo vuelve terco.
—¿Te burlaste de mí? —preguntó otra vez, muy serio. Yo sonreía.
—¿Saliste anoche? —No respondí. Hicimos el amor.

Después del abrazo le dije:
—No me burlé de ti anoche. —Nada más.
¡Casi perdí el deseo de hacerlo sufrir! Es verdad que siempre es totalmente honesto. No me oculta nada. ¿Pero no es esa otra manera de herir?

En verdad, me es imposible lastimar a Henry. Es como aliarme con el mundo contra mi propia sangre. No puedo enfrentarlo porque estoy muy próxima a él, tremendamente próxima. Hoy fui más dura que nunca con él —sólo para seguir el juego—, pero no lo disfruto. Siempre estoy a su lado, *con él*, contra el mundo. Río con él aunque sea de mí misma.

19 DE SEPTIEMBRE DE 1933

Henry vierte ideas con alegría demente: parodias, ideas grotescas; sus concepciones de las personas son como las figuras africanas primitivas, deformaciones de la imaginación para imitar el sentimiento, no el objeto, para alcanzar la visión personal interior, no la verdadera observación, como yo trato de llegar al núcleo de Henry a través y más allá de la realidad.

El estímulo fingido de lo nuevo. Lowenfels no cuenta nada nuevo, nada que Henry no haya leído o que no haya escuchado ya en boca mía o de Fraenkel... pero es una experiencia con un hombre. Y río para mis adentros de las trivialidades de Lowenfels. Cada vez que Henry anuncia «una buena frase de Lowenfels», espero y no escucho nada nuevo. Henry, sí. Entonces finjo, para complacerlo. Lowenfels es un charlatán. Pero no tiene la menor importancia. Henry se traga cualquier cosa; se alimenta de sobras recogidas del tacho de basura. Siempre es el productor, el que engendra, el inventor. La verdad es que durante la mayor parte del tiempo es el hombre más solitario del mundo.

La cuestión es saber si mi amor le ha dado fuerzas para ser lo que es hoy más que fastidio, y guerra y dolor. Necesitaba lo que yo le di y lo que le dio June. A cada una su karma, bien cumplido, bien ejecutado, plenamente realizado. Sea yo tan fecunda en mi papel como June lo fue en el suyo.

Bradley es un sádico literario. Le encantan las caricaturas, las críticas malhumoradas, la carnicería.

—Henry no sirve como personaje —dice—. Exagerado, sobredimensionado, demasiado intenso, inhumano...

Protesto. Entonces añade:

—No se puede negar la gran afinidad literaria entre tú y Miller. Tu obra es la contraparte femenina de la suya. Pero tienes sus mismas cualidades y defectos. Él posee elementos maravillosos, pero no ha descubierto la manera de presentarlos. Los dos siguen el camino equivocado: el romanticismo, los simbolistas. Algunas de estas páginas son de 1840.

Entonces llega a la verdadera queja. Yo la esperaba, la había anticipado. Por un instante, durante la conversación la había perdido de vista. Incluso le había dicho a Henry lo que pensaba Bradley.

—Desde luego, el problema es que conozco a Miller —dice—. Habría sido mejor si no lo conociera, porque lo comparo constantemente con tu retrato de él y me parece falso. Creo que lo sobreestimas, que lo has inventado.

Los ataques malévolos y mezquinos de Bradley despiertan mi espíritu de lucha: ¡no puedo perdonarle que sus críticas mezquinas, literales e injustas sean tan certeras! ¡Pongo manos a la obra contra el mundo como una furia vengadora! ¡Para demostrarles, para demostrar a todos si no soy una escritora que tiene derecho a escribir sobre dos escritores!

Me atrae Artaud... tan enfermo e impotente.

Últimamente, con mi cuerpo más sano que nunca, me he sumergido en pensamientos morbosos, los he disfrutado. He adquirido un ojo clínico para detectar los síntomas de celos en los demás —el temblor casi imperceptible del párpado, la sombra tenue en la pupila, la caída insensible del ojo, el destello de luz—; yo los detecto en el rostro menos expresivo. En una habitación donde no veo todo lo que sucede, percibo las cosas e interpreto la palabra más pequeña e intrascendente como una revelación del deseo inconsciente.

Me encanta estar en un balcón que da a dos calles —en una esquina—, la sensación de dualidad, de caminos divergentes; la partición y la felicidad, como si sólo en ese momento conociera la plenitud. Hace años soñé con un balcón así, como el de Proust. Sucede que Bradley tiene un balcón como ése, y el cuarto, como el de mi sueño, está revestido de anaqueles con libros. Una profecía.

Estoy sobrecargada de sueños y humores. No quiero ir a Valescure. No me entiendo.

¿Viajar? Para viajar uno debe amar el cielo, los países, enamorarse de las ciudades, pero separar su yo de los individuos. Ahí está el remedio, el secreto de la felicidad: amar el universo con sus aspectos cambiantes, sus maravillosas antítesis y sus analogías, aún más maravillosas. Así, el mundo exterior se vuelve una fuente inalterable de alegría, tanto más perfecta por cuanto somos su único espejo; los golpes y las heridas sólo provienen de los seres humanos.

«No es el Olimpo sino apenas Montparnasse», dijo Bradley. «Siempre tiendes a ennoblecer y embellecer las cosas.» Se equivoca. Somos más que Montparnasse gracias a nuestra visión de nosotros mismos y las cosas y los niveles. Si soy culpable de elevar las cosas en exceso, también es cierto que podría ir a Montparnasse y experimentar cosas como nadie... y Henry no es Montparnasse, Henry no es (Lawrence) Drake ni Farrant ni drogadicto ni (Edward) Titus ni el perro de Titus ni los fracasados y los artistuchos que sólo viven de hablar.

Quiero entregarme al ímpetu de mi sueño, como un fluir... levitación psíquica irreflexiva. Mi mente sólo era para los *demás*: una garantía para ellos. Que se hunda.

Estoy en contra de mi padre porque es puro intelecto y razón.

Quiero vivir sola en hoteles ignotos.

Perder mi identidad.

Mi memoria.

Mi casa, mi esposo y mis amantes.

21 DE SEPTIEMBRE DE 1933

Bradley:

—¿No tienes nada más para mostrarme?

—Es todo lo que hay para esta historia.

—¿Qué ha estado copiando Mademoiselle R. todo este tiempo? ¿Por qué no me lo muestras?

—Corresponde a otros temas. No al de June y Henry. Curioso. ¿Curioso de qué: no de la literatura?

Clichy. Henry. En el tren leí las últimas páginas, sobre China, el taller del sastre, un paseo en bicicleta: eran sólidas, fluidas, inspiradas. Borraron el fastidio causado por las banderillas de Bradley. Pero cuando vi a Henry, le leí lo que había escrito y reímos juntos, desollamos a Bradley, lo hervimos y lo sancochamos. Henry puso el dedo sobre el verdadero origen de mi furia:

—Bradley es afeminado: pelea como una mujer, con argucias pequeñas; éstas, como las insinuaciones y las burlas mezquinas de Eduardo, ¡tienen el poder de hacerme sentir como un grandote furioso que es incapaz de matar un ratón!

Henry me pidió diez francos y salió a comprar una botella de benedictino. Yo reía, histérica. Nuestros estados de ánimo eran como el agua y la droga: ¡sobredosis! Ánimos de fuerza, sarcasmo y humor.

En la puerta de su ropero Henry había sujetado un papel con su nombre y su dirección cuidadosamente impresos.
—¿Tienes miedo de olvidar tu nombre y quién eres? —pregunté.
—Me das ideas —contestó.

Henry no envió a Bradley una carta violenta que había escrito en defensa de los diarios (de infancia) dos y tres porque yo le pedí que no lo hiciera. «Si tú lo pides», dijo, sumiso. Pero, como un niño que disfruta de las travesuras que enfadan a su madre, se burla taimadamente de mí con Fred y Rudolf Bachman. Y yo río, comprensiva, porque estoy segura de que se divierte. Y cuando comete algún acto de locura destructiva, siempre descubro su origen en los celos.

Me dejo llevar por la soñolencia, por el influjo de sueños vagos, el relajamiento de la voluntad y la razón. Me disuelvo en el mundo.

Ya no me atrae la compasión. No trato de rectificar nada. Ayer, cuando Henry Hunt me contaba las penas de su vida con Louise, no sentí lástima ni tomé la resolución desesperada de cargar sus problemas sobre mis hombros. Sentí curiosidad, frío interés. Ofrecí comprensión y ayuda, pero sin sentimiento. No trataré de curar a Louise. Disfruto de los problemas que los hacen sufrir. Disfruto del oscuro conflicto. Siento indiferencia y un regocijo diabólico. No siento la necesidad humana de mejorar, armonizar, disolver el dolor. Algo en mí se endurece con la indiferencia del artista, esa indiferencia que describe Henry. Dejo que siga el espectáculo; que se desenvuelva el drama; que sucedan los accidentes. Desde que soy más fuerte y perdí la autocompasión, siento menos compasión por los demás. Es la prueba de que en el fondo sentía lástima por mí misma a través de los demás. Una nueva indiferencia. Cuando Henry Hunt partió, no estaba agotada. Me puse a trabajar nuevamente.

Sé comprender y explicar a los demás. No sé explicarme a mí misma. Me desvío. Lo revelador, si existe, no es la autorrevelación tangencial ni la racionalización. Que los actos y los sentimientos hablen con su propia voz.

Domingo por la noche

Qué divertido sería que papá y yo nos casáramos. ¡Él no podría engañarme, ni yo a él! Vendría a casa y me diría, como le dijo una vez a Maruca cuando ella le preguntó dónde había estado: «Pues, vengo de estar en los brazos de una hermosa rubia». Maruca rió, no le creyó, mientras que yo reconocería una de mis confesiones risueñas que nadie se toma en serio, como esa tarde que le dije a Ana María: «¡Hugh no te ha invitado a cabalgar probablemente porque su mujer está celosa y no se lo permite!». (Lo cual era cierto, pero Ana María rió incrédula.) Pero dudo de que reiríamos alegremente, como deberíamos. ¡A papá no le gustaría que le hicieran sus propias bromas!

Se me ocurre que papá le hace el amor a Jeanne mientras yo me acuesto con Henry. Los dos anhelamos un final para nuestra carrera como amantes: ¡un final ideal, un sueño de fidelidad! Pero es puro humo.

¿Quién será el primero en confesar la verdad?

¡Se necesita mucho coraje para confesar esas verdades, porque uno teme las represalias!

Apenas uno se hace fuerte, debe aceptar las consecuencias. Nadie siente compasión por los fuertes y los valientes. La gente los combate. (Nadie se apiadó de June.) Hoy soy más fuerte, por lo tanto me tratarán con menos consideración.

25 DE SEPTIEMBRE DE 1933

Mi rebelión contra mi padre —la brusca afirmación de mi independencia— se dirige contra su influencia represora. (Combatí a Allendy por la misma razón.) Mi padre se ha excedido en el uso del «no»... ha abusado de él. Entonces, me rebelo. Estoy en un período afirmativo de mi vida. La independencia es más fuerte que el amor. Las cadenas del amor.

Henry ha escrito el plano cósmico de sus novelas: una conmovedora estructura filosófica y metafísica inspirada por la astrología. Lo encuentro severamente acicalado: camisa limpia, traje formal de segunda mano enviado por su padre —el mismo que se puso para mí un día que se sentía aristócrata— ¡y hasta los pelos de la nariz cortados! Su aspecto es sobrio, frágil, puro espíritu y nobleza. Y tierno. Advierte que nunca en su vida ha escrito tanto como ahora, en calidad y en cantidad.

—Desde que estoy contigo —dice. Quiere expresar una gratitud enorme y tierna. —Escribo sobre la violencia, el odio. Pero soy el hombre más feliz de la Tierra. La sensación de alegría es constante.

—Yo absorbo los golpes —señalo.

La virulencia de Bradley ha servido para acentuar mi conciencia del carácter de *nota* de mi diario. Está conformado principalmente por notas que, según mis enemigos, yo quiero hacer pasar por literatura. Me he pasado la vida tomando notas. Total: poca literatura. Le debo esta comprensión.

Cómo se llenan de lágrimas los ojos de Henry, de lástima por Lowenfels, que tiene que trabajar. No tomo en serio esta solidaridad superficial, similar a mis propias susceptibilidades que nunca duran más de un día. Henry y yo somos los vibradores por excelencia. Vibraciones constantes. Mediúmnicas, fluidas, elásticas, receptivas.

La única diferencia entre el loco y el neurótico es que éste sabe que está enfermo. El neurótico no siempre es débil de voluntad. Recuérdalo. Simplemente, su aparato vibratorio es demasiado sensible.

Sueño con la palabra *joder* —¡coger, en el argot español!— que me enseñó papá.

Atardecer. El problema del dinero: la presión de las deudas se lleva el plan de ir a Valescure. Entonces advierto cuánto duele no ver a papá durante todo un mes. Le escribo una carta desesperada. Me siento encerrada. Hugh no irá a Nueva York. Yo había deseado un poco de libertad. Iba a pasar diez días con papá.

Sin embargo, yo me oponía a Valescure —el Grand Hotel— con gente todo el día, Maruca, Delia, la madre de Maruca. Cenas de hotel —papá tan formal—, todo tan soleado y vacío cuando no estoy sola con él. Esta noche recuerdo escenas que me torturan, expresiones de su cara. Se sentirá ofendido. Sé lo que imagina —lo mismo que yo—, lo que espera, cómo representa mentalmente las escenas futuras. ¡Cuánta destrucción cuando la gente como nosotros no consigue materializar sus planes! Porque hemos vivido en ellos como en edificios sólidos. Estamos atados a ellos.

Tomo notas a medida que copio el diario, pero es como perseguir la propia cola porque escribo nuevas páginas a medida que copio las anteriores. ¡Jamás me daré alcance!

Mientras copio el volumen treinta y tres, imagino la exquisita crueldad que significaría darle a Henry los cuatro o cinco tomos referidos a él y nuestro amor justo antes de abandonarlo para siempre (digamos, en la víspera de mi partida a la India), para que los lea a solas esa noche, sabiendo que he desaparecido.

Antes de salir de Louveciennes dejo otra bella nota para Hugh abrochada en la almohada. Llegó a casa a medianoche y la nota le permitió dormir en paz. Yo llegué por la mañana a la hora del desayuno. Mi estado de ánimo borra cualquier ofensa que le podría causar mi ansia de libertad. Le digo alegremente: «Ya ves que es bueno dejar que el gato salga».

Después de esta noche en libertad estoy satisfecha.

Pero he estado enferma, de morbosidad, obsesiones, susceptibilidades. Constantemente me siento herida por alguna cosa —trivialidades— de la cual no puedo liberarme. Siento que todos se burlan de mí, me pasan por alto o me interpretan mal. Sumo los pequeños agravios y olvido la admiración, los cumplidos, los triunfos. La ira por una pequeña ofensa me arruina el día. Si André (de Vilmorin) se muestra irónico, pienso que es a costa mía. Siento que no hablo bien, que mi ironía sólo aparece en mis escritos. Si Louise olvida ofrecerme un cigarrillo, me siento ofendida. La hostilidad de Lillian me angustia. Estoy celosa de que Henry escriba tanto sobre Lowenfels, cuando puedo anticipar que algún día Lowenfels se derrumbará. Comprendo que describimos mejor a los personajes secundarios (describí a June y Louise mejor que a Henry). Me hace sufrir la obra de Henry, una evocación constante de escenas con setenta y cinco mujeres («¡y no hablo de aquellas con las cuales simplemente me acosté!», escribe).

Golpeada por las pequeñas cosas, vuelvo a casa donde me espera Hugh, desalentada conmigo misma, con mi hipersusceptibilidad. Me pongo a trabajar. Juro que jamás volveré a salir de Louveciennes, que me retiraré del mundo, viviré sola, porque la vida es demasiado difícil y penosa.

André de Vilmorin monologa ante mí sobre la dualidad, su propia dualidad. Expone el tema prolijamente. «Sólo hay conflicto cuando una mitad asume la tarea de juzgar las acciones de la otra mitad. La solución es no tomar como punto de partida un principio moral sino la sinceridad. La sinceridad con uno mismo...»

Eso lo descubrí hace años, pero sólo lo he vivido un par de meses. Una cierta evaluación crítica que alguna vez hice continuamente —una evaluación moral o, más precisamente, destinada a satisfacer mi autoestima— ha muerto. Ahora nunca juzgo.

30 DE SEPTIEMBRE DE 1933

Aprendí a derrotar mis estados de ánimo. Escapo de ellos. *Change d'air.* Esta mañana, al despertar, mi estado de ánimo trágico me sofocaba. Copié quince páginas y llamé a Henry. Quiero su risa, su traje blanco de pintor de paredes, su estado de ánimo. Ha relatado la velada en lo de Lowenfels en veta absurda; el humor de las palabras esotéricas y la extravagancia.

Para mí, que contemplé la velada fríamente debido a mis celos (que son muy concretos y nítidos: me duele que Lowenfels sea el Poeta en la obra de Henry, cuando el verdadero poeta soy yo. No me resigno a la indignidad de Lowenfels), es un bello milagro ver cómo Henry la ha reflejado. Sentada en el Café du Rond Point, trato de comprender que Lowenfels es un títere y que Henry necesita un centro en torno del cual escribir. El punto de partida no importa.

El demonio verde que vive en mí me impulsó a seguir copiando a la vista de Hugo: arriesgándome mientras el corazón me latía con fuerza, aterrada cada vez que debía salir del cuarto y dejar el trabajo sobre la mesa, pero incapaz de hacer otra cosa. Sentí una euforia diabólica: si lo lee, que se precipiten los hechos. Aguardo la catástrofe. *Deseo* la catástrofe y la temo. Quiero que todo se incendie y derrumbe a mi alrededor. Cada vez que salía del cuarto miraba a Hugh. Estaba sentado entre pilas de sus obras astrológicas. No se moverá, pensé; está demasiado absorto. Bajé con voluptuosa ansiedad. Volví rápidamente. Hugh leía sus libros.

Pasó el día. Fuimos a cabalgar en el bosque tibio y soleado. Reímos. Volvimos acalorados y sedientos.

Llegó la nueva mucama. Mientras estaba escribiendo, vino a pedirme que la ayudara. Estaba en la cocina cuando bajó Hugh:

—Ven arriba. Dile que demore la cena. —Temblaba, estaba pálido. Lo seguí hasta el estudio, embargada por una alegría inexplicable. Ha leído. ¿Qué ha leído? ¿Qué sucederá? Quiero que me eche de la casa.

Se paró en el centro del cuarto:

—Estoy enterado de todo. Lo he leído. —Señaló el diario, abierto en una página donde describo un encuentro con Henry en un hotel. —Te perdonaré. No me mientas más. —Se sentó, dolorido, aplastado.

Y cuando vi su cara empecé a mentir con elocuencia:

—Sólo leíste el diario ficticio. Es pura invención, para compensar las cosas que no hago. Créeme, soy un monstruo, pero sólo en mi imaginación. Cuando quieras, puedes leer el diario verdadero. Pregúntale a Allendy. Él conoce mi diario ficticio. Me llama *«la petite fille littéraire»*. Tengo que escribir estas cosas. Me sobra imaginación erótica... la gasto de esa manera. Te mostraré la diferencia entre la verdad y la literatura. No comprendes, si fuera *verdad* no podría hablarte tranquilamente, estaría desesperada. Pero mírame, me siento inocente. No podría escribir a tu lado si no me sintiera inocente...

—Dame el diario verdadero.

—Lo haré. Pero son tonterías... locuras. —Le cuento sobre las páginas del diario sádico que inventé. Lo ridiculizo.

—Bradley... me criticó por eso... lo que escribí sobre June parecía verídico... lo que escribí sobre Henry era literario. Precisamente, lo ves, el episodio de June lo viví, el de Henry, no.

Hablo, hablo seriamente, invento mentiras fantásticas. Demoro el diario «verdadero». Mi expresión es serena y triste. Veo que Hugh empieza a recuperar la confianza. Me burlo de mi necesidad de llevar una vida imaginaria:

—Eso sí, lo confieso. Tengo que imaginar tantos sucesos, tanta euforia y actividad. Tengo que expresarlos. Entonces quedo satisfecha. Sabes, muchos autores de cuentos eróticos son hombres castos. Bueno, llevo esta vida contigo y encuentro mis *débauches* en la literatura. Nunca tienes tiempo para acompañarme; si no, te hubiera mostrado todo esto. Recuerda que varias veces empecé a explicarte... —Hablo con fervor. Quiero devolverle la fe. Mi deseo de destrucción se ha agotado... aunque en el fondo me carcome. Destruir esta vida para vivir otra.

Quería que Hugh se enfureciera, pero había dicho, «te perdonaré». De manera que me perdonaría aunque supiera la verdad y yo permanecería aquí... aquí. Protegida, amada, perdonada. Fue la palabra *perdonar* la que me hizo mentir y actuar. Su actitud: abrumado, triste, nada rencoroso ni egoísta. Sufriendo simplemente como un animal. Y, como un animal, convencido por mi voz, el roce de mi mano, la voz, no las palabras. Estaba tranquilo, leía su astrología. El golpe —fue como pegarle a un animal—, lo dejó aturdido; tan inhumano, desconcertado. «Te creo, gatita. Te creo. ¿Pero no te hará daño?» (¡Jamás piensa en sí mismo!)

El deseo de quemar todo... y enterrarme en las llamas. La sensación de que la vida me hiere, me lastima profundamente, que quiero destruirla, retorcerla, quemarla junto conmigo. Que quiero devolver el golpe, golpear con tanta fuerza que corto todas las cabezas, que rompo y aplasto toda la perfección, la falsa serenidad, la belleza burlona, la superficie vidriada, la constante música burlona, los colores, las tramas... los escenarios, todos los trastos que nos engañan, nos ilusionan, nos prometen voluptuosidad y descanso. Detesto la guerra, esa guerra que es la vida, quiero una última guerra horrible, tan horrible que será la última. Ah, la última, quiero el fin, estoy repleta de banderillas, escupo fuego, estoy exaltada de furia después de la persecución y los duelos, después de las escenas de irónica elegancia... ah, la parodia de nuestras escenas, nuestras guerras con encajes y terciopelos, con la noche debido a la oscuridad, con música porque desnuda el alma, con la belleza porque hace vibrar los nervios para que el golpe del dolor sea más profundo. La vida entera es una guerra lenta y yo quiero vivirla toda en una hora de horror, pero una hora que termine; quiero el fin aunque signifique el derrumbe de las piedras, la calcinación de la carne, la sofocación de los gritos... el fin, el fin, el fin. ¡Clamo por la muerte!

2 DE OCTUBRE DE 1933

¡Qué ironía! Esta histeria vino con el período: un fenómeno puramente biológico. Hoy me hace reír. Al mismo tiempo, me asusta mi propia intensidad y mi obsesión con los celos. Anoche, después de escribir eso, leí la última página a Hugh y me puse a llorar. Estuvo muy tierno. Se inclinó sobre el diario para besarme... ¡hubiera podido descubrir mi mentira!

Vino Eduardo. Nos dedicamos a la astrología. Mencionó ciertas fechas y las busqué en mis diarios, fechas de mis obsesiones, neurosis, histeria. Coincidencia perfecta. Ciertos días maléficos, escapo a las malas influencias por medio del trabajo o la sublimación. (Escribí el relato *Tishnar* en Caux, un día que estaba deprimida.)

Atardecer. Cierro la máquina de escribir con un suspiro de satisfacción. Henry me ha llamado. He escrito ha papá. He salido del infierno. Nuevamente el sol. He trabajado como un demonio. Treinta páginas copiadas: más que la dactilógrafa.

—Toma estos quinientos francos —dice Hugh—. Deben durar siete días.
(¡Henry necesita trescientos francos!) Como el avestruz, oculto la cabeza debajo de mis plumas. Tengo que trabajar. Tengo que hacerlo. No sé ganar dinero. Debo intentarlo por medios naturales. Quisiera ser una *cocotte* en gran estilo. Nada de sacrificios. Sólo una aventura. Pero Henry necesita un traje de invierno y Hugh una bata de lana.

Allendy dice que odio a mi padre porque lo responsabilizo de mi sentimiento de culpa. ¡Arrojo mis culpas sobre los demás en lugar de aniquilarme! Me parece una falta de nobleza. No me castigo a mí misma. Simplemente, me rebelo contra mi padre. Pero esta noche mi odio ha muerto. Contemplaba su foto de los treinta años. Pensaba en su estoicismo: la voluntad para dominar sus estados de ánimo, su caos, su melancolía. Papá y yo sólo damos lo mejor de nosotros al mundo. Pensaba en sus extravagancias y su alegría cuando está más triste. ¡Cuántas veces he estallado este año, cómo he exteriorizado mis estados de ánimo! No quiero que este yeso del estoicismo cubra mi cuerpo y mi cara. Quiero llorar, rodar sobre el piso, emborracharme. Quiero romper mi propio cascarón. Salir. Al leer mi horóscopo, Eduardo habló de mi espantosa timidez. Yo recordaba que en casa de Lowenfels, por timidez, hablé muy poco y envidié su borrachera. ¡Pensaba que mi horóscopo habla de un toque de genio o locura! Mi locura se debe a los celos. Debo cuidarme. Vivir, extenderme, amar a muchos para evitar la obsesión. Apenas me acerco demasiado a Henry, me obsesiono con él y con los celos. Debo pensar en otros, amar a otros, extenderme.

Me pregunté, ¿hasta qué punto es celoso mi padre? Tan enigmático, tan furtivo, pero ay, en lo más profundo de nosotros hay un infierno. ¿Hay tanta noche en él como en mí? ¡Con cuánta desesperación busca el sol, la belleza, la armonía! ¡Sí, para sanar, mantener el equilibrio! Huyo de mi infierno. Pero vean cómo me estranguló el domingo por la noche después de un día alegre con Hugh, la astrología, el bosque, la cabalgata.

Ahora disfruto la leyenda de Henry sobre «Cronstadt»: Lowenfels. Le ha hecho algunos agregados. Yo estaba melancólica. «Esto es lo que me disgusta de la literatura», dije. «Todo es tan falso.» El personaje de Cronstadt desarrollado a partir de Lowenfels es inmenso y notable. Y cada día veo la desproporción. ¡Pero Bradley piensa que he hecho lo mismo con Henry!

Busco refugio en diversiones intelectuales. El diario «verdadero» que escribiré para Hugh: un auténtico *tour de force*. Si yo muriera y alguien leyera los dos... *¿cuál de ellos soy yo?* Empezaré esta noche.

A Henry: Mi imaginación está muy excitada con el diario «auténtico» para Hugh. No sabes cuánto me gustaría escribirlo de una vez. Empecé esta noche. Cinco páginas. Pura invención. Tal vez resulte una mistificación maravillosa, las dos caras de una actitud, y al leerlo me parece tan real (por ejemplo, la decisión de no dejarme poseer por ti porque los hombres recuerdan más a las mujeres que no han podido conquistar), que si lo leyeras, casi te convencerías de que jamás me tuviste. Un hombre que confrontara los dos podría volverse loco. Me encantaría morir y ver a Hugh leer los dos.

6 DE OCTUBRE DE 1933

Estoy infernalmente sola. Necesito a alguien que pueda darme lo que le doy a Henry: la atención constante. Leo cada página que escribe, sé qué lee, contesto sus cartas, lo escucho, recuerdo lo que dice, escribo sobre él, le hago regalos, lo protejo, en todo momento estoy dispuesta a abandonar a quien sea para ir con él, sigo sus pensamientos, soy parte de sus planes: vigilancia apasionada, maternal, intelectual.

Él. Él no puede hacerlo. Nadie puede. Nadie *sabe* hacerlo. Es un arte, un don. Hugh me protege, pero no responde. Henry responde, pero no tiene tiempo para leer lo que escribo. No advierte todos mis estados de ánimo ni escribe sobre mí. Papá no puede entrar en mi trabajo. Sólo puede ser atento... como una mujer. Todo me viene de a retazos, incompleto, insuficiente, atormentador. Me siento sola, tengo que recurrir a mi diario para darme la clase de atención que necesito. Tengo que nutrirme. Recibo amor, pero no es suficiente. La gente no *sabe* amar.

¡Afuera este malhumor! Con mi viejo-nuevo tapado verde, un tapado viejo teñido a nuevo, me precipito al frío del otoño. ¡Corro por las calles frescas en busca de la mejor almohada de plumas para Henry! Llego a Clichy y encuentro lo que esperaba: Henry todavía aturdido por el sueño.

—¿Qué quieres para el desayuno? Huevos con tocino. Iré a comprar los huevos y el tocino. —Salgo, vuelvo, preparo el café.

—Esto es lo que necesito: una mujer en la casa. Desperté poco antes de que llegaras. Quería volver a dormir, pero estaba despierto y pensaba que es infernal encontrarse solo al despertar. ¡Entonces llegaste tú!

Junto con el desayuno ingerimos las últimas páginas sobre la leyenda de Lowenfels-Cronstadt. Reímos. Le pido que me muestre *Primavera negra*, mi sensibilidad me indica el orden del libro... y dónde debe comenzar, porque la voz de Henry sólo adquiere firmeza y seguridad al cabo de unas cuantas páginas, las primeras notas siempre son un poco endebles. Coso una funda para su almohada mientras me hace escuchar los discos nuevos. En un mapa de Brooklyn me muestra las calles donde solía jugar.

Estaba cansado luego de una noche larga. Nos tendimos en la cama y nos besamos con ternura. Se durmió. Lo arrullé hasta que se durmió... pero entonces sentí una soledad lúgubre, muy lúgubre. Me preparé para salir. Me había pedido que pusiera el despertador para la hora de la cena. Al empolvarme la cara sentí que me moriría, me moriría antes de dormir mientras Henry seguía ahí. No podría dormir.

Cuando me iba, lo despertó el ruido de la puerta:
—¿Estás bien, Anaïs?

Tuve ganas de llorar. Fui hacia la cama. Me arrodillé para besarlo. Entonces, agobiada por la desesperación, incliné la cabeza:
—Me siento sola, Henry.

Sola. Sola, hambrienta... ¡tan sola que nadie podrá curarme! Pero Henry pensó que era una sensación momentánea de soledad porque enseguida se durmió.

Al llegar a la calle lloré. Estoy llorando al escribir.

Henry me escribe: No sabes cuánto me afectaron tus palabras. «¡Me siento sola!» Jamás quiero volver a oírlas de tu boca. Antes que decir eso deberíamos afrontar la situación. Te quiero y me parece criminal que posterguemos el desenlace indefinidamente... Es un crimen que vivamos separados. No sé qué hacer. No quiero que sufras. No puedo hacer nada. Pero si ves una salida, cuando quieras y como quieras hacerlo, hazlo. Te amo y quiero que seas feliz...

A Henry: Tu carta fue un regalo hermoso. Esperaba que no pensaras que cuando hablé de mi soledad no me refería a que tú dormías sino a una soledad inmensa que en ese momento me agobiaba de manera insoportable. Cuando llegué a casa te escribí que estaba triste por lo que escribía, pero no era verdad. No quería revelar lo otro. Pero tú lo adivinaste. No, Henry, no hay salida, ¿y de qué sirve que te abrume cuando me falla el coraje? No sientas angustia. Me alegro apenas estoy contigo y me dura varios días. Iré el martes a desayunar y a pasar la noche, a trabajar contigo, a estar contigo. Llegaré como el viento austral.

Reía y conversaba con Henry. Se hizo un silencio. Durante el silencio pensaba: Lo que soy, lo que digo, en este momento no eres consciente de ello. Tu mente está en el pasado. Pero lo que soy, lo que digo, lo observas ciegamente... y yo seré y diré más adelante. Vivo ahora para el recuerdo que tendrás de mí. Más adelante, cuando haya distancia entre

los dos, recordarás vívidamente. Entonces te dolerá, como ahora me duele a mí, ser tan consciente del día, del momento, la suprema angustia de conocer y reconocer la cara de cada momento sin la atenuante suavidad de la distancia. Soy demasiado rápida para comprender y percibir. Cuando me llevas a pasear por las calles viejas, vivo no sólo la felicidad sino más adelante, tanto que llego a su futura ausencia.
—No dices nada. ¿En qué piensas?
¿Por qué invento una respuesta banal para proteger mi pensamiento, tan desolador y triste?

Dos sentimientos encontrados: Uno es la indiferencia. Cierro mis oídos a los problemas económicos. El deseo de escribir, de dejar que todo lo demás se vaya al diablo. Que Hugh se ocupe de nosotros. Resuelta a escribir el libro sobre June. La sensación de que está cristalizado en mi mente. Furiosa al leer la carta de papá donde dice que ha sacrificado su tiempo a la mamá de Maruca: paseos en auto y películas. Vida burguesa. Ideales burgueses. Henry es el único artista egoísta, auténtico. Amoral.

Al mismo tiempo, le pregunto a Henry: «¿Querrías que yo dejara de escribir?» Le digo en una carta que quiero dejar de escribir para ocuparme de él. El otro día, cuando llegué, estaba preocupado por su desamparo económico. «Aférrate a tu karma», dije para consolarlo. «Lo que sabes hacer es escribir. Mi obra puede esperar. Soy más joven que tú, y además, la tuya es más importante. Trabajaré para los dos.»

No era mi intención. No sé por qué lo dije. Ya no tengo escrúpulos. Le doy a Henry el dinero de Hugh. Siento que las semillas de mi libro están brotando. Siento que estoy harta de sacrificios, que soy artista. Hoy trabajé durante diez horas, con una breve pausa para almorzar. Obstinada. Terminaré este libro rápidamente. Herida por Bradley, por Henry, por todo el mundo, me siento furiosa y eso me da fuerzas. Me paro sobre mis propios pies. Ni papá ni Henry ni nadie puede seguirme hasta el final del camino, comprenderme plenamente, acompañarme. Mi diario y yo. Nuevamente he sido demasiado femenina. Hoy me siento dura y fuerte y solitaria. Tan solitaria que me asusta. Soy una idiota en todo sentido. Una idiota solitaria.

Escribe Henry: Terminé de leer las páginas para Bradley de la carpeta negra. Ahora comprendo mejor su fastidio, sus críticas, su exasperación. Olvidó que era un diario con algunas partes eliminadas. El relato le interesó, como interesará a todo el mundo, desde México hasta la China. Es un cuento maravilloso. *Pero un mal diario*. Es decir, si lo juzgas sólo sobre la base de estas páginas. Y el estilo del diario estropea el relato, lo estrangula...

A Henry: ¿Sabes qué pienso de tus críticas? Que está bien para un Bradley, para un forastero, para el mundo. Viniendo de ti está mal... Dirás que no me han tratado con la suficiente rudeza, que debo endurecerme, como sueles decir... Tal vez pienses que nos hemos consentido, pero olvidas que coincidimos en que el mundo se encargaría de darnos las palizas, y que debíamos *apoyarnos* mutuamente. No has sabido hacerlo... Una carta fría. Gracias. Y mi respuesta fría. Perfectamente. Vuelves a dejarme sola, y como habrás leído en mi diario, la soledad me da fuerzas.[1]

13 DE OCTUBRE DE 1933

Le di la carta a Henry para que la leyera. Se sorprendió y, como siempre, al terminar rió con un poco de tristeza. Me refutó. Se mantuvo en sus trece. Dijo cosas peores: ¡Que mis defectos habían estropeado el cuento, lo habían arruinado! Respondí con los ojos llenos de lágrimas, pero sin alterarme. Entonces comprendió que yo atravesaba una tempestad afectiva. Comprendió que yo creía que había perdido la fe en mí. Cuando yo creía que tenía fe en mí, aceptaba sus críticas sobre mi novela de John y el «Alraune». Lentamente mi inteligencia se sobrepuso a mi feminidad. Henry se mostró firme, pero atento.

—La lealtad de la mujer es distinta de la del hombre —dijo—. Tú eres leal a mí; yo soy leal a una verdad. Si coincido con Bradley, lo digo. Y en cuanto a mis nuevos entusiasmos, sólo son superficiales. Siempre vuelvo a ti, y lo sabes. Sabes que creo en ti.

¡Mi pobre diario, estoy furiosa contigo! ¡Te odio! El placer de confiar en ti me ha vuelto artísticamente holgazana. Es un placer tan fácil escribir aquí... tan fácil. Y hoy observé cómo el diario ahoga mis cuentos, cómo te

[1]. Véase el texto completo de este largo intercambio epistolar en *A Literate Passion*, págs. 215-226.

relato cosas de manera tan despreocupada, irreflexiva, no artística. Todo el mundo te odia. Me has estorbado como artista, pero a la vez me has salvado la vida como ser humano. Te creé porque necesitaba un amigo. Y he derrochado mi vida en las conversaciones con este amigo.

Con todo, mi pobre diario, si no hubiera pensado que eres el único que siempre se interesa por lo que me sucede, jamás habría escrito una línea, porque al enfrentar el mundo, ese mundo que aparentemente sólo me brindaba sinsabores... no habría podido hacerlo. No tenía el menor deseo de escribir para un mundo hostil. ¡Escribir para ti me brindó el tibio ambiente en el que yo puedo florecer! Por eso no puedo odiarte, pero ahora que hice las paces con el mundo y puedo dirigirme a él como artista, debo divorciarte de mi trabajo. Abandonarte, no. Jamás: necesito tu compañía. Después de trabajar, miro en torno humanamente: ¿con quién puede hablar mi mente y mi alma sin temor ni incomprensión? ¿Dónde encontrar serenidad y no sentir dolor? ¡Todo es guerra y todo requiere tanto coraje!

Ayer escribí las veinte primeras páginas de la historia de June objetivada, artística. Por primera vez me he vuelto objetiva.

16 DE OCTUBRE DE 1933

Debo añadir a Eduardo a mi colección de personajes extraños, mi mórbido «Alraune», el universo de la insensatez. Compra libros que nunca lee; empieza horóscopos que nunca termina; compra pinturas con las que nunca pinta; compra ropa de trabajo que nunca usa, una capa española que nunca se pone; toma notas para un libro que nunca escribe; está celoso de mujeres a las que no desea; quiere a las mujeres sólo para abandonarlas sin previo aviso.

Neptuno, misterioso Neptuno, dominando a June, a Louise, a Artaud, a Eduardo y a mí.

Escribo mi libro neptuniano al mismo tiempo que el relato «humano» y, además, añado combustible al diario.

A Eduardo: Hoy quiero darte con algo por la cabeza. Te has convertido en un carácter a mis ojos. Quieres un papel definido en la vida. ¿No estás conforme con *ser*? Deja tranquilo el «llegar a ser». Anoche me inspiraste. El otro día, en el café, te dije que pensaba serte grata. Eso significa que siento una nueva clase de amor por ti. No humano. Estoy preparando mis colores para hacerte vivir como un personaje, como una leyenda.

19 DE OCTUBRE DE 1933

Dejé Louveciennes a las cuatro en punto con una valija pequeña. Una nota para Hugh pinchada en la cama, la nota que él espera encontrar a la noche antes de dormir sin mí. Y era como irme de viaje, y a otra vida, para convertirme en la mujer de Henry. Empieza por tomarme lujuriosamente. Se muestra algo decaído porque está resfriado. Cenamos juntos. Se adapta a mí. Lee mis nuevas páginas... y está conforme con la técnica. Orgulloso de mi valentía. A lo largo de calles sombrías. Dormimos como un par de culebras. Desayuno. Conversación. Digo que tengo que irme, pero seguimos conversando. Henry dice: «Ahora debes quedarte a almorzar». Después de almorzar se pone soñador, fantasioso. Y empezamos a inventar nuestro cuento de hadas astrológico. Le doy ideas. Luego otra vez a la cama porque hace frío. Sólo a las cinco regreso a Hugh, mamá, Joaquín, aturdida, alegre, llena de ideas.

Al día siguiente, a trabajar de nuevo. Pero lo que me obsesiona es el momento en que estuve en el cuarto de Henry, pensando: «Yo debería permanecer aquí. Con Henry podría olvidar fácilmente la otra vida. Me cuesta recordarla ahora. Esto es real. Y la otra no lo es. Aquí estoy en casa».

Al atardecer, ebria de fantasía, empiezo mi cuento de hadas.

Hoy, trabajo.

Estoy tomando notas, muy consciente de ello. Este es mi cuaderno de notas. Trabajo en mi relato y cuando voy hacia ti estoy rendida de cansancio. Cuando soy la mujer de Henry, me olvido por completo de Hugh y de mi padre. Cuando estoy con mi padre, me olvido de Hugh y de Henry. Cuando estoy con Hugh, pienso en mi padre y en Henry.

Discordias con mi padre. Le escribo dos cartas con noticias de Thorvald y de mi conversación con Joaquín. El interés de las noticias es echado a perder por mi padre porque nuestras cartas se cruzan. El punto esencial era que, al haberle escrito sin esperar una respuesta, causé un desorden que le resulta penoso.

Este mes de octubre me demostró definitivamente que no puedo vivir *sólo con Henry*. Es un compañerismo demasiado precario. Me deja tan sola como la incapacidad de respuesta de Hugh. Trato de que reemplace a mi padre, a mis amigos. No puede ser. Me alegro de que esto termine. Recomienza mi propio desarrollo: papá, Néstor, amigos a diestra y siniestra, camaradería. He tenido una gran añoranza de totalidad. No tiene sentido.

27 DE OCTUBRE DE 1933

Todo va bien cuando comparto mis amores como antes... todo separado y en fragmentos. El amor entero es demasiado peligroso, demasiado femenino. Henry es un artista, no un hombre. No debo esperar todo de él.

El día y toda la noche con Henry. Todas las dudas y temores calmados por su pasión, por su ternura. Estoy toda impregnada de él, casada con él. Quiero vivir con él. Está solo. Me desea. Debemos vivir juntos. Esto se está convirtiendo en un tormento. Esta noche estoy triste, vacía, solitaria. Cuando estoy con él no siento temores. Me hace sentir alegre, suave, valiente. ¡Estos tres días antes que mi padre regrese! Querría que Hugh y mi padre muriesen para poder vivir con Henry. Es a Henry a quien quiero de esta manera criminal y loca. Por él cometería crímenes. Demencia de nuevo. Esta mañana, acostada y despierta a su lado, lo contemplaba dormir. Tan contenta de estar allí, tan feliz de poder permanecer allí tendida, despierta por tres horas sin inquietud. Henry está allí. Eso es todo lo que quiero.

En el cine nos tomamos de la mano. Todo esto está *fuera* del libro,[1] la obra de arte, pero hay mayor razón para preservarlo aquí. ¡En el libro

---

1. El «libro» sobre H. M. y June fue finalmente la novela breve *Djuna* en la primera edición de *The Winter of Artifice* (París, 1939), eliminada de las versiones posteriores de ese título.

hay restricción, rodeos, embrollos! Pero necesito un lugar donde poder gritar y llorar. Alguna vez al día tengo que ser una española salvaje. Aquí anoto la histeria que me causa la vida. El desborde de una extravagancia indisciplinada. ¡Al diablo con el gusto y el arte, con todas las obligaciones y las buenas maneras! Aquí grito, bailo, lloro, rechino los dientes, me vuelvo loca... todo por mí misma, en mal inglés, en caos. Quiero conservarme cuerda para el mundo y para el arte.

Henry se divierte con las cosas que le hago decir en el libro. «No me hagas sentimental.»

No lo haré. Ya verás. Si sólo pudiera ser lo suficientemente fría para usar también mi ironía. Tengo un fondo de ironía que no puedo explotar a causa de mi severidad. (¡Otra vez el sentido español de la tragedia!)

Cuando se enteró de que mi padre regresaba, no le gustó. Se inquietó cuando le dije que papá planeaba llevar un piano a Louveciennes para trabajar allí los fines de semana.

28 DE OCTUBRE DE 1933

Ahora veo el humor en esos ánimos decaídos. Así se siente Henry, me siento yo, y no siempre al mismo tiempo, pero es innegablemente así.

Él envidia el contento de los Lowenfels. No necesitan salir porque se tienen el uno al otro.

Hugh lee una lista de síntomas neuróticos y encuentra que los tengo todos. Empieza a preocuparse. Me lee la lista de las causas. ¿Cuál? Hábilmente señalo una: conflicto entre el deseo del yo ideal y el yo instintivo. Quiero una vida bohemia pero no quiero herirlo. Hugo comprende que esos deseos, esos deseos incumplidos, me vuelven inquieta y neurótica. Tanto que el acuerdo (una noche fuera por semana) sólo pone de relieve el choque entre ellos. Los cambios rápidos trastornan mi equilibrio y mis nervios. Digo que me ha concedido un gran acuerdo, pero que mis sentimientos, mi conciencia, me incomodan. Me propone darme más tiempo para mí. Era generoso y clarividente.

—Es en mi propio interés. No quiero que me odies o desees mi muerte. —¡No sabe que la he deseado! Me divirtió su mente de jugador de ajedrez y su habilidad. ¡Era perspicaz! Leyó y habló con sabiduría budista.

—Quiero que estés contenta y satisfecha de modo que, cuando vuelvas a mí, lo hagas plenamente. De otra manera, tu atención se distrae en otros deseos. Tu imaginación se ocupa con otros deseos, no conmigo.

Hice creer a Hugh que mi vida bohemia no es sexual. Él dijo sabiamente:

—Veo que has sublimado tu atracción sexual por Henry. Cuando dices que lo que escribes es la mujer de su trabajo, es muy revelador. *Todo es sexo.*

Y de pronto me pareció ridículo que Hugh sufriera a causa de un simple gesto físico pero aceptara el vagabundeo de mi imaginación y mi fantasía.

30 DE OCTUBRE DE 1933

Sueño: estoy dando una gran fiesta. Se sirven enormes platos como en la película sobre Enrique VIII. Estoy en el patio con una concurrencia heterogénea, mirando hacia una casa con balcones. Está anocheciendo. Veo que se abre una persiana y detrás hay una habitación llena de gente preparándose para la fiesta. Noto que están esperando a alguien. Frente a la ventana hay un trío listo para actuar. La directora está de pie junto a la ventana. Es menuda, vieja y delgada. Cuando da la señal de empezar, una mujer sale al balcón y empieza a caminar a través de la casa, de balcón a balcón, hacia otra ventana. Los balcones están todos conectados. Se abre otra persiana y aparece el hombre para quien se hace la fiesta. Es viejo, parece Paderewski, y está vestido como Cristo. Camina como sonámbulo, con los brazos extendidos como si fuera ciego, siguiendo a la mujer. Cuando va hacia la ventana donde hay música, la pasa y va hacia otra ventana, donde ve algo que lo asusta. De pronto no hay balcón y él cae varios pisos hacia el patio. No siento ninguna emoción. Se me ocurre que lo que lo asustó era una mujer con una espada. La fiesta en mi suntuosa casa continúa. Estoy en una habitación con varias mujeres. Una de ellas ha estado bailando y está enrojecida y traspirada. Me ofrezco para secarle el cuerpo porque quiero disfrutar su desnudez, pero no acepta. No hay ansiedad en el sueño. Sentimiento de generosidad.

Asociaciones: Jeanne, la mujer de quien papá estuvo a punto de enamorarse, es directora de orquesta. Pero es alta. Comparé la directora de orquesta del sueño con Jeanne y Maruca. Pensé en el ascetismo de anoche de mi padre, leyendo (Wilhelm) Stekel... la higiene excesiva y el privarse de carne son una forma de ascetismo. Él debe ser el músico parecido a Cristo del sueño. Probablemente estoy celosa de las dos mujeres y lo prefiero muerto antes que en esa fiesta. Mis sueños son siempre muy teatrales en contraste con los de Henry, que más a menudo son realistas y naturales. Los colores y detalles de las ropas, decorado, etcétera, se destacan. *Siempre irreales.* ¿Revelará esto mi sentido de la irrealidad?

Hoy recibí una carta lastimera de papá: Teme el regreso a su casa, sus alumnos, las responsabilidades. Lo aterroriza tener que enfrentar los problemas —problemas de dinero, de organización de la casa. Lo espanta la invasión de la gente, los ruidos, el dolor.

Teme a la vida.

Añora su soledad, el mar, los árboles. Se aferra a ellos así como yo me aferro a Louveciennes...

Esta carta me causa el mismo efecto que la revelación de su pie delicado.

Henry llama por teléfono.

Me gustaría darle a Henry una habitación aquí y seguridad en la vida. A papá, una habitación con piano aquí, y una escapatoria de su vida burguesa. Cuando es para los demás estoy llena de coraje. Por Henry podría matar un dragón cada día.

Pero tendría que escarbar solicitando a Hugh que me ayude.

Comedia. Todos tememos y necesitamos alturas para enfrentar la vida. El amor es un reconocimiento del Tú. Una necesidad del Tú. De una manera u otra pierdo siempre mi guía a mitad de camino en la montaña. No pienso que busco un hombre sino un dios. Estoy empezando a sentir un vacío que debe de ser la ausencia de Dios. He deificado al hombre. Uno tras otro he clamado por un guía, un padre, un conductor, un protector. Tengo un marido, un protector, enamorados, un padre, camaradas, pero todavía me falta algo. Debe ser Dios. Pero odio la abstracción Dios. Quiero a Dios en la carne, el Dios encarnado con fuerza y dos brazos y un sexo. Y sin defectos.

Lo que prueba que he conseguido mezclar mi amor humano y mi amor divino, y que no quieren mezclarse y que cuanto más rápido separo a Dios del hombre es mejor para los hombres que amo. He amado al genio, lo que está próximo a la divinidad.

Pude amar a Henry sin obstáculos porque él es el dios de lo humano: es divinamente imperfecto.

Pero mi padre no es humano y podría haber sido Dios. Es el único que posee perfección imponente, que ha iniciado a los dioses, que no experimenta amor de humana naturaleza. Pero al final es como yo, un hipócrita. El yo ideal exaltado. Un fuerte yo instintivo oculto.

Amo a Henry por su honestidad. Henry dice: «Soy un ladrón. Soy un mentiroso. Soy un bruto. Soy un sádico. Soy un cobarde».

Mi padre y yo decimos: «No importa lo que soy, miren, esto es lo que yo querría ser. Aprecien mi intención».

Nuestra intención es la perfección.

Pobres divinos hipócritas.

Somos simuladores.

Nosotros no. Cada día soy más honesta. Me niego a fingir. Sé, por ejemplo, que miento a Hugh acerca de las causas de mi neurosis, que miento ignominiosamente. Pero no tiene importancia. Le digo que mi vida con él es real y todo el resto, un juego. Sé que estoy con él porque soy cobarde: no me atrevo a revelarme a él tal cual soy. Tendría que abandonarlo, ganarme la vida y vivir con quienquiera que me guste. Debería decirle a mi padre que no lo amo, que el amor que le doy es narcisista, como el que él me da a mí. Amor de aquel que *puede entendernos*, contestarnos, disminuir la soledad. No quiero lo que es en realidad *suyo* y no mío (su ciencia, su orden, su razón, su lógica), así como no quiero tampoco los rasgos abigarrados de Henry que le pertenecen a él y con los que no tengo relación.

Me mostraré complaciente con mi padre cuando venga, fuera de la soledad, con el amor de estar cercana a su propia soledad, un amor de estas secretas cualidades suyas que yo amo porque son como mis cualidades secretas. Lo amo con los mil ojos divinos con los que quiero ser amada. Es la *enfermedad* del amor, no el fruto. Ocurre que cuando el yo se disimula tanto ante el mundo, su lenguaje se hace tan ininteligible, su soledad tan consuntiva, sólo su propio Doble podrá penetrarlo.

Cuando pienso en esta carta de mi padre, con su frágil anhelo, sé que no quiero hablarle de Henry. Sé que le mentiré y que me sentiré enferma por mis mentiras.

Henry es el más valiente y, sin embargo, vive aterrorizado por June; siempre está esperando que yo lo castigue, es asustadizo en las calles y su mayor temor obsesivo es el temor a la *pobreza*. Yo no tengo miedo a la pobreza, sólo a ser privada de amor. Y temo a la enfermedad.

Como papá viene pronto (mañana deja Valescure), empiezo a ponerme a tono con él. Escucho un piano por radio y comienzo a imaginar su cuerpo griego bronceado, su fría brillantez, su impasible rostro como una máscara, móvil sólo por la pasión. ¡Qué esfuerzo para parecer dueño de una firme voluntad!

Mi femenino padre.

Y mi cuerpo femenino, habitado por un espíritu masculino, está atormentado otra vez por un conflicto.

Pero durante el tormento estoy empezando a reírme de mí. El pequeño monstruo tiránico cuidadosamente escondido en su nicho de suaves seducciones y sonrisas. Después de todo, lo único que le pido a mis matadores de dragones es amor, ¡y en eso están superdotados!

Algún día debo investigar la historia de Miralles. Cómo mi imaginación fue tan embrujada por la carrera de bailarín de Miralles... historias de bailarines, viajes a Rusia, ballets en grandes óperas, music halls de todo el mundo, la atmósfera acre de los vestuarios, el olor de los bailarines, la experiencia nueva para mí de estar sentada en los cafés, el mísero hotel de Miralles, sus trajes llamativos, haberle permitido besarme un día y proyectar ir a su cuarto. Puedo verme bailando con el pobre Miralles aquí y allá, compartiendo su vida errante, viviendo en sus cuartos desaseados con trajes españoles y tarjetas postales con fotos de Lola, Almaviva, La Argentinita. En chinelas y batas floreadas, abriendo la puerta a...

¿A qué? A Hugh que me ha encontrado. Y yo, como una enferma de amnesia, que he olvidado mi nombre, mi casa y mi marido.

Pobre viejo Miralles, que pudo dar encanto a mi vida insípida con sus llamativas aventuras. Al tomar el ómnibus para la rue de Clichy siento un estremecimiento.

Mi padre se afligiría: «¿*Quién* eres? ¿Olvidas tu raza, tu clase, tu nombre?»

Hugh: «Olvidas tu origen inhumano, místico.»

Y Henry habría dicho: «Y tu espíritu, ¿cómo esa vida podía significar algo para ti?»

Ilusión: Miralles tiene asma. Ha ahorrado dinero para retirarse a Valencia. Era bueno, sencillo. Acostumbraba decirme: «Sabes, no tengo vicios como los otros. Yo sería bueno para ti». Sentía placer mientras yo escuchaba sus historias. Volvió a su baile con renovado vigor. Rejuveneció. Se compró un traje nuevo. Me adoraba.

Cuando se me pasó la amnesia, se extinguió. Se volvió gris y ceniciento.

Murió de asma el año pasado en su cuarto de hotel.

31 DE OCTUBRE DE 1933

Juego con esta idea de amnesia, que es sólo la atrofia del yo «ideal», el yo escrupuloso: su asesinato para vivir liberada de escrúpulos. Sé cuando me dejo hipnotizar (por Allendy, por Artaud). Cuando despierto a mi vida con Hugh o a mi relación con Henry, despierto como de un sueño. No me culpo. Me niego a tomar ninguna responsabilidad (y por lo tanto culpa). Es sólo una pequeña comedia que represento con mi conciencia. Y noto que hago cada vez menos preguntas, que el yo ideal está lentamente convirtiéndose en una figura ridícula. Me causa gracia. Sigo viviendo así, con escrúpulos que me atacan sólo cuando contemplo un sufrimiento humano (la tristeza de Hugh, el dolor de Henry el día que pensó que adivinaba que yo había sido amante de Allendy). Entonces experimento agudos, intolerables remordimientos. Pero la mayor parte del tiempo siento que he olvidado a Artaud y Allendy, así como Henry olvida sus putas. Tengo el poder de olvidar. Stekel diría: ¿reprimir?

1° DE NOVIEMBRE DE 1933

Caricatura de Hugh: se mete el dedo en la nariz. Pierde el lápiz que estaba usando. Pierde el libro que estaba leyendo. En el Banco olvida una carta que quería mostrarme. En casa olvida la llave de su escritorio. Pierde su *briquet* y su cigarrera. Cuando salimos con amigos olvida los cigarrillos. Cuando compra algo lo olvida en el auto. Siempre llega tarde. Toma el desayuno cuando ya está frío. Cuando se afeita, el agua ya está fría. Desorden. En sus papeles, efectos, informes. No observa ni retiene lo que oye. Es remilgado y caprichoso con la comida. No tiene flexibilidad.

Todo esto no es nada. Henry tiene mil defectos más. Pero cuando ya no hay más amor o entusiasmo.
Quiero que mi libro sea publicado y sentirme libre. La cobardía me retiene aquí. Cuando miro a Hugh pienso que nunca se lo diré. Y su protección me hace mella. Cobardía. Cobardía.
Decisión. Tan pronto como se publique el primer libro de Henry, y mi primer libro, me iré a vivir con Henry. Cuando nuestros dos libros hayan salido no nos moriremos de hambre y yo siempre puedo encontrar trabajo.
Trataré de que papá le consiga alumnos a Joaquinito para que pueda mantener a mamá.
Trataré de encontrar una mujer que haga feliz a Hugh.
Cortaré todos los lazos sociales con mis amigos aristocráticos.

3 DE NOVIEMBRE DE 1933

Papá se muestra tan tímido cuando llega que va leyendo desde la entrada a la puerta, y entonces se embarca en discursos como June, tapando, tapando su timidez, su incomodidad.
Un torrente de palabras.
Lenta y gradualmente lo hago sentir cómodo con mi calma. Se vuelve natural. Y poco a poco empieza a hacerme el amor.
Me siento apaciblemente enamorada. Cedo sólo por su placer. Alegremente. Indiferentemente. Es un amante muy experto y encantador. Todo es un alegre fuego.
Estoy mucho más interesada en su manera, tratando de definirla, de sacarla a la luz, de armonizar con ella. Reconozco que hoy él no tiene sentido de la realidad, que está trastornado por su regreso, conmocionado por las realidades, incómodo y alarmado.
Lo insto a que me trate como a una mujer común, a que continúe su vida como antes, que disfrute de otras mujeres, porque el amor debe ser grande y ensanchar su vida antes que estrecharla. Contesta: «No. No podría volver a hacerlo. Quiero que este amor sea la apoteosis de mi vida.

Es algo demasiado grande para estropearlo con otras aventuras. Debo permanecer limpio, solo».

Y cuando me interroga, debo contestarle de la misma manera idealista.

Desde que sólo puedo juzgar a mi Doble a partir de mí misma, pienso que quiere convertir nuestro amor en el final ideal de su carrera de donjuán; pero no creo que pueda hacerlo. Estará tan comprometido como yo. Me mentirá por las mismas razones por las que yo le miento a él. Sólo me pregunto si la edad de mi padre hace alguna diferencia en nuestro caso. Si está cansado de su soledad y de sus aventuras sin amor. Si quiere comprensión en lugar de distracciones sexuales. En consecuencia, ¿puede haber alguna verdad en sus afirmaciones? Y si es así, ¿cómo puedo ser la primera en destruir su ideal?

Otra diferencia. El narcisismo de mi padre es mucho mayor que el mío; por ende su amor propio, que puede expresar conmigo, es más fuerte que el mío porque yo amo el *Tú*, Henry, más que a mí misma.

También me amo a mí misma en mi padre. Su talante que pone distancia, que comprendo tan bien, su dificultad en ingresar en la vida, real, completamente, su nerviosismo y timideces. Eso provoca hondamente mi compasión.

Cuando estábamos en el pasillo, mientras Hugh sacaba el auto, emití el gritito que daba a menudo cuando él me acariciaba demasiado eficazmente: «¡Ay, ay, ay!».

Rió francamente, con deleite. *«Comme tu es naturelle, comme tu es véridique!»* (¡Admirado porque para él es tan difícil ser real!) Y me siguió el juego: *«Pénétrable, enveloppante, caressable... surréaliste!»*

En el auto le tomo el brazo. Y está encantado, pero flotando en la niebla de su disposición de ánimo. La vida alcanzándolo desde muy lejos, sus ojos tan vacíos de expresión. Parece un chico encantador. Habla mucho para llenar los espacios de su descoordinación.

Lo observo perpleja, como se mira la propia imagen en el espejo. Cuando nos deja, pienso: «Cuando llegue a su casa lamentará no haber hecho esto o aquello. Pensará que no me agradó, ¡enrojecerá al pensar en los libros que nos cayeron encima cuando estábamos acostados juntos (el horror de algo que salió mal, la incomodidad)! Deseará haber dicho esto o aquello. Querrá olvidar que me agradó cuando dijo que estaba hermosa después de hacer el amor. (¿Por qué? Pero yo parecía transfigurada aunque no había sentido nada.) Lamentará que yo le haya ofrecido la oportunidad de ser honesto y que él eligió mentir. Conozco toda esta dirección del pensamiento. ¡Y siento tanta compasión!

Llegué demasiado temprano a lo de Henry, y él había salido. Me senté en su cama y terminé el libro que estaba leyendo, Maryse Choisy en [Joseph] Delteil. Luego me puse impaciente y eché un vistazo al manuscrito de mi «Alraune» que estaba en el escritorio de Henry. Y encontré esta nota suya: «Todos los pasajes descriptivos, espléndidos. Podría hacer un *cinéma*. Comienzo con escena de gigantesca pecera».
Cuando llegó, nos lanzamos a una animada conversación.

Cuando estoy desbordada por una emoción excesiva, mi estilo sufre. Se tambalea, eso es todo. Tengo que aprender a soportar el peso de mi vitalidad. Toda fuerza rompe ventanas. Romper ventanas produce oxígeno, no arte. Ahora estoy llena de oxígeno. El arte sufre. Sospecho que todavía soy un poco joven.

Caricaturizo a Hugh cuando debería caricaturizar mi debilidad. Se está comportando más noblemente que nunca: eso es lo que me fastidia. Al tratar de no hacerme experimentar una sensación de culpa, al recibirme con una sonrisa cuando llego esta mañana a la hora del desayuno. Pero mi decisión está tomada, y estoy ocupándome de ese final. Debo dejar de ser sentimental. Fácilmente ablandada. Cuando llego a casa Hugh está resfriado. Pero también lo está Henry.
Quiero volverme menos sentimental y más caprichosa. Quiero dominar mi sentido trágico de la vida, que es demasiado grande.

Sueño en Clichy: Después de vivir varios años con Hugh decidimos casarnos por Iglesia. Me visto de blanco, con un velo. Pero noto que mi vestido es pobre. Cuando llego a la iglesia no hay fiesta. Nos escabullimos y descubro que no tengo el acostumbrado ramo de flores. No estoy triste sino algo irónica. En el taxi, con toda la familia, digo riendo: «Es como la boda de un trabajador». Antes de la boda trato de hablar por teléfono con Henry para que me vea en mi traje de novia.
En otro sueño debía ir a vivir en Clichy y estaba muy contenta.

Sueño después de la visita de mi padre: Mi padre y yo estamos sentados en mi gran cama. Oímos un ruido ensordecedor. Tan fuerte que es una tortura. Miro por la ventana. Veo a un hombre que está a punto de entrar en la casa con un pesado rodillo para siembra con el que quiere aplastarme. Quiero cerrar la puerta del dormitorio frente a él pero no puedo porque al mismo tiempo estoy tratando de cerrar la ventana. Ansiedad.

Inconfundibles sensaciones de ciertos acontecimientos muy cercanos a mí —reales para mí, realmente experimentados—, mientras otras son borrosas. Querría distinguir entre categoría-sueño y categoría-realidad. Con Henry todo se vuelve cálido y real. Con Hugh las cosas son oscuras y mentales. Con mi padre también son oscuras, y además extrañas, como algo que ocurre en el agua o con esquíes. Siento a Henry con todo mi cuerpo, agudamente, enteramente, siempre: sexo, compasión, mentalmente, psíquicamente. Mi padre, Hugh, Eduardo y Allendy son fantasmales.

Los zapatos nuevos de trabajador de Henry. El olor de Henry. Todo es milagrosamente real. Sus defectos, su naturalidad, sus anhelos, su somnolencia, sus penas. En dos o tres sueños vivo con él en completa felicidad. Me gustan sus pantuflas de lana y su angosta corbata de lana.

Henry es el único que me ha dado vida humana.

7 DE NOVIEMBRE DE 1933

Ayer me desperté con humor valeroso. En mi lista tengo que enfrentar tres ordalías: visita a Otto Rank, reconciliación con Bernard Steele, visita a Edward Titus para pedirle dinero. Dudo entre los tres, preguntándome con cuál empezar. Decidí sacar primero a Steele de su celoso enfurruñamiento, de su egoísmo. Había salido.

Titus estaba en el sur.

No recuerdo cómo descubrí que el doctor Otto Rank estaba viviendo en París, en el bulevar Suchet. Ante todo le envié a Henry, y tuvieron una larga conversación sobre historia, literatura, antropología, *Art and Artist* de Rank, pero no el análisis que sentí que Henry necesitaba.

Entonces decidí impulsivamente llamar a la puerta de Rank. Esperaba tener algunas dificultades debiendo explicar a la mucama que me dejara verlo. Había oído que estaba muy ocupado, que tomaba muy pocos pacientes y que era muy caro. El corazón me martillaba y tenía las manos heladas.

Por casualidad abrió la puerta él mismo. «¿Sí?», dijo en su áspero acento vienés, envolviendo la incisiva, limpia palabra francesa en un crujido alemán como si las palabras fueran masticadas igual que la punta de un cigarro en lugar de liberadas de la boca como hacen los franceses. Las palabras francesas son enviadas al aire como palomas mensajeras, pero el francés y el inglés vieneses de Rank siempre eran masticados y expelidos.

Era bajo, moreno, de cara redonda; pero en realidad uno no veía más que sus ojos, que eran hermosos. Grandes, oscuros, ardientes. Con mi obsesión por elegir los rasgos hermosos o queribles, y llevando anteojeras para cubrir lo que no admiro o quiero, destaqué los ojos de Rank para disimular sus dientes toscos, su cuerpo corto.

«Pase», dijo, guiándome hasta su despacho. Era una habitación espaciosa, en la esquina, con vista al Bois. Paredes cubiertas de libros. Sillones mullidos, cómodos, un diván. Parecía muy afable y accesible.

Lo veo hoy a las tres.

También tuve un gesto para reconciliarme con Bradley. Varias razones: primero, disciplinar mi exagerado orgullo; segundo, porque quiero triunfar, ser publicada, hacerme independiente; tercero, porque odio las rupturas y las discordias a menos que haya grandes, grandes razones que las justifiquen. Hoy estoy de talante valeroso y determinado. ¡Lo aprovecharé! Escribo una carta a Titus.

Conversación con Rank: Me pidió un claro y completo perfil de mi vida y trabajo. Le dije que sé que el artista puede hacer un buen uso de sus conflictos, pero que sentía que en ese momento yo estaba gastando demasiada energía tratando de controlar una confusión de deseos que no podía resolver. Por eso necesitaba su ayuda.

Inmediatamente supe que hablábamos el mismo idioma. Él va más allá de lo psicoanalítico. Dijo: «El psicoanálisis enfatiza los parecidos. Yo enfatizo las diferencias entre las personas. Ellos tratan de llevar todo de nuevo a cierto nivel normal. Yo trato de adaptar cada persona a su propia clase de universo. El instinto creativo está aparte».

Entendió lo *más*. Hay *más* en mi relación con mi padre que en el deseo de victoria sobre mi madre. Hay *más* en mi relación con Henry que en sacrificios masoquistas o en la necesidad de victoria sobre la otra mujer. Hay, más allá de la sexualidad, más allá del lesbianismo, más allá del narcisismo… creación, *creación*. Rank dijo:

—¿Qué *produjo* usted durante el período de extrema neurosis que siguió a su aventura con John? Eso me resultaría interesante. —Inmediatamente atrapó mi *esencia*; dijo que los cuentos que escribí de niña como si fuera huérfana no se podían explicar simplemente como un deseo criminal de eliminar a mi madre por celos, y a papá por un amor desmedido. Yo quería crearme a mí misma. No quería nacer de padres humanos.

Cuando mencioné las fórmulas psicoanalíticas sonrió algo irónicamente, como si fueran insuficientes. Sentí la expansión de su pensamiento, más allá de la medicina, hacia universos metafísicos y filosóficos.

Nos entendimos con medias palabras.

Yo dije:

—No espero que usted me resuelva la vida materialmente, que me diga si debo vivir con mi marido o mi amante o mi padre, sino que me ayude a estar en paz conmigo misma.

Sentí que estaba expresando los pensamientos de Rank por el rápido reconocimiento de su inclinación de cabeza.

Rank:

—Sus energías deben ser capaces de mover su trabajo.

—De lo que dudo, usted ve, es de mi instinto destructivo. Para crear mi vida con Henry destruyo a mi padre, a Hugh, a mi madre y a Joaquín. Ése es el impulso del que sospecho algo, mientras que todo me lleva hacia Henry.

Entendió tan bien que estuviera cansada de todas las mentiras y deformaciones con las que estoy obligada a vivir cada día, sintiendo la necesidad de la absolución.

Lo curioso es el talante que precedió mi conversación con Rank.

Hago esta nota en el tren: Durante el trayecto para ver a Rank, *je mâchonne des fourberies*. Empiezo a inventar lo que quiero decirle en lugar de coordinar verdades. Empiezo a ensayar discursos, actitudes, gestos, inflexiones, expresiones. Me veo hablando, y estoy sentada cerca de Rank, que me juzga. ¿Por qué debería tratar de crear tal o cual efecto?

Reflexiono sobre las mentiras así como otros reflexionan sobre confesiones. A pesar de todo, estoy yendo hacia él para *confesarme*, para lograr ayuda en la solución de mis conflictos, que son demasiado numerosos y que no logro dominar escribiendo. Me preparo para una falsa comedia como la que representé para Allendy.

Preparándome para deformar —y todo para interesar a Rank, y también para interesarme a mí misma, porque estoy enormemente interesada en las complejidades. En realidad, voy hacia Rank por deporte, no para resolver mis conflictos sino para agrandarlos, dramatizarlos, ver qué contienen, aprehenderlos en su plenitud. Comprendo que la experiencia con Allendy fue un nuevo conflicto que se agregó a mi vida, y que lo viejo sólo fue resuelto por la aparición de lo nuevo. Fue colocado fuera de lugar. Quiero decir que creo que no dejé de ser masoquista en la situación Henry-June sino que equilibré el dolor con mi interés por Allendy y mi conflicto con él, que desplazó la obsesión absoluta con June y Henry, me dio la energía y el estímulo necesarios para ser fuerte.

Quiero seguir con los malabarismos. Vuelvo a encontrarme en una encrucijada. Mi deseo de vivir con Henry es muy fuerte, y no puedo realizarlo por tres razones primordiales. Por eso cambio el terreno. Conflicto insoluble, por lo tanto me interesaré en mi intercambio con Rank.

A Allendy no le interesan la literatura, el arte ni los artistas. Ésa es su gran limitación. *«Petite fille littéraire»* no explica las orientaciones y desviaciones de mis instintos creativos. Pero sirvió de distracción salvadora. Necesitaba distraerme.

No sé si esta actitud previa al encuentro con Rank denotaba simplemente el deseo de iniciar una aventura intelectual —con una cierta despreocupación, esquivando una tragedia— o si es una forma de resistencia irónica a lo que he percibido como una influencia vital.

Pero frente a Rank fui tan veraz como lo soy frente a mi diario: fui natural, ni excesivamente trágica ni demasiado intelectual, interesada sobre todo en salvar y desarrollar a la artista porque soy consciente de que me dejo absorber por mis problemas amorosos más allá de toda lógica.

La confusión genera arte. El exceso de confusión genera desequilibrio.

Rank me causó la sensación inmediata de un ser curioso, vital, amante de la exploración, la experimentación, el camino sin fronteras, el anarquismo, que nada libremente en los grandes espacios abiertos.

El 8 de noviembre de 1933, Rank me pidió que renunciara a mi diario y lo dejé en sus manos. Me liberó de mi opio.

Fue un golpe audaz. Me aturdió. Fue una violación. Momentos antes, en el parque, poco antes del anochecer, había escrito en él las mentiras que pensaba interesarían a Rank. Temía que él no me considerara interesante y pensaba introducir más dramatismo en mi vida. Había oído que sólo aceptaba los casos que le interesaban. Y había confiado al diario las mentiras que pensaba contarle. Y ahora él quería apoderarse de todos mis secretos.

Había llevado el diario conmigo a todas partes durante años cuando consulté a René Allendy, y él jamás expresó la menor curiosidad.

El doctor Rank advirtió mi estupor y agregó:

—Si lo lleva a todas partes y lo trae cuando viene aquí, es porque quiere entregarlo, quiere que alguien lo lea. No es sólo el deseo de que lo lean. Es su última defensa contra el análisis. Es como una isleta en medio de la calle donde quiere pararse. Si he de ayudarla, no quiero que tenga un refugio desde el cual pueda vigilar el análisis y controlarlo. No quiero que analice el análisis. ¿Comprende?

Al recuperarme de mi estupor, empecé a sentir regocijo, la euforia femenina de una mujer a quien un hombre posesivo pide que se entregue por entero: quiero tu cuerpo, tu corazón, tu alma. El doctor Rank exigía todo de una sola vez. La euforia se debía a que había reconocido el poder, la dominación. ¿Acaso no era poder y dominación lo que yo buscaba? ¿No había ido a verlo porque estaba perdida, confundida, perturbada? El doctor Rank tuvo la lucidez de comprender que el diario era la clave. Entrégame las llaves de la ciudad, ya. Siempre conservaba una isla inexpugnable desde la cual analizaba al analista. Jamás la había entregado.

Puse el diario sobre su mesa. No se mostró serio ni solemne, el doctor Rank. Fue muy ágil, rápido, brillante, como si fuera una batalla de ingenios. Sus ojos resplandecían como si el inconsciente fuera un adversario astuto y el acto de detectarlo un placer, una partida superior de ajedrez.

—Es tu turno, tu jugada, Anaïs Nin.

El diario estaba sobre la mesa. Se enterará de que pensaba mentirle, pero también que fui enteramente veraz desde el momento que él abrió la puerta.

No me siento derrotada. Siento que he elegido un guía sabio y valiente.

No fue lo único que pidió esa primera tarde. Yo desplegaba el laberinto —Hugh, Henry, Eduardo, Allendy, papá—, cuando me dijo:

—No puedo ayudarla a menos que rompa con todos ellos, se aísle hasta que recupere la calma y la integridad. Hay demasiadas presiones sobre usted.

—¿Cómo haré para aislarme? ¿Debo dejar mi casa?

—Sí, por lo menos durante algunas semanas quiero que no vea a ninguno de ellos. Que viva sola, sí.

Con eso me sorprendió aún más que al tomar posesión de mi diario. No me creía capaz de convencer a Hugh de que me dejara vivir sola, siquiera una semana.

Los ojos del doctor Rank brillaban; parecía tan seguro, tan confiado. Dije que lo intentaría.

Ya había empezado a hacer trampa en el juego del análisis. Vi que esa prescripción me permitiría cumplir uno de mis más caros deseos: vivir constantemente con Henry y trabajar juntos en nuestros libros. No era un acto totalmente necio porque no estaba en estado de conflicto con Henry y juntos nos incitábamos a escribir. No podía visualizar la vida en un hotel y sólo con el doctor Rank.

Hugh consintió al extraño pedido del doctor Rank.

Henry, que en ese momento se alojaba en un hotel de putas y rufianes de Montmartre, aceptó mudarse al hotel elegido por mí. Y yo elegí un hotel que me pareció moderno, atractivo pero no lujoso y tomé dos habitaciones contiguas [en 26 rue des Marronniers]. (Después me enteré de que había elegido un hotel de Auteuil conocido por las alianzas pasajeras, las amantes bien mantenidas, donde se creaba una ilusión de hogar. Mi elección era acertada, pero escandalizó a mi padre... quien probablemente tenía muy buenas razones para conocer el hotel.)

14 DE ENERO DE 1934

Ahora me siento capaz de escribir una colección de bosquejos literarios con esa esencia humana que siempre se evapora, con el material excluido de las novelas, ese que la mujer en mí ve y ama, no el que el artista debe trabajar. Una colección de bosquejos sin compulsión ni continuidad.

Jamás escribiré (aquí) nada que pueda incluir en «Alraune», «The Double» o la novela. No me entregaré por completo a los esbozos.

En ningún otro libro en curso puedo situar el retrato del doctor Rank... y este retrato me obsesiona y me perturba mientras escribo la novela. Es necesario escribir este retrato.

Retrato del doctor Rank: Impresión de lucidez, vivacidad, curiosidad, espontaneidad. Lo contrario de la fórmula mecánica, automática, prefabricada. La sensación de que va a crear, de que desde el principio va más allá de los detalles en lugar de avanzar por medio de ellos. La sensación de que tiene en cuenta las diferencias entre los seres humanos, no sus semejanzas; y dijo con palabras esto que yo había pensado. Impresión nítida de vivir con él una aventura intelectual. El fuego que pone en ello, como si sintiera, igual que yo, la gran euforia que producen las aventuras, las exploraciones y partidas intelectuales. Lo disfruta. Esta lúcida actividad mental y este placer me aliviaron inmediatamente la fijación obsesiva con el dolor, ese terrible nudo neurótico que ata las propias facultades en un círculo vicioso.

Inmediatamente sentí aire, espacio, movimiento, vitalidad, alegría, la alegría de detectar, observar, adivinar, la alegría de la amplitud de su mente. La fina destreza y el poder muscular. Los colores cambiantes de su humor. La rapidez del ritmo de su pensamiento, porque es intuitivo y sutil.

Confío en él.

Le confío la verdad, cosa tan rara en mí. Realmente quiero dársela.

Percibo una inteligencia a la que el sentimiento ha vuelto clarividente. Intuyo un artista.

Le digo todo. No me separa de mi trabajo. Al contrario. Me aprehende a través de mi trabajo.

Ya conoce el conflicto en el que me he debatido. Sabe que quería romper con mi padre y Hugh, vivir valientemente con Henry. Conoce mi miedo a la locura. Sabe todo sobre el diario.

Cuando me despido, estoy asombrada por la audacia y la lucidez de su trazo. De un solo golpe. Camino despojada del diario, es decir, de mí misma. Dice que le he entregado ese yo para conservarlo, reintegrarlo y devolvérmelo entero.

Estoy completamente en sus manos. Es increíble. Me ha pedido que no escriba sobre el análisis porque sería como pararse en un refugio de tráfico. Ha comprendido el papel de refugio que cumple el diario, el papel de un personaje con quien el diálogo me ayudaría a resistir la invasión del yo. Ha comprendido que el diario es un cascarón que me rodea, un arma defensiva. Pero también ha comprendido que contiene la *verdad*, y que esta verdad, que me siento obligada a decir en alguna parte, puedo decírsela a él, ya que está escrita en ese diario que ha retenido. Hablé con Rank como hablo con mi diario.

Cada vez que hace un descubrimiento sonríe jubiloso. Quiero que triunfe. Percibo su simpatía, que es tan amplia. Puedo decirle todo. Me parece que llegó inmediatamente a los puntos vitales. El diario y mi padre, la relación entre ellos. Habló con mucha sutileza sobre el tema del Doble, dijo más de lo que había expuesto en su libro *Don Juan: Une étude sur le double*, amplió, extendió, abordó el asunto desde una gran variedad de perspectivas. En primer lugar, dijo que yo había escrito el diario para reemplazar a mi padre, a quien imitaba inconscientemente y con quien me había identificado. Dijo que las tendencias lesbianas probablemente eran más imaginativas que físicas, debidas a la identificación con papá. De manera que el diario se origina en la necesidad de compensar una pérdida, llenar una vacante. Poco a poco, empiezo a llamar a mi diario un personaje; luego lo confundo con la sombra, *mon ombre* (¡mi Doble!) con quien me voy a casar...

20 DE ENERO DE 1934

No pude seguir. Sentí la influencia de Rank... la certeza de Rank de que el diario era perjudicial para mí. Supe inmediatamente que le mostraría todo esto, de que todo es transparente para él porque yo así lo deseo. Hoy también comprendí que el análisis llegaba a su fin y perdía a Rank, y por eso me sentía impulsada a recrearlo para mí al trazar su retrato.

Apenas supe que el lunes vería a Rank, perdí el deseo de escribir.

Al mismo tiempo, sigo siendo una romántica. No es que contemple el suicidio de Werther; he dejado atrás la religión del sufrimiento fatal. Pero todavía necesito la expresión personal, la expresión personal directa. Al cabo de diez páginas de la novela, tan sencilla, humana y sincera, al cabo de unas cuantas páginas del corrosivo, fantástico «Alraune», terminadas diez páginas del laborioso, minuciosamente detectivesco «Doble», todavía no estoy satisfecha. Me queda algo que decir. Y lo que tengo para decir es distinto de la artista y el arte: es la mujer quien debe hablar. Mi mundo todavía se compone de Rank, Henry, mi padre, Hugh. ¡Siento un inmenso interés por la clase de sonrisa que aparece en la cara de Rank cuando hace un descubrimiento!

Me parece que podría escribir mi colección de esbozos *después* de mi trabajo, con el sobrante. El desborde *personal* y femenino. Sentimientos que no son para el libro ni para el arte. Todo lo que quiero, no para combatirlo sino para disfrutarlo. Mi vida es una serie interminable de *esfuerzos*, autodisciplina, voluntad. En el cuaderno saboreo e improviso. De paso, cuando improviso a veces compongo.

Comencé con el retrato de Rank porque no cabía en ninguna otra parte. Intentémoslo.

Rank: Guardo un recuerdo borroso de conversaciones vigorosas. De agudeza. Quiero decir que el contenido solo es vago. Es imposible analizar su manera de analizar porque es tan espontáneo, tan imprevisto, debido a su oportunismo audaz y ágil. No tengo la menor sensación de que anticipa lo que diré a continuación, ni de que espera la afirmación que por lo tanto se me sugiere. Está a la espera, libre, listo para saltar, pero sin preparar la pequeña trampa que se cerrará para atrapar el lugar común. Espera en libertad. Y el rodeo de lo obvio comienza con la expansión hacia lo mayor, lo más grande, lo más allá. Arte de imaginación. Siempre con ese júbilo, esa agilidad.

Me detuve un instante para descubrir el orden y la progresión de nuestras conversaciones. El orden creado por la realidad. Pero puesto que Rank no cree en esa sucesión literal, descubro un orden nuevo, que es la elección de los sucesos por el impulso predominante de la memoria: el relieve creado por el sentido de totalidad. Basta de escalas de precisión calendaria.

Es un nuevo golpe mortal para el diario, para cualquier sucesión rigurosa.

Perspectiva irreflexiva.

Sí. Todo ha cambiado. Hay una visión anterior a Rank y una natación posterior a Rank. ¡Tal vez por fin me ha llevado a nadar en la vida en lugar de coleccionar acuarios! Los acuarios llevan el sello de la inmovilidad. Un amor por las cosas tan grande y posesivo que me ha inmovilizado de terror.

Avançons. Il y a de l'audace au désordre, des lacunes dans la mémoire.

Recuerdo el día en que descubrió dos cosas: mi amor por la verdad exacta en oposición a las deformaciones artísticas y el hecho de que fui niña, esposa y amante, pero inconscientemente había pasado por alto a la mujer: ninguna mujer. Niña, artista, ser sensual... pero no mujer. El sexo por sí solo no me hacía mujer. La pasión de Henry no me había hecho mujer.

Cuando lo dijo, se me reveló el aspecto literal, materialista del psicoanálisis y el trascendentalismo de Rank. La liberación del instinto sexual no creaba la madurez, la feminidad. Los gestos sexuales no hacían madurar el alma de la niña neurótica. Lo había percibido lúcidamente al rebelarme cuando Allendy me instaba a tomar las parejas pasajeras a la ligera, como un paso hacia una visión normal, no trágica del amor. Para normalizarme tuve que actuar como una mujer normal, de lo exterior hacia lo interior. Devolver el sexo a su lugar sagrado y a la vez secundario: quiero decir, como un gesto que se desprende del núcleo del ser, como expresión necesaria —la necesidad del artista de crear arte— que no se puede forzar y que entonces se ve despojada de su eficacia como expresión de madurez —madurez afectiva.

Esa conversación tuvo repercusiones mágicas. Bruscamente me embargó una gran serenidad. Me sentí libre de agitación y nerviosismo. Fue como si él hubiese convocado a la mujer. La artista dejó de escribir. Desplegaba una gran actividad femenina. Hacía cada vez más por Henry; quería servirle, vivir mi más profundo deseo para el Tú, quienquiera que fuese... y sólo sé que es decidida y claramente el genio cuya esposa yo quería ser.

Un gran cambio en mí, pero no hay cambios a mi alrededor. Rank lo anticipó: la mujer no encontraría una salida. No puedo hacer más de lo que hago por Henry, salvo convertirme en su esposa. Constantemente hago cosas por él, pero no como podría hacerlas una esposa. Rank no me necesita. Es autosuficiente en su trabajo y es amado.

Pero durante unos días disfruté de mi feminidad superflua. Rank advirtió el cambio de humor.

Hablamos de mi excesiva necesidad de verdad, mis sospechas respecto de mi propia imaginación, el miedo de que un hecho que yo no describiera al instante se deformaría en mi cabeza. Una gran pasión por la precisión porque sé lo que se pierde con la perspectiva y el arte. El deseo de ser fiel al momento inmediato, al estado de ánimo presente. Rank puso en tela de juicio la validez de esto. El artista, dijo, era el deformador y el inventor. No sabemos si la verdad es la visión inmediata o la posterior. Le dije que Henry deformaba las cosas, jamás las comprendía tal como son. Rank dijo que así era la naturaleza del artista. El genio es invención.

Entonces hablamos sobre el realismo de la mujer, y Rank dijo que tal vez por eso las mujeres nunca eran grandes artistas. No inventaban nada. Fue un hombre, no una mujer, quien inventó el alma.

Le pregunté si los artistas cuyo arte es un tumor falso, una excrecencia artificial relacionada con su verdad personal, los artistas hipócritas, eran mejores que los sinceros. Rank dijo que aún no había podido responder a esa pregunta:
—Tal vez deba escribir un libro para usted para poder responderla.
Sentí una alegría inmensa, desmesurada:
—Eso me encantaría más que escribir mi propia novela.
—Ahí habló la mujer que hay en usted —observó Rank—. Cuando la mujer neurótica se cura, se convierte en mujer. Cuando el hombre neurótico se cura, se convierte en artista. Veamos si gana la mujer o la artista. Por el momento, usted necesita convertirse en mujer.

Ése fue para mí el momento más jubiloso del análisis. También fue cuando percibí o vislumbré a Rank, el hombre, detrás del analista, el hombre cálido, compasivo, clarividente, tierno, generoso. Detrás de los ojos que al principio me parecieron analíticos, ahora vi los de un hombre que había conocido un gran dolor, una gran insatisfacción, que comprendía los abismos más oscuros y profundos, los más tristes.

Fue sólo un instante. Parecía que él también disfrutaba ese tibio momento humano. Tal vez sabía que la mujer se desvanecería rápidamente porque no había un papel para ella, que el papel de la mujer era vivir para un hombre y eso me estaba negado: que vivir fragmentada entre tres hombres era una negación de la mujer. Y que me vería impulsada a volver al arte.

Al escribir, me parece que no capto los matices. Para mí, las aventuras de la mente, cada inflexión del pensamiento, cada movimiento, matiz y descubrimiento es una inmensa fuente de euforia.

Una de las cualidades de Rank es la rapidez de su mente. Es emocionante ver cómo nos arrincona, cómo ataca, cómo magnifica los problemas como un creador cuya tarea es sumar, inventar, multiplicar, extender, no anular por medio del análisis. No arrasa el terreno con el análisis; explora, infunde vida, ilumina, en parte porque no busca una conclusión definitiva, estática. No trabaja en pos de una finalidad determinada de juicio: su objetivo es elevar, despertar, estimular, enriquecer. Siempre veo en él al hombre de los ojos muy, muy abiertos: «Lo ve, lo ve, ¿no? Y hay más...» Siempre hay *más*. Es inagotable. Cuando encoge los hombros, sé que ha descartado lo no esencial. Tiene un sentido de lo esencial, lo vital. Su mente siempre está concentrada; su entendimiento jamás vacila. Expansión. Jubilosa fecundidad de ideas. El don de elevar el incidente a la altura del destino, de hacer fluir las corrientes de la vida.

Todavía me pregunto si no es la *presencia* de Rank, el hombre, lo que imparte tanta sabiduría. Me resulta difícil retener las frases textuales. Su presencia, su ser, trasmiten toda clase de enseñanzas sutiles. Derrota el pasado, su garra obsesiva, con su entusiasmo, su interés y fecundidad, su audacia con las ideas nuevas, su guerra contra el convencionalismo, más que con cualquier frase. ¡Es su vitalidad la que entona los ritos fúnebres! Sugiere vastos y ágiles panoramas: ¡lo cósmico, lo colectivo, lo abnegado! (Dicho sea de paso, es el único hombre sumamente individualista que no es egoísta.)

Lo que más se destaca en Rank es el don de extraer la esencia —la quintaesencia— del pensamiento. De su libro podrían salir cien libros. Pero lamenta no haber escrito una novela: ¡una novela, material destilado, diluido, inflado!

Yo seduje al mundo con una cara cargada de tristeza y un libro cargado de tristeza. Ahora me apresto a abandonar tanta pena. Estoy saliendo de la caverna de mis libros protectores. Salgo sin mi libro. Me paro sin muletas. Sin mi gran compasión disolvente por los demás, en la cual veía las sombras deformadas de una autocompasión aún mayor. Ya no brindo compasión, señal de que ya no necesito recibirla.

Esta noche pienso en un autorretrato para liberar mi yo de la disolución. Pero no me interesa, o tal vez mi yo ya no se puede resucitar. Estoy agotada, gastada, perdida, entregada, vacía.

1° DE FEBRERO DE 1934

—En el fondo, Lawrence me importa un carajo —dice Henry—; estoy buscando mi propio lugar, me estoy explicando a mí mismo.

Está instalado entre los terciopelos y las alfombras de una cómoda habitación en 26, rue des Marronniers.

Sentada ante la máquina de escribir, yo tomaba el dictado para ayu-

darlo a clasificar las citas. Analizábamos juntos el orden del libro (sobre Lawrence). Me dejó ensayar mi propia clasificación.
—¿Te parece bueno? —preguntó.

Los días que pasamos juntos, cuando me absorbe el trabajo de Henry, me siento bien. Pero cuando nos separamos siento la atracción de otras cosas... y eso duele. Las necesidades de Hugh, la vida de Hugh, la casa, los sirvientes, la familia, papá.
Una letanía de cansancio.
Al yo perdido.
Fue Rank quien me divorció y aisló. Rank preguntó: «¿Es mayor su amor a Henry que el deseo de escapar de su padre, de alejarse de él mediante la búsqueda del opuesto? Contemple su relación objetivamente.»
No hay objetividad. Sólo existe el instinto.
El instinto ciego.
Me separé de Hugh. Me separé de mi padre... jamás de Henry. Oscilo pero jamás me aparto, jamás.
Cambié. Nada cambió a mi alrededor. Me hice más mujer. Desde entonces, sigo siéndolo.
Objetos. Casa. Comida. Belleza. Personas. Seres humanos.
Aparte de esto, hay hombres que discuten, hablan, hablan, hablan. Me parece que estoy en una furia femenina. No soy mejor que June o Frieda.

Soy la causante de todos los males. Hugh consultó a Allendy a instancias mías. Las hermanas de Hugh lo consultaron a instancias de él. Se lo recomendé a Hugh aunque sabía que Allendy me amaba. Lo recomendé a las hermanas de Hugh sabiendo que se enterarían de que Allendy me amaba, que en todas partes las confrontarían con mis triunfos.
No me calumnio, simplemente trato de aproximarme a la verdad. Pero siempre hay dos verdades. Mi intención era que Hugh se liberara de mí (para poder irme con Henry), que las hermanas se liberaran de su amor a Hugh, que yo me liberara de la sumisión a mi padre.
Como resultado, conquisté y derroté a Allendy, desperté el odio de las hermanas, caí en brazos de mi padre y até a Hugh a mí más que nunca, porque por segunda vez me eligió contra los deseos de su familia.

4 DE FEBRERO DE 1934

Sentada entre Hugh y Donald Killgoer, quienes creen implícitamente en mi lealtad, escucho sus comentarios (sobre la infidelidad de Elsie hacia Donald), veo su furia, su odio, su humillación y, consciente de que he hecho cosas cien veces más terribles e inteligentes, más nobles y tremendas, todo en escala más vasta, quiero reír. Quiero reír. Si bruscamente confesara todo, Hugh se retorcería las manos como Donald, hasta hacer crujir los huesos, tronaría como él, me maldeciría y trataría de matarme como Donald trató de matar a Elsie, y clamaría: «¡Si sólo hubiera dicho la verdad! Lo que no soporto es la mentira, tanta mentira y disimulo».

Trabajé en tres cuentos al mismo tiempo. Todos los días, en les Marronniers, escribí algunas páginas de la novela June-Henry, la versión definitiva [«Djuna»]. Cuando mi humor era delirante u obseso trabajaba el «Alraune», al que le agregué páginas morbosas, monstruosas. Cuando volvía de casa de papá, escribía unas cuantas páginas de «The Double», un relato que Rank nutrió e inspiró por su intuición del drama.[1] Esta noche, al volver de ver a mi padre, agregué dos páginas. Todas basadas en mi incredulidad, mi total falta de fe en su pretendida fidelidad porque lo juzgo desde mí misma. Mi Doble no puede engañarme.

5 DE FEBRERO DE 1934

Sentada aquí esperando a Louise, después de trabajar durante cuatro horas con Henry en el esquema de su libro. «¡Prepara un gráfico!», dije. Soy ágil, sé qué conviene echar por la borda para no tener lastre en las alas. Pero él no confía en mí como confiaría en un hombre porque no poseo el conocimiento visible. Sin embargo, yo veo, yo sé, y siempre alcanzamos bellas alturas al luchar contra el tremendo fardo de las ramificaciones, las ampliaciones, las distensiones.

El agotamiento me lleva a la serenidad. La inercia del cansancio. Perfecto. Tendida de espaldas, escucho *El pájaro de fuego* mientras espero

---

1. «Alraune» era una versión primitiva del presente libro y «The Double» pasó a ser el título del primer relato de *Winter of Artifice*.

que llamen a la puerta. Olvido los detalles del drama de Donald porque es similar al de Lawrence y Frieda, Henry y June, papá y mamá. Y finalmente, Donald se casará con su verdugo: de eso no cabe duda. Papá a la caza de conchas: es como jugar a la vida en lugar de vivir. Qué poca cosa. Yo busco la verdadera trama de la vida. *El hondo drama.*

6 DE FEBRERO DE 1934

Seis horas de trabajo con Henry. Pensando con él, observando su actividad. Y él se hace tiempo para la ternura y las caricias.

Tan hermoso, el gran árbol en el gráfico. Envuelto en su suave quimono de lana azul marino, Henry piensa, fuma, habla. Sentada en el piso sobre un almohadón, yo tomo notas, absorbo, aprendo, miro cómo Henry devora a Lawrence a fin de engendrar algo que otros apenas han mordisqueado en los bordes. La naturaleza extrañamente dúctil, femenina, de la mente de Henry. El genio es sensibilidad. Y el genio tiene un núcleo traicionero. Eso lo sé. Y en el centro de mis alegrías siempre hay un miedo, miedo de su inevitable crueldad.

Ese período en la rue des Marronniers sigue siendo una especie de prueba. Rank me había quitado el diario el 8 de noviembre. Al principio la mudanza ocupó todo mi tiempo. Pero una vez instalada, todas las noches deseaba el diario como se desea el opio. Sólo quería el diario para descansar en él como en un útero. Pero también quería salvarme. Por eso me esforzaba y luchaba. Me sentaba ante la máquina y escribía.

Una lucha profunda.

Más o menos un mes después, empecé a retratar a Rank en un tomo del diario, pero él dijo que no había resucitado el diario sino, tal vez, una libreta de apuntes. Es una diferencia sutil, difícil de aprehender. Pero la intuyo. Se trata principalmente de *no alimentar la planta neurótica.*

Me sumergí en la vida de les Marronniers. Trabajo. Gente. Nada de comunión con el yo. Y ahora, ni siquiera Rank. Sólo pude lograrlo al encontrarme a mí misma, perdida en mi padre.

En verdad, la relación con mi padre terminó en Evaux. Tuve una premonición de nuestra separación al llorar más de lo que justifica una separación de treinta días. Lo supe.

Cuando nos encontramos en Louveciennes, había malestar entre nosotros. Los dos fingíamos (dos naturalezas idénticas: disimulo, amabilidad). Papá dijo que era por miedo a que nos sorprendieran. Yo dije que era por ver a Maruca todos los días. Rank dijo que era el sentimiento de culpa.

¡Pero cómo separarme de papá sin herirlo!

Mi método consistía en hacerle reconocer gradualmente el malestar y luego sugerir poco a poco la causa posible. Pero el hábito de mentir está demasiado arraigado en él. Ni siquiera es honesto consigo mismo. Me citó otra vez en Evaux, en junio.

Hice una pequeña escena de «no me quieres», puro hábito. Papá, siempre tan elocuente, respondió de acuerdo con su hábito, con una escena de «ya no me quieres... no me abandones». Lloramos, nos besamos y desde entonces no he experimentado un solo remordimiento físico o temblor, ni siquiera celos. Una suerte de fatalismo. Basta de dolores obsesivos, culpa o confusión. Veo todas las diferencias entre nosotros, y en cuanto a las semejanzas, las convierto en literatura. Me siento dura por dentro porque en última instancia papá es menos honesto que yo, ¡es vanidoso, vanidoso, y tan comediante!

En mi relato «The Double», la tragedia se atenúa y el dolor casi desaparece. Queda la indiferencia. En verdad, una honda desilusión, porque él no es el hombre entre hombres. Pero no puedo mantener un término medio: lo amo o lo odio. En este preciso instante lo odio.

Después de una tarde con Henry, llego a casa a cenar con Hugh, Eduardo, la «esposa» de Eduardo, Thomas, Donald; inicio una descripción vivaz de una tarde en casa de los Lowenfels. La panza de la señora Lowenfels (el bebé nacerá en un mes), los seis gatos de albañal, la pregunta de la niña a su padre y la respuesta de Henry («Antes debes definir los términos»), el desorden, la conversación demencial (retazos de lo que escuché en la velada allá). La vívida descripción divierte a todos. (El bebé y la niña tranquilizan a Hugh.)

También inventé que Caresse Crosby, la editora, tiene una casa en Fontenay-aux-Roses, donde suele invitarme a pasar la noche y donde puedo ir cuando Hugh se va porque allá puedo trabajar. Y digo que no tiene teléfono (para que Hugh no pueda comunicarse conmigo). Esto me permite pasar de vez en cuando una noche entera con Henry.

Durante el almuerzo, para entretener a papá digo que la vida en esa casa es la que me gustaría llevar en Louveciennes (Caresse Crosby es la mujer que yo quisiera ser, una viuda adinerada con una editorial). La gente se aloja allí y trabaja todo el día, sólo se encuentran a la hora de la cena. Entonces leemos nuestras obras, las planificamos y nos criticamos mutuamente.

Vivo envuelta en mentiras que no penetran hasta mi alma. Mis mentiras no me han deformado como a mi padre. Mis mentiras son disfraces. Mi alma está intacta; la venera del misterio se rompe y vuelve a crecer en una noche. Pero siempre puedo enfrentar el rostro matutino de mis actos.

En junio, estoy preparada para decirle la verdad a mi padre: «Somos demasiado viejos y sabios para seguir fingiendo. Disfrutemos de nuestra madurez y no fantaseemos. Serás un donjuán hasta la muerte porque floreces sobre la espuma de la conquista. Tu medio es la fluidez, no el absoluto. Entre nosotros no hay sino narcisismo, y yo lo he dejado atrás. Hagámonos mutuamente el cumplido de no mentirnos».

Pero sé que no es tan valiente como yo. Quiere admirarse. Yo lo he trascendido.

Una noche de histeria en les Marronniers.

La opción es pararme en el centro de la habitación y estallar en un llanto histérico... o escribir. Me sentí al borde de un ataque demente, destructivo, de rebelión ciega y furiosa contra mi vida, contra la dominación de la ternura de Hugh, la dominación de mi padre, mi deseo de vivir como una artista libre junto a Henry, el miedo de no poseer la fuerza física suficiente, el deseo de romper todo. Miedo de mi demencia febril y desesperada, la desmesura de mi melancolía. Miedo de la locura. Entonces me senté ante la máquina de escribir y me dije: Escribe, pedazo de cobarde; escribe, mujer demente, desahoga tus miserias, desagota las tripas, vomita lo que te está ahogando, grita obscenidades. Qué es la rebelión: una forma de vida negativa. Crucifica a tu padre. Y es la maldita mujer que vive en mí la que causa la locura, la mujer con su amante, su abnegación y sus cadenas. Si pudiera ser libre, ser masculina y puramente artista. Ocuparme solamente del arte.

Carta al doctor Rank: Además de deberle mi resurrección, estoy en deuda por su gran inspiración. Jamás podré decirle hasta qué punto he comprendido y admirado la sutileza y la rapidez de su percepción, su lucidez y su sabiduría, la amplitud de su simpatía. Estoy profundamente agradecida. Y anoche usted triunfó por completo. Tuve el diario en mi mano, pero no escribí en él ni jamás lo haré. He puesto toda mi fe en usted.

14 DE FEBRERO DE 1934

Invitan a Henry a almorzar en casa de papá. Un encuentro interesante. Papá está incómodo y Henry, naturalmente complacido, demuestra respeto, humildad. Papá dice al entrar: «Éste es el monstruo que creó a Anaïs, el fenómeno».

Henry se sirve el postre en el bol de enjuague, para regocijo de Maruca. Está muy conmovido por la casa, los archivos de papá y su laboriosidad. Es lo que desea: un hogar, una vida organizada.

Me estoy convirtiendo en una especialista en el mundo de los sueños. Henry reúne sus sueños y los escribe, transforma, amplía como remate de *Primavera negra*, una recapitulación del libro. Yo esperaba los momentos en que salía del ensueño.

Carta al doctor Rank: Quiero hacer una confesión: cuando le dije que estaba segura de que usted no me abandonaría, ¡no tenía tanta certeza como usted pensaba! Era porque mi marido me mostró que existe una fuerte afinidad entre su horóscopo y el mío. Por eso, cuando usted dijo hoy a la ligera que le enviara una nota con mi nueva dirección, estaba muy afligida. Pensé, ¡tal vez confío demasiado en la astrología! Por favor, avíseme cuando se haya curado. Ojalá pudiera serle tan útil como usted lo fue para mí. El jueves estaré en 49, avenue Victor Hugo. Pero antes lo llamaré por teléfono para tener noticias. Con mis mejores deseos.

Al comprender que me entrego tan fervientemente a los seres que amo, me esfuerzo por diferenciarme de Henry, separar las tramas de nuestra obra, que se han fusionado. Debo salvar mi individualidad. El amor se traga incluso a la artista que hay en mí. ¿Es una buena señal?

Rebelión de la mujer artista, a quien, por comprender el trabajo de los hombres y ser menos absorbente que nadie, no se la trata como mujer. La mujer primitiva, que absorbe toda la vida del hombre y detesta su trabajo, consigue todo lo que quiere. A mí me aman los egocéntricos porque me ajusto a los esquemas de sus creaciones. Y estoy cansada del amor egocéntrico. Cansada. Mortalmente cansada. No pido que el hombre abandone su trabajo por mí. Entro en el trabajo, lo alimento, lo apoyo, pero cuanto menos pido, más se me trata como colaboradora. Estoy harta de eso. He cumplido ese papel de maravillas. Soy la mujer a la que acuden los hombres cuando se cansan de la mujer primitiva. Pero esa mujer primitiva que rabia y brama y exalta sus derechos, que destruye y desdeña la obra, esa mujer siempre consigue la mejor parte de la vida de los hombres. Ellos vienen a mí cuando quieren crear, cuando anhelan un poco de paz y comprensión, y estoy cansada de ese bello papel. Me halagan y elogian porque no soy *encombrante*, porque me ajusto a su esquema. Y matan a la mujer que hay en mí.

Sueño: Llego al apartamento de la avenue Victor Hugo que hemos decidido alquilar y empiezo a instalarme. (La mucama) Teresa está lavando en la cocina. Voy al dormitorio y encuentro un hombre dormido en la cama. Muy sorprendida, salgo en puntas de pie para no despertarlo y voy a la cocina. Entonces vienen dos hombres que se disculpan por no haber entregado el apartamento a tiempo, dicen que lo harán ahora mismo y yo digo muy amablemente que no hay prisa. Son muy galantes, pero no sé quiénes son. Uno se parece a Rank. Quiero invitarlos a quedarse, pero temo la reacción de Hugh. Desde la puerta de la cocina veo que el apartamento es en realidad una casa construida sobre un río. Desde la entrada parte una bella senda de baldosas bordeada de flores, pero no puedo caminar sobre ella porque se hunde bajo el agua. Me dicen que el río ha crecido demasiado, hasta anegar la senda, que vista bajo el agua transparente me parece muy poética. Entonces voy al estudio y miro por la ventana. Los cimientos de la casa me parecen muy sólidos, aunque la corriente del río es torrencial. Más o menos cada hora, la casa gira sobre sus cimientos como el solarium de Aix-les Bains, siguiendo al Sol. Contemplo la maniobra, sorprendida de que se pueda realizar sin problemas en un río atestado de botes y nadadores. Mi padre se sienta conmigo en el sofá, muy ardiente aunque mamá está ahí. Veo que empieza su reconciliación. Se escriben mensajes en una libreta. Pero escriben los nombres de personas cuya lealtad está en duda. Mamá escribe nombres y papá menea la cabeza. Luego él escribe nombres y mamá pone cara de que sabía que se había equivocado respecto de su lealtad. Mamá escribe la palabra *Alazabel* y papá dice que no. Me pregunto cuándo empezarán a reñir, pero no lo hacen. Papá traspira y se muestra muy natural... se me ocurre que como Henry. Hay muchos gatos y está el perro Banco. Quiero que salgan los gatos, pero le temen al agua. Me parece maravilloso vivir sin miedo en una casa sobre el agua, con mis diarios y todo, lo que antes no me habría gustado.

Asociación: *Alazabel* es un miembro del Cuarteto Aguilar, amigos de papá. La casa sobre el agua parece un castillo en Touraine, construido en medio de un río torrencial: al verlo sentí miedo porque me pareció que el agua lo arrastraría. Gatos y perros en la casa: antes temía que treparan sobre mí. Ayer pensaba invitar a Don a vivir con nosotros para reducir los gastos del apartamento, y porque es tan joven y solitario.

Rue des Marronniers. Habitación sobre el patio. Música intermitente desde un fonógrafo de abajo, que toca *Please*, y desde el conservatorio. La mujer de al lado se suena la nariz con un ruido de trompeta. Gran máquina de escribir. Sobre el tablero de dibujo, el mapa de «El mundo de Lawrence», dibujado por Henry. El libro de Jung, el de Sumner sobre costumbres populares, *La montaña mágica* de Thomas Mann, la guillotina de papel de mi padre, el fichero con las trescientas fichas que reunimos Henry y yo. El despertador de Henry. Cuando está de humor para la vida en común, trabaja en mi habitación y se acuesta conmigo. Cuando prefiere su independencia, duerme en su habitación y va al café después de medianoche, cuando yo tengo sueño. No bebe. Se adapta a un ritmo más pausado para cuidar su salud. Cuando escribe, habla consigo mismo. Es ilógico y contradictorio. Pero todos los detalles se pierden en la gran extensión de nuestra vida en común. Todo se agranda en trazos bellos y amplios, en curvas y ritmos. Hay una continuidad y profundidad mágicas. Es esa vida plena que la mayoría de la gente busca en vano. Todo lo demás es pequeño, fragmentario, no profundo (Henry lo dijo). En esa vastedad pierdo mis pequeños temores, pequeños caprichos, pequeñas dificultades, obstáculos. Puedo soportar esta vida mayor y entregarla a mi yo *más grande*.

4 DE MARZO DE 1934

Visité a Hugh, quien me recibió como a una amante nueva y preciosa. Tomamos una decisión importante: conservaremos Louveciennes para vivir allí de abril a octubre, luego cerrar la casa y vivir en París de octubre a abril.

Me había atormentado el miedo de perder Louveciennes. Es el símbolo de la *creatividad en la vida*. Un hogar. Una base para la vida y la creación. *Un foyer*. Sueño con vivir allí con Henry y llevar a todo el mundo allá. Sueños que he resuelto realizar.

6 DE MARZO DE 1934

Terminé la novela. Sólo faltan los últimos detalles y las correcciones de Henry. Mil páginas de diario han dado lugar a una novela breve. El diario contiene muchos elementos que el arte elimina. Veremos qué sucede con «The Double», la experiencia que siguió al episodio de Henry y June. Es menor en el diario y mayor en la literatura. *Allons voir.*

Richard Osborn escribe a Henry: El otro día en el cine vi a Kay Francis en *Mandalay* y me pareció igual a Anaïs: alta, lánguida y hermosa, con ojos asombrados y un espíritu profundo y apasionado, un bello ceceo en la voz, franca, tímida, honesta y muy sutil; la clase de mujer capaz de ponerle en orden las tripas a un hombre cuando parecen estar revueltas sin remedio.

Henry y yo hemos creado un mundo, pero nadie cabe en él sino Rank. Henry está harto de Lowenfels y de todos. Cuando lo conocí, no le importaba si un amigo cabía o no en su mundo, porque no era consciente de él. Todavía no había nacido.

8 DE MARZO DE 1934

La crítica me aplasta. Cobarde. No puedo soportarla. Me parece que Henry está desilusionado y que el libro es pésimo. Nada de confianza en mí. Terror inmenso, desmoralización total. Mi mayor debilidad. Un infierno.
Al día siguiente destrozar el libro y elaborar un esquema nuevo. Quiero liberarme del libro. Me devora.

11 DE MARZO DE 1934

Introduje un cambio grande, audaz. Inventé toda una escena con Henry que llamo «la descomposición del narcisismo».

12 DE MARZO DE 1934

Asoma la fiera. Camino de la casa de papá yo sabía que iba a estallar, que no le permitiría ir a España sin informarle que lo había abandonado: me adelantaría a él para despojarlo de las alegrías de esa tonta cacería de conchas, hacerlo sufrir antes de que me hiciera sufrir a mí.
Los dos tigres. Le entrego los boletos de ferrocarril que me pidió: «Que no los vea Maruca», digo irónicamente. «El agente de viajes dice que no hay camarotes para dos en el tren.»
No me importa el dolor. Sólo pienso en el libro que escribiré, el más difícil, el más terrible. En lugar de escribir el diario, trabajo rápidamente cuatro páginas, reproduzco nuestro diálogo fríamente y con toda precisión. Anoto todo, con toda frialdad. No me importa. Enciendo la radio: jazz. En el fondo me importa, pero a pesar mío. Quiero sofocar la compasión. Siento que soy implacable y estoy llena de crueldad. Una crueldad inmensa. Quiero llamar a papá por teléfono, hacerle escuchar el jazz y decirle: «Aquí estoy. Me he alojado a pocas cuadras de tu casa, con Henry. Bajo tus propias barbas». Bajo las barbas de Allendy. Bajo las

de todo el mundo. Ahora me he vuelto una fiera. Martirizaré a los hombres. Entonces, al escribir el libro, observo todo. Ni el menor derroche de emoción. Nada de neurosis. Arte. ¡Implacable, impersonal! Quiero escribir el libro más vil sobre el incesto: crudo, real.

Percibo claramente el monstruo que hay en mí. Exceso de dulzura en la novela June-Henry. Falta el espíritu diabólico de la traición que me impulsa. La crueldad es necesaria.

Pero la mía cae como un rayo. Me arrojo de improviso sobre la gente. Nada les permite anticiparlo. Volcanes. Nada permitiría a mi padre anticipar que yo sería implacable con él. Piensa que él jamás se mostró tan terrible como yo... pero sé que no es verdad. Él también es una fiera, y su sensibilidad y sus lágrimas son pura debilidad, como las mías.

Autoafirmación: injusta... cruel... necesaria. Debo ser fiel a mí misma. En mí hay una salvaje... una mujer primitiva... una salvaje... sin piedad. Tuve que estallar. No me importa que papá esté enfermo. Se enferma para pedir compasión. Trabaja hasta el agotamiento por la gloria, la vanidad, los títulos, la admiración: *no* para proteger a Maruca ni pagar su nivel de vida, porque entonces debería privarse del peluquero a domicilio, del médico a domicilio cuando tiene una infección, del Chrysler y las grandes propinas... mientras ella se priva de todo. Trabaja, ay, tanto, para viajar en pullman de lujo y alojarse en el Ritz... me da asco. Su vida no tiene sentido ni brújula. Es pura forma, apariencia, estilo, superficie.

Cuántas cosas le echo en cara. Con rabia. Sin ambages. Con crueldad.

16 DE MARZO DE 1934

La victoria fue sólo mía. Parto final. Nacimiento de la diferencia entre papá y yo, por consiguiente, el parto de mi individualidad aislada. Papá me decepcionó. Después de nuestra escena, cuando se enfermó y permitió que aflorara mi compasión, cuando bajó a decir con aire trágico teatral: «Quiero decirle a Maruca que pedí un camarote doble», demostró que no había comprendido en absoluto el meollo del problema. No veía nada. Se refugiaba en la imagen que Maruca tenía de él, de hombre sencillo, leal, sincero, honrado. «¡Lo que más me duele es que me llames mentiroso!», dijo en su presencia. ¡En presencia de Maruca, con toda conciencia de lo que él es! Un ángel afable, hipócrita.

Pero mi espíritu combativo se había agotado. En medio de mi desesperación, frustración, impotencia, estallé en un llanto histérico, salí de la habitación y fui a una ventana abierta, porque me faltaba el aire. Entonces vino él, el ser pueril, con ese llanto débil, esa voz femenina y plañidera que tanto detesto. Y nos reconciliamos. Capitulé; lloré. Nos reconciliamos mientras yo abandonaba todas mis esperanzas, mi deseo de una relación plena y honesta. Él quiere mentiras alegres. Es débil y pueril. Habla en otro idioma. Otra vez busqué un igual... y sólo encontré diferencias.

Estoy resignada, cansada, apática. Cansada de todo. Descompuesta y febril. La vida no tiene sabor. Sólo el sabor de la desilusión. No le encuentro sabor a Henry ni a esta casa ni a mi trabajo. Henry es arena pura. No se puede construir con él. No encuentro un lugar donde construir una relación humana fuerte, muy fuerte. Henry no es un esposo sino un vagabundo. No se puede construir con él. «En el fondo es traicionero.» No puede ser de otra manera.

Por consiguiente... el diario... el yo... la soledad... la soltería. Al diablo con las relaciones humanas.

Mientras escribo la novela me alegro de contar con una vía para escapar de todos ellos. Escape. Fuga.

La *escena* siempre sigue las mismas pautas: las de mi destino. En apariencia siempre sufro la falta de amor. Jamás se me ocurre que engaño o traiciono. Sólo soy consciente de la traición del otro. Se me ha moldeado para recibir el dolor: no puedo evitarlo. Sin embargo, puedo infligir dolor. Basta que revele todo a Hugh, a mi padre, a Henry. Sin embargo, no siento la tentación de hacerlo.

¡Rank! Cuánto lo echo de menos. Es tan bueno, comprensivo, firme, serio.

27 DE MARZO DE 1934

He envejecido, estoy un poco cansada, me he vuelto un poco irónica. Puse todo de mí en la novela, y ahora sé que no estoy satisfecha, que escribiré un libro mejor. Hay menos de Dios en el hombre de lo que había pensado; la necesidad de un dios no humano, la autodependencia. Pero no puedo acostarme con personajes no mitológicos como Don.

Cuando le permití viajar a Milán sin darle lo que deseaba, al muchacho apuesto y magnético, supe que sólo puedo dejarme poseer por bestias mitológicas: artistas, magos, poetas.

Ahora que sé que no tendré una relación profunda con mi padre, estoy hastiada de *toda* la vida. Me parece que estoy detenida por completo. La única salida es el arte. Libros y más libros. Nada de introspección.

Sueño: Joaquín o Hugh cae de un caballo. Me lo traen todo trozado sobre una bandeja de plata. Es un pollo. Miro la cabeza, las patas, las alas, todas separadas, y digo: «No es posible que haya muerto». Se llevan el plato. Alguien dice: «Todavía respira».

Sueño: Rank y yo escuchamos un disco. Bruscamente toma la cabeza de la púa y la arrastra sobre el disco con fuerza, rayándolo. Admiro su energía. «Ahora dará mejor música», dice. Le permito hacerme el amor y soy muy feliz. Pero bruscamente me aparto y me miro en el espejo: *tengo barba*.

Interpretación de Eduardo: El disco es como el destino, con sus giros fatalistas. Rank *interfiere* con el destino: actúa como un dios para modificarlo. Entonces quiero entregarme a él. Pero veo que soy un hombre. Quiero ser un hombre para poder hacer lo mismo.

Notas: Discurso de Henry sobre cómo será cada vez menos beneficioso para mí.

Sentimiento de piedad por mi madre. Me vuelvo mujer, individuo y luego *amiga*, no hija, de mis padres. Comprendo a mamá, siento lástima, simpatía. Porque soy un ser singular. Ya no necesito *luchar* por la independencia. Amistad.

Amistad con Eduardo.

Discusiones con Henry sobre sus críticas. Las combato, pero con sensatez. Siempre llegamos a alguna conclusión, ¡y siempre tiene razón!

Siento *menos amor* por Henry: ¿acaso es madurez? Me *preocupo* menos. Lo miro con un poco de ironía, un poco de tristeza. En el fondo, estoy sumamente triste. Aislada. Cansada. Pasiva. Indiferente.

Ya tengo en mente el *otro* libro. Se llamará *Don Juan y su hija*.

Todos los apuntes quejosos se deben a problemas de salud. Desde luego, la salud, esa hija de puta, siempre me falla. Malhumorada; amarillenta; desabrida... nada, no me hagan caso.

28 DE MARZO DE 1934

Fecha importante: Henry y yo volvemos a nuestro plan inicial —el que trazamos en el jardín en Louveciennes— de ser nuestros propios editores.

Kahane nos ha fallado, tanto comercialmente como en la lealtad y la fe en Henry. Bradley llama a Henry *poète maudit* y ha dejado de interesarse por él.

Antes que verlo sufrir una nueva frustración (que no será la última, ya que todos sus libros tendrán el mismo problema), prefiero quebrarme la espalda con tal de enviarlo a la estampa. Él y yo, solos contra el mundo. Fue necesario eliminar a Lowenfels, apenas un escritor más que veía en mí una fuente fructífera. El instinto le dice a Henry que debe cuidarse de Lowenfels. Sobre todo, simbólicamente, debe aprender a pararse sobre sus propios pies. Sólo yo iré con él hasta el final del camino. En lo más profundo de su ser desea la independencia. Yo quiero dársela. Lo quiero libre y fuerte.

Una corporación cerrada, dijo. Él y yo: uno. Bailamos, gritamos, reímos. Nos sentimos tan libres. Nos enfurece tanto ver a todo el mundo vacilar, retorcerse, los ojos puestos sólo en la ganancia: el dinero. Todos se preocupan por el dinero, temen el riesgo. Lo más justo es que Henry y yo nos ocupemos directamente de todo.

Apenas se sintió libre otra vez, Henry recuperó el coraje y la ambición.

Mi intuición sólo se extravía porque estoy celosa de *todas* las mujeres. Imagino que *cada* mujer será la que robará mis amores... ¡todos mis amores! ¡En eso soy ciega como un topo!

Domingo de Pascuas, Louveciennes. Bajé a tierra con mi absolutismo y exageración habituales. La casa. Sucia y descuidada. Me puse a limpiarla de arriba abajo, del altillo al sótano. Terrena y doméstica. Manos sucias y ásperas. Pero la casa limpia hasta el último rincón, grieta y armario. Gran alegría sana y exuberante. Ningún pensamiento. Comida. Orden. Organización. Archivo. Cuidados. Trabajo manual. Orgullosa de mi casa como de mi obra. Preparada para acometer los últimos detalles de mi libro con una mirada fresca y renovada.

Me siento muy marcial y aterrada por los efectos de mi autoafirmación. El amor por Hugh se transforma en odio. No soporto su proximidad, sus derrotas, su deseo de mí. Necesito la independencia.

Basta de dulzura hipócrita. Basta de *adorar* a un hombre... al hombre. Ya no soy la esclava.

Llena de fuerza, como la fuerza de mis manos lastimadas.

15 DE ABRIL DE 1934

Ahora sólo me fijo en los puntos salientes. Terminado el análisis, triste por no poder hablar con Rank. Echo de menos el hombre, su intensidad, su lucidez; me siento tan apegada a él.

Lo invité a cenar aquí con Henry. Una velada decepcionante en la que una señora Rank fría, tajante, pétrea, cortaba las alas de todo el mundo. Pero Rank habló tal como escribe (una sinceridad característica de él entre lo que dice y lo que escribe). Como siempre, Henry quebró la tensión y endulzó el ambiente con su manera de disfrutar de la comida.

Adoro a Henry más que nunca. Es el hombre que jamás ha derrochado su voluntad: nada de torcerla ni forzarla, sino dejarse crecer y desear sólo la creación (la *volonté du bonheur*, un tema de Rank). Describiré nuevamente a Henry en mi próxima novela. Siempre a Henry.

Necesito otra vez el diario para recuperar el contacto con la verdad. Sólo he tenido contactos ocasionales. Me he entregado a la ilusión. Vivo dentro de mi obra.

Preveo un viaje a Londres con los libros de Henry.
El 7 de abril envié mi original a W. A. Bradley.

Muy poca introspección. Una semana por mes estoy decidida y totalmente loca, pero consciente de ello. Susceptible hasta el delirio, loca de celos, tan desesperadamente desilusionada que quiero drogas y alcohol. Pero sigo a la deriva. Y una mañana, al despertar, estoy cuerda, sin motivo.

En mi casa reina un orden ejemplar. He arrojado lastre, originales, copias, cartas viejas, para sentirme ligera y poseedora de pocas cosas.
Pobre mamá, con su amor melancólico, instintivo. Ella ha sufrido; papá, no. Él no es tan íntegro como para sufrir.
Hugh trazó el horóscopo de Rank antes de conocerlo. Precisión total.
Telegrama de Rebecca West: «Muchas ganas de verte. Estoy escribiendo».

22 DE ABRIL DE 1934

Los celos como un mal específico. Puesto que Maruca se siente fuertemente atraída por Henry, imagino que él responde. Durante un día y una noche estoy torturada, obsesionada. Voy a verlo. Me recibe en la cama, preparada para que yo me tienda a su lado. Dice que Maruca es una imbécil. Mis temores se desvanecen al instante.

Llego a casa donde me espera una gran cena y paso una velada tranquila y alegre. Durante la cena, sonrío al recordar las caricias de Henry.

Toda mi felicidad está en sus manos. Depende totalmente de él. Es aterrador, hermoso y trágico.

Se ha mudado al centro de la ciudad, una rebelión contra el aburrimiento de Auteuil.

Pasé la noche en un cuarto feo que a él le gusta por su fealdad. Recorrí calles sórdidas, lúgubres, con él.

—¿Estás cómoda? ¿Estás abrigada? —pregunta antes de dormirse. A la mañana, apenas despiertos, nos abrazamos estrechamente.

Desayuno con Henry en el café frente al Métro Cadet, ¡el mismo donde conocí a Allendy!

Voy a Londres sola, por Henry y también para escapar de Henry, porque quiero mantener viva en mí la independencia necesaria para conservar la suya. ¡En ninguno de mis amores he demostrado tanta valentía y grandeza!

25 DE ABRIL DE 1934

Camino a Londres, camino a toda clase de realizaciones. Antes de partir, asesto un golpe cruel a mi padre: le digo a Maruca que estoy tratando de separarme de Hugh para casarme con Henry. Le hablo a Maruca de mi amor por Henry, consciente de que se lo dirá a papá. Le escribí una carta de despedida en la que me referí vagamente a la frustración de nuestro sueño.

Antes de partir, también conquisté a Kahane con un discurso maravilloso: publicará *Trópico de Cáncer*, pero yo debo pagar la impresión. Fui valiente, resuelta, elocuente.

Impulsada por esta valentía, visité a Sylvia Beach, Anne Greene y Rank. Rank me aplaudió. Hablando sobre mi vieja y todavía vigente pauta de vida, la pauta del dolor, dijo que tal vez podría liquidarla por medio del libro sobre papá.

Ahora me llevo bien con toda clase de gente, y sólo pido una chispa humana.

Ya no asusto a la gente común, pero, *par contre*, me asusto a mí misma, porque la única manera de terminar con el papel de víctima es hacer víctimas de los demás. Me veo usar y engañar a Hugh así como June engañaba a Henry. Me veo haciendo una víctima de mi padre, tal como él me hizo a mí.

Pero sigo adelante. No me detengo a juzgar. Tomo el tren simplemente porque estoy llena de planes visionarios para Henry y para mí. Debo buscar a un hombre llamado Cecil Wilson, que se me apareció en un sueño para servirme. Soñé el número de mi próximo billete de lotería, el 1912 N.

La angelical Maruca me odia. Despierto malos instintos, miedo, celos.

Sentada en una silla de lona, en la cubierta de popa de segunda clase, bajo la mirada tierna de un joven marinero inglés, escribo algunos titulares para mi diario. Sueño que Rebecca West y yo nos amaremos.

Llevo en una carpeta el «autorretrato» de Henry (*Primavera negra*), el original de su libro sobre Lawrence y el recuerdo de una despedida muy fogosa. El hermoso cuarto feo, el frío intenso, pero una cama tibia, manos tibias y los celos de Henry por lo que sucederá a la «suavidad perpetua» en Londres.

Joaquín no puede leer mi novela por sus celos de Henry. Maruca dice que papá está de pésimo humor; Hugh se aferra a mí y Henry se aferra; Rank es tierno; la memoria de Allendy es fiel; Eduardo está amari-

llo de celos: «No te pagaré mi alquiler, Anaïs, porque no soporto que Henry reciba mi dinero».
Tengo una lombriz solitaria afectiva. El alimento nunca me alcanza. Bueno, puedo devorar todo Londres.

27 DE ABRIL DE 1934

Todo está listo. Mi corazón latía con fuerza cuando me presenté en la mansión de Rebecca West. El portero del vestíbulo echó una alfombra bajo mis pies cuando bajé del taxi londinense, de chasis alto como el lomo de un camello.

Salón estilo Imperio. Señorial y frío, de inmensos ventanales saledizos con vista a Londres.

Entra Rebecca West *en coup de vent*, ojos rápidos y brillantes —«¡Usted parece una princesa rumana!»— y me bombardea con preguntas, sentadas ante un hogar eléctrico. Ojos brillantes, de mirada suave e inteligente. Pola Negri sin belleza y con dientes ingleses, torturada, con una voz tensa, aguda que me lastima. Nos encontramos sólo en dos niveles: inteligencia, humanidad. Me gusta su cuerpo de madre. Pero excluye todo lo oscuro. Está profundamente inquieta. La intimido. Se disculpa por el pelo revuelto, por su cansancio.

Almuerzo delicado y formal con su hijo de diecinueve años. Estoy un poco insensible a causa del *encaustique* y la atmósfera de *grand monde*, que detesto. Pero ella es real cuando no habla. Cuando no habla resplandece, zorra y madre de manos callosas, vestido color verde que le sienta mal, casa bellamente decorada que no expresa el espíritu de nadie.

Explico mi misión. Hablo sobre los libros de Henry.

Rebecca West me invita a cenar y conocer a varias personas: un editor norteamericano, un dramaturgo inglés, la sobrina de Somerset Maugham.

Cuando llego, Rebecca me parece una suntuosa mujer renacentista con su vestido de terciopelo negro bordado de plata y sus senos muy grandes bajo el escote cuadrado. Al pararse deja caer el pañuelo:

—Dejo caer mi pañuelo ante usted —dice—. Es un homenaje a usted, ¿no?

Ahora arde un fuego de leña verdadera en el hogar. Las otras dos mujeres son muy decorativas. Es la sobrina de Maugham y no Rebecca West quien habla mucho, chispeante y alegre, con ojos maliciosos y boca pulposa. Me fascina su vivacidad, y me dedica su humor burbujeante. La conversación es culta, en ese detestable tono indiferente que dice: «sabes, de un modo u otro, la verdad es que me da lo mismo». Pero esa noche disfruté todo, incluso el helado rosa y los bizcochos rosas, sabiendo que el rosado era un toque decorativo que no agregaba nada a las vitaminas. Rebecca West siente y actúa como lo hacía yo en mi período pre Rank, un poco distraída, un poco inquieta, deseosa de deslumbrar pero demasiado tímida para hacerlo, nerviosa, incapaz de hablar ni remotamente tan bien como escribe. Sentí gran simpatía por ella pero no pude demostrarla, porque cuando le dije: «No, no vendré a visitarla cuando usted vuelva del dentista después de una extracción porque estará cansada», ella hizo una mueca de disgusto, se acomodó el pelo con gesto angustiado y preguntó: «¿De verdad tengo un aspecto tan deplorable?».

Llamó a su agente, el señor Peters. Llamó a Jonathan Cape. Llevé los originales a Peters. Ella no tuvo tiempo de leerlos.

Hoy pasaré la tarde con ella. Luego debo partir, porque mi provisión de coraje se agota. Estar sola en Londres (me niego a ver a nadie que no me interese realmente). Comer sola. Todo eso me duele un poco. Los hombres me persiguen con sus atenciones y a veces me siento tentada. Aventura. Nada estuvo totalmente a la altura de mis exageradas fantasías.

Sábado. Almuerzo con Rebecca. La presencia de su hijo. Cada vez más decepcionada por su asexualidad, su prosaísmo y su último libro, sobre san Agustín. No sé por qué esa clase de gente y sus escritos me dejan con hambre. Me causan un dolor afín al hambre, tanto afectivo como mental. Tal vez más afectivo que intelectual. No quiero ideas sino la vida. Cuando le entrego mi novela, quiero llegar a Rebecca West, a las emociones de la mujer.

Tal vez lo que ha despertado Henry es mi vida afectiva y sensorial, que rechaza el alimento puramente intelectual. Me encuentro paseando por las calles de Londres como lo haría Henry, fascinada por las casas, las ventanas, las puertas, la cara de un lustrabotas, una puta, la llovizna deprimente, una cena de gala en Regents Palace, la taberna Fitzroy. Sólo la mirada de los hombres me corta las alas, porque siento que me dejaría vencer fácilmente y no quiero una aventura banal. O tal vez sólo soy cobarde. Mi imaginación corre desenfrenada, pero no puedo responder al interés de un transeúnte.

Lógicamente, Rebecca West admiró el libro de Henry sobre Lawrence y no comentó *Primavera negra*.

La última tarde trajo consigo la vida.
Rebecca vino sola. Yo acababa de leer su libro. La conversación en el taxi fue tumultuosa y brusca.
—¿Qué clase de educación ha recibido? —preguntó.
—Pésima —respondí. Y le hablé sobre mi infancia.
R: —Lo mismo que yo.
A: —¡Pero usted me parece una persona extraordinariamente culta!
R: —Autodidacta. Mi padre desapareció cuando yo tenía nueve años, nos abandonó.
¡También ella! Un torrente de preguntas. Estaba a punto de ingresar en la universidad, cuando sufrió un quebranto de salud. Era pobre. Era actriz. Escribía críticas. Se fugó de su casa con un hombre.
La cena en Ivy's se volvió irreal. Me sentía conmovida y desasosegada. No hablé bien, pero nos entendimos.
Rebecca me dedicó su libro: «Para Anaïs Nin con amor». Se disculpó por tomarse tanta confianza, cuando a mí lo que me fascinaba era su espontaneidad.
Esa noche conocí una nueva Rebecca y pude agradecer ese deseo en mí de ver a la gente desnuda y tal como es, despojada de la aureola social y convencional, libre de poses y alterada de emoción.
Su pasado y el mío crearon una de esas vías rectas que nos permitió llegar en un instante al punto que otros tardan años en alcanzar.
Al despedirnos, nos besamos con gran afecto. Brillaban sus inteligentes ojos pardos, su voz irlandesa era un susurro.
Partí de Londres antes de tiempo. Había llegado a las alturas y tenía miedo. Es verdad que no tenía dinero; es verdad que había hablado con las personas que interesaban a Henry; pero es más cierto aún que obedecí a un motivo de fuga. Miedo de cansar a Rebecca, de aburrirla. Ni más ni menos.
Me causó la mayor sorpresa que he recibido jamás, en relación con mis escritos:
—Lo que me desconcierta —dijo durante la cena— es que haya ve-

nido a Londres con dos originales de Henry Miller, cuando usted es mucho mejor escritora que él, mucho más madura.

La sorpresa me dejó muda. Ensayé una tibia protesta. Estaba azorada. No. Deben de ser sus prejuicios. No, no. Se equivoca.

Y sólo había echado un vistazo a mi novela, que acabé por mostrarle cuando comprendí —intuí— que era mi amiga.

Y sentada frente a ella, comprendí que no quería hablar sobre Henry Miller.

Y también intuí que Henry jamás me lo perdonaría... si se enterara. Bruscamente comprendí que Henry no me querría mejor que él. Que su amor moriría.

Fui derecho a él el domingo a la noche. Engañé a los demás con cartas, etcétera, para pasar la noche con él.

Me recibió jubiloso, con pasión. Se había dedicado a corregir *Trópico de Cáncer*, a reconocer sus defectos con humildad y a trabajar afanosamente.

Cuando repito las palabras de Rebecca ante Hugh y Eduardo, ambos responden: «Por supuesto». No les creo. Odian a Henry.

¿Y Rank? ¿Qué dirá Rank sobre Henry como pensador? Un día me preguntó: «¿Por qué Henry escribió sobre Lawrence y usted ya había escrito sobre Lawrence? Una coincidencia curiosa».

Su pregunta me ofendió porque bordeaba una duda, una duda demencial que suele asaltarme. Las mejores páginas de su «Autorretrato» vienen de «Alraune». Sólo que son más fuertes, muestran una expansión masculina. Pero nos imitamos mutuamente. Es infernal. Todos nos imitamos recíprocamente.

A mí me inspiró Rimbaud, ¿no?

La pregunta es: ¿Es Henry un gran escritor?

No he hecho lo suficiente por él si aún es primitivo, inmaduro, tosco, disparejo, defectuoso.

4 DE MAYO DE 1934

Imposible. No puedo reescribir mi infancia porque ya la he escrito. Por eso, cuando conversaba con Henry, tuve la idea de traducir el primer tomo del diario (iniciado en 1914 en francés) al inglés. Presentar el primer tomo y luego, veinte años después, la historia reciente del Doble en forma de diario.

Enfrento los mayores problemas técnicos.

Me alienta la deslumbrada admiración de la señora Bradley por el tomo uno.

Horace Guicciardi dijo: «Confieso que su libro me atrapó. Tuve que leerlo hasta el final, aunque no me gusta el tema. "Mandra" es usted, sin duda. Domina todo el libro, aunque trató de eclipsarla. El hombre es irreal, borroso: sólo es importante porque usted lo ama. La mentalidad de Mandra despierta un gran interés. Es un libro muy femenino, la lógica de la emoción».

Camino feliz por las calles, meditando sobre mi nuevo libro.

Le tomo el pelo a Henry por llenarme la cabeza de calles. Pienso en las calles. Me dejo vivir. Quiero conocer a mucha gente, poseer un mapa de realidades así como Henry tiene mapas de París y Brooklyn.

Fui yo quien le enseñó a Henry que las calles en sí no tienen el menor interés, que requieren la alquimia de un drama, una emoción. Fui yo quien despertó al hombre que camina por esas calles: nada de mapas anónimos sino mapas de realidad, materia, forma y significado.

Hugh advierte mi independencia, visita a Rank y se entrega a sus cuidados.

14 DE MAYO DE 1934

Inquieta. Nuevamente en busca de intensidad, fiebre, torbellino. Todo es demasiado lento. La correspondencia con Rebecca West es imposible. Como a June, le encantan los cables y telegramas.

Veo mucha gente. Anhelo sensaciones. Imagino. Deseo. Estoy llena de inmensas curiosidades.

Cuando me siento triste por papá, escribo. Cuando lo anhelo, escribo. Cuando siento remordimientos, escribo.

18 DE MAYO DE 1934

Atraje sobre mí la maldición de los dioses. Me dolió enormemente la reacción de Rank después de leer el libro de Henry sobre Lawrence: —No veo *dónde* aparece Henry en todo esto.
Comprendí que me había deslumbrado la desmesura de Henry, sus largos discursos, su acumulación de notas, sus larguísimas citas, etcétera. Es una tragedia, porque Henry es su propia víctima, se ha engañado a sí mismo tanto como a mí. Hemos vivido de una inmensa ilusión. Es verdad que una vez dijo: «Me pregunto si de verdad hay algo de mí en este libro».
Desde luego, todavía no estoy convencida de que Henry no haya producido nada. Rank juzga el contenido y Rebecca la falta de arte, pero aún queda un ser increado, indefinido, que se esfuerza por nacer y al que aún no he parido.
Esto es tanto más trágico para mí por cuanto al mismo tiempo he descubierto que llevo en mi seno el embrión de la criatura de Henry. Quedé embarazada hace cinco o seis semanas. Pude confirmarlo hace dos días. Sé que es hijo de Henry, no de Hugh, y debo destruirlo. He experimentado la mezcla más terrible de emociones: el orgullo de ser madre, mujer, totalmente mujer, el amor de una creación humana, las posibilidades infinitas de la maternidad. He imaginado al pequeño Henry, lo he deseado, rechazado, evaluado frente al amor (porque debo elegir entre el niño y Henry). He experimentado la tristeza, la euforia, el dolor, el desconcierto. He detestado la idea de destruir una vida humana. He contemplado la transformación de mi cuerpo: el abultamiento de los pechos, el peso del útero, la sensación de ser arrastrada al suelo, de crecimiento, de transformación. He deseado la serenidad, el único clima en que puede nacer un niño. Ahora, en este momento crítico de mi vida, no puedo tener nada de esto. Henry no lo quiere. No puedo darle a Hugh un hijo de Henry.
A falta de engendrar obras de arte, Henry y yo creamos un niño. Me abruma, me ata a él, me aterra. Él me trata con temor reverente y ternura. Pero sigue siendo un yo. Sigue siendo el niño que no admite un rival. Y yo vacilo en el centro de una misteriosa encrucijada, la de matar al niño por amor a Henry y por el bien de Hugh.
Estoy sobrecogida, la osadía y la pasión están acalladas. En lugar de la virgen, la artista estéril, la amante, la diabólica mujer semihumana...

la mujer en plenitud. A la que hay que matar. He vivido la maternidad en mi imaginación. Todavía la considero una abdicación, una abnegación, la inmolación suprema del yo. Se me ofrece esta vivencia justamente cuando soy más consciente que nunca de mí misma como artista, como mujer solitaria, sin pareja.

¿Por qué solitaria? ¿Dónde está Henry? Henry se convierte cada vez más en un niño. El niño autodestructivo, inmaduro, que debe jugar tantas horas, dormir tantas horas, beber tanto y permanecer en la calle, irresponsable e inconsciente.

Ay Dios, ay Dios, ay Dios.

Noche. Me niego a seguir en el papel de madre. He sido la madre de mis hermanos, de los débiles, de los pobres, de Hugh, de mis amantes, de mi padre. Quiero vivir solamente para el amor de un hombre y como artista: como amante y creadora. Nada de maternidad, inmolación, abnegación. Maternidad es nuevamente soledad, dar, proteger, servir, entregar. No. No. No.

Rebecca no ha sabido comprender a Henry: ver más allá del caos, de la agonía. Ha pronunciado un juicio puramente estético. La ofende la cualidad antiliteraria de la obra de Henry. No ha comprendido que él tiene mucho que decir. Yo comprendo todo lo imperfecto, lo no cristalizado, lo nacido a medias. Acepto la imperfección. No prefiero la gracia y la elegancia de Rebecca. Sus juicios son inadecuados, como las observaciones de una mujer frívola ante una gran catástrofe.

Además, no me importa. Si soy ciega, quiero seguir siéndolo. Lo importante no es criticar sino amar. La crítica es la muerte.

19 DE MAYO DE 1934

Me he ocultado a mí misma la extraña atracción ideal que siento por Rank. Siempre una corriente subterránea sutil, una comprensión singular. He vivido ciega, ciegamente. Hoy me obligó a revelarme. Anoche soñé con un beso apasionado. Hoy, cuando fui a verlo, sólo pensaba en el beso. Él adivinó todo. ¿Por qué le dije: «Mi hijo nacerá en diciembre y tal vez será como usted»?

Tantas ocasiones en que nos miramos en silencio, perturbados. La noche que me fui con la sensación de que me amaba (el día que me volví mujer a sus ojos). Olvidé todo eso. Pero soñé que si bien no correspondía que Henry y yo tuviéramos un hijo, un niño se encontraría bien en el hogar de Rank, un padre, amante y creador. Henry es amante, creador y niño: no es padre ni esposo. Rank me obligó a expresar mis fantasías. Un niño de la sangre de Henry, pero parecido a Rank. Un niño que debe morir por el bien de Henry. Un niño que yo había deseado simbólicamente. Para provocar a Rank, dije que estaba embarazada a causa del psicoanálisis. Embarazada y fecundada por Rank... qué sé yo. Estoy tan confundida. Temblorosa. Deseosa. Sentí su amor. Soy feliz. Estoy ciega. Fue él quien preguntó: «¿Y qué soy yo para usted?».

El niño es un mero símbolo: por lo tanto, innecesario. Algo tenía que florecer entre los dos y Henry lo hizo florecer. Rank se apartó, pero nuestras mentes se confundieron. Me dio grandes alegrías en un mundo diferente del de Henry. Esta mañana fui a despertar a Henry con un ramo de lilas. Irradiaba una tierna alegría. Me besó amorosamente. Nos sentamos a desayunar en la terraza de un café. Y yo estaba inmersa en mi sueño, en esa extrañísima sensación de asombro y felicidad que me embarga cada vez que me divido y fragmento y mi camino se bifurca. No sé. Tal vez es sólo un espejismo.

Martes. Hugh me persigue, trata de imponer su voluntad a la mía, trata de obligarme a tener el niño, sorprendido por mi resolución, furioso de que no me someta y obedezca. Por eso recurrió a la astrología y durante dos días trató de oprimirme por medio de pronósticos sombríos. Destruyó mi coraje con ayuda de Eduardo y Earle, el astrólogo francés. Resistí; fui a la *sage-femme*, pero tenía presentimientos sombríos. No tenía el instrumento que necesitaba —de una medida pequeña, adecuada para mí—, de manera que se postergó el tratamiento. Pero ahora la persecución de los médicos católicos franceses, el conflicto conmigo misma y las conferencias morbosas entre Hugh y Eduardo durante dos largos feriados han acabado por aplastarme. Me siento deprimida.

Hoy veo a Henry y siento un hastío creciente por su bohemia constante, incontenible —cine, cafés, billares, cine, cafés, calles, calles, cine, cafés— como una ronda sin fin. Muy poco trabajo y nada de *recueillement*.

Rank satisface una necesidad, un anhelo: una respuesta a mi seriedad, mi intensidad. Quizá no la de un amante, sino la de un compañero muy necesario.

Con Hugh, todo se disuelve. Ahora que su amor por mí ya no es neurótico, puede pararse sin ayuda. Podría soportar mi partida. Y yo soy prisionera de la necesidad material. Anhelo la libertad, pero no para ser la esposa de Henry porque él sólo es creativo en un sentido: en todo lo demás, en la vida, el entorno, el reposo, la diversión, es el destructor, el elemento disolvente.

25 DE MAYO DE 1934

Una conversación con Rank: una conversación extraña, inquieta, llena de fintas, como la de dos personas inclinadas sobre un precipicio. Advierte que ya no responderé a sus preguntas de analista. Pero yo advierto que no trata de distanciarme de él, como debería si pensara que estábamos atrapados en un hechizo psicoanalítico. ¿Cree que el hechizo es real? Parece que los dos disfrutamos del suspenso, de la ausencia de gestos.

¡El hechizo psicoanalítico! ¿Acaso la realidad? Le pregunto a Eduardo porque quiero hablar sobre Rank. Quiero oírme decir: «Me estoy enamorando de Rank». Éste es el comentario diabólico de Eduardo:

—Eres una especie de víctima en un gran drama psicoanalítico. Estos analistas como Rank y Allendy, que no han vivido, ven en ti una persona maravillosa, vital, interesante; no pueden seguir siendo analistas, quedan atrapados, buscan su redención en ti, la vida en ti, aprovechan ese don que se les concede, les falta coraje para rechazarlo. Tú acudes al analista porque es el tipo más elevado de hombre, el más próximo a Dios. Es tu destino. Eres una víctima, pero una víctima jubilosa. Te fascina redimir a los demás.

Sí, no una *víctima*, porque cuando acudí a Rank, hacía dos días que vivía con Henry. Dejé a Henry frente a su máquina de escribir y fui a ver a Rank. Volví a Henry embargada por una terrible alegría, como esos días cuando volvía de los brazos de Artaud o los de Allendy. La terrible alegría de engañar: embargada por el éxtasis de un nuevo amor y por un sentimiento más tenebroso de júbilo diabólico. Henry y yo jugamos al ajedrez. Su cara y sus manos, para mí siempre tan tiernas y suaves. Siempre lo veo como carne de piel suave, como a nadie más.

Jugábamos al ajedrez y yo pensaba en Rank, pero no como carne, no. Pensaba en *otra* penetración, *otra* infiltración, *otra* fusión.

Si Henry no es el mayor escritor contemporáneo, ¿qué importa? Vivimos; trabajamos; creamos una ilusión, una vida. Yo no sufriría aunque descubriera que no es escritor en absoluto. Es un ser humano. Es lo que es. Ya no creo en la realización sino en ser. Ser. Hoy. Alegría. Vida humana. Honestamente, la inmortalidad no me importa. Soy miope. Soy mujer. Perdono a Henry de antemano. Él fue siempre mi ilusión, mi invención. Siempre inventaré la vida. Ella lo necesita.

26 DE MAYO DE 1934

Henry es el único capaz de crear un ambiente, un clima físico en el cual puedo florecer. Es como el sol. Soy esclava de ese clima como se lo es de la tierra. Tierra y sol. Pero todavía siento hambre de otras cosas; el clima intelectual, el clima onírico. De vez en cuando Henry los roza, pero sigue siendo fundamentalmente terrenal.

27 DE MAYO DE 1934

Visitas a la *sage-femme*. Un *tea party* en el jardín para Louise, que lleva una vincha de oro en el pelo y aros de oro. Vino Madame de Montagu, que algún día tal vez será la amante de Hugh. Es bonita, tímida, sensible, está fascinada por el astrólogo. Estudia astrología.

En el Hôtel Havane, Henry escribe sobre excrementos, úlceras, chancros, enfermedades. ¿Por qué?

André [de Vilmorin] se sentó al sol y su sombra se dibujó sobre el respaldo de la silla. Louise se precipitó hacia él y dijo: «¡Déjame besar tu sombra!»

¡Sólo sombras! ¡No me complacía besar sombras! Quería la carne. Quería la carne, y la consumación carnal destruye los fantasmas. ¡La propiedad detestablemente *curativa* del mero vivir!

Rank. No quiero pensar en Rank. Sentada como una planta, sueño con gestos porque estoy harta de los fantasmas. Besar sombras. Eso significa tener sangre como el jugo del gomero, la muerte temprana, la locura.

Ya no estoy loca. No caeré en la obsesión. Besaré a Rank. *Et tout s'évanouira-tout fondra.*

30 DE MAYO DE 1934

El martes decidí hacerme analista para independizarme, mantener a mamá, Joaquín y Henry.

Hostigué e importuné a los de la tintorería para que tuvieran listo mi vestido nuevo, color azul jacinto. Al día siguiente iría a ver a Rank con mi vestido nuevo porque él iba a besarme. Me dormí llena de sueños, energías, deseos. Me desperté vital, valiente, impulsiva. Corrí a lo de Rank.

No pude hablar. Me levanté de la silla, me arrodillé ante él, le ofrecí mi boca. Me abrazó con fuerza, mucha fuerza; no podíamos hablar.

Me obligó a volver para hablar sobre mi trabajo. Era difícil hablar. No puedo pensar ni trabajar. Dios, Dios, no hay alegría mayor que la de iniciar un nuevo amor, no hay éxtasis comparable. Nado en el cielo; floto; mi cuerpo está cubierto de flores, flores con dedos que me dan caricias sutiles, tan sutiles, chispas, joyas, estremecimientos de alegría, vértigo, tanto vértigo. Música interior, embriaguez. Basta cerrar los ojos y recordar, y el hambre, el hambre insaciable, el hambre voraz y la sed.

1° DE JUNIO DE 1934

Hoy, *él* no fue tímido. Me arrastró al diván y nos besamos salvajemente, frenéticos. Parecía estar fuera de sí, y yo no entendía mi propia entrega. No había imaginado esa armonía sensual.

Despertó de su aire distraído con una pregunta ingenua:
—¿Alguna vez has... alguna vez ha sido así...? Dime la verdad. —Y apartó la vista como quien anticipa un golpe.
—No, es distinto de todo —dije.
¿En qué pensaba? ¿En mis otros amantes? Y es tan cierto que es distinto; todo es distinto *siempre.*
Despertamos de nuestra intoxicación y entonces él habla. Es tan sutil. Astuto y sutil.
Extiende el brazo y me toca la mejilla o el cuello, no con ternura sino con rudeza. Me gusta esa rudeza. Me gusta el avance directo.
Estoy lejos de todos, de Henry, de todo. Estoy hechizada.
Mientras habla, siento este animal mítico de piel oscura, tan potente, de aspecto no humano sino animal, con la fealdad de la tierra, la solidez y el vigor, la mente ágil y abismal. Me fascina; es adusto y es viejo. Es mayor que yo.
Extraño. Habló de parcialidad y totalidad. Nadie podía vivir la totalidad: el absoluto no existe. Para vivir, es necesario equilibrar la emoción con la creación; lo había aprendido. No significa no amar, no entregarse. También en el equilibrio hay entrega total. El más fuerte puede crear una totalidad a partir de dos porciones. Todo lo extremo significa la muerte; el arte me había salvado cuando entregué demasiada emoción. La emoción me salvaría del exceso de arte. Él sabía que no habría podido vivir de uno solo de ellos.
—Se alimentan mutuamente —dije.
También supe que hablaba de nosotros porque, en ese momento, yo buscaba una comunión de ideas más estrecha que la que me unía a Henry. Una búsqueda delirante. La búsqueda de Rank. Inmediatamente estalló una confrontación de ideas. Tenía que analizar sus métodos. Pero le dije que en ese momento no quería pensar. Empezaba a descubrir el florecimiento de la vida.
—Bien —dijo—. Significa que enfocas tu nueva obra en estado de semioposición. Muy bien. Significa que no te absorberá. Será una protección. Y tu trabajo te protegerá de la emoción. Pero no habrá conflicto porque tu trabajo está en armonía... en armonía.
—Contigo —señalé.
Entonces comprendí que Henry hubiera podido tragarme... y que yo ya no lo permitiría. Y que no quería morir en la miseria sórdida en la que Henry quiere vivir: que quiero vivir, vivir.

Salí de la casa de Rank al sol tibio. Caminé, paseé por el Bois, saboreando, volviendo a saborear, recordando solamente las emociones.

«¿Te pusiste este vestido por mí? ¿Nunca lo habías usado?»

Caminé y caminé, pero el mundo vacilaba y temblaba como el panorama desde un avión en las películas.

Recorrí la misma senda por donde caminé una noche de invierno cuando deseaba a John, cuando me debatía y anhelaba lo imposible, cuando me esforzaba por *imaginar* la consumación, cuando besaba el aire y las sombras, cuando el vacío de mi vida me abrumó apenas me senté a la luz de un farol, apenas enfrenté la realidad.

Hoy caminaba abrumada por la excesiva plenitud.

Y al día siguiente recibí una carta tierna, melancólica de papá: «Me idealizabas, esperabas demasiado de mí, sólo soy un pobre músico. ¿Dónde estás? No es tu culpa ni la mía. Tus ojos me obsesionan».

Con esa carta en el bolsillo, llego al cuarto de Henry, que abre sus brazos. Me besa como si yo fuera algo nuevo. Últimamente detesta el mundo, detesta la gente y por eso me ama más. Se aferra a mí. Planifica nuestra vida futura. Trabajará mucho mejor cuando me tenga ahí. Yo tendré mi «oficina», pero cerca de él.

Cuando estamos juntos, la soledad y el aislamiento dejan de ser intolerables. Estamos menos solos.

El choque de una flamante conjunción con Rank. La divina ternura con Henry. Jugamos al billar, y se pone triste cuando pierdo. Sus ojos celestes son inocentes y tristes. Me comunica su soledad y que yo soy su refugio. La madre.

Llevo la carta de mi padre en la cartera. Gira la rueda. Estoy girando. En pocos días llegará mi padre. Todavía no he expulsado al niño indeseado. Tendida en la cama, quiero dormir porque no soporto tanta plenitud.

Escribo hermosas páginas para «Alraune» sobre la bailarina sin brazos (Helba Huara), las caras en los copos de nieve, los besos a las sombras; leo sobre el golem con avidez y terror.

4 DE JUNIO DE 1934

Nuestros días son monótonos porque Henry reescribe *Trópico de Cáncer* para que lo publiquen. Está inmerso en un yo pasado, trata de recuperar el estado de ánimo de cuando lo conocí y entonces los dos sentimos que el nuevo Henry era ficción pura, que *Primavera negra* y el libro sobre Lawrence no existían. Nos oprimía el pasado mezquino, la vida de periodista, la vida con el alfeñique de Fred y el obsceno Wambly Wald, las aventuras amorosas sin amor, las putas y los bidés. Y Henry había decidido instintivamente vivir en un cuarto que yo detesto (también para recrear el pasado), había elegido ser y sentir como antes. Y yo me sublevaba por dentro. La fealdad del cuarto, la blandura del día, nada de saltos ni vuelos, Henry trabajando poco, monótonamente, sin exuberancia.

Lo descubrimos hace unos días. Y cuando vi que aspiraba a otra cosa, que deseaba salir del pantano, me sentí feliz.

Qué extraños son nuestros sueños. Todavía imagino que puedo ayudar a Henry a crear. En el fondo no he perdido la fe, aunque mi euforia se ha atenuado. No pienso con rencor en el sudor, el trabajo, el esfuerzo que volqué en el libro de Henry sobre Lawrence. Paciencia, paciencia.

6 DE JUNIO DE 1934

Después de soñar toda la noche con Henry y una orgía, fui a verlo y lo encontré deprimido y deseoso. En otras ocasiones se había negado a los juegos perversos del amor, pero hoy, después de mucha provocación y de muchos escarceos frustrantes (en la actualidad no puedo disfrutar del amor en serio), se dejó ir y por primera vez bebí su esperma. Tuve que empolvarme rápidamente para llegar a tiempo a lo de Rank.

Conversamos tendidos sobre el diván, y la magia continuaba.

—Eres una mujer desconocida para mí —declaró—. Todo lo que sabía sobre ti lo he olvidado o no me sirve.

—Sí, soy una mujer nueva.

—Y me parece que no debemos tratar de saber demasiado.

A mí también me parece. Siento que poseemos la flor, la frágil flor de verano. Es tan nueva y delicada que no debemos tocarla.

Lo que no queremos rozar es el pasado, o mi yo pasado.

—Entonces, ¿no crees que soy diabólica; no me temes? ¿No piensas analizarme hasta que me desvanezca como un espejismo?

—No sé cómo actuabas antes... pero me parece que no lo harás conmigo. No lo permitiré.

Reí. Me gustó que dijera «no lo permitiré».

—He tratado de pensar en un nombre para ti —dije.

—Yo también, y el único que se me ocurre es *tú*. Cuando digo *tú*, te veo a ti.

Pero el pasado sí se entrometió:

—Mi padre llegará mañana —dije—. Abrázame fuerte, no me dejes ir.

—Veo que todavía me necesitas, pero no importa —manifestó Rank con tristeza.

—Sí, me parece que no sería tan valiente si no pudiera apoyarme un poco en ti.

Le causaba tristeza que yo lo necesitara. Tal vez lo hacía dudar de mi amor. Pero entonces dije:

—Podría hacerte el reproche melancólico de que tú... tú no me necesitas. Yo siempre quiero que me necesiten.

—Tal vez te necesito demasiado.

—Quería darte el nombre del creador de Alraune... pero no es mi intención ser totalmente Alraune para ti...

Entonces me besó, y sus besos eran voraces. Me obligó a tenderme debajo de él y nos besamos hasta el delirio, pero él sabía que no podíamos seguir y sin embargo seguimos, y en medio de la embriaguez también bebí su esperma. Y se arrojó sobre mí y susurró febrilmente, con los labios entre mi pelo:

—¡Tú! ¡Tú! ¡Tú! —Era un grito de sorpresa, de adoración, de júbilo, de éxtasis.

Me fui con el original de uno de sus libros y volví a ver a Henry. Le dije:

—La mujer debería alimentarse exclusivamente de esperma. —Hablamos de psicoanálisis. Henry pidió:

—Independízate pronto para que empecemos nuestra vida nueva.

10 DE JUNIO DE 1934

Llega mi padre, y cuando me acerco a darle un beso, pasando frente a la ventanilla de la boletería, dice severamente:
—Sabes que está prohibido.
Sonrío al comprobar que no me afecta... que no siento nada por ese maestro de escuela rígido, inhumano. Nada. Mi libertad, mis alegrías, incluso mi maternidad incongruente e inesperada: tanta riqueza, mientras mi pobre padre es una momia, un espíritu reseco con tantos remedios, hidroterapia y materialismo funcional. Y su susceptibilidad de mujer. Susceptibilidad no es lo mismo que sentimiento.
¡Ah, soy libre! SOY LIBRE.
Por consiguiente, lo olvido. Al día siguiente voy a ver a Rank. Tan humano; humano, tierno y apasionado.
Mucho más tarde, un almuerzo con papá. Trata de desalentarme y de asustarme sobre mi trabajo, y al final atrapo su interés al explicarle, burlona, cómo me alejo de toda dependencia; tampoco lo necesito a él, lo cual debe de ser un alivio ya que disfruta de sus lujos.
Entonces corro al encuentro de Henry y vamos al cine y empiezo a descubrir los grandes vacíos en Henry, los mapas de París, los diccionarios y los inventarios, de manera que me consuelo con el contenido rico, significativo de Rank, que parece un cangrejo triste. La vida presenta deficiencias extrañas. Rank carece de belleza, por eso, la noche anterior, cuando bailo con Turner empiezo a temblar y estremecerme. Cierro los ojos a medida que me va estrechando como un felino y vuelvo a casa cantando, borracha, después de haber bailado como una negra disoluta para divertir a todos.

Mi vida se parece mucho al jazz que escucho, sólo que *en profondeur*, y me pregunto cuál es la pena secreta que trato de olvidar en los giros vertiginosos del baile. Me parece que desde el regreso de mi padre he perdido mi alegría y él es como una espina en mi costado.
La rueda y el jazz y el vértigo. Rank y su profundidad, su agilidad, su comprensión. Henry y sus arrebatos de vitalidad llamativa, como los remolinos insensatos del tráfico. Hoy todo me parece descolorido porque el veneno de la melancolía de mi padre surca mi vida y él es el gran abortero, no la *sage-femme* a la que debo ver casi todos los días.
¿Por qué ha resucitado el diario?

11 DE JUNIO DE 1934

Cuando respondí al abrazo de Turner pocas horas después de haber estado con Rank, la compulsión diabólica de mi vida se reveló con claridad monstruosa. No es amor sino venganza, o amor siempre mezclado con venganza. Sin embargo, no utilizo mis infidelidades para hacer sufrir a los hombres. Jamás soy infiel a mis infidelidades. Son sólo para mí, como un conocimiento secreto y ponzoñoso.

—Soy infiel a los hombres porque los hombres son infieles —expliqué a Eduardo—. Si me hubiera entregado por completo a mi padre, imagina cuánto estaría sufriendo ahora. Con todo, mira cómo sufro por haberme entregado como lo hice a un materialista indigno, un donjuán de espíritu reseco.

Y Henry: Henry traicionó a June y no vacilaría en traicionarme cuando le diera la gana.

¿Será Rank otra víctima, o lo amo? Soy como una puta que se entrega, pero está llena de furia, desprecio y rencor.

No lo sé. Nuevamente me siento poseída y mala. Me siento verdaderamente diabólica.

Eduardo me cuenta una fábula:

—La bella y la bestia. Siempre eliges una bestia porque no estás segura de tu belleza, entonces llamas a todas las puertas con tu bestia y todo el mundo está sorprendido por el contraste y dice: Miren, la bella y la bestia. Y tú estás encantada.

¿Henry era la bestia y yo quería que me admiraran a sus expensas y como víctima suya? («Eres superior a Henry.» «Eres demasiado buena para Henry.» «Escribes mejor que él.»)

Nuevamente, diabólica. Quería que Rank protegiera a Henry, y ahora Rank le tiene antipatía. Todos se vuelven contra Henry cuando ven que yo le sirvo.

Dios mío, cuánta confusión hay en mí. No sé lo que soy. Siento que llevo un demonio en mí. Siempre dos verdades.

12 DE JUNIO DE 1934

Después de este momento tétrico, volví a soñar. Iba a ver a Rank, a verlo a Él; iba a verlo a Él, quería verlo a Él. Todo es borroso, pero tengo tanta seguridad en medio de mi ceguera. ¡Él! Hoy despierto con alegría, una alegría que sólo siento con él, y cuando estoy en su habitación es como un lugar profundamente mágico. Y cada vez que nos sentamos uno cerca del otro nos arrolla el mismo deseo de intimidad.
Dijo exactamente lo que yo sentía:
—Tengo la extraña sensación de estar viviendo algo inconsciente. Cuando trato de pensar en ti, no puedo. No puedo relacionarte con nada conocido, con el análisis, la vida corriente, la realidad. Todo es tan esquivo como un sueño. Salí a caminar solo porque dijiste que querías pasear conmigo.
En medio de la confusión, percibí que su humor era idéntico al mío: música, misterio. Sin palabras. Sin pensamientos.
—Como un sueño cálido, un sueño tibio y apasionado, pero sueño al fin —dije.

Salí y me senté a esperar a Hugh en el parque enfrente de la casa de Rank. Sentada al sol como una planta muda, respiraba y crecía en mi felicidad.

Hugh me tortura, Henry me usa, papá es cruel; pero me queda esta torre enjoyada con Rank, una isla remota y paradisíaca.
—Con tu ayuda, este verano conservaré el equilibrio entre el análisis y la vida —declaró Rank.
Es extraño (o tal vez no, porque estaba inspirada) que en estos días pudiera redactar un resumen de diez páginas del efecto de sus teorías o actitudes en mí, y que a él le encantara, que elogiara mi manera de expresarlo, de llegar al núcleo del asunto. Es un conjunto de apuntes claros, directos y sintéticos... salido de sueños lánguidos y alegría física.
Me gusta causarle placer; me gusta darle lo maravilloso.
Un sueño prolongado e introducido en la vida; eso es lo que siento. Mi vida es verdaderamente orquestal.

14 DE JUNIO DE 1934

Eduardo y yo descubrimos que sucede lo siguiente: he llevado una vida angelical, pero sólo en lo exterior. En lo interior, diabólica. El mismo Guicciardi, aunque ingenuo, expresó: «Es evidente que Mandra, aparentemente silenciosa, dirige toda la acción del libro». Me descubren lentamente. Pero niego esta revelación y le digo a Hugh: «Lo que dice la novela es mentira. La verdad es lo que tú ves en mí».

A veces, cuando veo cómo todos aman a los demonios, me gustaría llevar la vida del demonio (ya que mi gran interés es que me amen cada vez más).

Ante los tormentos que me infligen papá y Hugh —llevados por sus celos—, replico y me defiendo con crueldad, *pero sólo en defensa propia*.

Quiero dejar de ser masoquista, y la única solución al masoquismo es el sadismo. Eduardo sabe que sólo me satisface la desmesura positiva.

Impasse.

El arte. Poco a poco, por medio del arte, uniré a las dos mujeres.

18 DE JUNIO DE 1934

Pedí y obtuve la paz con mi padre: una bella tregua, o tal vez el paso a un nuevo plano. Dije y expliqué y confesé y también lo obligué a ser sincero. Me acusa de ser excesivamente femenina. Confesé mi hipersensibilidad.

—Nos amamos como jamás se amaron dos personas —declaró—. Sin embargo, seguimos siendo amantes, pero la clase de amantes que se esperan mutuamente para siempre. Durante seis meses no he tocado una mujer: no pude hacerlo después de tenerte a ti. Pero comprendo que hayas vuelto a Henry: eres demasiado fecunda, vital... no, no me siento herido en absoluto. (Pero su voz lo delata.)

Juró que había sido fiel. No lo dudo. Comprendo que tengo el *génie du doute*... así que no sé.

Paz.

Después fui a ver a Henry y estuve tierna, apasionada, ingeniosa. Él se mostró apasionado y también pueril.

—Una vez que pongo mi fe en alguien, es para siempre. Nunca te creeré capaz de hacerme mal. —Pero expresa comprensión hacia mi sensación (generalmente imaginaria) de haber sido herida, lo que revela al Henry más maduro y sabio.

Continuidad ininterrumpida, pero después de estar con Rank, durante cuatro días no pude, no quise verlo.

No pongo nada en tela de juicio.

Voy a ver a Rank, y por fin pregunta:

—¿Qué sucede con Henry?

Soy honesta:

—Los cambios exteriores de la vida son más lentos que los interiores. —No me disculpo.

Henry jugó a ser el filósofo, el sabio y el profeta para mí y para él. El verdadero filósofo es Rank, quien dice:

—Tú mejor que nadie podrás hacer la síntesis de mi filosofía, porque no intelectualizas.

Henry es el niño y no madurará más de lo que revela en sus mejores momentos conmigo. El mundo jamás lo conocerá en sus mejores momentos porque el mundo no es una mujer enamorada y crédula. Sólo una mujer enamorada conoce la máxima grandeza de un hombre.

Tal vez es cierto que dirijo todo el espectáculo, pero también lo es que éste me dirige, que pago con fe e ilusión, que el espectáculo existe debido a mi fe.

20 DE JUNIO DE 1934

Copio páginas del volumen cuarenta para la novela sobre papá. Leo el manuscrito de Rank. Una cosa maravillosa, profunda. Espero la incubación del huevo, que se demora. Acepto invitación de Anne Green a cenar. Eduardo dice que soy su «ánima» y me ofrece su apoyo si abandono a todo el mundo para dedicarme a escribir. Papá se muestra feliz y cariñoso. Prometí que en el futuro sería la amazona que cree que soy. El jardinero destroza viejas cajas, celosías y puertas para la caldera para que no tengamos que comprar carbón, pero he pagado a Kahane la primera cuota de cinco mil francos para publicar el libro de Henry.

Me preparo para abandonar Louveciennes en septiembre. Tal vez jamás volveré. Hugh acepta que yo tenga una oficina donde trabajar y vivir sola de lunes a viernes. Me reuniré con él el viernes por la noche. Acepta todo. Tengo una manera amorosa de pedir. Así como Henry me pide todo tipo y clase de concesiones, caprichos, regalos.

Los senderos del jardín están cubiertos de pétalos marchitos. La *sage-femme* me admira con ternura y Turner tiembla cuando le estrecho la mano. Mamá y yo estamos cariñosas; como siempre, Joaquín me mira como si yo fuera una llama intermitente y tenemos una divertida conversación sobre su disciplina dominicana de vida.

21 DE JUNIO DE 1934

Vivir sinfónicamente: a la mañana, correr a lo de Henry con el dinero para pagar el alquiler, leer las últimas páginas, recibir sus besos; correr a lo de papá, pasear por el Bois con aire tierno y travieso, recibir su beso en mi cuello como la primera vez en Valescure y oírlo decir: «Me siento tan feliz de que seamos novios otra vez»; leerle a Rank, quien bruscamente, en medio de una frase, siente el impulso de besarme y lo hace con violencia, lo cual me excita muchísimo. Motivos de besos y deseo y ebriedad de la sangre.

Vivir sinfónicamente: escribir para Rank; escribir «The Double»; escribir «Alraune»; escribir el diario.

Pensar más en el futuro, en el rincón que compartiré en la casa con Henry: los colores, la visión idealizada a la cual deberá adecuarse la realidad. Rodeada por hombres, por gente, sumergida en la vida.

30 DE JUNIO DE 1934

He hallado el amor: ¡he hallado el amor, el amor, el amor igualitario! Soy bendita, estoy estremecida de éxtasis, un nuevo éxtasis, una nueva clase de amor, un hombre nuevo, un mundo nuevo. Cierro los ojos y sueño, siento su pasión, está blanco de pasión, veo su boca temblorosa. Lo veo volver a la oficina después de haber salido a responder un llamado y bruscamente es impulsado hacia mí, impulsado por una fuerza cuyo impacto puedo sentir. No puedo caminar a su lado sin que me aferre. Torbellino, torbellino, éxtasis, ceguera. «No puedo dejarte partir. ¡Tú!» Dice que debemos fugarnos para pasar una noche en el campo.

A veces conversamos, hablamos, y de repente se inclina hacia mí y yo cierro los ojos porque siento vértigo cuando posa sus manos sobre mis pechos.

Un día tuvimos que hablar como antes porque yo estaba anudada al pasado. Traté de apartar el pasado antes de tiempo, con demasiada violencia. Volvió para estrangularme. Entonces luché para liberarme de mi necesidad de él como analista y como ser humano. Me negué a usarlo. Mi actitud, mi esfuerzo lo alegraron, pero lo importante era haber deseado eliminar mi necesidad de él. Entonces adoptamos un ritmo más natural. Es verdad que me analizó; conversamos. Le expliqué (con una sinceridad milagrosa en mí) mi actitud hacia Henry, la pura verdad:

—Lo más fuerte es el deseo de protegerlo. Es lo que predomina. Evito pasar las noches con él; me parece un niño. —Todo. Y cuando terminó, caímos otra vez en la borrachera.

—Ya ves —dijo—, no hay peligro en conversar, analizar, filosofar, porque esto es más fuerte, siempre acaba por imponerse. —Entonces él también cierra los ojos con un gran éxtasis interior.

Un día. Me despierto y escribo un prólogo para el libro de Henry. Traduzco. Copio «The Double». Escribo una carta a papá. Corro a París a ver a Rank. Corro a la panadería a comprar un pastel para Henry y luego al apartamento de mamá, donde lo he instalado. Estoy radiante de júbilo. Se enciende su pasión. No había podido escribir. Inerte y soñoliento, se despierta al verme. En el camino me había detenido la portera a contarme sobre su hijito, quien algún día será pintor.

Después del té voy a ver a la *sage-femme* mientras Henry se queda leyendo feliz mi prólogo. Le pregunto a la *sage-femme* cuánto calza su hijita porque quiero regalarle sandalias para la playa.

Corro de vuelta a cenar con Henry y vamos al cine, pero en todo momento sueño con esas caricias tan vigorosas y el milagro de las diferencias, cómo la vida produce constantemente nuevos sabores, caricias, frases, deleites.

—Contigo —dice— uno se aleja tanto de la realidad que casi es necesario comprar un boleto de ida y vuelta. Tengo miedo de no poder volver.

La idea del boleto nos hace reír.

4 DE JULIO DE 1934

Esta noche no, mañana a la noche tampoco, pero la noche siguiente Rank y yo la pasaremos juntos. Nos fugaremos. Quiere llevarme lejos de aquí. No necesita la ciudad ni los cafés sino estar conmigo en el campo. No podemos hablar cuando estamos juntos; soñamos, nos ahogamos en nuestros sentimientos.

7 DE JULIO DE 1934

¡Ay, diario mío, he descubierto al único que ama de la misma manera que yo! He descubierto al único que se deja absorber por mí así como yo me dejo absorber por el amor. He descubierto una plenitud que sólo la religión puede brindar, una exaltación suprema que sólo es propia de la religión. Esta igualdad, esta plenitud era mi mayor aspiración. Cuantas veces he deseado que alguien me amara con la divina atención, la exaltación constante que brindé a Henry, porque era lo absoluto, la unicidad. Lo busqué, aspiré a lo imposible con desesperación y avidez. Acepté a Henry como se acepta la vida humana. Pero esa exaltación, intensidad, gravedad, esa imposibilidad llegó a mí cuando acepté la vida humana.

Me siento una santa Teresa del amor, que nadie conocía la exaltación, el fervor místico, la integridad destructiva de mi amor. Cómo me quemó y me consumió. Todo esto será para Rank. Lo desea; lo da; siente lo mismo que yo: da.

La palabra *amor* es insuficiente. Los dos estamos enfermos de júbilo; en verdad, morimos de alegría. Estamos abrumados, afiebrados.

¡Cuántos intentaron hacerme renunciar a lo imposible, aceptar las realidades del amor y sus limitaciones! Lo poseo. Me posee. Por primera vez soy incapaz de disfrutar con Henry, incapaz de pensar en nadie sino en Rank: estoy embargada por él. Me despierto pensando en él. En su abnegación. Vivimos el uno para el otro. Derribamos los obstáculos.

Amamos de una manera que los demás creen imposible. Amamos imposiblemente. Y estoy abrumada, mareada. El éxtasis interior es tremendo, aterrador. La certeza, la plenitud. No yo, sino *mi* amor. No soy yo sino el Otro, pero lo que me da es mi amor —fórmula extraña y singular—, un amor que nadie supo comprender, al que se calificó de neurótico, romántico. Él lo sabe.

He creído en el amor, pero en un amor no correspondido, es decir, al que no se le respondió *en el mismo idioma*. Henry ama a *su* manera. Creí que mi padre amaría a mi manera, pero no fue así. Pero Rank ama hasta la la muerte, su amor es abnegado: él ama.

La víspera de nuestra partida, no pude dormir. Estaba afiebrada. Me preparé durante todo el día, consumida por la impaciencia, las visiones de mi imaginación, el ardor en la sangre. Llegó el momento y yo estaba en un café, esperándolo. Cuando llegó, parecía enfermo.

—No podemos irnos. Me levanté de la cama para decírtelo. Estoy muy enfermo. ¿Estás enojada? He pasado un día infernal, pensando en ti. ¿Estás enfadada?

—¿Enfadada? Dios mío, no. Estás enfermo, lo único que me preocupa es que estás enfermo. Y saliste. Hiciste mal en salir. Debes irte a tu casa. ¿Puedo ir contigo, estar un poco contigo?

Me pidió que fuera más tarde. Cuando llegué, lo vi tendido en su sofá y me senté a su lado, vi que se estremecía de fiebre.

—Tú. Estaba demasiado excitado. Qué ansiedad, qué vergüenza.

Lo comprendía muy bien. Recordaba cómo la intensidad de mis sentimientos por Henry me causaba tal nerviosismo, expectativas y tensión que me enfermaba. Le hablé de ello. Habíamos esperado demasiado.

—Te deseaba demasiado —declaró—. La espera ha sido insoportable. No pude dormir en toda la noche. —Y entonces, en un tono que jamás había oído, que era como una caricia, dijo una palabra que yo detesto, pero que en ese momento se volvió hermosa: —Querida.

Nuevamente esta mañana, por teléfono, con todo su cuerpo y su alma: «¡Querida!», y me hace temblar. Se siente mejor. Estará repuesto el martes, cuando Hugh parte hacia Londres.

No deseaba a Henry. No lo disfruté. No deseo a nadie sino *a él*. No temo la terrible integridad, mi manera aterradora de amar. Aún no he aprendido a no creer.

A papá: Te prometo que volveré a estudiar francés; pero por el momento no quiero escribir sino hacer música. En el fondo, mi adorado papá, habrías sido muy desdichado con una mujer como yo, porque soy una persona nerviosa que sólo concibe la vida de una manera lírica, musical, en quien los sentimientos predominan sobre la razón. Tengo tanta sed de maravillas que sólo lo maravilloso me atrapa. Lo que no puedo transformar en maravilloso, lo abandono. La realidad no me conmueve. Sólo creo en la ebriedad, en el éxtasis, y cuando la vida cotidiana me engrilla, encuentro la manera de escapar. Nada de muros.

Tú eres capaz de adaptarte a ambos. Tienes tiempo para lo maravilloso (Valescure, Evaux-les-Bains), así como para la vida cotidiana (como nuestro triste invierno). Yo siempre quiero la Luna, incluso para el desayuno. No acepto los aspectos rutinarios de la vida. Fuera la banalidad del mundo. Esta forma de pensar siempre conduce a la extravagancia... no, a la excentricidad, pero también a los grandes pasos con botas de siete leguas. Lo intentaré. Si se rompen algunos huevos, ¿vendrás a cuidarme?

¿El equilibrio? Un sueño imposible para mí, *Padre-amor*. Yo nací bajo el signo de santa Teresa y las grandes cortesanas perversas. Uno u otro. El misticismo de la Tierra o el del cielo, pero siempre los extremos.

Lo dicen las estrellas. No te pongas triste, papá. Astrológicamente soy afín a Bergson, George Sand, santa Teresa y Rimbaud. Como ves, en lugar de huir al África para escapar de la locura como hizo Rimbaud, me dedico a la locura ajena y me porto lo mejor posible para no causarte desdichas. Pero dime, dime que me amas tal como soy. Quita de mí el peso de tu idealismo, que me creía otra. Lamento haberte decepcionado pero, tal como soy, te amo como hija alguna jamás amó a su padre.

13 DE JULIO DE 1934

Hugh partió el martes, después de asegurarle a Rank que nada lo convencería de que no soy la mujer que él cree que soy y de pintar un retrato increíblemente ingenuo de mi inocencia fundamental. A la misma hora que él tomó el tren, yo ya estaba en brazos de Rank. No podíamos esperar a llegar a Louveciennes, a la soledad. Me entregué totalmente a un fuego que pensé que llegaría a las raíces más profundas de la expresión sensual. Mi exaltación, como una gran nube irisada, estaba salpicada de ironía: *Une éducation sexuelle reste à faire*. Necesita una educación sexual. Pero, como una creadora, evalué el material y me pareció bueno: están presentes todos los elementos de la sensualidad, potencia, vibración, impetuosidad. Sólo falta la pericia. Mi nube no se marchitó. Caímos en un sueño y trazamos planes para la noche siguiente.

Louveciennes. La casa fresca y oscura. El resplandor del color y el sol. Nos tendemos sobre la cama. Demasiado rápido, es demasiado rápido, por tanto inconsciente de la reacción de la mujer, pero el amor es inmenso, la entrega al amor, la abnegación. Preparamos alegremente la cena, a solas. Está jubiloso. Nuestra conversación está lejos de ser brillante. Intimidad. La busca constantemente. Bebemos champagne con trozos de durazno en la copa, a la manera vienesa. Es una noche suave como los pétalos de las flores. Como plantas, comemos, reímos, nos mecemos. La poesía nos rodea. Nada en su idioma. Dormitamos. La ventana está abierta de par en par, a una belleza que lastima. Él ronca. Mis sueños, como un aliento, vuelan desde el cuarto donde ronca un hombre. Sueños inquietos, insatisfechos. Pero cuando quiero levantarme, me abraza:

—No te vayas. No me dejes. Te quiero. ¿Dónde estás? ¡Tú! —Tendida a su lado, sueño, espero. De su cuerpo emana un intenso fervor. Pero quiero estar sola.

—Debo dormir en el otro cuarto —susurro por fin—. Me siento inquieta. No puedo dormir.

—¿Por qué? —murmura—. ¿Por qué?

—Podría venir alguien por la mañana. —Pensaba vagamente en aquella mañana en que Hugh volvió inesperadamente.

Me dejó salir.

Fui al cuarto de Eduardo (estaba ausente) y me dormí.

La vida humana. ¿Acabaría por aceptar la vida humana? El veneno de mis sueños. Estaba a punto de dormirme, cuando él me llamó.

—No puedo dormir —dijo—. Lo que dijiste sobre la mañana me despertó por completo. —Reímos. Fui a su cuarto. Me senté en el borde de la cama. No le conté sobre el regreso de Hugh aquella mañana para no ponerlo nervioso. Le dije que dormir en un cuarto con él en la casa me causaba un vago temor. Lo comprendió. Hablamos y reímos. Me obligó a acostarme a su lado. Arrastrado por una ola de deseo, me abrazó con pasión, sin excitarme. Para él, todo era nuevo y maravilloso. Sólo amaba su amor por mí. Para mí, es fácil demostrar ternura y entregarme ante el fervor. Para él, era maravilloso: el desayuno temprano en el jardín, la paz y alegría que yo sé brindar, la espontaneidad y la naturalidad. Su felicidad me hacía feliz. Pero el sueño en mí se retraía, el sueño lloraba y era irónico. Él tenía el paso corto del doctor Caligari. Su naturalidad era distinta de la de Henry. Estuvo ocupado durante todo el día.

Fui a ver a Henry. Lo encontré inerte, decaído, malhumorado. Pintaba acuarelas, no escribía, vivía como un sonámbulo. Estaba bloqueado como Eduardo. Y retraído.

Discutimos por naderías, de manera irracional e insensata. Bruscamente comprendí que era una escena de celos disimulada. Mis ojos se llenaron de lágrimas. Sentí una desdicha inmensa. La conversación no tenía otro significado que: *Me estás abandonando, siento que me abandonas*; tal era el mensaje de los fríos ojos azules de Henry. Así era la conversación: caótica, estúpida, ciega; pero yo sabía lo que nos decíamos. Se parecía tanto a Eduardo cuando lo martirizo.

Nos reconciliamos sin motivo. Henry me abrazó. Me poseyó y yo lo disfruté, sentí que ningún otro hombre me había penetrado ni poseído, sólo Henry.

Encuentro con Rank para cenar. Su alegría es vulgar. Hace juegos de palabras y dice tonterías. Nada de divina alegría, sino chistes. No podía venir a Louveciennes porque esperaba una llamada telefónica de su esposa. Me llevó en taxi a St. Cloud para que tomara el tren desde allí. Nos besamos en el taxi. Es fácil besarse cuando se ha encendido una vela entre dos personas, cuando ha habido una corriente. La desilusión no anula todo al instante. Tiene que arder hasta consumirse. Además, me fascina un filósofo trágico con una gran reserva de amor y sentimentalismo judíos. Su yo cotidiano, su yo vulgar, *le pain quotidien* siempre está un poco rancio. Me aqueja el hambre de lo maravilloso.

Faltaban dos horas para la partida del tren. Bajé la cuesta de St. Cloud. ¿Tomaría drogas esta noche? ¿Bebería hasta caer inconsciente? ¿Me hundiría en la oscuridad? Ay, la amargura en la boca. Entonces un grito, un grito. «¡Henry! ¡Henry!», clamé. Bajaba la cuesta y lo añoraba. ¿Estaba perdido? ¿Lo había perdido? ¿Alejado de mí?

Fui en taxi a su casa. Había salido. Pedí la llave a la portera. Me acosté en su cama y leí. Esperé. A medianoche oí la puerta de calle por décima vez, pero intuí que era él. Henry muy sosegado, sorprendido, tal vez en el fondo enterado de todo... feliz. Le conté una sarta de mentiras. No tenía importancia. Sus sentimientos sabían todo. Nos dormimos abrazados. Nos despertamos abrazados. Todo era como antes. Nos sentamos a trabajar juntos el prefacio del libro. Y Henry milagrosamente resucitó. Un nuevo hombre. Todo volvía a marchar. «Estoy despierto otra vez», dijo sin agregar: «porque tú volviste». Pero los dos sabíamos. «Me atormentaste con los celos», había dicho antes.

Quería ponerse a escribir inmediatamente. Estaba muy alerta y feliz. Esta noche vendrá a Louveciennes. Hugh volverá el domingo a la noche. Rank está prisionero porque anoche volvió su esposa.

Hasta que Henry me lastime o me traicione, soy suya: he tratado tantas veces de liberarme. La mañana que Rank y yo fuimos a Louveciennes recibí una carta de mi padre.

16 DE JULIO DE 1934

El domingo a la noche recibí a Hugh con mentiras. El lunes a la mañana me sentía mal porque no quería ir al Centro Psicológico, no quería ser analista. Pero fui porque se lo había prometido a Rank.[1]

Al atravesar la Cité Universitaire bajo el sol, caí en un estado de ánimo griego: la vida del cuerpo que florece en el aroma de la filosofía. En el aula, quince maestras y tres hombres interesantes, dinámicos: Rank, melancólico, ojinegro, tierno; Hilaire Hiler, alto, vulgar y desbordante, como Erskine; (el doctor Harry) Bone, frente amplia, ojos risueños, apostura norteamericana.

Una pausa al cabo de la primera conferencia, que fue como el zumbido de una abeja.

Las discusiones son aburridas, pragmáticas, como todas las conversaciones profesionales entre norteamericanos. No les interesan las ideas. Rank es demasiado para ellos con sus enormes tomos cosmológicos, su inconformismo, su sutileza. Por un instante puedo ver en él al filósofo brillante, el enemigo peligroso de Freud. Iniciamos nuestra época no trágica. Ahí está al acecho, en el fondo de sus ojos negros, negrísimos, y

---

[1]. El doctor Rank había creado el Centro Psicológico en la Fundación de Estados Unidos, Ciudad Universitaria, frente al parque Montsouris, para realizar un seminario entre el 15 de julio y el 31 de agosto dirigido principalmente a asistentes sociales psiquiátricos norteamericanos.

en el fondo de los míos… pero hoy reímos. Yo río. He descubierto el humor, la diversión.

Al final de la sesión, Bone viene derecho a mí, se presenta, habla, me pide que lo ayude a elevar el nivel de las discusiones, tiene un aire irónico, divertido e inteligente.

Rank me había pedido que lo esperara: «¿Estás desocupada? Almorcemos. Espérame en media hora en el Café Porte d'Orléans».

Viene corriendo. Pide pollo. Ya no me siento mal. Me dice que debo cuidarme de Bone: es demasiado astuto. Bone ha descubierto rápidamente que Rank no se aburre conmigo. Me había detenido al verme salir: «¿Por qué no almuerza aquí?» El pollo es delicioso y tengo ganas de reír.

Rank me lleva a una bonita casa cerca del Parc Monceau.

Ahora ya no tengo excusa para no disfrutar. Rank se ha convertido en un amante fogoso. Sólo que ahora me contengo para ser fiel a Henry. Disfruto de los abrazos y las caricias. Represento la eterna comedia. El orgasmo es sólo para Henry. Qué misteriosa expresión de fidelidad es reprimir el orgasmo a la manera de las putas. Es maravilloso haber perdido la timidez. Hubo una época en que estaba paralizada de timidez, mi cuerpo y mi corazón temblaban, gélidos de miedo. El amor como sufrimiento. Ahora todo es espontáneo y sólo se mantiene cerrada la última puerta secreta dedicada al Único, igual que la puta.

Acepto la vida tal como es: la fealdad, las deficiencias, las ironías, por amor a la alegría y la vida misma. Es una comedia. Es levemente ridícula y, en el mejor de los casos, la mayor pasión es sencilla. La sencillez. Mi padre la repudió a costa de la naturalidad. Siempre habrá días trágicos de sobra. Hoy reí, despreocupada, dejé que otros se preocuparan. Pasé la carga a otros hombros.

Ahora. Acoso a Rank con muchas preguntas. Hunde su cara en mi seno: —No puedo pensar cuando estás presente —dice. Sólo se expresa con un amor mudo, ciego, inconsciente. Se disuelve en mí pero es indiferente a mi aspecto, los colores, los detalles. Todo es una singularidad sombría —nuevamente vaga—, sin drama, exteriorización ni formulación. Para él soy el sexo… evidentemente adornado con otras cosas. La imagen que busca es la de la amante. Le parece bien que no quiera tener hijos: detesta la imagen materna. Soy resplandor y color y sensaciones y vino y eso me satisface de esta manera tácita: ¡nada de frases de Artaud! Me ama con sus sentidos. Me percibe. La conversación no tiene importancia.

21 DE JULIO DE 1934

Ya hay un gran abismo entre el mundo que ve Rank y el mío. Debo al amor de Rank esta gran exaltación, así como Henry debe al mío sus más poderosos ascensos creativos. Contemplo su boca ancha con enorme gratitud. Vivo en un mundo de tibieza y levedad.

23 DE JULIO DE 1934

El seminario es infructífero. Pero después me encuentro con Rank, que no puede esperar la ceremonia del almuerzo. Me lleva a la casa. Se arroja sobre mí. Me envuelve. Me muerde salvajemente.

Y después almorzamos en el cuarto con las cortinas cerradas. Almuerzo con champagne y risas.

—Tienes el don de vivir —le digo.

—Pero jamás lo usé —responde—. Jamás lo usé hasta ahora.

Después del almuerzo nos acostamos y él me desea, y nos hundimos en una larga orgía de caricias.

¿Cuál es la fortaleza interior, secreta, a la que no le doy acceso, y por qué? Su pasión despierta todos los reinos exteriores de mi ser, pero no me hace totalmente suya. Estoy pensando en Henry.

Esta mañana estoy enferma. Hugh va a Dinard, pero no puedo gozar de Henry porque me faltan fuerzas. Tengo que estar sola. Amo la vida y ella siempre me mata... físicamente. Hablo con Eduardo y sale a la luz lo siguiente: siento que soy la June de Rank. Me ama con sus sentidos. Puedo destruirlo. Ama la June que hay en mí, el aspecto peligroso, rebelde, perverso. Lo he esclavizado y no me he convertido en su esclava (gracias a mi frigidez). No quiero crear con él. Lo ha hecho solo, antes de conocerme. Más bien disfruto al ver cómo destruye su propia creación (el psicoanálisis, su medio de vida). En la escuela, sus palabras están dirigidas a mí, no a los demás, y sus palabras inquietan y desconciertan. Podría advertirle, pero Rank quiere vivir. Soy alegría, cuerpo, expansión y peligro, movimiento, color. Él anhela una suerte de suicidio después de haber conocido el error esencial de todas las filosofías y los sistemas de ideas. Teme las verdades que ha descubierto. No nos ayudan a vivir. Me ha conocido y ha perdido la cabeza.Es evidente para todos que cuando yo entro en la sala, deja de escuchar a los demás. Cuando yo llamo por teléfono, arranca el auricular de la mano de su secretaria. Salta por la ventana del aula para venir a mi encuentro. Soy consciente del júbilo que me causa este triunfo. Según Eduardo, ya que no puedo tener a Dios, tendré a los analistas, a quienes el mundo considera divinos. Como victorias. Como poseí a mi padre. Pero no me entrego a ellos. Me conservo para mí. ¿Cómo puedo ser June para Rank?

Eduardo y yo observamos que jamás desarrollé mis perversidades hasta el fin. No tomé drogas con June. Me adecué a la imagen que Henry tiene de mí como opuesta a June (pero en sus momentos de perversidad, él dice: «Cuando vengas a vivir conmigo, te obligaré a llegar hasta el fin de las cosas». Lo cual significa: «A que seas la June que hay en mí»).

Al ser la madre de Henry, no puedo ser June.

En cuanto al fin: No fui hasta el fin con June y Henry. Me detuve en alguna parte y escribí la novela. La novela es el *aboutissement*.

Con mi padre no desarrollé hasta el fin la vivencia de odio destructivo y antagonismo. Creé una reconciliación y estoy escribiendo una novela de odio.

Henry llegó hasta el fin con June. ¿Puede escribir una novela? Tiene cuarenta y dos años, convivieron durante ocho sin que él escribiera sobre ella.

¿Llegaré hasta el fin con Rank? ¿Qué me detiene? La salud, digo yo. Pero es una creación. ¿Me detengo en el borde de la destrucción y la autodestrucción para catalizar todo a través del arte?

Quiero vivir hasta el fin a la June que hay en mí.

Eduardo, que me llama su ánima, me había enviado a su analista. Yo, mujer, obtendré del analista el amor que él quiere, el amor que anhela su yo femenino. Así interpreto yo el hecho de que haya usado su influencia para llevarme al psicoanálisis, consciente de lo que sucedería.

—¿Debo acudir ahora a Jung para ganar otro trofeo de guerra? —pregunté hoy. Trofeos, no curación sino más vida y amor. Esclavos. Eduardo adora a Jung. Sabe que también él se volvería humano si me conociera. Y si yo escribiera la novela de las ideologías de estos hombres y el drama de su caída en la tentación conmigo... ellos son sacerdotes y yo, Thaïs. Sólo que no sé qué me impide ser June. ¿La compasión de la novelista o la debilidad del cuerpo?

Hoy me enfermé para no seguir viviendo. Si no, hoy sería Henry, mañana la escuela, el jueves Rank, el viernes el viaje a Dinard y así sucesivamente. ¿Acaso fue el champagne? En todo caso, la sensación que me embarga no es de tragedia sino de comedia alta, perversa. Poder.

Eduardo y yo hacemos girar la bola coloreada. Tal vez yo escribo novelas para compensar las deficiencias de la vida misma. La novela era mejor que tomar drogas. Era mi droga superior. Donde la vida se vuelve un valle árido, allí me detengo.

Odio de papá. La guerra con papá. Derroche inútil de emociones. Es mejor escribir el libro *Double*.

La vida con Henry. Satisfactoria, por consiguiente no escribo novela alguna. Sólo puedo hacer un retrato de su vida.

La idea de vivir hasta el fin la June que hay en mí, la mitad de mí que reconocí tan rápidamente en June, me atrae con fuerza.

La pasión de Rank es embriagadora. Vivir sólo para los momentos embriagadores de la vida. Pongo la música y mi sangre baila otra vez.

Música.

He leído parte del libro de Rank sobre técnicas.

—Me estoy enamorando de tus libros —dije—. ¿Estás celoso?

—Depende de en qué medida te apartan de mí.

Sí, hay dos Rank. Uno es el filósofo y psicólogo, el otro el ser humano. Éste tiene una sola cualidad: el poder de amar. Es lo que quiero. Quiero el vino.

Los equivalentes del vino y las drogas son potentes, y dan vida, no muerte.

El psicólogo escribe: «Frigidez: una de las expresiones típicas del intento de parcialización llevado demasiado lejos...»

Pero hago una representación tan bella de la «totalidad». Estoy conmovida y susceptible hasta la última partícula de mi carne y mis nervios. Represento apenas una comedia parcial. La tibieza sigue en mí. Ya estoy marcada. Entrego lo suficiente para recordar y anhelar más adelante.

Por eso, expreso biológicamente mi falta de entrega total a Rank. Lo amo parcialmente.

«De ahí se llegaría a la definición de que el placer es el resultado de una parcialización lograda.»

1º DE AGOSTO DE 1934

Ese viernes partí hacia Dinard totalmente agotada, asombrada, atónita y conmovida por la sensualidad de Rank. Es tan voluptuoso e instintivo. Una vida vagamente carnal en ese cuarto. Y después, Henry; y después en Dinard, ganar en el casino; y después el regreso a Rank y su apetito, y otra vez casi harta de amor.

Un mundo vago, no formulado —como el de Hugh—, sin palabras. Nuevamente me hundo en las tinieblas, en la nebulosa. Como Hugh, Rank se pierde en mi carne y entrega su alma. Y yo también me hundo. No pienso; no hablo. Eduardo es el único que ve y comprende de qué se trata. Vivo en un sueño. Un sueño lleno de gente, de amor, de sensaciones. Despierto sólo a los dolores más triviales —injurias imaginarias, una leve ofensa de alguien—, y entonces corro a refugiarme bajo las vastas alas protectoras de Hugh cuando siento incluso en el apogeo de mi vida que todavía soy hipersensible e invento heridas.

Oscura, misteriosamente represento para Rank todos los gestos de mi pasión por Henry, magnifico la ilusión de posesión total de mis sentidos; gestos y palabras repetidos, pero irreales.

He perdido el deseo de escribir.

2 DE AGOSTO DE 1934

Depresión. Agotamiento. Cuando no veo a Rank, lo echo de menos. Su intensidad, su seriedad, su melancolía, su mutismo. Un mundo de soñolencia. He descendido a lo impulsivo, lo instintivo. Pero Rank es vivo y vital. Me desconcierta. Me atrae, como lo hacía Hugh. Cavernas.

Bruscamente he dejado de combatir a Hugh. Me siento solidaria con él. Jamás accederá a la vida, la claridad, la expresión. El análisis lo ha conducido a la astrología, donde se ha desarrollado. En la vida es ausente, vago, triste, lerdo, tardío, olvidadizo, nebuloso. Lo dejo en paz.

Nuestra habitación de la rue Henri Rochefort, cerca del Parc Monceau. Una casa silenciosa donde una mujer bonita maneja el ascensor sin mirar a la gente ni hacer preguntas. El *foyer* diminuto, el cuarto, el baño como en las estampas francesas. Pedimos el almuerzo por teléfono y nos lo sirven en el foyer mientras fumamos, desnudos en la cama. Escuchamos la explosión del corcho del champagne. La mucama ha desaparecido. Es como un juego, yo estoy risueña y hambrienta. Él come rápida y yo lentamente, como Henry. Sus grandes ojos oscuros giran extrañamente en sus cuencas. Es como si mirara sobre el borde de sus propios ojos, el mentón hacia abajo. Son pesados y tristes, como la amplia boca. No terminamos el champagne. No terminamos los cigarrillos. Su cuerpo está en llamas de la cabeza a los pies. Ahora prolonga, prolonga, saborea hasta el final. Cuando despertamos hace calor. Nos bañamos juntos. Dice que cuando era niño, le gustaba pescar con las manos, sólo con las manos. Y atrapaba los peces. Río al advertir que me he sumergido en la bañera sin quitarme el reloj. Todo es crepuscular, porque todo es sentimiento. Nos tendemos en silencio y él hunde la cara entre mis senos. Gruñe de placer. Como un animal oscuro.

Cómo el roce de la carne con la carne genera un perfume y la fricción de las palabras sólo dolor y división. Formular con la mente sin destruir, sin interferir, sin matar, sin marchitar. Es lo que he aprendido de la vida, esa delicadeza y reverencia de los sentidos. El respeto por el perfume será mi ley en el arte.

Es el poeta que se afirma debido a la lucha contra el psicoanálisis.

4 DE AGOSTO DE 1934

Me siento junto al sensual Hiler, quien me ha pedido que sea su amante o, si no, su analista o, si no, que fume *kief* con él.

Dentro de ocho semanas viviré cerca de Henry. Siempre Henry. Me gustaría fumar una vez con Hiler, acostarme con él, porque es tan parecido a John. Me gustaría esclavizar totalmente a Bone, que tiembla cada vez que me acerco. Él lo espera.

Pero paso mis tardes libres con Henry y sólo respondo a sus caricias. Y anhelo ver a Rank, ser acariciada y abrazada por él. Hemos hecho planes para estar en Londres al mismo tiempo.

Hice las paces con Hugh, acepté sus limitaciones en la vida, durante la vigilia. Siento ternura.

Comprendo mi plena realización humana, acepto mi soledad espiritual y mental. Poseo mi propia alma a solas, aquí en el diario.

Todavía no puedo corregir la novela. He terminado la traducción del primer tomo (del diario) al inglés. Planificamos el viaje a Londres, invitados por el presidente del Banco. Veremos a Rebecca West. Planifico mi vida en octubre.

—Cuando vivamos juntos —dijo Henry—, no permitiré que andes correteando por todas partes.

7 DE AGOSTO DE 1934

Je brûle. Ardo en todos mis deseos... todos los sueños, todas las sensaciones imaginables. Las ideas también.

Ayer en casa de los Bradley hablé como una antorcha; con humor y también con agilidad de palabra (¡qué metáfora!). Abundé en palabras.

Y hoy paso unas horas con Henry. Al mismo tiempo, siento un enorme deseo de Rank. Lo veo en la escuela. No podemos reunirnos. Un hambre física. Estoy atrapada, atrapada. Soy consciente de mi tremendo egoísmo, de que mi vanidad y presunción aumentan con mis fuerzas.Todo magnificado por la expansión de mí misma. *Tant pis.* Divierto a los demás, los inspiro; ¡nada de esto se puede hacer sin un robusto *yo*!

Henry relee mi novela y vuelve a enamorarse de mí. Dice que aunque pudiera, no cambiaría absolutamente nada en mí. El libro lo ha hecho llorar y reír. Buscamos juntos nuestra futura casa.

Y Rank pasa rápidamente por el lente de mi imaginación mientras estoy con Henry. Rank, veloz, pequeño y tenso, sombrío y apasionado, como otra parte del mismo Henry, una de las caras de Henry, un doble. Advierto aquí una extraña correlación; la mitad de Henry se ha separado y me ha amado.

Mis pechos se ponen grandes y pesados; se reúnen las sombras entre los dos. Tengo mucho amor para dar: mucho, mucho. Ardo, ardo como Juana de Arco.

«Así, la psicología acaba por convertirse en el peor enemigo del alma» (Rank).

Bradley sugiere que tal vez no tengo edad suficiente para abordar el gran tema (la historia de papá). Sugiere que escriba una biografía para prepararme. Ojalá pudiera ser la reina de *Alicia en el país de las maravillas* para gritar secamente: «¡Que le corten la cabeza!». Pero más tarde, cuando dijo: «Me es difícil hablar, no estoy acostumbrado a la dentadura postiza», anulé el decreto de ejecución. Sin embargo, se le acusa de dos crímenes graves. Nombró a Blanche Knopf como árbitro de mi novela y ahora me dice con ligereza que ella carece por completo de inteligencia.

Escucho el violín y sueño con las caricias que Rank me prodigará mañana.

Sueño: Después de decirle a Eduardo que tengo la sensación de ser como una madre para él, de ser tía, voy a ver a Tía. Encuentro que le han cortado el cuerpo entre los hombros y los senos y lo han clavado a una plataforma sobre ruedas. Su cara es despierta y bella. Me arrodillo a su lado, trato de fingir que no hay nada anormal, pero me abruman la ansiedad, el horror y la sensación de que esto me sucede a mí. Me pregunto cómo puede vivir sin corazón, sin comer ni digerir. En ese momento, Tía sufre un ataque de histeria. Tironea, se da vuelta como una cucaracha y la plataforma queda en el aire. Alguien la alza y la endereza. Advierto que traspira por el esfuerzo, que el cuello de su vestido está empapado.

Este sueño me persiguió durante varios días: era inolvidable, por lo vívido y realista. Rank: «La influencia del sueño sobre la realidad es tan grande como la de la realidad sobre el sueño y aparentemente es mucho más significativa».

La pasión que me brinda Rank es contagiosa. Me hundo en ella cada vez más. Me arrastra. Es un resplandor en la habitación. Poco a poco su vibración me atrapa. Es todo carne y silencio. Pero no sufro sus temores. Teme que dure poco, que yo me aparte de él. Se siente perdido y empieza a temer la intensidad. Ahora sabe que la vida está contenida en estas dos o tres horas y se sumerge en ellas. Es lascivo, voraz. Cuando despierta y habla, es el otro. Yo me desenredo y me aíslo otra vez. Brindo menos ternura y simpatía que a Henry después de la pasión. Casi nada. Sólo la respuesta sensual. Ningún deseo de dar, nada de ilusiones locas. Pero cuando le suplico que me exima de la escuela, sólo dice: «Te echaré de menos», y al pensar que mañana estará solo entre el puñado de norteamericanos, iré para ver cómo se iluminan los ojos del hombrecillo triste, para darle placer. Pero detesto la escuela tanto como el mundo, como la sociedad, como todo salvo el mundo que yo he creado con sus escasos, selectos habitantes.

10 DE AGOSTO DE 1934

Descubrí la gris realidad, el significado de los denuestos y la rabia de Lawrence y Henry sobre la desintegración del mundo (antes para mí eran meras palabras). ¡La Perdición! El pesimismo de Hugh, de los hombres, las angustias concretas de los hombres que pierden poder y dinero. Vi el derrumbe, el éxodo de los norteamericanos, los cambios y el caos provocados por la situación mundial. Vidas individuales conmovidas, envenenadas, alteradas. El conflicto y la inestabilidad. Me sentí abrumada. Me dolió durante un día. Y luego, con obstinación mayor, furiosa, desesperada, reanudé la construcción de mi vida individual como si no sucediera nada. Me niego a caer en el pesimismo y la inercia universales. Me pongo anteojeras, me tapo los oídos con cera. Seré aquella a quien fusilarán mientras baila.

Bailar. Rank y yo solos en el estudio de Chana Orloff, quien nos lo ha prestado. Nos hundimos en el salvajismo. Borrachos. Su fogosidad empieza a exasperarme. Rank me envuelve, me envuelve totalmente, pero cuando despierto de la intimidad física me encuentro libre de él. Es mi cuerpo lo que él asedia. Es mi cuerpo el que va hacia él como si se sintiera impulsado a hundirse en las llamas. Donde hay llamas, allá voy.

Todos me miran mientras ardo. Una vez pregunté quién sería el Doble *oscuro*, papá o yo. Soy yo. Él lleva una vida ascética y me contempla fascinado. *«Feux d'artifice»*, dice. Sé que ahora mis cartas chispeantes lo hacen reír y aceleran el curso de la sangre en sus venas. Ya no puede ponerme límites. Nadie puede hacerlo. Ni siquiera la desesperación del mundo.

Los ojos de Rank. Llenan los silencios. Su sensación de plenitud. Me encanta brindársela, así como Henry me brindaba la sensación de libertad. Es tan dulce perder el propio yo.

Cuando despertamos, nos movemos, hablamos, la totalidad se separa en estratos. Hay estratos en los que no nos encontramos. Su comprensión es infinita, como un mar, pero sólo yo navego en ella. Él es todo, inmenso pero no personificado, palpable salvo en el amor. Majestuosas extensiones de silencio, de lo no vivido, lo no humano. Bruscamente se vuelve nítido y formula una idea sobre el Lawrence de Henry o la psicología femenina. Es aguda y lúcida. Entonces oscila y cae nuevamente de cabeza en el bosque de mis pechos, pelo, piernas. *Il veut se perdre, se noyer en moi.*

Me despedí de la escuela (tal como a los dieciséis años me fui de la secundaria de Wadleigh). ¿Qué es lo que puedo salvar de la vulgaridad, de la ranciedad de esos lugares y personas? Mi mundo individual.

11 DE AGOSTO DE 1934

Visito a Henry, que ha depositado todas sus esperanzas en nuestra vida en común. Tomo quinina para apurar el parto del huevo de Pascuas. Premio a Hugh, que anoche se ha mostrado encantadoramente pedante, seductoramente íntegro y sincero. Ahora no soy feliz cuando paso el día a solas. Todas las locuras, las obsesiones, las angustias vuelven para acosarme.

Domingo. Ésta es mi droga y mi vicio. Es el momento en que tomo la pipa misteriosa y me entrego a las desviaciones. En lugar de escribir un libro, me tiendo de espaldas y sueño y hablo conmigo misma. Una droga. Me aparto de la realidad hacia la refractación, transformo los sucesos en vapor, en sueños lánguidos. La fiebre imperiosa, estimulante, que me mantiene tensa y atenta durante el día se disuelve en voluptuosidad, en improvisación, beatitud y contemplación. Debo volver a vivir mi vida en el sueño. El sueño es mi única vida. En los ecos y las reverberaciones busco la transfiguración capaz de conservar la pureza del prodigio. Si no, se pierde toda la magia. Si no, el hombre que hechiza mi cuerpo sólo muestra sus deformaciones, la fealdad se vuelve orín, orín que cae sobre articulaciones que sólo deberían crujir bajo el peso del placer.

Mi droga. Cubre todas las cosas con la bruma del humo, las deforma y transforma como la noche. Toda la materia debe fusionarse para mí a través del lente de mi vicio; si no, el orín de la vida reduciría mi ritmo a un sollozo.

14 DE AGOSTO DE 1934

Me estoy enamorando de Rank. No puedo vivir sin verlo. Es un hambre, un hambre insoportable. Hoy corrí a verlo. Es como rozar el fuego. Siento una felicidad terrible. En alguna parte, en el fondo, en lo más profundo de la oscuridad, nos encontramos. Tendida ahí me pregunto por qué me hace tan feliz.

Rank me brinda la más esquiva de las realidades, la realidad del amor, activo, explosivo. El amor lo abruma, lo lastima como a mí, traza surcos en él. El júbilo de la voluptuosidad, el éxtasis de una caricia casi lo hacen sollozar. Es un afecto tan inmenso que lo quiebra.

June decía, y sabía tan bien como yo, que ésta no es la forma de amar de Henry. Y también lo anhelaba. Es un amor femenino, exaltado, apasionante, absorbente, casi fantástico, anormal. En este pozo de monotonía, de temperatura invariable, hay alivio de la duda y la ansiedad, hay una alegría extraña, tan extraña. Afecto. Sensaciones, entrega, voluptuosidad que trascienden el propio yo y todos los yo. Nos rodean las estatuas (del estudio de Chana Orloff), todas de mujeres embarazadas, carnes desbordantes, senos henchidos, maternidad, abundancia.

Alzo la vista al cielo raso blanco. La cabeza de Rank descansa sobre mis senos (son pechos de verdad, grandes y pesados). Rank habla de su desesperación. Tal vez deba emigrar a Estados Unidos. Aquí no gana para vivir. Detesta la idea de partir. ¿Qué haremos? Me siento herida, con un gran, gran dolor. Sugiero otras soluciones. Lo ayudo a planificar. Toda nuestra alegría está en tendernos lado a lado. No queremos cartas, conversaciones ni ideas. No tenemos nada que crear juntos. Su creación está consumada. Quiere vivir. Resucitar la carne. Y la presión de la realidad es terrible.

He conservado a mi «niño», el Huevo. He demorado el aborto más que cualquier otra mujer, La *sage-femme* está desconcertada. Debido a la introversión de la matriz, la concepción era imposible, pero sucedió. El aborto debía producirse en dos semanas. Van cuatro meses. Me ha fascinado la sensación de crecimiento en mi seno, el bienestar físico, la riqueza, la conexión con la tierra, toda la vivencia física del embarazo. Tengo sueños: con una mujer que arroja su bebé al mar y yo la regaño con furia. Con bebés lisiados a los que trato de no mirar. Odio de la destrucción. Esta semilla que llevo en mí, la he amado.

Tomé mi decisión conscientemente y la llevé a cabo. Inconscientemente conservé la ilusión. La hinchazón del vientre, la sensación de expansión, de plenitud.

Comienzo una carta a mi padre y me interrumpen los sollozos. Frustración y desesperación. No es un *padre*. Amo una imagen de él que no existe. Cuando no está presente, la imagen me obsesiona. Sé que cuando está cerca, es pura angustia.

No me siento bien. Vino Dana Ackeley, un amigo del padre de Hugh. Voz idéntica a la de John, la misma manera de pronunciar mi nombre, de manera que cuando dijo, «Anaïs, el almuerzo está delicioso», fue como una lluvia de claveles rojos. Soy un mar de sensaciones, a la deriva en mis afectos.

15 DE AGOSTO DE 1934

Veo a Henry imaginar y crear nuestra vida en común; excitado y muy despierto, planifica cómo vender sus libros, cuánto tiempo trabajará; su alegría de tener «sexo, hogar, comida y el mejor sexo», me da alegría. Se muestra tierno y también celoso. «¿Le dijiste a Rank que era nuestro hogar?»[1]

No se lo dije a Rank. Hubiera preferido vivir sola. Una vez más, no hago exactamente lo que *quiero*. El sentimiento de ternura por Henry prima sobre todo. Estoy atrapada. Si pudiera olvidar a Rank y ser nuevamente absoluta. Toda para Henry, ciega, fanáticamente. Siempre me atrapan. ¡No soy en absoluto mi propia dueña! Y todo está bien. El amor es una esclavitud divina. Amo. Amo. Amo. No podría abandonar a Henry. No puedo vivir sin Henry. Tampoco sin Rank.

21 DE AGOSTO DE 1934

Siento por Rank una verdadera pasión... un hambre física ciega. Todo lo que rodea el momento de acostarnos es menos importante que esa colisión fogosa. Había deseado tanto esa oscuridad e intensidad, el flujo instintivo de la pasión pura. No podemos hablar; ni siquiera podemos separarnos para hablar.

—Precisamente porque he terminado mi creación sin ti, puedo amarte como mujer... —dijo. Nada más que mujer. Pasión. Nada de palabras. Nada de creación. Ni madre. Ni comunión. Ni ternura. Sólo el choque y la intoxicación, la conjunción y un hambre física que nada puede aplacar.

—Nunca en mi vida reí de tan buena gana como contigo —añade. Ha vertido en mí todo su júbilo, sus nuevas alegrías. Rió... ¿a la manera de los esquimales? (Los esquimales dicen en su extraño idioma que «rieron juntos» cuando quieren decir que hicieron el amor.)

Cuando hablamos sobre la psicología social y el doble, pregunté por qué recordamos a Robinson Crusoe en la isla, cuando las dos terceras partes del libro tratan sobre los viajes de Crusoe después de abandonar la isla.

—No olvides a Viernes —observó Rank. (Viernes es nuestro día de encuentro. Viernes es mi noche libre; dentro de dos meses y una semana a contar del viernes él me espera en Nueva York.) —Crusoe pudo soportar la vida en la isla desierta gracias a Viernes.

---

1. Anaïs Nin había alquilado un estudio en el 18 de Villa Seurat para usarlo como «oficina» suya y vivienda de Henry Miller.

22 DE AGOSTO DE 1934

Me desperté al amanecer y hablé con Hugh:
—Yo defino al arte como un acto de amor humano. Si escribo una síntesis de la obra de Rank, será sobre su vida: una versión dramática, no intelectual. —Afortunadamente, Hugh estaba casi dormido y además, como dijo Rank, su doble u otro yo no tiene la menor idea de lo que hace o piensa su otra mitad. Una mitad de él sabe todo lo que yo hago; la otra mitad no lo sabe. Las dos mitades jamás se encuentran ni se comunican. Por eso no hay comprensión ni cristalización.

Rank viene y habla sobre la vida. Sobre este amor que no llamamos amor, este amor que trasciende el amor que conocemos, inmenso, ilimitado, cósmico, no individualizado, indoloro, inconmensurable, abnegado, con un nivel de fluidez que ni él ni yo jamás habíamos conocido. No sé dónde vivimos, pero es el mundo más grande y elevado que haya conocido.

—Antes me negaba la vida, o me la negaban, primero mis padres, luego Freud, luego mi esposa. —Su entrada en la vida es un espectáculo maravilloso.

Entonces hablamos de bailar —Salomé—, que él prefiere que yo haga en lugar de analizarme porque es más próximo a la vida. Se entera de que hice una cita con La Joselita para bailar en Pascuas, que no pude cumplir porque descubrí que estaba embarazada. El niño me impidió bailar, y anteanoche yo quería bailar hasta perderlo: ¡una danza salvaje!

Rank habla sobre danzas, danzas. La corriente de la vida es tan fuerte, tan poderosa, que la acepto y vuelvo la espalda al arte.

Allendy me manda llamar. Está triste y deprimido. Siente que va a morir. Siente que me alejo de él. Trata de recuperarme, suplica, ruega, se enoja. Dice que falló conmigo como hombre y quiere otra oportunidad. Dos oportunidades. Me ama.

—*Ma petite Anaïs*... soy perverso por tu culpa. Me incitaste con toda tu imaginación. Representé un papel para ti, no estaba cómodo. No lo hice bien.

—No quiero representaciones —dije.
—Entonces, deja que sea como soy para conquistarte. Me causaste un sentimiento de inferioridad.
Me dio ganas de reír.

Sueño: Voy a casa de mi padre con la cara tatuada, con agujas clavadas en ella para ser hermosa. Me siento bella. Pero al volver a casa a mirarme en el espejo, me quito las agujas y mi cara cae hecha pedazos triangulares. Corro a mi mamá: «¿Qué puedo hacer?» Serenamente trae un peine para peinar mi cabello, que es de color plateado, mientras dice: «Enseguida se arreglará. Esto es lo que hay que hacer».

27 DE AGOSTO DE 1934

Mi vida siempre será una tragedia. Ahora estoy en Louveciennes con Henry; empaquetamos libros para llevar a nuestra casa, hacemos planes, clasificamos nuestros manuscritos, y mientras tanto yo pienso en Rank, añoro su amor, espero que Henry no me desee. La verdad es que no quiero vivir con Henry, pero yo he dispuesto esta vida. Hoy quiero vivir *sola*, porque amo a demasiados hombres.

Ahora es Henry quien se aferra a mí y se muestra celoso, pero ¿acaso no se le da lo que su egoísmo pide? Un amor a medias.

Martes. Consulté a un médico, que dice que la *sage-femme* no ha logrado nada. Deben operarme, el niño tiene casi seis meses, está vivo y es normal. Será casi un parto. Tomará más de una semana. Empezaba a sentirme tan pesada, con leves temblores en mi seno. Al bajar la vista veo el vientre redondo y blanco. Mis pechos están llenos de leche, una leche que todavía no es dulce. Al subir la cuesta hacia lo de Rank, pienso en el niño. Podría entregarlo a mamá y de esa manera liberar a Joaquín. Pero siempre sería una traba. No tiene cabida en mi vida con Henry; no tiene cabida con Rank, que tiene un hijo y demasiados problemas; no tiene cabida con Hugh porque no es su criatura y sólo le causaría sufrimientos. No tiene cabida en ninguna parte. Soy una amante. Tengo demasiados hijos. El mundo está lleno de hombres sin fe ni esperanzas. Hay demasiado trabajo, demasiados hombres a quienes servir y cuidar. Ya tengo más de lo que puedo soportar. Trato de brindarme a Hugh, a Henry y a Rank.

Cuando me encontré con Rank, lo hallé triste y meditabundo. Todo lo empuja hacia Nueva York, donde le ofrecen mucho dinero y un puesto. Tiene deudas. Pero quiere quedarse.
—¿Cómo he de irme allá a trabajar y dejar de vivir? Mi vida está aquí contigo. No quiero irme. Nunca aspiré al éxito, y ahora menos que nunca.
Estos conflictos que él ayuda a otros a resolver, debe resolverlos solo. No puedo ayudarlo. No se trata de seis meses o un año sino de un período indeterminado. ¿Por qué no voy con él como ayudante?
Lo seguiría a cualquier parte.
Sé que quiero ir con él. Amo su tristeza, su tenacidad, su afecto. Juntos podríamos afrontar Nueva York y trabajar.
—Si pudiera ser feliz en mi vida —dijo Rank.

29 DE AGOSTO DE 1934

Después de pasar apenas una hora con Rank, que estaba tan triste, sentí una gran angustia, una desdicha inmensa. Hugh no llegaría desde Londres antes de la medianoche. Llamé a Henry a lo de Lowenfels y le pedí que se reuniera conmigo. Su respuesta lenta y vacilante me dolió, y corté bruscamente. Fui a Louveciennes. Pero esta mañana fui a verlo con toda la intención de llamarlo monstruo; por alguna razón, recordaba al Henry que cogía con una negra sobre la mesa mientras operaban a su esposa. Su insensibilidad. Pero el «monstruo» se había despedido muy trastornado de los Lowenfels, me había buscado por los cafés, había llegado a la casa a las diez y me había esperado; la preocupación le había causado una jaqueca y su aspecto era lamentable. Mis sentimientos por su presunta crueldad se desvanecieron al instante. No me dejó ir al almuerzo con los Lowenfels. Estaba terriblemente preocupado por el aborto, se mostró muy tierno. Pero no permití que me poseyera. Pensaba en Rank, que me esperaba a las tres.

Rank y yo fuimos al apartamento del bulevar Suchet, que está desierto. Estábamos abrumados por la tristeza, que sofocaba el deseo. Su viaje de cuatro días a Londres anticipaba la partida a Estados Unidos.

Ninguno de los dos había podido dormir.

Yo estaba despierta, pensaba que no podría soportar la vida sin él, que una vez más me había arrojado de cabeza a una pasión puramente física y ésta se convertía en amor, servidumbre, una totalidad. Algo más que la hora de la posesión. Y con el amor venían el dolor y la seriedad.

No comprendo.

La violencia de mi sentimiento por Rank es casi aterradora.

Cuando se fue, me paseé por el lugar, inquieta y nerviosa. Me retorcía las manos. Qué extraño, pensé, haber vivido a una cuadra de Rank en el bulevar Suchet, cuando mi vida era tan vacía y trágica. Yo solía pasar cerca del lugar donde él vivía y trabajaba, en esos paseos en que deseaba a John e imaginaba que me besaba. Recuerdos. La vida en Suchet. La explosión de color y danza junto con el hambre del espíritu y los sentidos.

Era una casa bien arreglada. Dispuse la cama para recibir mañana al médico. Me alegraba de estar serena, de disponer de ese ambiente para que la Princesa pudiera abortar.

Me senté en el estudio y hablé con mi niño. Le dije que debía alegrarse de que no lo lanzara a este mundo lúgubre, donde las mayores alegrías están teñidas de dolor, donde somos esclavos de las fuerzas materiales. Se agitó y pateó. Tan lleno de energía, ay, mi niño, mi criatura creada a medias que devolveré a la *néant.* A la oscuridad y la inconsciencia, al paraíso del no ser. Te he conocido. He vivido contigo. Tú eres sólo el futuro. Eres la abdicación. Yo vivo el presente, con hombres más próximos a la muerte. Quiero hombres, no una futura extensión, una rama de mí misma. Mi pequeño, aún no nacido, siento cómo tus piececitos patean el interior de mi útero. Mi pequeño, aún no nacido, está muy oscuro el cuarto en que tú y yo estamos sentados, tanto como debe ser el interior de mí donde tú estás, pero debe de ser más dulce para ti yacer en la tibieza que para mí buscar en este cuarto en tinieblas la felicidad de no saber, no sentir, no ver, la felicidad de estar inmóvil y muda en la tibieza total y la penumbra. Todos buscamos eternamente este vivir sin dolor, vivir sin ansiedad ni miedo ni soledad. Sientes impaciencia de vivir; pateas con tus piececitos, mi pequeño, aún no nacido; deberías morir. Deberías morir antes de conocer la luz o el dolor o el frío. Deberías morir en la tibieza y la oscuridad. Deberías morir porque no tienes padre.

Tú y yo, mi diario, a solas con los frascos de remedios en este dormitorio lujoso. Hugh se ha ido a comprar remedios. El médico alemán ha pasado por aquí. Mientras opera, conversamos sobre la persecución de los judíos en Berlín. Lo ayudo a lavar los instrumentos. Tengo el «talismán» que me dio Rank. Sueño con él. En este mismo cuarto, hace pocos años, sufría a causa del vacío en mi vida. ¡Ahora sufro a causa de la sobreabundancia! Me levanté alegremente, como si fuera a viajar. Soy tan feliz que ningún dolor físico me acobarda. La vida es maravillosa, aunque aparezcan trapos manchados de sangre. Esta mañana recordé cómo me recibió una vez Henry: «He aquí la princesa Aubergine». Esta mañana lo llamé: «Ven a conocer el palacio de la princesa Aubergine donde nacerá el príncipe Aubergin». Una hora después, separaba las piernas para que penetraran los instrumentos. El médico dijo que no podría tener un hijo sin cesárea. Soy demasiado menuda. No me hicieron para la maternidad. Me rodea tanto amor que quiero llorar.

Eres un niño sin padre, como yo fui una niña sin padre. El hombre que se casó conmigo fue el mismo que me engendró. No pude soportar que se ocupara de otro y yo volviera a ser huérfana. No he conocido otro afecto que éste. Con todos los demás, era yo quien brindaba el afecto. Amamantaba a todo el mundo. Cuando había guerra, yo lloraba por todas las heridas infligidas, y donde había injusticia, me esforzaba por llevar la vida y recrear la esperanza. La mujer sentía demasiado amor y afecto. Y dentro de esa mujer persistía una niña sin padre, una niña que no murió cuando debía. Aún persistía el fantasma de una niña que lloraba, que se lamentaba por la pérdida del padre. El hombre que se casó conmigo la cuidó, y si tú vinieras, lo tomarías por padre y el pequeño fantasma jamás me dejaría en paz. Golpearía las ventanas; lloraría ante cada caricia que él te diera. Tú también, hijo mío no nacido, eres hijo de un artista. Y este hombre no es un padre; es un niño, es el artista. Necesita absorber todos los cuidados, la ternura, la fe. Sus necesidades no tienen fin. Necesita fe, indulgencia, humor. Necesita adoración. Necesita ser único en el mundo que creamos juntos. Es mi niño y te odiaría. Y si no te odiara, detestaría tus enfermedades, tu llanto y a la mujer que tuvo un hijo. Debo alimentar su creatividad y sus esperanzas con todas mis fuerzas. Él te descartaría. Escaparía de ti, como se fugó de su esposa y de su otra niña porque no es padre. Se siente torpe en presencia de un niño humano que tiene carencias. No comprende las necesidades ajenas. Su propia hambre no le deja lugar para otros sentimientos. Quedarías abandonado y sufrirías como sufrí yo cuando me abandonó mi padre, que no era padre sino artista y niño. Es mejor morir, hijo mío no nacido; es mejor morir que ser abandonado, porque pasarías el resto de tu vida vagando por el mundo en busca del padre perdido, de este fragmento de tu cuerpo y alma, de este fragmento perdido de tu mismo yo. *No hay un padre terrenal.* Este padre es la sombra de Dios Padre proyectada sobre la Tierra, una sombra más grande que el hombre. Esta sombra que adorarías y tratarías de tocar, soñando día y noche con su tibieza y su grandeza, soñando que te cubre y te arrulla, más grande que una hamaca, grande como el cielo, tan grande que contiene tu alma y todos tus miedos, más grande que hombre o mujer, que iglesia o casa, la sombra de un padre mágico que no se halla en ningún lugar... es la sombra de Dios Padre. Sería mejor que murieras dentro de mí, silenciosamente, en la tibieza y la oscuridad.

Hugh nos llevó a la *clinique*. Me habían rasurado y preparado para la gran operación. Estaba resignada, pero en el fondo me aterraba la idea de la anestesia. Recuerdos de otras anestesias. Sensación de opresión. Dificultad para respirar. Ansiedad. Como un sueño con el trauma del nacimiento. Sofocación. Miedo de la muerte. Miedo de entrar en el sueño eterno. Miedo de morir. Pero sonreía y bromeaba. Me llevaron al quirófano en silla de ruedas. Las piernas atadas, alzadas, la pose del amor en un quirófano, ruido metálico de instrumentos y olor de antiséptico y la voz del médico y yo que temblaba de frío, estaba azul de frío y angustia.

El olor del éter. La fría insensibilidad que surca lentamente las venas. La pesadez, la parálisis, pero la mente todavía lúcida lucha contra la muerte, contra el sueño. Las voces se vuelven más tenues. La incapacidad para responder. El deseo de suspirar, sollozar, murmurar. *«Ça va, madame; ça va, madame? «Ça va, madame, ça va madame ça va madame...»* El corazón late con desesperación, ruidosamente, como si fuera a reventar. Entonces te duermes, caes, ruedas, sueñas, sueñas, sueñas; estás ansiosa. Sueñas que un taladro mecánico se hunde entre tus piernas, pero estás insensible. Taladra. Las voces te despiertan. Vomitas. Las voces son más fuertes. *«Ça va, madame? Elle vomit. Faut-il lui donner encore? Non. C'est fini.»* Lloro. El corazón, el corazón se siente oprimido y cansado. Es difícil respirar. Se me ocurre que debo reconfortar al médico, así que repito: *«C'est très bien, très bien, très bien».*

Estoy en mi cama. Al ver a Hugh, lloro. Vuelvo de la muerte, de las tinieblas, del miedo, de la ausencia de vida.

El médico espera ansioso. A las diez me examina, me toca, me hace doler. Me cansa. Debe operar otra vez a la mañana siguiente.

He hablado con Hugh sobre mi miedo de la anestesia. Insiste en que no me resista, que me deje ir, que piense que es una droga para olvidar. ¿Acaso no he deseado siempre drogas para olvidar?
Por segunda vez me entrego al éter. Me entrego al sueño. Me resigno a morir. La ansiedad disminuye. Me dejo ir.
Esta vez es más breve. El despertar es menos ansioso. Llevo el pelo envuelto en una toalla, como una toca de monja, para que no se me moje.
Sentí que si viniera Rank, todo estaría bien. Pero él está en Londres. Hacia las ocho sufrí varios espasmos de dolor. El médico lo había anticipado. Llamó a la enfermera. Mis esfuerzos eran inútiles. Me atormentó con sus manos. Expulsé el globo que había introducido en mí durante la operación. Estaba pinchado y por lo tanto era ineficaz. Estaba desesperado y me alentaba a hacer el trabajo de parto. Me esforcé inútilmente hasta la medianoche. Entonces empezó a pincharme con sus instrumentos. Yo había llegado al cabo de mi resistencia. Le imploré que me dejara descansar, dormir unas horas. No aguantaba más. Me dio permiso.
Dormí inquieta y llamé a Rank, lo llamé con todo mi ser. El médico vino a la mañana a decir que me dejaría descansar todo el día. A la mañana muy temprano había pedido a Hugh que llamara a Rank para que viniera. Apenas lo hizo, sentí alivio. Rank dijo que llegaría a París esa misma noche.
Me peiné; me empolvé y perfumé, me pinté las cejas. Mandé llamar a Henry. Su aspecto era demacrado y desesperado:
—Anaïs, Anaïs, qué tortura. Por Dios, no sé qué decir, pero te amo, te amo. —Nos abrazamos. Vinieron Hugh y Eduardo.
A las seis llegó Rank. Sentí una alegría tan terrible, tan inmensa. Tanto amor que me imploraba que volviera a la vida. Vino. Desbordante de amor. Yo me iluminé. Reviví. Sentí su fuerza.

Domingo por la noche.
A las ocho me llevaron al quirófano. Me tendieron sobre una mesa. No tenía lugar donde apoyar las piernas. Tenía que mantenerlas alzadas. Dos enfermeras se inclinaban sobre mí. Frente a mí se asomaba el médico alemán, con cara de mujer y ojos protuberantes de furia y miedo. Ya llevaba dos horas de esfuerzos violentos. El niño en mi seno tenía seis meses, pero ya era demasiado grande para mí. Estaba exhausta; mis venas se hinchaban con el esfuerzo. Había pujado con todo mi ser, había pujado como si quisiera expulsar al niño de mi cuerpo y arrojarlo a otro mundo. «¡Puje, puje con todas sus fuerzas!» ¿Pujaba con *todas* mis

fuerzas? ¿Todas mis fuerzas? No. Parte de mí no quería expulsar al niño. El médico lo sabía. Por eso estaba furioso, misteriosamente furioso. Lo sabía.

Una parte de mí permanecía pasiva, no quería expulsar a nadie, ni siquiera a ese fragmento muerto de mí misma, al frío exterior. Toda la parte de mí que optaba por conservar, arrullar, abrazar, amar, todo lo que llevaba, conservaba y protegía, toda la parte de mi yo que envolvía al mundo entero en su apasionada ternura, esa parte de mí no quería expulsar al niño ni al pasado que había muerto en mí. Aunque amenazaba mi vida, no podía romper, desgarrar, entregar, abrir y dilatar y rendir un fragmento de mi vida como un fragmento del pasado; esa parte de mí se sublevaba ante la idea de expulsar al niño, o a cualquiera, al frío exterior donde lo recogerían manos extrañas para enterrarlo en un lugar extraño, desconocido.

El médico sabía. Horas antes me amaba, adoraba, servía. Ahora estaba furioso. Y yo estaba furiosa, sentía una furia negra contra esa parte de mí que se negaba a pujar, matar, separar, perder. ¡Puja! ¡Puja! ¡Puja con todas tus fuerzas! Pujé con ira, con desesperación, con frenesí, con la sensación de que moriría entre pujos, así como se emite el último aliento, que expulsaría todo lo que había en mí; que mi alma rodeada por toda la sangre, y los tendones con mi corazón entre ellos se sofocarían, que mi cuerpo se abriría, saldría una humareda y yo sentiría la incisión final de la muerte.

Las enfermeras se inclinaron sobre mí y conversaron entre ellas mientras yo descansaba. Entonces pujé hasta oír el crujido de mis huesos, hasta que se me hincharon las venas. Cerré los ojos con tanta fuerza que vi relámpagos y ondas rojas y púrpuras.

Hubo una agitación en mis oídos, una pulsación como si me hubieran estallado los tímpanos. Apreté los labios con tanta fuerza que salió sangre. Las piernas me pesaban como columnas de mármol, como inmensas columnas de mármol que aplastaban mi cuerpo. Imploraba que alguien me las sostuviera. La enfermera apoyó una rodilla sobre mi estómago:

—¡Puje! ¡Puje! ¡Puje! —Su transpiración caía sobre mí. El médico se paseaba impaciente:

—Pasaremos toda la noche. Ya van tres horas.

La cabeza ya asomaba, pero yo me había desmayado. Todo se volvió azul y luego negro. Los instrumentos resplandecían ante mis ojos cerrados. En mis oídos se afilaban cuchillos. Hielo y silencio.

Entonces oí voces, que al principio no pude entender porque hablaban muy rápidamente. Se corrió una cortina; las voces se entremezclaban, caían como una catarata, con chispas, me lastimaban los oídos. La mesa se mecía, rodaba suavemente. Las mujeres estaban tendidas en el aire. Cabezas. Donde debían estar las enormes lámparas blancas pendían cabezas. El médico se paseaba, las lámparas oscilaban, las cabezas se acercaban, mucho, mucho, las palabras eran más lentas.

Reían. Una enfermera decía: «Cuando tuve mi primer hijo, me rompieron en pedazos. Me cosieron toda, luego tuvieron que coserme otra vez y después tuve el tercero».

Las enfermeras hablaban. Las palabras giraban como en un disco. Repetían una y otra vez que la bolsa no salía, que el niño debería salir como una carta entra en el buzón, que estaban cansadas después de tantas horas de trabajo. Reían de lo que decía el médico. Decían que no había más vendas y era demasiado tarde para salir a comprarlas. Lavaban los instrumentos y hablaban, hablaban, hablaban.

—¡Por favor, sosténganme las piernas! ¡Por favor, sosténganme las piernas! ¡Por favor, sosténganme las piernas! ¡POR FAVOR, SOSTÉNGANME LAS PIERNAS! Ya estoy lista.

Al arrojar la cabeza hacia atrás veo el reloj. Son cuatro horas de esfuerzos. Sería preferible morir. ¿Por qué estoy viva y hago esfuerzos tan desesperados? No recuerdo por qué habría de querer la vida. ¿Para qué *vivir*? No recordaba nada. Oía voces de mujeres. Veía ojos saltones y sangre. Todo era sangre y dolor. ¿Qué era *vivir*? ¿Qué se sentía al *vivir*?

Debo pujar. Debo pujar. Es un punto negro, un punto inmóvil en la eternidad. Al final de un túnel largo y oscuro. Debo pujar. Una voz dice: «¡Puja! ¡Puja! ¡Puja!» Una rodilla sobre mi estómago y el mármol de las piernas y la cabeza demasiado grande y debo pujar. ¿Estoy pujando o muriendo? Esa luz allá arriba, la luz inmensa, redonda, esa llama blanca me bebe. Me bebe. Me bebe lentamente, me chupa hacia el espacio; si no cierro los ojos, acabará por beberme toda. Rezumo hacia arriba en largos filamentos de hielo, demasiado liviana, pero adentro de mí también hay fuego, los nervios están retorcidos, no me da descanso este largo túnel que me arrastra, ni me lo doy yo, que pujo para salir del túnel, ni me lo da el niño expulsado de mí ni la luz que me bebe. Si no cierro los ojos, la luz beberá todo mi ser y ya no podré expulsarme del túnel.

¿Estoy muriendo? El hielo en las venas, el crujir de los huesos, los pujos en la oscuridad, con un hilo de luz que hiere los ojos como un cuchillo, la sensación del cuchillo que lacera la carne, la sensación de la carne lacerada como si la quemara una llama: en alguna parte mi carne es lacerada y corre la sangre. Pujo en las tinieblas, en la oscuridad total. Pujo, pujo hasta abrir los ojos y ver que el médico introduce rápidamente en mí un instrumento largo que me hace aullar de dolor. Un largo aullido animal.

—Esto la hará pujar —le dice a la enfermera.

Pero no. Me paraliza de dolor. Quiere repetir la operación. Furiosa, me siento en la cama y le grito:

—Si lo hace otra vez, dejaré de pujar. No se atreva a repetirlo, ¡no se atreva!

El calor de la furia me hace bien, derrite el hielo y el dolor. El instinto me dice que ha hecho algo innecesario, que lo ha hecho por rabia, porque giran las agujas del reloj, se acerca el amanecer y el niño no sale y yo me debilito y las inyecciones no inducen contracciones. El cuerpo: nervios y músculos se niegan a expulsar el niño. Sólo tengo mi voluntad y mi fuerza. Asustado por mi furia, retrocede y espera.

Estas piernas que he separado para el placer, la miel que fluía con el placer... ahora las piernas se retuercen de dolor y la sangre fluye con la miel. La misma pose y la humedad de la pasión, pero esto no es amor sino muerte.

El médico se pasea y de vez en cuando se inclina para mirar la cabeza, que apenas asoma. Las piernas como tijeras y la cabeza que asoma. Parece desconcertado, como si presenciara un misterio salvaje, desconcertado por tanto esfuerzo. Quiere interferir con sus instrumentos mientras yo lucho con la naturaleza, conmigo, con mi niño y con el significado que doy a todo, con mis deseos de entregar y retener, conservar y perder, vivir y morir. Ningún instrumento podrá ayudarme. Sus ojos están furiosos. Querría tomar el cuchillo. Sólo puede mirarme y esperar.

En todo ese tiempo, quiero recordar por qué debo vivir. Soy todo dolor y nada de memoria. La lámpara ha dejado de beberme. Estoy demasiado cansada siquiera para volverme hacia la luz o girar la cabeza y mirar el reloj. En el interior de mi cuerpo hay fuegos, magulladuras, carne dolorida. El niño no es un niño; es un demonio medio ahorcado entre mis piernas que me impide vivir, me estrangula, asoma sólo la cabeza hasta que yo muera en sus garras. El demonio está inerte en la puerta del útero, bloquea la vida y no puedo desembarazarme de él.

Las enfermeras hablan de nuevo.

—*Déjenme en paz* —les digo. Poso mis dos manos sobre mi estómago y muy suavemente, con las yemas de los dedos, hago tum, tum, tum, en círculos. Vueltas y más vueltas, suavemente, los ojos serenamente abiertos. El médico se acerca y me contempla atónito. Las enfermeras callan. Tum, tum, tum, tum, en círculos suaves, en círculos suaves y silenciosos. «Como una salvaje», susurran. El misterio.

Los ojos abiertos, los nervios serenos. Tum, tum, suavemente sobre mi vientre durante largo tiempo. Los nervios se estremecen... una agitación misteriosa. Escucho el tictac del reloj... inexorable, nítido. Los nervios despiertan y se agitan.

—¡Ahora puedo pujar! —Pujo con violencia.

—¡Un poco más! —gritan—. ¡Apenas un poco más!

¿Vendrán el hielo y las tinieblas antes que termine? En el fondo del túnel negro brilla un cuchillo. Oigo el reloj y mi corazón.

—¡Alto! —le grito al médico, que se inclina hacia mí con el instrumento. Me siento y grito, furiosa: —¡No se atreva! —Me tiene miedo otra vez. —¡Déjenme en paz, todos ustedes!

Me tiendo otra vez, tan serena. Oigo el tictac. Tum, tum, tum, suavemente. Siento que mi útero se agita y se dilata. Mis manos están cansadas, tan cansadas que se caerán. Se me caerán y yo seguiré tendida en la oscuridad. El útero se agita y se dilata. Tum, tum, tum, tum.

—¡Estoy lista! —La enfermera apoya la rodilla sobre mi estómago. Tengo sangre en los ojos, sangre, sangre. Un túnel. Pujo hacia el túnel. Me muerdo los labios y pujo. Hay fuego, carne lacerada, nada de aire. ¡Expulsado del túnel! La sangre que se derrama.

—¡Puje! ¡Puje! ¡Ya viene!

Siento el bulto escurridizo, el brusco alumbramiento; el peso ha desaparecido. Oscuridad.

Oigo voces. Abro los ojos. Los escucho decir: «Era una niña. Mejor que no la vea». Recupero las fuerzas. Me siento.

—¡Por amor de Dios, no se siente! —grita el doctor.

—¡Muéstreme a la niña!

—No se la muestre —dice la enfermera—. Le hará mal.

Las enfermeras tratan de recostarme sobre la camilla. Mi corazón late con tanta fuerza que casi no oigo mi voz al pedir que me la muestren. El médico la alza. Es oscura y pequeña, como un hombre diminuto. Pero es una niña. Sus ojos cerrados tienen largas pestañas; está perfectamente formada y su piel brilla con el agua del útero. Era como una muñeca o una indiecita. Medía unos veinticinco centímetros. Piel sobre huesos. Nada de carne. Pero totalmente formada. El médico me dijo después que las manos y los pies eran como los míos, y tenía largas pestañas. La cabeza era desusadamente grande. Era negra. La niña había muerto, tal vez estrangulada o a causa de las operaciones. Habría bastado un día más para que me infectara el tumor que tenía en la cabeza. Yo habría muerto. Al contemplar a la indiecita, la odié por el dolor que me había causado y porque era niña cuando yo había imaginado que era varón.

Más tarde el acceso de furia se transformó en una gran tristeza, remordimiento, sueños de lo que hubiera sido la niña. Una creación muerta, mi primera creación muerta. El dolor profundo causado por cualquier muerte, cualquier destrucción. La frustración de mi maternidad, o al menos de su encarnación, la renuncia a cierta clase de maternidad en bien de otra superior.

Pero todas mis esperanzas de una maternidad real, humana, sencilla y directa habían muerto. Se me negaba la sencilla realización humana en bien del sueño, el sacrificio en aras de otras formas de creación. La necesidad de producir una flor más sutil. La naturaleza que conspiraba para conservarme como Bilitis, la Virgen. La naturaleza disponía mi destino de ser la mujer de un hombre, no la de un niño. La naturaleza forjaba mi cuerpo para la pasión, para el amor del hombre. La niña, un vínculo sencillo y primitivo con la tierra, esa niña, prolongación de mí misma, quedaba descartada para que yo pudiera vivir mi destino de amante, mi vida de mujer. Esa niña, autosuficiencia y separación del hombre. Mi hija. Mi posesión.

Era tan íntegramente mujer, que me volví la madre, la madre independiente del hombre que ama, con su imagen de carne y hueso del hombre a quien ama. Pero por el hombre, por Henry, por amor a Henry, o a mi vida como mujer, maté a la niña. Para proteger a Henry, para ser libre, maté a la niña. Para no ser abandonada, maté a la niña. No me entregué a la tierra ni a la tarea vitalicia de criar a una niña. Amo al hombre como amante y creador. El hombre como padre merece mi desconfianza. No creo en el hombre como padre. No confío en el hombre como padre. Acompaño al hombre amante y creador. Con él establezco una alianza. En el hombre como padre percibo un enemigo, un peligro.

La niña, la prolongación mía y de Henry, la reabsorbí en mí. Seguirá en mí, como parte de mí. Volví a reunir mi cuerpo. Mi seno no permaneció abierto, dilatado, sangrante para la entrega abnegada. Volví a la vida.

Cuando vi a la niña me pareció un Henry diminuto. La cabeza calva, la boca gruesa y abierta, la nariz, su delgadez, algo casi no humano, no intelectual, levemente monstruoso. ¿Acaso era una visión de Henry como mi hijo ya formado y asociado con esa creación de mi carne y mi sangre? El amor uterino... un amor que no viene de la llama entre las piernas al florecer el pétalo externo de la boca del útero sino de algo más profundo, del interior de la matriz, como esa indiecita que salió tan fácilmente, como nada un pene en mi miel sobreabundante.

Me había sentado en la camilla del quirófano para contemplar a la niña. Mi vitalidad y curiosidad asombraron al médico y las enfermeras. Esperaban verme llorar. Todavía conservaba el rimmel en las pestañas. Pero después me tendí y casi me desmayé a causa de la debilidad.

En la cama, lloré al ver a Hugh. Estaba aterrado al ver las venas rotas de mi cara. Bebimos champagne. Me dormí. La gloria, la gloria de la liberación. El sueño de la liberación. Hugh había estado a punto de enloquecer cuando oyó mis gritos.

Sueño. La *toilette* matinal. Perfume. Polvos. La cara reparada. La veo en el alargado espejo de mano egipcio que Hugh me regaló junto con un poema. La chaqueta de seda rosa que me compró cuando pedí una prenda bonita para usar en el hospital.

Rank llegó a las once. Hablamos muy poco. Vi a Henry, Eduardo, Hugh como en sueños. Gran debilidad. Henry y Hugh, como hombres primitivos, habían sentido mis sufrimientos en sus entrañas. Henry dijo que sufrió dolores de estómago agudos durante toda la noche.

Al día siguiente sufrí un envenenamiento intestinal. Una mala noche.

El miércoles todo estaba bien. Pero surgió una nueva angustia. Me empezaron a doler los senos. Henry anunció la aparición de *Trópico de Cáncer*.

—Este parto me interesa más —dije. Henry y Rank se conocieron. Yo no sentía nada. Sólo languidez. Mi aspecto asombró a todos. A la mañana después del parto: cutis terso, piel luminosa, ojos brillantes. Henry estaba atónito. Estupefacto. Dijo que al verme se sentía como un debilucho. Era vulnerable como una mujer. Eduardo, tembloroso y lloroso como una mujer, me trajo una orquídea. La pequeña enfermera del mediodía abandonó a los demás pacientes para peinarme con amor. Todas las enfermeras me acariciaban y besaban. Yo me bañaba en tanto amor, me sentía lánguida, serena y también liviana.

Entonces mis pechos se llenaron de leche. Demasiada leche. Una cantidad asombrosa de leche por tratarse de una persona tan pequeña. Duros y doloridos.

El jueves vino Rank, desesperado porque viajaba a Nueva York.

La noche fue una pesadilla. Sentí que estaba en las garras de una amenaza oscura. Pensé que mis senos quedarían estropeados para siempre. Úlceras. Las enfermeras inclinadas sobre mi cama me parecían seres malévolos. La forma de inclinarse sobre mí, de examinarme, presagiaba lo peor, me afectaba, me asustaba.

No podía dormir. Pensaba en la religión, en el dolor. Pensaba en el Dios al que había recibido con fervor en la Comunión y al que confudía con mi padre. Pensaba en el catolicismo. Me preguntaba dónde estaba Dios, adónde se había ido mi fervor infantil. Cansada de pensar, me dormí con las manos plegadas sobre el pecho, como si fuera a morir. Y me morí nuevamente, como me había sucedido otras veces.

Morí y renací por la mañana, cuando el sol llegó a la pared frente a mi ventana. El cielo azul y el sol en la pared. La enfermera me ayudó a sentarme para ver el nuevo día. Sentí el cielo y que yo era parte del cielo, sentí el sol y que yo era parte del sol, me entregué a la inmensidad y a Dios. Dios penetró en mi cuerpo. Temblé y me estremecí con una alegría inmensa. Frío y fiebre y luz, una iluminación, una visitación, en todo el cuerpo el estremecimiento de una presencia. La luz y el cielo en el cuerpo, Dios en el cuerpo y yo fundida en Dios. Me fundí en Dios. Nada de imágenes. Sentí el espacio, el oro, la pureza, el éxtasis, la inmensidad, una comunión profunda, ineluctable. Lloré de alegría. Entonces comprendí todo; comprendí que todo lo que había hecho estaba bien. Supe que no necesitaba dogmas para comunicarme con Él; para ello bastaba vivir, amar y sufrir. No necesitaba a hombre o sacerdote alguno para comunicarme con Él. Al vivir mi vida, mis pasiones y creaciones hasta el límite, entraba en comunión con el cielo, la luz y Dios. Creía en la transustanciación de la sangre y la carne. A través de la carne y la sangre y el amor, yo entraba en la Totalidad, en Dios. No puedo decir más. No hay nada más que decir. Las mayores comuniones son así de sencillas. Pero a partir de entonces he sentido mi conexión con Dios, una conexión aislada, muda, individual, plena, que me da una inmensa alegría y una sensación de la magnitud de la vida, la eliminación del tiempo y los límites humanos. Eternidad. Nací. Nací mujer. Para amar a Dios y amar al hombre de manera suprema y separadamente. Nací a una gran quietud, una alegría sobrehumana por encima y más allá de todas mis penas humanas, que trasciende el dolor y la tragedia. Ésta es la alegría que hallé en el amor del hombre y la creación, consumado en la comunión.

Vino el médico, me examinó, no podía dar crédito a sus ojos. Estaba intacta, como si no hubiera sucedido nada. Podía abandonar la clínica. Era un tibio día estival. Estaba transportada de alegría por haber escapado al monstruo.

A las cinco me fui a Louveciennes. Era un día tibio y arrullador. Me senté en una reposera en el jardín. Eduardo me cuidaba. Soñé y descansé.

El paseo por el bosque. Rank me deseaba, lo atormentaba no poder tocarme. La cena en el jardín. Rank me roza las rodillas debajo de la mesa. Los dos estábamos borrachos y hambrientos.

Louveciennes. El lunes vino Henry. Me encontró hermosa. Mi ritmo es lento. Resisto el retorno a la vida, el dolor, la actividad, los conflictos. El jueves voy al estudio que Henry y yo elegimos. Henry está jubiloso. Es el comienzo de todo. El día es tibio y perecedero, como un suspiro, el último suspiro del verano, el calor y la vegetación. Tibio y triste, el fin del verano, las hojas que caen. Y mi amor por Henry que muere plácida y dulcemente, sin dramas, mi amor que se duerme, ¿acaso que muere?

17 DE SEPTIEMBRE DE 1934

Henry se siente feliz y seguro, por fin esclavizado.

—Sabes, Anaïs... mientras estuviste en el hospital no pude comer ni dormir. Casi me vuelvo loco. Sentía tus dolores en el estómago. Me acostaba y me dolía todo el cuerpo al pensar en ti.

Y me voy. No siento su alegría. No siento el estudio. Todo es un sueño. Yo trabajaba allí; martillaba, limpiaba, daba órdenes, confeccionaba listas.

Me sentía débil y lánguida. Mientras paseábamos por la calle en la tibia penumbra escuchaba su voz y trataba de evocar los sentimientos que antes despertaba en mí. Me parecía que simplemente estaba muy cansada de amar, que me apoyaba y descansaba en aquellos que me amaban. Traté de recordar. Cómo dejo que las cosas sufran sus lentas muertes estacionales y no puedo apurar un acto de destrucción. No puedo decirle a Henry que he dejado de amarlo. No creo que he dejado de amarlo.

Al día siguiente, cuando limpiaba el armario del estudio, encontré una foto de Artaud, que había vivido ahí. Artaud, tan temeroso de los *envoûtements*, los hechizos y el mal diabólico que se podía causar al clavar alfileres en una fotografía. En broma la sujeté a la cabecera de la cama, para hacer reír a Henry. Él estaba triste porque había insultado al editor.

—Echo a perder todo tu trabajo —dijo. El sol entraba a raudales en el estudio. Henry se reía de mis fantasías con Artaud. Yo pensaba en Rank, que partía hacia Nueva York.

19 DE SEPTIEMBRE DE 1934

Nos citamos con Rank en el bulevar Suchet. Nos acariciamos con violencia, tratamos de recuperar nuestras alegrías. Pero todo estaba teñido por el dolor de la separación. Conversamos, tratamos de hallar el elemento constructivo del viaje. Sentí una gran desdicha, porque últimamente había pensado en mi amante, no en el *doctor* Rank. No en su filosofía sino en sus caricias. Pero ahora, ahora, despojada de él, ¿podría vivir con sus libros, sus creaciones?

Nos reímos del «doctor» Rank. Sus ojos eran risueños. Dijo que quería escribir un libro humorístico sobre Mark Twain. *El suicidio del doble*. El humor fue nuestra arma contra la tragedia.

21 DE SEPTIEMBRE DE 1934

Henry y yo trabajamos en el estudio. Almorcé con Louis Andard y su esposa. Después me encontré con Rank, y nuestro humor se había disipado.

Fui con Teresa a limpiar el estudio. Volví tarde. Había pensado pasar la noche allí porque Hugh estaba en Suiza. Pero llegó un mensaje de él en que anunciaba que llegaría a la medianoche. Henry y yo cenamos juntos. Su desilusión me entristeció.

23 DE SEPTIEMBRE DE 1934

Llegó mamá, decepcionada porque no había tenido el niño. Indiferente a mis sufrimientos, dice que debo intentarlo nuevamente.

A las tres me reuní con Rank, pero mi ánimo era tétrico y peligroso. Rebelión contra nuestro destino, odio por los sentimientos que despertaba en mí, deseo de herirlo, traicionarlo, olvidarlo, deseo de destruirlo porque está obligado a abandonarme. Yo miraba por la ventana, furiosa y rebelde, la tigra totalmente despierta. Pero al verlo llegar al apartamento con paso tan rápido y reconcentrado, me derretí totalmente. Con todo, mientras me peinaba, dije:

—Esta noche dormiré en el estudio por primera vez.

Vi que lo había herido. Mi estudio. Montparnasse. Henry.

En el estudio preparé la cena para Henry y después nos sentamos a envolver ejemplares de su libro para el correo. Se mostraba cariñoso y tierno. Bruscamente se puso a bailar por todo el estudio y a cacarear, «*Coquelicot! Coquelicot!*» Y reía y bromeaba sobre el nuevo nombre de Sir Thomas, y me poseyó. Nos despertamos cuando el Sol ya estaba en lo alto, desayunamos tarde y limpiamos la casa.

Los Andard me llevaron a su casa en Sèvres.

27 DE SEPTIEMBRE DE 1934

Pasé el día en París. Vi a un *voyant* que leyó mi mente. Predijo un viaje a Estados Unidos. (Más adelante descubrí que Freud interpretaba la clarividencia, la quiromancia, etcétera como «telepatía»; ésa era *mi* explicación también.)

A las cinco llamé por casualidad a Hugh. Rank lo había llamado esa mañana temprano para decirle que debía verme sin falta. Llamé a Rank, quien dijo que fuera a verlo inmediatamente.

Corrí a su casa. Había pasado una noche y un día de gran inquietud y desasosiego. Y entonces todo salió a la luz: sus sufrimientos, sus celos de Henry. Yo misma, la última vez que nos vimos, había sentido la necesidad de sincerarme y le había dicho que no era feliz en el estudio y no deseaba dar ese paso. Le había preguntado si no deseaba que abandonara esa idea.

Y él, él sabía que el estudio significaba Henry. No lo soportaba. Hacía mucho que no hablábamos de Henry. Pero no puedo mentirle a Rank.

Dijo que no había querido ser posesivo. Prefería dejarme resolver mi propia vida. Ser objetivo, ser el *doctor* Rank. Pero no podía. Y yo amaba su carácter imperioso, su locura, su impulsividad, estaba conmovida. Sus sufrimientos, similares a los que Henry me causaba a mí. Su impaciencia. Siempre veo en él ese afecto inmenso, abrumador, que yo le di a Henry y cuyo mismo poder me enmudece. Pero no soy muda con Rank. Me enciendo. Respondo con todo mi ser.

Y al día siguiente se produjo el clímax. Atravesó el cascarón de mi frigidez. Me entregué al amor absoluto. Clímax. Tres horas de borrachera y charla y torbellino. El amante que hay en él es el más fogoso y conmovedor que he conocido.

A la noche nos encontramos a cenar en su casa. El doctor Endler, Chana Orloff, él y yo, resplandecientes de la más absoluta alegría.

Ahora Henry parece tan viejo, tan gastado.

La señora Guiler vive en Louveciennes, tiene una mucama, desayuna en la cama, come los faisanes que cazan Lani y Louis Andard, escucha la radio, da órdenes al jardinero, paga las cuentas con cheques, se sienta junto al hogar, copia el diario y traduce el primer tomo, sueña junto a la ventana, está inquieta y quiere alejarse de allá.

La señora Miller pela papas, muele café, barre, hace las compras, envuelve libros para Henry, camina por una calle empedrada que parece italiana, bebe en tazas desportilladas, usa la ropa de cama vieja descartada en Louveciennes, repara el fonógrafo, toma el ómnibus, habla muchísimo, duerme largas siestas con el señor Miller, fuma demasiado y protesta en secreto por la invasión de gente que entra y sale constantemente de la casa. Gente estúpida.

Anaïs está atrapada por el amor de Rank y quiere ir a Nueva York con él.

Rank tolera la idea de viajar a Nueva York sólo porque le he prometido que iré. Luchará para retenerme allá. Me preguntó si mi religión me ayudaba. Le dije que de alguna manera eliminaba la concepción humana del tiempo. La ampliaba. En el lapso de la eternidad, dos meses es poco tiempo.

Días de tristeza. Sentimos que sólo nos queda devorarnos mutuamente.

«Pero entonces», decimos entre risas, «no podríamos digerir nuestro problema.»

En el bulevar Suchet, donde nos encontramos, todas las flores que recibí durante mi enfermedad se marchitan en la chimenea. Suelo contemplarlas y desear en secreto volver a los días de convalecencia, a la quietud, la beatitud, antes que la vida más fuerte y vívida presentara sus elementos acerados, inexorables.

6 DE OCTUBRE DE 1934

El lunes 1º de octubre, la señora Miller preparó una valija y fue a Villa Seurat 18 después de almorzar con mamá y Joaquín y pasear con éste por el Bois —un Joaquín delgado, serio, tierno, inspirado por una temporada con Manuel de Falla—, y después de pasar un rato en el Café Marignan con Henry, Fred, el señor y la señora Andard, donde discutimos la posibilidad de que Andard publicara el libro de Fred, que le di para que leyera.

Fred, Henry y la señora Miller cenaron juntos. Un Fred agradecido. Amigos nuevamente porque Andard, después de leer el libro, cree que Fred me amaba y está conmovido por la forma en que me describe. Dice que le encanta el libro sobre todo porque habla de mí.

Henry exultante por el estudio, la cocina, la serenidad, el bienestar que le da.

A la mañana siguiente salgo de Villa Seurat para llamar a Rank y Hugh. Rank dice que vaya a verlo porque tiene noticias para mí: buenas noticias. Voy en un taxi. Está feliz porque Chana Orloff, impresionada por mi cabeza y mi cuerpo, quiere hacer una estatua de mí inmediatamente. Se había deshecho en elogios sobre mi belleza e inteligencia, y la señora Rank la había alentado. Rank estaba encantado, excitado. Al principio me mostré reticente, en defensa propia. Había sido la víctima tanto como la favorita de pintores y escultores. Más poses, fatiga, sacrificio, entrega. No. Pero sólo por un instante. El entusiasmo de Rank, la poderosa personalidad de Chana Orloff y su talento acabaron por conquistarme. Me gustaba esa mujer robusta, fea, vigorosa, obsesionada con el tema de la maternidad. Prometí que iría a verla. Rank dijo que compraría la escultura. Había llamado a Hugh por segunda vez, imperiosa e imprudentemente. Un Rank impulsivo, loco, imprudente, lleno de esos gestos temerarios que tanto me gustan.

A las dos y media (del 3 de octubre), Anaïs se encontró con Rank en el cuarto del Parc Monceau. Ella le propuso pasar la noche entera con él, durante el viaje a Le Havre. Él iría en auto. Ella tomaría el tren y se encontrarían en alguna parte. En Ruán. Trazaron planes.

A las cuatro y media, la señora Miller posó para Chana Orloff, que vive en la Villa Seurat. Orloff vino al estudio. La señora Miller se presentó como «señora Miller», reveló su doble vida en una forma interesante, enigmática, vaga, simbólica mientras reía para sus adentros al engañar nuevamente al mundo, crear un nuevo malentendido, hacerse pasar por la señora Miller cuando preparaba una fuga, un cambio.

Chana Orloff se mostró sorprendida, estimulada, interesada.

A las nueve, Henry fue al café y yo recibí a mi primer paciente: el señor Stanko, peluquero, comunista, judío yugoslavo. Realicé una investigación rápida y lúcida, no encontré la menor neurosis y se lo dije. Fue el fin del psicoanálisis, que ahora detesto vigorosamente, desde que me volví mujer y perdí mi presunta intelectualidad. (Rank dice que no soy intelectual.)

Cuando volvió Henry, el señor Stanko y yo bebíamos café. Conversación. *Voilà*. Terriblemente asustado por un perro, Henry estaba pálido y tembloroso.

Hugh parece desear que yo viaje a Nueva York para alejarme de Henry. Le he dicho que Rank es mi padre. Hugh teme mi estudio y Montparnasse y a Henry más que a Nueva York y Rank. Rank podría conseguirme un trabajo de bailarina.

[5 DE OCTUBRE DE 1934]

Conocí a Louis Andard en el Café Marignan. Un hombre alto, tosco, de cuarenta y siete años, un novelista que ha vivido en la India, el editor de Maurice Dekobra. A él lo conocí en el tren a Dinard. No quería hablar con él, pero me obligó. Un partidario fanático del *voyant* que consulté. Se dedica a la propaganda pacifista. Hizo esta anotación en mi novela: «Página 48: Me gustaría ser ese hombre». Cuando me visitó durante mi convalecencia, habló elocuentemente sobre el predominio de los sentimientos en la novela. Cree que la astrología predijo nuestro encuentro, me ama, dice que me esperará para siempre, será mi esclavo, me dará dinero o lo que yo necesite, dice que para él no soy complicada en absoluto sino la Anaïs del diario de infancia que le hizo llorar.

«¿Cómo es que tus ojos siguen siendo tan bellos después de haber llorado tanto? No quiero que vuelvas a llorar, jamás. Me asustas. Me preocupas. Ese día en Louveciennes, cuando vi el camión de mudanzas que llevaba cosas al estudio, me pregunté si eras feliz.»

Galante, idealista, corazón tierno, deseoso de volar; vuela con una torpeza conmovedora.

Quiero escribir sobre cualquier cosa menos la partida de Rank. Aunque hoy me dijo:

—Después de la conversación con Hugh, al saber que te veré incluso antes de diciembre, me siento feliz. Soy tan feliz. Es la primera vez que me siento feliz de partir a Nueva York. Alquilaré una habitación para los dos, querida mía, querida mía.

Aun por teléfono su voz me acaricia y su felicidad me conmueve.

El domingo pasaremos la noche juntos en Ruán. Traté de escribirle diez cartas, una para cada noche de la travesía. No pude. Le dije:

—Todo lo que tengo para decirte, sólo puedo decirlo con caricias.

Se irguió:

—Y yo. ¿Sabes lo que iba a decirte? Exactamente lo mismo. Cuando estoy lejos, pienso en cien cosas que quiero decirte. Cuando te veo, el deseo me hace olvidar todo. El deseo de ti me despierta durante la noche. ¡Cada vez que nos encontramos, actuamos como un par de borrachos! *Deux fous!*

El otro día posé para Chana Orloff con las marcas de los dientes de Henry en el cuello.

No puedo mentirle a Rank: él sabe. Sabe que no me separaré de Henry hasta que viaje a Nueva York.

El jueves por la noche, la señora Miller dejó a Henry y ¡la señora Guiler llegó a su casa de Louveciennes! Llamó al plomero para que reparara una pérdida y limpiara la caldera, pidió carbón, escribió en su diario, conversó con el nuevo Eduardo, un Eduardo chispeante, despreocupado, locuaz y laborioso.

Fue la *femme de ménage* de la Villa Seurat quien me bautizó «señora Miller». *«Votre mari...»*

Rank dijo:
—Hugh es tu padre, Henry es tu esposo y yo soy el amante.

7 DE OCTUBRE DE 1934

Un día extraño. A las cuatro, Hugh y yo fuimos al apartamento de Rank. Varias personas habían ido a despedirse. Yo llevaba mi vestido bordó (el verde, teñido) y un velo, me sentía hermosa. No estábamos tristes porque pensábamos en la noche que nos aguardaba. Todos se despidieron. Se asomaron por la ventana mientras el auto de Rank se alejaba. Hugh y yo agitábamos las manos desde la acera. Hugh, Eduardo y yo fuimos al cine. Después pedí a Hugh que me llevara a la Gare St. Lazare porque «la pandilla me esperaba para llevarme a una cena con Kay Boyle» y luego al estudio. En una valija llevaba las cortinas para el estudio, que dejé en la *consigne* para retirar al día siguiente. Cené sola y traté de terminar la carta a Rank: quería darle siquiera una carta para leer en el barco. Transcribí algunos pasajes del diario que lo alegrarían. No sentí el menor deseo de corregir, como cuando amaba a Henry.

Soñé en el tren. Al verme en la estación, se precipitó a mi encuentro y me besó con pasión. Me pareció que me amaba como yo había amado a Henry, con todo el arrojo fogoso de mis gestos.

Esa noche nos besamos y acariciamos durante horas, nuestros cuerpos se enredaron y fusionaron.

Le di el anillo que me había regalado mi padre. Rompí el vínculo con mi padre. Quiso darme el anillo que le había regalado Freud. Quería deshacerse de su padre.

Vimos el amanecer.

Nos despedimos con sonrisas en la estación, pero su partida fue como un dolor físico, un desgarramiento de mi propia carne.

En el tren leí a Mark Twain porque a él le encanta, no por otro motivo.

Llegué exhausta al estudio. Percibí la absoluta futilidad de mi vida con Henry. Cuando algo se reduce a la mera ternura, conviene que muera.

21 DE OCTUBRE DE 1934

En casa el viernes, sábado y domingo. Trabajo. Aceitar y reparar la máquina. Escribir cartas. Dirigir las reparaciones. Preparar todo para la comodidad de Hugh y Eduardo, las vagas tareas de Teresa; llevar en mi valija un cubrecama para el estudio: también allí debo mantener despierta la ilusión. No puedo dejar el lugar incompleto y a Henry con una sensación de desarraigo, porque sueña con un refugio. Me cubre de amor, elogios, besos, caricias. ¿Sabe que voy a abandonarlo?

Ilusión de amor para Hugh y Henry. Eduardo sabe la verdad. Dediqué la mañana del viernes a escribirle nuevamente a mi amor. Con Hugh, hago un presupuesto para ver cuándo podré partir. Realizo la mayoría de los preparativos con toda discreción; una partida ruidosa y espectacular le causaría dolor.

Hugh me compra un lujoso chal hindú porque le encantó cómo me quedaba uno que me prestó una gente de Bombay con la que pasamos una velada.

El *voyant* (¡o mi inconsciente!) dice que Hugh es *«une nature tributaire qui ne peut rien faire seul»* (una naturaleza dependiente que no puede hacer nada por su cuenta). Esta idea del «inconsciente» es objeto de bromas y le digo a Eduardo que consulte al *voyant* ¡así yo sabré qué está pensando!

Rank quiere que yo sea «la bailarina». Quiere el color, el olor, la ilusión, las luces. Hablamos sobre esto. Había sentido la tentación de nombrarme su ayudante para tenerme cerca. Yo había sentido la tentación de aceptarlo para estar cerca de él, sentirme protegida. Pero no buscamos una relación de colaboración: nada de tinta, papel, ideas ni trabajo. Yo estoy al margen de su vida intelectual. (Insiste en que no soy intelectual.) Así, su deseo forja una nueva imagen de mí y un nuevo yo a partir de elementos que estaban latentes en mí desde hace años; entonces reanudo el baile que había abandonado trágicamente y la actuación.

Sentada a la mesa, la cabeza cubierta por el chal hindú, como higos y dátiles, que me encantan. Sólo temo mi propia timidez y nerviosismo.

El amor es el eje y el aliento de mi vida. Mi arte es un subproducto, una excrecencia del amor, la canción que canto, la alegría que debe estallar, la sobreabundancia: ¡nada más!

En medio de mi júbilo, me hundo en el pelo un tenedor a la manera de una peineta española y hablo del olor del escenario, ¡que aún no he sentido! Pero me basta escuchar a Manuela del Río decir: «El lunes a la mañana en el estudio Pigalle de la Place Pigalle», para ensayar algunas de mis viejas danzas. Coso encaje negro en el vestido de maja y le doy mi papel a Henry porque por el momento no pienso escribir libros.

Cuando sea vieja escribiré una novela relativista minuciosa y sutil: la relatividad de las relaciones, la alquimia entre seres humanos.

24 DE OCTUBRE DE 1934

Aunque miento a Henry y Hugh, los dos *perciben* mi alejamiento. Para castigarme, Hugh me priva de dinero, Henry se refugia en su trabajo. Una escena con Henry me reveló que no podía descartarlo de mi vida por completo. Cuando se trataba de que viniera a Nueva York conmigo, pensé que allá sería más fácil perderlo, que podría dejarlo al cuidado de amigos en un país donde siempre estaría protegido. Pero él parecía creer que viajar a Nueva York significaba radicarse allá. Lo temía. Quería permanecer en el estudio, su hogar. Quería permanecer en un lugar fijo, trabajar en paz y serenidad. No quería volver a rodar, no quería el desarraigo. Cuando se lo dije, quedó sumido en la tristeza. Y me asombró mi propia capacidad para representar la extraña comedia de decirle a Henry que era absolutamente necesario que yo viajara a Nueva York con Hugh, cuando en realidad lo hacía por Rank. Verlo sufrir. Verlo caer en la desesperación. Y bruscamente me asaltó el temor de que acudiera a Lillian Lowenfels en busca de un préstamo para el viaje a Nueva York. Él sabía que ella quería protegerlo. Entonces comprobé la naturaleza débil, complaciente, parasitaria de Henry en toda su magnitud; vi todo eso y sentí el dolor de perderlo del todo, sentí celos de Lillian, que lo protegería, sentí la última atracción y desgarramiento de la separación y no pude aceptarla del todo. Durante varios días sufrí profundamente, en silencio; estaba nerviosa, temerosa, rígida de dolor.

Sentí alivio cuando Henry y yo decidimos simultáneamente que él permanecería en el estudio mientras yo viajaba a Nueva York. Para calmar sus temores, mentí sobre la duración de mi estada; dije que sería de apenas dos meses. Cuando comprendí que mi separación de Henry no sería total, me sentí aliviada.

Nada de esto afecta ni altera mi amor por Rank, que trasciende todo: algo tan poderoso e inmutable que nada puede impedirme que vaya con él.

Tantos conflictos. Escenas con Hugh, quien la otra noche se puso histérico y lloró:

—No puedo soportarlo, no puedo soportar que me abandones. No te vayas.

Iré a Nueva York en enero. Tendré un mes a solas con Rank. La impaciencia me desespera.

En una valija puse la nueva lencería de encaje que Hugh me compró, porque la ropa interior despierta sus sentimientos más perversos. Dejé que me comprara la lencería más hermosa y cara, me la puse y entonces me acarició. Me poseyó en un estado de la mayor excitación, mientras yo pensaba en Rank, en cuánto disfrutaría al verme. Y compré un hermoso saco negro y un bello vestido, para Rank, para Nueva York, para mi vida nueva.

Y ya embalé los originales de «Alraune» y «The Double» y un nuevo libro para el diario. Le envío a él una fotografía mía en la que estoy envuelta en el chal hindú, la única buena que tomó Brassaï, para Nueva York y el plan mítico de bailar... contra el cual me rebelé una noche por miedo al público, al mundo, embargada por un auténtico sentimiento de terror hacia la vida pública. *Toujours la musique de chambre seulement.*

En el estudio me doy cuenta de que no soy feliz como *esposa* de Henry. Tal vez porque ya no lo amo. Pero sobre todo porque cuando siente que estoy ahí y soy suya, revela su irracionalidad, manías, espíritu de contradicción, el extraviado, el *loco* que hay en él. Es tan obstinado e irracional que debo ceder constantemente a sus menores caprichos. Estoy harta de su cháchara incesante, de sus argumentos pomposos en defensa de ideas que son inútiles porque no tiene la disposición de unificarlas. Me cansan tanto su hábito de insultar a la gente, su «naturalidad» primitiva y su soñolencia. Duerme de doce a catorce horas diarias; sólo escribe cartas; come irregularmente y vive de igual manera.

Mientras viajo en el trolebús entre Villa Seurat y nuestro nuevo apartamento en avenue de Versailles 41, escribo mentalmente todo el tiempo, trato de transponer, objetivar aquello que me oprime en la vida hasta un grado insoportable y sobre todo la presión de mis conflictos.

Arrastrada en tantas direcciones. Furiosa porque puedo bailar con Turner y sentir una verdadera conmoción sexual al advertir, mientras bailamos, que tiene una tremenda erección. Que me puedan excitar sensualmente sus lánguidos ojos, su sensual boca veneciana, su deseo.

No excitada sino aburrida por Andard, que hace el amor con la niña del diario de infancia y habla sobre mi pureza: vehemente, pero aburrido.

Conversaciones ligeras con mi indulgente padre, que me admira en secreto. Al morir el problema sexual, crece nuestra comprensión. Siempre con frialdad.

Escribí a Rank sobre la *musique de chambre*. Me escribe: «No estoy seguro de que te agrade mi posesividad, porque empiezo a sentir celos de tus danzas... ¡después de leer tu carta esta mañana!». (Mi primera carta, en la que exaltaba la danza.) Ya siente celos de mi pasado: ¡de todo lo que he dado a otros!

Escribo hoy: «Es extraño lo que me escribes sobre la danza. Casi al mismo tiempo escribía algo que seguramente habrá complacido al posesivo TÚ. No hay nada más fecundo en magia que el pensamiento simultáneo. Porque le enseña a uno a vivir en el presente. ¿Cómo o para qué vivir en el presente si nadie te alcanza o aparece para responderte?»

Turner dice que piensa en mí desde hace años. Primero me consideró altanera, después extraña, tal vez drogadicta e indiferente; luego sos-

pechó que era lesbiana. Me veía tan enredada en amores que le parecía inaccesible. Dijo que en lo de Guicciardi le di la sensación de una gran «ilusión», un sentimiento que creía muerto. Anoche me gustó la boca abierta y temblorosa, la lengua lista para salir.
Mi amor, Rank, mi amor, abrázame, cuídame.

Convierto a Joaquín en mi cómplice al encargarle que me traiga las cartas y los telegramas de Rank. Pero el domingo me obliga a ir a misa y todo es gris y literal, sin relación alguna con mi trance místico. Sin embargo, Eduardo señala que no he recibido otras visitas de Dios ni señales de comunicación mística; tal vez piensa que volveré al dogma y el rito en busca de un nuevo éxtasis religioso. No. Pero me entristece no recibir más señales de Dios. ¿He de volver al hombre, adorar y servir y reverenciar al hombre? ¿Acaso Dios está celoso, me quiere toda para Él, es éste el enredo que me llevará a Jung?
¿Por qué buscar tan lejos?

2 DE NOVIEMBRE DE 1934

Henry ha caído bajo el hechizo de un viejo notable (Aleister Crowley), fantasioso y vidente, un pintor que se volvió loco en Zurich, que habla como yo escribo en «Alraune», en símbolos, que prolonga o acentúa mi influencia fantástica y poética sobre él. Henry es tan sereno, receptivo, emotivo, revela hacia mí una adoración tan extraña. Nuevamente he vivido en la intimidad con él. He comprendido que todavía amo su serena calidez animal, la satisfacción que trasunta, su poder de mantenerme con los pies sobre la tierra. El viejo vino a vernos, pero se negó a mirarme. Dijo que yo era una mística, un animal poderoso de miles de años de edad, una luz incandescente, impresionante; que yo hechizaba las mentes de los hombres, por eso no se atrevía a mirarme a los ojos. Que antes de conocerme tuvo una visión de mí encerrada en un templo por encima de la letra *U*. Vio la fotografía en la que aparezco envuelta en el chal hindú. Le dijo a Henry:
—Mire, los ojos de la mística. Está suspendida sobre la vida. Tiene la voz de alguien que se va. Nirvana. —Se dirigió a Henry, en ningún momento me miró.

A la noche, en la cama, Henry deslizó una mano suavemente entre mis piernas, la puso sobre mis nalgas y dijo:

—Quién pensaría que una mujer de ojos tan luminosos, una virgen vestal, tendría un culo tan torneado, una concha tan ardiente, un vello púbico tan excitante aquí. —Y cogimos frenéticamente, como antes, mientras la voz ronca de Henry me susurraba obscenidades al oído y yo también... con una voz que no es la mía, como la de un animal.

Entre gruñidos y jadeos, dos cuerpos tibios, con gemidos y suspiros. Júbilo. Lo amo, amo a Hugh y amo a mi pequeño y triste Rank que me espera.

Soy consciente de un poder nuevo que se expresa solamente en mis ojos —un nuevo poder místico— una fuerza que siento desde el trance místico. No temo la ascensión. Estoy en la vida. Estoy viva. Pero puedo abandonar la vida. No muero. Viajo. Floto. Siempre vuelvo.

Pero Eduardo dice:

—Practicarás la magia negra, no la blanca, si no colaboras con la religión. Si insistes en seguir sola.

O tal vez me vuelva loca.

7 DE NOVIEMBRE DE 1934

El martes por la mañana le envié una carta. Almorcé con Henry. Recuperé mi vieja indulgencia hacia sus defectos, sus modales de patán, su grosería, su falta de comprensión, su carácter plagiario. Ahora veo cómo toma, copia, se apropia, roba. Lo conozco... plenamente. Pero mi mirada es indulgente, irónica, sabia.

Esto es mi obra.

Hacer o crear al hombre que una ama, pero no un «él» forzado, falso: descubrir su verdadero yo lentamente, por medio del amor y la clarividencia, aceptando sus limitaciones. No quise hacer de Henry un burgués ni un hombre poderoso. Henry, pero *más* Henry. Y no sé por qué, pero hago lo mismo con Rank. «Tú comprendes el *Tú* que llevo en mí.» Habla de su Yo recién nacido. Dice que jamás habló con nadie sobre su Yo. Que ya no es el *doctor* Rank.

Pues bien. Paz y alegría con Henry. Fingir la desdicha de la partida, representar remordimientos que no siento, que no son tan fuertes como el deseo de reunirme con Rank.

Paz con Hugh al satisfacer su perversidad, su secreto amor por mi frialdad hacia él; melancolía, contemplar un pasado vacío para mí pero fuerte en él. Hugh, mi víctima, el que da.

Yo compro lo que necesito, implacablemente, sin miramientos. Compro para mi vida nueva. Egocéntrica, egoísta. *Tomo...* acepto.

Marcel Duchamp. Libro de sus *notas*, apuntes para un libro que nunca escribió. Símbolo de la época. Henry dijo que le gustaría publicar sus cartas.

—Sí, cartas prepóstumas —acoté yo, y reímos.

Rank había dicho: «Algún día, Henry descubrirá que no es un genio. Entonces te echará la culpa a ti».

Le digo a Henry que voy a Nueva York por obligación. Por un instante detesté su pasividad. Deseé que fuera activo, como Rank. Acepta todo sin luchar. Llora, escribe cartas desesperadas. Pero no pudo actuar. No pudo actuar contra Hugh o Rank, o por sí mismo contra June. Sólo sabe escribir violentamente, maldecir, coger a cualquier mujer que se cruza en su camino. Esta gran pasividad ha hecho florecer todo en mí. Esta gran efervescencia de ánimo que busco, su vitalidad, su flexibilidad ante la vida. Amo su expresión física de reposo, despreocupación, relajamiento, irresponsabilidad. La voluntad que sólo se expresa negativamente, en oposición al Otro. Cómo es posible amar la manifestación física de un defecto. Pero cuánto necesitaba ese relajamiento. Cómo me desataba, desenredaba, liberaba, cómo me aceitaba, desmentalizaba, suavizaba. Henry me dio grandes dones.

8 DE NOVIEMBRE DE 1934

Escena con Andard cuando le digo que no existe la menor posibilidad. Palidece, se estremece, tiembla. Y yo, tan fría, finjo algún sentimiento. No siento absolutamente nada. Pero está profundamente conmovido. Ruega, implora, dice que su vida se acabó, habla de sufrimientos. *«Je ferais des folies pour vous, ma petite Anaïs.»* Cometería crímenes por ti...

¿*Disfruto* al causar este dolor? No. Estoy rígida; quiero que se acabe lo antes posible. Respiro con alivio al dejarlo. Había salido con él en su auto una vez por semana.

10 DE NOVIEMBRE DE 1934

Si no me he vuelto loca con todo lo que me ha sucedido últimamente, jamás me sucederá.

Las cartas angustiadas de Rank; la crueldad de Hugh con el dinero; la irresponsabilidad infantil de Henry, su debilidad, sus esfuerzos para convencer al timorato de Kahane de que publique el libro; el eccema de papá y su boca amarga; la fría complacencia religiosa de Joaquín; la preocupación de mamá con su último amor antes-de-morir y sus patéticos pedidos de consejos; las nuevas furias y los celos obsesivos de Hugh, las escenas sexuales de perversidad y mi frialdad; el llamado telefónico de Rank; mi padre, que espera señales de fatiga y prudencia en mí.

Encuentro con el abate Alterman, a quien deseo seducir para privar a Joaquín de su fe e impedir que se haga monje: la conversación con él; imágenes de Thaïs; la compra de un severo vestido negro de lana con galones gruesos, como una monja voluptuosa.

Telegramas a Rank: «Zarpo nov. 15 para audiencia con Ud.» y no con Balanchine, el coreógrafo; el reflejo de Turner y la sensualidad sin sentido; la conciencia de que después de Rank habré vivido todo cuanto quiero vivir, tendré todo cuanto quiero de la vida y el amor y el deseo, las alegrías del misticismo y la creación; de que he vivido plenamente los dramas más profundos de la existencia; de que más tarde quiero soñar, dejar de vivir para mí misma y me falta la valentía para hacerlo porque me afectan los sentimientos de los demás, porque me falta crueldad y todos, incluso aquellos a los que despido con las manos aparentemente vacías, parecen llevarse algo de mi carne y mis fuerzas.

Visitas en ronda y en torbellino a pintores y escritores con Henry. Cine, *Servidumbre humana*, donde la mujer estalla de odio —odio sexual hacia el hombre poético y patético que la adora— y es traicionada por él.

Última mentira a Hugh, quien encuentra la carta de Rank en mi cartera, donde afortunadamente no habla de *mi* amor sino del suyo. Entonces le digo con toda naturalidad:
—Claro que me ama, pero qué importa. También me aman Turner, Andard, Harvey y últimamente todo el mundo.
—¿Por qué te llama *querida*?
—Bueno, ya viste la carta de Andard. Él también me llama «querida», después de haberme visto una sola vez en el tren.

Tan tranquila, tan dueña de mí. Es verdad que todo el mundo ha caído bajo mi nuevo poder. Harvey (el esposo de Dorothy Dudley) escribió una carta apasionada a Henry sobre mí. La tomo a la ligera. A él lo deseo con desesperación y me pregunto cuánto quedará de mí después de esta lucha desesperada por vivir para mí misma, que es tan ardua, ardua y agotadora. Es mi *deseo* contra la felicidad de papá, Hugh, Joaquín, Eduardo, Henry. Como siempre, un álgebra fatal.

Después de Rank, sólo viviré para los demás, lo cual es mi alegría.
El psicoanálisis me salvó porque permitió el nacimiento de mi verdadero yo, que es religioso. Tal vez no seré una santa. Pero estoy colmada, plena, tengo mucho para escribir. Me agradará tener un poco de paz para hacer memoria. No puedo instalarme definitivamente en la vida humana. No es suficiente. Debo ascender a las regiones más vertiginosas.

Es verdad que el psicoanálisis me salvó de la muerte. Me permitió vivir, y si abandono la vida será por propia voluntad, porque no contiene lo absoluto. Pero amo lo relativo, la col, la calidez del fuego, una buena colección de aros, un disco de Haydn, las risas con Eduardo, las bromas sobre Mae West, el nuevo vestido de lana negra con mangas anchas y el tajo sensual de la garganta al seno, la pulsera y el collar de piedra azul engarzado con estrellas, la nueva lencería y el nuevo quimono de seda negra, el cajón del baúl con el original de *Trópico de Cáncer* y mi prefacio, la última carta de Rank y el teléfono que suena todo el día, la voz sensual e implorante de Turner, el aborto de Emilia de dos horas que yo no habría trocado por mi extraordinaria aventura.

El amor.
Y el abate Alterman, que dice: *«Vous êtes une âme très disputée»*.

Notas biográficas

ALLENDY, DR. RENÉ FÉLIX (1889-1942): Psicoanalista francés; autor de *Les théories alchimiques dans l'histoire de la médecine* (1912), *La psychanalyse* (1931), *Capitalisme et sexualité* (1932), entre muchas otras obras. En 1926 fundó la Sociedad Psicoanalítica de París con la princesa Marie Bonaparte, la protegida de Freud. Le interesaban la alquimia, la astrología y el misticismo, participó en el movimiento surrealista e inició varios proyectos de filmes oníricos. Su esposa Yvonne fue tesorera del Théâtre Alfred Jarry de Artaud a fines de la década de 1920. Anaïs Nin fue su paciente a partir de mayo de 1932. También analizó a Eduardo Sánchez y Hugh Guiler.

ANA MARÍA: Hija de Anaïs Culmell, la tía de Anaïs Nin, y de Bernabé Sánchez; hermana menor de Eduardo.

ANDARD, LOUIS: Político y editor francés, publicaba obras de autores populares como Maurice Dekobra; en varias ocasiones demostró interés por la obra de Alfred Perlès, Henry Miller y Anaïs Nin.

ARTAUD, ANTONIN (1896-1948): Poeta, ensayista y actor tanto de teatro como de cine (fue Marat en *Napoleón*, de Abel Gance, 1926, y el monje Massieu en *La pasión de Juana de Arco*, de Carl Dreyer, 1928), director y creador del «Teatro de la Crueldad». Durante muchos años fue paciente y protegido del doctor Allendy, quien lo presentó a los Guiler en marzo de 1933. Después de su primer encuentro, obsequió a Anaïs Nin un ejemplar de *L'art et la mort* (1929) y algunas partes de su obra aún inconclusa *Heliógabalo, o el anarquista coronado*. Durante un breve período Hugh Guiler apoyó los experimentos teatrales de Artaud.

BACHMAN, RUDOLF: Austríaco refugiado en Francia que pidió ayuda a Anaïs Nin y Henry Miller al relatarles sus aventuras como vagabundo.

BALD, WAMBLY (1902-1989): Periodista nacido en Chicago, desde octubre de 1929 hasta julio de 1933 informó sobre los sucesos en la colonia anglohablante de Francia para la columna semanal de chismes «La vie de Bohême», publicada en la edición parisiense del *Chicago Tribune*. En 1987 publicó una antología de sus columnas bajo el título de *On the Left Bank*.

BONE, DR. HARRY: Psicólogo norteamericano, que estudió y ejerció en el Centro Psicológico de París del doctor Otto Rank durante el verano de 1934.

BOUSSIE-HÉLÈNE BOUSSINESCQUE: Maestra y traductora francesa, conoció a los Guiler en 1926 e hizo conocer a Anaïs Nin diversos aspectos de la vida intelectual francesa.

BRADLEY, WILLIAM ASPENWALL (1878-1939): Poeta y traductor norteamericano que después de la Primera Guerra Mundial se radicó en Francia como agente literario. Con su esposa francesa fundó un salón literario en su lujoso apartamento de la Île St. Louis, al que asistían muchos escritores y editores norteamericanos e ingleses.

CROSBY, «CARESSE»-MARY PHELPS JACOB (1892-1970): Viuda de Harry Crosby (1898-1929), *playboy* y poeta norteamericano, director de la editorial Black Sun. Ella se hizo cargo de la editorial y recibió a muchos artistas en Le Moulin du Soleil, la finca rural de la familia cerca de Ermenonville, a una hora de París.

CROWLEY, ALEISTER (1875-1947): Escritor, pintor y mago inglés, se proclamó santo de su Iglesia Gnóstica. Publicó sus confesiones, llamadas las memorias del «mago, satanista y cultor de drogas más célebre del siglo XX».

DAVIDSON, MR.: Empresario norteamericano en Francia, cliente de Hugh Guiler.

DELIA: Amiga de María y Joaquín Nin.

DOROTHY: Amiga de Eduardo Sánchez, fue paciente del doctor Allendy.

DUCHAMP, MARCEL (1887-1968): Artista dadaísta francés cuyo cuadro *Mujer desnuda descendiendo una escalera*, exhibido por primera vez en Nueva York en 1911, le sirvió a Anaïs Nin como símbolo de su propia fragmentación.

EDUARDO SÁNCHEZ (1904-1990): Estudioso, astrólogo, alguna vez actor, nacido en Cuba, el amado primo de Anaïs Nin y su primera relación afectiva intensa (véase *The Early Diary of Anaïs Nin, 1920; 1923; 1927-1932*). Llegó a París en 1930 y pasó algunas temporadas en la casa de los Guiler en Louveciennes. Dio a conocer el psicoanálisis a Anaïs Nin, luego de haber sido analizado en Nueva York, en 1928, por un discípulo del doctor Otto Rank. La alentó como escritora y sobre todo por su interés por D. H. Lawrence. (Véase también *Anaïs: An International Journal*, volumen 9, 1991).

EMILIA: Mucama de muchos años en la casa de los Guiler, a quien Henry Miller llamaba «Amelia».

Notas biográficas

ETHEL GUILER: Hermana menor de Hugh, que visitó varias veces a su hermano y cuñada en Francia a pesar de que los padres en un principio no aprobaron el matrimonio.

PADRE (PAPITO)-JOAQUÍN J. NIN Y CASTELLANOS (1879-1949): Pianista, compositor y musicólogo español nacido en Cuba, autor de *Pour l'art*, 1908, y otros libros. En 1913 abandonó a su esposa Rosa Culmell y a sus tres hijos, Anaïs, Thorvald y Joaquín, para casarse luego con su alumna María Luisa Rodríguez. Antes de la reunión en Louveciennes, Anaïs Nin había visto a su padre —a quien llama «el Problema» en su diario de juventud— una sola vez, en 1924, al regresar a Francia luego de diez años de exilio en Estados Unidos.

FRAENKEL, MICHAEL (1896-1961): Librero y escritor norteamericano de origen lituano. En la década de 1920 se radicó en París para vivir de sus rentas y llevar una vida de literato. Bajo la imprenta Carrefour publicó sus propias obras y las de algunos amigos en la St. Catherine Press de Brujas, Bélgica. Una de sus propiedades era la casa de 18 Villa Seurat donde Henry Miller (quien usó a Fraenkel como modelo de «Boris» en *Trópico de Cáncer*) pudo alojarse temporariamente en 1930 cuando no tenía trabajo ni dinero en París. En agosto de 1934, Anaïs Nin alquiló un estudio en el mismo edificio para usarlo como «oficina» y alojar a Miller.

FRANKENSTEIN, DOCTOR: Psiquiatra norteamericano, asistió al seminario del doctor Rank para asistentes sociales psiquiátricos en la Cité Universitaire.

FRED-ALFRED PERLÈS (1897-1991): Periodista y escritor austríaco. Trabajó para la edición parisiense del *Chicago Tribune* hasta la desaparición del diario en 1934. Conoció a Henry Miller y su esposa June durante su primer viaje a Europa en 1928. Ayudó a Miller a sobrevivir durante los días difíciles de 1930 y desde marzo de 1932 hasta fines de 1933 los dos compartieron un apartamento de dos cuartos en avenue Anatole France 4, Clichy, en las afueras de París. Retrató a Anaïs Nin como «Pietà» en *Sentiments limitrophes*, su *«novel-souvenirs»* reeditada en Francia en 1984, juntamente con *Le Quatuor en ré majeur*, otra obra de la época.

GUSTAVO DURÁN: Joven intelectual y estudiante de música español que vivía en París. Convocado al servicio militar, se destacó como comandante en el bando republicano durante la Guerra Civil Española.

HARVEY, HARRY: Norteamericano exiliado, esposo de la escritora Dorothy Dudley, quien durante la década de 1930 escribía sobre el panorama artístico y literario francés para varias publicaciones de Estados Unidos.

HENRY MILLER (1891-1980): Autor norteamericano que empezó a escribir «seriamente» a partir de 1924, publicó su primer libro, *Trópico de Cáncer*, en 1934. En 1930, después de seis años de frustraciones en Nueva York, donde su segunda esposa, la ex camarera de cabaré June Edith Smith, lo mantenía precariamente, Miller viajó a Europa. Sus esfuerzos por sobrevivir en París sirvieron de materia prima para el libro que estaba escribiendo en diciembre de 1931, cuando conoció a Anaïs Nin y su esposo. En febrero de 1932, Hugh Guiler le consiguió un puesto docente en Dijon, pero el trabajo duró poco tiempo y Miller volvió a París. En marzo de 1932, él y Anaïs Nin se hicieron amantes. Durante su permanencia en Dijon inició con ella un intercambio epistolar que continuaría por el resto de su vida (Henry Miller: *Letters to Anaïs Nin*, 1965; *A Litterate Passion: Letters of Anaïs Nin and Henry Miller, 1932-1953*, 1987). Los tramos iniciales de su relación íntima están relatados en *Henry and June: From the Unexpurgated Diary of Anaïs Nin*, primera edición, 1986.

HILER, HILAIRE (1898-1974): Artista, músico y *raconteur* norteamericano, copropietario y gerente del Jockey Bar parisiense durante la década de 1920. En su estudio de la rue Broca, dio lecciones de arte a Henry Miller y se interesó por las ideas del doctor Otto Rank, expuestas en *Art and Artist*.

HUGH (HUGO) PARKER-GUILER (1889-1985): Nacido en Boston, pasó su infancia en Puerto Rico, donde su padre era ingeniero en un ingenio azucarero. A los seis años, sus padres escoceses lo enviaron a estudiar en Escocia, primero en Ayr, Holloway y luego en la Edinburgh Academy. Estudió literatura y economía en Columbia, de donde se graduó en 1920, y entró a trabajar en el National City Bank. En diciembre de 1924 fue a París a trabajar en la sección de créditos de ese Banco. En 1921 conoció a Anaïs Nin, quien entonces tenía dieciocho años, en una fiesta en la casa neoyorquina de sus padres. Se casaron en La Habana, Cuba, en 1923. La historia del noviazgo y el matrimonio está relatada con gran detalle en los tres volúmenes de *The Early Diary of Anaïs Nin, 1920-1923; 1923-1927; 1927-1931*.

HUNT, HENRI: Empresario francés, esposo de Louise de Vilmorin.

JOAQUÍN NIN-CULMELL: Hermano menor de Anaïs Nin, nacido en Berlín en 1908. Estudió piano y composición en la Schola Cantorum y el Conservatorio de París; tomó lecciones con Alfred Cortot, Richard Viñez y Manuel de Falla. Vivió con los Guiler en Louveciennes hasta octubre de 1931, cuando se mudó con su madre a un apartamento en París.

JOHN ERSKINE (1879-1951): Docente, pianista y novelista popular norteamericano, autor de *The Private Life of Helen of Troy*, un bestseller de los años 20. Fue profesor de literatura de Hugh Guiler en Columbia, luego amigo de Guiler y su joven esposa Anaïs Nin. En 1928, viajó a Francia con su esposa e hijos, donde visitó a los Guiler y Anaïs Nin se enamoró de él. La relación no se consumó, pero provocó la primera crisis en el matrimonio de Anaïs Nin. Trató de elaborar la experiencia en la novela *John*, pero abandonó el proyecto.

JOLAS, EUG»NE: Director de *Transition*, una «revistita» influyente publicada intermitentemente en París a partir de 1927.

JUNE EDITH SMITH (LLAMADA TAMBIÉN JUNE MANSFIELD): Nacida como Juliet Edith Smerth en Austria-Hungría en 1902, una entre cinco hermanos de una familia de Galizia que emigró a Estados Unidos en 1907. A los quince años abandonó los estudios en una escuela secundaria de Brooklyn para trabajar como camarera de cabaré. En 1923, cuando trabajaba en el Wilson's Dance Hall sobre Broadway, conoció a Henry Miller, a la sazón casado, padre de una niña de cinco años y jefe de personal de Western Union. Se casó con Miller al año siguiente, después que éste se divorció. Miller renunció a su puesto y durante seis años llevó una vida aventurera y precaria de marginal que le proporcionaría mucha materia prima para sus novelas. En 1930 convenció a Miller de que viajara solo a Europa, con la promesa de enviarle ayuda económica, que nunca cumplió. Conoció a Anaïs Nin en diciembre de 1931, durante una breve visita a París y volvió a verla en octubre de 1932, durante su último viaje. Se divorció de Miller en México, en diciembre de 1934.

KAHANE, JACK (1887-1939): Nacido en Manchester, Inglaterra, abandonó la hilandería familiar para dedicarse a escribir en París, en los años 20. Autor, bajo seudónimo, de una serie de novelas «verdes» para los turistas de habla inglesa, en 1930 creó Obelisk Press, una editorial para libros prohibidos por la censura inglesa y norteamericana.

KILLGOER, DONALD: Joven escocés que pasó una temporada con los Guiler en Louveciennes, luego paciente del doctor Allendy.

KRONSKI, JEAN: Nombre que dio June Miller a una joven perturbada que tomó bajo su protección en Greenwich Village en 1926. Ésta decía ser huérfana, poeta y artista. Fue a vivir con los Miller en su apartamento de la calle Henry. Miller relató este *ménage à trois* en la novela *Lovely Lesbians*, llamada luego *Crazy Cock*, cuyo original llevó a París y utilizó parcialmente en otras novelas. Jean fue internada en un instituto psiquiátrico y se dice que se suicidó a principios de la década de 1930.

LALOU, RENÉ: Crítico, escritor e historiador de la literatura francés que trató de desarrollar un enfoque sistemático de la crítica en oposición al dadaísmo, el surrealismo y otras corrientes.

LOWENFELS, WALTER (1897-1080): Poeta y novelista norteamericano, vivió con su esposa Lillian en París en los años 20 y 30. La editorial Carrefour de Michael Fraenkel publicó algunas de sus obras. Es el personaje Jabberwhorl Cronstadt de *Trópico de Cáncer*.

MARÍA (MARUCA) LUISA RODRÍGUEZ: Estudiante de música, hija de un cubano fabricante de cigarros, fue la segunda esposa de Joaquín Nin.

MIRALLES, ANTONIO FRANCISCO (PACO): Bailarín español, maestro de Anaïs Nin de 1927 a 1929, trató de convencerla de que se fugara con él.

MAMÁ-ROSA CULMELL DE NIN (1871-1954): Soprano de antecesores franceses y daneses, conoció al joven músico Joaquín Nin en Cuba en 1902. Se casó con él y fue a vivir a Francia, donde en 1903 tuvo su primera hija, Anaïs. En 1914, abandonada por su esposo, fue a vivir a Nueva York con sus tres hijos. Para mantener a su familia, tomaba pensionistas en su casa de Manhattan y realizaba compras a pedido de familiares y amigos cubanos. Con ayuda de Hugh Guiler volvió a París, donde su hijo Joaquín reanudó sus estudios de música. Durante varios años, ella y Joaquín vivieron con los Guiler en Louveciennes.

NELLIE-COMTESSE DE VOGÜÉ: Aristócrata y mujer de la sociedad francesa, interesada en las artes. Proyectó una revista con el escritor Edmond Jaloux en la que pensaba publicar traducciones francesas de algunas obras de Anaïs Nin.

NÉSTOR DE LA TORRE: Joven pintor español, amigo de Joaquín, el hermano de Anaïs Nin.

ORLOFF, CHANA: Escultora nacida en Rusia, tenía un estudio en la Villa Seurat. Amiga y paciente del doctor Otto Rank.

OSBORN, RICHARD: Joven abogado de Connecticut, escritor frustrado, trabajaba con Hugh Guiler en la sucursal parisiense del National City Bank. Ayudó a Henry Miller durante sus primeros años en París e inspiró el personaje de «Van Norden» en *Trópico de Cáncer*. Presentó a Miller a los Guiler en Louveciennes, en 1931, atrayéndolo con la promesa de una cena gratuita.

PAULETTE: Una jovencita francesa que Alfred Perlès llevó al apartamento de Clichy en junio de 1932. Un mes después, su madre vino a reclamarla, diciendo que la niña de quince años había escapado de la casa.

RANK, DOCTOR OTTO (1884-1939): Psicoanalista austríaco (llamado originalmente Otto Rosenfeld), de 1905 a 1924 perteneció al círculo íntimo del movimiento psicoanalítico como protegido e «hijo» de Sigmund Freud. Fue secretario de la Sociedad Psicoanalítica de Viena y director de sus publicaciones, hasta que su obra precursora *El trauma del nacimiento* precipitó su alejamiento de Freud y sus discípulos ortodoxos. En 1926 se radicó en París con su esposa e hija, donde ejerció y escribió hasta que en 1934 se trasladó a Estados Unidos. Para entonces había publicado sus obras más importantes, como *Don Juan et son double*, *Art and Artist*, y *Das Inzest Motif in Dichtung und Sage*. Entre el 15 de julio y el 30 de agosto de 1934 realizó un seminario para asistentes sociales psiquiátricos norteamericanos, el Psychological Center, en la American Foundation de la Cité Universitaire de París.

SCHNELLOCK, EMIL (1891-1960): Artista gráfico y maestro norteamericano, compañero de escuela primaria de Henry Miller hasta 1905. Miller lo llamaba su «más viejo amigo» en Estados Unidos. Su *Letters to Emil* (editado por George Wickes,

1989) contiene el texto completo de la larga carta de Miller sobre June mencionada en estas páginas.

STEELE, BERNARD: Editor norteamericano, copropietario de la editorial parisiense Denoël & Steele, que publicaba obras del doctor René Allendy y Antonin Artaud, así como de autores vanguardistas y surrealistas.

TERESA: Mucama que reemplazó a Emilia en la casa de los Guiler cuando ésta se casó.

THORVALD NIN (1905-1991): Hermano menor de Anaïs Nin, ingeniero, pasó la mayor parte de su vida en América latina.

TÍA ANAÏS: Hermana de Rosa Culmell, esposa de Bernabé Sánchez.

TITUS, EDWARD: Editor de origen polaco, esposo de Helena Rubinstein. Puso una librería e imprenta, At the Sign of the Black Mannikin, en la Rive Gauche parisiense, que en 1932 publicó el primer libro de Anaïs Nin, un estudio «no profesional» sobre D. H. Lawrence. Entre 1929 y 1932, dirigió la revista literaria *This Quarter*, en la que aparecieron fragmentos de la primera traducción inglesa (por Titus) de *Art and Artist*, de Rank. Publicó una célebre edición especial sobre los surrealistas, dirigida por André Breton.

TROUBETSKOIA, PRINCESA NATASHA: Exiliada rusa, pintora y decoradora, conoció a Anaïs en 1929 y pintó varios retratos de ella. Le permitía usar su estudio parisiense como lugar de citas y para recibir correspondencia.

TURNER, MR.: Empresario norteamericano en París, cliente de Hugh Guiler.

VILMORIN, LOUISE DE (1902-1970): Aristócrata y escritora francesa. Casada con Henri Hunt, estaba muy apegada a sus hermanos André y Roger. Conoció a Anaïs Nin en 1931. Fue el modelo de «Jeanne» en algunos relatos, sobre todo «Under a Glass Bell».

WEST, REBECCA-SEUDÓNIMO LITERARIO DE CICILY ISABEL FAIRCHILD (1892-1983): Escritora y periodista británica, autora de *The Return of the Soldier* (1918) y *The Judge* (1922), entre muchas otras novelas. Escribió un estudio crítico de Henry James y una biografía de san Agustín. Después de una relación extramatrimonial de diez años con el escritor H. G. Wells, de quien tuvo un hijo, en 1930 se casó con el banquero Henry Maxwell Andrews. Se la conoció como militante feminista y escritora prolífica.

ZADKINE, OSSIP: Escultor ruso que conoció a June Miller y su amiga Jean Kronski cuando viajaron a París en 1929 y luego recibió a Henry Miller y Anaïs Nin en su estudio.

emecé
editores

España
Av. Diagonal, 662-664
08034 Barcelona (España)
Tel. (34) 93 492 80 36
Fax (34) 93 496 70 58
Mail: info@planetaint.com
www.planeta.es

Argentina
Av. Independencia, 1668
C1100 ABQ Buenos Aires
(Argentina)
Tel. (5411) 4382 40 43/45
Fax (5411) 4383 37 93
Mail: info@eplaneta.com.ar
www.editorialplaneta.com.ar

Brasil
Rua Ministro Rocha Azevedo, 346 -
8º andar
Bairro Cerqueira César
01410-000 São Paulo, SP (Brasil)
Tel. (5511) 3088 25 88
Fax (5511) 3898 20 39
Mail: info@editoraplaneta.com.br

Chile
Av. 11 de Septiembre, 2353,
piso 16
Torre San Ramón, Providencia
Santiago (Chile)
Tel. Gerencia (562) 431 05 20
Fax (562) 431 05 14
Mail: info@planeta.cl
www.editorialplaneta.cl

Colombia
Calle 73, 7-60, pisos 7 al 11
Santafé de Bogotá, D.C.
(Colombia)
Tel. (571) 607 99 97
Fax (571) 607 99 76
Mail: info@planeta.com.co
www.editorialplaneta.com.co

Ecuador
Whymper, 27-166 y Av. Orellana
Quito (Ecuador)
Tel. (5932) 290 89 99
Fax (5932) 250 72 34
Mail: planeta@access.net.ec
www.editorialplaneta.com.ec

Estados Unidos y Centroamérica
2057 NW 87th Avenue
33172 Miami, Florida (USA)
Tel. (1305) 470 0016
Fax (1305) 470 62 67
Mail: infosales@planetapublishing.com
www.planeta.es

México
Av. Insurgentes Sur, 1898, piso 11
Torre Siglum, Colonia Florida, CP-01030
Delegación Álvaro Obregón
México, D.F. (México)
Tel. (52) 55 53 22 36 10
Fax (52) 55 53 22 36 36
Mail: info@planeta.com.mx
www.editorialplaneta.com.mx
www.planeta.com.mx

Perú
Grupo Editor
Jirón Talara, 223
Jesús María, Lima (Perú)
Tel. (511) 424 56 57
Fax (511) 424 51 49
www.editorialplaneta.com.co

Portugal
Publicações Dom Quixote
Rua Ivone Silva, 6, 2.º
1050-124 Lisboa (Portugal)
Tel. (351) 21 120 90 00
Fax (351) 21 120 90 39
Mail: editorial@dquixote.pt
www.dquixote.pt

Uruguay
Cuareim, 1647
11100 Montevideo (Uruguay)
Tel. (5982) 901 40 26
Fax (5982) 902 25 50
Mail: info@planeta.com.uy
www.editorialplaneta.com.uy

Venezuela
Calle Madrid, entre New York y Trinidad
Quinta Toscanella
Las Mercedes, Caracas (Venezuela)
Tel. (58212) 991 33 38
Fax (58212) 991 37 92
Mail: info@planeta.com.ve
www.editorialplaneta.com.ve

 Emecé es un sello editorial del Grupo Planeta   www.planeta.es